世界经典名著悦读

蒙田随笔全集（下）

Les Essais de Michel de Montaigne

（法）蒙　田◎著
范　蒂◎编译

北方妇女儿童出版社

(卷二)

13 论他人之死

评说一个人视死如归，毋庸置疑，这是人生中最引人瞩目的英雄行为。在我们讨论别人对死亡来临的肯定程度的时候，一定要注意这样一个事实：人非常不愿意相信自己已临近死亡的边缘。几乎没有人在临死时可以确信地认为这是他们的最后时间，也是在这个时候，虚幻的期望的欺骗性达到了它的极点。因为它不停在人们耳边唠叨着："其他人甚至病得更重些，可是却没有死去；事情并非同人们想象的那样无望；就算到了山穷水尽的境地，上帝还创造了多少奇迹啊。"之所以会出现这种想法，是由于我们人类太看重自己。我们好像觉得，大千世界会由于我们的消失而遭受沉重的损失，所以它会每时每刻关注我们的处境。实际上是我们的看法出现了错觉，没有依照身边事物的原本面目来看待它们：就像航行在海上的人一样，在他们看来，群山、乡村、市镇、天空和大地全都在同他们一起晃动：

> 我们远离海港，大地和城市向后退。
>
> ——维吉尔

谁都见过这样的老人：他们总爱赞美过去抱怨现在，并且把自己的不幸和忧愁归因于世界和人间风气的变化上？

> 老农夫边叹气边摇头。
> 在他进行古今对比时，
> 不停地夸耀父辈的好日子，
> 并嘀咕着说过去的人更具有同情心。
>
> ——卢克莱修

我们老喜欢用自己的标准来衡量一切。

所以，我们觉得死亡是一件大事，觉得我们不会在日月星辰做出郑重的决定之前就突然死去的，因为“这么多的神灵正在围绕一条生命奔波”。我们愈是自以为是，愈是会这么想。怎么？如此多的知识自此消失，损失这么惨重，命运难道就不给以特殊的关照？这同楷模一般的灵魂就这么被死亡带走了，难道不比少一个无用的凡人更令人痛心疾首吗？这个生命保护着非常多的生命，很多人由于它的存在才活着，它养活了那么多服侍它的人，它的地位这么显赫，如何可以像草芥似的生命说去就去了呢？

我们中间没有人想到自己只是一个普通的个体。

就是由于这个原因，恺撒才会对他的航海驾驶员说出以下的话，这些话比威胁他生命安全的大海更加自命不凡：

> 如果因为怕老天爷而不敢去意大利，
> 那你就在我的庇护下把船开到那里：
> 你退缩的唯一可原谅的原因，
> 是你还不清楚你护送的乘客的力量。
> 请你相信我，
> 乘风破浪前进吧。
>
> ——卢卡努斯

再请读下面的话：

> 恺撒最后觉得，危险和他的勇气势均力敌：
> “看吧，”他说，“诸神都很难把我打败！
> 它们用广袤的海洋向我进攻，
> 而我稳坐小船之中！”
>
> ——卢卡努斯

还有一种公开的呓语般的狂想，说在他死后的一年之内，太阳都会为他服丧：

它（太阳）在恺撒死后也表示了对罗马的悼念，
在光辉的额头上缠了一条黑纱。

——维吉尔

还有无数像他这样伟大的人物，人们因此很容易上当受骗，认为我们的利益会引起上天的关注，法力超强的上天会被我们细枝末节的言行所摆布："实际上，上天和我们之间并不存在这么亲密的关系，日月星辰不会由于我们的死亡而失去光芒。"

我因此要说，一个人还不确定自己身处险境，即便他面对死亡表现出一种沉着、冷静的精神，我们也没有理由觉得他拥有这种品质，因为他的这种表现并非是察觉到死已来临时的反映，因此无法给他这样的评价。大部分人会发生这样的情况：他们在态度和言语上故作强硬，以获得这种声誉，他们的愿望就是想在生前被人称赞。我见过很多死去的人，他们的言行的好坏决定于临死时的情况，而并非决定于事前的愿望。我们有必要将在古代自杀的人区分成两种情况，有的人选择的是迅速死亡法，有的人选择的则是慢慢死亡的方法。那位古罗马的暴君在讲到怎样使他的囚徒死去的时候，说要让他们一点一点察觉到死亡；假如遇到有人在狱中自杀，他会怒吼"此人从我手心中逃了出去"。他想做的是把死亡延长，让囚徒在痛苦中体会死亡：

我们见到的是遍体鳞伤的躯体，
但是尚未受到致命的一击：这毒刑从未见过，
它想要置人于死地又不让他去见死神。

——卢卡努斯

说实话，一个人在十分健康和十分冷静的时候，决定自杀并没有什么了不起；在正式行动之前，东说西说非常简单：世上最荏弱的男子埃拉加巴卢斯，生活淫乱无边，打算在走投无路时以精心准备的自杀方式完结一生；为了不违背生前的原则，他专门建造了一座富丽堂皇的高塔，塔底和塔的正面镶着饰有黄金和宝石的木板，用来跳塔身亡；同时又让人准备好金线绳和红绫，好让自己自缢；又打了一把自戕用的纯金宝剑，以便自刎；还命人在用绿宝石和黄玉制成的壶中放好毒药，以便服毒而亡。他将按照自己的心愿，从以上的方法中选择一种自杀方式：

逼出来的勇敢和大胆。

——卢卡努斯

然而，就这个人而言，他做了死的准备，反而让人觉得，危险已迫在眉睫的时候，他是不是可以自己动手。就连那些更为坚强的人把自杀想法变为自杀行动的时候，也要仔细考虑（这是我的一家之言）他们这么做是不是一时冲动，根本没有足够的时间考虑后果：假如眼看生命远去，又能感受到交杂在一起的肉体痛苦和灵魂痛苦，如果来得及后悔的话，他们心里是不是还会始终坚持这种危险的决定。

“一种快速的死亡，”老普林尼说，“这是人生的一种无比高尚的幸运。”人们不喜欢承认死亡。事实上，没有一个人敢说他已做好了死亡的准备，假如他恐惧谈论死亡，没法正视死亡的话。我们见到那被送上断头台的人，常常希望快一点对他们行刑，并督促刽子手下手。他们这么做并无什么决心可言，而只是不想面对死亡而已。他们不怕死去，可是恐惧受死亡的折磨：

我不期望受死亡的折磨，
不过变成死人倒觉得不要紧。

——西塞罗

我凭经验知道自己可以达到如此程度的意志力，像有些人紧闭双眼跳进大海一样。

我认为，苏格拉底用整整三十天的时间去思考对他死亡的判决，这是他一生中最让人侧目的事情；他在这期间，已知道这些犹太人既不可以同水手一样以抢掠为生，又不希望抛弃优裕的生活，去一个未知的陌生的地方。可是，眼瞧着希望又要消失，并且看见他们个个都决定离开，他在以前承诺提供的三个港口里减去了两个，认为延长离岸时间和增加旅途麻烦可以让一部分人改变主意，又能够把他们集中在一个地方，更简单执行他以前制订的计划。他命令十四岁以下的儿童离开父母亲，把他们送去一个看不到摸不到的地方，在那里接受我们的宗教教育。听说，这个计划制造了一个非常恐怖的场面，父母和孩子之间天然的亲情，还有他们对历来的信仰的忠诚，都让他们抗拒这个粗暴的命令。父亲母亲纷纷自杀，风行的残忍的景象是，他们由于怜爱先把孩子推下水井，让孩子免受法律的约束。无论如何，到了之前规定的期限，许多人在毫无办法的情况下也只好束手就范。有人成了基督徒，对于他们和他们后代的信仰，即便在百年后的今天，尽管习惯和岁月比所有压迫更具说服力，也只有少量葡萄牙人真正抱有信心。西塞罗说，“不但我们的将军，就连我们一支又一支完整的军队，多少次呈现出万死不辞的勇气啊”。

我曾有一位无论如何都想要寻死的好朋友，他心里深藏着真正的死的渴望，他有各种各样的理由，我无论如何都说服不了他，死的机会在他的面前出现，头上戴着荣誉的光环，他毫不犹豫地如饥似渴地迎了上去。

我们有好几个同一时代的例子，这中间还包括孩子，由于某个微小的困难就自寻了短见。一位古人曾这么说：“假如连怯懦选取的避难所都害怕，还有什么是我们不怕的吗?”假如在此列一个长长的名单，不分男女、不分贵贱、不分派别，把所有在和平的年代里坚决地等待死亡，或者主动寻找死亡，不只是为了躲避人生中的祸患，也包括由于活得不耐烦了，或者期望去其他地方寻找更好的生活环境的人全部登记上去，我猜这样的名单也许长得一辈子都写不完。人数如此之多，也许罗列一个怕死者的名单会更实用一点。

只有一件事可说。某天，刮大风下大雨，哲学家庇隆坐在一条船上，对四周一个个怕得要死的人——他用这个例子鼓舞他们——指着对狂风暴雨毫不在乎的公猪。我们非常高兴——拥有理性，因这种长处而把自己看成万物的主宰和统治者，可是，有谁敢说这种理性实际上是一种烦扰呢?假如由于认识事物而丢掉了无知状态中的心安和宁静，假如它让我们的遭遇连庇隆的猪都不如，这种认识又有何用呢？上天为我们的最高利益着想，赐予我们智慧，莫非我们要用它反对大自然的意愿，反对万物的普遍规律，来完全摧毁我们吗？现实需要每个人使用自己的工具和手段去争取自己的利益。

好吧，或许有人会说，就当作您的规则对死亡适用吧，可是您怎么看待贫困呢？阿里斯迪普，依埃罗尼姆和大部分智者都觉得病痛是最大的不幸，您又如何看待呢？口头上否定的人，实际上是承认的。珀西多尼奥斯突染大病，痛苦非常，正好庞贝前去拜访，并且因为挑选了这么一个不合适的时间来听他讲哲学表示歉意，珀西多尼奥斯回答说："希望上帝不要让我疼痛到不能讲述和谈论哲学！"然后，他滔滔不绝地讲起了藐视苦痛的题目。可是，病痛仍在肆虐，在不断地折磨着他。说着，他喊了起来："病痛啊，你做无用功了，我永远不会说你是一种祸患。"人们一直津津乐道的这个故事，到底对蔑视病痛有怎样的意义呢？哲学家仅仅是咬文嚼字而已，假如他这时不为病痛所动，为何要中断谈话呢？为何不称祸患就是一桩伟大的事呢？

这里不全是想象，还有我们的看法。这里，可靠的知识产生着影响。我们的感官是判断事物的法官：

> 假如感官不真实可信，那么理性也是一个骗子。
>
> ——卢克莱修

我们能让皮肤觉得鞭子在为它挠痒吗？能让舌头觉得芦荟的味道像格拉弗葡萄酒吗？庇隆的小公猪绝对是支持我们的。它在死亡面前的确镇定自若，可是，假如有人打它，它会大喊大叫，四处逃命。大自然的普遍法则适用于天底下所有的生命体，适用于疼痛让人战栗的现象之中，我们可以违背这个法则吗？假如你敲打树木，仿佛树木都会发出呻吟。死亡只是一眨眼的事情，因此，只有通过思索才可以察觉得到：

> 也许它已经过去，也许它即将来到，它本身没有即时性。
>
> ——拉博埃西

> 死亡创造的痛苦远不及等待死亡的痛苦。
>
> ——奥维德

千种动物，千种人，在死亡的威胁还没来临时，就已经死了。事实上，确定无疑的期盼心情审视这一判决，没有激动不安，也没有情绪上的波折变化，他们的全部言行说明，在他们这类智者的思想中，那种判决不是什么伟大的事情，只是平常的小事一桩。

罗马青年图利乌斯。马尔塞利努斯希望把自己的大限提前，因为他想尽快摆脱疾病的困扰，不愿继续在病魔的凌辱下苟延残喘，虽然医生们对他说，病也许不能马上治好，但绝对可以治好。因此他把朋友们请来，共同讨论这一问题。据塞涅卡说，某些朋友出于软弱怕事，给他提出了他们在同样处境下曾采取过的做法；另一些朋友见风使舵，提出了他们觉得最动听的劝告。可是一位斯多葛派的哲学家却对他说："你别自寻烦恼了，马尔塞利努斯，你完全是把这当成了一件不得了的事：活着有什么了不起？你的仆人和牲畜不是活着吗？重要的问题是要死得恰到好处、聪明而又坚定不移。试想，你做过多少次同样的事情：吃饭，喝酒，睡觉；喝酒，睡觉，吃饭。我们不断地在这个圈子里打转；人想离开人世的缘由，不但有让人没办法忍受的不幸事件，而且还有对生存的厌恶。"马尔塞利努斯那时不需要别人劝导，他需要别人帮助。仆人们都不敢介入这件事，可是那位哲学家对他们说，一旦主人死了，他的仆人必然会受怀疑；并且还应看到，阻止他死和把他杀死一样，都是不好的事，因为——

> 把不愿活的人救活相当于把他杀死。
>
> ——贺拉斯

接着，他又对马尔塞利努斯说，正如我们饭后给客人上点心一样，在我们结束生命的时候送一些东西给仆人，这也是一种不坏的做法。

马尔塞利努斯是一个处事诚恳、慷慨大方的人：他命人分给仆人们一笔钱，并且亲自安慰他们。再者，他不依靠于刀剑，也不选择流血的办法；他试图离开生命，而不是逃跑；不是马上死去，而是慢慢体会死亡的滋味。为了让自己有时间品味死亡，他三天不吃饭，随后令人用温水将他全身洗干净。在昏迷中逐渐衰弱。按照他的说法，却感到了某种快意。确实，就像患心脏衰竭症而昏厥过的人所说的那样，他们不但没有任何痛苦，反而会有一种愉悦感，与即将入睡的时候一样。

以上就是研究和体验死亡的某些事例。

可是，虽然我把加图当作美德的至善典范，可是又觉得他高高在上的生活处境反而让他自杀的手变得犹豫不决，使他有时间面对死亡并与之搏斗，身临险境不气馁，反而勇气百倍。如果让我来呈现他在这一雄壮时刻的形象，我将把他描述成剖腹自杀，鲜血淋漓，而不是当年那些手握利剑的塑像。因为这第二次自杀要比第一次自杀壮烈很多。

14 我们的思想如何自设障碍

一个人如果介于完全等量的两个欲望之间，结果会怎么样，这是一个有趣的问题。他绝对永远也不能做出决定，因为爱好和选择代表着对事物有不一样的评价。在我们又想喝酒又想吃东西的时候，假如把美酒和火腿放在我们面前，而且我们喝美酒和吃火腿的欲望完全相等，可以肯定，除了渴死饿死以外不可能再有别的结果。有人问斯多葛派的哲学家们，是什么让我们的思想在两个相同的东西中做出选择，如在一大批钱币里，我们为何拿了这枚而不拿那枚，尽管它们全都一样，我们也没有任何理由去偏袒其中的一枚；他们回答说，我们在此时的心理活动不受常规的控制，没有什么准则可言，是由外来的、瞬时的和意外的作用所导致的。而我觉得，应该做出如下解释：我们接触到的任何事物，总是和同它一样的东西有某种差别，不管这种差别是多么细微，我们在注视或触摸时，总是有某个东西更加让我们注意，尽管我们并未注意这点。同样，假设有一条细绳从头至尾都一样的结实，那它就是永远扯不断的，那么它会在哪里断掉呢？而在所有的地方一起断掉，就是违反常理的事情。某些几何定理用毫无疑问的论证得出结论，觉得内盛物大于容器，觉得圆心和圆周相等，觉得两条直线无限延伸，它们渐渐靠拢，但是永不相交，还有不存在因果关系的点金石和化圆为方的问题，假如有人还要说出以上这些证据，那么他就能够从中得出某个论据，来说明大普林尼的大胆推论：“事物最确定的性质是它的不确定性，人的特性在于他最可怜又最自负。”

15 我们的欲望会因困难而增大

最睿智的哲学派别说，任何论断都有正反两面。我曾再三推敲过一个古人在表达他对生活的藐视时所提出的一句著名论断："任何东西都不能给我们带来欢乐；除了我们打算让其失去的东西。"他还说过："失去一样东西或担心失去它，它们造成的痛苦是同等的。"假如我们时刻担心失去生命，那么，越想从人生中得到快乐就越不能够得到这种快乐，反过来也可以说，正因为我们明白拥有这份财富并不牢靠，我们担心它被人夺走，所以我们才更有力地把握住它，更倾心地怜爱它。道理非常清楚，就好似火因为寒冷而烧得更旺，我们的意志会在危难之中锻炼得更为坚强：

假如达那厄不被关在铜塔里，
那么她便一直不可以为朱庇特生下一个儿子。

——奥维德

因此，下面这种情绪是十分普遍的：我们会对非常轻易获得的东西心生厌腻，而愈是稀罕的愈是困难的，也愈能刺激我们的胃口。"在所有事物中，我们的快乐会由于它们远离我们的危险性而增强。"

加拉，拒绝我吧：

快乐中假如没有痛苦，爱情就会让人腻烦。

——马尔西亚利斯

为了保证性生活的质量，利库尔戈斯下令斯巴达的已婚夫妻只可以偷偷地过性生活，假如他们被人发现睡在一起，就好比和别人通奸一样耻辱。幽会的艰难，意想不到的危险，第二天可能发生的尴尬，都为调料增添了辣味。

丧魂落魄，守口如瓶，
和发自内心的叹息。

——贺拉斯

正是这一切增添了不一样的滋味。非常多的讨论爱情的著作，都一本正经地谈到了淫秽嬉戏的逗乐情景！愉悦快感甚至也想在痛苦中得到增强。疼痛愈是剧烈愈是深切，感觉也愈是甜蜜。妓女弗洛拉说，每一次和庞培睡觉，她都把他咬得满身是牙印：

他们紧紧抱住他们喜欢的躯体，
他们用自己的身体把它刺激，
他们的牙齿咬住温柔的双唇；
疯狂的欲念促使他们伤害任何喜欢的东西，
孕育的后代在他们狂热的激情里产生。

——卢克莱修

世事就是如此：困难给事物带来价值。

安科纳城的居民尤其喜欢到圣地亚哥·德·孔波斯特拉去许愿。而加利西亚地区的人则喜欢去洛雷特圣母地祈祷；在烈日，人们把去卢卡沐浴视为大事，而托斯卡纳地区的人则欣赏斯帕的温泉；在罗马的剑击学校里鲜有罗马人，随处可见的是法国人。那个伟大的加图和我们很多人一样，当妻子在他身边伴随的时候，他对她心生厌恶感，可当她成了别人妻子的时候，他又对她无比的想念。

我曾将一匹老公马从种马场牵出，因为它一嗅到母马的气味就变得不可收拾。平时它能简单地纵欲行事，甚至对身边的牝马感到厌烦；可是，它对陌生牝马的反应则完全不一样，一看到外来牝马从它牧场周围经过，它就拼命地嘶叫起来，并和以前一样，处于发情之中。

人们的欲望往往忽视和置之不理手中握着的东西，而去追逐自己没有的东西：

他忽视唾手可得的东西，
而追逐从他这儿逃走的东西。

——贺拉斯

阻挠我们获得某种东西，这本来就是在激发我们对此物的欲望：

假如你停止派人看住你的情人，
她将不再属于我了。

——奥维德

假如把她完全让与我们，只会使我们鄙视她。缺乏和富足都会让我们产生不适之感：

你因为富有而痛苦，我因为贫困而悲伤。

——泰伦提乌斯

欲望和享受同样地使我们受苦。难以得到仰慕的女人是痛苦的，可是，能轻易地把一个女人弄到手也是痛苦的，甚至可以说是更加痛苦的事：我们的苦闷和气恼在我们对希望占有的东西的高度评价之中产生，这种情况刺激我们的爱欲，为我们的爱加温；可是，完全地占有又会心生厌烦：爱情就会变得迟钝、呆滞、疲惫和麻木。

假如她想长久统治情人的心，
那就不要把他放在心里：
情夫们，尽可装出自恃的神情，
昨天将你们拒之千里的女人，
今天正朝着你走来。

——普罗佩提乌斯

波佩想方设法掩盖自己的美貌，好让情人们更看重她的美丽？女人们为何要让长裙一直下垂到脚后跟，把她们本想展现出来的、每个男人都想看到的美艳遮盖起来呢？我们的欲望关注的部位，其实也是她们的欲望所在，为什么还要重重包裹得那么紧呢？我国女士们才兴起的一股武装肋部的裙撑风，除了用掩盖术以引起我们的欲念，用疏远法以将我们吸引过去，那还可能有什么其他的用意呢？

在她朝柳树林跑过去的时刻，
同时故意让大家看见。

——维吉尔

她只要穿上长裙，
我们的欲望便被栅栏遮住。

——普罗佩提乌斯

如我们所见，神圣的教会经历了无数的风雨和动荡，这是神的意志，好让人们从长久安宁的氛围中苏醒过来，远离无所事事和昏昏入睡的状态。自然，假如我们将得失进行相互比较，瞧瞧这种斗争赢得的良好秩序的恢复，诚心和力量的增强，以及它所造成的不少人误入歧途的各种事实，我的确说不清究竟是利多还是弊多。

我们想到必须系紧婚姻的纽带，我们为此取消了任何瓦解婚姻的手段；可是，人为的绳索套得越紧，心灵和情感的绳索就松弛得越厉害。反之，婚姻关系在罗马一直享有稳定的被人尊重的声望，却是因为每个人都有中止婚姻关系的权力。罗马人爱自己的妻子，因为他们有可能失去她；虽然离婚完全自由，可是在五年①多的时间里，居然没有一个人去使用这种自由权利。

可以做的事使人索然无味，
不可以做的事反让人兴趣倍增。

——奥维德

---

① 据《七星文库·蒙田全集》，是“五年多”，但据两部英译本，为“五百多年”。

在上述的想法之外，我们可以补充另一位古人所说的话来作为佐证，他觉得死刑会让恶行更加猖獗，而不会让它有所收敛；并且还觉得。死刑不会让人产生做好事的想法（这是依靠理性和教育才可以做到的事），反倒让人在背地里做坏事：

> 你以为根除了恶，实际上它变本加厉地蔓延了。
>
> ——卢提利乌斯

我不清楚对死刑的这种看法是否正确，可是凭经历我深深认同。尽管设立了死刑，国家治安也并未有所好转。维持社会秩序和人的行为规则必须采用别的方法。

古希腊史书中讲到与斯库提亚相邻的阿尔吉佩人的故事。他们在生活中没有选择笞鞭和棍棒当作惩罚人的工具，他们之中不但没有任何人去攻击其他人，并且让去他们那里避难的人都受到特别的保护，没有人敢伤害这些受保护的人；理由是他们崇尚美德，民风圣洁，不会有人去刁难难民。大家都仰仗他们的威望，请他们出面协调四邻的各种纠纷。

有些民族，人们一般用棉绳做院子或者田地的围栏，可却比我们的壕沟和围墙更安全、更牢固。

> 小偷会对上锁的人家更加感兴趣，
> 而对大门洞开的房屋不屑一顾。
>
> ——塞涅卡

也许，自由出入可以成为保障我们免受内战蹂躏的法宝。防御会导致进攻，不信任会导致恼怒。我老爱给我们士兵的雄心壮志泼冷水，让他们知道，冒险不但阻碍建立战功，并且有损军人的荣誉，而军人的荣誉恰好是他们走上战场的理由和原因。勇敢的行为必定公开透明，而且不存在正义与否的问题。我能够让卑怯者和无信义的人去侵占我的房屋，因为它总是向所有人敞开的。有一个雇用的看门人在门口，那是按往常的习惯和礼节安排的，他的职责不是看守门户，而是彬彬有礼地为客人开门。我既无哨兵也无看守，只有日月星辰为我站岗。

法国那么多靠武装保卫的家宅——据我所知，只有一个（像我这样地位的人）把保卫家园的任务完全托付给了上天。我从未从里面取出过银匙或产权证之类的东西。我不喜欢半大胆半胆怯，半逃命半面对。假如完全信任上天的力量就可以获得神授的恩宠，那我就一直相信；现如今，我最起码能够说已经度过了一段非常长的平安岁月了，这段岁月使我的生命变得值得注意和值得记载。总共有几年呢？整整三十年了[①]。

16 论荣誉

世间万物都有名字，名称与事物之间有什么样的关系呢？名是指称事物的字和词；名称既非事物本身的一部分，也并非是一种物质，它是附加在事物之上的一个组成部分。上帝本身是全能的，是完美的化身，他虽然不能够给自身争取或附加任何东西，可是他的名字能够通过我们的赞美和祈祷而得到升华，纵使我们并不可以同上帝合二为一，既然在他身上已经加不进任何好的东西，我们就把赞颂归于他的名下，而我们另外给他的那一部分实际上离我们自身最近，跟它自身却没什么关系，因此说莫非荣誉是仅仅加给上帝自己的吗？天底下最离谱的事情就是我们为我们自己寻求荣誉了，因为，我们内心贫穷，我们的本质不完善，需要不断地改进，这才是我们必须努力做的事情，当我们空虚难耐时，空想和名誉不可以让我们充实起来，我们需要的是确确实实的物质，一个饥不果腹的人不去找一顿好饭，却想方设法去找一件华丽的衣服，他肯定是个傻瓜。我们寻找的是我们第一需求的东西，就如同我们每天祈祷的内容那样。

当我们的生活必需品得到满足之后，我们开始希望外在的装饰：美、健康、智慧、道德，以及其他同类的主要品质。神学对这一主题给予了完整的关注，遗憾的是我对此却不擅长。

克里西波斯和第欧根尼是最早、最坚定的提倡蔑视荣誉的人，他们始终觉得：在所有的快乐中，他们说最危险最应该避之唯恐不及的东西，莫

---

① 这段话写于1590年，宗教战争肇始于1562年，蒙田在此以1560年算起。

过于他人的称赞。实际上，经验已经使我们知道了他的毒害有多深。阿谀奉承的人是世上最毒的，那些阴险狡诈、轻松骗取别人信任和欢心的人是世上最可怕的，时常用奉承讨好的伎俩轻松诱骗女子芳心并让其失去贞操的人是世上最可恶的，妖女们勾引尤利西斯：

靠近点，来呀，噢！令人倾心的尤利西斯，快过来，
你是最耀眼的美男子，是全希腊的骄傲。

——荷马

哲学家说，世界上的所有荣誉都不值得聪明人伸出手指去摘取：

荣誉是什么啊？
假如荣誉也仅仅如此而已，
那么它还会这样光彩耀眼吗？

——尤维纳尔

我觉得在荣耀后面还牵扯着一连串的好处，使它变得引人垂涎，它让我们获得其他人善意的亲切，让我们免于成为其他人侮辱或攻击的对象等等。伊壁鸠鲁学派的基本信条就是：轻视荣誉。他的学派有一个禁止人们操持公职或公共事务的信条，提倡人们应当避免累身于公共谈判和官家事宜。他们觉得荣誉是人们为了嘉奖那些公共行为而制造的。这一信条要求我们静静地过日子，多操心自身，少管其他闲事，那些人便会不希望把我们张扬出去，就不会给予我们荣誉和光荣，因此伊多梅纽斯（克里特王，在特洛伊战争中率部与希腊人一起攻打特洛伊）告诉我们：除非有不得已的情况——为避免小人可能制造的意外麻烦，大可不必用舆论和公众的评价来规范自己的行为。

我个人觉得这些观点十分正确合理。可是我不清楚为何我们却如此的拥有双重性格，结果是我们相信的事情，我们又完全不相信它，从而使我们没办法从我们所诅咒的事物中摆脱出来。假如我们看看伊壁鸠鲁（公元前342—公元前270，古希腊杰出的唯物主义者和无神论者）的临终遗言就能了解，虽然他的那些话非常有见地，只能出自像他这样的哲学家之口，

可是当中也不乏具有自我张扬的部分，而这恰好是他自己往常加以谴责的东西。以下这段话就是他辞别人世不久前的口述：

伊壁鸠鲁致赫耳库斯：（身体状况良好）

在这个愉快的日子里——我在生命的最后一天，写下这些话，可是同时，我的身体却也由于膀胱和胃肠的疼痛忍受着巨大的折磨，虽然如此，我觉得这疼痛可以得到补偿，因为回想起我的发现和我陈述的思想就能感到灵魂上的快慰，如今，请用你那从小时候就开始关注在我和我的人生哲学上的热情，好好保佑梅特罗道吕斯的孩子们吧。

这就是他写的信。他说他的灵魂因为他的发现而感到快乐，从这一点我能够看出他暗示期望自己死后可以声名远扬；在遗嘱里，他指定他的继承人——阿弥诺马库和提摩克拉钦斯，每年一月份要依照赫尔玛库斯所列出的数目，支付每年一月里的生辰纪念所需的费用；并且还要支付他的哲学家朋友们每月二十日为纪念他而举办的集会的费用。

卡涅阿德是持反对意见的主要代表，他认为荣耀本身令人向往，就仿佛我们关心死后的事情，虽然我们并不可以知道也不可以从中获得乐趣，可我们仍旧以此为乐。这种观点自然更被人广为接受，因为它符合大众的爱好。亚里士多德把荣誉推上了人类外在财富的最高宝座，不过他指出应该防止两种极端：一种是过分追求，一种是过分逃避。我相信，如果我们手上有西塞罗所写的有关书籍，我们可以读到大量的例子，因为他是一个那么狂热的人，如果他挑战荣誉的话，我猜他肯定会比其他人更加热衷于荣誉。美德自身并没有让人垂涎三尺的味道，可是对于美德的描述却往往会引起人们对它的向往：

隐藏起来的美德同死掉的树懒①无异。

——贺拉斯

---

① 树懒：生活在美洲中部和南部的树懒科哺乳动物之一，行动缓慢，在树上栖息，无齿目，爪子长而有勾，它们用爪子倒悬在树枝上，吃树叶、嫩芽和果实

这种观点是非常错误的，而更令我非常愤怒的是，它竟然能够进入一个冠之以哲学家称号的人的头脑里。

假如这话说得不错，那么人类完全不需要美德，只用出名就行了；我们也不用关心美德的真正宝座——心灵的高尚。我们只要达到让人了解我们的目的就可以了。假如这样的话，那不等于是叫人巧妙地悄悄地做坏事吗？卡涅阿德斯说：“假如你完全了解有一条大毒蛇正在某个地方盘踞，这时候恰好有一个人完全不了解情况要坐下来，而这个人的死将给你带来某种利益，也符合你的心愿，假如你不警告他那里有毒蛇的话，你就是在作恶，并且，假如这件事除了你以外别的人都不清楚，你就是在作更大的孽。”假如我们不是从自身去挖掘为善的法则，假如我们的所作所为溜过正义的大门也未受到惩罚，那么我们每天该做多少坏事啊？C·普罗提乌斯委托塞克斯都·派杜寇斯私底下托人保管他的财产，后者忠于职守。这种事我也常常做，因而我觉得他也没什么需要赞扬的，可是假如他不这样做，我会觉得他十分可恶。我觉得，假如我们在这里回想一下P·塞克斯提利乌斯·卢夫斯的事例也是会有点好作用的：那年，这个人私吞了一份遗产，尽管不违反法律，而且财产的转移也符合法律的规定，然而西塞罗指控他背叛了良心。M·克拉苏和霍尔坦西厄斯利用手中的权力，和一个陌生人合谋分割一份伪造了遗书的财产。由于他们没有参加弄虚作假的伎俩，他们就有机会保住要分给他们的那份财产，因此他们没有回绝优势地位的诱惑而应承了这个勾当：假如他们可以逃脱控告、指证、法律的审理，就真的是非常的安全了。

应该让他们清楚，
还有上帝在作证，
那便是（我的理解是），
他们自己的良心。

——西塞罗

假如美德因为荣耀而受人尊敬，那么美德就成了非常虚浮而无聊的东西；我们也就没必要如此费力地给它一个高高在上的位置，还把它和变化无常的命运分开对待——莫非这世上还有比名声更一文不值的东西吗？

命运的法则控制着万物，
它能够推进事物的发展，
也能够让事物停滞不前，
它随心所欲，
并非根据事实。

——萨卢斯特

所以，命运随意地给我们荣耀；是运气的草率决定帮助我们得到荣誉，我注意到那些被授予的荣誉常常是言过其实，并且完全是大肆夸张。第一个把荣誉比喻成阴影的人要比单单是意识到这一点的人更加聪明；影子常常走在身子前面，有时候比身子长很多，绅士们受的教导——英勇的行为完全是为了获得荣誉：

仿佛不出名的行动就不是光荣的行动。

——西塞罗

如此这般的教导究竟目的在哪里？那不是在告诉人们，在没有人看见的情况下绝对不要冒险；即便有证人在场，也要看好这个人是否将他们的英勇行为传播开来？假如不可以，那岂非一千次做好事的机会摆在面前也被假装没看到了吗？在混乱中又有谁有闲工夫去注意观察其他人的行为呢？并且在这个时候，他证实战友们的英勇，反过来说明自己的怯懦。

真正英明的高尚品质宣称：
勇敢是天性的天然流露，
在实际行动中体现而非荣誉里。

——西塞罗

就我而言，我自忖从生命中得到的全部荣耀，就是平静地度过一生，这种安宁既非梅特罗道斯，也非阿凯西劳斯或是阿里斯蒂帕斯所指的安静宁和，而是按照我个人的意愿和理解。既然哲学不能为所有的人找到通向平静的坦途，那就让各人分别去找吧。

恺撒和亚历山大的威名远扬不是由于命运还会是由于其他什么吗？我们真的不清楚，上帝让多少人在他们的事业刚刚开始的时候就灭掉了成功的希望，他们跟恺撒和亚历山大一样地勇敢战斗，可是厄运在他们事业刚刚起步的时候突然阻止他们前进。在许多巨大的危险之中，我不记得书上有记载他受伤的事；可是成千上万的人却在连恺撒承受的最小危险都不到的情况下纷纷倒在血泊之中。无数的高尚行为等不到有人出来见证就消失得无影无踪。一个人不会永远出现在突破口的最前沿，也不会永远是冲锋陷阵的排头兵，也就不能够像被挂在绞刑台上那么轻易得到长官的注意。一个人如果是在树篱和壕沟中间遭受突袭，就容易经常发生意外；没有谁会在鸡窝里面遇到危险；假如从粮仓里冒出三五个持枪的流氓同样需要对付，在特殊情况的需求下，还不得不离开队伍，按照可能出现的困难独自采取行动。这些都隐藏着随时发生危险的可能性。我坚信，任何人，只要有心注意一下，就能够从经验中证明，那些越是看起来不起眼的地方常常越是最危险的地方。在我们这个时代进行的战争里，更多善良的人死于普通的无关紧要的场合，死在提都不值得提的小要塞的争夺战中，而并非是死于最重要的战役之中。如果他们是在最关键的战役中丢了性命，那他们也许就能够获得更高的荣誉。

那些觉得不死在重要时刻就等于是白送性命的人，那他不仅不可能死得光荣，相反会使生命失去光彩，失去许多真正值得冒险的机会。每一次机会本身都是公正的，因为每个人的良知都能够为他做充足的证明。

让人觉得欣慰的是：
良心能够为我们作证。

——柏林斯

假如一个人是好人的话，人们或许会清楚，而当人们真正清楚的时候，他就能够得到更多的尊敬；假如只愿意在人人都知道他有美德的条件下才做好事，对这类人就别期望他可以为别人付出什么。

我坚信，剩下的冬日里，
还有许多事值得我们去说说；

可是事情做得太秘密，
假如我不说出去，
也不该谴责我啊，
因为奥兰多尽管愿意做了不得的事情，
却不喜欢自我吹捧，
从而导致基本上没人知道他做的好事，
可那些事情全是有人见证的呀。

——阿里奥斯托

一个人为了保家卫国而毫不犹豫地奔赴战场，就会希望自己永远都不失为一个勇敢的人，并且希望可以做有意义的事；不管藏得多好，甚至包括美好的思想都必有回报。一个人为了自己，也必定要勇敢；这样的话，在抗争命运的挑战时，他就会占据心理优势，从而得到必胜的勇气。

美德不知道什么叫不光彩的失败，
在高尚的荣誉里闪耀着光芒，
它既不占据也不抛弃高贵，
这跟俗人一心想的完全不一样。

——贺拉斯

我们的灵魂应该扮演它的角色，并非是为了显示自己，而是为了我们自己，尽管其他人看不到我们的内心世界，可是我们自己可以看到；在面对死亡、痛苦、耻辱的时候，内心的精神力量会让我们远离恐惧；在失去孩子、朋友和财富的痛苦时，灵魂深处的精神力量可以帮助我们坚毅刚强；在机会来临的时候，心灵的正义力量就会引导我们向战争提出挑战。

不为任何其他的利益，
而是为了自身正直诚实的名誉。

——西塞罗

诚实的好处要比荣誉更高一等，也更值得我们为之不停追求；可名声和荣誉仅仅是给予我们的赞许罢了。

必须在全国的人口中选十来个人来核定一块土地的大小；评判我们的行为和偏好时，最难最关键的事情要算我们要听听一群乌合之众的意见，参考一下他们的评价结果，而愚昧无知、缺乏公正、轻浮无常恰好是发源于那些群众。把智者的一生交给疯子去评论，这么做合理和正确吗?

你所轻视的那些人之中，仅说一个就够愚蠢的了，更不用说是一群呢?

——西塞罗

假如做事情是为了让那些愚蠢的乌合之众开心的话，那么你就会有很多事需要做，并且永远也满足不了他们，因为这个目标自身就没有终点。

群众的判断是最不可预测的事情。

——李维

德米特里开玩笑说，人民群众的声音啊，既无法称之为是来自上面也不能称之为是来自下面。西塞罗说得更彻底：

对我而言，本来是一件并不可耻的事，
可是事情一旦受到乌合之众的称赞就变得不再干净，

——西塞罗

这样受着乌合之众牵着鼻子缺乏目标缺乏原则的活着，是既不聪明也不艺术的，在这种嘈杂混乱中间冒出的言语和观点促使我们没有任何有意义的东西去选取。我们不要为自己设立如此飘忽不定的目标，一如既往地跟着理智走吧，假如可能的话，让大众的称赞跟着我们走——因为所有这些都是命运定好的事，我们也没有其他办法预料可不可以得到成长。假如事情是正确的，即便我不想做，无论如何我也需要去做；因为凭经验知道：到最后都会代表这样做最有效也最让人快乐。

天道送给人类这个礼物：
正直的事情应该是最让人愉快的。

——昆蒂利埃纳

古代的水手在暴风骤雨中，对海神尼普顿这样说："噢，上帝啊，假如你愿意，你就可以救我一命；假如你非常挑剔，你也可取我的性命；但是，我的舵将永远保持前进的方向。"我这辈子看见过非常多的要比我会处世的人，只是由于他们做事不坚定、喜欢动摇、没有明确的目标而迷失了自己，可我却拯救了自己。

面对那些耍小聪明而不能成功的家伙，我只有嘲笑。

——奥维德

波勒斯·埃米利厄斯声势浩大地远征马其顿的时候，特别告诫在罗马的同胞们，要求他们在他出征以后绝对不要背后谈论他的行为。是啊，在大事情上假如容忍各种议论的存在，那么这就是最大的骚动和干扰。费比乌斯（公元前275—前203，古罗马政治家、将军，以避免与敌直接作战和采用拖延的战略而让敌师疲于奔命，最终战胜迦太基军队），能够坚定地对付民众敌对和错误的声音——那些人早就幻想着有朝一日能够取代他，他宁可冒着被取代的危险，也不希望只为了愉悦大众、赢得赞扬和掌声而不求发展。

我不晓得是什么自然的力量让人如此爱听表扬，但我们的确是太爱听好话了：

按常理来看，我应该畏惧赞扬，
因为我不是一个麻木不仁的人；
可我拒绝承认类似于'干得漂亮'之类的表扬
是美德的代名词和人生的终极目标。

——柏林斯

我并不关心自己在别人心目中的形象，我注重的是我在自己心中的模样；我期望自己活得充实，而不是依靠别人的吹捧过日子。陌生人只能是从小事上和表面上看我；而在内心焦虑和恐惧的时候，每个人都能够戴上假面具装作一点事情都没有的样子。他们看不见我的心，他们只看见我表现出来的态度。一个人批评战争的伪善是正确的，因为对一个胆小如鼠却冒充勇敢的兵油子来说，还有什么会比逃避危险更容易呢？避免危险的方法多得很，在走上危险的道路之前我们已欺骗别人很多次；就算是真到了已没有办法逃避、一定要做点什么的危急时刻，我们也可以做到表面镇定来掩藏怦怦跳个不停的内心恐惧。谁不希望戴上柏拉图那枚能够用来隐身的戒指？许多人会在本来应该经常抛头露面的地方隐藏起来，而那些身居荣誉宝座上的人就会深深后悔自己得到了这个位置，因为在这个时候他们必须表现得英勇无畏。

虚伪的荣誉让人愉快，
诽谤和中伤让人恐惧，
这都是罪过和心态不正常啊！

——贺拉斯

因此，根据外表做出的评价是非常不确定的和非常值得怀疑的，世界上最可信的就只有一个人自己的内心了。在每一个荣誉的里面，究竟有多少战士成为荣誉的附属品？在某个人在新的战壕站稳脚跟之前的场景是如何的呢？如果没有五十个每天领取五个苏的军饷，可怜兮兮地为他开路的工兵，他们怎么能建立功绩呢？

假如狂暴的罗马帝国轻视什么，
不用同意他们的观点，
也不用在那个天平上打破虚伪的平衡，
只用在你能力所及的范围内寻找你自己的理想就行了。

——柏林斯

我们所谓的壮大名声，实际上就是到处宣传我们的名字，把它挂在许许多多的人的嘴上；我们会努力做得更能让人接受，我们越被人接受，我们就会从中获得越多的好处，这或许就是我们为何要努力让人传颂的理由吧。可这样的病患如果过分严重，也会使许多人不择手段地让人谈论他们。特罗古斯谈起西罗斯特拉图斯、拉图斯·李维乌斯谈起曼利乌斯、卡庇托利努斯时，都是这样评价的：他们更迷恋于出名，而不是争取得个好名声。这种心理蔓延滋生，从而发展到我们更关心是否有人在说我们，而不是人们怎么说我们；只要人们常提到我们就可以了，不管他们以什么样的方式；那似乎是出了名就相当于说我们的生命在他们那里得到延长。可是对我来说，我只在我自己的心里，至于我的那另一个人生，朋友们所认识的那一个我，则是没有根据、跟我本人完全无关的；我十分明白，从别人那不实际的夸耀中我既不能有所收获、也察觉不到快乐。而在我死了以后，我就更察觉不到了，并且是完全丧失了在现实中利用名声得点好处的机会。

我不期望自己可以获得怎样的声望，并且假设我希望名字可以给我带来些优势，我也没有什么能够把握名声的资本。第一，我没有完全属于我自己的姓名，我有两个名字，其中一个是我家族的姓氏，也可以换句话说别人和我共用这个名字，在巴黎和蒙彼利埃有两个家族姓蒙田，还有一个在布列塔尼的家族也姓蒙田，而在圣道日有一家姓德·蒙田的。这样一来，一个音节之差就将搞乱我们的命运之线，即我也许会分享本该属于他们的荣誉，而他们也许会与我共享耻辱。除此之外，我的先祖以前是姓艾凯姆的，而艾凯姆这个姓氏在如今的英格兰还是名门望族。至于我的名字，则是谁想取用都可以的，如此一来，一个搬运工都有机会沾了我的光而获得荣誉。另外，假设我有一个特别的、和其他人不一样的名字，但是等我不在这个世界了，它还能标记什么呢？我的名字可以把我和愚蠢的人区分开来吗？

坟上的土可以减轻重量以延缓对我的尸骨的压力吗？
人们还会称赞我吗？
紫罗兰花尽管在成长，
但它既非从我的头发长出，
也非在我的坟墓发的芽，
更不是从我的骨灰中飞出。

——柏林斯

这个问题，我在别处已经谈过了。在我们谈到一场大的战役的时候，尽管死伤的人数多达万人，可最终受到关注的人数还不到十五；这些人受到关注肯定是由于他们的确有过人之处，也有可能是因为有上好的命运附着到了他们的身上。如果想在某一次行动中脱颖而出，那不单是一个普通士兵很难实现的，甚至一个将军也不容易办到；在面临危险的时刻，对我们每一个人来说，杀一个人，或者杀两个人，杀十个人，这就是一个勇士冒死所能换得的最大战绩，因为我们已经豁出去了全部。但是对整体来说，这样的事情实在太普通，甚至有些事人们早已经习以为常，任何一次产生轰动效应的事件都肯定发生过类似的事情，因此我们无法期待从这种事中捞到什么名誉：

这是许多人遇到的事，平常得很，
不过是从命运堆砌的事件中随意捡出的一个罢了。

——尤维纳尔

一千五百年以来，在法国数以万亿计的勇敢无畏、手执武器而死去的人中间得到功名的人还不到一百。我们不但忘了将领，就连对战役和胜利的记忆都已随风飘走甚至是消失殆尽；世界上有超过一半的成功由于没有记录，都原地不动，稍纵即逝了。假如我手里有那些事件的材料的话，我猜，不管是哪一方面的事件，我都一定会让它们能够被载记下来，并且要比名垂青史的记载多很多。莫非你不觉得奇怪吗？马人和希腊人，那么多的作家和见证人，那么多高贵和杰出的事迹，可我们所知道的人和事却寥寥无几。

我们耳中听到的也仅仅是模模糊糊的谣传而已。

——维吉尔

如果一百年后还能大概记得在法国进行的内战，这就很不容易了。

这是个非常大的疑问。古代斯巴达人在每一次出征前，都会向缪斯女神祈祷献祭，为的是把他们的丰功伟绩忠实和有尊严地记录下来——他们把缪斯女神的见证当作是神圣的——而不是为了得到普通百姓的称赞。见证的目的在于期望后人可以记得他们，好让他们的生命永存不朽。每次与我们相关的枪战，或者每一次冒险，我们都想有书记员记录在案吗？此外，就算真的有一百个人在做记录，他们的记录最多也就能保留三天，并且永远不能够传到每一个人的眼前。古人记录的东西，到我们手上的还不及千分之一，事情究竟可以流传久远还是短暂，这全是命运依照她的喜好说了算的。假如怀疑我们所了解的那些事情或许是最糟糕的，那么这种怀疑也是值得认可的，因为我们对那些没有记载的事情的确是一无所知。人们写历史书，不会写那些根本不重要的事件，因此说能够名留青史的一定是征服了一个帝国或是王国的人。他肯定是一个最起码赢得了五十二次战役的人，并且总是像恺撒那样以少胜多；在他麾下有数不胜数的勇士和将领壮烈牺牲，而这些将士的名字在他们的妻儿死后再没人知道。

> 无名之辈将被历史掩埋。
>
> ——维吉尔

我们见到那些英勇无畏的人，在战争结束后的三个月或三年，就不再被人们谈论，好像他们从未来过人世似的，假如有谁能够用合理的比例判断出什么样的人、什么样的行为可以在历史的长河中永葆荣誉的话，那么他就会发现在我们这个时代有机会名存史册的那几个非常少的人和事。我们究竟了解有多少杰出人物活的寿命比荣誉存在的时间还久？多少人在青年时代以非常正当的手段获取的名誉和荣耀慢慢熄灭了。在进入长久的死亡状态以前，我们肯定会经历三年只有虚幻、背离真实的生活！而圣贤和哲人则对自己的庄严时刻有着更高尚、聪明的看法：

> 活得不错的嘉奖就是我们活过了，
> 干得不错的成绩就是我们干过了。
>
> ——塞内加

一个画家或一个艺术家，一个修辞学家或一个语法学家，如果他们千辛万苦地想通过作品达到扬名的目的，这些本来无可厚非，可是他们的职业本身所孕育的美德太高尚，这就让他们除了寻求自身价值之外，不应该再寻求其他的价值，特别是不该寻求人们给予的虚名。

假如这个观点是错的，那么在大众中拥有名声的益处是什么呢？假如名声可以使人们尽忠职守，可以激发人们对美德的追求；假如君王在看到人们是多么怀念图拉真、多么憎恶尼禄后能够有所感触；（那个残暴无比的暴君的名字——尼禄，从前如此横行霸道如此气焰嚣张的人，如今被任何一个小学生诅咒和侮辱。）假如君王在看到后可以受到教育的话；那么就尽全力地提升一个人的名誉吧！那就让我们尽可能的珍惜名誉吧！柏拉图将一生致力于公民的美德教育，告诉他们不要小瞧人的名声和尊严。他还说，在神的启示下，那些恶人往往也能在言语中或在思想里，正确地分辨好人和坏人。柏拉图和他的老师两个人都是勇于实践的伟大人物，他们不管到哪都像神一般品行端正，而这种神圣的精神恰好是人类所向往的。

当悲剧诗人没办法解决诗歌创作上的难题时，
就会祈祷上帝赐予力量获得圆满的答案。

——西塞罗

这也可能就是提蒙辱骂柏拉图、骂他是伟大奇迹的捏造者的理由吧。这就等于是在看到人付不起钱的时候，拿一些假钞夹在里面充数，所有的立法者都采用这个办法，任何法规中都混杂着客套话和欺骗性的观念。政府用这些虚假的东西糊弄百姓、让百姓服从这样那样的义务。这也就是为何大部分的政府最开始的时候都编一些神奇的故事，添加一些超自然的神秘。正是这个东西赋予了非正统的宗教一种影响力，从而让那些有头脑的人也身陷其中。纽默和塞多留为了使手下死心塌地效忠他们，频频为他们送上迷魂汤；一个搬出希腊罗马神话中的仙女伊吉丽，另一个则说神的意愿是通过他的白鹿传达给人民的。纽默为他的法律树立权威，让它们披上仙女的外衣。作为巴克特利亚和波斯的立法者的琐罗亚斯德，就是打着奥尔穆兹德这一神仙的旗号制定法律；埃及的立法者特利斯莫吉斯忒斯打的旗号是墨丘利神；斯基泰的立法者萨默尔科西斯利用的是女灶神；哈尔吉斯的立法者哈龙达斯依靠的是农神萨杜恩；克里特岛的立法者弥诺斯则借助于爱神朱庇特；古代斯巴达的立法者利库尔戈斯求助于太阳神阿波罗；

雅典的两位立法者德拉古和梭伦凭借着智慧女神密涅瓦。任何社会组织都以神为首领，其实全部都是假的；只有犹太人在离开埃及时把摩西冠于他们的头顶才是真实的做法。贝都人的宗教，就像德·儒安维尔说的那样，特别包含着这么一种说法，一个为国王捐躯的人，他的灵魂将会到另一个更幸福、更英俊、更强壮的人的身子里，用这种办法驾驭人们更加乐意为国王卖命：

头脑中憧憬着刀剑的袭击，
灵魂里渴望着死亡的来临；
假若要获得新生，
首先得抛弃这条性命。

——卢卡努

这是一种非常有益的信仰，不管它是多么空洞。每一个民族都有一条类似的法宝；但这一话题需要另辟篇章加以描述。

说回我原来的题目，我建议女士们不要把她们的责任称之为名誉：

俗语说得好：

大众所说的光荣事实上仅仅是正直。

——西塞罗

责任是核心，名誉只是皮毛。我奉劝你们千万不要寻找借口掩饰你们的本末倒置。我觉得尽管人的内心想法、愿望、欲望都是跟外在的荣誉没有关联的东西，可实际上，却都会展现出来对荣誉的渴望，因此说这一切都是看最终的结果：

由于是不被允许的，
所以她假装拒绝；
可最终还是接受了。

——奥维德

不管是想还是做，冒犯神灵和自己的良心都一样，是重大的事，而且这些行为是暗地里秘密地进行的；虽然期望名誉的心理活动这样的隐蔽，除了自己，别人轻易不知道。可实际上荣誉中间还包含着应承担的责任，包含着善良的情感。每一个真正荣耀的女人，都是宁失荣誉而不失良知的。

17 论自命不凡

另外有一种来自我们夸大自我价值的荣耀。这是我们对自己持有的本能的爱，这种爱让我们把自己看得和我们的实际情况全然不一样：正如情人眼里出西施，坠入情网的人由于他的判断被模糊被歪曲，把他们所爱的人看得同现实不符、更加完美。

我害怕犯这样的错误，但是也不想见到一个人因此而否定自己，也不期望他把自己看得比实际情况更坏。在任何情况下评价都应一样公正：每个人对自己的评价都应与实际情况相符合。假如是恺撒，他就应该当仁不让地做世界上最伟大的军事领袖。我们注意的只是体面，体面把我们弄得晕头转向，让我们看不清事物的本质；我们抓住了树枝，却把树干和主体抛弃了。我们告诉女人，有些事进了耳朵就应该脸红，但她们去做这些事情却毫不感到羞耻；我们不敢说出我们某些器官的名字，但我们却毫不觉得羞耻地使用这些器官去干各种淫秽的勾当。体面使我们不准说出合法和正常的事物，而我们也对此完全服从；理智禁止我们做不合法的坏事，却没有人愿意相信。我觉得在这种情况下体面的法律在束缚我的手脚，因为体面既不让我们讲自己好，也不让我们讲自己不好。对此不再赘述。

有些人在命运（应该把它叫作好运或厄运）的安排下过上比一般的水平要高的生活，他们能够用大家都可以看得到的行动来表现自己是怎样的人。可是，有些人命中注定没有名气，假如他们自己不谈就没有人会提起他们，如果有人大胆地站出来，对着希望了解他们的人说说自己，这样倒情有可原，在这方面有卢齐利乌斯的榜样：

他像告诉忠实的同伴那样，

对他的书籍讲述他的秘密，
他失败或成功的唯一聆听者：
如此一来，这位老人的一生都被描述出来了，
仿佛献给诸神的一幅图画。

——贺拉斯

他把自己的行动和思想记录在纸上，如实地刻画对自己的认识。“卢齐利乌斯和斯考鲁斯并没有因此而受到质疑，也没有因此而受到指责。”

我还记得，在我年幼的时候，人们就发现我的姿态和举动有点异常，我也说不清楚是怎么个异常，显示了虚无和愚蠢的自豪。对此，我最先想说的是，我们一生下来就具有一些特点和倾向，是丝毫不奇怪的事情，这些特点和倾向在我们身上根深蒂固，让我们没办法感到和察觉。我们的身体会习惯地保持某种自然的倾向和印记。察觉到自己的美并从而装腔作势，让亚历山大大帝的脑袋稍微向一侧倾斜，让亚西比德说话的声音柔和低沉，朱利乌斯·恺撒用一个手指搔头，就好像心事重重那样；西塞罗看起来有揉鼻子的习惯，一种天生喜欢嘲弄人的表现。这些动作会在我们不注意的情况下出现在我们身上。另外有一些是我们有意识做出的动作，我在此就不再多说，比如男子敬礼和女子行屈膝礼，通过这些动作就可以得到常常是不能够得到的名声，希望以此获取谦恭有礼的美誉，可有些人由于贪图荣誉才装出谦虚的样子。我很喜欢行脱帽礼，在夏天更加如此，除开我的下人以外，只要有人对我行这种礼，不管对方什么身份，我一定以同样的方式回礼。但是，我还是期望我知道的某些亲王少行这种礼，即便行这种礼也要非常审慎，因为假如看见每个人都要脱帽，这种礼节就没有发挥它应有的作用。如果不管对方是谁，那么敬不敬礼的结果是一样的。谈到不一般的举止，我们别忘了罗马皇帝君士坦提乌斯一世的傲慢。在大庭广众下，他一直保持昂首的姿势，不回头也不低头，不去注意站在道路两旁迎接他的人群，他挺直身体，不因座驾摇晃而摆动，他既不吐痰，也不擤鼻涕，甚至也不擦脸上的汗水。

我不知道，我那些受人注意的小动作是不是生就如此，我对以上的坏习惯是不是真的有一种隐秘的倾向，这自然是非常可能的，所以，我无法对自己肉体的运动负责。可是，说起我心灵的运动，我希望在这里坦白地

讲出自己的想法。

自高自大可以分为两个方面，即自视过高和轻视他人。关于第一个原因，既然谈到了我，我认为必须最先关注一点，就是我一直认为有一种把心灵迷失掉的压力，这种压力让我觉得难受，是由于它一点根据也没有，是由于它总是纠缠你。我试着改正它，但是要想完全根除，我做不到。问题关键在于我老是降低我具备的东西的实际价值，同时提升别人的、不存在的和不属于我的东西的价值。这种精神状态的覆盖面很广。就像丈夫察觉到自己的权力会让自己瞧不起自己的妻子，有些父亲也会由此瞧不起自己的孩子似的，我在两部价值相当的著作前面，老是会对自己的著作越发严格。我这么做并非因为渴望进步，才模糊了自己的判断能力，使自己永不知足，就仿佛占有会让你轻视你拥有的和可以支配的东西一样。远方的国家和风俗及其语言把我吸引住了。我发觉，拉丁语由于它的优点而让我产生的敬意，超越了它必须获得的敬意，正如它吸引儿童和下层老百姓一样。我邻居的财产管理、房屋和马匹跟我一样，可在我眼中却比我的更好，理由是它们不是我的。特别是我根本不清楚自己可以做些什么，所以我很敬佩自信不疑的人，但是我几乎不敢说自己知道什么，也不敢保证自己能够做什么。我在事情开始前和开始做某种事以后都无法看清自己的能力，除非是自己做完事情以后：我对自己力量的掌握，就好比对第一次遇到的人的力量的了解一般。结果，如果做成了一件事，我往往把它归功于好运气，而并非是归功于自己的能力。这特别是由于我在做任何事情时，心里都非常害怕，并期望自己能有好运气。同样，我一般倾向于认为，古代对常人有种种的评论，我最好接受、最喜欢的是那些对我们最轻视、最贬低和羞辱得最凶的评价。我察觉到，哲学只有在阻止我们的傲慢和虚荣的时候，只有在诚心诚意地承认自己的犹豫不决、无能为力和愚昧的时候，才可以发挥自己的作用。我觉得，不论是公众还是个人的错误观念，其根源是人们对自己的评价过高。这些人骑在水星的本轮上，观察天空的深处，我认为他们同治牙的庸医同样讨厌。我把人作为研究对象，我见到的关于这个客体的观点多种多样，我遇到了重重的困难，就好像深不可测的迷宫，在这智慧的学校里有着这么多的犹豫和矛盾，你们可以想象，这些人连自己都认识不了，看不见存在于自身或者出现在自己眼前的东西，既然他们不清楚他们自己让其运动的东西怎样运动，也不清楚怎么来描写和解释他们拥有和使用的弹簧的用途，我如何可以相信他们所说的第八个行星运行的理由以及尼罗河涨潮和落潮的理由呢？《圣经》中说，认识事物的欲望是对人的惩罚。

我再反过来讲讲自己。我觉得，要找到一个对自己的评价稍微低的人，抑或要找一个对我的评价低于我对自己的评价的人，是很困难的。

我认为自己是普普通通的人，我同其他人的仅有区别，是我非常明白地见到自己的缺点，这些缺点比普遍具有的缺点还要卑劣，可我既不想把它们否定，也不想为它们辩护。我知道自己有多少斤两，并且以此评价自己。

说我自高自大，这不符合我的本性，是相当表面，而且缺乏实质的判断的。这种傲慢只是小菜一碟，甚至我也无法发现。

我只是被它淋湿了，并没有被它染色。

说实话，关于精神方面的生产，不管什么方式的精神生产，我这里也从未产生过可以让我真正觉得满意的东西，人家的赞美也不会让我觉得快乐。我的评价谨慎而又严苛，在谈到我自己时格外如此。我不断地否定自己，我感到自己缺乏力量，时时摇摆和屈服。我没有任何东西可以让我的理智觉得满意。我看得十分明白、准确，可是在我着手工作以后，我的看法会变得不清不楚，我在诗歌方面的感受尤为深刻。我非常喜爱诗歌，我对别人的诗作看得明明白白，可在我自己动笔写诗时，却变得跟孩提一样，对自己没办法忍受。在别的任何事情上能够是傻瓜，可在诗歌上却绝对不可以：

神祇、人们和展现诗人作品的廊柱，
都不允许诗人处于平庸的状态。

——贺拉斯

最好把这个警句贴在所有的印书馆的门楣上，好不让那么多的蹩脚诗人进去，

没有任何一个人可以像蹩脚的诗人那样自信。

——马尔希埃

像以下说的那样来解释这件事的民族，为何已经不存在了呢？大狄奥

尼西奥斯目空一切，其中包括在诗歌方面。在举办奥林匹亚竞技会的时间里，他除了派出在奢华方面压倒别的车辆的马车以外，还派出诗人和乐师来介绍他的诗歌，并让他们带去装饰的好比是帝王使用的那样金碧辉煌的营帐。轮到朗诵他的作品了，优美的声音初时吸引了老百姓的注意，可听到后来，认为作品没有一点才气，就对它表示轻蔑，评论也越来越刻薄，到最后居然生起气来，把他的所有帐篷都推倒、撕坏。他的马车在比赛中也未获得任何出色的成绩，他返程时运载人员的船只在西西里失事，由于风暴的袭击在塔兰托的海岸触礁沉没，民众觉得这一定是神祇愤怒的暗示，就好比他们对这蹩脚的诗歌表示愤怒一般。在这次海难中生还的水手们也认同民众的这种看法。

断言大狄奥尼西奥斯就要死去的神谕，看起来和这种看法完全一致。神谕觉得，大狄奥尼西奥斯一旦征服比他强的人，他的死期亦将不远。他则觉得神谕中所说的是比他强大的迦太基人。在跟他们打仗的时候，他经常刻意错过胜利的机会，在半途停顿下来，好让这个预言无法兑现。但是，他理解错了，因为神强调的是赢得胜利的时机，即他后来通过贿赂这种不正当的办法，赢得了那些比他更有才华的悲剧诗人，在雅典表演了他的悲剧《莱内尼亚人》。赢得这个胜利以后，他突然死了，部分原因是兴奋过度。

我认为自己能够原谅的地方，并非从它自身来看，也不能把它当作辩解的理由，而是同更坏的东西对比而言，因为我看见其他人对这类东西都表示赞同。我羡慕那些懂得在工作中寻找快乐和回报的人，要觉得愉快，这是非常简单的办法，因为这种快乐你能够从自己那里获得，假如你对自己的评价毫不怀疑，那更是这样了。我认识一位诗人，不论内行还是外行，不论公开或者私下的场合，就连老天和大地也在叫喊，说他对诗歌完全不懂。可他还是依照自己决定的方向去做。他依然做以前所做的事情，不停地进行改正、加工，毫不放弃地干下去，正因为他独自坚持，所以他的意见更显得根深蒂固。我的作品不但不会让我觉得高兴，我每次触摸到它们时，还会觉得恼火：

> 当我重读它们的时候，见到其中有许多段落，
> 连我自己也认为这些段落应该删掉。
>
> ——奥维德

我心里总有一个印象，一个模糊的图像，就好像在梦中一般，我觉得这种形式比我所用的形式要来得好，可我又没办法捕捉它并拿来利用。其实，这种想法并不聪明。它使我得出结论，历史上丰富伟大的思想家的创作大大超出了我的想象力和心愿。他们的作品不仅让我觉得满足和充实，并且让我觉得惊讶和赞赏。我明白地觉察到它们的美，我见到这种美，即便不是完整地看到，最起码也见到我不是无法达到这样的水平。不管我试图做什么，我都应该为美慧女神献上祭品，就像普鲁塔克在谈起一个人时所说，好赢得她们的青睐，

因为可以让人喜欢的一切，

可以让凡人的感官快乐的一切，

我们都应该归因于可爱的美惠女神。她们随意抛弃我。我身上没有一样东西不粗俗难耐，缺乏高贵和美丽。我无法把事物描绘得超越它们真实的价值。我的加工不能让素材增色。所以，我的素材可以有更好的质量，可以让人产生印象，可以自己放出光彩。我用稍微朴实、引人入胜的方法来处理题材，只是顺从我的天性而已，因为我不爱全世界都深陷其中的迂腐和忧郁的想法。我这么做是为了让我自己高兴，不是为了突现题材的严肃性和朴实性使文笔变得轻快一些，因为我的风格更合适于严肃的题材（假如说我应该把风格叫作无定形的和不规则的话语，又或更加准确地说，是朴素的语言，是没有题目、没有段落、没有结论的叙述，零乱无章，就好比阿马法尼乌斯和拉比里乌斯①说的话那样）。我不会讨好，不会恭维，不会逢迎：世界上最好的故事在我的手里也会变得枯燥乏味、黯然失色。我只会讲述我一开始考虑好的事情，我根本没有我的许多同行所具备的能力，他们见到谁都谈得来，使整群人屏息聆听，抑或是不厌其烦地讨论各种事情，让一位国君听得很有兴趣，他们这么夸夸其谈，从不会觉得缺少话题，因为他们会抓住他们突然想起的话题，并让其适应和他们交谈的人们的情绪和水平。国王们不太喜欢严肃的话题，也不喜欢我为他们讲故事。最先想到、最轻易想出的理由常常最具有说服力，但我却无法加以利用，这表明我不擅长对公众说话。不管什么问题，我习惯于讲我所知的最重要的部分。西塞罗觉得，在哲学论著中，最困难的是开头部分。不论他

① 西塞罗《学术问题》中的两个人物，缺乏审美感与批判精神。

说得是不是正确，我认为最难的还是结论。

不过，我们应该调整琴弦使其弹出各种音调；最高的音是演奏时用得最少的音。要把轻物举起来，最起码要有不让重物掉落下来所需要的灵活。有些时候只用接触事物的表面，有些时候则需要深入事物的内部。我知道得很清楚，大部分人浅尝辄止，因为他们只看见表面便开始构想事物的全貌，可我也清楚，类似于色诺芬和柏拉图这样最伟大的大师经常俯就屈尊，用民众的俗陋方法来说话和讨论各种事情，并用他们独特的优雅点缀这种说话方式。

然而，我的语言既不流畅，也不文雅，它生硬而傲慢，其剪裁配置灵活，不受规则的束缚；我热爱这种语言，假如说不是由于我的判断，也是由于我的癖好。可我很清楚自己有时候有点过分，我希望可以避免装腔作势和矫揉造作，却走到了另一个极端：

我希望简洁，
却变得晦涩。

——贺拉斯

柏拉图说，文章的长与短并非什么特别的优缺点，它不会增加或者降低语言的价值。每次我带着希望模仿另一种风格，就是匀称、单一和整齐的风格时，都会遇到失败。此外，尽管我更加喜欢萨卢斯特的停顿和节奏，却仍旧觉得恺撒的更伟大更难模仿。我的爱好让我更想模仿塞涅卡的风格，可这并不影响我更为欣赏普鲁塔克的风格。在行动方面，在言谈方面也一样，我只是顺着自己天生的意向，所以，我讲话或许要比写作来得好。运动和活动会让话语变得生机勃勃，对那些会猛然振奋——就好比我那样——和激动的人来说更是如此。姿势、表情、声音、衣着和心境会让物体拥有它们所不具有的价值，就连喋喋不休的废话也是这样。梅萨拉在塔西佗家里埋怨他这个时代的某些紧身服装，也埋怨演说者的讲台会让他们的雄辩受到侵害。

我居住在穷乡僻壤，所以我的法语很差，无论在发音还是在其他方面；在我们的地方，我知道的人都发音不清，纯粹的法国人听起来非常不顺耳。这并非是由于我对佩里戈尔方言掌握得很好，我使用这种方言的机会还不及使用德语，所以没有什么关系。这种方言就好比其他地方的方言一样，比如普瓦图方言、圣通日方言、昂古莱姆方言、利摩赞方言和奥弗涅方言：柔弱无力，拖沓和啰唆。在比我们这里高的地方，在靠近山区的地方，有一种加斯科尼方言，我认为这种方言格外美，它清楚明白，却又意味深长，说实话，比我能听懂的任何语言都更加阳刚和雄壮；这种方言刚劲有力又恰到好处，就好比法语优雅、细腻而又丰富多彩一般。

至于对我来说如同母语一样的拉丁语，随着使用这种语言的习惯逐渐消失，因此我已无法像以前那样流畅地讲这种语言，同时也无法用这种语言进行写作，而在从前，我对这种语言的掌握非常出色，被其他人叫作老师。我在这方面的能力实在不怎么样。

美在人们的关系中是一种强大的力量，最能让人们相互吸引，一个人再野蛮再难惹，都会在某种程度上被美的魅力所感动。肉体是我们的存在中非常重要的部分，在其中占据着重要的地位。所以，它的构造和特点自然地受到格外的注意。有人想割裂我们的两大组成部分，把它们互相孤立起来，他们错了。反过来，应该要它们紧密地连在一起，把它们组成一个整体。必须让我们的灵魂别待在一边，不轻视和抛弃我们的肉体（它仅仅因可笑的装腔作势才这么做），它必须和身体结合在一起，拥抱它，喜爱它，帮助它，看着它，给它出主意，在它误入歧途时，帮助它回归正途，总之是跟它结婚，变成它的丈夫，好让它们的行动不会相互矛盾，而是协调一致。基督徒对这种深刻的结合有着特别的认识，因为他们清楚神的法律，赞成肉体和灵魂的这种结合和联系，肉体必须和灵魂一起永远受苦或者永远享福，他们也清楚，上帝看着每个人所做的一切事情，并期望人根据自己的所作所为得到惩罚或奖赏。

逍遥学派是哲学学派中最人道的一派，它觉得明智的举动是为这两个结合在一起的部分造福。该学派觉得，其他学派对这种共存的现象研究得不够彻底，犯了局限性的错误，有的偏向肉体，有的偏向精神，但都犯了相同的错误，即忽略了他们的研究客体——人，他们通常认为，指引他们研究的是大自然。

人与人之间最主要的区别，一部分人之所以比另一部分人更具优势，很有可能就是美貌：

他们分了土地，
并按照每个人的美貌、体力和智力进行分配：
美貌非常重要，体力受到重视。

——卢克莱修

然而，我的身高属中下。这一缺点不但有损美观，并且对担任统帅和高级职位的人来说还会带来各种不便，因为外貌的美和健壮的身材所赋予的威望，远不是非常次要的东西。

马略不愿招募身高不到一米八的士兵。《侍臣论》期望贵族最好具有中等身材，并且不期望他突出的让人指指点点，是有原因的。可是，如果非让我选择的话，我觉得对一个军人来说，高于中等身材比低于中等身材要来得好。

亚里士多德说，小个子的人好看，但不英俊；在高个子的人中可见到伟大的心灵，就好比高大的身躯显得美一样。

他又说，埃塞俄比亚人和印度人在选择自己的国王和行政官员时注意人的美貌和高大的身材。他们这么做是有道理的，因为看见魁梧雄壮的首领走在队伍的最前面，他的部下就会对他尊敬，他的敌人就会觉得害怕：

在第一排走着图努斯，
他相貌堂堂，手握武器，比身边的人高出一个头。

——维吉尔

我们伟大的天主的每一个想法，我们都必须认真地、虔诚地和尊敬地去采纳，他并没有拒绝身体的光：“你比世人更美”。

柏拉图命令他共和国的官员除了有自控和坚强之外，还要有好看的外貌。

假如有人当着你手下的面问你：“老爷在哪里?”假如有人对你的理发师或秘书打招呼很热情，而对你却非常冷淡，那就会让你非常难过。可怜的菲洛皮门就遭遇过这类事情。某天，他一个人到达临时驻地，人们在那里等他，但女主人不认识他，又觉得他长得丑陋，就让他去帮助女仆提水或是把火拨旺，好接待菲洛皮门。他的随从人员到达以后，看见他在干这种活（因为他认为必须遵从主人对他的安排），就问他在做什么。他对他们回答说："我在为自己的丑陋受罚。"

其他方面的美是属于女人的，唯有身材的美属于男人。假如身材矮小，就算前额宽大、凸出，就算眼白很白，目光柔和，就算鼻子形状优雅，就算耳朵和嘴巴娇小，就算牙齿整齐、洁白，就算栗色的胡子密度整齐，就算小胡子长得很美，就算长着圆圆的脸蛋，就算脸上容光焕发、表情优雅，就算身体发出让人感到愉快的气味，就算四肢匀称，也称不上一个漂亮的男子。然而，我却是五短身材，不能说满脸横肉，却也算肥胖一类；我的性格处于开朗和忧郁之间，一半活泼一半暴躁。

但我双腿和胸部都长满了毛。

——马尔希埃

我的健康状况极佳，精力充沛，尽管我已上了年纪，可是却基本不生病。在这之前我一直如此，可是我现在已年过四十，我已在通往老年的路途中，因此我不再觉得自己依旧如此：

青春的力量和活力在不知不觉中消亡，
年龄的增长让它们衰退。

——卢克莱修

我今后的模样吗，只剩下半条命，我将不再是我。我天天都在离我而去，都在逃开我自己。

我们的财产，被流逝的岁月一件件抢走。

——贺拉斯

我历来不够机警灵敏，然而，我有一位心灵手巧的父亲，他直到晚年还生机勃勃。在同他地位相等的人中，只有他在体育锻炼方面的水平最高，无人超越，就仿佛是没有人能在这一点上超越我一样，可是赛跑除外

(我赛跑属中等水平)。在音乐方面，我是任人怎么教都学不会，不论是唱歌，也不论是乐器。在舞蹈、网球和摔跤方面，我仅仅是学了一些皮毛；而游泳、击剑、马术和跳跃，我完全不会。我的手十分愚笨，写出来的东西甚至自己看了也不满意，所以，我即便写了一些东西，可我宁可重写一遍，也不愿意花力气去辨认它们；我也不是很会朗读。我认为我写的东西会让听众觉得难受。总而言之，这些我都不是很会。我不能正确地把信封好，也不曾修剪羽笔，也不能正确使用餐刀，不会为马匹套上辔头，不会用手抓住猎鹰并放它出去，也不会对狗、猎鹰和马匹讲话。

一句话，我的身体状况和我的精神状况是一致的。一点灵活的感觉都没有，有的只是刚强和坚定。我能够吃苦，不过我只有在我觉得有必要的时候，只有在我自己愿意的时候才会去吃苦：

> 乐趣使人忘记劳作之苦。
>
> ——贺拉斯

换言之，假如不是为了寻找乐趣，假如不是受纯粹的自由意志的引导，我就会一点价值都没有，因为除了健康和生命之外，世上没有任何一样东西能让我去损坏自己的指甲，能让我用精神和肉体的痛苦的代价来交换：

> 我不会付出如此沉重的代价，
> 来换取两岸绿树成荫的特茹河的沙砾中流进大海的所有黄金。
>
> ——尤维纳利斯

我极端闲散，极端放纵，既因天性如此，也源自我的信念。我宁愿献出自己的鲜血，也不愿多去劳神。

我随心所欲，习惯于我行我素。我到目前为止还从没有过指挥官和强加于我的主人，我没有阻碍地走自己选择的道路，并且以自己喜爱的步伐行走。这让我变得非常娇气，无法去服侍别人，只能对自己有用。对我来说，我完全没有必要强行改变我呆滞、懒惰和好闲的天性，因为我从出生那天起就非常幸福，认为可以永远处于这种状况，并且头脑非常清醒，认为有这样的可能性，因此我没有寻找任何东西，也没有获得任何东西：

顺风没有吹鼓我的船帆；
逆风也没有阻止我的船行驶。
在力量、才能、美貌、德行、出身和财产方面，
我在一流中排名末尾，可在末流中排名首位。

——贺拉斯

我只需要知足常乐的本领，仔细看看就可以发现，对任何一种地位的人而言，拥有这种精神状态都非常困难，可事实上，穷人要比有钱人更容易拥有这种精神状态。原因就是致富的愿望同我们的其他所有嗜好类似，在尝到富有的味道之后要比在对此一无所知的时候更加强烈；除此之外，节制的品德也不如忍耐那么常见。我只用慢慢地享受天主慷慨大方地给予我的财产。我不会做过任何沉重的工作。我做得差不多一直都是自己的事情；即使有别的事情要做，那也是按照我的时间和我的方式去做。此外，请我做事的人都信任我，了解我，并且不来催我。要清楚有能力的人可以让脾气倔强和患喘息症的马为自己干活。

我的童年接受一种懒散自由的教育，缺乏严格服从的精神。所有这些都让我养成温柔和犹豫不决的性格。其他人不在我家里评论我的损失和缺点，以便不碰到我的痛处，我对这些一直以来都觉得非常高兴：在家庭支出方面，我把因为粗心大意而付出的代价都算在家庭成员吃用的账上了：

一定是这笔多余的钱，
逃过了主人的眼睛，成了盗贼的外快。

——贺拉斯

我不愿意管账，因为我不想知道亏蚀的确切情况。同我一起生活的人们对我没有感激之情并对我进行诈骗，这时我就让他们对我装出感激的样子。我一点也不坚强，无法忍受我们所遇到的麻烦事情的不好的方面，也

无法一直集中精力来做好自己的事务，所以我完全听凭命运的摆布，事事从最坏处着想，并打算用温顺和耐心的态度来承担这最坏的结果。我一直做的仅有这点，这也是我所有议论的结果。

遇到危险，我想的不全是如何逃避，想得比较多的是就算逃脱了好像也没有什么意义。假如我遇到危险，那又如何呢？我没法对事件产生作用，就去影响我自己，我既然不能让事件顺着我走，就顺从地跟着事件走。我不够机智，不懂得躲避命运的打击，不懂得摆脱或控制命运，我也从不能谨慎地做好自己的事情。我更没有耐心因为这个去做艰苦的工作。对我而言，最难受的莫过于见到事情摆在那儿，把我憋得喘不过气来，徘徊于恐惧和希望之间。反复思考一件事情，就算是微不足道的事情，都会让我觉得厌烦；我觉得，我的思想无法忍受怀疑和犹豫所引起的各种动摇和动荡，却可以在有机会时做出某项决定。而且不管是什么样的决心，没有什么事情能使我激动得睡不着觉。这就好像我在道路上不爱走倾斜和发滑的两边，而要走车马走得最多的地方，尽管这部分道路既泥泞又坑坑洼洼——我寻求安全，在那儿走就不会跌到沟里去。类似的，我喜欢明显看得到的倒霉事，因为它们：不会由于意外而让我觉得难受，不必因为损失的大小而不安和烦恼。

无法肯定的坏事是对我们最大的折磨。

——塞涅卡

面对突发事件，我的表现颇有男子气概；可在别的情况下，我的表现却跟个孩童没什么两样。对倒台的恐慌要比这一打击本身更让我觉得着急。得不偿失嘛。守财奴远比穷人痛苦，疑神疑鬼也远比戴绿帽子更难忍受。失去葡萄园常常要比因葡萄园而去打官司所受到的损失少得多。最低的梯级最为牢固：它是整个楼梯牢固的基础。你站在上面，根本不用担心。它紧紧地装在那里，支撑着楼梯的别的部分。下面这个贵族的例子，在那时有很多人知道，这个例子是不是蕴含着某种哲理？他在年轻时游手好闲，到年纪大了才结婚。他擅长讲故事，也非常擅长开玩笑。他知道绿帽子的故事给了他无数机会议论和调侃别人，又不会被别人嘲笑，就在每个人只要出钱就可以找到女人的地方娶一个女子为妻，并和她一起生活。

他们在见面时如此打招呼："你好，婊子！"——"你好，王八！"他在家里和来访的客人最常公开谈论的事是他为何要娶这个女子为妻：如此一来，人家就不会在背后议论他，就算责备他也不会非常尖刻。

至于野心，它是自高自大的近亲，或者说是它的女儿，但要让我对这产生强烈的欲望，就必须让命运之神跑来抓住我的手。因为我肯定不会因为不可信的希望来操心，肯定不会去做各种艰苦的工作，而任何人希望提高自己的声誉，在一开始时都要做这样的工作：

> 我不会花费如此代价去购买希望。
>
> ——泰伦斯

我喜爱我看得见和我所拥有的东西，我永远不会离开我的港口，

> 用一把桨劈开波浪，用另一把桨触及沙滩。
>
> ——普罗佩提乌斯

再说，拿自己的财产去冒险以求高升，成功的人少之又少。我觉得，假如你有充足的财产，能够让你保持你在出生和成长时的生活条件，那么，你在毫无把握的情况下为增加自己的财产而花费金钱，毫无疑问是非常荒唐的事情。可是，假如命运拒绝为他提供立足之地，不让你过平静安逸的日子，那么他用自己的财产去冒险是能够被原谅的，因为他无论如何，都不得不去找寻自己的幸福。

> 在逆境之中，必须选择冒险的道路。
>
> ——塞涅卡

同样，我会原谅家中的次子拿自己合法继承的财产去冒险，而不会原谅负责维护家族荣誉的长子，因为他犯这样的过错会让家族破产。

我得益于老朋友的忠告，找到了一条最容易走的捷径，就是摆脱这种欲望，过平静的生活：

要获得美好的棕榈枝，身上就会布满灰尘。

——贺拉斯

我正确判断自己的力量，知道它不可能成就什么大事，此外我也记住已经去世的掌玺大臣奥利维埃的话。他说，法国人就好比猴子，它们爬到树上，从一根树枝爬到另一根树枝，一直往上爬，一直爬到最高的树枝上，最后向世人暴露了自己红红的屁股。

把撑不住的重物放在自己的头上非常不光彩，
因为膝盖很快就会发软，不得不把重物放下。

——普罗佩提乌斯

我身上也有无可指责的优点，不过我觉得它们在这个时代毫无用处。我生性随和，会被人说成软弱无能；信仰和真诚会让人觉得我相信迷信和谨小慎微；坦率和自由会被人觉得令人厌烦和大胆妄为。但祸兮，福所依矣，出生在一个道德败坏的年代里真是一件好事，因为同其他人相比而言，你不用花费很大的精力就会被认为有道德的人。在我们的时代，除非你杀害父母，亵渎神明，否则你就是个正派、诚实的人：

现在，如果你的朋友不否认你曾经托他保管财物，
假如他把你的旧钱包交还给你，
里面放着他那些带铜绿的硬币，
这样的忠实可靠完全就是奇迹，
值得记录在伊特鲁立亚人的古籍上，
并应该杀一头戴花冠的羊来进行祭献。

——尤维纳利斯

任何时候，任何地方，对国王的最高肯定和最高奖赏，莫过于对他们的善良和正义的奖赏。他们之中第一个想到要用这样的办法来获得民众的喜爱和信任的人——假如我没有弄错的话——肯定会大大胜过其他君主。

力量和强暴有某种用处，可并不是万能的。

我们能够看到，商人、村子里的仲裁人、手工匠，我们看见他们在英勇善战方面并不逊于贵族：不管在群体和个体的战斗中，他们都打得非常出色，并在我们现在的内战中保护了城市。在如此的混乱之中，君主失去了自己荣誉的光环。国王应该放射出仁慈、真诚、正直、克制，特别是正义的光芒：在我们的时代，这些特征非常罕见、没有人知道、没有人欢迎。仅仅是民众的良好愿望才可以让他干出大事，而别的任何品质都无法让他得到民众的良好愿望，上述品质对他们才最有用。

任何东西都无法和仁慈一样深得人心。

——西塞罗

同我这个时代的人们比起来，我会认为自己非常伟大、非比寻常，可是同过去某些世纪的人们比起来，我就显得微不足道、非常平凡，在那些世纪里，假如没有别的更值得称道的品质，那么，稳重的人期望报仇，懦弱的人对别人的侮辱怀恨在心，虔诚的人遵守自己的诺言，没有人说一套做一套，没有人随机应变，没有人迫于别人的旨意或者环境的压力而改变自己的信义，是非常平常的事情。我宁可一败涂地也绝不牺牲我的忠诚，因为我对于现在非常盛行的虚假和伪善的“美德”极其痛恨，在所有的恶习中间，我认为没有哪一种是这么卑鄙无耻。这是一种奴颜婢膝的个性，是用一种假面具来伪装和掩盖自己，不敢让人看见真面目。如此而来，我们的同时代人因此变得愈来愈背信弃义：他们必须说假话，说了话不算数也不会受到良心的谴责。心灵高尚的人不会隐藏自己的思想，而是希望让其他人看到自己心灵的深处。他所有都好，或者最起码充满了人性。

亚里士多德觉得，心灵的高尚之处在于能同时公开说出自己的爱和恨，能非常坦率地表达意见，在事实面前并不在乎别人赞成或反对。

阿珀洛尼厄斯说，说谎是奴隶做的事，说实话是自由公民做的事。

这是道德的首要部分，也是基本的部分，我们应该爱惜它。有人说实话，是由于他出于其他原因而必须这样做，或者是由于这样对他更加有利，在不怎么重要的情况下不怕说谎的人不可以算是非常诚实的人。我的心出于本性逃避谎言，甚至一想到说谎就觉得厌恶。

我有一种廉耻之心，假如偶尔说了假话，我内心里会感到羞愧和后悔，谎话有时还是会说的，那是在我遇到意外的状况、没办法在进行细细思考之后再给出反应的情况下。

不是说不论何时何事都必须坦白，因为这么做是愚蠢的，可你说的话都应该是你心里想的，不然的话就是不怀好意的诈骗。我不清楚那些没完没了地在说谎和弄虚作假的人究竟想得到什么好处，在我看来，他们唯一可以得到的好处就是当他们说真话的时候也没有人相信。说谎可以欺骗别人一次或两次，可是把弄虚作假变为自己的习惯并对此觉得自豪，就好比我们某些君主所做的那样——他们说，假如贴身的内衣知道他们秘密的图谋，他们就把衣服扔进火堆里烧掉（这是古代马其顿的梅特卢斯说的），还说谁不会弄虚作假，谁就不会统治——这就显然是预先告诫同他们打交道的人们，他们嘴里说出的话全是谎言和欺骗。“没有诚信的一个人，愈是奸诈和狡猾也愈是丑恶和可疑。”对于同提比略一样表里总是不一的人，假如有人会轻信他的脸部表情或他说的话，这人的头脑就过于单纯。既然这些人所说的话都是谎话，我不知道这么做在人际关系中能占到多少便宜。

谁对真理不诚实，谁对谎言也会如此。

现时，有人写书论述国君的责任，书中只讲他的权益，却绝口不提他的品德和良心，这些人也许会说出一些有道理的话，可是他们的建议只适用于命中注定要用食言的方法来做好自己事务的君主。但是，事情并非如此，因为君主们在一生中不止一次地缔结或解除某个条约。利益让他们做出第一件背信弃义的事情（利益差不多总是让人们做出各种坏事：为了某种好处而渎圣、凶杀、叛乱、背叛），可这第一次获利却给他带来非常多的损害，从此，这位国王将被排除在任何交往之外，他将失去谈判的资格，因为他成了一个言而无信的榜样。苏莱曼是奥斯曼帝国苏丹，并不非常遵守诺言和遵守条约。在我童年的时候，他领兵来到奥特朗托海峡，得知梅尔库里诺·德·格拉蒂纳尔和卡斯特罗的居民开城投降后成了俘虏被关押起来——违背了他们投降的条件，就叫人把他们释放，理由是他还要在这个地区办另外的几件大事，这件事不遵守诺言虽然顾及了眼前的利益，却使他在未来失去信用，从而造成数不清的损失。

从我的角度来说，相比之下，我宁可让人觉得不合时宜和鲁莽，也不愿当阿谀奉承、心机很重的人。

我承认，把自己完全赤裸地暴露在别人面前，不顾别人的感受，或许也掺杂着某些高傲和倔强的成分，因此我觉得，我变得有点无拘无束，是由于在不能自由自在的地方，一定要我毕恭毕敬，会让我变得焦躁不安。当然，因为缺乏技巧，我有可能凭着性子乱来。我在同大人物交往时，言谈和举止都丝毫没有拘束，就好比同亲人们在一起时那样，我觉得这样做是那么轻率和失礼。但是，除了天生如此之外，我的脑袋不够灵活也是一个原因——无法对直截了当地提出的问题作顾左右而言他的回答，并转弯抹角地回避这种问题；不会去编造事实；没有非常好的记忆力，连自己曾经掩饰过的事情都记不住；没有充足的信心来确定这一事实，总而言之，我由于懦弱而变得勇敢。所以，我就顺其自然，老是怎么想就怎么说，我这样做既与我的性格相符，也符合我的推理，是希望让命运来对我做出安排。

阿里斯蒂帕斯说，他从哲学中收获的主要成果是自由和公开地对每一个人说话。

记忆力是一种非常有用的工具，假如没有这种工具，我们就基本上没办法进行判断。可是我的记性却十分不好。假如和我解释一件事，必须一小段一小段地说，因为要对一段包含很多部分的话进行回答，我就没有办法。假如不能记录下来，我就没有办法完成一项任务。假如我要发表长篇大论，我就只能可怜兮兮地把我要说的每个词都背出来，否则的话，因为担心坏记性突然出来捣蛋，我会毫无章法，张皇失措。可是，使用这种方法对我而言也并不轻松。背出三行诗，我要花掉三个小时；此外，假如涉及我自己的作品，我尽管有权改动其中的顺序，更换其中的词汇，并不断增加新的内容，可这样做却让作品的内容更难记住。然而，我愈是怀疑，愈是没有信心，我的记性愈差；我不去想它的时候记性反倒好了起来，所以我必须漫不经心地去向它求助，因为我如果逼它，它就会摇摇晃晃，而在它开始摇摇晃晃之后，我越是催促它，它就越是乱七八糟；记性按它的时间帮我，而不是按我的时间。

我在记忆力方面有这样的看法，在其他许多方面也有相同的看法。我无法忍受别人的指挥和约束，不愿承担义务。我轻而易举、自然而然可以做的事，如果在事前专门想好了怎么做，那我最终反而会不知所措。我的身体也是这样，四肢只要稍有自由和支配自己的机会，在我要它们在准确的地点和时间为我效劳时，它们有时会不按我的使唤来。这种强迫和专横的命令让它们觉得厌恶：在恐惧和不满的影响下，它们会变得沉重和僵硬。某一次，我去一个地方聚会，在那儿，人家请你喝酒你不喝，会被当作失礼的行为——尽管大家都让我自由行事——我就按照当地的习俗，尽量与出席活动的贵妇们快活地碰杯，当一个表现良好的酒友。可是我出现了非常有趣的情况：这种失礼的危险和让我不顾自己的习惯和酒量去饮酒的做法堵住了我的喉咙，让我连一滴酒都喝不下去，何况喝了酒就吃不下饭了。我由于想象中的狂饮而觉得自己已喝得醉醺醺的。人的想象力越是丰富，这种形象就越是清楚，可这是非常自然的事情，每个人都会对此有所感觉。有一个杰出的弓箭手被判了死刑，可假如他可以展现精湛的射箭技术，他就能够免于一死。但他不愿一试，因为他害怕自己过分紧张，手会发抖，如此一来，他非但没有拯救自己的性命，反而还丧失了射箭能手的名誉。一个人在散步的地方，他在无意之中完全有可能以同样的步子、同样数目的步子走完一段路，而且误差不大，可是，假如他开始留意自己脚步的大小并计算脚步的多少，他就会发觉，他在拼尽全力的时候，永远做不出他在无意识中自然而然地做出的事情。

我的书房是乡间最好的藏书室之一，位于我屋子的一端。在我想到要去那里查阅或撰写什么东西的时候，我害怕自己在穿过院子时会忘记去那儿干什么，就只好把我的想法告诉某个仆人。假如我忘乎所以，在交代事情的时候稍稍分心，那我肯定会把想找想写的东西忘得一干二净；所以，我的讲话非常枯燥、紧凑，受到很大的约束。对于伺候我的仆人，我要用他们的职务或出生地点的名称来叫他们，因为我记住他们的名字很困难。我能够说，这种名字有三个音节，称呼起来非常不好听，不论它以某个字母开始或结尾。假如我的寿命长一点，我毫不怀疑自己连名字都会忘了，就像有些人一样。梅萨拉·科尔维努斯在整整两年中完全丧失了记忆，有人说特拉布松的乔治也是这样。为了我自己，我经常在想，这些人过的是什么样的生活，假如我也失去了记忆，我是不是还可以过上能够忍受的生活。我对这个问题再想下去，就觉得有点害怕，害怕这种毛病发展到最严重的时候，会导致我失去所有的思想机能。“自然，唯有记忆不仅掌握着哲学，而且掌握着一切有益于生命和艺术的东西。”

我周围都是洞，到处都在流失。

——泰伦斯

我不止一次忘记口令，三个钟头前我还告诉过别人，或者是别人告诉过我，还忘掉自己把钱包藏在哪里，不论西塞罗对此说了什么话。我帮助我自己失去非常珍惜的东西。记忆是知识的贮藏所和容器，可是因为我的记性非常差，我知道的不多也不用多加抱怨。我笼统地知道学科的名称以及它们研究的对象，仅此而已。我翻阅书籍，但并不研究他们；假如有什么东西存在于我的头脑之中，我已经记不得这是人家的东西；我的智力从中获得的仅有的好处，是得到了推理和想象的能力。至于作者，地点，用词，以及其他的细节，我都过目即忘。

我的健忘可以说到了登峰造极的地步，甚至我连自己的作品也跟别的东西一样忘得干干净净。别人常常援引我写的东西，但我却并没有发现这点。假如有人问起我这里引述的大量诗句和例子的出处，我就回答不出来。然而，那都是我从名门世家乞讨而来的，我并不求多，只求它们出自丰富和可敬的手笔，让权威与理性在此相遇。所以，我的书分享着我读过的别的书籍的命运；我的记忆既忘记我写的东西也忘记我读的东西，既忘记我给予的东西也忘记我得到的东西，是一点也不奇怪的事情。

除了没有记性以外，我还有其他一些缺点令我十分无知。我脑子缓慢、迟钝，稍有乌云就会看不明白，所以（举个例子来说），即便是非常容易解开的谜，我也从不奢求它去解。所有要动一点脑筋的小事都能把我难住。有些游戏特别需要动脑筋，比如象棋、纸牌游戏、国际跳棋等，我只清楚最基本的东西。我领悟得很慢，又很不明白，但是，一旦理解了，那就是真正的理解，是全面、牢固和深刻的理解。我目光尖锐、清楚、全面，可在工作时很容易觉得厌烦，并开始出现问题；正由于这个原因，我不能长时间地同书籍打交道，只好向别人求助。小普林尼告诉过那些没有这种体会的人，对于从事此类工作的人们而言，克服这种障碍是多么的重要。

任何头脑，不管它多么孱弱多么粗俗，都会闪现出某种特殊的光芒；人的才能不管埋藏得多深，都会在某个地方显现出来。一个人对所有别的事情都熟视无睹、无动于衷，却会对某个东西充满兴趣、明察秋毫、非常关心，想弄明白这中间的原因，得要向我们的老师请教。可是，心肠真正好的人，是博学、开放、接纳一切知识的人，就算他们的文化程度还不够高，可他们有可能成为文化程度非常高的人。我说这些是为了谴责自己，或者因为自己的缺点，或者因为自己漫不经心（漫不经心地对待我们脚下和我们手中以及同我们的日常生活有直接联系的东西，是我一直谴责自己的事情），就变得一点才能也没有，对非常普通的东西也完全不知道，而不了解这些东西是一种耻辱。我想举出几个例子来加以说明。

我生在农村，在农村和田野里长大。自从在我以前拥有我现在的财产的人们给我让位之后，我开始掌管家里的事务和产业。可是，我既不会用筹码计算，也不会用笔来计算，我们大多数的钱币我都不知道在哪儿，不同的谷物，不论在田里还是在仓里，如果没有明显的区别，我就分不清楚，我也分不清我园子里的甘蓝和莴苣。我弄不清最重要的农具的名称，也不清楚最基本的农业知识，这些知识甚至小孩也都清楚。我更不清楚机械的技术、贸易和商品的知识、各种水果、葡萄酒和食品的品质，也不会驯鸟和医治马匹或狗的疾病。我丢脸就要丢得彻底，在不到一个月以前，有人揭发我不清楚酵母在做面包时有什么用，也不知道葡萄酒在桶里发酵是什么意思。在古代的雅典，人们觉得能把荆棘巧妙地放好并捆起来的人具备数学的才能。自然，人们能够对我得出完全相反的结论：你若把一整套厨房用具和食物交给我，结果我还是会饿死。

从我诚实地说出的这些缺点，人们还能够想象出我的别的缺点。可是，不管我如何描绘自己，我只想让别人如实地认识我，我做着自己想做的事情。我大胆写下这么微不足道和无足轻重的事情，但又没有道歉，仅有的原因是这一题目没有价值。有人要责怪我的计划。对我可以随便，但不能责怪我做完这一计划的方法。无论如何，无须别人多说，我很清楚这些心里话有多少价值和多少分量，也看出我计划的荒谬。这表明，我的判断力——这些文字便是它的产物——还没有达到走投无路的地步：

希望您有尽可能好的嗅觉，
让您的鼻子高得连阿特拉斯也不愿有，

让您用自己的玩笑使拉丁努斯大吃一惊，
对于这些小事，您不可以说得比我说过的还坏。
咬牙切齿有什么作用？
有肉才能吃饱肚子。
您别白费力气：把您的恶言留给自我欣赏的人们；
在这里您寻不到自己的食物。

——马尔希埃

我没有义务不说蠢话，只要我不欺骗自己，承认它们是事实就行。而故意弄错，对我而言是司空见惯的事情，我唯有这样才会弄错：我从来不会因偶然的原因而弄错。把愚蠢的行动归咎于轻率的性格，并非大不了的事情，因为一般而言，我无法阻止自己把不道德的行为归咎于这一原因。

有一天，我在巴勒迪克见到有人把西西里国王勒内的自画像献给国王弗朗索瓦二世，好纪念西西里国王。既然这位国王能够用羽笔给自己画像，那么，为何不可以让每个人用羽笔给自己画像呢？

在此，我不想忘了自己脸上的疤痕，那就是优柔寡断，在探讨世界事务时这是非常讨厌的过错。假如我觉得事情蹊跷，我就无法做出决定：

我的心既不说是，也不说不。

——彼特拉克

我可以坚持一种观点，但不可以对观点进行选择。

关于人类事务，不论你倾向哪一边，总有许多明显的好的理由来加强我们的看法（哲学家克里西波斯说，他仅仅是想从他的老师芝诺和克利安特斯那里学习他们最基础的原理，至于证据和理由，他自己也能够找到许多）。所以，不论我转向哪一边，我都有足够的动机和凭据使自己坚持下去。所以，我处在疑虑当中，并保留选择的自由，只要情势不强迫我下定决心。老实说，我常常是随波逐流，任凭命运的摆布，稍有动静和情况我就会被带走。

当思想犹豫不决时，极轻的分量也会让它倒向一边或另一边。

——泰伦斯

我的判断左右摇摆，两种意见往往平分秋色，所以，我会非常主动地求助于抓阄和骰子；我为了对我们人类的弱点进行辨析，找到了神的历史给我们留下的一些例子，在这些例子中，给犹豫的事情做出决定，也是任凭命运和偶然情况的安排：“于是众人为他们摇签，摇出马提亚来。”理性是一把危险的双刃剑。你们瞧瞧，棍子在它最亲密、可靠的朋友苏格拉底手中有多少个头。

所以说，我只有跟在别人后面的本事，我很容易被人流裹挟着往前走。我对自己的力量不是非常相信，无法进行指挥和领导；我更爱沿着其他走过的道路前进。假如需要冒险地做出没有把握的抉择，我宁愿跟随对自己的看法更加有信心的人，我会赞同他的意见，不会按我自己的意见去做，因为我认为我的看法没有稳固的基础和根据。但是，我也不会轻易变更自己的看法，因为我发现在对立的意见当中存在着同样的弱点。“对所有都赞同的习惯看起来是危险的和不理智的。”尤其是政治问题会导致广泛的争论和反对：

所以，当两个托盘上的重量相等时，
天平的任何一边都不会上升或下降。

——提布卢斯

比如，马基雅弗利的观点十分扎实，然而，我们照样可以轻而易举地驳倒它，而对此进行过驳斥的人们的论据再进行驳斥也不难。对于一个论据，一定能够找出某种理由来进行驳斥，对反驳的意见又会有新的反驳，对回答又有新的回答，这种胡搅蛮缠是使官司无穷无尽地打下去的控辩方式：

我们受到敌人的打击，就予以还击。

——贺拉斯

任何理由仅仅是以经验当作自己的根据，人类社会的种种事件为我们提供了无数形式各异的例子。我们时代一个很有学问的人说，我们的历书中说炎热的地方能够理解为寒冷，说干燥的地方能够理解为潮湿，总而言之，对历书的预测能够作反方向的解释，喜爱打赌的人能够非常轻易为某事打赌，只要不说完全不会发生的事情，比如不要说圣诞节的天气酷热如夏，不要说圣约翰节时天寒地冻。我认为在政治问题上同样如此：不管别人让你担当什么角色，只要不触犯最基本最明显的原则，你和别人所处的地位是同等的。此外，在我眼中，在公共事务里，一个规定无论怎么不好，但只要经受了时间的考验，就能胜过变动和创新。我们的风俗非常的腐败，并且还在快速变坏；在我们的法律和习俗中，有许多野蛮和恐怖的东西；除此以外，我们很难改变自己的状况，还有社会动荡的威胁，假如我可以在我们前进的车轮上钉上一个钉子，让它不再前进，我会很乐意这么去做：

> *我们总可以找到比可耻和卑鄙更可耻更卑鄙的例子。*
>
> *——尤维纳利斯*

我认为我们现在的状况中最糟糕的是不稳定，我们的法律跟我们的服装一样，没有一种稳定的形式。指责政府体系的不完备是很容易做的事，因为所有必定会死亡的事物都充满了不完备性；希望人民蔑视旧的习俗，也是非常轻易的事，做这种事的人都能够获得成功；可是，要在旧的国家制度摧毁之后创建新的、更好的国家制度却不是一件简单的事，很多人进行过这种尝试，可都遭遇了失败。

我的所作所为并非小心谨慎，我自觉自愿地受众人遵循的一般秩序的支配。人民是幸福的，因为他们不用思考给他们下达指令的缘由，因此完成这些指令比下达指令的官员还要好，因为他们任凭苍穹转动，也任凭其他人驱使他们。一个进行思考和参加讨论的人不可能完全地平静地服从。

简言之，还是说回自己吧，之所以让我觉得自己还算一回事，唯一的原因是没有人肯承认有的缺点：我对自己的评价非常平常，人人都能够有，并且同世界一样陈旧，因为有谁曾觉得自己不够聪明？这种想法原本就包含着矛盾。愚笨是一种毛病，可见到自己愚笨的人肯定不会得这种毛病；这种毛病非常顽固，一般来说无药可治，可是病者的目光一照射到它，它就被穿透了消散了，就像阳光驱散浓雾一样。责怪自己有错，相当于是原谅自己；给自己定罪，相当于是赦免自己。觉得自己不够聪明的撬门窃贼或女人还从来没有过。我们很容易承认别人比自己勇敢，有体力，有经验，更灵活，更美丽，可在判断力方面，我们肯定不会觉得自己比其他人逊色。其他人得出的合情合理的见解，我们认为自己只要朝这方面去思考，也同样会得出类似的看法。我们在别人的著作里见到科学、风格，以及其他种种优点，假如的确超过了我们，我们就能轻而易举地察觉这点。可是智力的产物却是另外一件事情，每个人都觉得自己也会有相同的看法，假如在他和它们之间没有无法逾越的距离，却看不到其中的分量和困难。所以，对于这样的工作，不应希望从中获得很多名声和荣誉，这种写作不会给你带来非常大的知名度。

还有，你为谁写作呢？评价书籍的学者只看重渊博的知识，在我们智力活动的产物中只承认有知识性和艺术性的东西。假如我们把一个西皮奥当作另一个西皮奥，那么我们还能说出多少有价值的话呢？按照他们的看法，不认识亚里士多德就等于不认识自己。普通的和粗俗的人们看不到崇高和雅致的议论的优美和重要。可是，这两种人却充斥着我们的世界。至于第三种人，你其实已把自己交给了他们，他们正派，有自己的实力，可这样的人少之又少，恰恰又是我们中间既无名气又无地位的人，因此想要取悦于他们，会浪费你一半的时间。

人们一般都说，老天爷赐予我们恩惠，其中分配得最公平的是常识，因为没有人会对分给自己的那份表达不满。这样不是合情合理吗？谁希望见到比自己体验到的东西更远的地方，谁就超过了自己目力所能及的地方。我觉得自己的看法正确、合理，可是，谁不觉得自己的看法正确、合理呢？我最好的证据之一，是我对自己的评价低，因为假如我的看法不是非常可靠，它们就很容易由于我对自己的感情而出现谬误，因为我会把这份情感完全地藏在心里，很少让它表露在外。别的人在大批朋友和熟人中间所做的一切，都是为了自己的荣誉和名声，而我仅仅是关心我的心灵和我自己的安宁。假如说我有时也会关心其他的事情，那这不是我的理智所做出的决定，

> 因为我要活着并有良好的身体。
>
> ——卢克莱修

至于自我评价的问题，我认为它们在非常大胆、持之以恒地抨击我的不足之处。的确，这也是我训练自己判断能力的一个题目，就跟对其他任何题目进行判断一样。人们总是看着对方，我则把目光转向自己，我紧盯着自己不放，无时无刻不看着自己。人人都注视着自己面前的东西，但我却注视着自己的内部：我只和自己打交道，不停观察着自己，对自己进行检查和体验。别人即便想到这点，也往往是往别处走，他们一直往前走：

> 无人希望深入到自己内部。
>
> ——佩尔西乌斯

但我却在自己内部转来转去。

这种分辨真伪的能力，不管它在我身上多么有限，这种不愿轻易舍弃自己信念的桀骜不驯，我重点应归因于我自己，因为我最为坚定和惯常的想法能够说是同我一起产生的。这是一种天性，完全是属于我的。我把它们产生出来时它们是粗糙和简单的，产生的方法是大胆和有力的，可是有点模糊和不完善；然后，我将它们稳固下来，通过别人的权威意见，以及和我的看法一样的古人完美无缺的论断。他们让我相信自己的看法正确，并让我更加自觉和坚定地维持自己的看法。

每个人都力求思想活跃和反应灵敏，可我却希望由于思想的严密而受到赞扬，不管我有多少值得注意的出色行为或某种特别的能力，我都期望由于我的看法和品行的端正、协调和稳健而受到赞扬。“总而言之，如果有什么美好的东西，首先就是前后一致的人品，不仅贯穿一生，而且要表现在每一个行动中；可是，假如你在模仿别人的性格时抛掉了你自己的性格，你就无法维持这种稳定性。”

我以上所讲的是自命不凡这种恶习的第一类表现，从中能够看到我觉得自己在这方面有多大的过错。这种恶习的第二种表现是，即不能充分地肯定别人，我不知道还能不能同样地为自己开脱。此外，无论对我是不是重要，我都会实事求是地说出自己的看法。

我不断地和古代的崇高感情交流，精神极其丰富的古人在我的心目中留下了形象，因此对别人和我自己都觉得厌恶，或许是我们生活的世纪只能产生平庸的东西，因此我不清楚有任何值得大加赞赏的东西。的确，我对人们的了解并不非常详细，无法对他们进行评价；因为囿于我的社会地位，我通常与之交往的人，大部分都不甚重视精神修养，在这些人看来，最大的幸福是被人尊敬，最完美的品德是表现勇敢。见到其他人有好的地方，我就表示赞赏，并非常高兴地予以好评，我常常还给予过高的评价，说的话不全是自己的想法，让自己说了个小小的谎话。可是，我肯定不会捏造出我没有真正看见的东西。我很愿意为朋友们作证，证明我在他们身上看见的值得称赞的优点，他们有一尺的长处，我会说成是一尺半。不过，我不会把他们没有的品德赋予他们，也不会公开为他们的缺点进行辩解。

即使对我的敌人，我都尽我所能坦率地赞扬他们的优点。我的感情也许会发生变化，可我的评价却不会改变。我不会把我的纠纷跟这个无关的别的事情混为一谈。我拼命保护我思想的自由，不会由于任何喜好而舍弃这种自由。在说谎话的时候，我伤害自己更甚于伤害我想欺骗的人。人们指出波斯人有一种值得赞扬和慷慨大方的习俗：他们同自己的死敌进行顽强的战争，可在谈论这些敌人时依然有根有据、非常公正，就仿佛在谈论他们自己的美德一样。

我认识相当多各有不同优秀品质的人：有的机智，有的热心，有的灵活，有的正直，有的能说会道，有的知识渊博，有的则有其他的优点。可是，从整体上说是伟大的人物，同时具备各种各样的优点，抑或一种优点格外突出，让人赞叹不已，能够和我们尊崇的古人相提并论的人，类似的伟人，我还一个都没有遇到过。我生活到现在遇到过的人中最了不起——我指的是天赋和才能——和最高尚的是埃蒂纳·德·拉·博艾迪；他确是一个心灵非常充实，从任何一个角度看都非常美好的人；他拥有古人的特点，假如走运，他也许会干出一番事业，因为他用科学和研究大大充实了他天赋的才能。可是，我不清楚为何会发生这样的事情（但是，事情的确是这么发生的）：那些自诩最有学问的人，从事文字工作和靠书本谋得一官半职，可是他们的虚荣心和思想上的缺点，却比其他任何人都要多。这或许是由于其他人对他们有更高的要求和期望，无法原谅他们拥有一般人所有的缺点，或许是因为他们认为自己有学问，能够更加大胆地展示自己，摆出不可一世的模样，过分地让人看到了他们的内心世界，结果暴露了自己也害了自己。手艺人在加工宝贵的材料时，会稀里糊涂、毛手毛脚地把它弄坏，比他在加工一般材料时更加鲜明地暴露出自己的弱点：金雕像上的缺点会比石膏雕像上的缺点更加让人恼火。这就好比有些人，他们展示的东西从自身来说并不坏，放在它们自己的地方也可以，可是他们在使用这些东西时没有选择，也没有限度，把它称赞得让人没办法理解。他们赞扬西塞罗、盖仑、乌尔比安和圣哲罗姆，反而把自己弄得滑稽可笑了。

我很愿意回过头来谈谈我们的教育的荒谬。教育的目的不是把我们训练成善良、明智的人，而是把我们训练成有学问的人，它达到了这个目的。但它没有教我们如何追求和拥抱道德和智慧，而是告诉我们这两个词的源头和意义。我们清楚行善这个词的变化，却不清楚应该喜欢行善；我们无法从自己的观察和亲身经历中知道什么是谨慎，就只能凭着语法术语死记硬背。对于我们的邻居，我们不但要了解他们的家庭、亲戚和婚姻，还要和他们成为朋友，和他们保持密切和良好的关系。我们的教育教我们行善的定义、分支和类别，就像名词和族谱一样，可是不关心在我们同时行善的人之间建立亲密的关系。它给我们选择的教材并非是观点最为正确、最接近真理的书籍，只是希腊文和拉丁文写得最好的书籍，通过华丽的字句在我们的头脑里灌输古代最空洞无物的意见。好的教育可以改变我们的观点和习俗，波莱蒙就是这样，他原本是希腊一个淫佚放荡的青年，一次偶然听了色诺克拉特讲的课，不但赞赏这位哲学家的雄辩术和才能，不仅学到了一些科学知识，受益匪浅，而且彻底地改变了他的人生，使他从此改弦易辙。有谁也曾觉得我们受到的教育起过相同的作用？

波莱蒙改邪归正以后做的事情，
你是不是也会去做？你是不是会抛弃？
你异想天开的标志，就是那些饰带、坐垫和领带？
有人说，波莱蒙喝酒以后，偷偷地把脖子上的花环拿掉，
因为他听到没有喝酒的老师的声音。

——贺拉斯

社会上最不该受到藐视的人，我觉得是那些站在后面、朴实无华、向我们指明合情合理的人际关系的人。农民的习俗和谈话，我认为要比我们那些哲学家的习俗和谈话更加符合真正的哲学的规定。“平民百姓更加聪明，因为他们的聪明是根据自己的需要而定的。”

依据我从远处进行的观察所得出的评价（因为要按我的方法对人们进行评价，就不得不同这些人更加接近），在战绩和军事知识方面最出色的人物是在奥尔良被杀的吉斯公爵和已故的斯特罗齐元帅。说到机智和非同一般的才能，有法兰西大法官奥利维埃和洛皮塔尔这两位掌玺大臣。我认为我们的世纪是诗歌繁荣的时期。我们有很多优秀的诗人：多拉、贝札、布坎南、洛皮塔尔、蒙托雷乌斯和图纳布斯。至于用法语写作的诗人，我认为他们把诗歌提高到了空前绝后的高度，而龙沙和杜贝莱擅长的那种诗，我并不觉得它们同古代诗歌的完美有多大的距离。关于这些，阿德里安·图纳布斯比他生活的那个世纪的任何人都要了解得多，而且了解得更加清楚。

不久前故去的阿尔瓦公爵和我们的王室总管德·蒙莫朗西的一生是了不起的一生，他们的命运在很多方面都非常相像。可是，后者死得既漂亮又伟大，并且是在帕里斯和他的国王亲眼目睹的状况下为了他们而捐躯的，他年迈力衰，仍率领一支光荣的军队大义灭亲，并给予坚定的打击，因此我认为他的去世应列为我们时代值得纪念的事件之一。

同样，饱经风霜的伟大统帅德·拉努先生一贯保持着仁慈、温和的性格和善解人意的随和，尽管他身处非正义的叛军之中，一直生活在这么一所背信弃义、残忍和抢掠的学校里。

我已在好几个地方讲到我对我“精神上的女儿”玛丽·德·古尔内的期望，我爱她超过爱自己的亲生女儿，她在我单独退隐的地方无形地陪伴着我，就好比我身体上最重要的一个部分那样。她是我在世上唯一关心的人。假如从青春可以预见未来的话，那么这位特别的女子有朝一日会做出非常出色的事情，还会把我们之间的神圣友谊提升到完美的地步。她非常充分地表现出真诚和坚定的品质，她对我的亲情无法用丰富两个字来形容。她对我有着浓厚的感情，我是在五十五岁时才碰到她的，她只期望在我将要离世时她不要太过难过。她是个女子，又如此年轻，并且生活在我们这个世纪里，却对《随笔集》第一卷有着不一般的看法。她对我的爱非常热烈，并且有很长的时间，在见到我以前，强烈地希望和我见面，这是一个值得高度评价的特殊事件。

别的美德在我们这个世纪十分少见，也可以说完全没有，可我们的内战让勇敢变得非常常见，在我们中间能见到许许多多灵魂特别坚定甚至完美的人，要从中举出一两个突出的例子的确是非常困难的事情。

到目前为止，我所知道的杰出的、与众不同的高尚之人就是这些。

18 论否认说谎

是的，有人会说，如果是为数不多的名人著书立说，宣扬自己，是非常正常的事，因为他们闻名遐迩，大家也许非常希望了解他们。这是毋庸置疑的，我并不否认。我也清楚，一个默默无闻的人来到某个城市，手艺人或许连头都不会抬一抬，仍旧埋头干他们的活。相反，如果是著名的大人物进城来了，他们会立即冲出工厂和店铺，奔走相告。一个人假如没有东西能够被模仿，假如他的一生、他的见解不能作为楷模，那他就不适合宣扬自己。恺撒和色诺芬创造了丰功伟绩，可以这么说，为他们字字铿锵的文章打下了合法坚实的基础。亚历山大大帝的记事本，奥古斯都、加图、苏拉、布鲁图等人对自己事迹的评价，也都是人们喜欢听见和看见的。这些人的塑像，不论是铜的还是石的，人们都愿意瞻仰和研究。

这番鼓励的话实实在在，但我基本上无动于衷：

我只在朋友中间朗读我的文章，
而且是在他们的请求下，
不是在别的什么地方，也不是给别的什么人。
其他人却在广场上甚至在澡堂里
诵读他们的作品。

——贺拉斯

我在这里给我塑的像，不是拿去竖在城市的街口或教堂里，或放在什么公共场所的：

我推心置腹地跟你说，
我不希望用废话来增加书的厚度！

——佩尔西乌斯

所有这一切只能发生在书斋的一角，目的是消遣邻居、亲戚和朋友，使他们乐于再次来看望我，并且同我发展其他方面的关系。人家决定写自己，是因为他们认为自己经历丰富，值得一写。我则刚好相反，我写自己，是由于内容贫乏枯燥，不会有自吹自擂的嫌疑。

我常常评价别人的行为，因为我自己的所作所为微不足道，很少能够让人评论。

我觉得我的功德寥寥无几，数说起来会自惭形秽。

所以，在有人跟我谈起我祖宗的相同习俗、表情、举止、言谈以及他们的财富的时候，我会油然而生一种极大的满足感！我会侧耳倾听。把我们朋友和先辈的肖像当作敝屣，对他们衣物和武器的样式不屑一顾，这的确是违情悖理的。我保留着他们使用的文具箱、印章、日课经、他们用过的剑。我父亲习惯握在手中的几根长鞭，一直被我放在卧室里，从未离开过。

“子女们对父亲的感情越深重，对他的衣物和戒指就越珍视。”

可是，即使我的后人有不同的见解和喜好，我也有办法对付他们：等到那个时候，他们对我的轻视绝对比不上我对他们的鄙夷。在这一点上，我与公众的所有关系，就是把他们的语言借鉴过来，因为他们的语言更自然，更富有生命力。出于报答，我或许会原原本本地借鉴，不让其有一丁点损坏。

让金枪鱼不缺外衣，橄榄不缺外皮。

——马提雅尔

我将为鲭鱼提供宽敞的外套。

——卡图鲁斯

如果没有人读我的书，我还在那么多闲暇的日子里专注于一些有益和愉快的想法，是否就浪费了时间呢？我在书中的形象是我的真实反映，因此，为可以从我身上挖取更多的东西，我不得不常常训练和塑造自己，这时候，模型本身已经变得坚固，从某种程度上说是它自我形成了。我为别人描述自己，给自己上的色彩肯定比我自身的更鲜明清晰。与其说我塑造了书，不如说书塑造了我；这本书与其作者息息相关，是作者自己做的事，是他生命的一部分，跟其他书不一样，这本书所写的事与作者关系密切。

不断地仔细盘点自己，这么做是不是白白浪费时间呢？因为有些人只是在思想上，有时只是在口头上检讨自己，他们不会先来审视自己，也不会深刻解剖自己；而我则把自己作为研究对象，用这个来当作我的工作，我就能持之以恒，真心实意，全力以赴。

最美好的感受应该藏于内心，它不会流露在外，不能叫民众和别的任何人看见。

这个工作多少次以其无聊的思考让我得到消遣！所有微小的想法，都应当作无聊的想法。造化给予我们保持独立的充分权力，经常召唤我们，好给予告诫：我们的一部分属于社会，但是最美好的部分属于我们自己。为了依照一定的次序和意图胡思乱想，又避免离题万里，把方向迷失了，我就把内容规定了，把出现在我脑际的各种细微思绪记录下来。我很注意自己种种的幻想，因此我把它们记录下来。每当习俗和理智阻止我继续做某件事时，我都会觉得很沮丧，多少次我控制不住自己，在书中一吐为快！自然，这也是为了教育国民。

在萨贡的眼睛、嘴巴和背上，
都响起了鞭子声！

印在纸上比抽打在皮肉上更有效。在我企图从别人的书中偷来些东西来点缀或支持我的书时，如果我可以更认真地听取别人说的话，那我的书又会是怎样的面貌呢？

我在之前没有研究过如何写书，但是因为写了书，我却研究过一点儿，假如说“有过一点儿研究”代表着有时读读这个作家，有时看看那个作家，有时翻一翻开头，有时溜一眼结尾，这完全不是为了形成我的看法，而是为肯定早已形成的意见，取得支持和帮助而已。

但眼下风气这么糟糕，我们只可以向很少的人，也可以说不可以对任何人议论别人，那我们又可以向谁谈论自己呢？撒谎吧，又的确无聊。显示腐化堕落的第一个事实是排斥事实：因为就像品达罗斯说的，真理是一个伟大品德的开始，柏拉图在他的《理想国》中则把它当作政府一定要履行的首条准则。现在的真话，不是以事实为基础的真话，而是他人想象的成果，就像我们所谓的钱，不仅指真币，也指正在流通的假币。长久以来，我们一直在指责国家的这个流弊：早在瓦伦提尼安三世时代，萨尔维努斯就曾说，在法国人看来，说谎和立伪誓不是缺点，仅仅是一种说话方式。如果有谁想对这句话作个补充，他就能说，法国人的这个缺点如今成了真理。人们用这个培养和造就自己，就好比一种体面的练习，由于不着痕迹是本世纪最出色的优点。

所以，我经常考虑，别人指出我们自以为十分平常的毛病，我们为何会比听到其他任何指责更不爽；我们扭扭捏捏地观察到的这个习惯是怎么形成的，为何说指责我们撒谎的话也许是最羞辱性的语言。我觉得我们在沾染最深的污点上进行自卫是很自然的事。受到指责后，我们哪里都不自在，自然要勃然大怒，火冒三丈，仿佛如此一来可以让我们减轻一些罪过。既然这缺点的确存在，那最起码也要在表面上作些批评嘛。

我们强烈地感受到这种责备，难道不是因为它使我们胆怯和心虚吗？莫非还有比推翻前言，比否定自己的知识更明显的怯懦吗？

说谎是一种极其丑恶的陋习。一位古人曾深感惭愧地对此描述说，这是轻视上帝和害怕人类的表现。对于说谎的恐怖、可耻和怪诞性，不会有比那位古人的描述更一针见血的了。可以想象得出比恐惧人类和轻视上帝更卑鄙可耻的事吗？话语是人们之间交流愿望和思想的唯一工具，说假话，就是对公众社会的背叛。话语是我们交流意愿和思想的唯一工具，是我们心灵的发言人：没有话语，我们之间将失去联系，我们就将互不认识。假如话语骗了我们，就会让我们的所有关系破裂，让社会的所有联系毁灭。

在新印度有一些民族（这里用不着指名道姓，他们已经不再存在：那场征服，那个史无前例的坏榜样，让那些地方惨遭蹂躏，甚至于连他们的名字和文化也统统毁灭了），他们用人血祭奠神祇，但只用舌头和耳朵的血，用此来为听谎话和说谎话补过赎罪。

古希腊有一位快乐的朋友。他说小孩子玩骨牌，大人们玩字眼。

至于我们在不承认说谎时的各种做法，捍卫荣誉有什么习俗，以及这些习俗有什么变化，我将在另一篇文章中讲述我的看法；如果可能的话，我要研究不承认说谎时的那种斟字酌句、把我们的荣誉跟说话联系起来的习惯是从什么时候开始的。因为不难肯定，罗马人和希腊人绝对没有这个习惯。我经常看到，他们在相互反驳和辱骂时，一般都要争吵起来的。他们有关责任的法律遵循一条与我们不同的道路。罗马人当面骂恺撒，有时叫他小偷，有时称他酒鬼。他们相互痛斥，没有约束，我这里说的是这两个国家最了不得的将领。在希腊和罗马，他们只是用语言来报复对方的语言，并不带来任何别的后果。

19 论信仰自由

我们常常看见，良好的愿望如果不加以适度的引导，会让人做出该受指责的行动。在这场有关当前法国深陷内战的原因的争论中，最有力最有理的一方，是支持原有宗教和原有政府形式的一方，这毫无疑问。然而，在拥护这一派的善良正直的人中间（我说的不是那些用这个当作招牌，或者为了实行报复，或者为满足私欲，或者为寻找王公贵族的宠信的人，而是那些真诚热情地对待自己的信仰，怀着支持和平与社稷的可敬愿望而这么做的人），在这些人里面，我们瞧见很多人被偏激的情绪冲昏头脑，越出理性的界限，因此有些时候做出了不对的、过激的和没有经过深思熟虑的决定。

可以肯定，我们的宗教和法律在最初获得权威性的时候，宗教热情曾经挑动很多人士反抗各式各样的异教书籍，这造成的损失让文化界深感痛心。我觉得，这种混乱的局面对文化的伤害，远远地超过了野蛮人烧杀抢掠的伤害。高尔讷柳斯·塔西陀是一个很好的例子：尽管他的后人塔西陀皇帝发布诏书，命令全世界所有的图书馆收藏他的图书，可是没有一本书可以完整地逃过四处搜索，非要将它们铲除干净的魔掌，只因为书里面有五六句与我们的信仰相左的话。他们还有一种态度：无论有没有根据，一味地赞扬支持我们基督徒的皇帝，另一方面又不管三七二十一地指责对手的一切行动，在对待人称叛教者的朱利安皇帝的态度上，就能够看得非常清楚。

实际上，这是一位非常伟大非常杰出的人物，他的头脑里装满了哲学思想，并且试图按照这些思想来规范自己的行为。事实上，无论是哪一种美德，都包含他留下的鲜明遗风①。就拿节操来说（他的一生就是很好的例子），人们可以看到他和亚历山大及西庇翁具有相同之处，身边有很多貌美的女俘，可是他一个都不见，而那时他正值花样年华。他被帕尔特人残杀的时候，仅三十一岁。至于公正性——他亲自听取原被告双方的意见，还好奇地征询前来找他的人信仰什么宗教，他仇视我们的信仰，可是并不因此有失偏颇。他还制定了很多好的法律，大大地减轻了前任课征的赋税。

我们有两位很好的历史学家，他们是朱利安的行为的目击证人：一个是马尔塞兰，他严厉批评这位皇帝禁止一切信奉基督教的修辞学家和语法学家进入学校施教的政令，他揭露说，皇帝试图隐瞒这个做法。这样看来，假如朱利安对我们采取更严厉的措施的话，历史学家是不会饶恕他的，因为他对我们这一派有好感。这位皇帝的态度非常强硬，确实如此，但他不是一个凶残的敌人，以下这个故事是我们自己人说的：某一天；他在夏尔塞杜瓦纳城郊闲逛，该城的主教玛里斯直言不讳地把他称作“耶稣基督可耻的叛徒”，朱利安没有任何反映，仅仅回答说：“走开，可怜的人，去为你瞎了的眼睛痛苦吧。”主教反驳道：“谢谢耶稣基督让我的眼睛瞎掉，因为这样我就看不见你那恬不知耻的脸面了。”人们说，他希望用这种做法来毁掉对方豁达的无所谓的态度。无论如何，他的这个举动和传说同他用来对付我们的残忍手段毫不相干。他是（我的另一个证人欧特洛普这么说）基督教义的敌人，但是他的手上没有沾染鲜血。

---

① 蒙田赞扬“背教者”朱利安皇帝，也是《随笔》被教廷列为禁书的理由之一。

还是回过头再谈谈他的公正性吧，除了上台伊始对付前任贡斯当斯的支持者的严格措施之外，他在公正性方面没有让人挑剔的地方。至于日常生活的节制方面，他始终保持着士兵的生活习惯，在和平时期的饮食也时时准备着适应战时的艰难条件。他的警觉性十分的高，把每晚都分成好几段时间，取中间最短的一段时间拿来睡眠；其余的时间，他用来亲自巡视部队和岗哨，或者用来学习，在他诸多的优点里，有一个是他擅长各类的文学创作。听说亚历山大大帝在躺下以后，由于担心睡眠妨碍他思考和学习，还曾嘱咐手下在床边放一个盆子，他手里拿着一个铜球伸在外面，每当瞌睡侵袭他的时候，拿着铜球的手指就会松开，这样铜球掉在盆里发出的声音就能够让他清醒过来。而朱利安能始终牢牢地盯着自己的目标，极少受杂念的干扰，基于他异常的克制力，因此完全不用这种方法。在军事才能这一点上，他拥有造就一个伟大指挥官的所有条件，并且，他的一生差不多都是在不停地战争实践中度过的，其中大部分时间在法国和我们并肩作战，反抗德国人和法兰克人。我们记不得还有谁比他见识过更多的危险，还有谁像他那样拿自己的生命冒险。他的死与埃帕米农达斯的死有类似的地方，都是中了箭以后企图把箭头拔出来，但是非常锋利的箭头把他的手划破了，制约了他的力量，不然的话，他是能够把箭头拔出来的。在这种情况下，他仍坚持要求人们把他送回战场，以鼓励尽管缺少了他的指挥，却依旧在勇敢作战的士兵们，一直到黑夜时把双方的军队隔开才撤离。全赖豁达的哲学精神，让他丝毫不在乎生命和人间的事物。他相信灵魂的永恒。

而在宗教方面，无论从哪方面说他都应该受到谴责，人们称他为“叛教者”，因为他舍弃了我们的宗教。可是，我觉得下面这个意见是值得相信的，他的心里从未有过我们的宗教，可是为了法律的地位，他一直掩盖着内心的想法，直至成为帝国的主宰。他对待自己的宗教非常严谨，就连当时和他拥有同样信仰的人都在嘲笑他。人们说，假如他战胜了帕尔特人，他会杀光全世界的牛来满足献祭的需求。他对占卜术也极有兴趣，任何对未来的预言他都笃信不疑。他在临终时还特意说，他谢谢诸神，谢谢他们没有让他忽然死去，因为他们老早就告诉他结束生命的时间和地点了，也没有让他缓缓地死去，因为那是游手好闲和爱讲究的人的死法，也没有让他受尽煎熬、拖着很长的时间、痛苦地死去。他谢谢诸神，因为他们认为他应该在胜利之中，在享尽荣耀之中高尚地死去。他和马利尤斯·勃鲁都斯有一样的预感：死亡第一次威胁他是在高卢，第二次在波斯，即他真正去世的时候。

在他感觉到自己受到死亡打击的时候，据传他说了这么一句话："你赢了，拿撒勒人①"，也有传闻："你能够心满意足了，拿撒勒人！"假如我的证人们相信他说过这些话，这些话是不会被遗漏的，因为他们在军队里能够见到他临终时的一举一动，听到他的一言一语，可是他们没有记录下人们所说的这些奇迹。

现在来谈谈我写这个题目的目的，马尔塞兰说，朱利安的心里一直蛰伏着异教，可是他的军队是由基督徒组成的，因此他不敢让人一眼看穿。最后，当他见到自己积攒了足够的力量，可以公开他的宗教情感的时候，他让人打开神殿，用尽所有方法让偶像崇拜之情四处泛滥。为了达到这个目的，他见到君士坦丁堡的民众和分裂的基督教会高级教士不和，就把他们召集到王宫前面，告诫他们，特别强调必须平息内部的纷争，命令他们每个人并大无畏地为自己的信仰效力。他争取将他们纳入这个轨道，期望利用信仰自由来增加混乱和分裂图谋，通过自己的观念的协调性和一致性，阻止老百姓重新团结起来，汇成一股反对他的力量：见到某些基督徒的残忍行为，他醒悟到世界上最令人害怕的是人，而并非任何别的动物。

以上大概就是对这个值得尊重的人的大体陈述。内部分裂早就造成混乱，朱利安皇帝又火上加油，他使用的是信仰自由的办法，我们的国王们则想利用这个办法来阻止混乱：可以这么说，放松对各方的控制，能让他们维持自己的观念，这是扩大和传播分裂。这差不多相当于推波助澜支持分裂，因为再也没有任何法律的屏障可以控制和阻止分裂的势头。可是从另一方面看，我们也能够说，放松对各方的控制，让他们维持自己的观念，这是通过随和宽松的态度，软化和缓和他们，削弱他们的锋芒，而这种锋芒越是稀罕，越是新颖，越是困难，就越是尖锐。可是，为尊重我们

① 指耶稣。

的国王们的虔诚，我愿意相信他们实出无奈，因为做不到他们希望做的，才假装愿意做他们可以做的。

20 我们不可能享受纯正的东西

人类固有的缺陷，使其不可能利用处于简单和纯粹的自然状态中的事物。我们拥有的东西，都已有了变化，包括金属——纯金要掺入别的物质，才适合我们使用。

不管是被阿里斯顿、皮浪以及斯多葛学派奉为生活唯一目的的道德，还是昔兰尼学派和亚里斯提卜提倡的快乐，不经组合也都不会起作用。

> 我们手中的欢乐和财富，无不掺杂着痛苦和烦恼，
> 快乐会产生痛苦，
> 最快乐时会焦虑不安。
>
> ——卢克莱修

极度的快感有点像呜咽和呻吟。你不认为这种快乐会由于焦虑不安而即将消失吗？即便我们把它的形象塑造得完美无瑕，也总会用病态和痛苦的修饰语来遮掩它：萎靡，疲软，虚弱，眩晕，病态。这充分说明过度快乐和这些修饰语之间的血亲关系和同质性。

过度快乐，严肃多于快活，极度和充分的满足，其中的平静多于活跃。“乐极生悲”——快乐会让我们忧从中来。

希腊的一句古诗表达了相同的意思：“诸神把种种财富卖给我们”，这就意味着，他们绝对不会赐予我们单纯和完美的快乐，我们获得了快乐，却也付出了痛苦的代价。

痛苦和快乐，从本质上说是决然不同的两样东西，却不知道在哪个点上自然相接。

苏格拉底说，有位神明企图把痛苦和快乐混合起来，合而为一，可是

他无能为力，只好决定让它们末端相连。

梅特罗道吕斯说，伤心之中也有一丝快乐。我不知道是否还有别的意思，但我猜想，忧郁中蕴含着计划、赞同和取悦；我不说野心，虽然也可能有野心。在忧郁的怀抱中，有一些甜蜜而美妙的东西在向我们微笑和献媚。世上不是有人把伤感当家常便饭的吗？

> 哭泣时会有某种快感。
>
> ——奥维德

在塞涅卡的信札中，有个叫阿塔罗斯的人说，追怀亡友会让我们愉快惬意，就好比陈酒的苦味沁人心脾，

> 年轻的侍者，别给我斟法莱纳酒，
> 我要喝苦味更浓的酒。
>
> ——卡图鲁斯

又像苹果淡淡的酸味，带给我们快意。

大自然让我们见识到类似的混合：画家用皱纹既能够画一张哭脸，也可画出一张笑脸。确实，在脸画完之前，你去看画家作画，也许没法判断画的是笑脸还是哭脸。笑到极致，就会笑出眼泪。“任何痛苦都将得到补偿。”当我想象一个人被称心如意的快乐团团围住（比如说，他的所有器官长久处于类似性欲高潮的极度快乐中），我觉得他将被幸福的重负所压垮，他完全吃不消那种单纯、长久和全面的快乐。确实，人处在快乐中，就会想方法躲避，自然会赶紧逃之夭夭，就好比在逃避一个海峡，因为他在那里没办法变得坚强，害怕会被融化掉。

当我在心里认真忏悔的时候，发现即使自己最大的优点都蒙着一层灰暗的色彩。柏拉图假如仔细观察（他的确这样做的）自己最高贵的品德（我跟大家一样，对这种高贵品德和别的差不多的优秀品德，都给予真诚而公正的评价），他会发现其中也夹杂着跑调的地方，那色彩隐隐约约，只有他自己才能发现。人的确是个缝缝补补过的、花花绿绿的混合体。

维护正义的法律也不可能不掺杂着某些不正义。柏拉图说，有人希望让法律除掉所有不快乐的讨厌的东西，实际上是在斩许德拉的头：斩了一个又重生一个。“所有警戒性的惩罚，对个人也许不公，可对国家却有益无害，”塔西佗这样说。

同样，在对待人生和处理公共关系方面，我们也可能在思想上出现苛求纯洁性和洞察力的情形。我们要让思想变得迟钝愚缓，好让其更循规蹈矩；要让它变得稀里糊涂，好适应人间险恶的生活。可是，有些人的思想普普通通，不紧张，却更适合处理公众事务。哲学上的概念非常高尚和杰出，却往往脱离实际。心智极度敏锐，瞻前顾后，变化无常，无法处理好人际关系。人世间的事，做起来要毛手毛脚，大而化之，大多数的事留给命运来决定。没有必要把事情照得那么光亮那么细微。越是考虑各种矛盾的观点和各种各样的形式，就越找不出头绪：“他们在头脑里反复思考各种矛盾的解决办法，结果搞得晕头转向。”

这是古人对西摩尼德斯的谴责：希伦一世请求西摩尼德斯给上帝定义，为寻找满意的答案，他向希伦一世乞求几天时间进行考虑；他绞尽脑汁，想出了好多个精妙和细致的答案，但是他仍然心存疑虑，不知道哪一个答案最适合，最后垂头丧气，只好中途放弃。

越是把各种情况和结果考量得面面俱到，就越难做出抉择。才智一般，处理大小事务反而得心应手。请注意，最优秀的财富管理人，也是最说不清楚他们为什么和怎么样功成名就的人，而特别能说的人，做的事常常毫无价值。我知道有一个夸夸其谈的人，讲起勤俭节约来头头是道，但他却卑鄙地把十万利弗的年金全部花光。还有个人说话和思考问题比他的谋士更高一筹，他显得生气勃勃，才华横溢，世间无双，可是，真正说到实践，仆人们觉得他的言行简直判若两人。我没有把不幸的事包含在内。

21 反对怠惰

韦斯巴芗皇帝身患重疾乃至不治，仍不忘关心国家大事，就连缠绵病榻时，还解决了几件重大国事。御医责怪他这样做不利于身体，他却说：

“一个皇帝必须以身殉职。”我觉得，他说得好，这是一个伟大的国君应该说的话。韦斯巴芗之后，阿德里安一世也说过类似的话。应该经常提醒帝王们思考这句话，让他们觉得到他们承担的指挥千军万马的责任并非是等闲之职，如果国王无所事事，或者只是做一些骄奢淫逸的事情，只注意自己夸夸其谈，不认真听别人说话，肯定会让他的臣民厌恶不已，不愿为他赴汤蹈火，抛头颅洒热血。

有人坚持认为，与其国王亲自指挥作战，不如叫人代劳，这样的例子到处都是：有的国王让副官指挥重要战役，有的即使亲临战场，却成事不足，败事有余。可是，大凡骁勇刚毅的君王都无法忍受这一耻辱的劝告。借口保护国王的脑袋犹如保护圣人的塑像，留着脑袋保证国家的命运，这刚好相当于罢了他们的职，说明他们没有能力，可是他们的职责正好是指挥打仗。我知道有个国王情愿上战场挨打，也不愿意看着别人为他卖命，而他自己却呼呼大睡，见到下属在他不在场时做出惊天动地的事，就会羡慕不已[①]。谢里姆一世说，君王不亲临战场而获得的胜利是不完整的胜利，我觉得此话非常有道理。他还应该说，哪位主帅如果硬说自己为胜利感到光荣的话，他应该脸红，因为如果没有在现场、在鏖战中发出的命令和指示，就不能给君王带来荣誉。如今几乎没有国王能够坚定不移地履行自己的职责。奥斯曼血统——世界第一大好战的血统——的君王们热烈同意君王亲自指挥打仗。但是，巴耶塞特二世和他的儿子却反其道而行之，他们躲在家里花费大量的时间干别的事情，让他们的帝国受尽侮辱；奥斯曼帝国（当今的苏丹穆拉德三世），走了他们的老路，也逐渐和他们相同了。英格兰国王爱德华三世在谈到我们的国王查理五世时，不是也这样说：“从来没有一个国王比他更少拿起刀枪，也从来没有一个国王给我带来过这么多的麻烦。”没有理由觉得这句话是奇谈怪论，信口雌黄，没经过认真思考。有些人想把卡斯蒂利亚和葡萄牙的国王们也划入尚武、高贵的征服者行列，我是不敢认同的：因为在离开他们闲置的住所一千二百法里外的地方，通过官兵的努力，他们成了新大陆的主人：我们要清楚的是，他们有没有勇气亲自去印度感受一下征服者的感觉。

尤里安皇帝说得更深刻，说一个哲学家和一个诚实的人不应该仅仅呼

① 指亨利四世。

吸，换句话说，不能使身体的需要只满足于能够得到的东西，而要让身心在崇高、伟大和英勇的事业中忙碌。假如有人看见他吐痰或者出汗，他觉得是一件难为情的事（有人对于斯巴达青年，色诺芬对于波斯青年，也说过差不多的话），因为他觉得，不停地操练和工作，控制饮食，已把这些多余的体液消耗完了。塞涅卡也说过类似的话。他说，古罗马人曾以此来教育他们的青年："他们不教孩子们学习必须坐着学的东西。"

要求死得有益和刚强，这是一种崇高的愿望。但是能否做到，不但取决于我们的决心，还要看有没有机遇。很多人下了决心——不是战胜便是战亡，却都未遂心愿：他们有的身负重伤，有的锒铛入狱，这让他们的心愿成为一场空，不得不苟延残喘地活下去。有一些疾病会打击我们的愿望和认识。不久之前，非斯国王阿布杜勒. 马利克打败了葡萄牙国王塞巴斯蒂安，这一天因三个国王阵亡而闻名于世，葡萄牙王位也转交给了卡斯蒂利亚王国。但是，当葡萄牙人手持武器进犯的时候，阿布杜勒国王就已身患重病，而且情况一天比一天差，命在旦夕，他自己也感觉到死日已来临。从没有人比他更充分更荣耀地使用自己。身体已经十分虚弱，无法出席隆重的进营仪式。依照摩洛哥习俗，那仪式非常壮丽，要做一系列动作，他只能把这份荣誉让给他的兄弟。但是，他也就在这一点上作让步，指挥官的别的职责，必要而确实有用的事情，他都非常努力和及时地做了；他身体是躺着的，可他的判断力和勇气却站得直直的，他一直持续到最后一口气，或者更久。他能够对不知轻重地攻打他国土的敌人持续构成威胁；他的心情非常沉重，他知道自己时间不多，却没有人可以替代他指挥军队作战和治理混乱的国家，他希望花费所有血的代价，宁肯冒着任何大的风险，也要取得这场战争的胜利，而另一个胜利他已握在手中，万无一失了。于是，他尽可能延长生命，消耗敌人，诱使他们离开他们在非洲海岸的海军和要塞，直到他生命的最后一刻，他专门把这一天保留到这个伟大的日子。他把队伍围成一个圆圈，从四面八方把葡萄牙人团团围住；他那排成一层又一层包围圈的军队，不但让葡萄牙人在战斗中碍手碍脚，并且溃逃起来也四面遇敌；这位年轻的国王英勇又会打仗，再加上葡萄牙人被团团包围，所以这一仗打得尤其激烈。葡萄牙人见到一切退路已被切断和封锁，只好相互拥挤在一起（"他们被杀得遍地横尸，逃跑者挤成一团"），结果是尸体叠尸体，胜利者取得了血腥的完全的胜利。他已奄奄一息，但是什么地方需要，他就让人把他抬到什么地方，沿着一列列队伍，给将领和士兵们加油鼓劲。但是，他的军队被冲破了一个缺口；他于是不顾劝阻，持剑上马冲了上去。他尽力想参加战斗，随从们有的牵缰绳，有的扯战袍，有的拽马镫，死命阻拦。他原本就已气息奄奄，这一努力耗费了他的余气。人们又让他躺下来。忽然他从昏厥中苏醒过来，他想告诉大家对他的死要保守秘密，不让这个消息影响了部队的士气，但他的别的一切器官已丧失功能，他就把手指放到紧闭的嘴巴上，用这所有人都知道的手势告诉人们不要声张，接着就咽气了。有谁在死之前能够像他一样从容不迫，真正地活这么长的时间，死得这么铮铮铁骨？

对待死亡最勇敢最自然的方法，就是看到死亡来临，不但不要惊慌，而且要无所谓，继续过自己的日子，一直到死。就像小加图一样，当血腥的死亡骤然降临的时候，他仍照样睡觉读书，心和脑子都非常清楚，紧紧地把死亡握在手中。

22　驿站

干跑驿站这一行当，我并非最弱的；我身材矮小，很壮，非常适合干这一行，我放弃练习，因为它很能考验人，往往让人无法坚持下去。

那时，我从书上看到，小居鲁士由于帝国疆域辽阔，为更迅速地获得全国各地的消息，让人做了一个测试，看看一匹马在一天之内一口气可以跑多少路；他按照这个距离设置驿站，派人在每个点上准备马匹，供前来给他送信的人使用。有人说，这个速度能够和飞行的速度相比拟。

恺撒说，卢西乌斯·维比卢斯·鲁菲斯着急向庞培告急，采用换马不换人的方式昼夜兼程。听苏埃托尼乌斯说，鲁菲斯乘坐租来的马车，一天行驶一百五十公里。这是一位急性子的赶路人，如果有河流挡住去路，他就泅水过河，从不舍弃捷径而去寻找一座桥或一处可徒涉的浅水。提比略去德国看望病重的兄弟德鲁苏斯，一昼夜行程三百公里，换了三次马车。

在罗马人同安条克国王的战争中，按照李维的说法，泰特斯·森普罗尼亚厄斯·格拉库斯“乘驿马——三天就从阿姆菲萨赶到了培拉，速度快得简直让人无法相信”；从当地的情形来看，可见原来就已设有驿站，不是临时建立的设施。

塞西纳给家人传递消息的办法更为快速：他不管上哪儿都带燕子，想给家里人送消息时，就放燕子飞回它们的窝中，并按事前的约定，在鸟儿的羽毛上涂一点特定的颜色，以示他想表达的意思。在罗马，富家主人去剧院看戏，怀里总是抱着鸽子，需要给家里人说事情的时候，就把信绑在鸽子身上，这些经过训练的鸽子还可以带回来家里的答复。布鲁图·阿尔比努斯被围困在穆提那时同样是用鸽子送的信，别的人也采用过这种办法。

在秘鲁，驿夫乘坐轿子，由人肩抬着快速奔跑，到时由第二批轿夫接替，一步也不停歇。

我听说，瓦拉几亚人是土耳其皇帝的御用驿夫，他们在迅速传递信息的过程中，有权要求路上遇见的任何人让出坐骑，替换他们筋疲力尽的驿马；为减轻疲劳，他们在身上绑一根宽带子。

23 采取恶劣的手段，实现良好的意图

在宇宙的结构中，大自然的杰作相互辉映，相得益彰，令人赞叹，这充分说明，世界万物的组织既不是偶然，也不是多头统治。我们身体的各种疾病和状态，都能在国家和政府身上反射出来；如同我们的生命一样，王权和共和也有一个从诞生繁荣到凋零的过程。我们体内容易产生多余的体液，不但没有用处，而且有害；坏体液多了，一般会导致疾病；好体液多了，也是有害无益。好体液太多，一样让医生们担忧，因为在我们身上没有恒久不变的东西，他们说，即便是生机勃勃和强壮有力的人，我们同样应该有意识地减少它降低它，以免到时候我们的体质再也没有能够改善的地方，便忽然没有规律地后退。所以，医生们经常让竞技运动员服泻药，给他们放血，防止他们的身体过于健旺强壮。

孱弱多病的国家也会有相似的臃肿，于是形成了不同的泻火的方法来为国家治病。有时，为让国家减少人口，宁愿损害他人的利益，让很多人

合家迁徙到别处。就这样，我们的祖先法兰克人从德意志出发，来到高卢强占土地，赶走了原来生活在这块土地上的居民，就这样形成了无法阻挡的移民潮；就这样，在布伦努斯等人统治时期，高卢人跟潮水一般涌入意大利；就这样，哥特人和汪达尔人，就像现在统治希腊的民族一样，背井离乡，到别处去安家落户。世界上几乎没有什么地方未经历过这种人口的迁徙。罗马人靠这个办法建起了殖民地：他们察觉到自己的城市膨胀过头，为减轻负担，便把不经常需要的人送到被他们征服的土地去定居和耕作。有时候，他们毫不犹豫地与敌对的国家开战，一来为让人民常常处于紧张状态，因为无所事事是堕落的源头，会带给人民非常不好的习惯——我们容忍着长期和平带来的痛苦：

> 奢侈比武器更残忍，会使我们斗志衰退。
>
> ——尤维纳利斯

二则为了给共和体制放血，给年轻人过于剧烈的热情降温，让枝繁叶茂、生龙活虎的树干变得稀疏一些。因此，他们就向迦太基人发动战争。

英王爱德华三世和我们的国王签订布雷蒂尼和约后，他不管布列塔尼公国的反对，依旧将自己的军队像卸包袱似的卸到了布列塔尼公国，而不同意他们返回英国，虽然这支军队为他入侵法国效了犬马之力。其中一个原因也是出于这个考虑，我们的国王菲利浦同意派他的儿子到海外出征，以便把他军队里躁动不安的年轻士兵大量输送到那里去。

现在有很多人以同样的方式进行思维，期望将我们之间的这种躁动不安分流到同邻国的战争中去。他们害怕，假如不把这些或许能导致我们生病的坏体液排出去，我们就会不停发烧而最终完全毁灭。说实话，一场外部的战争比起内战造成的损失要轻微得多。但我不相信，上帝会同意我们为了自身的利益，如此不公平地挑衅和伤害别人：

> 啊！圣洁的涅墨西斯，希望我
> 永不做违背我们的主子——诸神的事。
>
> ——卡图鲁斯

然而，我们软弱的天性往往促使我们使用卑劣的手段去达到正当的目的。利库尔戈斯是前无古人后无来者的最正直最完美的立法者，可是为了教育人民控制饮食，他发明了一个很不公正的方法，迫使农奴狂喝滥饮，让斯巴达人煎熬于他们烂醉如泥的样子，从而对这一恶习产生反感。

在古代，有些人做得更是错上加错，只要是被判了死刑的罪犯，如果有医生要了解内脏的构造，就可以对他们活生生地进行解剖，从而更加精通医术。这些人的做法更无道理，因为，假如说一定要做坏事的话，那么，为拯救灵魂而做坏事要比为拯救身体更值得让人宽恕。罗马人为训练人民骁勇顽强，不怕艰险和死亡，让他们观看斗剑士相互格斗、刺伤和杀戮的恐怖场面：

> 不然，这疯狂而罪恶的游戏，
> 这相互残杀，这嗜血的娱乐有何意义？
>
> ——普鲁登蒂乌斯

一直到狄奥多西一世统治时期，这一做法才被禁止：

> 圣上，请您抓住国家的荣耀，
> 将你的功绩追加到父辈的荣誉上。
> 不要再为愉悦人民而互相残杀，
> 从此竞技场上只淌着动物的血，
> 不能再让杀人的游戏玷污我们的眼睛。
>
> ——普鲁登蒂乌斯

让人民每天看见一百、两百乃至上千人手持武器捉对厮杀，这确实是教育人民的事例中的一个富有成果的突出例子。斗剑士们勇敢坚毅地相互砍杀，不说一句求饶或怜悯的话，从不转身逃跑，也不逃避对方的进攻，而是伸出脖子，让对方击中。他们中间有过很多人，由于多处受伤到了致命的地步，在原地躺倒等死的时候，还让人去问问民众对他们的尽职情况满不满意。他们不但要不停地格斗和死亡，还要死得欢乐；假如他们表现不乐意死的样子，人们就向他们发出嘘声和诅咒他们。

连姑娘们也鼓励他们参与大屠杀：
每击中一剑，她就站起来。
胜方每刺中一次败方的喉咙，
她就表现欣喜若狂。
当有人被击倒在地，
她就将拇指朝下，要求把他刺死。

——普鲁登蒂乌斯

早期的罗马人使用罪犯为人们树立勇敢的榜样，但随后就用无辜的农奴，甚至获得解放的农奴，他们是为了谋生而卖身干这营生的；乃至罗马元老院议员、骑士和妇女：

如今他们把脑袋卖给了竞技场，
就算在和平时期，也需要敌人。

——马尼利乌斯

在这些惊心动魄的新游戏中间，
不会兵器的女性也投入这闻所未闻的竞技，
勇敢地和男人们一起厮杀格斗。

——斯塔斯

如果不是习惯于在每天延续着的战争中看到成千上万的外国人为了赚取金钱，把自己的鲜血和生命投入与他们毫无利害关系的争斗中，那我一定会觉得罗马人的这种做法怪诞不经，不能被理解。

24 论罗马的强盛

有人把当前这种可怜巴巴的繁荣和罗马时代的昌盛相提并论，我对这个说不完的论题只能说一句话，来指出这些人的头脑简单。

西塞罗著有《家信》一书（语法学家假如愿意，能够把这个“家”词取掉，说实话，说是家书并不恰当），有人不用《家信》而用《准家信》来替代，这能够从苏托尼厄斯《恺撒传》中找出依旧，在里面就有一卷他的书信被叫作《准家信》的，其中第七卷中有一封信是寄给那时在高卢的恺撒，西塞罗在信中结尾的地方重复了对方来信中的几句话：“你向我推荐的马库斯·菲列乌斯，我将让他当高卢国王；假如你还有什么朋友要我提升，让他来找我吧。”

对于一个普通的公民——像当时恺撒所处的地位，把某个国家交给谁去管理，这并不是什么新鲜事了。他夺得了德尤塔鲁斯国王的王国，把它给了帕加姆斯城内名叫米特拉达悌的贵族。他的那些传记作者讲到，好几个王国都被他卖了出去。苏托尼厄斯说他一下子从托勒密国王手中拿到了三百六十万埃居，几乎要把自己的王国卖给他了：

> 加拉太值多少，本都值多少，吕底亚值多少。
>
> ——克劳迪乌斯

马克·安东尼说，罗马的昌盛不是根据它所夺取的财富，而是根据它给予世界的财富来衡量的。就在安东尼前一个世纪，罗马蛮横地并吞了好几个王国，其中一次——我不清楚在其本国历史上还有没有其他事件比这更能凸显它的威望。

安条克占据了整个埃及，后来还要征服塞浦路斯和这个帝国的别的领地。正在他取得节节胜利时，盖尤斯·波皮利乌斯奉罗马元老院之命前来找他，同时给他带来一封信，并且表示在他读完信件之前拒绝与他握手。王爷看了以后说请让他考虑一下，波皮利乌斯用他的棍子在他待的地方划了个圆圈，对他说：“在你走出这个圈子前给我回答，我好向元老院汇报。”

安条克对这种紧迫而且粗暴的命令感到十分惊奇，沉思小会儿后说：“元老院的命令我会做的。”那时波皮利乌斯才像对待罗马人民之友一般向他表示敬意。仅仅因为三行字就放弃了如此庞大的王权，结束了如此难能可贵的繁荣！他后来派遣使者对元老院说得确实也很有道理，他说接到元老院的命令，惶恐不已，就像接到不朽诸神下达的命令。

奥古斯都用战争赢得的所有王国，他不是把它们交还给原来的国王统治，就是把它们当作礼物送给别人。

在这件事上，塔西佗在说到英国国王科吉杜努斯时，用非常强烈的一笔让我们感觉到这种强大的力量：“罗马人一直以来就是这样做的，在他们的权威下由他们征服的国王掌握原有的王国，如此一来他们有了顺从办事的国王，把国王当作奴役的对象。”

苏莱曼一世，我们见到他把匈牙利王国和其他国家随意赠送，很有可能他确实更多地考虑了上述看法，而不是他经常挂在嘴上的理由：那么多王国的权力压在身上叫他乐得吃不了！

25 无病不要装病

马提雅尔的著作里有一首小诗，属于他优秀讽刺短诗中的一首，幽默地叙述了凯利乌斯的故事。为了不去讨好罗马的权贵，参加他们的起床礼仪，服侍他们，跟随他们，凯利乌斯假装自己患了痛风症。为了装得像模像样，在两腿上涂了油，上了绑带，做出来的样子完全像个风湿病人；最后，命运成全了他，他真的得了这种病：

模仿痛苦的本领如此到家，
凯利乌斯的风湿病再也不用装假。

——马提雅尔

我好像在阿庇安的书里也读到过类似的故事。某人被罗马三执政政府命令为不受法律保护的人，他为了躲避跟踪者的耳目，东躲西藏，易容改装，更别出心裁地装成独眼。后来，他恢复了些许自由，想把长期以来盖在眼睛上的石膏取下来，他发觉在眼罩下真的那只眼睛失明了。

或许因为长期不使用，这只眼睛的视力变得模糊不清，转移到另一只眼睛上去了。我们也确实有这种经验，当我们遮住一只眼睛，它的视觉活动会由另一只眼睛来完成，让那只不蒙的眼睛看得更清更远。一样的，马提雅尔讲到的那个风湿病人，由于不活动，再加上绑带与敷药的热量，最后体液积潴引起痛风。

有一群英国青年贵族蒙上左眼，下决心要进入法国，直到打败法国人立功受奖完成才把眼罩摘掉。我在傅华萨的著作中看到这则故事，心里难免在想，他们为了情妇宁愿远征，要是他们也得了别人一样的病，跟情妇相遇时岂不是全都成了独眼龙。

做母亲的看见孩子装扮瞎子、瘸子、斜视，或者其他残疾，她们一般都会呵斥孩子，她们这么做是对的。因为除了他们身体会虚弱外，还会养成坏习惯。我不清楚什么道理，还认为，命运会罚我们弄假成真，我听说过好几个例子，说有人装病装得成了真病。

我养成了一个习惯，就是在任何时候，走路也好，骑马也好，手里拿根手杖或棍子，甚至假装风雅，矫揉造作地撑着。很多人告诫我装模作样，总有一天命运会让我弄假成真。我安慰自己说，这样我将会是家族中的首个风湿病人。

我再多说几句，为这一篇再增添一点有关失明的例子。大普林尼在《博物志》中讲到一个人，睡觉时幻想自己成了盲人，第二天醒来真的瞎了眼睛，而之前并没有这类病史。就像我在其他地方说的，想象的力量之大是可以促成事情发生的；看来大普林尼认同这个观点；更有机会的是身体觉得的这些活动导致大脑做梦。医生假若去找是能够找出这些使他眼瞎的活动的。

我们再补充一个与本文相关的故事，这是塞涅卡在他的一封信中讲到的。他在给卢西里乌斯的信中说："哈帕斯特是陪我妻子作乐的女丑，从上一代就留下来住在我家的，因为按照我的情趣来说，我很不喜欢这些怪物；假如我真的想要一个弄臣取乐，就不需要到远处去寻找，能够拿自己来嘲讽。这个女丑忽然双目失明。我告诉你一件非常奇怪，但是千真万确的事。

“她一点不认为自己眼睛瞎了，不断地催促她的看护人带她出去，因为她说我的屋子里一片漆黑。我们笑话她，请你相信这种事谁都会发生的。没有人承认自己吝啬，自己嫉妒。瞎子至少会让别人领着走，而我们则自己走上歪路。

“我没有什么野心，可以这么说吧，但是在罗马没有野心就不能生活；我不挥霍，可是这个城市命令大家花大钱；假如我动不动就发火，这不是我的过错；我如果还没有成家立业，这就是青春的过错。我们不要去身外找我们的恶，恶就在我们心里，它钻入了我们的内脏里。我们假如不认为自己病了，这会让病更难治好。倘若不早点开始想到，那时全身都是伤与病又如何呢？不过我们还有一种良药，它就是哲学。因为别的药要等治愈后才让人觉得快乐，而这个药治愈的同时就让人快乐。”

塞涅卡在信中所说的这些话使我偏离了正题，不过谁都没有损失就是了。

26 论大拇指

塔西佗在书中讲到，某些番邦的国王在宣誓缔约的时候，为表诚意，双方须右手相握，大拇指互相钩住；握得时间长了血聚集在指尖，用尖的东西刺破，然后吮吸对方大拇指的血。

医生说大拇指是十指之长，从拉丁词源来说，意思是“强者”。希腊人称它是“另一只手”。拉丁人有时好像也把它作“整只手”的意思：

> 不需要迷人的声音来刺激，
> 不用温柔的抚摸，它自会竖起。
>
> ——马提雅尔

> 在罗马，勾大拇指或者弯一弯大拇指是表示喜欢的手势，
>
> ——贺拉斯

竖起大拇指向外代表嫌恶，
老百姓的大拇指朝外，
为了他们的彩声谁都可以杀。

——尤维纳利斯

在罗马，拇指受伤的人可以免除打仗的义务，因为他们不能牢牢握住武器。罗马一位骑士故意把两个幼子的大拇指剁掉，让他们能够不参军，被奥古斯都没收了家产；之前，在古代，意大利内战时期，盖尤斯·瓦蒂努斯为了躲避这次出征，故意切下左手的大拇指，元老院罚他终身监禁，还没收了他的全部财产。

有人——我记不得是谁——赢了一场海战，命令把吃了败仗的敌人的大拇指砍掉，让他们无法战斗和划桨。

雅典人砍掉埃吉纳岛人的大拇指，以此毁灭了他们在航海技术上的优势。

在斯巴达，教师惩罚学童时咬他们的大拇指。

27　怯懦是暴虐的根由

我经常听人说，怯懦是残忍之母。

按照我亲身体会，这种邪恶而非人道的、乖戾而粗暴的勇敢，常常伴有女性的软弱。有些人暴戾恣睢，很容易为一点小事而哭泣。费莱阿的暴君亚历山大无法容忍剧院里演悲剧，害怕他的臣民们见到他为赫卡柏和安德洛玛刻的悲惨遭遇悲叹伤心，他曾经连续多日毫不留情地下令屠杀老百姓。是不是心灵的软弱让他们变得这么仁慈？

当敌人任我们摆布时，我们就无法英勇了（遇到抵抗，人才变得英勇）：

只喜欢杀抵抗的公牛。

——克劳迪乌斯

但是，如果怯懦者同样地欢庆胜利，既然无法扮演这第一个角色，那就宁愿演第二个角色，大肆杀戮；让双手染满鲜血。胜利后的大屠杀常常是民众和辎重军官们干的；在民众的大厮杀中出现闻所未闻的残忍事件，是因为民众想锻炼自己，他们认为在别的方面不能逞英雄，就组织起来，大肆杀戮，直到血染双肘，把脚下奄奄一息的身体撕得粉碎：

怯懦的狼、熊和所有最卑劣的野兽，
猛烈扑向垂死者，

——奥维德

正如那些胆小的家犬在野外狩猎时无所作为，在家里撕扯和争夺猎物却疯狂有加。是什么让我们如今的争吵变得鲜血淋淋的呢？我们的祖先只进行一定程度的复仇，我们却从最极端出发，一上来就大杀大砍，假如说这不是怯懦所致，又是什么呢？大家都知道，勇敢无畏、大义凛然能够比消灭敌人的肉体更有效地打击敌人，能够让敌人感到比死亡更大的屈辱。除此之外，复仇的欲望更容易得到满足，因为复仇仅仅为让人觉得我们在复仇。因此，我们不会向一头咬伤我们的野兽或一块击伤我们的石头发起攻击，因为它们觉察不到我们的复仇。把一个人杀死了，他不就觉察不到我们的复仇了吗？

布亚斯对一个恶人喊道："我知道你迟早将受到惩罚，我只担心看不到你受惩罚的那一刻。"他抱怨奥尔霍迈诺斯人惩罚利西斯库斯对他们的背叛——惩罚的时机不对，因为对此惩罚感兴趣的并且能够从中得到快乐的人已经一个都没有了。复仇也一样。受报复的人一旦失去感受报复的能力，这样的报复总让人感到不够过瘾，因为，就好像复仇者想从复仇中得到快乐一样，被复仇者也应当从中得到痛苦并感到后悔。

我们说，他会后悔莫及的。但是，我们朝他脑袋上开一枪，还能觉得他会后悔吗？刚好相反，假如我们一枪打死他，他倒下时会充满敌意地朝我们做鬼脸，他不但不会后悔，还会对我们不满意。而我们却为他提供了人生中最好的服务，让他迅速而毫不痛苦地死了。我们要东躲西藏，逃避法官的跟踪追击，他却安安静静，没有人吵。杀死他，对我们而言意味着将来不再受他的进攻，却对他复仇不利：这样做，惧怕大过无畏，谨慎大过勇敢，防御大过进攻。显而易见，我们由此放弃了报仇雪恨的真正目标，没有考虑这么做对我们的名声不利；这是担心他活在世上，还会朝我们发起进攻。

你杀死他，并非为了对付他，而是为了保护你。

这种做法，在纳森克王国是没有意义的。在那里，不仅是战场上的武夫，就连手艺人也随时准备用棍棒解决争执。谁想格斗，国王完全不会阻拦，倘若是贵族决斗，他还会在一旁观战助威，分出胜负后，会赏给赢者一条金链子。可是，假如别人也想获得那条金链，可以同受国王赠予的人进行决斗；他胜出了一场打斗，还将有一场接一场的打斗等着他呢。

假如我们想堂堂正正地一直控制敌人，对他们为所欲为，那么，看到他们脱离我们的控制，例如，见到他们死去，我们会非常愤怒。但我们却更想用稳妥的方法来获胜，而并非决斗一场；我们首先寻求结束争端，然后才想到如何体面地胜出。阿西尼乌斯·波利奥是个有教养的人，他也犯过一样的错误：他写了篇批驳普兰库斯的文章，可是等他死后才发表。这与其说是在冒险发泄愤怒，还不如说是对着瞎子做鬼脸，对着聋子骂粗话，用刀子割死人一样；因此，有人批判波利奥说，只有调皮的孩子才会同死人战斗。对于一个想以文章进行反驳，不愿意看到对手马上死去的人，面对波利奥的做法，除了说他是一个弱者，说他庸人自扰之外，我们还能说什么呢？

有人告诉亚里士多德某某人说了他坏话，亚里士多德答道：“他能够做得更过分，能够鞭挞我，只要我不在场。”

我们的父辈总是据理力争，为自己洗冤，如此而已。他们英勇刚毅，对活着的和受我们攻击的敌人一点也不怕，而我们见到敌人活蹦乱跳，就害怕得浑身打战。如今，我们不是遵循一种漂亮的做法，不管是我们得罪别人还是别人得罪我们，我们都一概追究到底，把他们置于死地吗？

在格斗中，我们还引入了一种做法，让第二者、第三者、第四者陪在我们身边，这也是一种卑怯的行为。这种搏斗从前称之为决斗，而今天成了战斗和搏斗。发明这一做法的人恐惧孤独：因为每个人都不相信自己。自然而言，有人在身边陪伴，在你处境危险时，能带给你鼓舞和安慰。以前让第三者在场，是为了防止出现犯规和不公正的情形，为了给战斗的命运当证人。当时，自从第三者们加入战斗以后，被邀者就不会乖乖的当观众了，因为所有被请来做公证的人都不可避免地会受到缺乏同情心和胆小怕事的责难。

靠别人的力量和胆量来捍卫自己的荣誉，我认为，这种做法不但不公正，不体面，并且对于一个勇敢而十分自信的人来说，将自己的命运同第二个人的命运联系在一起，是有百害而无一利的。每个人为自己所冒的危险就已经够多了，如何可以再为另一个人去冒险！各人靠个人的勇敢保卫自己的生命已十分艰难，如何能够再让其他人来危及宝贵的生命！因为二对二交战，是相互捆在一起的格斗，除非事先明确商量好照相反的规则行事。假如你的助手被打倒在地，理所当然，你得承担起两个人的责任。有人说，这二对一的攻击是软弱的攻击，的确是这样，这就像是你自己全副武装，进攻一个只剩一截剑的人，又或者你自己安然无恙，攻击一个身受重伤的人。可是，假如你在搏斗中取得这样的优势，你理所当然地可以利用它。力量的悬殊和不等只是在战斗最初时应该考虑。再者，你要责怪就责怪命运吧。当你的两名助手已受伤死亡，你要一人独自对付三个人的时候，对方对你的优势是无可厚非的，就好比在战争中，当我看见敌人同我们的一个人搏斗，我会自然地刺敌人一剑。根据同盟的性质，哪里有群体的争斗（比如，我们的奥尔良公爵向英格兰国王亨利挑战，一百对一百，阿尔戈斯人和斯巴达人作战，三百对三百，贺拉提乌斯兄弟与库里阿提乌斯兄弟之间的战斗是三对三），每一方的人数再多，也只被看成一个人。只要有朋友介入，危险性也就变得模糊，而且将由大家共同承担。

我在这么说的时候，有一个与家庭利益密切相关的考虑。我的一个兄弟马特科隆老爷受邀去意大利给一位不怎么认识的绅士助战，那人是被另一个人叫来格斗的。在这场决斗中，马特科隆的对手恰巧住得离他家更近一些，互相也更熟悉一些（我希望有人为我解释一下那些格斗规格，这些规则常常与符合理性的法律相悖）；他杀死对手后，看见决斗双方的主人还没有分出胜负，就去帮助他的伙伴了。他可以不这样做吗？莫非要袖手旁观，看着对方——假如命该如此的话——杀死他的伙伴？他不就是为着保护朋友的生命安全来到这里的吗？到目前为止他所做的仍旧无补于事，因为谁死谁活还不一定。在你的敌人已遭受损失位于劣势时，你可以以礼相待，可是，假如你是在为其他人效劳，你仅仅是随从，并非是纠纷的主人，在这种情形下，我看不出你怎样可以做到对敌人礼貌相待。我的兄弟答应为其中一位提供支援，他无力在其中做一个公正和谦恭的人。因而，在我们国王及时而郑重的要求下，我兄弟能够从意大利监牢中释放出来。

一个没有节制的国家啊！我们不满足于将我们的恶习和荒唐臭名传遍全世界，还要跑到别的国家去让人家看一看我们的风采。你把三个法国人放到利比亚的沙漠里，不出一个月，他们就会发生内讧，互相争吵和伤害；跑到外国去决斗，完全就是为了让外国人，特别是那些乐于嘲笑和讥讽我们恶习的人从我们的悲剧中得以消闲解闷。

我们去意大利学习剑术，刚了解一点皮毛，便拿我们的生命来做练习。可是，依照训练的次序，应该把剑术理论放在实践之前，而我们恰恰与学习原则背道而驰：

> 这是对青少年的残忍考验，
> 对未来战争的痛苦训练。
>
> ——维吉尔

我很清楚，学会这种技艺是非常有用的（在西班牙，曾有两位表兄弟亲王决斗，依李维说，年长的那位武艺高强，足智多谋，年轻的那位迷茫而不知如何是好，因此，年长的轻而易举战胜了年轻的）。我自己也看见过，有人会因此自我膨胀，行事超越自己的实际能力。可是，了解剑术，并不是真正的勇敢；那是以机智为依托的，其基础不是自己。决斗的荣耀在于比赛勇敢，并非技艺。所以，我曾看见我的一位朋友，素日安以精通剑术而远近闻名，在决斗时，却选择一种令自己无法施展长处，一种完全依赖机会、随意性很高的武器，以免人家把他的胜利归结于他的剑术而不是他本人的勇敢。在我小时候，贵族们不喜欢有好剑手的名誉，觉得这是一种侮辱，学剑时小心翼翼，避人耳目，似乎这是一种技能性行当，是一种超越自然的勇敢气质的真功夫：

> 躲避、躲闪、躲开，他们讨厌之极。
> 在他们的决斗中技巧没有立足之地。
> 或直接，或迂回，剑剑货真价实，

愤怒和疯狂压倒一切，毫无技艺可言。
请听铁剑相击叮叮当当惊心动魄，
他们依旧坚持战斗，绝不后退半步，
脚站得稳稳当当，手不停地出击，
时而剑尖时而剑刃剑剑刺向敌人。

——塔索

我们祖先习武是用靶子，在围墙内进行骑士比武，这是在学习战争；而习剑仅仅为了个人目的，因此显得不够高尚，它教我们不顾法律和正义，互相残杀，造成不可弥补的生命财产的损失。习武就应当学习些有利于安国定邦而不是有损于国家、有利于人民安全和国家荣誉的武艺，这才是比较合适、值得称颂的习武。

罗马执政官普布利乌斯·卢提利乌斯是教育士兵科学机动地使用武器的第一人，他把技艺和勇敢结合起来，而且不准用于私人争执，只能用于罗马人民的战争。这是人民大众的舞刀练剑。在法萨卢斯战役中，恺撒要求他的士兵主要砍击庞培士兵们的脸部。除恺撒外，别的许多将领也考虑过发明一种新武器，一种依据需要进行出击和防御的新型武器。菲洛皮门反对他擅长的格斗，因为练习格斗所需的准备时间与战场上战士实际可能付出的时间相差悬殊。他觉得军事训练是正直人仅有的应该感兴趣的。我同意菲洛皮门的看法。我认为，训练四肢的灵活性，让年轻人在这新式的训练中学习迂回和动作，在事实上不仅没有用处，甚至背离实战的应用，对它们而言是破坏的作用。

所以，在习武中，我们经常使用与打仗有关的武器。我看到，别人用剑或者匕首挑衅一位绅士，他却以全副作战装备出来迎战，一般都会被觉得是不大合适的。在柏拉图的对话里，拉凯斯在谈论与我们类似的习武方式时说，他从没见到这样的训练方法造就过一个伟大的将领，而仅仅是一些战争指挥官。拉凯斯的看法非常值得重视。至于剑术高手，我们凭经验也有诸多说法。至少，这是完全没有联系的技能。柏拉图讲到他的理想国中的儿童教育问题时，点出要禁止教他们使用拳头（由阿密斯科·多和厄佩乌斯发明）和格斗（由安泰俄斯和刻耳喀翁传入），因为这些打法的目的不是为战争服务，对打仗毫无帮助。

下面举的事例有点极端。

东罗马皇帝莫里斯梦见，并且有不少预兆向他表明，一个叫福卡斯的无名小卒将要把他杀死，他向女婿菲利浦打听这名士兵的身份、品性、生活方式和行为方面有些什么特点。菲利浦回答时，特别提到了福卡斯是个胆怯而又卑劣的人，莫里斯皇帝马上下结论说，那是个残暴成性的杀人狂。是什么让暴君们这么嗜血成性？这是因为过于担心自身的安全，产生的怯懦心理使他们缺乏安全感，只得把可能伤害自己的人乃至妇女斩尽杀绝，以绝后患：

害怕一切，便打击一切。

——克劳迪乌斯

最初的残暴表现在事情本身，继而就理所当然地产生一种害怕报复的心理，便又进行一系列新的暴虐，用词来淹没之前的暴行。马其顿国王腓力，就是那位与罗马人有处理不完纠纷的国王，曾下令大肆屠杀罗马人民，之后又惶恐不安，面对在不同的时期经历苦难的众多家庭，他无法找到任何解脱的办法，因此他决定把被害人的遗孤统统抓走，把他们一个个杀死，以求睡得安宁。

不管你把好的材料放在哪里，好材料终究是好材料。我这人一向注重话语的分量和用处，而并非它们的次序和连贯，所以，我不怕在这儿或那儿插入一段美丽的故事。在被腓力五世杀死的人中，有一个人叫赫罗迪斯库，是色萨利的一位君王。腓力五世杀死他，又杀死了他的两个女婿，只剩下一个年幼的儿子。泰奥克塞娜和阿尔科是他们的遗孀。虽然追求的人很多，泰奥克塞娜迟疑不决，下不了改嫁的决心。阿尔科则嫁给了埃涅阿斯后裔中的佼佼者波里斯，跟他生了很多孩子，可她去世时孩子还很小，泰奥克塞娜出于对侄儿们慈母一样的怜爱，也为了教育和保护几个侄儿，便毅然嫁给了波里斯。可是腓力五世发布了诏书。这位勇敢的母亲猜到腓力五世会对美好而娇嫩的青少年实行暴行，他的打手们会对他们为所欲为，便说宁可亲手杀死孩子，也不把他们交给暴君处置。波里斯见妻子反抗，非常惊恐，同意她把他的孩子们悄悄带到雅典，寄养在一些忠诚可靠的人家里。他们趁一年一度的埃涅阿斯节逃开故乡。白天，他们参加了庆典活动和宴会，晚上，则趁着夜色登上早已准备好的船只驶向大海。那天正好遇上逆风，行了一夜，仍依稀可辨他们离弃的故土。他们身后有港口的卫兵在不停追赶。眼瞧着敌人追上了，波里斯督促船工加速逃跑，泰奥克塞娜非常愤怒，对孩子深切的爱和对敌人刻骨的恨迫使她又想起了她原来的计划。她准备好武器和毒药，把它们放到孩子们面前，对他们说："看，孩子们，如今，死是保护你们、给予你们自由的仅有办法。死是诸神神圣司法的内容。这几把出鞘的剑，这几杯毒酒，将为你们把大门打开：拿出勇气来！于你，我的儿子，你是老大，你要紧握这把利剑，死也要死得伟大。"一边是激烈相劝的怒亲，另一边是杀气腾腾的敌人，孩子们一拥而上，各自抢走距离自己最近的东西，他们还没有断气，就被扔进了大海里，泰奥克塞娜为自己的所作所为感到十分骄傲，她热烈地抱住丈夫，对他说："朋友，我们跟孩子们去吧，和他们葬在一起。"说完，他们相拥着跳进海里。那条船什么也没有得到，只好返回岸边。

暴君们不但想杀人，而且还要让被杀者感到他们的狂怒，所以使出浑身解数，尽可能延长死亡的过程。他们要敌人一点点死去，不能死得太快，以便让死者有时间慢慢品味被复仇的味道。他们在这方面遇到了很大的麻烦，因为用刑过烈，死得就快，反之，死得缓慢，刑罚就不会太痛苦。因此，他们在刑具中细细挑选。这样的例子在古代数不胜数，可我不清楚我们是否无意地保留了这些野蛮行为的印迹。

我觉得，一切引起非正常死亡的行径，都是纯粹的暴行。有些人虽然怕死，怕砍头或上绞刑架，但是仍旧做错事，对于这类人，我们司法机关不可能希望用火刑、钳烙刑或车轮刑来防止他们犯错误。我不知道在这个过程中，受刑人是否因此而陷入绝望的境地，因为绑在车轮上，或依照古老的办法钉在十字架上，二十四个小时等待死亡，他们的内心会处于怎样的状态？犹太史学家约瑟夫斯叙述说，罗马人在犹太发动战争期间，他从某地路过，那里三天前有几个犹太人被钉在了十字架上，他发现其中三个是他的朋友，经交涉获得批准，将他们从十字架上放下来，他说，其中两个人死了，另外一个后来被救活了。

卡尔科孔狄利斯，一个可以信任的人，在回忆录中叙述了他那个时代周遭所发生的事，他提到穆罕默德二世经常使用的极刑是用大刀把犯人活生生地拦腰砍成两截，这样，他们死时就好像同时死了两个人。他说，那两段依旧充满生命的躯体要挣扎的时间很长，痛苦不已。我不觉得身体斩成两段后，还会有很痛苦的感觉。最不堪入目的酷刑不一定最难忍受。别的一些历史学家讲到了穆罕默德二世对埃皮鲁斯的某些领主采取的酷刑，我觉得这些刑罚的残酷性比起腰斩来有过之而无不及：他命令极其仔细地把他们的皮肤剥下来，导致他们在非常恐慌不安中苟延残喘了十五天。

还有两种残酷的方法。克罗伊斯命令逮捕一个贵族，是他兄弟潘塔莱翁的宠儿，他把那贵族带到一位制呢工的作坊，用梳毛板刷和梳子梳刮他，直至他被刮死。另一个例子是乔治·塞谢尔，波兰的农民领袖，他以讨伐的名义，干了罄竹难书的坏事。他在一次战役中在战场上被特兰西瓦尼亚省省长打败和俘获，赤身裸体绑在拷问架上三天三夜，承受种种非人的折磨。在这段时间内，战胜者不给别的战俘送吃送喝，最后，趁他还活着还睁着眼睛的时候，刽子手们让他亲爱的兄弟喝他的血，他请求刽子手放过他的兄弟，独自担负了所有罪责。接着，人们又让他最喜欢的二十名军士生吞活剥他的肉体，待他死后，再把他剩下的躯体和内脏煮熟，让他的别的部下吃掉。

28 万事皆有自己适宜的时机

有人把当检察官的加图和自杀身亡的加图作比较，实际上，这是两位品质优秀，十分相似的人。大加图充分利用自己的天性，他在军事和公众事务方面都出类拔萃，卓尔不群。而小加图除了魄力不一般（在这点上，假如将别人和他同日而语，那是对他的侮辱），他的德行绝无瑕疵，比大加图更高一等。因为谁可以为大加图的嫉妒心和野心进行辩解呢？他竟敢诋毁西庇阿的荣誉，可西庇阿极富仁爱之心，在善良和其他品德方面超过同时代任何人。

对于大加图，人们评论最多的，是他在衰迈之年以极大的热情开始学习希腊文，好像是为了满足长期以来的渴望。可我却对此不敢赞同。这正好是我们所说的耄耋期的幼稚行为。每件事情皆有自己适宜的时机，包括好事和所有事物。我念祷文也许也念得不是场合，就像弗拉米尼努斯所做的那样：当年身为军队的统帅，在战斗打响的时候却只顾着向上帝祈祷，虽然他最后打赢了这场仗。

聪明人就连做善事也有界限。

——尤维纳利斯

欧德摩尼达斯见色诺克拉特在桑榆之年，依旧孜孜不倦于学校的功课，就说："你如今还学，什么时候能学通!"

有人高度赞扬托勒密一世，说他每天都操练武器强身健体，菲洛皮门却不觉得，对他们说："跟他这样的年纪的国王还操练武器，完全不是件值得夸奖的事。他早该真刀真枪干过了。"

智者说，年轻人应该充分准备，老年人应该学以致用。根据他们观察，人类天性之最大的弱点，在于欲望层出无穷。我们总是重新着手生活。年纪高大时，我们的忧虑和欲望本应同我们的年龄相适应。我们总是追求新的开始，但是，我们的热情和欲望最终都有衰老的一天：

行将就木时，你切凿大理石造坟建墓，
忘掉了是坟墓，而造的是住宅。

——贺拉斯

我最远大的规划不超过一年。至此，除去死亡，我没有其他思虑。我抛开所有新的希望和计划，朝我即将离弃的地方——告别，日复一日，我所拥有的东西逐渐丧失殆尽。

"一直以来，我无所得也无所失，剩下的盘缠支付剩下的旅程绰绰有余。"

我活过了，走完了命运指定给我的道路。

——维吉尔

上了年纪后，我逐渐摆脱了许多困扰我生命的欲望和烦恼，不再关心世界的发展，不再担心财富、荣誉、知识、健康和自我，我觉得如释重负，轻松无比。

有人在应当学会长久沉默的时候，却开始学习说话。

一个人在任何时候都可以继续学习，但是学习不等于上学：须眉交白还在学习 ABC，难道不是很可笑！

不同的人有不同的爱好，不是所有的东西合适所有的年龄。

——韦加卢斯

如果真的必须学习，那就必须学习符合我们自身实际的东西，如此一来，我们就能够像一位古人那样回答：有人问他，为什么老了还要学习，他答道：“为了更好更自在地辞别人世。”小加图在知道自己的生命已经所剩无几的时候，也是这么学习的，他还在学习柏拉图的灵魂永恒论。倒不是由于他对死没有思想准备，反之，他早就做好了准备；他自信，坚强，知识渊博，他都超过了柏拉图在书中所提出的要求；他的学识和勇气为任何哲学所不如。他这样做的原因，并不是为了帮助自己死亡，而是不希望选择，不希望改变，同以前一样地学习，继续着他人生中的日常劳作，就好像人们不愿意为思考一件重要的事情，而打断自己的睡眠。

他失去法官职位的那个晚上，是在玩乐中度过的；在行刑的那个夜里，他在阅读：失去生命也好，失去公职也好，他都十分坦然。

29 论勇敢

我凭经验觉得，冲动突发的精神力量和坚定持久的处事风格是非常不同的两回事。我见到，我们无所不能，就像有人说，我们甚至能够超越神祇，因为这时候，我们对自己已无动于衷，不再是以前的状态了；甚至，我们能够把上帝的决心和信心用来弥补我们的无能。可这不是习惯性的。在过往著名英雄的传记里，有时候会出现一些远远超过了自然力的奇迹，可那不过是冲动性行为。难以相信，人们能够让自己的心灵永远处于这种超凡入圣的境地，从而导致成为寻常的仿佛是自然的状态。我们仅仅是蒲柳之质，但是有时候在别人的言语或榜样的激发下，我们的心灵会非常冲动而超越常规。可那是一种激情在鼓励和扰乱我们的心灵，让它兴奋激昂，无法自已，因为这旋风般的激情以后，我们见到，心灵就会在没有察觉的过程中松弛下来，不说完全，起码也不再是原先的样子。这时，我们就变成了俗人，见到一只鸟儿死了，或一只杯子碎了，都忍不住要激动一下。

我认为，对一个有缺陷不完整的人来说，什么事都可以做，可是就无法做到条理、节制和坚持。

因为这个原因，智者说，为了正确地判断一个人，第一要观察他平常的一举一动，不经意地看他每天干些什么。

皮浪在无法获知的基础上，创建了一种非常有趣味的学说。他像所有真正的哲学家一样，竭力使自己的生活符合自己的学说。他坚持相信，人的判断力非常薄弱，不能够有什么倾向性的意见，主张对事物不下判断，让其永远悬而不决，把一切事物看作不可确定的，因此，据说他从来都是一个姿势一副面孔。如果他已开始演说，就算听众已经走掉，他也必须要把话讲完；假如他走路，就算遇到障碍，他也无法停下来，他的朋友们必须时时刻刻保护他，否则他就会掉进深渊，与马车相撞，或发生别的意外。因为，他的信念不容置疑有任何选择和确信地余地，害怕或回避都会猛烈撞击这种信念。有些时候，他竟然将自己的皮肤割破或烙伤，坚强地忍受着，连眼睛都不眨一下。

这些事，仅仅是在心里想一想，就不是一件容易的事，使自己的行为符合思想则更不容易。可是，这也不是完全办不到。可是，像这样异乎寻常的做法，他却可以坚持不懈、顽强不屈、成了家常便饭，这实在是让人难以置信的。有时，人们在他家里看见他正在狠斥他的姐妹，便责怪他并不是对所有都无所谓，他却说："怎么，难道还要让这个小女人来见证我的原则吗？"还有一次，有人调侃他同一条狗搏斗，他对那人说："人是很难抛却一切的；应该随时准备并努力同所有做斗争，必须行动，假如行动做不到，最起码要体现在理性和口头上。"

大约在七八年前，离这儿十公里的地方有一个村民（到现在还活着），他由于妻子爱吃醋，早已忍无可忍。某天，他从地里回来，看见妻子同往常一样，用喋喋不休的抱怨迎接他，便怒火直冒，马上用手里的砍刀把他那让妻子发狂的器官割掉，一股脑儿朝着她扔了过去。

听说，有个多情而快乐的年轻绅士，爱上了一个漂亮的女人，经过坚持不懈的努力，终于赢得她的芳心，正要和情妇颠鸾倒凤时，猛然发现自己软而无力，感到绝望不已：

> 他的生殖器疲软无力，仿佛已经衰老。
>
> ——提布卢斯

回到家里，他马上把生殖器割掉，让这残酷无情、鲜血淋淋的牺牲品去洗涤自己的罪孽。假如这是经过深思熟虑和出于信仰的缘故，就好比库柏勒[①]的祭司们一样，那么，对于这么崇高的行为，我们可以说什么呢？

溯多尔多涅河而上，在离开我家大约二十公里的贝日腊克有一个妇女，她丈夫由于心情不好，把她狠狠揍了一顿，她决定用死来挣脱丈夫的虐待。翌日起床后，她同平常一样，到邻居家串门，在言谈之中留下了如何处置财物的话，接着拉着她的一个妹妹的手来到桥上，在跟她告别后，就像好玩似的，非常平静地跳进河里，溺水而死。在这个案子里，特别有一点值得注意，她的这个计划在脑海里足足酝酿了一个晚上。

印度妇女的习俗则完全相反。她们的丈夫有三妻四妾，丈夫死后，最宠爱的一个可以随丈夫而去。每一个妻子一生的追求，就是和其他人争夺恩宠及这个特权。她们仔细伺候丈夫，不为别的，只为获得丈夫宠爱，最后可以在黄泉路上伴其左右：

> 火把刚刚扔到焚尸的柴堆上，
> 蓬头散发的妻妾们一拥而上，
> 开始你争我夺为给丈夫陪葬。
> 输者觉得体面扫地，无颜见人，
> 赢者欣喜若狂，纵身跃入火中，

---

① 希腊罗马神话象征生殖之女神。

灼热的玉唇贴在丈夫的嘴上。

——普洛佩提乌斯

有个人写道，他见过这种今天仍在东方民族里流行的习俗，殉葬的不只是妻子，还有奴隶。下面讲一讲具体的做法。丈夫死后，假如妻子愿意（很少有人愿意），能够要求宽延两三个月来安排后事。那一天到了，她骑上马，打扮得像参加婚礼一样，满脸喜气洋洋，说要去和丈夫一起安息。她左手拿一面镜子，右手拿一把箭。在这样如过节般欢乐的亲朋好友及人群的簇拥下，非常有排场地转了一圈后，她就立即被带到专门的地方。这是一个大广场，中间有一个堆满木柴的大坑。她来到广场，被带到一个有三四个台阶的土丘上，美美地饱餐一顿。接着，她开始跳舞和唱歌，在她觉得合适的时候示意人们点火。接着，她走下土丘，拉起她丈夫最亲的亲属的手，一起向着附近的一条河走去。来到河边，她把衣服脱光，将首饰和衣服分送给她的朋友，然后，好像为了洗清自己的罪孽似的跳进河里。她从水里出来，用一条长达二十米的黄色布单裹住身体，再次拉着她丈夫那位亲属的手，又登上那个土丘，同乡亲们讲话，假如有孩子的话，把她的孩子托付给大伙。在火坑和工丘之间，拉起了一道帘子，不让人们看见熊熊燃烧的木柴；有些妇女为了表现自己勇敢，不想在中间拉上帘子。等她把要说的话说完以后，一位女子给她端来一罐满满的圣油，让她涂在脸上和身上。涂完之后，她就把罐子扔进火堆，与此同时自己也纵身跳进去。这个时候，人们朝她身上扔去很多木柴，免得她受煎熬的时间太久。然后他们由欢乐转为悲伤，向她表示哀悼。假如死者出身卑贱，其尸体就被运到指定的埋葬地，让他保持坐姿，他的女人跪在面前，双手紧紧地抱着他，这个时候，人们在他们周围砌墙，砌到妻子肩膀高度时，她的一个亲人从后面把她的脑袋抱住，把她掐死。等她死后，墙就被迅速砌高，然后封死，这对夫妇从此就合葬在里面。

还是在这个国度里，裸体修行者也有类似的做法，并不是为人所迫，也不是心血来潮，而是为了表明自己的信奉：在他们到了一定的岁数，或认为得了什么疾病的时候，他们会要求别人筑一个柴堆，在柴堆上放一张华丽的床，开开心心地款待朋友和熟人后，就动也不动地躺在那张床上，意志坚定，一点也不动摇，点燃火以后，只见他们仍旧纹丝不动。一个名叫加拉努斯的裸体修行者就是这么死的，而且是在亚历山大大帝的大军面前。

在这些裸体修行者中，只有这样死的人才被觉得神圣和有真福，他们享用尘世间的一切后，让火洗净自己的罪孽，好让灵魂干干净净地升天。

人生进程中的这种预先筹划和始终如一，是创造奇迹的原因。

在我们的其他争论里，关于命运的争论占有一席之地。人们仍旧坚持以前的一个论据，将未来的事物和我们的意愿系于一种确定的和无法避免的必然性上："既然上帝认为事情应该如此发生，他毫无疑问会这么去做，因此事情将不可避免地如此发生。"对此，神学家们回答说，我们见到（上帝也一样，因为所有都呈现在他眼前，与其说他预料到，不如说看见）某事物将要发生，和强迫它发生不一样；甚至能够说，我们因事物发生而看见，而事物不由于我们看见而发生。有事才有知，而不是有知才有事。我们看见发生的事情发生了，但是，它也可能以另一种方式发生；上帝在预料到事物发生缘由的名册上，也写着所谓偶然的原因和有意识的原因，而有意识的原因取决于上帝赋予我们仲裁的自由度，他清楚，假如我们没有见到，那是由于我们不希望看见。

至于我，我看见许多人用那种宿命的必然性鼓励自己的人马：因为假如说我们的死期命中注定在哪一天，那么，敌人枪林弹雨也罢，我们勇往直前或胆怯逃跑也罢，都不能提前或推迟我们的死期。这说起来很轻松，做起来很难。就算一种强大和热烈的信仰可以带动相应的行动，可是，这种经常被我们挂在嘴边的信仰，近几个世纪来已变得非常的少了，并且，就算有信仰，也对行动不屑一顾。

可是，儒安维尔先生在他的《圣路易传》中讲述贝都因人时，也讲到过宗教信仰问题。儒安维尔是一个值得相信的证人。贝都因族是与撒拉逊人混居的民族，圣路易曾在圣地和他们打过交道。儒安维尔讲述说，贝都因人的宗教一直认为，人的寿命一直是命中注定。他们去打仗时，只带一把土耳其短刀和身上披的白布。在他们对自己人发脾气的时候，最厉害的诅咒常常是："你和全副武装的怕死鬼一样，应该去死！"这说明贝都因人是将宗教信仰付诸行动的，这一点和我们不同。

还有一个类似的，由两位与我们父辈同时代的宗教人士提供的证据。在我们祖先的时代，有两个佛罗伦萨修士在学术问题上产生了争论，他们商量当着全体民众的面跳入火中，以表示各自的决心。所有的准备工作都已就绪，两人正要跳入火中，这时发生了一个意外，他们就没能跳进去。

在穆拉德二世和匈雅提的战争中，一位土耳其贵族青年见到两军就要交战，一点都不畏惧，奋不顾身，建造了卓越的战功。穆拉德二世看见他乳臭未干、一点经验都没有的样子（这是他第一次亲历战争），便问他这不一般的勇敢是谁人教给的，他回答说，教他勇往直前的老师是一只野兔。他说："某一天，我去打猎，发觉兔窟里有一只野兔。虽然我身边有两只猎狗，可我觉得，为了以防万一，最好把我的弓箭也用上，因为它在和我耍聪明。我开始放箭，把箭袋里的几十支箭都用光了，不但没有射中，并且也没把它惊醒。因此，我把猎犬放出去，它们也一点办法都没有。我由此知道命运在保护它，我们的刀剑和箭镞只有顺应天数才能击中目标。生死由命，我们无法将死期提前或推后。"这个故事应该让我们顺带见到，我们的理性多么轻易向各种形象比喻屈服。

有一位大人物——从年岁、荣誉、地位和学问上说都是一位大人物朝我吹嘘说，他的宗教信仰因为受到了外来的激发而产生了非常大的转变。这种外来的激发就好像是天方夜谭，并且很难自圆其说，我认为这难以置信：他称之为奇迹，我也这么认为，可是意思很不一样。

土耳其的历史学家们说，他们那里普遍传播的信仰认为生命的长短是注定的、不可改变的，这个信念明显可以帮助他们临危不惧。我所知道的一位伟大的君王，假如命运接着帮助他的话，他就会从这种生命的时效性中大获好处。

在我们这个时代，最令人钦佩的坚决行动莫过于奥兰治亲王①谋刺案了。让人不可思议的是，在第一个刺客作了力所能及的努力却无法成功并遭到了很惨的下场以后，人们如何还可以激起第二个人的勇气，去完成他同伴未完成的事；后者沿着前者的足迹，使用同样的武器，竟成功地杀死了奥兰治亲王，可是这位亲王刚有过不应该轻信人的教训，无论到哪儿都有身强力壮的朋友相伴左右，客厅里有卫队保护，全城百姓对他忠心耿耿。可以肯定，行刺者使用了坚定不移的手段，狂热激发了他非凡的勇气。匕首比手枪更值得信任，可用匕首需要更多的手腕活动和臂力，因此

① 也称沉默者威廉，反对西班牙对荷兰的统治，1584 年 7 月遇刺身亡。

更容易偏离或受到干扰。我很肯定，那位刺客冒着必死的险境，因为，虽然人们能够成功地骗了他，可在一个镇静的聪明人的头脑里根本找不到任何希望的位置。但他成功了，这说明他既不缺乏冷静的判断力，也不缺乏勇气。产生这么坚定信念的动机能够形形色色，由于我们一时的怪念头会让我们去做它所希望我们做的事。

在奥尔良附近发生的谋杀[1]事件是前所未有的。在这次谋杀中，更多的是偶然而并非力量在起作用；要不是命运在中间帮忙，那一枪绝对不会致命；刺客骑着马远远朝着另一个骑马飞驰的人开枪射击，这证明他情愿击不中目标，也不想误了逃跑。随后发生的事情证实了这一点。因为一想到干了件这么崇高的事，他又是害怕又是兴奋，导致他完全丧失了意识，既不清楚怎么逃跑，也不清楚怎么回答。他完全能够趟过一条河，去向朋友们寻求帮助。这办法危险最小，我就曾经用过，我觉得无论河有多宽，趟水而过风险最小，只要马匹能够容易地通过，根据河水可以知道容易上岸就行。谋杀奥兰治亲王的那个刺客就不一样了：在人们向他宣布恐怖的判决时，他却说："我一直等着了，你们对我的耐心肯定觉得很吃惊。"

阿萨辛派是腓尼基的一个独立的教派。伊斯兰教徒们认为，他们有虔诚的宗教信仰和一尘不染的习俗。阿萨辛派坚持认为，为了能够有资格进入天堂，最稳妥的办法是杀死一个异教徒。所以，他们藐视个人的安危，努力完成这件大有裨益的事情，一两个人经常冒死闯入敌人阵营，去刺杀[2]（这个词就借自这一教派的名称）他们的敌人。的黎波里的雷蒙公爵就是在他的城市里被杀死的。

30 一个畸形儿

这篇文章不会写得很长，我想主要应该让医生来发表他们的见解。前天，我看到一个畸形儿，两个男人和一个乳母，自称是他的父亲、叔叔和婶婶，带着他向人展现他的畸形，赚几个小钱。这孩子别的方面都很正

① 指1563年2月18日，波尔特洛·德·梅雷谋杀吉斯公爵。
② 阿萨辛派，在法语是Assassin，后成为普通名词，意为"暗杀者"。

常，能像同龄的孩子一样走路和牙牙学语。至于吃的东西，除了乳母的奶，别的东西到现在为止他依旧统统拒绝。我在场的时候，那几个人尝试往他嘴里塞东西，他咬了几下便吐了出来，没有咽下肚子。他的叫声好像有点儿特别。他刚刚十四个月。在他的奶头下面，连接着一个无头儿。那无头儿有封闭的椎管和身体的别的部分；他的一条手臂比另一条稍短，那是出生时的意外所致。这两个孩子面对面连在一块，好像较小的想拥抱较大的。他们连接的地方只有四指或差不多四指宽，假如把那发育不全的孩子抬起来，能够看见另一个孩子的肚脐眼，因此说，两个孩子的结合部位于乳房和肚脐之间。看不到畸形孩子的肚脐眼，不过能够见他腹部的其余部分。那些不连结的地方，像胳膊、屁股、大腿和小腿，摇摇晃晃挂在另一个孩子身上，直达他的腿中间。乳母还告诉我。孩子的小便有两个出口。由此可见，那发育不全的孩子的器官是活着的，所在部位也与另一个一样，只是更细小一些而已。

粘连的身体和不同的四肢受同一个大脑控制，这真能够给国王提供一个好兆头：我们国家的各部分将会继续在他和谐的统治下。但是，还是不去管它吧，以免将来事态发展并不一定如人所愿，最好等事情发生后再来做预测："好让事实与预兆相一致。"就好比埃庇米尼德斯，传说他专爱预测已发生的事。

我不久前在梅多克遇见一位牧人，他大约三十岁左右，外表瞧不出有生殖器，只有三个窟窿，从里面不断地流出尿来。他长着胡须，也有情欲，想摸女人。

我们称之为畸形，对上帝来说并不是畸形。上帝的创造是无穷的，他所见到的形式也是无穷的。由此可见，让我们惊讶不已的那个形态，仅仅是同一类的另外一种，只不过人类还没有认识而已。上帝完美的智慧不仅创造普通和常见的好东西，但是我们却看不见它们之间的协调和联系。

"他经常看见的东西，不会让他惊讶，尽管不知其缘由。但是，如果是他从未见过的事物，他一定会想是神迹出现了。"

我们把违背惯例叫作违背自然，实际上世界万物均为大自然的产物。这个普世的自然的道理应该驱除新事物带给我们的谬误和惊讶。

31 论发怒

普鲁塔克各方面都值得称赞，人们尤其佩服他对人类行为的评论。从他对利库尔戈斯和纽默的对比中，能够见到很多值得称道的东西：他觉得把孩子的教育和责任交给他们父亲的做法是十分幼稚的行为。我们大多数社会，就和亚里士多德说的那样，大部分国家仿照库克罗普斯的做法，让男人按自己愚蠢和轻率的想法管教老婆和孩子，只有斯巴达人和克雷特岛人按照律法来教育孩子。人人都知道，国家兴旺取决于对孩子的教育和培养，但是我们却非常不慎重，让孩子们任凭家长摆布，无论他们的家长是如何的愚蠢和凶恶。

在此要特别提一件事，我走在街上，见到某个狂怒的父亲或母亲打自己的孩子，恨不得剥他们的皮抽他们的筋，把他们打得死去活来。每次我都想挺身而出为眼前的孩子打抱不平！你瞧吧，那些父母双眸喷出怒火：

> 他们怒火中烧，不顾一切地横冲直撞，
> 就好比山塌陷时，一块岩石
> 脱离山顶，垂直掉落下来。
>
> ——尤维纳利斯

（希波克拉底说，最危险的病是让人改变面容的病），他们的声音斩钉截铁，震耳欲聋，更有甚者，他们经常对刚断奶的孩子大吼大叫。孩子们被打成了残疾人和傻瓜，司法却熟视无睹，仿佛这些受辱挨打的人不是国民中的一分子：

> 你给国家增丁添口，值得感激，
> 不过必须让他报效祖国，耕耘土地，
> 为和平和战争做出贡献！
>
> ——尤维纳利斯

感情动摇我们的判断力，尤以愤怒为甚。对于因发怒而错判的法官，谁都会毫不留情地对他处以死刑，那么，为何就同意家长和教师在发火时鞭打和惩罚孩子呢？这哪是什么惩罚，根本是报复！惩罚是给孩子治病：我们能忍受医生对他的病人发火吗？

我们也要端正自己，绝不应该在火头上动手打仆人。当我们怒火由心生，心跳加剧，就把事情放一放，等心平气静下来以后，对事物的看法就会完全不同。激动的时候，是情绪在指挥我们说话，而并非我们自己。

一时冲动使我们夸大仆人的过错，就像隔着迷雾看见的事物一样。饥饿的人，用肉来充饥，但是，想使用惩罚手段的人，不应该期望惩罚。

再言之，有利有节的惩罚更容易被受罚者接受，而且效果更好；反之，假如惩罚来自一个暴怒的人，受罚一方会觉得他的惩罚不公平；为给自己辩解，他会列举主人失当的举动：动作粗鲁，脸色变红，口冒粗话，烦躁不已，莽撞轻率：

> 愤怒让他的脸涨得通红，
> 两眼喷发比蛇发魔女戈耳工更加猛烈的火焰。
>
> ——奥维德

苏埃托尼乌斯描述说，卢西乌斯·萨图尼努斯被恺撒判决后，便求人民裁决。他在人民面前胜诉的原因，就是恺撒把敌意和严酷带进了对他的判决中。

说和做是两回事，必须把二者分开。有些人企图列举布道师们的恶劣品质，来攻击我们教会的真实性，在如今这个时代，他们倒的确是抓到了小辫子。教会的真实能够从其他地方得到证明。把所有都混为一谈，是愚笨的做法。品行好的人，他的看法也许是错误的，反之，一个坏人，就算不信任真理，也能够宣扬真理。毫无疑问，言行一致是一种和谐的美。我承认，言假如有行相随，就更有威信，更有效果。就像斯巴达国王欧达米达斯听到一位哲学家夸夸其谈战争时说："这些话听起来动听极了，不过说漂亮话的人在所谈的问题上并不可信，因为他的耳朵还没有习惯号角的声音。"克莱奥梅尼听到一位修辞学家高谈阔论勇敢时，忍不住捧腹大笑；那修辞学家又羞又怒，不过克莱奥梅尼对他说："凡是燕雀之辈谈论这个题目，我都会发笑；可是，若是一只雄鹰，我会洗耳恭听。”我在古人的作品中好像发现，直抒己见者与掩饰思想者比起来。前者论述问题更形象有力。你不如听听西塞罗论热爱自由，再听一听布鲁图对这个问题的评述：掷地有声的文字本身就在告诉你，后者是一个愿意以生命为代价来换取自由的人。雄辩术的开山祖师西塞罗对蔑视死亡作了讨论，塞涅卡也做了研究：前者的论述拖泥带水，一点意思都没有，你感觉到他在引导你下决心，而他自己却还没有这个决心；他完全不能激发你的勇气，因为他自己缺少勇气。后者则会燃起你的热情，让你勇气倍增。我读任何书，就算是谈论德行和公职的，我都要研究一下作者是什么样的人。

在斯巴达，检察官们见到一个道德败坏者有好的建议要向人民提出，就要求他们缄口不语，而另请一位品行良好的人代替他提出这个建议。

细细品味普鲁塔克的著作，能够让我们发觉他是什么样的人，就想更深入知道他的灵魂。然而，我还是希望大家对他的生平有所回忆。谢谢格利乌斯给我们留下了有关普鲁塔克生活习惯的一件趣闻，那件事同我评述的发怒有联系。我对这个故事喜爱极了，虽然它有点偏离正题。普鲁塔克的一个奴隶，一个险恶且堕落但是听过几堂哲学课的人；那奴隶做错了事情，普鲁塔克命令剥掉他的衣服，用鞭子打他；一开始，他嘀嘀咕咕，说这样揍他一点道理都没有，他没有做错事情；最后，他终于大喊大叫起来，破口大骂主人，骂他自吹自擂，说他不是他所讲述的哲学家，他经常说发怒是丑陋行为，甚至还写书专论发怒，不过他如今暴跳如雷，告诉人这么残酷地鞭打他，跟他书中写的完全不符合。普鲁塔克听后神色镇静，他慢悠悠地说：“怎么啦，乡下佬！你根据什么说我现在愤怒了？我的面孔，我的声音，我的脸色，我的言语，哪个地方让你看出我激动了？我不相信我的眼睛表现了不快，脸上露出了激动，我也没大声吼叫。我脸红了吗？我说话喷口水了吗？我说了一些应该后悔的话了吗？我气得颤抖了吗？发抖了吗？告诉你，这些才是发怒的真正表示。”说完，他转身对手持鞭子的打手说：“在我和他争辩的时候，请你继续干你的活。”以上就是格利乌斯讲述的故事。

塔兰托的阿契塔是一次战争的统领，他回到满目疮痍的家乡，由于管家管理不力，土地也荒芜了，便把管家招来，告诉他：“快滚吧！如果我没有发怒的话，我就狠狠打你一顿了！”柏拉图也是这样。某天，他对他的一个奴隶大发脾气，要求他的弟子斯帕西普斯替他惩罚这个奴隶，他解释说自己正在火头上，所以不想亲自动手。斯巴达国王卡里鲁斯见到一位国有奴隶竟敢对他傲慢无礼，告诉他："如果我没有发火，我绝对马上处死你。"

愤怒是一种自我满足自我膨胀的感情。在我们没有搞清事实真相而发火以后，假如人们向我们申述有力的辩解，多少次，我们会不管事实和对方的无辜而又气又恼！我在这方面记忆较深的是一个古代的独特例子。格内厄斯·派索在别的很多方面是个优秀人物。有一次，他对一个士兵发了怒，因为那人跟一个同伴去割草料，却单独一人回来，又讲不出把同伴丢在什么地方，派索便断言他把同伴杀了，就判处了他死刑，并且命令将这位士兵就地正法。就在他被拉上绞刑架时，那位迷路的士兵回来了。全军上下都非常高兴，那两个非常惊喜，在激动地拥抱和亲吻以后，随后，刽子手将他们带到派索跟前。在场的人都觉得派索会很高兴。可事实刚好相反：他本来就在气头上，这下恼羞成怒，便气上加气；在突然之间他心里发生了难以察觉的变化：他见到三人中有一个是无辜的，就索性宣布他们都有罪，下令把他们都拉去处死，第一个士兵，是由于原先已有判决；第二个迷路的士兵，是因为他是引起他同伴被处死的罪魁祸首；至于那个刽子手，是因为他没有执行上级的命令。

同固执的女人打过交道的人，也许有过这样的经验：当他们用沉默和冷静对付她们的激动，不屑助长她们的怒气时，她们会气得挤眉弄眼，七窍生烟。雄辩家塞利乌斯是个脾气火暴的人，有一个极易交往、性情温和的人和他一起吃饭，这次，他担心惹塞利乌斯激动，决定不管他说什么都表示赞同。塞利乌斯见没有找到发怒的理由，不能再忍，就对他说："你倒是反击一下我说的话呀！还是让我们做两个不同的人吧。"那些女人也是这样，她们效法爱情的规则，她们发怒，只是为了让对方也发怒。福基翁同某人谈话，那人粗鲁地辱骂他，扰乱他讲话；福基翁采取了沉默的态度，任他把心中的愤恨全部发泄出来，随后，接着刚才的话头，继续朝下讲，只字不提对方的骚扰。这种蔑视的态度，比任何尖刻的反驳更有力度。

我经常说，最容易动怒的法国人（这总不是完美之处，但是对一个军人来说还是可以原谅的，因为在某些情况下干这一行是免不了的），是我所知道的最有耐心控制怒火的人：愤怒让他激动无比——

当木柴的火苗在青铜壶下，
发噼啪之声，
水沸腾着，狂怒着，从壶里漫出来；
它再也克制不住；
一股黑烟腾空而起，

——维吉尔

必须严格地克制自己，使愤怒的情绪缓和下来。关于我，费这么大的劲遏制愤怒，我是完成不了的。我不想耗费这么大的劲控制自己。我关心的不是他遏制愤怒的方法，而是他做出如此大的努力使自己不做得更坏。

另外，有一个人吹嘘自己的性格如何节制如何温和，这的确非同寻常。我告诉他！在世人面前一直表现的从容安详，这是十分了不起的，特别对于跟他那样受人瞩目的优秀人物，可是更要看内心怎么样。依我的看法，内心苦恼只能说明修身未果：我就担心他为了维持稳重的外表而内心备受煎熬。

人们把愤怒藏在心里，正如第欧根尼对狄摩西尼说的那样——后者由于怕被发现藏在一个洞穴内，就拼命朝里缩："你越往里缩，就陷得越深。"假如你的仆人做事不怎么得体，我奉劝你不如掴他一记耳光，也不要压抑自己的情绪而硬是摆出一副我所说的沉稳态度。我愿意让怒火发出来，不喜欢藏着掖着它让自己备受折磨；把怒火发出来时，它就会慢慢减弱；与其让怒火在心里憋着，还不如让它到外面来张牙舞爪。"暴露在外的毛病一般都是良性的，藏在健康外表下的缺点才是最危险的。"

我警告我家里那些有权发脾气的人小心两件事：第一，应该节制愤怒，不要随便发泄，否则会影响效果和分量；假如让不经思考的大声责骂变成家常便饭，人们就会把这当作秋风过耳，听而不闻；你大声斥责一个偷东西的仆人，他会对此没有感觉，因为你这个办法已对他用过一百次了，或者杯子没有涮干净，或者把凳子放错了地方。第二，发怒时不要没有目标，对谁有意见，就要让谁听见：因为他们习惯在被斥责者还没在场时就开始责骂，等他们走了一个世纪了，还在那里大声叫骂：

骂得丧失了理智就骂自己。

——克劳迪乌斯

他们对着仆人的影子，在一个谁都受不到惩罚、谁都不会遭殃的地方掀起狂风暴雨；他们似乎无能为力，只能用吵吵闹闹的责骂声来进行惩罚。在争论中，有些人习惯于无的放矢地吹牛和发怒，这也是应当受到谴责的，吹牛应当有的放矢：

好比初次参战的母牛，发出可怕的咆哮，
狂怒中，试用犄角撞击树干，
四腿乱舞，扬起尘土，作为战斗的开篇。

——维吉尔

我一发火就非常厉害，但是持续时间也非常短暂，而且尽可能不在别人面前发作。我速战速决，言辞尖刻，不过不晕头转向；我随意地、不加选择地吐出各种詈辞谇语，并不专门把矛头全部固定在我觉得最伤人的地方：由于我发怒时经常只用嘴巴。发怒的理由有大有小，对我而言，我的仆人遇到大事反倒比遇到小事更容易脱身。我会因为一些小事突然发作；不幸的是，一旦你被推下了悬崖，是谁推你下去的——就无所谓了，你会一落到底，加快速度往下掉落。遇到大事，我高兴的是原因都清清楚楚，大家都等着看顺理成章而生的愤怒；我出人意料，没有发怒，对这个我感到很自豪；我拼命控制自己，不让怒火爆发出来；那些理由在我脑海中翻腾，威胁我说，假如听之任之，我一定会暴跳如雷。我不费力地克制了怒火，在我就要勃然大怒的时候，我依靠坚强的控制力，把发怒的冲动压制下去，不论有多么强烈的理由。但是，一旦被它攫住和控制，它就会任意地摆布我，哪怕毫无理由也会如此。所以，我同那些有权和我争论的人讨论说："当您觉得我先激动了，不论有没有道理，让我发泄出来；我对您也一样。"只有在愤怒与愤怒相撞，双方的愤怒同时产生的情况下，它们才可能酿成风暴。让各自的怒气尽情发挥，就能相安无事。这办法非常管用，可是做起来十分困难。有时候，为了管好我的家，我也会大发脾气，可是并不真正生气。随着年龄的增长，我的性格变得愈来愈乖戾，有机会的话，我今后要努力做到，越觉得有发怒的理由和冲动，就越要少烦恼、少苛求，虽然从前我在最不爱烦恼最不苛求的人中间，曾是十分爱犯愁和爱挑剔的人。

在结束本文之前，我还有一句话要说。亚里士多德说，有时，愤怒能够当作勇敢的武器。这好像不无道理。可是，那些持反对意见的人风趣地反驳说，那是一种使用方式十分奇特的武器：我们使用其他武器，而这个武器使用我们，我们的手不指挥它，而是它指引我们，它把我们握在手里，而不是我们把它握在手里。

32 为塞涅卡和普鲁塔克辩护

我和这两位人物有亲密交往，他们帮助我度过老年的日子，我用他们的遗训作为大纲写成了这部书，当然有义务捍卫他们的荣誉。

先说塞涅卡。所谓的改革派教会人士为了捍卫他们的事业，散发了成千上万的小册子，为自己的事业辩解，有的书源自高手，可惜没有用在更有价值的选题上。我曾经读过其中一本，里面通篇讲述作者发觉我们可怜的已故查理九世国王与尼禄之间具有明显的共同之处，把已亡洛林红衣主教与塞涅卡相对比：他们地位显赫，全是国王内阁中的第一号人物，他们的生活习惯，他们的行为。依照我的判断，他对已故的红衣主教大人不乏溢美之词。

因为，我也属于下面这样的人，佩服他的精神、口才、对宗教热诚、对国王鞠躬尽瘁；还应运出生在这个所有东西都是那么不同的新奇的世纪，出生的时代恰恰需要一位德高望重、有才干、能胜任职务的宗教家。尽管这样，可是要说真心话，我不觉得他的才能有如此之大，也不认为他的美德像塞涅卡那么完美坚实。

我想说的是，为了达到其目的，上面提到的那本书借用历史学家迪昂的指责，对塞涅卡作了一番非常侮辱的描写。迪昂提供的证词，我是一点都不信的。因为这人变化莫测，另外，他先说塞涅卡大智大慧，又是尼禄恶行的对头，马上又说他悭吝，放高利贷，有野心，懦弱，荒淫无耻，冒充哲学家欺世盗名。

塞涅卡的美德在自己的著作中非常鲜明，使我们可以立场分明地为他辩护，驳斥某些强加在他身上的恶行——比如他的敛财和挥霍，我也就无法相信跟这个相反的说法。更有甚者，觉得在这类事上信任罗马历史学家比信任希腊或他国历史学家更有道理。塔西佗等人对他的生与死都有十分中肯的评述，在所有方面都向我们描绘他是个出类拔萃、德高望重的人。我对迪昂的看法只激出我这个不得不说的责备：他对罗马事务有这种病态心理，居然维护朱利乌斯。恺撒反对庞培，安东尼反对西塞罗的做法。

再来说普鲁塔克。

让·博丹是一位不错的现代作家，公众对他的评价远高于同时代众多的蹩脚文人，值得我们对他评价和探究一番。可我觉得他在《历史方法》中的一段话太过于冒失。他不仅指责普鲁塔克没有知识（在这一点上，我觉得他愿意怎么说都可以，因为这不是我的长处），还说这位作家常常说些无法相信和光怪陆离的事（这是他的原话）。他假如是只说些与事实不符的事情，这不是多大的责难；因为我们没有见过的事物，都得自于别人的双手和对别人的信任。我见到他有时故意把同一件事写得不相同，比如汉尼拔论历史上三大将领一事，在弗拉米尼生平中是一种说法，在皮洛士生平中又是一种解释。但是更说他把不可信和不可能的事当成是真的，这是责怪最有见解的作家没有判断力。

以下是他举的例子。他说："比如，他（普鲁塔克）讲到一个斯巴达孩子的故事，小孩偷了一头狐狸仔，把它藏在袍子里，情愿让它抓破肚皮，直到死也不愿意使它暴露。"我最先认为这个例子选得不好，尽管说人的体力还有余地去确定和认识，人的智力则是不好确定和认识的。在这件事上假如由我来做，我就会挑选一个体力方面的例子。那里还有一些事有更少的可信度，例如他讲到皮洛士的事。说他虽然受了重伤，还是对全身披挂铠甲的敌人狠狠一剑砍下，结果从头顶到脚底，把敌人的身体劈成了两半。

在他举的例子中，我看不到有什么神奇的东西，也不承认他阴损普鲁塔克时爱用这个遁词："听听"，这是在关照我们要对此有所怀疑。除非在古代或在宗教中已得到权威承认的事物，普鲁塔克人不会同意更不会建议我们相信那些荒诞无稽的事情。“听说”这个词他用在这里不是由于这个原因，这是很明显看出来的，因为他自己在别的文章中提到过斯巴达孩子的忍耐力问题，这些例子在他那个时代更无法让人信服。

例如有个例子，西塞罗在他之前也证实过，因为听说他亲眼所见，在他们那个时代，人们习惯把孩子送到狄安娜的祭台前接受忍耐力的考验。他们承受鞭打，直到遍体流血，不仅不叫喊，而且不呻吟，有的还自己愿意失去生命。普鲁塔克也说过类似的事，还有一百多名证人。在祭礼上，一个孩子在烧香时，一块烧红的火炭掉进了一个斯巴达小孩的衣袖里，这块炭把他整个胳膊都烧着了，最后香客闻到了焦肉味。

按照他们的习俗，偷东西被人当场抓获是最令人名誉扫地、最可耻、最遭人唾骂的事情。我对这些人的崇高品质感到深深的钦佩，因此不像博丹那样认为他的故事无法相信，还觉得这些事没有什么稀奇古怪的。

斯巴达的历史充满了千千万万惊心动魄的杰出例子，以这点事来说，它都能够被称作奇迹。

有关小偷，马塞里努斯曾经说，在他那个年代，偷盗在埃及十分盛行，谁在作案时被逮住，不论用什么刑罚也无法逼他说出自己的名字。

一个西班牙农民被捕受审，问他是否参与了密谋刺杀行省总督吕西尤斯·比索的行动。他在严刑拷打中仍高声呼喊，叫他的朋友不要轻举妄动，尽可在一边安全观看，他不会由于皮肉之痛而招供任何内情的。第一天他们什么收获都没有。第二天他被押了出来再要受刑时，用力从卫兵的手里逃掉，冲向了墙壁，一头撞在上面，自杀而亡。

埃比卡丽丝被尼禄的扈从用尽酷刑，折磨了一整天，受过火烙、拷打、刑具，整整一天拒不说出同伴的名字，第二天又受严刑拷打，她四肢断裂，还是利用自己裙子上的一根束带，连在椅子扶手上打个活结，把头伸了进去，利用身体的重量硬生生把自己勒死了。她具有这种宁死不屈和拒绝再受折磨的勇气，不正好故意用生命来接受对其忍耐心的考验，为了嘲笑这位暴君，鼓舞别人也用类似的行动对付他吗？

假如有人向我们的弓箭手打听他们在内战中的经验，我们将发现许多坚忍不拔、坚贞不屈、坚持到底的事迹。在我们所处的这个悲伤的年代，在我们这个比埃及还要萎靡软弱的民族中，还有些品质能够跟我们刚才说到的斯巴达人的美德相比。我了解有些普通农民被人用火烧脚板，被手枪扳机敲碎手指头，脖子上套一根粗绳，眼睛被勒得充血暴突出来，才万不得已支付赎金。

我见过一个农民，他被抛弃在路边的水沟里，一丝不挂，满是伤痕，红肿的脖子上还套了一副马笼头。他就是这样被人用马笼头接在一匹马的马尾上拖了一夜，全身上下被插了一百多刀，他们这样捅他并非是要弄死他，而是要他痛苦与害怕。他全都忍受下来了，直到失去知觉和说话的能力。据他告诉我，决定死上一千次（其实，吃过了这样的苦头，他是完全死过一次了），也不答应任何东西。须知，他是当地最富有的一位农民。我们又见到多少人，由于从别人那里接受了还没有被大家认同和理解的思想，而被一点点地烧死和火烤！

我认识成百成千的女人——因为有人说加斯科涅人的头脑在这件事上有点特殊——你能够叫她们闭口咬紧一块烧红的烙铁，可是无法叫她们松口，舍弃发脾气时确定的一个想法。她们越被打越被逼就越倔强。有人讲了一个故事，说一个女人受到体罚，挨骂挨打，但是她不停地骂丈夫是个虱子窝；她被扔到了河里，咽着气还要把双手举过头，做出捏虱子的姿势。这个故事的确像我们每天能看见的固执女人的生动写照。冥顽不灵和顽强不屈是姐妹，起码在力量和坚定方面是这样。

我在某个地方说过，不应该按照我们感觉的可信与不可信，去决定可能与不可能。不相信别人会做自己不可能做，或者根本不愿意做的事情，这是非常大的错误，而大部分人都陷入这错误（我在此不是指博丹）。每个人都认为最高的自然形式都在自己身上，别的所有形式都要以它作为试金石，作为基准。一切不以他为榜样的行为都是错误和虚伪的。这是怎样的愚昧无知！

而对于我，我觉得有些人，特别是古人，远远超过我。尽管我明确承认自己跟不上他们的脚步，我就目送着他们，审视是什么道理让他们这样高人一等。

在自己身上多少也看到这种精神动力的苗头。就好像我发觉自己精神上也有很低劣的地方，这我并不好奇，也不会不信任。我还见到这些人物怎样高升的窍门，我佩服他们的崇高。这些飞跃都是十分美的，我张开双臂迎接；假如我的体力达不到，起码我的心力愿意紧随不舍。

有关普鲁塔克说的那些无法让人相信和光怪陆离的事，博丹举了另一个例子，说阿格西劳斯由于独自赢得了民心而受到五人行政长官的惩罚。我不知道他发现了什么错处；实际上普鲁塔克仅仅是在谈他比我们更熟悉的东西。在希腊因与民众过于接近而受到惩罚与放逐，这类事并不少见，贝壳放逐与树叶放逐就是证明。

在同一段文字里，另一项对普鲁塔克的指控令我义愤填膺。他说普鲁塔克对罗马人与罗马人、希腊人与希腊人的对比，都做得很诚恳，可是罗马人与希腊人的对比就不一样了，他说，德摩斯梯尼与西塞罗、加图与阿里斯蒂德、苏拉与来山得、马塞卢斯与佩洛庇达、庞培与阿格西劳斯的对比能够说明。觉得他偏袒希腊人，因为这些希腊人身边都有非常杰出的朋友相助。这正好是在攻击普鲁塔克最精彩、最让人称道的地方。因为在他的人物对比中（这是他作品中最能够赞美的，在我看来也是他自己最得意的一部书），他的评论真实真诚，与其深度和影响并驾齐驱。他是个向我们传授美德的哲学家。我们看看可不可以不让他背上渎职与虚伪的恶名。

我能够这样想，之所以会导致这样的看法，是因为伟大辉煌的罗马人的英名在我们的头脑里打下了深刻的烙印。我们不认为德摩斯梯尼有这个伟大共和国的执政、行省总督或财务大臣那么赫赫有名。可是普鲁塔克关注的是事物实情与人物自身。我们假如也这样思考，并去衡量他们的行为、性格和能力，而并非他们的命运，我的想法就与博丹不一样，还觉得西塞罗与大加图比不上他们所比较的对象。

按照他的意图，我会选择把小加图与福西昂作为对比的例子。因为在这两人中存在一种差不多的差别，罗马人稍微占上风一点。至于马塞卢斯、苏拉和庞培，我很明白他们的战绩比起普鲁塔克笔下的希腊人更壮阔，更辉煌，更华丽。可是不管战时或平时，最高尚最美丽的行为并非最为人传诵。我常常看见一些将领的名字隐藏在另一些德才稍逊的名字的光辉中，比如：拉比努斯、万蒂迪乌斯、泰勒西努斯等等。如果以这样的方式考虑问题，我也为希腊人叫不平，我不是也可说卡米卢斯与地米斯托克利、格拉古兄弟与亚基斯和克里昂米尼、纽默与利库尔戈斯相比要差很多么？可是事物有其多面性，攻其一点不及其余，以这种方式来判断事物显然是愚蠢的。

普鲁塔克做比较时，并不是把他们等量齐观。谁能比他更清楚认真地指出他们之间的差别呢？当他把庞培军队的胜仗、战功与兵力，还有他个人的勋业跟阿格西劳斯作比较时，他说："如果色诺芬还活着的话，不管他写多少有利于阿热齐拉斯的话，我不相信他能拿他来比较。"说到来山得与苏拉的对比："在胜利的次数与战役的艰险上，更无法比较了；因为来山得只打赢过两场海战……"

他这么做，完全无损于罗马人。把他们跟希腊人作简单比较，这不会是对他们的羞辱，不管中间的差距有多大。普鲁塔克没有把他们完全放在天平上，他没有说任何一方有任何整体的优势。他把事件与背景一一比较，分别判断。

因此，假如有人一定要说他偏心，就必须仔细分析他提出的某个评论，或者全面来说他拿某个希腊人跟某个罗马人比较是不正确的，因为还有别的类似情况，更适合做对比的。

33 斯布里纳的故事

哲学让理智全权处理我们的感情，让理智完全控制我们的欲望，这并没有什么不妥。有人觉得，最强烈的欲念源自爱情。这种想法自然有其理由，因为这种欲念不但控制了我们的身躯与心灵，使整个人走火入魔，以至于影响到健康，有时要靠药物来治疗。可是。反过来我们也能够说，人体构造的复合性也会减弱我们的欲念，因为欲念是能够用物质手段满足的。

许多人希望灵魂得到解脱，于是采取极端的办法，割除受影响受撩拨的身体器官。也有人常常用敷雪或醋的方法来让自己冷静。我们的祖先曾经用马尾制成一种衣服和腰带，用来束缚和平息情绪的冲动。之前有个亲王告诉我，在他年轻的时候，国王弗朗索瓦一世在宫中举办神圣的庆典仪式，人人都穿戴整齐，他也只好穿上他父亲那件马毛制的衣服。那件衣服到现在还扔在仓库里呢！但是，不管他多么虔诚都等不到晚上就把它脱了，后来还大病了一场。他还说，用这种方法，不管怎样的激情都能平静下来。可是他可能没有尝试过最疯狂的激情。因为经验对我们说，那种激情是无法被任何衣服捆绑住的。

色诺科拉特在这个问题上表现得更加干脆。他的学生为了表明他是不是能真正的禁欲，将莱伊斯这个美丽的名妓脱的只剩下几处勾魂迷人的地方藏在他的床上。虽然色诺科拉特心里受到种种道理和规矩的约束，但是，不听话的身体已经开始蠢动。因此，他就把自己受诱惑的器官烧掉了。可是，那些深藏在心底的邪念，比如野心、贪财之类，用火烧之类的手段是应付不了的，因为在这种情况下，理智只能依靠自己来救自己。可是人的欲望一般不能满足，只要尝到了甜头，它就会不停地涌现。

尤里斯·恺撒的例子就足以让我们看到两类感情的差距了，因为自始至终没有任何人比他更贪图女色。有一点能够说明：他尤其关注自己的外表，甚至为了这个采用那时流行的最荒唐的手段：把自己身上的体毛拔光，全身涂抹精挑细选的香水。依据苏埃东尼的说法，恺撒自己就是个美男子，肌肤白嫩，身材修长矫健，面部丰润，两只棕色的眼睛非常有神。可是在罗马的恺撒雕塑并非全都符合这个描绘。除了换过四次妻子以外，不计小时候和比提尼国王尼克梅迪斯的事，他还拥有了远近驰名的埃及女王克娄巴特拉的童贞，由此而生的小恺撒便是证据。他同毛里塔尼亚女王欧诺做爱。在罗马，他和塞维吕斯·苏勒皮齐乌斯的妻子波斯图米娅，加比尼乌斯的妻子劳利娅，克拉苏的妻子泰图拉，甚至还有伟大的庞培的妻子穆迪亚做爱。罗马的历史学家讲到，就由于这个原因，穆迪亚被庞培休掉了。可是普鲁塔克并没有这么想。随后库利奥父子指责庞培娶恺撒的女儿为妻，成了给他戴绿帽子的人的女婿，说他自己也经常把恺撒叫作埃奎斯托斯[①]。除此之外，恺撒还包养着加图的妹妹塞维丽娅以及乌库斯·布鲁图的母亲。人们说就是由于这个原因恺撒才会对布鲁图格外宠爱。是因为从时间上看布鲁图十有八九是他的儿子。我完全有理由认为恺撒是一个极其放纵的人，非常喜欢拈花惹草的人。可是还有一个欲望让他更加疯狂，即野心。不过和好色比起来，野心还是差一点点。

那不勒斯国王拉蒂斯劳斯的故事是一个反面的例子，值得在这里提一提。这位统帅拥有雄心壮志，精力充沛，最大的愿望就是实现他的欲望——享用一位绝色美女。他也因为这个送了命。他的军队包围了佛罗伦萨城很长一段时间，形势万分危急，全城居民忙于谈判投降。可是他不要

① 一个杀死情妇丈夫的人。

胜利，却命令城里的人把他已听说很久的一个美人儿送到他的身边。城里不得不交出姑娘，防止遭到灭城之灾。姑娘是城中一位名医的千金，医生面临两难的抉择，决定干出件惊天动地的大事来。人们都在忙着给姑娘梳妆打扮，穿金戴银，医生也给了女儿一条异香扑鼻、专门制作的手帕，让她在和新郎亲热时使用。这是那个地区的妇女遇到这样的大日子必备的物品。可是这位姑娘的手帕上被医生染上了毒，只需在赤裸的身体上一擦，毒药就能够渗入身体，冲动的热汗立刻冷却，拥抱在一起的这对新人就这样断了气。我再来讲讲恺撒。虽然他不时寻欢作乐，可他也从没有丢失过任何前进的机会。步步登高的欲望控制着他的一切，根本支配了他的灵魂。其实，在我从其他方面来考量这个伟大的人物，赞美他身上的种种优点，钦佩他几乎无所不晓的渊博学识时，我的心情实在是矛盾之极。他是优秀的演说家，有的人觉得他的口才要比西塞罗好。我觉得他自己也认为他在这方面与西塞罗不相伯仲。为了说明这一点，他写了两篇《驳论加图》，以和西塞罗的《论加图》抗衡，以表现自己能言善辩。再者，又有什么人同他那样细心周密，积极勤奋，吃苦耐劳呢？毫无疑问，他有许多别人所没有的美德——顺其自然流露出来的，不是矫揉造作的。他不太在意饮食，奥庇乌斯曾说，一次在别人家吃饭时，主人给他端来的饭菜里放的是润肠油，而不是平常用的油，为了不为难主人，他就大口大口地吃了起来。还有一次，因为他的面包师给他端来的是特制面包而不是普通面包，他就命人鞭打面包师。加图有一次还叫恺撒为酒鬼。这件事的经过是这样的：那天他和恺撒都在元老院，可是元老院正在研究卡底利亚的阴谋，在这件事上还牵连上了恺撒，当时有人从外面给恺撒送来一封信，加图想信里写的应该是他的同党为他通风报信，就一定要他将信交出来。为了不引来更大的怀疑，恺撒不得不把信交了出来。没料到这信正好是加图的妹妹塞维丽娅给恺撒写的情书。加图看完信后把信给他，说：“拿着，你这个酒鬼！”自然，恺撒并非一个真正的酒鬼，这只是加图为了表现他的轻蔑和愤慨才这么说的，就像我们被激怒的时候随口骂人一样，尽管脱口而出的话与被骂的人并不相干。再者，加图说恺撒的那个毛病让他当场抓到却是再好不过了，因为俗话说得好，酒神与爱神常常是相亲相近的。可是要我说，爱神可是清醒着呢！可没有酒神那样醉态醺醺。

恺撒温和宽容地对待反对过他的人，这样的例子不胜枚举，我说的这些例子并非只是在战场上发生，这些他自己在他的著作里已经提到过多次，为了安抚敌人，减轻他们对他统治的恐慌。可是还是必须指出，那些例子不足以证明他具有温和的本性，起码让我们看到了这位人物的身上非凡的自信和惊人的勇气。打败敌人之后，他常常把整批整批的俘虏交还给对手，并不需要这些俘虏起誓：虽然不归顺他，以后也不再和他的部队打仗。他曾几次三番地俘虏庞培的一些将军，擒获多少次就放了多少次。这一点他和庞培不一样。庞培宣扬，战争中不和他站在一边的全是他的敌人；可是恺撒却说，只要按兵不动，没有完全拿起武器与他为敌的人都能够是他的朋友。对于那些离开他投奔别人的军官，他甚至发还武器、马匹与随从；对于所侵占的城市，希望追随哪一方——让他们自己做主，不留卫戍部队，只留下温馨美好的回忆。在法萨利萨大战打响的当天他就宣布禁令，除非遇到极端的情形，不准伤害罗马公民。我敢肯定，他这些做法是非常有风险的。在我国内战里，那些跟自己国家旧势力打仗的人，并没有模仿恺撒。这是一点都不奇怪的。命中注定——只有恺撒，只有他令人钦佩的远见才能驾驭这些特殊的手段。在我搜索恺撒强大的灵魂时，我知道了为何就算在一场对他非常不公正也非常不公平的战争中，恺撒依旧能取得最后的胜利。

再说说他的宽容，我们有许许多多真实可靠的例子，出现在他当政时期，大权在握，不用再遮遮掩掩的时期。盖尤斯·梅米乌斯公开演讲嘲讽恺撒，恺撒也作了针锋相对的反驳。可是没过多久，恺撒依旧让梅米乌斯当上执政。盖尤斯·卡尔福斯写过许多辱骂他的短诗，后来请朋友出面调解，恺撒就亲自给卡尔福斯写信。而我们善良的卡图卢斯也曾把恺撒叫作为马穆拉而让他难堪，可是在卡图卢斯来向恺撒赔罪时，恺撒在当天邀请他共进晚餐。听到别人说他的坏话，他也毫不在意，他只是在公开讲话中表明，这件事情已经有人告诉过他。他不恐惧敌人而是讨厌树敌。有人策划秘密害他性命，事情失败后他指示发布一纸敕令，说明他已经知道这些活动，并没有要特别追究责任人的意思。

恺撒对朋友非常尊重。曾有这么一件事：盖尤斯·奥庇乌斯和他一起出巡，觉得身体不舒服，恺撒把仅有的住所让了出来，自己席地而眠，露天过了一夜。讲到他的公正，他曾杀死过一名他非常喜欢的仆人，因为这个仆人和一名罗马骑士的妻子私会——虽然谁也没有说什么……从来没有人在胜利时比他更加有自控力，在失败时比他更为坚强。

但是，所有这些美好的秉性被疯狂的野心所破坏和窒息。野心引诱他走上歧途，把他置于迷茫的航道，让他迷失了向前的方向。一个坦荡慷慨的君子，由于有钱慷慨，成了窃国大盗；他竟然说出这句不知廉耻、毫无道理的话来："就算是世间最坏、最不可救药的人，只要忠实地为他服务，为他卖力卖命，他就会跟对待君子贤达一般给予器重，倾其所有地满足他们的愿望和要求。"野心使他沉溺在极度虚荣之中，他当着自己同胞的面炫耀说他自己把伟大的罗马共和国变得华而不实了。他还说以后他的话就是法律；他坐着接待来访的元老们；他接受人们的膜拜，允许对他施行神的礼遇。总之，在我看来，这唯一的毛病抵消了他生来所有的最美丽最丰富的天性，正人君子只要一想起他就感到他让人讨厌。因为他想摧毁他的国家，为了树立自己的辉煌业绩而摧毁世间最强大、最繁荣的共和国。

与此相反，人们也可以找到许多大人物的反面例子，他们沉迷于寻欢作乐而把国家大事抛诸脑后。例如马克·安东尼等人；可是，假如爱欲与野心分庭抗礼、势均力敌而互相斗争的话，我丝毫不怀疑野心会取得胜利。

现在，我继续说说我没有说完的话。可以用理智压制自己的欲念，迫使产生欲念的器官安安分分，那是非常了不起的。不过，要驱散那甜蜜醉人的欲念，抛弃自己在受他人爱戴时享受的快乐，憎恨和厌恶我们的优美姿态，斥责自己长得一表人才，这样的例子并不多见。可是我马上要讲的这位来自托斯卡纳的小伙子斯布里纳却是一个特例：

> 光灿灿如赤金镶嵌的宝石项链、皇冠的珠翠，
> 白净净如奥里库姆黄杨、香木围护的象牙。
>
> ——维吉尔

他英俊潇洒，出类拔萃，以至于最严格禁欲的眼睛都无法抵挡他的光芒。对于由于自己俊秀而造成别人燃起的爱欲烈火，他归责于自己，拿着造化的馈赠出气，仿佛他人的谬误要拿这天造地设的资质问罪一般。他采取了毁容自残的办法，伤口和伤疤彻底破坏了上天在塑造他的容貌时细心遵循的完美比例和线条。在我看来，他的举动让我叹服，可是却不敢苟

同，我一直都不齿于这种太过激的行为。用意很好，但行为莽撞。因为他的外表不但不会让人羡慕，反而让人厌恶。这样地走极端来获得解脱，自然有人污蔑诽谤，将这一时的冲动讲成是由于狂妄的野心。如果邪恶愿意的话，有什么不可以拿来做肆虐的借口？更稳妥、因此也是更体面的做法是，应该珍惜上天的恩赐，做出道德上的榜样，把自己塑造得更加完美。

依照我的看法，一些人脱离世俗生活。不愿遵循社会生活中管束正人君子的繁文缛节是非常聪明的，虽然他们那么做有自己的私人原因。就好像有的人情愿过平凡的生活一般。这些人也许有其他能耐，可是对付困难的本领却似乎从来没有过。人生在世，只可以直面人生，承担起生活的重任。这么做，也许比完全失去性功能，事事依照责任来服侍妻子还更容易一些；苦日子跟勉强过上的富足日子比起来或许要少些烦恼。节衣缩食是美德，但比排场铺张远远省心省事，节制是一种美德。西庇阿的生活丰富多彩，第欧根尼过得就很清贫单一。这种唯一的活法在整体上胜过普通的生活，正如少见而完美的生活方式在效用和力量上已经胜人一筹一样。

34 尤利斯·恺撒的作战计谋

有人说过，许多军队的统帅都有自己特别喜爱的书籍，比如：亚历山大大帝看重荷马的；阿弗里加·西庇阿看重色诺芬的；马库斯·布鲁图更喜欢波里比阿的；查理五世看重菲利浦·德科米纳的。听说马基雅弗利的书在有些地方仍极受青睐；可是已经逝世的斯特罗齐元帅看重恺撒的书，他自然做出了最为正确的选择：因为，那的确是兵家必读之书，而且应该被看作战争艺术真正和绝对的楷模。恺撒将这丰富的素材装点得如此优雅、华丽，我实在不知如何去形容：笔法这么清丽、这么巧妙、这么完美，我想在这个领域里，世上没有任何作品可以与他相比。

这里，我希望将我还记得的他的一些非常珍贵的作战特点记载下来。

有消息称，朱伯国王率大军来对付恺撒，部队听说后有点慌张，恺撒没有压制士兵的情绪，一味地贬低敌人的力量。他将他们聚集起来，首先宽慰鼓励一番，接着他一反一贯的习惯做法，告诉他们：他们不用专门去打听敌人的兵力了，他早已了解得一清二楚，接着，他依照色诺芬书里居鲁士的方法，给出了一个大大超过敌方实际兵力和军中谣传的数字；因为，看到敌人其实比预想的弱，跟之前预先估计敌人弱，后来事实上见到的却很强相比，上当受骗的感觉就要弱些。

他尤其重视培养士兵服从长官的习惯——不去过问或讨论统帅的目的。仅仅在即将执行时才把这目的告诉士兵们；假如他们看出了什么，他就马上得意洋洋地变更主意来欺骗他们；因此，他常常选好了宿营的地方，却偏偏继续前进，还延迟作战时间，特别是天气不好和下雨的时候。

在高卢之战的开始，瑞士人派遣使者，要求他同意他们从罗马人的土地上通过，虽然他已下决心用武力阻止他们，却还是很友善地接待了使节们，拖延了几天才给他们回复，以使用这段时间调兵遣将。这帮可怜的家伙却不清楚他如何善于利用时间；他也说过不止一次，能够及时地抓住时机是为帅者的最大本事，他用兵的速度实在前无古人，难以置信。

假如说在这件事上，他利用签订和约做幌子赢得军事上的优势是不很正式的话，那么他对士兵品德上只需要作战勇敢，过错上只责罚反叛和违令的规定也是不正式的。在赢了以后，他经常任他们为非作歹，在一段时间里不拿军纪管束他们。除此之外，他的兵仍旧十分被训练得十分有素，所以虽然他们身上洒有香水，但他们在战斗中必定将奋勇当先。自然，他喜爱士兵们装备得很阔气，让他们披戴雕了花、包有金银的盔甲，好让他们为了保住他们的披挂而更加英勇地抗敌。他在对士兵讲话的时候，把他们称作“战友”——这个名称我们仍然沿用：他的继承者奥古斯都却把它改了，因为他觉得恺撒这样称呼，只是为了当时的需要，为了鼓励那些自动自觉跟随他的人的心。

罪孽让同谋者平起平坐。

——卢卡努

可是，这一称呼对于皇帝陛下与军队统帅来说不免有点太丢人，因此就再次把他们简单地称为“士兵”。

在这种礼待士兵的做法之外，恺撒在惩罚士兵方面也有极其严厉的一面。第九军团在皮亚琴察周围发生兵变，虽然那时他还没有将庞培打垮，可他还是残忍地把它打个粉碎，后经它多次求饶，他才把它赦免。他制服士兵靠的是威严与胆量，而不是靠仁慈。

在谈及强渡莱茵河的章节中，他说，用船将部队载过河去有损罗马人的声誉，他便命令架桥，他要徒步过去。因此他就在莱茵河上建起了那座神奇的桥，后来又在书中详细地叙述了筑桥的过程：在所有场合，他都不大希望提及自己的业绩，除非在某些著作中向我们介绍他的创造是怎样巧妙。

我在他的书里，还注意到他十分重视对士兵的战前动员，因此每当他想表述自己遭到突然袭击或受到猛攻时，他往往谈到他甚至没有时间给部队训话。在同图尔纳人大战以前："恺撒"，他写道，"在安排完所有之后，马上信步朝外奔去，他要去鼓励他的将士；碰上第十军团，他提醒他们要记住像往常一样英勇，不要自乱阵脚，一定要顶住敌人的进攻；因为敌人离他只有一箭之地了，因此他就示意开战；他马上转身向别处奔去，他还要鼓励别的将士，但他看到，他们已在战斗。"以上就是他就此战所说的话。确实，他那三寸不烂之舌在很多场合帮了他的大忙；就算在当时，他挥军作战所表现的口才也非常被人看重，导致他军中的很多人纷纷搜集他的讲话；如此一来，他的讲话被整理成了几册，通过这种方法，在他身后流传了下来。他的讲话有着不一般的韵味，因此熟悉他的人，特别是奥古斯都，听人背诵他们收集到的讲话，居然可以分辨出哪些词、句不是他讲的。

他担任公职后第一次离开罗马时，在八天之内就到达罗纳河畔。他的车中，前面坐着一、两名不断地抄抄写写的亲随，身后的一位握着他的剑。明显的，就算单独行动，要达到这样的速度也非常不容易，但是无往不胜的恺撒依旧以这样的速度，在十八天的时间里越过高卢，追击庞培至布林迪西，征战意大利，从布林迪西回到罗马；离开罗马后，他进入西班牙腹地，在同阿弗拉尼乌斯及佩特雷乌斯交战中，在对马赛的长期包围中度过了非常大的困难，接着他回兵直指马其顿，于法萨罗一战打败罗马军，继续追庞培到埃及，将埃及征服；离开埃及后他来到叙利亚和蓬特，在那里击败了法纳斯；他在登上非洲大陆挑战西庇阿及朱巴以后，经过意大利折返回西班牙，向庞培的儿子们挑战：

快过闪电快过被夺幼崽的母虎。

——卢卡努

如风雨推送岁月撼动的磐石滚下山巅；
如雪崩推动的大山落入万丈深渊；
大地为之轰鸣：森林、羊群连同人，
全都被卷得无踪无影。

——维吉尔

在谈及围攻阿瓦里库姆的时候，他说和工匠们在工地度过日日夜夜是他的习惯。只要是重大的行动，他都要亲自侦察，不经他事先察看的地方，他坚决不会让部队进入。根据苏埃东尼记载，在试图进入英国的时候，他是在最前面探路的人。

他经常说，他更希望凭智慧而非靠武力获得胜利。在对佩特雷乌斯与阿弗拉尼乌斯的战争中，他有机会取得明显的优势，但是被他拒绝了，因为，他说过，他情愿多费点时间而不希望靠侥幸战胜敌人。

他在那里还做出了一项惊人的举动：命令全军不用任何器具游过河去。

战士冲上去战斗选的是连逃跑都没有的路。
他重新穿上盔甲马上设法温暖浸湿的身体，
一路奔跑松开了被激流冻僵的关节。

——卢卡努

我发现他在行动中比亚历山大多了一份谨慎和深思熟虑：因为亚历山大勇猛凶狠好像专向险处行军——好比滚滚激流不分良莠亲疏地冲击着它所遇到的一切：

公牛一样的奥菲都斯河就这样滚滚流动，
流经阿普利亚道努斯的王国，

当它暴怒的时候，
就让可怕的洪水威胁耕耘的原野。

——贺拉斯

因为亚历山大受到年龄的限制，他还处于生命力原始喷发的时期，而恺撒要到不惑之年才担当大任。除此之外，亚历山大具有多血质、易怒、奔放的性格，但他还喜欢杯中之物——对这种性格就好像是火上加油，而恺撒在饮酒方面显得更有节制；而且就算在情非得已非饮不可的场合，他也肯定不是个舍命陪君子的人。

但我却在读书中发觉，在几次作战中，他为了躲避失败的耻辱，好像下了断送自己的决心。那次与图尔纳人展开的大战中，在他见到自己部队的前锋发生了动摇，他把盾牌放在一边，勇猛地冲向敌人；另外有几次他也这么做过。在他听说自己的部队被围困住了，他便乔装穿越敌军阵地，亲自到前线给部队鼓劲。在他率领少量兵力渡过迪拉奇奥姆海之后，发觉他留给安东尼指挥的其他部队迟迟不能跟上，他又独自一人冒着风暴渡海折返原地，重新掌握整支队伍的指挥权，对面的港口及整个海洋皆被庞培占据。

关于他挥军作战，有好几次所冒的危险都超过了任何用兵之道；由于他征服埃及王国，接着追袭西庇阿和朱巴十倍于己的军队，所用兵力是多么单薄啊！真不明白有谁能比他对自己的命运具有更加非凡的信念。

他经常说，我们应该努力实施崇高的行动，不能光想不做。

在法萨罗战役以后，他挥师向亚洲进发，横渡赫莱斯蓬斯海峡时，他只有一艘战舰，可是却在海上与吕西尤斯·卡西乌斯的十艘大舰相遇；他不仅沉着勇敢地等着对方，甚至向前直冲过去，并最终迫使对方投了降。对阿列西亚的猛烈围攻开始以后，守城的有两万四千人，全体高卢人民奋起而帮他解攻城之围，他们召集了十万九千骑兵，二十四万步兵。他不愿撤围，决心同时对付这两大难题，这需要多大的勇气和自信啊？可他全都顶住了；在大战城外之敌赢得胜利以后，他马上又简单地收拾了围在城内的敌人。卢库卢斯在打提格兰国王、围困提格拉诺塞特时，同样赢得了胜利，但情况有所不同，卢库卢斯面对的敌人比较软弱。

这里我想说明围攻阿列西亚时的两件少见的大事，第一是：高卢人集结起来对抗恺撒，点算过他们的全部兵力之后，商量撤去这支大军的很大一块，防止人多陷入混乱。这种担心人数太多的例子是绝无仅有的；不过有仔细的一项！一支军队仿佛应该按照一定的条件决定适当的数量，因为粮草供应会有难处，指挥约束也会有困难。数量庞大的军队还未有过大的作为，这类例子是很多的。

按照色诺芬记录，居鲁士曾说，优势不在于人数，而在于勇士的数量，多余的人不但不能带来帮助，反而会造成妨碍。巴耶塞特力排众议决定同帖木儿交战，其重要依据是，敌人实在太多了，他能够指望其发生混乱。斯坎德培多谋善断、能征善战，他经常说，一名有能力的军事领袖只需要一万至一万二千名战士就可以应付各种不同的环境。

第二件好像有悖于战争的常理和习惯：韦圣日托利克斯受命担任反叛高卢的各部的首脑与司令以后，居然决定退守阿列西亚。因为一个可以向全国发号施令的人不可能陷入如此境地，除非到了紧要关头，关系到国家的最后地盘，不加保卫就再没有希望；不到这个关头，他就应当超脱，好让自己能从全局上保证治下各部的需要。

现在回头来再讲恺撒。根据他的亲信奥庇乌斯说，随着时间的推移，他变得稍显迟钝和多虑：他觉得他不能把这么多次胜利换来的荣耀拿来随便冒险了，一次失利就会让他前功尽弃。意大利人在责怪年轻人的大胆鲁莽时，称他们为“荣誉上的饿汉”，认为如果一个年轻人陷入了“荣誉荒”，他有理由千方百计地追逐荣誉，可已经功成名就的人就不应该这样了。对荣誉的追求和渴望与其他事情一样，是能够有个合理的分寸、获得一定的满足的；不少的人也是这样做的。

这与从前的罗马人严格认真的著名性格相去甚远，他们在战争中只希望依靠单纯的勇气。他比我们今天还要更看中意志，并且不同意用任何手段去赢得胜利。在和阿里奥维斯托斯作战时，由于当时正处于谈判的阶段，在双方的军队之间发生了一些冲突，事情的发生要责怪阿里奥维斯托斯的骑兵；乱子一出，恺撒获得了很大的对敌优势；可他却不想加以利用，因为他害怕有人会说他不讲信用。

在战斗中他常常着华丽、鲜艳的衣服以引人注目。

他牢牢约束他的士兵，越靠近敌人他管得越严。

古希腊人想指责某人极度无能，有一个常用的表达方式，说他既不识字也不会游泳。恺撒也有相同的观点，觉得会游泳对打仗非常有帮助，他也获得过游泳的很多好处：在他需要急行军时，他就常常泅渡所遇的河流，因为他同亚历山大大帝相同，喜欢徒步远征。在埃及，为了逃命，他曾经被迫挤在一条小船上，由于很多人跟他一起上了船，小船就有沉没的危险，他跳船入海中，游泳到达二百步外的自己舰队；不让它们落到敌人手里，他右手伸出水面拖着他的几个记事本，还用牙齿拖着他的铠甲。

从来没有一位将领像他这样受到士兵的信任。在内战最开始，百夫长们向他提议，他们自己花钱，每人供养一名武装骑兵；而步兵则提出自己养活自己；稍微富裕一点的还负责供养最穷的。不久之前，已故舰队司令夏蒂荣让我们看到在内战中的一个类似的事例，他军中的法国人出钱为追随他的外国人发工资；在从前的法律制度里，按老一套行事的人中是找不到这种非常热忱、呼之即来的效忠例子的。

感情远比理性更有力地推动我们前进。可是在对汉尼拔的战争中却出现了官兵学习城内慷慨的罗马百姓的榜样拒领军饷的事；在马塞卢斯的兵营中还把领饷的人叫作雇佣兵。

在迪拉奇奥姆海边受挫之后，士兵主动请求受罚，结果，原本的训斥变成了抚慰下属的场面。他的一支部队独自将庞培的四个军团抗住了四个多小时，直到这支部队差不多全都被箭射死，射入战壕的箭居然有十三万支之多。有位叫斯凯瓦的士兵把守其中一座城门，他顽强拼搏，一只眼睛被打瞎了，肩部和臀部受了伤，盾牌被砍扎了二百三十处，仍旧坚守在那里，岿然不动。不少被俘的士兵，到死也不答应倒戈投敌。格拉尼乌斯·佩特罗尼乌斯在非洲被西庇阿俘获，西庇阿先杀了他的战友，还让他知道他之所以保留他的性命，是因为他是有头有脸的刑讯官。佩特罗尼乌斯回答道，恺撒的兵只有饶人性命却没有让人饶命的惯例；说完便马上自刎而死。

关于忠诚不二的例子举不胜举；站在恺撒一边反对庞培而被困住的萨洛纳人的感人事迹却不该忘记，因为那里仅发生了一件这样的事。马库斯·屋大维把他们团团包围；城中的居民弹尽粮绝，大部分人都已战死或受伤，为了弥补人力的不足，他们就释放了所有的奴隶，为了器械可以用，他们只得割下所有女人的头发搓成绳子。尽管到了这个地步，他们却依旧下定决心永远不投降。在拖延时间的同时，拖得屋大维松懈起来，不再像以前那样专心致志地围攻了，随后他们挑定了一天的中午，先把妇女儿童安排在城头装出严阵以待的样子，接着他们朝着围城者冲过去，冲破了第一层、第二层、第三层的守卫圈，然后又突破了第四层及最后一层，打得他们丢下阵地，一直跑到船上；屋大维自己一直跑到了庞培所在的迪拉奇奥姆海上。此时此刻，在我的记忆中，想不出有过什么其他例子，表明被围困者整个儿地打败围困者并且取得战场的控制权；也不记得有过被围者取得完全彻底的胜利的例子。

35 论三烈女

众所周知，杰出的女性为数不多，恪守婚姻责任的女性更是凤毛麟角，由于婚姻是布满荆棘的交易，没有一个妇女会终身服从。就算男人，他们的处境稍微有利，也觉得很难照办。

美满婚姻的试金石和真正考验，在于两人的结合是不是长久，这种结合是否自始至终地甜蜜、忠诚和愉快。在我们的国家，妇女常常在失去丈夫之后，才对他们承担责任和表达热爱；只有到了那时她们才努力给她们心中存在的好意提供说明。真是迟到和不合时宜的说明！这正好说明了她们仅仅在丈夫成为亡夫的时候才爱上他们。生命充满了焦躁不安，与父亲掩饰爱子之心一样，女人们通常也掩盖她们对丈夫的爱，以保持一种老实的敬意。我对这感情的微妙并不觉得如何！她们徒然捶胸扯发，而我会走到一名女佣或秘书前面，在他们的耳边偷偷问："他们原来怎么样？在一起过得好吗？"我总是记住这句有意思的话："最不悲伤的女人哭得最凶"。她们号啕大哭，叫活人讨厌，对死人一点用处都没有。我们倒是认为，只要大家一起过得开心，在我们死后就是笑也无所谓。

一个人曾经劈头盖脸地朝我吐口水，却在我行将就木时来帮我搓脚，那人再是伤痛欲绝也是不会让我复活的！假如对丈夫的哀悼中存在一种荣誉，那么这种荣誉是属于曾与丈夫欢乐度日的寡妇的。宁愿让那些在丈夫生前总是流泪的寡妇，一旦丈夫亡故后里里外外笑个痛快。所以，大家不要在意她们泪汪汪的眼睛，不要在意她们令人悲悯的话，可是要注意她们戴上黑纱后的姿态、气色和双腮上的肉！这里才显示出真正的心意！寡妇的健康很少没有改变的，健康不会撒谎装假。装模作样的目的主要是为了掩饰过去，而得以针对未来。这样做才有百利而无一害。在我的童年，一位贞洁美丽的夫人（是亲王的遗孀，到现在还健在），不管守寡的习俗，爱穿艳丽的衣饰，她对责怪她的人说："我这么做，是因为我不再寻找新的朋友，我没有想到要再婚。"

为了不致太过逾越我们的规矩，我在这里挑选了三位妇女，她们在丈夫去世时完全表现出贤德和爱情。这是一些非同一般的例子，在紧急中她们毅然做出牺牲生命的代价。

小普林尼在意大利有一位近邻，这位邻居患了阴部溃疡的病，饱受难言之苦。他的妻子看着他不停呻吟，命令她仔细观察患处，她会比谁都坦白地告诉他病情到了什么程度。她得到了他的同意，好好检查了一番；发现治愈的可能性已经微乎其微，除了在痛苦和绝望中拖延生命之外，已经别无出路。因此对他说，自杀是仅有的可靠解药。见到他对这个严酷的做法还在犹豫，又告诉他："我的朋友，你承受这样的痛苦，不要觉得我看起来没有你那么难过；为了让自己脱离痛苦，我也不希望用我劝你的那种药。我陪伴你度过病中的日子，在你脱离病痛的时候，我也将同样地陪伴你。你要克服这种害怕，想一想我们跨出这一步就能够脱离这些痛苦，就会觉得快乐；我们能够乐呵呵地一起离开。"

这一席话大大地激励了丈夫，由于他们的屋子面朝大海，她又决定两个人从窗户跳下，到海里去。为了把生活中对他的这份忠诚热烈的情感保留到生命的最后一刻，她还要把他搂在怀里死去。可是害怕在坠落时恐惧，两人会撒手而无法合抱在一起，她用绳子把自己和丈夫紧紧地绑在一起，以放弃自己的生命为代价保障丈夫得到最后的安息。

这位夫人出身卑贱；在平民百姓中间如此的贤德是多见的。当正义之神要远离罪恶的土地，他会在无辜者的茅屋里留下最后的脚印。

——维吉尔的其他两位夫人来自富贵之家，那里弘扬美德的事迹屈指可数。

阿丽亚是罗马执政官塞西那·皮特斯的妻子，生了一个女孩也取名阿丽亚。小阿丽亚成了特拉萨·皮特斯的妻子，给老阿丽亚生了个外孙女法尼亚。特拉萨·皮特斯是尼禄时代的有名的道德家。由于男女老少同名同姓，加上相似的际遇，造成了后世众多作家张冠李戴的错误。塞西那·皮特斯在他的主子斯克拉博尼亚纽斯被打败后，被克洛迪厄斯皇帝手下的人掳为俘虏，老阿丽亚命令押解丈夫去罗马的人，让她上他们的船只一同去，因为照管她丈夫需要许多人手，而她可以为他们大大减少开支和麻烦，她一个人能够给他打扫房间，做饭和别的所有杂事。他们回绝了她的请求，她就跳进一艘渔民的小船，并马上租了下来，从斯克拉沃尼出发，一路上紧紧跟着。

他们到达罗马以后，有一天，斯克拉博尼亚纽斯的遗孀朱尼亚，在皇帝的面前，非常亲热地过去和她攀谈，由于她们俩同病相怜，老阿丽亚粗暴地推开她，对她说："他们在你的怀抱里杀害了斯克拉博尼亚纽斯，而你还苟且偷生！还要我同你说话，听你说话?"她的这些话，和别的很多征兆，让她的亲人信任她没有办法承受丈夫的噩运，也希望离开尘世。

她的女婿特拉萨恳求岳母放弃自杀的念头，对她说："怎么！如果我也碰上了塞西那这样的命运，您也希望我的妻子、您的女儿做出相同的事么?"她回答说："你在说什么？在问我的意见吗？是的，如果她和你一起生活，像我和我丈夫那样和谐，我当然愿意。"这些话更加深了大家对她的忧虑，让他们更加关注她的行动。

有一天，她对看护她的人说："你们这些行为都是白费力气。你们能够让我死得不容易，可是不可能阻拦我去死。"她突然从坐着的椅子上一蹿而起，用尽全力一头撞在旁边的墙上。她直挺挺倒在地上昏迷不醒，受了很重的伤，等到别人把她叫醒过来，她又说："我跟你们说过，假如你们不让我好好去死，我会选择另一种方法，不管这种方法有怎样的痛苦。"

这位品德高尚的女子的最后结局是：她的丈夫皮特斯自己却没有信心自杀，尽管皇帝铁面无情迟早有一天要逼他这样做的；她对他苦口婆心加以劝导和鼓励后，拔出丈夫带在身边的匕首，抓在手里，对自己的鼓励下了这样的结论："皮特斯，就这样去做吧。"说着，她举起匕首朝着胸口刺下去，然后又从伤口拔出刀子，在结束生命的同时把匕首交还给他，用高贵、慷慨、不朽的话了结自己的生命："你瞧，皮特斯，这一点不痛。"她说完这三句掷地有声的话也就断了气。

纯洁端庄的阿丽亚从胸口拔出刀子，递给她的丈夫皮特斯，对他说："相信我，我才让自己受的伤并不叫我难过，你会让你受的伤会叫我痛苦。"

——马尔希埃

这是她的天性必然，产生的震撼力更加强烈，含义也更加丰富；不论是丈夫的伤或死，抑或是她自己的伤或死，她都不觉得疼痛，既然是她自己建议和鼓励这么做的；可是她提出这种勇敢高尚的做法，全是想到保持丈夫的晚节，驱散他随她同归于尽的恐惧。皮特斯立即用同一把匕首结束了自己的生命——可是照我看来，他是由于羞愧，居然需要人家给他提出代价那么昂贵的一个忠告。

庞培雅·波里娜是年轻的罗马大贵妇，嫁给了年老力衰的塞涅卡。尼禄还是塞涅卡的得意门生，派遣使臣到他的家中宣告他的死罪（那年月是这么赐死的：当罗马皇帝要杀死某一位显贵大臣，他们会派遣官员通知此人，要他自己选择适当的死法；时间长短要看皇帝的怒气怎么样，在规定时间内死刑犯能够处理私事，但有时也由于时间急促不让他这么做的；假如死刑犯胆敢违抗圣旨，皇帝就派人执行，要么割断当事人手臂或大腿上的血管，要么强迫服毒。可是对有身份的人根本没有这个必要，他们有自己的医生或外科大夫执行这个任务）。塞涅卡心平气和地听完皇帝的宣判书，请求给他一张纸来写遗嘱；他看见卫队长不同意，转过身对他的朋友说："我已经做不了什么事情来感激你们为我所做的一切，最起码把我最美好的东西：我的行为和一生形象，留给你们，我请你们把它保存在记忆中，你们这么做，将变成我的忠诚的知己而受人称道。"眼看着朋友们强忍内心的剧痛，他一会儿用和缓的语句安慰他们，一会儿疾言厉色地斥责他们："你们把哲学上的金玉良言扔到哪里去了？我们这么多年来学习应付人生逆境的心得又成了什么？尼禄残暴成性我们不是很清楚吗？他杀害了自己的母亲和兄弟，当然也敢杀教育他的老师，难道我们还能对他抱有任何希望吗？"

对大家说了这些话后，他转过身对着妻子，由于妻子悲伤不止，心力交瘁，他牢牢抱住她，请求她再坚持一下，为她所爱的人再忍一忍，如今是他自己用行为，而不是用言辞和辩论，来证明自己学说成果的时候了，他迎接死亡非但一点痛苦都没有，并且还喜气洋洋。他说："亲爱的，不要用眼泪玷污了我的死，被人误会为你爱自己胜过爱我的名誉；你要节哀，在对我的怀念、对我的行动表示赞赏中寻找安慰，在你的余生继续进行你开始的有益的事业。”

这时候，保里娜稍稍回过神来，崇高的眷恋之情激起她的勇气，她回答说：“不，塞涅卡，我不会让你身陷困境而不来和你相伴的；我不希望让你以为，我在你的身传言教下没有懂得怎样死得有价值；和您生死相伴，光明磊落，心甘情愿，难道还有别的更好的机会吗？不要再说了，我跟你走定了。”

塞涅卡听了妻子这番慷慨陈词也就默许了，再加上担心死后会留下妻子任凭敌人的残暴对待，他说：“保里娜，我刚才还告诉你今后的日子应该怎么过，这么说你宁可选择光荣体面地死了，说实话我丝毫不羡慕你，在共同的目的上我们的恒心与决心是一样的，可是你的表现更加壮烈光荣。”

说完，刽子手同时割断了他们手臂上的血管，可是塞涅卡由于年老节食，血管狭小，血流得又细又慢，他要求把他的臂部的血管也切开，担心自己所受的痛苦会让妻子见了心碎，同时自己见到妻子受苦受难的惨相也会忍受不了，跟她充满情意地告别以后，他请求她同意人家把他带到隔壁房间。他们这么做了。但是，不管刽子手们怎么切割他的血管，都不足以使他尽快死去，他命令他的医生斯塔蒂乌斯·阿奈乌斯给他一杯毒汁，毒汁喝了也不生效；因为他的四肢虚弱发冷，毒汁到达不了心脏。结果，刽子手们又为他弄来一大盆很热的热水，他这才感到死亡慢慢临近，他只有一息尚存，仍继续对自己所处的境地发表非常杰出的议论，他的几名秘书只要听得出都记载下来；他的这些临终遗言此后很长时间一直让人读了爱不释手（于我们却是一个不小的损失，由于现在已失传）。他感觉到最后一刻终于来临，于是捧起被血染红的热水，浇在头上说：“我把这水献给解放神朱庇特。”

尼禄听到汇报，担心保里娜死去会让他受到谴责，因为她是罗马贵妇阶层中的名人之一；尼禄对她也没有私人仇恨，赶紧派人去给她包扎伤口。保里娜已处于半死不活的状态，根本没有知觉，别人做什么她已一点不知道。在违背个人意愿的情况下，她继续活了一段时间，讲究尊严，德高望重，她苍白的脸色说明她的创伤夺去了她的大半生命。

以上三则是真实的故事，我觉得人们会喜欢，与我们想象之中能够引起群情激昂的故事同样惨烈。我很诧异那些写故事的人，如何没有想到在古书中成千上万篇十分美丽的传说中去找寻题材，如此一来他们工作中辛苦也少，乐趣和好处也多。谁都能够把它们编成一篇完整、前呼后应的故事，好比金属焊接一样缀合成文；他可以通过这个方法把各种各样的真实事件堆砌起来，再按照美的要求予以整理，使其多样化，比如奥维德撰写他的《变形记》，那也是用许多不同寓言拼凑而成的。

关于最后这对夫妇，还有一件事值得一提，保里娜为了丈夫的爱情而愿意舍弃生命，而她的丈夫以前也为了她的爱情而回绝过死亡。这样的交换，对我们这些人来说没有伟大的平衡力量；可是按照他的斯多葛派的信念来看，他认为为她而生抑或为她而死，两者具有同等的意义。他在写给卢西里乌斯的一封信中说，他在罗马得了热病之后，忽然跳上一辆马车离开城里的房子到农村去，他也不听他妻子的劝阻，他对她说他不是得的肉体上的热病，而是地理上的热病……后来他回忆道："她让我走了，一再叮咛我注意身体。我明白我的身体里有她的生命，我最初照顾自己也是照顾她；我年老让我有一种优势，让我在很多事情上更加坚定不移。我如今正在失去这种特权，每当我想起在我这个老头身边还有一个需要我帮助的年轻人，我就立即丧失了这个优势。既然我无法让她更勇敢地爱我，最起码她让我更体贴自己，由于真正的感情是需要寄托的，有时命运强迫我们走另一条路，我们就算怀着痛苦也不得不召唤生命。我们不得不咬住牙关承受灵魂的煎熬，由于对于正人君子来说，不是喜欢不喜欢，而是应该不应该的问题。有些人并没有对妻子和朋友怀有这样深刻的感情，不思延长他的生命，而下决心要去死，这种人缺少勇气豪情；在我们的亲人需要我们去死时，我们的灵魂一定要下这样的命令；有时候，我们应该听取朋友的意见，如果是为自己而死，我们就应该为了朋友放弃死的打算。思考他人而回到生命，这才是真正的勇敢，同许多精英人物所做的一样；延长一个人的老年（老年人的优势是对寿命的延续并不在意，因此对生命的使用也更勇敢、更无畏）是一种奇怪的好意，假如你感觉到这是一种甜蜜、愉快和有益于自己心爱的人的责任。我们自己也能够得到非常大的欢欣和报偿，因为对他的妻子充满温情，反过来也对自己充满温情，还有哪些东西比这更为甜蜜呢？因此我的保里娜在我身上引起的非但是对她的忧虑，且引起了我的担忧，但是，我也感觉到为了承担这一切，她是多么脆弱。我强迫自己活下去，有时活着是不平凡的。”以上是他的陈述，同他的事业一样精彩。

36 论盖世英雄

荷马——天下仅有的作家

假如要我在所有认识的人中间挑选，可以挑出三个出类拔萃、非常杰出的人。

第一位是荷马。他用自己的权威给世界制造了那么多受人崇敬的神，自己却没有进入神的行列。他是个贫穷的盲人，在各门学科还没有固定的规则和看法时，他却各门都精通，以至于后世的立国者、征战者、在宗教或哲学方面的不同学派的著书立说者、艺术创作者，都把他当成是无事不知、无物不精的祖师爷，把他的书也当成是包罗万象的知识宝库。

他与自然法则背道而驰，创造了一部空前绝后的优秀作品，因为事物一开始时总是不完美的，之后才茁壮成长；诗歌，跟其他许多学科一样，还属于幼年时期，他却会让它成熟，完美，臻于大成。由于这个原因，依据他的传世佳作，能够把荷马叫作诗人中第一人和最后一人；依照古人尊崇他的说法，他前无古人可以模仿，也无来者可以模仿他。按照亚里士多德的说法，荷马的语言是仅有的有动感和情节的语言；全是言之有物的语句。亚历山大大帝在大流士的遗物中找到一只富丽堂皇的宝箱，下令留下匣子作存放《荷马史诗》之用，并说这是他在行军中最优秀、最忠心的顾问。阿纳克桑德里德斯的儿子克莱奥梅尼，由于一样的原因说荷马是斯巴达人的诗人，因为他在军事学方面是个好教官。除此之外还有这种奇怪的论调，那是普鲁塔克对他的赞美，说他是世界上唯一一个让人常读常新，永远不会觉得腻烦的作家，因为他每一次都以不同的面貌出现在读者面前，以优美的姿态让人耳目一新。这位淘气鬼亚西比德，向一位从事文艺的人借一本荷马的书，那人没有，就被他扇了一记耳光，仿佛发现我们的教士没有经文似的。有一天，色诺芬尼向锡腊库斯暴君希伦投诉，说他非常穷，没有办法养活两个仆人。暴君回复：“什么，荷马比你穷多了，他人虽然死了，依然能够养活成千上万的人。”当珀尼西厄斯称柏拉图是哲学上的荷马时——还能说什么呢？

除此之外，有谁能比荷马更荣耀？没有东西跟他的名字和作品一样得到千古传诵；也没有东西和特洛伊、海伦和她的战争一样家喻户晓——尽管这些战争也许从来没有发生过。我们的孩子今天还在使用他在三千年前创造的名字。谁不清楚赫克托耳和阿喀琉斯。不仅那些有关的民族，就连大多数国家，都要在他创造的作品中去追本溯源。土耳其皇帝穆罕默德二世写信给我们的教皇派厄斯二世：“我感到惊讶，意大利人竟联合起来反对我，可我们都是特洛伊人的后代啊，我和他们都要为赫克托耳的死找希腊人报仇，可意大利人却拉拢希腊人来反抗我。”国王，政治家，皇帝很多个世纪以来都在扮演他们的角色，可这个世界只是他们的一座大舞 台，这不就是荷马写的一出贵人闹剧吗？

七座希腊的城市自称是他的出生地，连历史疑点都为他带来了荣耀：斯米尔纳、罗得岛、科罗芬、萨拉米斯、希俄斯岛、阿戈斯和雅典。

亚历山大——在有人的大地上所向披靡

另一位是亚历山大大帝。他很早之前就开始他的事业了，用如此少的手段完成如此辉煌的意图；年纪轻轻，却已经在全世界最伟大最有经验的军事家中间脱颖而出；命运对他的特别眷顾，让他完成了很多偶然的，有的我甚至要说是肆意妄为的功勋：

> 他勇往直前，推翻一切阻挡他前进的障碍，乐于在废墟中开辟胜利的道路。
>
> ——卢卡努

我们还应该想到他伟大的功绩：仅有三十三岁，已在有人的大地上所向披靡，才过了半辈子就做完了人所该做的所有，导致你没有办法想象。假如他有常人的寿命，在他合法行使权力的时候，他的武功文治会造就怎样的昌盛繁荣；你没有办法想象这个人会做出什么举动来。他把出身寒微的士兵培育成王族，而在他身后瓜分世界的四大继承人原来都是军队中的普通将领，他们的后裔统治这块庞大的土地也持续了很久；他一身集中了如此多的美德：正义、节制、豁达、守信、笃爱、对被征服者讲求人道（老实说，他的性格无可指责，当然也有一些很特殊很少数很例外的行为——可是不可能每次都一展正义的规则来施展鸿图。对于这样的人物应当以他们行为的主流来做出评判。底比斯的毁灭，米南路和埃弗辛医生的谋害，对大量的波斯战俘，一大队印度士兵，包括儿童在内的科赛人的诛戮，这些都是在暴怒之下犯下的不可原谅的错误。可是在对待克利图斯一事上，他赎罪时又太过于郑重其事，这件事好像其他事表明他的复杂性格中的仁慈一面；关键还是他的性格中善良的成分居多，因此有一句话说得很妙：他的美德源自天性，他的罪恶源自命运。至于他有点儿喜欢吹牛，不能容忍别人说他的坏话，把马槽、武器、马嚼子扔在印度的各个地方，这些事在我眼中都是他少年得志而导致的）；想到他在军事上的雄才大略以外，还有勤奋、预见、耐性、守纪、敏锐、高尚、决心、幸福和别的个性，就算汉尼拔没有跟我们指出，亚历山大大帝也是世界第一人；还有他的身材面貌世上少见，完全是一位天人；脸上眉清目秀、神采奕奕，全身气宇轩昂。

卓绝的知识和才华，威震四方和流芳百世的功业，纯洁，鲜明，不纳污垢，不记仇恨。在他去世后很多年仍流传着一种宗教般的信仰——觉得他颁发的奖章会给佩戴的人带来幸福，撰写他的功绩的帝王要比撰写别的任何帝王功绩的历史学家多得多；即使今天伊斯兰教徒瞧不起其他人的历史，唯独对亚历山大的历史情有独钟；谁想到这所有，谁会觉得我舍恺撒而取亚历山大是有道理的——也只有恺撒还能够让我对自己的选择表示犹豫。可以承认的是恺撒创造丰功伟绩主要靠的是恺撒之力，而在亚历山大的功勋中“命运”的成分更大一些。他们有很多事不分轩轾，在某些方面还是恺撒稍胜一筹。

恺撒的野心自身尽管有更大的节制，可是当它以毁灭国家和全面破坏世界为目标时，它所引发的灾难将难以计数，因此从全盘来观察，从各方面来考量，我不能不倾向于亚历山大。

伊巴密浓达——希腊第一人

第三位最杰出的人物，就我认为，是伊巴密浓达。

讲起光荣，他比起其他两位远远不及（光荣也不是事物的实体部分）；讲起果断和勇敢，那也并非是受野心驱使的人的那种果断和勇敢，而是受智慧和理性指引的人的那种果断和勇敢。他思想条理明晰，到了随心所欲的境界。用他的美德来说，照我看来，他拿出的证据和亚历山大本人或恺撒一样多；因为，尽管他在战场上不是百战百胜，战绩也不是那么辉煌，可是从战功本身和结合一切环境因素来思考，也不能够等闲视之，在军事上的胆略与计谋并不输给他们。希腊人众口一词地把希腊第一人的荣誉授给他；可是希腊第一人，也很轻易变成世界第一人。而他的学识，早有这样的定论流传到现在：从来没有人像他那样清楚那么多，对自己又说得和他那么少。因为他是毕达哥拉斯派，他对公众发表演说，没有人能够比他讲得更好，他是非常有说服力的优秀演说家。

他的道德和觉悟，大大超过一切管理国家大事的人。由于国家大事是头等重要的大事，唯一真正表明了我们是些什么人；我认为它和其他方面的总和相当，而他在这方面绝对不逊于任何一位哲学家，包括苏格拉底在内。

在伊巴密浓达身上，廉洁正直是他个人的、至上的、坚定的、不变的、不受腐蚀的品质。相比而言，亚历山大在这方面显得不完整、不坚定、不纯、软弱和有偶然性。

古人认为，如果严格地检验其他伟大的军事家，可以发现他们各有特质，使他们显得格外光彩照人。可是只有伊巴密浓达，时时刻刻洋溢着情操和学问；在人生的每一个阶段从不做损害人格的事；不管公务还是私生活，和平时期还是战争岁月，不管是生还是死，做人都讲究光明磊落。我没有见过更美好的品质和人生，使我可以如此地尊敬和仰慕。说实话，他的好朋友描述他坚持要过贫困的生活时，我觉得不免有些过分。这种行为很高尚也很值得称道，我觉得太苦涩，就算有心也是模仿不来的。

只有西皮奥·伊米利埃纳斯，他也有一个值得骄傲和显赫的结局，以及透彻的包罗万象的学识，让我对自己的选择表示怀疑。这两位人物在普鲁塔克的书中，是最高贵的一对，一位是希腊第一人，另一个是罗马的第一人，这是全世界公认的，这些生命到时候全都被时光带走，是多么让人扫兴的事！这就是人生！这就是伟人！

作为非宗教圣徒，作为大家所说的雅士，跟普通人过一样的世俗生活，却表现出优越感，一生瑰丽雄奇，是在世的人里面最丰富多彩的——据我了解，那是亚西比德的一生。

我还想再提到伊巴密浓达的几件事，表明他的宽仁善良。

他说他一生中最甜蜜最幸福的事是卢克特勒的胜利为父母带来了快乐，这是一场辉煌的胜利，他认为让他们享受会比让自己享受得到更多的乐趣。

即使是为了恢复民族的自由，他也不认为自己有权不问情由随便杀人；因此当他的袍泽派洛皮达发动战争解放底比斯时，他表现得十分冷漠。他还认为，在战场应当回避和宽恕在对方阵营里的朋友。

最后，他对敌人也采取仁慈的态度，使比奥舍同盟对他产生了怀疑。斯巴达人驻守科林斯周围的莫莱关隘，他神奇地强迫他们放弃；他让他的部队穿越他们阵地中央时也不穷追不舍，结果被撤掉了统帅的职务：他还认为为此被撤职十分光荣；可是对比之下，奥舍人却蒙受了耻辱，因为不久之后他们又不得不让他官复原职，他们承认国家的荣耀与安危完全系于他一人身上，他到哪里，胜利跟个影子似的跟到哪里。他的祖国随他一起繁荣，也随他一起衰亡。

37 论父子传承

我往往在百无聊赖的时候动手写点东西，零零散散，凑成了这部大杂烩。有时好几个月有事外出，文章也就断断续续，经历很多不同的时期才能够完成。不过，我不会因为续笔时出现的新想法而删改原来的文字，除非有时为了让文章多一点风采，改动而不是删去个别字。我希望说明我的思想过程，让人见到每个想法一开始是如何产生的。我也愿意早点开始这样做，认清我的转变历程。我指导我的仆人帮我抄写文章，他自以为得计，挑选并偷走了好多部分的文字。这件事能够让我自慰——失去这些以后，最起码以后再也不会失去其他的了。

从开始写这本书到现在，我老了七八岁，其间不能说没有新的收获。在这段时间里，慷慨的人生让我体验了肠绞痛。跟时间长期打交道绝对可以得到新收获。我仅仅期望，岁月在献给暮年人的许多礼物里，能够挑选我比较容易接受的一种。可是岁月让我接受的东西，肯定不会比我从童年起就得到的东西更加可怕。老年人的所有不幸中最让我畏惧的也正好是这种不幸。我常常在心里想，我在人生道路上走得太远了，走这样漫长的路程肯定会遇到不快乐的意外；我认为，也数次诉说，应该是我走的时候了，应该按照外科大夫开刀截肢的规则，在健康、有感觉的部位切断生命。老天爷有一个习惯，谁不按时还债，谁就要支付沉重的高额利息。但是这些话都是白说。

以至于一年半以来我一直处境不太好，却也不像马上要走的样子，反而让我学会了安之若素。我已经与这种肠绞痛的生活协商过了；我甚至从中找到了安慰和希望。人对自己悲惨的处境都会习以为常的，导致没有什么条件严酷得让他没办法生存下去！

听一听美西纳斯的话：

> 就是失去一条手臂，
> 生痛风病，双腿残缺，
> 拔光摇动的牙齿，
> 只要我还活着，这就够了。

帖木儿对待麻风病人非常残忍，实在是一种愚蠢的人道主义，一旦他听说哪里有患麻风病的，就把他们处死，他说是为了让他们解脱苦不堪言的人生。但是，没有一个人不是这么想，就是生上三次麻风病也比死去的好。

斯多葛派人安提西尼重病在身，整天不停地叫唤："疼死我了，快来救救我吧！"正好第欧根尼去看他，递给他一把刀子："能够用这个东西，假如你马上要的话。"他反击说："我没有说失去生命，我是说摆脱病痛。"

单说精神上的痛苦，对我而言，远不及大部分人所感觉的那么强烈：部分由于心理看法（由于世人觉得有的事情十分可怕，就算失去生命也要避开，而我对这些事完全没有感觉），另外还有一个原因，只要不幸的事件不是直接落在我的头上，我都采取一种与己无关和麻木不仁的态度；我觉得这种意识是我天性中最好的组成部分。可是肉体的痛苦确是实在的，我对此尤其敏感。在我风华正茂的时候，上帝让我长期享受幸福的健康和安逸，从而预料到痛苦就会软弱胆怯，在我的想象中任何肉体的痛苦都是无法忍受的，结果就是恐惧超过了真正的痛苦。这件事让我越来越相信，我们灵魂中的大部分天赋，在使用中经常会打乱生活的安宁，而并非是促成生活的安宁。

我与疾病中最坏、最突然、最痛苦、最致命和最不可救药的疾病打交道，我经受过五六次长时间的极其难忍的发作。我曾经五六次忍耐这种长期难熬的发病；每一次我暗中祈祷康复，就是在这种状况下，假如灵魂脱离死亡的恐惧，脱离医学不停灌输在我们心中的威胁、结论和后果，一个人依旧能够找到支持的力量。痛苦也并非那么尖锐和厉害，会让一个心理健全平衡的人堕入疯狂和绝望。我最起码从肠绞痛中得到了一个好处——本来没有办法跟所有东西和死亡达成谅解与妥协，如今肠绞痛让我做到了这点：病痛越是逼得我无路可走，死亡越不叫我害怕。我以前是一丝不苟地为着生而生；疾病亦将解开两者的关系；上帝故意这么安排：假如痛楚一旦压倒了我的力量，那是催我走向另一个并不一定稍好的极端——对死的爱好与期望！

最后的日子不怕也不盼。

——马提雅尔

这是两种同等可怕的情感，但是，治疗前者显然有更加现成的办法。

更何况，要求对病痛怀有一种镇定自若、不屑一顾的大无畏态度，我总认为这种说法虚假做作。哲学本来是注重本质和现实的学问，为什么要操心这些外在的表现呢？哲学应当让喜剧演员和修辞学者去操这份心，他们才关注我们的形体。哲学应当让痛苦从口头上怯懦地展现出来，假如怯懦无法在心房和肠胃内停留的话；哲学应当把这些不由自主的埋怨，并入叹息、呜咽、心跳、脸色苍白等这类大自然不希望我们有控制能力的反应上去。只要心里没有害怕，言谈不失希望，哲学就应乐于接受！只要我们的思想不变形，胳臂扭曲一点又有什么关系的呢！哲学教育我们，是为我们自己，不是为他人，哲学教育我们是改变实质，不是改变外表。

哲学以培养智慧为己任，应该致力于管理我们的智慧；在承受肠绞痛的时候，要让心灵维持清醒，维持惯常的思维，压制痛苦，忍耐痛苦，别让思维羞辱地俯伏在痛苦的脚下——战斗让心灵发热燃烧，并非萎靡颓唐；要让心灵可以交流，甚至达到某种地步的对话。

在如此艰难的情况下还要我们故作镇静，这是一个很不近人情的残忍要求。假如心里舒坦、表情难看也无所谓。假如肉体在呻吟时痛苦减轻……就让它呻吟；假如身子高兴于颤动，就让它想怎么旋转就怎么旋转。假如觉得大喊大叫可以减轻疼痛（例如医生说这可帮助孕妇顺利分娩），或者能够转移苦恼，就让他喊个够。不要要求声音怎样怎样，但是要同意它怎样怎样。伊壁鸠鲁不仅允许，甚至建议他的朋友大喊大叫。“角斗士扬起护手皮套要出击时，嘴里也哼哼哈哈的，因为叫喊时全身肌肉绷紧，打出去的拳头更有力量。”（西塞罗）

痛苦本身已让我们很忙了，不用再去忙那些多余的规则。

有的人在病痛的折磨和袭击下，常常都会发出恨声恨气，我的这番话是对他们说的；一直到现在我碰到病还是心态良好，我并没有刻意地保持端庄得体的仪态，因为我不觉得这么做会有什么好处；病痛要我如何表现我就如何表现——也许是我的痛苦并不激烈，也许是我比常人坚强。当疼痛令我难熬时，我也会埋怨诉苦，可是不会像这个人一样放任自己：

他叹息，埋怨，呻吟，
大声哀哭，到处诉苦。

——阿克西乌斯

我把剧烈的疼痛看作一种考验，发现即使在最疼痛时，我也自思自量，老是觉得自己可以说，可以想，可以回答问题，同在任何别的时刻一样，明明白白；可是时间不长，由于痛苦让人迷糊和分心。当附近的人觉得我萎靡到了极致，对我不再理会，我会十分有精神，跟他们提起离我的病情十万八千里的话题。在突然爆发的努力之中，我可以做到任何事，但是无法坚持下去……

我怎样都没有梦想家西塞罗那样的福分，他在梦中怀抱一个女子，醒来发觉自己的结石已经排出并落在床单上！我的结石让我对女人一点兴趣也没有！

在剧痛发作的间歇，输尿管变得虚弱无力，疼痛也同时得以减轻，我马上会恢复常态，特别是我的心灵没有肉体反应是察觉不到警告的，这一定归功于我通过理智对这类事早有准备。

> 没有病痛叫我没有办法辨别和意外：
> 心灵早作过预测和体验。
>
> ——维吉尔

作为疾病学徒来说，我经受的考验实在是过于严酷，而且前后的变化太突然太剧烈，因为之前的生活非常甜蜜，非常幸福，一下子跌入无法想象的痛苦艰难的境地。除了病自身让人心寒之外，最初在身上的反应，就比一般的强烈难受。由于经常发作，总使我有一种体无完肤的感觉。现在精神状态不错，只要持续保持下去，状况会比其他几百人好；他们实际上没有发烧，没有痛苦，除了思考不恰当给自己造成的痛苦以外。

有一种源于自大、实则谦卑的聪明做法，例如我们清楚我们对许多事物是不知道的，坦白承认我们无从窥测大自然创造的某些品质和特性，也无能力发觉这中间的方法和原因。我们期望这种诚实认真的表白会让别人信任，凡是我们说明白了的事情，那是真的明白了。因而的确没有必要还去探寻奇迹和解决怪题。我认为，在我们习以为常的事物中，也有无可置信的怪事，相当于奇迹中提出的难题。我们从中而产生的一小滴精液不仅隐含着我们身体的形迹，不仅包含祖先的形貌特征，还包含他们的精神性格。这么一滴液体中怎么会有说不完的内容呢？

这些不同的形态又如何在如此偶然和毫无规律的进程中代代相传，孙子好比曾祖父，外甥好比舅舅。罗马雷必达一家，有三个不是先后而是间隔出生的孩子，一出生就都在同一只眼睛上面有一块软骨。在底比斯，有一个家庭的人从娘胎里开始就长着一个状如枪头的尖脑袋，要是有人没有这个记号就被认定是野种。亚里士多德说在某些国家实行共妻制，以容貌相像判定父子关系。

我的结石症源自父亲的遗传，这是能够相信的，因为膀胱里一颗硕大的结石曾令他在临终前苦不堪言。他到了六十七岁那年才发觉这个病，在这之前他的肾脏、胸口和别的部位都没有异样感觉；活到那么大的岁数一直腰板硬朗，从不得病；得了结石症后，他继续活了七年，在这段苟延残喘的日子里备受煎熬。

我出生在比他患上此病之前二十五年还早，当时他还身强力壮，我是他的第三个孩子。这种病的隐患藏在哪里？父亲本人离得病还有那么多年，在他的精气中催我生长的微不足道的部分会有这么久远的影响？我们同母生的兄弟姐妹有很多，只有我在四十五岁后单独患了这种病，怎么会隐藏得那么深？如果有人能跟我讲清楚这种疾病的来龙去脉，不管他以后告诉我什么奇迹，他说什么我就相信什么，只需要他不像别人那样，强迫我听一种比事实自身还要深奥古怪的理论。

请医生们原谅我的放肆，因为通过这种无法回避的遗传的曲折道路，我也仇恨和轻视医生的各种说法。我对医学的这种反感基本是祖传的。父亲活了七十四岁，祖父六十九岁，曾祖父将近八十岁，从来不吃任何药；对他们来说，凡不属日常饮食之内的东西都是药。

我的看法是病例和实验建造了医学。难道上述事实不也是一种准确有益的经验吗？我不清楚医史中可不可以提出三个人，在同一个家庭，在同一幢房子里出生、生活和死亡，一辈子按照医生的嘱咐行事。他们应该向我承认，即便理性不在我这一边，起码“命运之神”是支持我的；而对医生来说，“命运”比理性更有价值。

现在我沦落到了这个程度，医生别对我幸灾乐祸，不要恐吓我，否则就是在骗人了。因此，实话说，以我的家庭成员的例子来讲，他们活到了那个年纪，证明我的看法仍旧是有道理的。人世间的事有长有短，我们家的经验延续了两百年——差距十八年，由于曾祖父出生在一千四百零二年。这种实验着手做不下去，也是很平常的。如今我痛彻心扉，他们也不要用这个来责怪我：健健康康地活了四十七岁，难道还不够吗？就算此刻离开人世，还是算高寿了。

我的祖先由于某种说不清的原因讨厌医学，父亲一看见药就会受不了。我的叔叔科雅克领主，是教会人士，一出生就疾病缠身，长期高烧不退，拖着虚弱的病体活到六十七岁。有一次他持续不断发高烧，医生要人家告诉他，假如不看医生肯定会死的（他们说的求医，经常是求死）。这个好人听到这条可怕的宣判虽然非常吃惊，依旧回答说：“那我就死吧。”可是不久之后上帝宣判这份诊断书无效。

我们总共四兄弟，最小的一个比我小好几岁，是布萨盖领主，是兄弟之中唯一相信医术的人，我想，这是由于他是议会法院的顾问，虽然表面上容光焕发，他比别人还早死多年，除了圣米歇尔领主之外。

我之所以憎恶医学，很可能继承于我的先辈。但是假如仅仅是这点的话，我会努力克服的。因为这些没有理由的天生倾向都是无益的，这是一种一定要加以消除的病态。这种倾向对我而言虽是先天的，但是，反复的思考把倾向变成了见解，又支持和加强了我的反感。为了药苦而回避医学，这种思考也要受到我的责怪；我不是这种脾气。我觉得为了恢复健康再难受的烧灼和切口都是值得做的。

依照伊壁鸠鲁的说法，我觉得如果快乐将带来更大的痛苦，这样的快乐应该尽量避免；痛苦（如果会导致更大的欢乐）也必须被追求。

健康是一种宝贵的东西，说真的，唯有健康值得我们不仅投入时间、汗水、辛劳和财富，而且还用生命去追求。没有健康，生命于我们而言是艰苦的，不公正的。没有健康，欢乐、智慧、学识和美德都会失去光彩，没有踪影。哲学家希望用相反的事实说服我们，为了反驳他们那些严谨有力的说词，我们不如以柏拉图为例子，假设他癫痫突然发作或中风，他灵魂中的这些高贵丰富的天赋就一点作用都没有了。

任何引导我们走上健康的道路在我看来都算不上艰难险阻。可是我也见到过别的一些表象，让我对这里面的货色非常起疑。我不说医学没有一点道理，可是在自然万物中，对我们的健康有益的东西绝对是应有尽有的。

我是说肯定有某种生津的草药，也有某种去湿的草药；我从本身经验知道辣根菜服了通气，番泻叶服了拉稀；我还了解很多类似的经验，例如羊肉让我强壮，酒让我活血；梭伦说食物也是一种药，可以治饥饿症。我承认我们要利用大自然，也相信自然万物中包含的神奇威力，以及它对我们的实用价值。我很清楚，白斑狗鱼和燕子能在大自然里悠游自在地生活。让我怀疑的是我们头脑中的创造，我们技术上的发明，我们为了它们舍弃了自然和自然规律，为了它们没有了节制和界限。

我们揉捏、实践和应用凑巧读到的法律条文，将其称之为司法；那些嘲讽和责怪司法的人，不敢得罪这个高尚的美德，只好谴责对这项神圣工作的滥用和亵渎；一样的，对于医学，我尊敬医学这个光荣的名字，以及它的目的，它给人类带来的期望；可是医学在我们实际中的应用，的确让我没法恭维。

第一，亲身的体验令我害怕那些发明，因为根据我的认识，谁进入医生的管辖范围，谁就最先得病，最晚被治愈。严格遵循医嘱会让健康状况越来越糟。医生不但满足于叫病人任凭他们的摆布，还要让健康的人生病，这样一年到头逃不过他们的掌心。他们不是说么，一直健康的人肯定有大病？我在一段时间里常常生病；我认为他们不插手，我的病还可以忍受（我几乎试过所有方法），也不会持续很久；我也不用吃他们开的苦药。我享有完全而随意的健康，除了习惯和心情之外没有别的规则和纪律。我在哪儿都能够待下来。生病期间并不比健康期间需要过多的照顾。没有医生，没有药剂师，没有治疗，我不用慌张——我见到大部分人恰恰都为这些事情苦恼，而不是因为病痛本身苦恼。怎么！总不能因为看到医生健康长寿，就觉得他们的医术也很高明吧？

任何一个国家都有好几个世纪不存在医学——那是刚开始的世纪，也是最美好、最幸福的世纪；就算是现在，不及全球十分之一的人真正地用到了医学，很多国家不清楚医学是什么，那里的人比这里的人更长命百岁；在我们其中普通老百姓不吃药活得高高兴兴。罗马人在接受医学之前迟疑了六百年，可是，试过以后，又经过检察官加图把它赶出了他们的城市；加图说他不用医学也过得很好，他自己活了八十五岁，引导他的妻子活到很老，不是说不吃药而是不请教医生：因为所有有助于生命的东西都能称为药。

按照普鲁塔克的说法，加图使全家保持健康的秘诀是吃兔肉；普林尼说，阿加迪亚人用牛奶治愈所有疾病。希罗多德说利比亚人有这样的习俗，小孩到了四岁就用火烫他头上和太阳穴上的血管，用这种一劳永逸的方法切断伤风感冒传递的路径。这个国家的村民遇到所有病只用酒治疗，选用最烈的酒，里面加入很多藏红花和辛香作料，这一切屡屡生效。

说实话，除了清空肠胃，形形色色的大量处方还有别的目的和效果吗？任何家用草药都是能够做到的。

然而，我不知道这些处方是否真的如医生所说的那样有用，我们体内是否也需要保留一定程度的排泄物，就比如酒需要酒渣才能保存下去。你们常常看到健康的人受外界刺激后呕吐或腹泻，就不问理由地把肠胃洗涤一遍，只会使健康状况变差，身体遭受损害。最近的观点我还是从伟大的柏拉图的书里见到的，人体有三大自然运动，最有害的运动是催泻，一个人只要不傻，不到万不得已的地步，就不要做这件事。反自然行事，人会打乱健康，惹来疾病。我们在生活中应当慢慢地缓解病情，达到治愈的目的。疾病与药物的交锋过猛对我们都是不好的，由于身体内部起了冲突，药效让人无法捉摸，药内不利于健康的成分会趁机作乱。

我们不要着急，适用于跳蚤和鼹鼠的自然规律同样也适用于人类；人也要有一样的耐性让自己像跳蚤和鼹鼠一样受秩序的支配。大声呼喊也没有用，这只会喊哑了喉咙，不能促进秩序。这是你不得不接受，而且毫不留情的自然规律。我们害怕和失望只会导致它的厌恶，延迟它的帮助，而并非获得它的帮助。它走向疾病就像走向健康，都有自己的路程，不会执法不公，做出让一方受益又让另一方受损的事，不然的话秩序就会变得无序。跟着走吧，凭着上帝的旨意，让我们跟随它！谁跟着，秩序指引他们走，谁不跟着，秩序强迫他们走，连带着他们的愤怒，他们的医学，他们的所有。洗干净你的脑子，比洗干净你的肠胃更有效。

有人问一个斯巴达人，是什么原因使他健康又长寿，他回答说："完全不懂医学。"哈德良皇临终时不停地呼喊，杀他的是那群医生。

有一名拙劣的角斗士当上了医生，第欧根尼对他说："加油，你做得对；从前别人把你撂倒在地，而从今以后他们都将是你的手下败将了。"

可是按照尼科克莱斯的说法，医生依旧是幸运的，太阳照耀他们的成功，土地掩饰他们的错误；除此之外，他们还有一个优势，各种不同的事件都可以为他们所用，只要是命运、自然或任何别的外因（这是数不胜数的）在我们身上产生了什么有好处的效果，医生就有权利把功劳据为己有。只要有医生在旁边，病人身上不管发生了什么好事，都能够归功于医生。我和其他千百个人生了病从不询问医生，让我们病愈的种种机缘，医生也会偷算在自己的账上；至于那些不幸的事件，他们或者完全否认，把罪过推给病人，摆出的理由荒唐出奇，俯拾即是，不会因为找不到而发愁："他把手臂露在外面了；他听到马车的声音了：

在马路狭窄的转弯角上，有车子经过。

——马提雅尔

有人打开了窗子，病人睡觉的时候向左侧着身子，或者头上包扎得太紧。总之，一句话、一个念头、一个眼神都能够助他们文过饰非。

如果喜欢的话，他们也会使用在任何情况下都绝无风险的做法，利用病情的变化来为自己辩护：吃过他们的药以后寒热升高，他们也会向我们发誓说，假如没有他们的药，病还会更加恶化。一个人全身冰凉，被他治得天天发热，他们会说若没有他们这个病人会一直高烧。既然病人的坏事也会成为医生的好事，他们的工作怎么会不兴旺呢。确实，他们有理由要求病人充分信任医生，这样做是绝对有道理的。要让人相信那么无法相信的事情，的确也需要一种死心塌地的信赖。

柏拉图这话说得很在理，唯有医生才有随意撒谎的权利，因为我们的得救源于他们空洞虚伪的承诺。

伊索是一位才华出众的作家，真正完整地认识他文笔之美的人并不多；医生怎样对被看病吓怕了的可怜虫作威作福，他说得很幽默。他说医生问一名病人，给他开的药效果怎么样，病人说："我出了很多汗。"医生说："这好。"过了一段时间，医生又问他身体好一些没有，病人说："我全身发冷，一直在抖。"医生接着说："那好。"第三次医生又问他身体怎么样，他说："我感觉全身浮肿，好像得了水肿病。""这下子可好了，"医生依旧这样说。随后，病人的一位亲属前来询问他的身体状况，他回答说："我的朋友，好是好，我就是会死在这个好上。"

埃及有一条法律，医生治病，前三天全部由病人自己承担，三天过后，由医生承担一切后果；医学之神埃斯科拉庇俄斯让海伦起死回生，遭到雷击：

万能的天父看到一个死人，
从阴界回到阳界很愤怒，
用雷电轰击神奇医学的奠基人，
把阿波罗的儿子赶到了冥河边。

——维吉尔

可他的追随者把活人送进了地狱却获得了赦免，这是怎样的道理？

一名医生向尼科克莱斯吹嘘自己的医术如何高明有效。尼科克莱斯说："一个人杀了那么多人还逍遥法外，怎么能不叫人肃然起敬呢。"

此外，如果我加入他们的医疗委员会，我会把医术变得更神圣更神秘；他们一开始做得不错，可是没有善终。让神鬼当上医学的奠基人，讲一种特别的语言，写一种特别的书法，这是一个好的开始。给一个人效力出主意，说的却是听不懂的话，无论哲学家如何觉得，这总是愚弄的吧。“就好比医生给病人开药方，要他服用：体内无血、背着房屋、在草地上爬行的大地之子。”①（西塞罗）

以他们的工作，和所有稀奇古怪、故弄玄虚的工作来讲，这也是一条规则。第一，需要病人充满希望和信心，相信医生的行动和能力。这条规则——他们到现在抱住不放；最愚昧的庸医在信任者的眼里，也比陌生的富有经验的良医更会治病。

他们选择的药物在某种程度上显得神秘和不可理喻：乌龟的左脚，壁虎的尿，象的粪便，鼹鼠的肝，白鸽右翼下抽出的血；对我们患肠绞痛的人（我们的苦难完全不在他们心上），则开老鼠粪便粉和别的怪东西，看上去更像是巫师的魔法，没有一点科学的实在性。我还不讲某些药丸还要讲究单数服用，一年中某天和某个节日的不同功效，必须按规定的时辰采集处方中的草药，还有他们古板的怪脸，小心谨慎的姿态，这连普林尼也要加以嘲讽。

可是我要说的是，在这个良好的开端之后，他们没有持续下去，把与病者见面和诊病搞得更宗教更神秘一些，把非本道中人都挡在门外，也不能参加医神埃斯科拉庇俄斯的秘密仪式。

从这个错误导致他们遇事犹豫不决，论据不充足，武断猜测，意见不合时态度强硬，而且充满了仇恨妒忌和个人成见，所有这一切都将悉数展现在每一个人的面前；把自己交到他们手里还一点担心都没有，那真的和瞎子没什么差别了。医生见到同事开的药方，谁不知剔去几味便是加上几味？从中暗示了他们的做法，让我们看到他们在行医时更看重自己的名声，也就是重视他们的收益超过病人本身的利益。最聪明的医生提倡一名病人由一名医生负责治疗。因为，假如他治疗不当，一个人的错误不会严重败坏整个医学的声誉；反之，如果他成功的话，这将是医学上的辉煌成就；医生一多肯定坏事，常常让病人受害多于受益。他们肯定很高兴古代

① 其实只是指蜗牛。

神医名家永远持有不同的看法，这点只有读医书的人明白，他们却不让老百姓见到他们之间相互攻讦，诊断看法自相矛盾。

要不要举一个古代医学界辩论的例子？希罗菲吕斯觉得病的起因在于体液中；埃勒西斯特拉图斯觉得在动脉血管中；阿斯克勒庇亚德斯觉得在流动于毛孔之间的看不见的原子里；阿尔卓米昂觉得是体力的过剩和不足；戴克利认为病源在于体内各部分失去均衡，以及我们呼吸的空气质量不好；斯特拉托觉得是我们食物太丰盛、生吃和吃腐烂食物所导致的；希波克拉底觉得是神灵。

他们有一位朋友，他们显然比我更了解他，他在这个问题上大声疾呼，在我们的实用学科里，医学关系到我们的生存健康，是最关键的，可悲的是它却是最没把握、最混乱、也是说变就变的一门学科。测算太阳的位置不准确，在天文计算方面出现小数点的错误，不会导致大祸；可是医学关系到我们的人身安全，让我们跟随各种不一样的风向转，这不是聪明的做法。

在伯罗奔尼撒战争之前，人们的医学知识少之又少，是希波克拉底让医学获得了尊重。他创建的所有都被克里西波斯推翻；后来亚里士多德的孙子埃勒西斯特拉图斯；又否认了克里西波斯的文章。他们之后出现了经验论者，在医学操作方面走上一条与前人完全不同的道路。当经验派的威信开始下滑时，希罗菲吕斯开创了一种新医学，又被阿斯克勒庇亚德斯打倒消除。紧接着又有泰米森的学说风行一时；之后又有穆萨的学说；再接下来是韦克修斯·维伦兹的学说，他是与梅萨丽娜有深交的名医；医学王国死在尼禄时代的塔萨吕斯之手，他彻底废除并谴责了迄今为止人们所相信的理论与实践，他自己的学说又被马赛的克里那斯推到，他重新按照星辰活动和星历表调整医学活动，要人选择月亮和水星的恰当时间睡觉和饮食。他的权威性不久即被同城的医生夏里纽斯所取代。后者不仅反对古代医学，还反对已流行几世纪的公共热水浴室。他要求大家就算是冬天也洗冷水浴，把病人放到天然泉水中去。

在普林尼时代之前，没有一个罗马人愿意从事医学工作；当医生的全是些外国人和希腊人，就好比今天在法国行医的是些拉丁族人。因为就像一名大医师说的，我们不容易接纳我们熟悉的医学，也不大接受我们自己采集的草药。假如给我们送来愈疮木、菝葜、桐树根的国家有自己的医生，我们何不想一想，我们的白菜和香芹不是也会因充满异国情调、物以稀为贵而受到欢迎吗？这些东西经过千辛万苦长途跋涉弄了来，谁敢瞧不起。

我在前面说到古往今来的医学变迁，其中的变化真是难以胜数，而且往往是完全彻底的改变，就好比当代的帕拉塞修斯、菲奥拉凡蒂和阿金特里厄斯进行的一样。因为他们要变革的不是一份药方，而是——好比有人对我说的——医学的整体构造，而且指责他们前辈的无知和欺骗。我让你们想一想可怜的病人位于怎样的境地！

在他们犯错误的时候，他们的行动虽然没有为我们带来什么好处，却也没有造成任何危害，假如我们获得了这样的保证，倒也能够在不冒丧失所有的风险下试试会得到哪些好处。

伊索有一则寓言，说一个人买了一名摩尔奴隶，觉得摩尔人的肤色是从前的主人的虐待造成的，叫人在浴盆里放上药水，给他洗了好几遍；摩尔人黝黑的皮肤毫无改变，原先好端端的身体却弄垮了。

有很多次我们见到医生把病人治死后互相责怪！我想起几年之前，在我家附近的城里有一种流行病，十分危险，能够置人于死地；在夺走了无数生命的风暴过后，本地一位极具声望的医生就此事件写了一本小书，他要居民改变放血的习惯，觉得这是流行病的罪魁祸首之一。另外，医书的作者们都强调，没有一种药不包含有害物质，假如治病的药也会损害我们，不问理由地吞服的药又会导致哪些后果呢？

就我而言，对于讨厌药味的人，在一个不合适的时刻违背心意去服药，就算不出别的事，也是一种危险有害的做法；我觉得这是在病人需要休息的时候去猛烈冲击他的体质。此外，还考虑到疾病的原因一般是非常小和不好捉摸的，我得出的结论是用药方面的小小错误将为我们带来极大的损害。

假如医生的失算是一种危险的失算，对我们而言是非常糟糕的，因为他很容易一犯再犯；他必须握有很多征象、情绪、环境因素才能对症下药；他必须熟悉病人的体质、气质、性情、习性、行为、思路和想法，他必须想到外界环境、水土、空气和时间条件、星辰位置和影响；他必须清楚病的起因、征兆、发展和发作的时间；必须知道药的分量、效用、产地、外观、年份、用途；他必须按一定比例融合所有的这些因素，使之产生完美和谐的效果。他若稍微有闪失，对其中一条太疏忽大意，就完全能够让我们受罪。上帝清楚要认识这大部分事情会有多大困难，因为你如何可以认清这种病的典型症候，既然每种病都有非常多的症候？你知道医生之间对尿液的判读有多少争论和怀疑吗？我们见到他们对病的认识永不停止的争论，这又是从哪里来的？我们又如何可以原谅他们常把貂说成狐狸的这种错误？每次我生上较为复杂的病，从没见过三位医生意见是一样的。

我更愿意拿我的病来做例子。最近在巴黎，有一名贵族在医生诊断后，被开了刀，膀胱像掌心一样找不到有什么结石。

那里有一位主教，是我的好朋友，他请医生看病，很多医生都劝他开刀取出结石，我对别人总是言听计从，所以也加入其中竭力劝说。他死后解剖他身体，发觉他只是肾有病。结石能够用手摸到——这种病被诊断错误格外不能原谅。我认为外科要牢靠得多，因为他们做什么眼睛看得到，手摸得着。医生没有观察头脑：肺和肝的窥镜，没有那么多东西需要估摸和猜测。

医学本身的承诺并不可信。医生常常需要同时紧急处理很多截然相反的病情，都有必然的相互联系，比如肝是热的，胃是冷的；他们就来说服我们，他们的药方里，这个药是暖胃的，另一个药是凉肝的；这一种药的任务是直达肾脏甚至膀胱，输送过程中间药力不分散，沿途经过种种阻难仍旧留存药性，直至药到能够发挥内在威力的部位，另一个药是让脑子干燥的，还有一个药是让两肺润湿的。他们把这一大堆东西混合起来制成药水，期望饮料内的各种药性又会各自去完成自己的职责，这难道不是在做梦吗？我不胜担心的是这些药性会失效和混淆，把地方跑错了，让全身不舒服。谁能相信，在模糊一团的药汤里，各种药的特性不会发生质的变化，能够互不混淆互不干扰？还有，这份药方还要由另一名药剂师来调制，这不是又一次要把我们的生命交给别人吗？

在衣着方面我们有专职的紧身衣裁缝和鞋匠，每个人各干各的，不像服装师任何事情都做；因此他们的手艺更专，更省时，我们得到的服务也会好得多；讲究饮食的大户人家，都雇用有特色技艺的厨师，比如煮肉泥的煮肉泥，烤肉的烤肉，因为一个人负责全部膳食是不可能完美地完成任务的；也在医疗方面一样，埃及否认什么都会治的医生，把治疗分成好几科，这是非常有道理的；对各种病，对身体的各个部位，都有专门的医生，这样医生的精神才能专注在一种疾病上面，才能予以恰当而明确的治疗。我们的医生没有想到，任何一位什么都会治，也就是什么都不能治，人体这个小世界却有大学问，不是他一人可以通览全貌的。一位朋友生了痢疾，医生要防止他的痢疾，却又担心引起他发烧，后来这位朋友死在他们手里，这位朋友远远超过他们全体，不管他们有多少人。他们拿自己的推测和现实的病痛相抗衡，为了避免顾了脑病忘了胃病，就乱开药方，用药不当，结果把胃也损伤了，脑病还更严重。

至于医术的理性思维的变化和减弱，它比任何其他的学术更为明显。可以这么说：患结石的病人吃了润肠的食品很有帮助，它通过时扩大肠胃道，能够推动形成结石的稠粘物质，在肾脏中开始硬化和积淀的东西都能够被带走。也能够那么说：促进食欲的产品对于肾结石患者又具有危险性，因为打开并扩张管道，能够推动形成结石的稠粘物质，肾脏很会吸收这些物质，能够轻易地把大部分推动过来的稠粘物质留下；另外，遇上较粗的物体通不过肠胃道，就会被排走，这个物体就会被稠粘物质带进狭窄的血管，堵塞住血管，肯定会引起一种十分痛苦的死亡。

医生们劝我们生活要有规律，总是言之凿凿："常常小便是有好处的。"因为我们凭经验了解，让水留在腹内，就会放出排泄物，在肾脏内变成结石。不经常小便是有好处的，因为不用力，尿内沉浊的排泄物是不能够排出的，正如我们凭经验知道，湍急的激流可以清除所经之处的污泥，而潺湲的溪水是做不到的。一样的，多做房事是有好处的，因为这打开排泄器官，放走结石和尿沙；多做房事是非常不好的，因为这使肾脏发热，会让肾脏疲劳和衰弱。洗热水浴是有益的，热水可以使结石滞留的地方放松和软化；洗热水浴是不好的，这种外部加热的方法会让肾脏内滞留的物质硬化形成结石。洗温泉浴的人晚上吃得少对健康有利，第二天早晨胃部积聚的食物比较少，喝下去的水比较容易吸收。中午吃得少更好，这样不会阻碍水发挥作用，不在洗澡后突然加重胃的负担，让胃在夜里进行消化，白天身体和精神不断地活动，不像夜里那么有利于消化。

从中能够看出他们如何颠来倒去地说道理，叫我们上当；并且没有一条道理不能被我从中找出完全相反的道理。

当然，大家也不要再叱骂他们了，他们身处混乱之中，只是任凭感觉和性情——把他们带到哪儿就是哪儿，这也是人之常情。

我在旅行途中几乎见过基督教地区所有著名的浴池，这些年来也经常去光顾。一般说来我觉得沐浴对健康有益；以前几乎所有国家，到现在也有不少国家的人天天洗澡，现在这个习惯已经消失，我无法想象，满面污垢，毛孔堵塞，我们的健康可以不受影响。

至于矿泉水，第一要说的是我的天性并不讨厌矿泉水的味道；第二，矿泉水是自然单纯的产物，假如说无效，最起码也没有危险；那里聚集着各种各样来自各阶层的人，这点能够作为我的证明。虽然我从来没看见过什么神奇的功效，可是我也没有见到什么人因为水的缘故而使健康受损。我对在温泉站引起轰动的传说，曾经探究性地作过比较详细的调查，发觉所有这些全是胡编和缺乏根据的（人本来就喜欢相信自己期望实现的东西）。可是也不能不怀好意地否决矿泉水具有增进食欲和帮助消化的功效，也不能否认水可以增进我们身体的活力，除非人到那里时体力已经非常弱，这种情况下我奉劝你别这样做。矿泉水没有办法扶住摇摇欲坠的大楼，不过能够支撑倾斜或者防止恶化。

温泉往往位于景色美丽的地方，因为地理之美吸引我们前往，假如谁的身体衰弱得没有办法和那里疗养的人来往，参加散步和锻炼，那样他的确无法享受温泉治疗中最好最可靠的那一块。因为这个原因，我至今都选择景色最美丽最诱人、居住最方便、供应最好、最容易和朋友聚会的地方进行水疗，在法国有巴涅埃尔温泉，在德国和洛林交界处有勃隆皮埃尔温泉，在瑞士有巴登温泉，在托斯卡纳有卢卡温泉；尤其是德拉维拉温泉——我在不同季节去过多次。

每个民族对水疗的应用都有自己的看法，习惯和做法也十分不同；按照我的经验，效果都是一样的。在德国不喝矿泉水，一个人不管生什么病，都是从日出到日落和青蛙一样的蹲在水里。在意大利，他们前九天喝水，接着连续浸泡起码三十天，都是在矿泉水中还掺其他药物加强疗效。在法国，医生要求我们通过散步把矿泉水吸收进去；别的地方都在床上把水喝完然后再待在床上，使胃和脚长时间保持温暖。德国人还有其特别之处，他们使用羊角或其他东西进行拔火罐治疗；意大利人也有他们的淋浴法，热水通过管道引到浴室，对着头部或胃部，或别的需要治疗的部位冲洗。前后一个月，每天上午和下午各一个小时。在不同的地方还有很多不同的治疗习惯；说得更明确一点，没有两个地方是一样的。

在医学里，这是我唯一全情投入的部分；尽管它最不做作，可是和医学中的其他疗法差不多，也十分混乱和不肯定。

诗人说任何事情都说得夸张和动听，有这两首讽刺短诗为证：

昨天，阿尔贡碰了碰朱庇特神像，
大理石也感受到医药的威力！
你看，今天从老庙抬了出来，
虽是石头神，还是埋进了土。

——奥索尼乌斯

第二首诗是：

安特拉哥拉跟我们开开心心洗澡吃晚饭；
今天早晨，我们突然发现他死了。
福斯蒂纽斯，你要问他猝死的原因？
他梦见了他的赫莫克勒特大夫。

——马提雅尔

说到这里，我还有两则故事。

夏洛斯的德·科班纳男爵和我共同管理一处教会的田产。这块封地叫拉翁坦，面积十分大。据传，这地方的居民是从安格鲁涅山谷迁移过来的。他们有自己的生活方法，服装和习俗也和别的人不一样，有着独特的行为、衣着和处事方式，他们恭恭敬敬恪守祖上遗训，绝对不愿意听从别的约束。这个小地方民风淳朴，生活幸福，周围的法官不用操心管理他们的事情，也没有一名律师有必要向他们提供意见；他们从未请过任何外人来调停任何争端，也从未见过该地的任何居民请求施舍。他们为了不把风俗败坏，避免和外界联姻和贸易。直到村上有一个人——按照他们的说法——他们的父辈还记得这桩事——忽然想到飞黄腾达，光宗耀祖，要让他的一个儿子当什么法律人士，于是，他把孩子送去邻近的城市接受教育，最后把孩子培养成了村里优秀的公证人。这位先生成为重要人物以后，逐渐瞧不起家乡的旧习惯，在他们的头脑里灌输外面的世界有多美好。他的同乡一开始丢失了一头羊，他就劝他找城市里的大法官来判决；他就是从这桩事说到那桩事，把所有都弄得一团糟为止。

据说，坏风气一旦开了头，另一个坏风气又接踵而至，而且造成的后果更加严重。有一名医生想跟村上一名少女结婚，并在当地落户。他逐渐教他们发热、感冒、脓肿等病名，心、肝和肠的位置，这些知识对他们来讲是很远的学问。从前，不管遇到多么严重的情况，他们都用大蒜驱病祛邪，如今医生要他们用奇怪的复合药剂治疗咳嗽伤风，不仅利用他们的健康，还利用他们的生死来大搞交易。

他们还信誓旦旦地说，现在才知道黄昏的湿气能使头脑沉重，喝酒过分会有害处，秋天的风比春天的风可怕；自从用上了药之后，他们都觉得全身生了非常奇怪的病，觉得精力跟以前相比大大减弱，生命也缩短了一半。这是我要讲的第一个故事。

另一则故事是在我患结石症之前，听说许多人十分重视山羊的血，把它当作是近几个世纪以来天赐的礼物，保护了人类的生命；我还听一些有智慧的人说这是一种效果惊人和包治百病的药；而我也想到自己不免会遭到平常人遭遇的种种不测，在身强力壮的年代也很愿意有一张护身灵符，便下令在家里按照书上的方法养了一头羊。

在盛夏的月份里必须把它和别的羊分开，必须喂它能够增进食欲的青草，必须给它喝白葡萄酒。我恰在杀羊的那天回到了家，有人来告诉我厨子发现羊胃内有两三只大球，被牢牢裹在食物内。我很惊奇，叫人把羊的内脏带到我面前，当面剖开给我看。他取出三块大结石，轻若海绵，看上去像空心的，外面包着一层坚韧的膜，有好几种发暗的颜色；一块结石圆得像只滚球，还有两块不圆，貌似还在长。我问那些经常给动物剖腹的人，明白了这种事不常见。

确实，这是几颗与我们的结石大同小异的“石头”；假如这样的话，那就不用期望一个患结石症的人，喝了一头要死于结石症的动物的血会猛然而愈。要说到血不会受污染，不会影响原有的疗效，那还不如信任身体内各个器官的相互作用，总会产生一种新物质；人体的活动是整体性的，虽然由于活动的多样性，某个部分可能比其他部分具有更大的影响力。从这一点来看，很可能在这头羊的身上也有某些形成结石的原因。

我很留心地做过一个试验，不是恐惧未来，也不是为了自己。这是由于在我家以及很多家庭，女主人都储存了很多这一类的小药品济世救人，用同一张药方治疗五十来种病，她们自己从来不服，只要有效就洋洋得意。

不过，我尊敬医生并非因为圣经上有关尊敬医生的告诫（在这位哲人的同一部书内还能读到一个相反的例子，指责犹太阿萨国王死前不向神求助，而求助于医生），是爱医生的为人，看到很多正人君子让人敬重。我并不抱怨医生，我抱怨的是他们的医术；我并不指责他们利用我们的愚蠢而谋利，因为很多人都是这样。还有很多职业比他们的职业更好或更差，只是依靠群众的迷信才能够存在。我生病的时候，如果他们恰好就在附近，就让他们过来陪伴我，请求他们伺候我，接着，照样给钱。我命令他们把我全身包住发热。他们能够选择韭葱或莴苣煮成汤给我服，也可要求我喝白的或淡红的葡萄酒，以及种种不影响我的食欲和习惯的东西。

我明白这对他们来说没有什么，因为药物的固有特性还包括味道辛辣和怪异。斯巴达人病了，利库尔戈斯就让他们喝酒。为什么？因为他们在健康的时候讨厌喝葡萄酒，就好像我的一位邻居贵族，他一直以来讨厌酒味，假如把酒作为药，治疗他的寒热发烧则十分有效。

我们见到他们中间很多人跟我有一样的想法？他们自己不乐意用药物治疗病，过着一种自由自在，完全跟他们的劝告相反的生活？如果不是公然欺负我们天真无知，还能做什么解释？由于他们的生命和健康并不比我们贱，假如他们不清楚药物的疗效是假的，肯定会按照药理来服用。

恐惧死亡和病痛，无法承受疾病，完全不顾可能与否而一味地想着痊愈，这些原因让我们这么盲目。这是单纯的怯懦行为，让我们的信仰如此软弱和容易被摆布。

很多人接受医学，可是并不相信医学。因为我听到他们跟我们一样埋怨和议论；可是他们最后依旧要说：“我不这样又如何呢？”好像急性要比耐性更有疗效。

在这些可悲地完全屈服的人中间，有谁不是同样地听信各种各样的欺骗？谁只要随便答应让病人痊愈，病人不是任由他做主吗？

巴比伦人把病人抬到公共广场：老百姓就是医生，每个行人由于人道和情谊打探他的病情，按照自己的经验给他提出医学上的建议。我们的做法很类似。

面对一个头脑简单的女人，我们没有不用咒语和护身符的；从感情上说，如果真的要接受某种治疗，我更乐于接纳这种药物胜过别的药物，最起码不用害怕它会造成损害。

荷马和柏拉图说埃及人每一个都是医生，实际上每个民族都能够这么说；没有人不炫耀自己有秘方，要在邻居的身上检验它的灵验。

一天，我和几个人聊天，不知哪一位同病相怜者带来一个消息，说有一种药丸中间包含一百多种成分，能够产生意想不到的舒适和安慰，由于没一块岩石承受得起这么多炮台的轰击！但是我听到服过的人说，连一块最小的结石也没有一点损伤。

在停笔之前，我有一些不吐不快的话，他们为了确保药物的可靠性，给我提供了他们做过的实验。大部分——我相信三分之二——药物的疗效在于草药的精华或内在；精华部分只有通过使用才可以知晓其作用；因为这样东西其实就是一种无法用理性的手段找到原因的东西。

医生说某些证明都源自魔鬼的灵感，这是我愿意接受的（因为我从不愿跟奇迹沾边）；相同的，某些物品在日常使用中被发现了新的用处：例如我们做御寒衣料的羊毛，不经意发现其还有干燥作用，可以帮助我们治愈脚后跟的冻疮。还有我们食用的辣根菜，恰巧具有开胃作用。盖仑说有一位麻风病人是靠喝酒治好病的，由于那个酒桶里钻进了一条蝮蛇。我们从这个例子看出类似那种实验的做法，医生也说动物的做法让他们获得了不少启发。

还有很多别的经验，他们说基本上是受了机缘的引导，事出突然，我觉得这些经验的获取过程并不可信。我想象中，人一直关注附近数不清的植物、动物、金属。我不清楚从哪儿开始他的实验。如果他的第一个念头想到了驼鹿的角，他也将因为下一步的行动而踯躅不前，他的第二步工作并不由于这个原因而好做。有那么多不一样的病、不一样的环境，在达到对自己的经验准确无疑之前，人的感觉已经迟缓了；他要在数不清的事物中找出鹿角，在数不清的疾病中找出癫痫；在那么多的心情中找出忧郁；在这么多的季节里发现冬季的疗效最好；在如此多的民族中找出法兰西；在如此多的年岁中找出老年；在天空的种种变化中发现在金星和土星相合时特别起作用；在如此多的身体部位中找出手指；这一切都不是受论证、猜测、举例、神的启示引导的，仅是由于运程指引的，并且还是一种完全人为、有条有理、由浅入深的运程。

之后，一旦疾病痊愈，实验者如何能够肯定这不是疾病自身发展的正常结果，还是偶然原因，还是他那天吃了、喝了或碰了什么，还是他的祖母的祷告起了作用？还有这个说明是完美无缺时，它又能反复说明几次？让这些偶然性，这些机缘碰在一起，形成一个事例的图表，从中找出一条规律？

规则被推断出来了，那么是谁推断出来的呢？在几百万人中只有三个专门记载他们的实验。命运会在恰当的时刻碰到其中一个吗？假如另有一个人或者另有一百个人做了正好相反的实验，那又如何呢？假如能够知道人类所有的判断和推理，也许我们还可以看到一线希望。可是只让三个证人和三名医生来给所有人类订立规则，这没有道理：这就要求人性来决定他们，推举他们，正式宣告他们是我们的代表。

致德·杜拉斯夫人[①]：

夫人，您最近一次来访——我的《随笔录》恰好写到这里。因为这部拙著迟早有一天会落入您的手中，我期望它能表明作者对您赐予他的恩惠觉得十分荣幸。您在书中见到他时，仍旧保持当面谈话的姿势和神态。即使我可以表现出不同于平时的作风，采用另一种更体面恰当的方式，我也不会这么做，因为我只希望您读了这些文章，想到的依旧是我的本色。夫人，您对我的才能和禀赋太看重和礼待了，我期望它们（原原本本、完整无缺）重现在一个更牢固的载体上，在我身后继续存在，多则几年，少则几天，当您愿意重温这些记忆，您就能够在这些文章里找到，而不需要苦苦回忆——那才不值得呢，我期望仍然得到您的眷爱，今后与以往都是这样。可是我不奢求人们对死后的我比对生前的我更为热爱和尊敬。

提比略的思想状态十分可笑，却得到许多人的认同，他不在乎生前同一年代的人对他的看法，却很关注身后他名声的传播，获得人们的尊重和爱戴。

假如我应该受人赞扬，我只希望早一点赞扬我，其余的一切皆可免除。让我听到赞扬，集中而不用到处，丰满而不用持久；它们完全能够随着我的消失而消失，既然我的耳朵再也听不见这些温柔的声音了。

我在目前几乎不再与人往来，如果还想在人前炫耀自己有什么新的能耐，岂不愚蠢。我对自己生活中不能做到的好事绝不编造。不管我是个什么样的人，说什么我也不乐意仅在我的笔下是这个样子的；我的学问和勤奋用来发挥我的所长；我的学业教我如何行动，而不是怎么写文章。我所有努力都在于培养我的人生。以上所有是我的工作和我的成就。我干任何事情也比著书立说干得好。我只希望稳稳当当地过好眼前的舒适生活，并

① 玛格丽特·德·格拉蒙是让·德·杜尔福·杜拉斯的遗孀，是著名马戈皇后的宫廷夫人，参与其深宫密谋。

不需要为我的继承人积攒丰富的家产。

一个人有才华有价值，这应该表现在他的生活方式，他的日常言行，对待爱情或争吵，对待游戏，对待婚姻、饮食、谋事、持家等各个方面。我见到有些人写的是好书，穿的是破鞋，如果他们觉得我值得信任，我建议他们要做的第一件事还是先把鞋子修好。您能够问一个斯巴达人，他更愿意当一名杰出的演说家还是一名出色的军人；而我假如没有人侍候，宁愿当个好厨师。

我的上帝！夫人，如果有人用善摇笔杆来赞扬我，认为我放下笔杆便一无是处，甚至是一个愚蠢的人。我情愿是个愚者，也不希望误用我的资质。愚蠢的无知自然让我无法得到新的荣誉；假如我不失去我得到的一点点东西，对我来说已是非常大的收获了。这幅静默无语的画像将令我的本来形象失去许多东西，也不符合我精神焕发时的状态，我已失去了最开始的锐气，步入暮年和晚秋。我已沉入釜底，不久将散发腐臭。

如今，夫人，假如没有医学专家的特别指引，我是不敢如此大胆地来搅动医学的奥秘的，因为您和其他很多人对它十分尊重。学者中有两位是古代拉丁人：普林尼和塞尔苏斯。假如您有朝一日看到他们的作品，您会发现他们面对医学的态度要比我严厉得多。我仅仅是刺激它，他们要掐死它。普林尼嘲讽得特别厉害：医生把病人折磨一番以后没有收到药石之功，他们在没有办法的时候就创造了这种巧妙的脱身之计，把某些人交给许愿和奇迹，把某些人送到温泉疗养院（夫人，请别生气，他讲的不是山这边那些受您家保护、属于全体格拉蒙家族的温泉）。

他们还有第三个脱身之计。我们看病总也治不好，颇有微词，他们为了推卸责任，肯定不会再动脑筋向我们讨好，干脆把我们送到某个空气清新的地方。

夫人，我已经够啰唆了。刚才我为了跟您闲聊而离了题，请同意我回头再把我的话往下说。①

这次似乎是伯里克利，当有人问他身体如何时，他回答说：“您看看这些东西就知道了。”他指指挂在脖子上和手臂上的符咒。他的意思是说他病的非常厉害，既然他已经到了迷信这些无聊事、身上戴了这些玩意儿

---

① 指他的这篇文章接着写。

的程度。

我不是说，我永远不会有让人见笑的想法，任由医学权威摆布我的生命和健康；我也会陷入类似的疯狂，无法确保在未来坚定不移；那时假如有人问我身体怎样，我也会和伯里克利一样说：“您看这里就明白了。”这是病入膏肓的明确标记。我的判断力也会打一个折扣；假如没有耐性和害怕在我身上占了上风，能够觉得我的灵魂在发高烧。

我的祖先遗留给我对医学和药物的天生反感，而我不辞辛劳，办一个相当外行的案子，也仅仅是对这种反感的支持和安慰，为了表明这不是一种愚蠢的倾向，其中还有一些道理。相同的，在人们见到我在病急中还是那么坚决抗拒人家的劝诱和威胁，不再认为这只是一种偏执，也让那些不怀好意的人放弃认为我是受强烈的虚荣心驱使的结果。可是这不是一种正常的欲望，这种和我的园丁和骡夫差不多的行为，有哪里能够引以为荣的呢。自然，健康是一种实实在在的、肉体的、甜蜜的欢乐，我也不用踌躇满志，用它去追求一种虚构、抽象和空洞的快乐。荣誉，就算是埃蒙四杰①的那种荣誉，对我这样性格的一个人，就是只要肠绞痛发作三次就能够换到，也是代价太昂贵了一点。

喜欢的人也可能对医学做出好的、崇高的和强烈的评价。我不厌恶跟我的怪念头不一样的怪念头，我见到我的判断与别的人有矛盾肯定不高兴，也肯定不会由于意见相左而与大家完全不相融。刚好相反，大自然的最大原则是不一样；外貌不一样，精神更不一样；因为精神由更柔性的物质构成，更容易接受不同的形式；我们脾气性情一样，我们目的意图一样，这是很少见的。两个人的想法完全一样，就好比两根毛、两颗种子完全一样，这在世界上是不存在的。多样性是事物最普遍的存在方式。

① 法国民间故事叙说查理曼大帝时代埃蒙一家四个儿子的传奇经历。

卷　三

1　论功利与诚实

谁都免不了说蠢话。不幸的是有人还说得振振有词。很明显，他又要夸夸其辞，说一些无聊事了。（特朗斯）

这个批评于我无损。我的批评既无价值，所以说来就漫不经心。它们也由此颇有成效。假如要我为我的批评付出巨大代价、我会立刻放弃的。无论是沽进还是沽出，我都会将它们掂量明白。我面对着稿纸说话，就像和一个偶遇的朋友聊天。事实就是这样，以下就是证明。

有谁不觉得背信弃义可恶吗？就连蒂拜尔都拒绝这一行为，甚至不惜为之付出沉重的代价。有在德国的人告诉他，假如他赞成的话，能够下毒帮他除掉阿尔米尼尤斯（这是罗马人最强悍的敌人，是阻挡罗马帝国在这一地区扩张统治的唯一障碍；瓦律斯统帅下的罗马人曾吃尽他的苦头）。他回答说道，罗马老百姓的习惯是举起武器，公开打仗，打败仇敌，他们不愿偷偷摸摸，运用欺诈的方法。他放弃实用的手段，选择了光明正大的方法。大家便会说，他是一个伪善者。我相信是这样的：做他这一行的人这样做并不奇怪。不过好像憎恶美德的人说出承认美德的话语，也不失为一样有意义的事情，因为真理迫使他不得不承认，他不愿意接受美德，最起码也把它当一件漂亮的装饰了。

我们的公共和个人结构充满了缺陷。不过，自然界里没有没用的东西，甚至不存在有用无用的说法；宇宙之间的所有事物都各适其位。我们身上渗透着变态的处事方式：野心，妒忌，羡慕，报仇，迷信和绝望。这些东西自然地顽固地根植于我们心中，在畜生身上也可见到；甚至还有特别变态的罪恶——残忍：见到别人受苦，我们在同情之余又有在某种程度上幸灾乐祸的快乐；甚至连小孩子都有这样的感觉：

> *浩瀚无垠的大海上风起云涌，波浪滔天，*
> *站在岸边看着别人经受苦难的考验，*
> *一种美妙的感觉便油然而生。*
>
> *——卢克莱修*

假如把这些处事方式消灭在萌芽状态，我们也就摧毁了人生的根本条件。同理，在任何政府里都有一些必需的，不但低级甚而被邪恶玷污的职位：恶习自有恶习的用途，它被用来坚固我们的社会，就好像毒药在某种状况下可以维护健康一样。假如邪恶因为我们的需要而变得可以原谅。同时集体利益抹杀了邪恶的真实本质，那也应当由更加坚定有力，不如此胆小怕事，如同那些古人为了保家卫国牺牲性命一样，愿意牺牲自己的名誉和良知的人去担当这个角色；他们这些人比较柔弱，我们就担当一些比较容易不是很危险的角色吧。公共利益要我们背叛、撒谎和屠杀：把这个任务丢给更服从更加灵活的人去干好了。

可以肯定，目睹有些法官使用计谋，或者通过给予照顾或宽大等虚假承诺引诱犯人招供罪行，为达到目的不怕使用欺骗和无耻的手段，我时常感到愤怒。法律以及支持这种做法的柏拉图应当提供更适合我的方法。这是一项危险的法律，我觉得它伤害法律本身并不亚于别人对于它的伤害。不久之前，我回答说自己不能为了一个平民百姓做出背叛国王的事，但是要我为了国王而背叛一个平民百姓，对于我来说也是一件痛苦的事情；我不仅仅痛恨骗人，也一样痛恨别人误解我。我不愿意给任何人这样的惹口舌的机会。

我有机会参与调停君主之间的纷争。在今天使我们四分五裂的战乱中，我小心翼翼地不让他们误会我，不要由于我的外表而误解我的意图。职业调停人想办法掩饰自己，将自己假扮成最公道最接近对方观点的人。而我则最鲜明地以完全私人的方式表达自己的观点：我作为一个温和以及缺乏经验的新手，我宁可调停失败，也不愿意问心有愧！但是，这项任务到现在完成得非常好（显然，“运气”起了主要的作用），几乎没有人能像我这样与一方接触，然后又与另外一方接触，同时能够给我招来更少的猜疑猜忌，获得更多的支持和亲近。我采用公开的方式，可以很容易地和各种各样的人打成一片，在打交道的时候获得他们的信任。开诚布公和实事求是在任何时候都有机会发挥效力，现在也同样有用。同时，完全无私地参加谈判，敢作敢当，真正同希贝里德一样直言不讳的人，比较可靠并且受人欢迎。雅典人抱怨希贝里德说话粗俗暴力。他回答道：“先生们，你们不要管我是不是口无遮拦，我只要你们看清楚，我并没有从此之中得到任何的利益，也没有因此提高了我的地位。”我直言不讳，言辞犀利，别人很容易相信我并不是一个虚伪的人（我什么话都敢说，即便是最难听最逆耳的话），因为我的态度很明显的一面是自然和超脱。在行动时，我什么都不想念，只求应得的结果。我不会联想未来的后果或者别的计划：每个行动都各有章法可循，可能的话，达到目的就可以了。

话说回来，我对大人物并没有一种特别的爱或恨的情绪，我对于他们的感觉不会由于他们对不起我，抑或因为他们帮了我的忙而受到任何影响。我只是合理地看待国王们。这是所有的公民应该持有的态度，我的情感不因个人得失而发生变化和偏离。我对此感到庆幸。遇到普遍的正义的事，我会心境平和，不会狂乱燥热。我必须以内心情感做担保的承诺：愤怒和仇恨同法律的责任完全无关，这些情绪只对那些不能凭借单纯的理性充分负起自身责任的人有用。所有合情的以及公道的意愿都是大同小异的，都是温柔的；否则，它们就会被曲解，变得富有煽动性，变得不合法。因为这个原因，我无论走到哪里都可以昂首阔步，从容面对，敞开胸襟。

其实——我不害怕承认——在必要的时候，我会按照那个老妇人的做法——一手是圣·米歇尔，另一手为凶龙奉上香烛。我将忠诚地跟随正确的党派，哪怕是赴汤蹈火，要是可能的话我也绝不改换门庭。就算蒙田家族和国家一起崩溃也在所不惜。不过，如果没有这种必要，我将感谢“运气”能够拯救这个家族；只要我的职责赋予我行动的自由，我就一定要全力地保护它。阿提居斯是热爱正义的党，然而它也是失败的党，在世界遭受没顶之灾时，在无数的变故和分裂之中，难道不是凭着稳重和克制而大难不死吗？

对于就像他这样的一个人来说，这是较为容易办到的：在相似的事情上，我认为一个人完完全全可以合法地放弃自己的抱负，采取不介入不理会的态度。但是摇摆在两个党派中间，在国内的纷争以及民众的分裂之间固守自我，不偏不倚，我不觉得这是一个好的值得尊重的做法。

这不是走中间道路，这叫踯躅不前；
这是等待事件的发生，然后见风使舵。

——李维

假如是左邻右舍的事情，这么做是可以容许的：在蛮族侵入希腊的战争当中，西拉居斯的暴君热隆采取隔岸观望的态势，在德而福修建了一个使馆。还送去很多礼物，使使馆成了一个观察哨所以及判断战争形势的窗口，以便在适当的时候和胜利的一方签署和约。在我们自己的内部事务当中，当需要按照既定的目标断然表明立场时，这样做就相当于背叛。不过，一个不担任公职、没有明确的指挥权让他责无旁贷的人，如果他不采取任何行动，我认为这在外战中可以原谅，在内战中更加可以被原谅（但是我不为自己找寻这个借口）。然而，依据我们的法律，如果一个人不愿意参加外战，这样是允许的。然而，即便是出于某种原因而全心全意参战的人，也能够做得有规有矩，不急不躁，哪怕暴风雨从头上经过也不受丝毫损伤。我们曾经希望在逝去的奥尔良主教德·莫尔维利埃的事件中出现这样的状况，难道有什么不正确吗？我还认识几个在目前的形势之下勇敢地采取行动的人。他们温和，稳重，所以，不管政治变化多么诡谲叵测，也无论老天爷会制造多少灾难，他们都能够屹立不倒。我认为，国王和国王之间的争斗，那完完全全是国王们的事情。我非常瞧不起那些瞎起劲，加入到与他们的身份完全不相干的争吵之中的人。我们不会特别地去跟国王找碴儿吵架，甚至为了名誉和责任，公开地勇敢地讨伐他：如果国王不喜欢这种人，他会更自省，会器重这个人。尤其，法律的意图和保卫现有秩序有相通之处：那些抱有个人目的破坏现有秩序的人，即便不说尊重，起码也要原谅保护它的人。

不过，不应该把私利和个人欲望的兽性及贪婪称之为“责任”（我们常常是这么做的），也不应该把恶劣的叛变的行为称之为“勇敢”。邪恶和暴虐的倾向被他们叫作“热情”：这不是事业心冲昏了头脑，而是利益的驱使所致；他们煽动战争，并不是为了正义，仅仅是因为他们需要战争。

不管发生什么事，一个人都可以在对立的人群中间恰如其分——光明正大。如果遇到这种状况的话，请你一视同仁，如果不能够做到完全平等(由于可以有不同程度的仁爱)，起码也要做到尽量，不要对某一方过分承诺，不可以让他牵住你的鼻子；还有，请你满足于中等程度的好评，要站在河边不湿鞋。

另一种全力为甲乙双方效劳的方式更讲良心，而谨慎则在其次。两个人同样把你奉为上宾，你却为了一个人的利益而背叛另一个人，但是得到好处的人难道不知道你会用同样的方法来对待他吗？你在他的心目中是一个恶人，他仍然对你言听计从，利用你，从你的不诚实的行为中谋取利益：两面派所做的事情对我们的确有用，不过小心，别让任何东西被他们带走。

至于我，我绝不对一方讲不能和另一方讲的话。无论什么时候，都不会用不一样的语气讲同样一件事。我只会讲一些无关紧要，或者众所周知，又或者对双方都有用的事情。我没有任何必要对他们撒谎。要求我沉默的时候，我会严格地闭上嘴巴；但是，我要求自己尽可能少地知晓秘密：对于不需要秘密的人来讲，替国王们保守秘密是件很麻烦的事情。我一般会提议这样的交易：他们不要告诉我什么秘密，但是，请他们大胆地相信我说的话。我知道的事情总比我想要知晓的多。

敞开心扉的谈话会打开另一扇心扉，就如同葡萄酒和爱情一般。

国王利齐玛克问菲里比德道：“你想要得到什么样的礼物？”这位演员回答得十分聪明：“你送什么礼物都行，只要不是你自己的秘密就好了。”

假如有人要你办事，既不告诉你事情的底细，还对你隐藏你这么做的目的，我认为谁都会特别生气。对于我而言，假如别人只告诉我要做什么事情，我会特别高兴，我不愿知道太多的事情，让我在说话时有所顾忌。假如我必须伦为骗人的工具，起码要放过我的良心吧。我不愿意让人认为我是一个忠诚的、地道的、专事背叛的奴才，一个连对自己都不忠的人，总能够找到理由不忠于他的主人。

但是，我想那些国王是不接受半心半意的人的，他们瞧不起附带条件的有限的服务。别无选择：我只能够老实地说出我的底线。因为，就算做奴仆吧，我也仅仅做理性的奴隶，即使我不一定能够做好。而且，他们没有理由要求一个自由人俯首帖耳，逼迫一个他们造就和收买的人，抑或说要求一个与他们的命运紧密相连的人承担这样一种义务。正义帮我摆脱了一个很大的苦恼：它为我选定了一个党派，给了我一个主人。任何更高的东西，任何的义务，都关系到正义以及受到束缚。但是，这并不是说一旦我的感情转向另一个党派，我会立刻伸手相助：意志和欲望可以按自立规定行动，但必须接受公共的制度。

我的这种处事方式是违反常规的，它的效果不大，而且不能够维持：清白本身不能使我们开诚布公地谈判，也不能使我们抛开谎言去讨价还价。同样，公职并不是我追求的目标。我的社会地位要求我为公众服务，我尽可能以最私人的方式去做。我在年轻的时候投入了全部的精力，后来做成了；但是，我早早地放弃了做出的事情。之后，我一直避免涉足其中，有求也极少答应，主动要求——则绝无其事，我轻视野心。我不像桨手那样能够背对着目标前行，不过，我的为人处世却始终前后一致。我没有能够登上公众事务的大船。首先要感谢的不是我的坚定性，而是我的好运气，由于，有一些与我的兴趣不那么对立却更适合我的能力的途径。命运曾经召唤我替公众服务，去提升自己在世人心目中的地位，我知道自己完全有可能不理会理性的声音，迈向命运指引的独木桥。

有些人常常反对我的主张，认为我称之为坦率、朴素和自然真诚的品行，不过是造作和精明的表现罢了。谨慎与心地善良，精明与自然，见识与运气——前者给我带来更多的荣誉，较少地破坏我的名誉。不过可以肯定，谁紧紧地跟着我观察我，那些人评价我精明就是过奖了；假如他们承认在他们的学校里没有培养学生这种自然反应的规矩，没有要求他们在蜿蜒崎岖的前进道路之上始终顽强地保持鲜明的敢作敢当的精神，假如他承认他们的全部精神和智慧都无法让他们达到这些要求，我就算佩服他了。真理的道路单一而平凡，个人利益和你肩负的生意利益的道路是双重的、崎岖的和危险的。我经常看见有人故意做一些出格的事情，他们往往不会成功。这让我想到伊索的驴子，驴子想要和狗一样得到主人的宠爱，兴奋地伸出前腿搁在主人的肩膀上；可是，狗的媚态获得的是爱抚，驴子也同样获得了回报，并且是双重的回报，它获得的是主人的棍子。“最适合我们做的事情，是我们觉得最自然的事情。”我不想欺骗应有的地位，否则就不能够真正地了解世界；我知道它经常是一种有利的手段，维持和维护着人类大部分的职业。有一些合理合法的恶习，就像很多行为是好的或能够被原谅的，却又是非法的一样。

自然界和宇宙的正义，与特殊的、国家的和服从社会需要的正义相比，其规定是不相同的，抑或说更加高尚。“我们没有坚实而且确切的模式来表示真正的权利和真正的公正，我们用的是图像或者一个影像”。所以哲人但达米斯在听别人讲述苏格拉底、毕达哥拉斯、迪奥杰纳等人的生平之后，在肯定他们都是伟大的人物的同时，又说他们过于拘泥于法律的条文了。为了赋予法律以权威性、支持法律，真正的道德必须要大大地舍弃它应有的效力。很多犯罪的行为不仅可以得到法律的许可，而且还是在法律的诱发之下发生的：“许多罪行来自于元老院法令和公民表决。”（塞内克）我用的是普遍的把事物区分为实用和正派两类的说法，以至于自然的，不仅实用而且必要的行为，人们一般使用不光彩或者肮脏的字眼。

我们继续讲背信弃义的例子。有两个希望获得特拉斯王国王位的人激烈争抢，各执己见，都认为自己有皇位的继承权。皇帝不允许他们动武，但是，其中一个利用为签订和解协定的借口，邀请对方来到家中，盛情招待他，然后把他抓起来灭口了。法律规定凶手必须为这个严重的罪行对罗马人赔礼道歉。但是，困难在于他们没有办法通过正常的途径达到目的；于是，既然不能够合法地进行，在不打仗不冒险的情况下，就只好采用阴险的手段。既然没有办法光明正大地做事，他们只能采用实际有效的方法。在这个时候，出现了一位有能力的人，他叫蓬波尼乌斯·弗拉居斯：他通过花言巧语和虚假的保证，请君入瓮，并且不顾脸面以及承诺，用绳子捆住凶手的手脚把他送去了罗马。跟通常的状况不同的是，其中的一个叛徒就这样出卖了另外一个叛徒；虽然这些人绝不信任别人，很难用他们的伎俩对付他们。前面提及的惨痛经验就是证据。

蓬波尼乌斯·弗拉居斯心想事成，而愿意这么做的还大有人在。至于我，我的言论，我的品行，我所有的一切都和国家息息相关。我最好的行为就是服务公众，我觉得这是为人的前提条件。可是，如果有人命令我扛起法院和审讯的重任，我将会回答说“我对此一窍不通啊”；如果有人让我为先遣部队带路，我将会回答说“我有更为崇高的使命”；同样，如果有人要我撒谎，要我背叛，要我干大事、发假誓，虽然不一定是杀人放毒，我会回答说：“要是我抢了或偷了别人的东西，请你们将我送去服苦役。”因为，一个注重名誉的人完全可以决定是否把拉塞德莫尼人作为榜样。被昂蒂帕特打败之后，他们在签订和约时说：“只要您愿意，您可以把沉重的捐税强加给我们，甚至令我们倾家荡产；但是，如果您想要我们做可耻的事，丢脸的事，那您就别白费时间了。”每一个人都应该对自己发誓，就像埃及国王要求他们的法官们宣读的庄严誓词那样，不管国王本人发出什么样的命令，绝对不偏离自己的良心所指引的道路。前面所说的事情当中，有一种无耻和谴责的印迹；其时把这种任务交给你的人，肯定也在责骂你。如果你是明白人，你会知道他交给你的是一种负担，一项苦差：公众的事情越是由于你的行动得以改善，你自己的事情就会变得越糟；因此，你的任务完成得愈出色，你愈是伤害自己。这样，事情不仅不再新鲜，或许还披上了正义的外衣。然后那个指示你行动的人又反过来惩罚你。有的时候，背信弃义可以变得情有可原。自然，只是在用来应对和惩罚这种背信弃义的时候。

我们在书本中可以看到许多例子，受益者不仅拒绝，甚至惩罚背信弃义的行为。有谁不明白法布里西尤斯针对庇琉斯的医生的看法？不过，我们也发现一点，下令背叛的人也会严厉地惩罚那些被他雇用来执行背叛的人，拒绝给予他不受限制的权力，一口否定他完全自愿接受下来的十分卑劣的奴才行为。

俄罗斯大公雅罗贝尔茨收买了一位匈牙利的贵族，要求他背叛波兰国王波莱斯拉斯，或者杀了他，抑或给他制造一些触目惊心的损伤。这位贵族巧妙地来到国王跟前，显得比从前更加忠心地为国王效力；他钻进国王的议事班组，成为国王最亲近的心腹之一。因为这些有利条件，他选择了主人暂时外出的有利机会，他把富庶的重镇维斯里希贩卖给了俄罗斯人。俄罗斯人彻底破坏和焚毁了城市，杀光了城中的男女老少，并且没有放过被他集中在附近一带的大批贵族。雅罗贝尔茨报仇了，发泄了，他这样做也是事出有因（由于波莱斯拉斯曾以同样的方式给他造成严重损失），而匈牙利贵族的背叛行为令他陶醉，但是，当他不再受感情的干扰，用一种全局的目光来审视整个事件的时候，却突然发觉了这种行为的丑恶的赤裸裸的一面。他感到十分后悔，十分厌恶，于是下令挖掉了叛卖者的眼睛，并且割去了他的舌头以及生殖器。

昂蒂戈诺斯去游说阿尔吉拉斯比德人，要他们交出他们的统帅欧曼纳；阿尔吉拉斯比德人的对手被交出来之后随即被他给杀死了。但是，昂蒂戈诺斯又想自己站出来做正义之神的使者，惩处这个可恶的罪犯，他还把杀掉欧曼纳的士兵交给省督，明确指示不管用什么方法必须处决他们——并且要死无全尸。导致原来的一个人口众多的地方，竟然没有剩下一个人能够继续呼吸马其顿那新鲜的空气。他们为他做得越好，他越是认为应该惩罚他们——并且是那种不择手段的惩罚。

那位泄露了主人苏尔比西尤斯藏身之地的奴隶，根据希拉公告获得了自由；但是国法在上，不管他多么自由，依然被执法者从塔尔贝雅山的山崖上推了下去。罗马人把放奖金的钱袋挂在他们的脖子上，再把叛徒吊死。在履行了其次的特别的承诺以后，他们更履行了首要的全面的诺言。

又如马哈迈德二世想清理自己的兄弟，独揽大权的强烈欲望促使他欲罢不能。依据种族的习俗，他调遣手下的一个军官，掐着他兄弟的喉咙，往他的嘴巴里灌水，最好一下子被弄死了。为了赔罪，马哈迈德二世把凶手交到死者母亲的手中（因为两位王位继承人是同父异母的兄弟）；在他的面前，王后剖开了凶手的胸膛，双手在凶手热乎乎的身体中摸到那颗心脏，挖出来扔在地上给狗吃了。

我们的克洛维斯国王也杀死了加纳克尔的三个奴仆，因为他们为国王背叛了自己的主人，但恰恰也是国王收买了他们干的这桩背叛主人的勾当。

同样，对一个没有任何才干的人来说，从一个沾着污点的行为中获得好处，又能够在事后放心地赋予它某种正当性以及正义性，这肯定是一件特别愉快的事情，就如同得到了一种正当的补偿以及平反。补充一句，他们把罪恶的执行者视为见证他们罪恶的人，他们处死他们，就是不想让其他人知晓他们会做这样的勾当，不让别人出来作证。

如果有人付给你报酬要你做这样的事，让处于危难之中的国家多一种极端的不顾一切地选择，那么在交代任务给你的人心中，你肯定是一位十恶不赦的应该被诅咒的人。他可能觉得自己不对，他把你看作叛徒，甚至比你要对付的人更加可恶，由于他通过你的双手触摸到了你邪恶的心，而且使你无法否认无法抗辩。他利用你去做这种事，完全好比叫一个声名狼藉的人去当刽子手，做一桩实际有效却很不光彩的事情。除了任务本身卑贱之外，还有是否出卖灵魂的问题。

塞让的女儿，由于她是处女，在罗马无法通过审判的形式被处以死刑。为了让法律能够实施，刽子手在绞死她之前就先强奸了她。这个刽子手的双手，以及他的灵魂，都成了公众利益的奴隶。

摩拉德一世为了严厉惩罚帮助他儿子叛乱的臣民，特别命令他们自己的亲属来执行他们的死刑。有些人宁愿被不公正地当成弑父罪的同犯，也不愿意执行法律来残杀自己的父兄。我认为这是非常受人尊敬的举动。

在我年轻的时候，发生过几起闯进民宅进行抢劫的案子。有几个无赖为保全自己的生命，竟然同意杀死自己的朋友以及同伙。我当时就认为他们的人格是比不上上绞刑架上的人的。

听说，立陶宛国王维托尔德曾经立法，规定死囚必须亲自动手执行极刑，由第三者——一个与罪行无关的人来亲自动手执行极刑，来做这么一件事。我认为是十分不可思议的事情。

如果发生紧急情况，发生突然而意料不到的麻烦，严重危害了国家的安全，使得国王无法实现原先的承诺，使他不能够光明正大地办事，或者不得不以某种方式偏离了平时的责任，那他应该把这种必要性归结为神的指示。这不是罪过，因为他放弃了平常的理性，采用了一种更一般更为有力的理性，这当然是非常不幸的事情。甚至有人问我："有别的办法吗?"我回答到："没有。假如国王真的必须在两个极端之中做出抉择（他一定要避免为发伪誓寻找借口），他就必须这么做。不过，如果他毫不遗憾，一点儿也不觉得痛苦，那就说明他的良心有很大问题了。"（西塞罗）

如果一位很有良心的国王，认为没有任何治疗需要使用如此苦的药，我也会同样地敬重他。但是，他的下场也不会更好，也不会值得宽恕。我们并不是全能的，不管怎么说，我们在最后关头经常需要把船只的安全交付给老天爷控制。国王还想等待更正义的事业吗？诚信和名誉或许比他个人甚至于老百姓的安危更加宝贵。如果做一些事情必须以此为代价，那还有什么不能够做的事情呢？当他交叉着双手，呼唤上帝帮助的时候，难道他不该希望仁慈的上帝不要拒绝向纯净和正义伸出他那神奇的支持的援手吗？

这些违背承诺和名誉的行为只是一些危险的例子，只有极少数违反自然法则的病态例外。我们应该让步，但是必须适度并且十分谨慎：任何一种私下的实利都不值得我们去违背良心，违背公众的实利。如果明显和重要，那又另当别论！

梯莫莱翁想起自己借兄弟之手而杀了暴君①，泣泪涟涟，而且及时地给自己解脱了罪责。但真正使他良心不安的，是他必须以相当于光明正大的品行这样的极大代价换来公众的实利。参议院本身的参与证明它摆脱了奴性，却不敢对这么严重的行为，对它的两个重要而对立的方面，做出果

① 指古希腊军事政治家梯莫莱翁，协助科林斯人诛死其暴君兄弟。

敢的决定。正当其时，西拉居湛人派人来了，要求科林斯人保护，要求他们任命一个首领帮助重建都城重树尊严，清除压迫西西里岛的暴君。参议院派梯莫莱翁去，他们使用全新的理由和声明：他们将按照他完成任务的情况好坏，做出有利于这个民族解放者的决定，或者惩处这个杀害兄弟的人。然而，这个例子和复杂事件的重要性反映出很大的危险性，而那个奇怪的决定正好从当中找到了一个借口。他们最好的做法就是避免做出判断，或者找到其他的理由，或者做其他的考虑。现在，应该说梯莫莱翁在这次行程中的表现很快使他的案子清楚了，他表现得十分高尚十分勇敢；他需要在这项崇高的任务之中克服重重的困难，随之而来的结果，仿佛只是诸神为了证明他的正确性，支持他而送来的礼物。那么，梯莫莱翁期盼达到的目的是可以被原谅的。如果为了某种实际利益确实可以原谅不法的手段。但是，增多国家收入的实利，在罗马参议院被用来作为通过不道德决策的借口（我以后会叙述这个决策），不足以使得他们犯下的不正当行为免受指责。某些城邦花费钱财，在得到参议院的指示和同意后，从希拉手中重新获得自由。这件事被送去进行复议，参议院判定他们一定要像以前那样缴纳人头税，并且拒绝返还那些用以赎回自由的钱。

内战往往造成这些不光彩的事例，我们惩罚老百姓，由于在我们更改主意以前，他们信任我们；就好像一位大法官判处一位有口难辩的人；就好像一个老师鞭打一个听话的学生，一个向导鞭打盲人！正义的形象是多么的可怕啊！

在哲学里有一些错误的并且无力的规则。几个强盗把你抓住，逼迫你保证缴纳一定数目的赎金就把你放了；一个正直而又善良的人逃离了强盗的魔掌就不再被承诺所约束。这种说法是不正确的，不是这么一回事。在害怕的时候做出决定，我在不再害怕的时候仍会坚持按当时的决定行事；害怕迫使我说了违背良心的话，我仍然坚持一分不少地缴纳我应允过要支付的钱。凡是跟我相关的事情，有时候我的言谈会远远地超出我的思想，出于良心里的考虑，我不会因此而否认自己曾经说过的话。如果我们不这么做，我们就会一步一步地剥夺别人因为我们的承诺和保证而应得的权利。“好像人们可以逼迫一个勇敢的人就范似的。”只有在一种状况下，由于私人利益的影响可以原谅说话不算数的情况：如果承诺的是一桩无耻的恶毒的事，因为道德的义务应该高于实践承诺的义务。

我从前认为埃帕米农达斯是杰出人物之首，到现在也不反悔。他关切个人的责任，认为它比一切都高。他从来都不杀害手下败将，即使事关为祖国争取自由这一崇高到无与伦比的事业，他也不会置正常的法律程序于不顾，乱杀一个暴君或同谋。无论一个多么好的公民，尽管他们身处敌营或者属于交战的另一方，但是如果不关照朋友以及曾经接待过自己的主人，他都会被认为是一个坏人。并且这是一个内心世界相当复杂的人：他把善以及人性，甚至是哲学学派中说得最微妙的人性，和人类最严酷最暴力的行为结合在一起。一颗如此伟大的心，如此充满勇气的心，如此坚忍不拔的对付苦难、死亡和贫穷的心，究竟是自然还是后天，竟然使它变得如此善良如此温情？他憎恨铁与血，但是靠着自己的力量，打击和摧毁一个不可战胜的民族；在这样激烈的战斗中，遇到朋友和曾经款待过自己的主人时竟然会掉转过头！的的确确，很严格地说是他在指挥战斗：在人人奋勇向前，疯狂和屠杀的烈火在胸中燃烧的时候，他使埃帕米农达斯感受到了仁慈的力量。在如此激烈的纷争中还能表现出正义，真的是了不起。唯有埃帕米农达斯才会有力量注入温暖情感、温和性格的亲和力和完美的纯洁。有的人对马迈尔丁人说，协议对不放下武器的人无效。有的人对罗马的护民官说，施行正义和战争是不可以混淆的两个阶段。还有的人说，刀光剑影使人无法听见法律的声音，可是他却听到了谦恭礼让和纯粹礼貌的语言。他的敌人在出征之前会有祭奉缪斯的习俗，祈祷温柔快乐的女神们减少战争的疯狂和残忍，也许他也学习了这种做法？

在这位伟大的先驱者之后，我们可以大胆地认为，对付敌人可以使用一些不正当的手段，公众利益不应该要求所有人做所有的事来反对个人利益。“请记得在公共纠纷中一样存在着个人利益的问题。”（李维）。“任何强权都不能允许违反友谊的法则。”（奥维德）

一个正直善良的人成为国王，为公共事业和法律服务，并不是什么事情都可以做的。“因为，部分义务不能够凌驾于整体义务之上。在他需要的时候仍然是孝敬父母的好公民……”（西塞罗）

这是个对我们这个时代有用的教训：我们不要使用利刃使我们的内心变得冷酷起来，使我们的肩膀硬起来就够了；我们的笔蘸墨水就行了，不要去蘸染鲜血。如果藐视友情、藐视个人的义务、藐视个人的承诺、藐视亲情等才能够算是胸怀伟大和品德杰出的表现，但是你又不愿意这么做的话，你只要想一想，在埃帕米农达斯的伟大胸怀中没有这种伟大的位置就可以了。

我讨厌另一个人言过其实地鼓励，只要刀枪在闪光，你们就不会被任何孝顺的场面所感动，即便你们的父兄站在你们的面前；用你们的大刀来改变这些可敬的面孔吧。（西塞罗）

揭露那些本性恶毒、嗜血和背信弃义的人提出的借口；抛弃违反常理及过分的正义，让我们坚持更加人性地效仿前人。时间和榜样的力量真是无穷无尽的啊！在反对西那的内战中，庞培的一个士兵在不了解情况的状况下杀死了隐藏在敌人队伍中的兄弟。他知道以后悔恨交加，立即自尽了。几年之后，在这个国家的另一场内战之中，一名士兵杀了他的兄弟，却请求长官授予他嘉奖。

我们很难以行动的效用来证明它是否光明正大和美，我们很难做出结论，说每一个人都一定要按照这个标准来行事，由于这个行动实际有用，因而它是正当的：并不是所有事情都同样地适用于任何一个人的。（西塞罗）

我们应该做人类社会最必须最有用的事情，这就是婚姻。然而，圣徒会议却觉得相反的道路更值得被尊敬，把人们最尊敬仰慕的职业排除在婚姻之外，就像指定最不看好的牲畜去配种一样。

2 论悔恨

别的作家教育人，我却描述人，并且经常讲述他们当中没有很好的受过教育的“这个人”的故事。假如我担任重新教育他的任务，那我一定会将他塑造成另外一种人。不过现在生米已经煮成了熟饭。我要描绘的这个形象虽然千变万化，但是却真实无误。这个世界只不过是一个不停运动着的秋千，所有的事物都在这其中动荡不安。广阔的大地，高加索悬崖，埃及金字塔，它们都无一例外。万物都在地球的动荡中按照各自的节律运动，同时它们本身也运动不止。就连我们所认为的恒定现象也只不过是一种微弱的运动罢了。我经常难以准确把握我的描绘对象。他犹如天生的醉汉在混沌中踉跄前行。我所关注的是此时此刻的他，令我感兴趣的不止这样的他。我不描写他静止的画面，而刻意写他变化发展的瞬间：并不是写从一个年龄段到另一个年龄段（如人们常说的从上一个七年到下一个七年）的发展变化，而是写他一天到另外一天、一分钟到另外一分钟的转变，一定要把我眼下讲述的故事与时间紧密衔接，因为不仅我的境遇会很快改变，我的意图也会变。这里笔录的各种各样的、变化发展着的事物，他们的思绪是飘忽不定的，有时候甚至会是相互抵触的；或者是由于我已变成了具有另外一种思绪的自我，或者是由于我把握描写对象的具体环境和评论人事的标准发生了改变。有时会出现自相矛盾的说法。可是对于事实——正如狄马德斯所说的那样，我是绝对不可能违反它的。如果我的思想能够相对的稳定下来，我就不会不停地上下求索了，要做的则是自我剖析；我的思想永远处在学习和尝试的状态。

请原谅我总是在说我很少后悔这句话，我的良心对自己比较满意，这里说的是作为人的一种良心上的自我意识。并不是作为天使或者是马匹的那么一种心理状态；同时我总是希望重复这样一层意识——并不是出于客套，而是一再表示一片诚心和实实在在的遵从——即我谈论某个问题的时候，心里也充满了疑问和无知，我的结论简单而又纯粹地包含在公众同样的并且又合乎情理的信仰之中。因此我绝不教训人，我只是叙述事实。

没有一个真正称得上罪恶的行为是不伤人、不被公正评论所谴责的；由于它的丑恶和可恨是路人皆知的，所以那些个觉得罪行产生于愚昧无知之中的人或许是有道理的。明知是罪恶而不憎恨它，实在难以想象。恶念往往带来自食恶果的结果，在自身的毒汁中被毒杀，而罪行在灵魂之中留下悔恨，这悔恨仿佛是肌肤上的一处溃疡，每时每刻都在溃烂着，流着血。是的，理智能够抚愈其他的忧愁和痛苦；但却产生了懊悔，懊悔比烦恼和痛苦更为深重，由于它来源于心灵的深处，就好比高烧中的病人感受到自己体内的冷和热比外界的冷和热更难受一样。我觉得，一切的罪行（每个人都有自己不同的衡量标准）不仅会受到理智以及人之天性的裁决，并且还会受到来自公众舆论的裁决，即便这种舆论是谬误，是缺乏根据的，但只要它能够得到法律和习俗的认可，受到它控告的罪行便成立。

同样，没有一种善行不让品行高尚的人感到欣慰。而且，行善者本人也会由于做了好事而有说不出的快慰感，一种高尚的自豪感会在问心无愧的心田之中油然而生。极度邪恶的灵魂也或许会自我感觉良好，但却永远体会不到那种怡然自得的满足感。一个人若能够自我断言没有受到败坏的时代风尚的影响，并能够自信满满地对自己说："无论是谁来审查我的言行，哪怕一直查到我的灵魂深处，也不会发现有什么可遭人指责的过错，我没有使任何人受害或者遭殃，也不存在任何的报复或者仇恨的心理，从没有触犯过法律，从不鼓吹鼎革或者挑起动乱，从来没有言行不一。即便是在当今世风日渐衰败、容忍甚至唆使人们无法无天的时刻，我也从未去侵占过人家的家产钱财，仅仅凭自己的劳动力养活自己。并且在战争时期就好比在和平时期一样，从不无偿地霸占其他人的劳动力。”那么，他便会享受到一种非同寻常的快乐，这种本能的欢乐也是对我们唯一不可或缺的报偿，它将会永远铭刻在人们的心中。

有人说，悔恨与罪孽紧紧相随，它似乎不适于已经在我们身上安家落户并武装到牙齿的罪孽。人们可以悔恨并改正在感情冲动或来不及防范的状况下所犯下的错误。但要和那些积重难返、并且扎根于顽固不化的人身上的罪恶作个彻底的决裂是很难做到的。悔过只是违背我们意愿的一种行为，那些想法和打算常常弄得我们晕头转向。当然，后悔也能够使人否认昔日的美德和优点：

> 我今日的思想为什么在儿童时代没有早早的形成？
> 为什么我不能再度感受年轻时的饱满情怀？
>
> ——贺拉斯

那种有条理的个人生活，自然是一种美妙的生活。每个人都可以当众演戏，在公众场合扮演正人君子；但是在一个人的内心深处，在他能够任性行事而又不被别人看见时，他始终严于律己，这才算是至高无上的人生。每一个人都能够在家庭生活和日常行为中间向这种至上的人生看齐，尽管人在家里不需要做作，也无须谨慎小心，更无需向别人汇报原因。比亚斯曾经特别描绘过他美好的家庭生活氛围：“一家之主在家里和社会上，慑于法律和人言，都会言行一致。”（尤利乌斯）。

德律絮斯曾经对工匠们说过一段特别精彩的话。工匠们对他说，他如果愿意付三千埃居，他们就给他把房子造在一个邻居们以后看不见的地方。他对工匠们说：“我愿意付给你们六千埃居，条件是要把房屋建造得让任何人从任何角度都能够将房屋里面看得清清楚楚。”

人们都带着崇敬的心情谈论阿热齐拉斯的习惯：他旅行时，总选择寄住在寺庙，目的是让百姓和众神把他的行为看得一目了然。这样的人在公众面前备受称赞，妻子和仆人却从他身上看不出任何显赫之处。世界上能够受到自己的仆人们称赞的人是极少的。

历史的经验告诉我们：谁都不会在自家还是本乡被视为先知。在一些小的事情上面也是这样。从下述这个一般的事例之中我们能够小中见大。在我的家乡加斯科涅，人们看见我写的书被刊印出版都会觉得很奇怪。离我家愈远我的名气愈大，声望愈高。我在吉耶纳出钱请印刷商给我印书，可是在外地，却是印刷商出钱来买我的书。正是基于这种特殊情况，所以有人在世时隐姓埋名，只为死后留名千古。我更加喜欢荣誉少一些。我投胎来到这个世界上是为了得到我应该得到的利益。那些哪怕是越过雷池一步的东西，我都弃之于不顾。

那些心灵邪恶的人在外界的鼓励下能做好事。同样，灵魂圣洁的人在某种特殊状况下，也能够做出坏事。所以评价一个人的优劣，应该在他处于正常状况或者是置身家中的状况下来对他做出判断，至少是在他们最接近平静和自然状态的时候去判断他。天生的性格倾向，能够经过后天的教育得以发展和加强；但是先天的性格倾向几乎难以得到彻底的改变或克服。我年轻时碰到的不少人都是通过与他们天性相悖的教育向良知或罪恶发展的：

于是，森林之中的猛兽一旦被关入牢笼中，
将日渐失去凶恶的本性并接受人类的驯养，
加入在它们的口中滴入些许的鲜血，
它们的野性和残暴的本性瞬间便会苏醒，
血腥味儿刺激得它们喉咙发胀，怒火中烧，
害怕的守兽人差一点儿丢了自己的性命。

——卢卡努斯

人们无法根除原始本性，只能掩盖它们，隐藏它们。拉丁文应该当作我的第一语言，我听起来觉得它比法语更加的熟悉。尽管我有四十年没有使用拉丁文说话和写作，但是在感情冲动的时候。那些从心底里面冒出来的前几句话总是拉丁文。上述情况在我的一生之中也只出现了两三次。其中有一次看到我身体健康的父亲因昏厥突然仰天跌倒时，我脱口就用拉丁文大声叫了起来。人的本性往往会一反常态，并在不知不觉之中表现出来。这个例子能够说明很多其他问题。

罪过有的因为冲动造成，有的因为急躁造成，还有的是突发性的，我们把它们放在一旁而不谈论它。然而另外的一些罪过是在内心之中多次权衡和盘算之后反复重犯的，可以说它们是由人的本性造成的，甚至是职业性以及经营性的罪过。这些罪过在一个人的心中留存了如此之久，怎么能够说它们没有得到理智和良心的承认和赞同呢？这种人自我吹嘘带来的悔恨，对于我来说，实在是难以想象、难以置信。

我不是毕达哥拉斯学派的信徒，不能够相信他们说的“人走近神的塑像领受神谕时，便获得了新的灵魂”。除非他们说的是另外的一层意思，就是人在领受神谕的时候，他的灵魂必须是新的，不同寻常的，是为此时此刻而特意准备的；而那个固有的灵魂因为不够纯净而不适合这个仪式。

至于我自己，我所希望的是从总体上成为另一个人；我经常抱怨自己的总体行为表现得不是很好，并且请求上帝对我进行彻底的改造，革除我与生俱来的软弱性。但是这种思绪好像不能够看作是后悔；同样的，哀叹自己生来不是神仙，不是加图，也不能够称之为后悔。我的行为十分规范，符合我的为人和地位。我已经竭尽全力。对于我力不能及的事情，我没有后悔和遗憾可言。我常常想，世界上高强于我的人不胜枚举，但是我不能够因此便要强求着想要改变自己的天资。同样我的四肢也不会因为想象一下人家的强健就变得更为强壮。加入想象和羡慕更为高贵的行为便能够产生对我们自己行为的追悔，那么我们对自己最无可指责的行为也能够产生愧疚和悔恨；因为我们明知一个比我们优秀的人的行为一定更完美而高尚，却情愿与之媲美。当我用年老时的目光来审视自己年轻时候的行为时，我总是给它们一种行为得体的评价，由于我当时已经尽力而为了。我在这里并不是自我夸耀：只要状况一如既往，我会努力照旧行事。这不是一个污点，而是我为人的基本色彩。我不知道什么是表面的、平庸的以及装出来的悔恨；我只知道在自己把它称为悔恨之前，它应该触动我的五脏六腑，使我的整个身心感到痛苦，犹如上帝在注视我。

任何决策的力量都寓于时间；由于世界上的一切事物和环境都处于永不停歇地运动和变化之中。福基翁曾经给雅典人出了一个主意，却未被采纳，而且事情朝着与他的意见相反的方向顺利发展着。于是有人向他发问道：“福基翁，你看，事情进展得这么顺利，你高兴吗？”他回答说：“我很高兴事情发展到这种地步，不过我并不后悔我当初提出了那样的忠告。”

当我的朋友们来征求我的建议的时候，我都是不加迟疑、明确而毫无保留地告诉他，并不像其他的人那样，闪烁其词，顾忌事情出现偏差，出现和自己的想法相反的状况，而招来朋友们的责怪；其实，我倒一点都不为此而担心。他们要责怪我，那是他们错了，由于我不能够拒绝为他们提供帮助。

在无论是以什么方式做成的所有的事情当中，我都没有留下什么遗憾。因为，只要想象它们也许本该如此，我就能远离烦恼了。过去了的事情已经消融于大千世界的万象之中，已经进入斯多葛主义的因果连环结里面；人的思想都不可能受愿望和想象的驱使，使其发生丝毫改变。无论是现在还是将来，万事万物的全部秩序都不会颠倒位置。

总之，我憎恨那种并非出自本意的、随年龄增长使他偶然做出来的后悔。有一位古人说，他感激消逝的岁月使他远离了情欲的困扰，我对这个看法持有异议；我永远不会感谢无能给我带来的那些所谓的好处。“上帝绝不会如此敌视自己的创造，以致把软弱无能列入最美好的事物”。我们的欲望在老年时期会变得淡薄一些，一种饱而不咽的情绪也会随之产生；不过我在这其中看不到任何人为的影子；这些是人到老年的时候所具有的忧愁感和无能境况为我们留下的软弱以及病态的痕迹。我们不应该任自己在自然体力整体衰退的情况下，让判断力也跟着如此蜕化。曾经，青春和快乐并没有阻止我们在喜悦中警醒罪孽的影像；而今，随着年龄的增长而出现的厌倦也不应当阻止我们在所谓的罪孽中看到对喜悦的需要。我现在虽然身处于情欲之外，但仍然同身处其中时一样地评价它。我专注而尽力地去摆脱自己的欲望时，却发现仍旧保留着自己最放荡时代的理智，即使随着年事增高自己这方面的能力还会衰弱或者减退。不过总的来说，我的理智既不容许我陷入影响身体健康的肉体享受之中，也不容许我陷入影响精神健康的消遣之中。当然，我并不由于理智已经退出了追求享乐的战斗，便认为它特别勇敢。我身上的情欲已经变得脆弱不堪，用不着理智去和它对抗，只需要用手一挡便可以将它们消弭。假如以我现在的理智去面对以往的欲望，我担心没有足够的力气去抗衡。我的理智除了自我的判断力之外，我还没有看到它有判断他物的能力，它也没有比过去更加显得条理清晰。因此，假如要恢复它的力量，那也只有可能是一种残缺的康复。

如果对我的聪明才智进行今昔的对比，我倒觉得它们还是大体相当的。但是过去它更有建树，更为风雅、活泼、乐观、自然；而现如今则趋向于呆滞，好抱怨人或者难以与人交往。我不打算对它进行不知道结果如何的痛苦改造。

我们的心灵需要上帝的触摸，我们的良知需要通过加强理智而不是削弱欲望来改善，而并不是采用压制欲望的办法达到目标。情欲本身既不是朴实无奇的，也不是黯然失色的。它不会在人们的模糊眼光之中改变自我。我们欣赏节欲是为了维护自身的贞洁，并出自对节制我们的上帝本身的遵从；假如我们因为患伤风和腹痛而节欲并且不行房事，那不能叫作克制和贞洁。另外，一个不知道情欲为何物，没有尝试过它的雅致境界、生命力量和迷人美感的人，就无法自夸能藐视和战胜情欲。我深切知道情欲是怎么一回事，所以我能够发这么一通议论。当然，随着人老了，我觉得我们自己身上的毛病和缺点也多了起来，相比年轻的时候更加令人感到厌烦。在我年轻、不被人重视的时候这么看；而现在，当我须发花白、遐迩闻名的时候也这么看。我们把性格孤僻、厌世称作“智慧”；其实，我看是始终没有逃出恶习的巢穴，只不过将恶习改头换面罢了，并且越来越向死胡同靠近。除了愚笨和早已过时的自负，令人讨厌的喋喋不休，动不动就大动肝火、大发雷霆，迷信并且难以与人相处，还有嗜钱如命、分文必究之外，还加上老年人比年轻时更多的嫉妒、不公正和恶意。年老给我们的心灵留下的皱纹要比脸上的多；世界上没有或者说很少有这样的人：在衰老来临的时候，他的身上没有散发出酸味或霉味。人的精神和肉体是一起兴衰的。

从苏格拉底的箴言和他做的几次判决来看，我敢说他并不是有意要和原告串通一气，而是由于他已经是一位七十多岁的老人了。昔日敏锐的思维走向了麻木与迟钝，惯常清醒的头脑也开始不怎么管用了。

在我熟悉的几个人那里，看到他们的风烛残年——是怎样的一幅景象啊！这是一种难以阻挡的疾病，它按照自己的规律使人难以感觉地向前发展着。人们应该给予高度的重视，认真地加以防范，尽力避免它给我们带来的缺失，至少能缓解这些不足的深化。我发觉，这种疾病忽视我的提防而一步步向我进攻。我竭尽全力顶住它的进攻，可是我很难想象它终归会把我逼向何方。不管怎样，只要人们知道我是从哪里倒下的，我便快乐无比了。

3 论三种交往

一个人不要过分强调自己的爱好和气质。我们的主要才能，在于我们懂得适应各式各样的事务。假如固守一种处事方式，一成不变，那只能是存在，并不是生活。最优秀的人是那些最善于应变和最灵活的人。

老卡东的例子能够证明，值得在这里提出："他的头脑特别灵活，能够接受、应对任何事务，不管做什么事情，好像天生就是做这种事情的材料。"

假如随我来塑造我自己，不管是什么方式，我绝不愿意锢死自己。生命是一种不均衡的、无规则的、多样式的运动。假如不停地重复自己，囿于某种癖性而无力改变或者不能够自拔，这样做并不是善待自己。更不要说是做自己的主人，反倒成了奴隶了。我现在说这些话，是由于我很难帮助自己摆脱思想上的束缚。我想问题总是沉湎其中，不能自拔，而且总是精神紧张和全身心地投入。无论人家谈的问题多么的琐碎，我都会有意放大并加以延展，直到能够充分发挥我的脑力。由于这个原因，只要脑子一有空闲，对我来说就是一桩苦事，并且影响到了我的健康。大部分人的头脑需要外来的物质才能活跃和运动起来；我的头脑只有这样才能够平静和得到休息，"游手好闲的缺点必须通过工作加以克服"（塞内克）。由于我的主要工作、需要耗费大量精力的工作是研究我自己。对我来说，读书可以使头脑暂时放下研究自我的工作。一旦想到什么问题。我的大脑就会活动起来。从各个方面来考察自己的力量，它摆正自己的位置，克制自己，强迫自己。它能够激发自己的才干。正如对待所有的人一样，大自然赋予它足够的、完全属于它并且可以使用的材料，还有足够的题材，供它创造并判断。

对于善于自我发掘和努力认识自己的人来说，沉思是一门深刻而丰富的学问：我更加愿意塑造我的思想，而不是填充它们。按照自己的精神与自己的思想交谈。不存在能力强弱的问题。伟人们就以此为业，"他们认为，生命就是思想"（西塞罗）。此外，大自然又助它一臂之力，赋予它这个特权：没有任何事情能够做得更加长久，没有任何行为能够使我们那么平常、容易地沉溺于其中。亚里士多德说："沉思是诸神做的事，因而才有了诸神和我们的真福。"通过阅读，给予了我各种分析的主题，与此同时也激发我的思考、发动我的判断能力，而不是我的记忆力。

因此，没有生气没有力量的谈话很少能够留住。的确，严肃和深沉，优雅和美丽相比较，它们同样地使我满足，同样地耗费我的时间。甚至有过之而无不及。在别的谈话中，我常常会昏昏欲睡，我常常会敷衍了事。对待平庸的无趣的言谈、纯粹的客套，我会做一些空洞无物的回答，或者说一些连小孩子都不愿意听的愚蠢可笑的话。或者一言不发，表现得更傻更没有礼貌。我有一种能够把自己封闭起来的沉思方式。而另一方面，我笨拙并且幼稚，对很多很寻常的东西都完全无知。说真的，由于这两个特点，人们可以编造出五六个关于我的故事，把我说成比任何人都傻的傻子。

我继续这个话题说下去。这种不近人情的天性使我在同人交往的时候显得特别挑剔（我会精心挑选交往的人），使我在日常的行为中显得无比笨拙。我们和老百姓生活在一起，与他们打交道。假如我们讨厌与他们交往，假如我们不屑去适应地位低微的普通人——他们常常和最敏锐的人同样地具有智慧（假如不适应普遍的无知，任何才智都是平庸的）——那么，我们就不要再去管自己的或别人的事了。处理公众事务和私人事务，都是和这些人在打交道，最轻松最自然的思想状态，也就是最美的状态。最好的工作，是我们最发自内心愿意去做的工作。上帝啊，请再帮一个忙吧，既然智慧让人的欲望适应他的能力，那么，请问还有没有更有用的学问了。"尽力而为"，是苏格拉底的口头禅，是他最喜欢说的一句话，特别有内涵的话。我们必须把欲望引导至最容易实现，最靠近我们的事情上面去。不要让它超出这个界限。从我这方面讲，假如我不和冥冥中安排的我去交往、我根本离不开的许多人协调一致，却非和一两个与我没有关系的人拴在一起，更加确切地说是扯上一种异想天开，根本无法达到的愿望。这不成了一种蠢笨的怪癖了吗？我的性情温和，不喜欢尖酸刻薄，所以比较容易避免仇与恨。从来没有人显示过如此有利的状况，我不是说受人爱戴，而是不受人仇恨。可是，我对人冷淡，很自然地使我失去了很多人的宠爱，他们从另外一些方面，从坏的方面解释我的态度，也是情有可原的。

我有很强的能力，可以得到和珍惜经过精挑细选的友谊，由于我渴求合我的口味的缘故。并且牢牢抓住不放，努力争取，我全身心地投入。很容易就沉浸在其中，在经过的地方留下我的痕迹。我常常有一些好的经验。在普通的友谊中，我多少缺乏热情，有一些冷漠。由于假如不是扯着满帆全速前进，我的行为举止总是不那么的自然：从青年时代开始，命运用一种唯一和完美的友情观来造就我，引发我的欲望，实际上也同时使我产生了对这种友谊关系的反感，在我的思想上打下了深刻的烙印，正如那位有名的古人所说的那样。认为友情是一种家居型动物，而不是群居型动物，除了这个事实以外，还应当说我天生难以做到半心半意地同人交往。不仅不赤诚待人，而且带着那种充满卑屈和疑惧的谨慎，这是在众多的存在着缺陷的友好往来中必须遵循的规则——在现在这个时代里更加突出，我们在谈论别人的时候，要么愿意冒危险，要么就是虚情假意。

然而，我清楚地看到如果大家都像我一样以生活质量（我说的是真正的质量）为目标的话，我们就应当同躲避瘟疫一样地躲避这些困难或者避免钻牛角尖。我特别欣赏有着多层次思想的人，他懂得张弛有道，随遇而安，能够和邻居谈论房子、打猎、官司，乐于同木匠和花匠交谈。我羡慕那些能够亲切对待最低下的仆人，能够与侍从建立良好关系的人。

补充一点，我不喜欢柏拉图的劝告，他说对待仆人应该永远使用命令式的语言。无论是对男仆还是对女仆，都不能够开玩笑、不能够亲近。除了我说过的理由之外，还由于过于重视命运授予的特权是不人道以及不公平的。接受主仆之间尽可能的平等，我认为这才算是最公道的社会。

有人努力地拔高和架起他们的思想。我却使它降低，让它更加贴近地面。一旦夸大，缺点也就来了。

你讲述埃阿克子孙和在特洛伊的战斗故事——但是，我们为开俄斯岛的一坛酒付出了多少代价啊。在哪位主人的家里，谁来烧水给我洗澡。在什么时候，我能够不像佩里涅人一样受冻，你却只字不提。（普鲁塔克）

因此，正如同拉塞德莫尼人的英勇需要节制一样，需要美妙柔和的笛声在战争中抚慰它，不要让它变得鲁莽和疯狂，而其他的民族则不同。通常使用尖锐和强大的锣鼓声以及呐喊声尽力地激发并提高士兵们的勇气。同样，我认为同常规相反，我们大部分人更需要铅坠，而不是翅膀，更需要冷静平淡，而不是热情和躁动。尤其是情愿装疯卖傻，也好过在一班不是内行的内行人中间充当内行，好过紧紧张张地“站在叉子尖上说话”。必须站低一点。和对方平起平坐。有的时候还要装作无知。把你的力量以及敏锐放在一旁，按照普通的习惯，拿出一般的本领出来就已经足够了。总之，如果他们要你趴着，那就趴着吧。

有学问的人常常在这个问题上受到挫折。他们总是摆开架子宣扬他们的学问，到处散播他们在书本上学到的东西。而现在，他们的言谈充斥了整个客厅以及贵妇们的耳朵。以至于就算她们抓不到精髓，起码也留下了皮毛。不管什么题材，也不管材料多么粗俗和大众化，她们都有新鲜的巧妙的说法和写法，这就是她们用来表达害怕，用来表达怒火、开心、忧愁以及各种内心秘密的语言。我还有什么可说的？她们在床上的话语也非常有学问。（郁文纳尔）

她们甚至引用柏拉图和圣托马的话，说一些谁都可以证明的事情。学问进不了她们的头脑，却留在了她们的嘴上。假如天生有才气的女人信任我的话，她们就能够满足于炫耀属于她们自己的财产，她们天生的财产。她们将自己的美丽遮盖起来，换上另外一种不属于她们的美。扼杀了自己的天生丽质，用矫饰的亮光来引人注目，这是极大的愚蠢。她们被埋没在人为的东西中了。“就好像从头到脚都是从化妆盒里出来的似的”（塞内克）。这是由于她们对于自己认识不够的缘故：世界上没有比她们更美的东西了，她们理应为艺术增光。让本来美丽的事物变得更加美丽。除去被爱被敬重，她们还要求什么吗？她们在这一方面拥有得太多了，了解得太清楚了。只要稍微激发和推动她们自身具有的能够力就行了。我看到她们努力学习修辞、法学、逻辑，以及许多她们根本不需要的毫无意义毫无用处的东西，我开始担忧建议她们如此做的男人们，是否利用这个借口来寻求控制她们的手段。你说说，我还能够有别的理由来解释吗？不要我们的帮助，她们已有足够的能力让美妙的眼神表现出欢喜、庄重和温柔，再加上时而断然的、迟疑的或者欲擒故纵的拒绝，只需要不把别人献殷勤的话语做过于深奥的解释就行，因为有这些学问，她们就可以挥舞指挥棒，对学派和大师们发号施令。假如由于有时在某个问题上略占下风而感觉烦恼，假如出于好奇希望涉猎书籍，诗歌是很适合她们打发时间的事物。就好像她们本身一样，这是一个轻松而细腻，经过装饰，能够朗朗上口的绚丽的艺术。她们也能够从历史中吸取各种乐趣。在哲学方面，她们可以在与人生有关的部分里大加发挥。能够学习怎样判断我们的性格和我们的处事方法，保护自己不被男性背叛，克制自己轻浮的欲望，调节自己行动的自由度，延长性命的乐趣，勇敢地接受情人的不忠，丈夫的粗野，岁月以及皱纹带来的烦恼，以及其他类似的事情。以上就是我尽最大的可能在理论上给予她们的劝告。

有一些天生的个人主义者，他们自闭，远离他人。善于交往、比较外向就是我的性格的主要：我的所有都表露无遗，生性喜爱结伴和重视友情。我所喜欢和主张的慎独，主要是为控制感情和思想，并不是约束和限制自己的步伐，而是为了控制情感和思想，约束和限制自己的欲望和烦恼，不去操心和自己无关的事情，宁愿死也不受束缚和强迫；我主要避开繁杂的事情，而不是复杂的人。说真的，从地域上讲的独处使我心胸开朗，令我视野开阔：我在一个人时，更关心国家大事以及社会。在卢浮宫中，在人群之中，我压抑自己，我夹着尾巴生活：人群将我推向我自己，只有在讲究尊重和谨慎的地方，我才能一反常态，放肆地目中无人地讲话。我不会嘲笑人们疯癫，只会嘲笑人们的智慧。我从天性上说并不讨厌宫廷里拥挤的景象；我甚至在其中度过了人生的一部分，同时我常常都愉快地参与大型聚会，只要不太频繁，和我的安排并无冲突。但是，我上面提到的判断上的问题使我别无选择地和孤独结下了不解之缘。甚而在自己家里。在这么多的家人中间，抑或在常常去的朋友家里都是这样。我在这些地点见的人很多。但是很少有能够与之促膝深谈的人；我在这些地点给自己也给别人保留了非常大的自由空间。人们在这儿不拘礼节。在这儿没有谁陪谁的问题，也没有送往迎来的习俗，人们免除了类似的许多礼节上的规矩；（啊，拘束和不合时宜的风俗啊！）每人都按自己的方式行事；只要他愿意，谁都能够发表自己的观点；我在这儿总是默默无语，思考着自己的事情，我的客人们并不会因此有被怠慢的感觉。

我寻求亲近的人交往，是那些被称之为“老实人”和“能人”的人：我对于那些人的想法令我远离另外一些人。按正确的解释，这是一种极为罕见，应当归功于本性的处事方式。与他们联系的原因，仅仅是为了亲近、来往和谈话：除了锻炼思维以外，得不到别的好处。我们相互交谈，并不在乎谈什么话题；我也不在乎话题的分量和深度：不过这些谈话不会缺乏优雅和显得不正确；所有的内容都留有判断成熟和坚定的印记，还有善良、直爽、快活和友谊。我们的思维不仅仅在继承替代的问题上，也在国王们的事业之中显示出美丽和力量，同时在私下的谈话中也是如此。我从他们的平静和微笑中能够认出比较适合我的人，也许与议事堂比较，我在餐桌上更加能够有所发现。伊波玛乔说得非常好，他能够从人们在街上走路的姿态认出优秀的格斗士。假如科学想加入我们的交谈，它是不会被我们拒绝的：并不是那种通常所说的权威的、专横的、不合时宜的科学，而是那些听话的服从的科学。我们的交谈只求打发时间；假如想受到教育和学习思维观点，我们会到它所在的殿堂。在此，只能委屈科学了，请它降低身份适应我们的水平，由于我已经有了一个先入为主的想法，就算是它有用和合乎要求，如果有必要，我们完全能够把它抛在一边，没有它我们同样能够达到目标。一个长得美丽，在人际交往之中得到过锻炼的人，通过本身就可以变得十分受人欢迎。艺术不是其他的东西，它是对于这些人所展现的品质的考查和记录。

和年轻美貌的值得尊敬的女子来往，对我来说也是一种温馨的经验："由于，我们也是一样，我们有一对内行的眼睛。"（西塞罗）假如心灵无法获得与他人接触的时候的那种快乐。更多地参加其中的感官却能够达到几乎相同程度的享受，即使按照我的想法，这是一个不一样的快乐。不过，我们对于这种交往一定要十分小心，尤其是像我这样易受肉体冲 动影响的人，在少年的时代有过惨痛的经验，曾经为之疯狂，按诗人们的说法。这就是丧失节制和判断，放任自身的人都会遇到的。确实，当时所受的鞭挞成了我以后的教训。自此，在加法雷海角侥幸生还的亚戈斯舰队的水手们，还没有到达优卑亚海就掉转船头走了。(奥维德)

把全部的精力都放在这种交往上，不加分析，全身心地疯狂投入，这是愚昧的行为。不过在另外一方面，假如没有爱，没有情感的牵连，就像演员扮演在这个年代司空见惯和习以为常的角色一样，并不是有意。这在事实上能够增加安全感，不过也是一种极其卑劣的做法，就好像一个人害怕承担风险而放弃荣誉，放弃利益，放弃快乐一样。能够肯定，建造这样的关系不可能希望得到任何符合和满足高贵心灵的好结果。需要有真实的愿望，争到你真正乐于享受的事物才行。也就是说，就算运气会毫无理由地帮助我说的那些人的爱情游戏，这是常有的事，但是事情就是这样，因为任何女人，无论命运多么嫌弃她，都觉得自己是值得被爱的，都希望通过年龄、微笑、举止来夸奖自己，由于绝对丑陋的女人不会比貌美如花的女人更多；没有其他优点的婆罗门女子会来到公共广场上，老百姓早已经正式聚集在那里。她们显露私处，想着单凭这个也应当找到丈夫了吧。

因此，任何一个女人第一次听到山盟海誓，都不可能轻而易举地相信对方真能成为她的奴仆了。但是，从现在的男人们非常普遍的背信弃义的做法，肯定会得出一个经验已经告诉我们的结果：女人们躲避我们，要么退缩，回归自我或者依靠同伴，要么学习我们的榜样，扮演爱情闹剧之中她们的那个角色，接受这一没有激情，没有趣味，没有情感的关系。“无论是来自于她还是其他人，所有激情都没法感染她了”（塔西陀）；她们认为，根据柏拉图书中莉西娅的建议，我们越是不爱她们，她们越是能够更有效地更加方便地为我们献身。

就像在演戏一样：观众和演员获得相同的，甚至更加大的快乐。

对我来说，我知道没有丘比特就没有维纳斯。同理，没有孩子就没有母亲，这在实质上是相互补充和互为依据的事情。所以，最终倒霉的人还是欺骗他人的人——他反倒不用付出多少代价，不过也无法获得任何有益的东西。把维纳斯奉为女神的人认为，她的美是一种内在的精神的美；不过，我所说的那些人找到的美却不是人类的美，亦不是动物的美。动物不需要那么粗野，那么俗气的美！我们见到，想象力和欲念常常先于肉体令他们兴奋和骚动；我们看到雄性和雌性在群体中按照自己的情感进行选择和剔除，互相达到非常诚挚的结合。甚而那些年老体衰的个体，也为情感而激动、吼叫和颤抖。我们看到它们在行动以前充满了期盼和热情，紧接着，当肉体大功告成以后，它们依然沉浸在甜蜜的回忆之中；我们还见到有些动物甚而引以为豪，高歌欢唱和胜利：疲劳和满足。一个只希望舒解身体的天然需求的人，不需做细致的准备工作，他不要别人也能够满足自己的需求：那些温柔体贴的做法无法解决严重和难以忍受的饥渴。

我不要求人们认为我比现实的我要好，因此，我要谈谈自己在年轻时代犯过的错误。不仅由于对于健康有害（我不是足够精明，无法逃避两种伤害，就算是轻微和短暂的伤害），并且由于我轻视在公共场所花钱的交易，因而对此非常冷淡；我愿意知难而进，通过欲望和荣誉感来刺激爱的愉悦，我喜爱蒂拜尔皇帝的做法，他在爱情关系之中既要顺从，又要高尚，也重视其他的品质；我还喜爱名妓弗劳拉任性的脾性，她只委身于独裁官、执政官、检察官，从情人的高官厚禄当中享受快乐。[①] 当然，珍珠和绫罗绸缎，也包含官阶和跟班，能够为情人提供某些东西。但是，我很重视精神——当然，身体必须是整件的一个部分。由于你在脑子里需要回答一个问题——假如两种美必须残缺其一，我会放弃精神的美丽：它应当用在更加重要的地方。说到爱情这个题目，一个主要关系到视觉和触觉的

---

① 据勃朗托姆《名妓传》。

题目，没有精神的优雅还可以做点事情，不过欠缺身体的优雅则将一事无成。美丽是女人的真正优势。美丽只属于女士们，而我们的男性美——虽然线条上有不同的要求，但是达到真正完美程度的男性美，总是表现在儿童和处男身上，并且和女性美混杂不清。听说，在土耳其皇帝的宫殿里有无数相貌出众的侍从，不到二十二岁就会被撵出皇宫了。

善于思考、冷静明智和忠于友情的责任，更多地落在了男人们的肩上：因此，他们管理世界的种种事务。

以上两种社会关系是偶然结成的，而且必须依赖他人。有一种由于少见而显得困难，另外一种则随着年龄增长而失去鲜艳：在这种状况下，它们都不能够完全满足我生活的需要。常常接触书籍，这是第三种社会关系，是更可靠，更加属于我们的一种关系。它并没有第一种社会关系的很多优点，不过它帮助你，长久而便利。这种形式的联系陪伴着我的一辈子，随时随地都在帮助着我。我衰老了，我感到孤独，它安慰我。无所事事让我痛苦不堪，它帮助我卸除这个重负。它每时每刻都帮助我摆脱无聊的应酬。即使它并不能够完全彻底地掌控我。起码能够帮我减轻突然的痛苦。为了转移某个纠缠不清的想法，我只能求助于书本：书本能够非常容易地吸引我，令我重新振作。但是，我只在无法找到其他更加实在、更加生动、更加自然的消遣时才去寻找它们，书本也不会因此而厌恶我；它们每次见到我总是一样地和蔼可亲。

俗话说，牵着马缰走，又富又康不用愁；我们亲爱的雅克，那不勒斯以及西西里的君王，潇洒、年轻、健康，出行时睡在棺材里让别人抬着走，头枕一个破旧的鹅毛枕头，身穿一件灰色的毡袍，头戴一顶同样质地的帽子，后面跟着长长的皇家卫队，轿子，手牵的各种马匹、贵族和官员，显露出一幅非常稚嫩和虚弱的庄严朴素的景观：手握良方的病人是没必要被同情的。我从书本得到的全部收获，均包含在对这个充满了真理的格言的经验以及实践中了。我像吝啬鬼享受财富一样享受书籍，因为我知道我随时都可以享受它，我的心感到满足，并且不想再占有其他的东西。不论在战争年代还是在和平年代，我外出旅行时总带着书。不过，我完全有可能好多天，甚而好几个月根本不需要它们。我在心中想："抑或等会儿，或者明天，或者等我开心时再读吧。"在这种时候，光阴似箭，稍纵即逝，我一样过得无忧无虑。由于，我休息得不知道有多好，并且我总是在想，它们就在我身旁，在我需要时就会给我快乐，我能够感觉到它们为了我的生命带来的巨大帮助。这是我在人生旅途中所找到的最大收获，我十分同情那些非常聪明却没有这种收获的人。我也可以很快地接受所有其他消磨时间的办法。无论它多么无聊。由于我知道读书的方法是不会离开我的。

在家里，我比较多地在书房里转来转去，从那里可以很方便地操纵家务。我处在房门口的上方，能够看见下面的园子、鸡棚、院子，和家里大多数的地方。我在那里的时候有时翻这本书，有时翻那本书，毫无次序，毫无目的，看一些相互间毫无关联的章节；我有时遐想，有时记一点东西，边散步，边口述在这本书中大家读到的我的思考。

我的书房位于塔楼的四层。二楼是我的祈祷室。三楼是卧室以及卫生间等等，我经常一个人在这儿过夜。卧室之上有一个非常大的专门放置衣服的房间。曾有一段时间，这是家中最没有用的地方。我在书房里度过了一天中的大部分时间，一生中的大部分日子。不过，我在夜里从不会去。在它身旁是一间非常高雅的工作室，冬天时能够生火取暖；还有一扇窗，光线特别柔和。假如不是嫌麻烦（嫌装修工程麻烦，开销还在其次），我肯定会在同样一层的两旁加一个长百步宽十二步的走廊——由于我发现所有的墙都非常高，在我需要的高度上能够作一些其他的用处。去任何角落都需要一个过道。如果我把自己的思想固定在一个地方，它们就可能睡大觉。假如我的双腿不会动，我的脑子也不会前进。没有书来读的人都是如此的。

我的书房是圆形的，除了桌子和椅子外，没有直线的线条。圆弧的曲线让我一目了然——能够看到四面安放在五格书架上的所有书籍。它三面对外，景色优美而一览无余，在直径之上有十六步左右的房间。冬季时，我在中间连续待的时间比较短。正如家族的名字所示，我的房子高踞于一个小山岗之上，同时，这一间书房却又是最招风的地方。我喜爱它是由于别人不容易上来，它的地理位置比较偏僻，也由于有利我做事，它令我远离喧嚷的人群。这就是我居住的地方。我试图尽可能地操控大局，令这个唯一的角落躲开夫妻、子女和世间的群体。在所有其他的地方，我仅仅有名义上的权威性：其实是不确定的。在我看来，谁在家里没有一个让自己属于自己的天地，能够躲藏的地方，他真是一个非常不幸的人了！野心需要为它的仆人们付出很高的代价，要让他们永远穿戴得光彩照人，就好像市场上的那个塑像："财富让你变成奴隶。"（塞内克）他们甚至连暂时藏身的厕所都没有，在宗教人士的严谨刻苦的生活之中，我从未如此严厉地评判在其中一个修会的见闻：他们的原则是无论做什么事情，永远地保持在一个地方。永远有许多人陪伴在身边。在某种程度上说，我认为永远独处，也比永远不能够独处要好。

假如有人对我说，把给诗人带来灵感的女子只当玩物来消遣，这是在侮辱她们，那么这人和我一样不明白快乐、娱乐和消遣的价值。我几乎想要说，所有别的目的都是讽刺的。我是做一天和尚就撞一天钟，而且恕我冒昧，我只为自己生活：这就是我已经打定的主意。年轻时，我为了卖弄学问而读书；之后，有些想变成为智慧而读书；直到现在，是为了闲适而学习：从来没有希望从中得利。现在我对这一类既无意义又要花钱的室内装饰物并无特殊爱好——它不仅仅满足了我的需要——并且另外有一个重要得多的因素，它能够覆盖和美化墙。这种喜好，我抛弃已久了。

对懂得挑选的人来说，书籍有许多令人愉快的优点；不过，没有付出，它们是不给我什么好处的；这并不是一种确定并且纯粹的乐趣，不比其余的乐趣更加确定和更加纯粹；它有它的不足的地方，并且非常沉重；精神在其中得到磨炼，但是，体格在这段时间里显得惰怠无力，它渐渐衰弱，慢慢憔悴，尽管我也没有忘掉照顾身体。在生命衰微的过程中，我不明白还有什么能够造成更加大的损害，还有什么更加需要避免的没有节制的行为。以上便是我特别钟爱的个人活动。我说的不包括那些出于礼貌应该为大家做的事。

4 论转移注意力

我曾经受人之托去安慰一位着实悲伤至极的夫人；而女性的忧伤大多是做作的，而且常常过甚其实：

> 女子随时准备好充分的泪水，
> 只等着她们心血来潮的时候的需要，
> 按照一定的形式往外流淌。
>
> ——尤维纳利斯

用安慰的办法来劝阻她们的悲伤并不妥当，由于这样做反倒会刺激她们，让她们陷入更加悲伤的境地；就如互相猜忌的争论会把事情弄糟一样。我们常常会看到这种状况，人们在无意之中说出的话假如遭到他人的反对，我们反而会激动地加以坚持，甚至死死咬住不放，但那句话的得失对于我们的利益就非同小可了。同时，这样行事甚至会给我们将要提上日程的工作造成一种不顺的开头。无论什么地方的医生，首次接待病人的时候，都应当亲切、轻松，令人感到愉悦；表情难看、满面愁容的医生绝不会马到成功。反之，医生一开始就应当帮助和从各方面照顾自己的病人，鼓舞他们倾诉病痛，并且表示某种理解和谅解。这种聪明的方法会令你获得对方的信任，方便你由此及彼地说明病情，同时在不知不觉的轻松氛围中，将话题引到治疗相关的深沉思考。

我那时主要想把一直关注着我的夫人的悲伤情绪分散一下。以使她的痛苦获得缓解。我的经验不足，无法说服她。我抑或把道理说得太过刺耳、太过枯燥，抑或说话的口气太过简单生硬、太过有气无力。在耐着性子地听了一会儿她的伤心诉说之后，我并没有想到要用生动有力的理论去抚平她的伤口，由于我缺乏这些道理，或者因为我更想换一种方式说服她；哲学上的各种医治痛苦的药方，我并没有采用，譬如克莱昂泰斯说的“人们不停抱怨的事情其实并不坏”，逍遥派所说的“这只是小事一桩”，克里西波斯所说的“喜欢抱怨的行为既不公平，也不值得称道”；我也没有借用与我的风格类似的伊壁鸠鲁的做法，将人的思想从让人烦恼的事物上引到令人开心的事物上来；我一直也未像西塞罗那样把上述克服哀怨的一大堆做法派上用场，见机行事；我是慢慢地将我们的话题一点点地岔开，先转移到相近的事物上，而后往远处展开，根据她对我所谈内容是否感兴趣的程度而定，所以我在不露声色的言谈中让她在不知不觉中脱离了悲伤，让她的情绪完全平静到和我一样的状态。我那时用的就是转移注意力的办法。在我后面去完成相同使命的人，发觉她的情绪没有任何的好转；这也可以理解，由于我并没有从根源上医治她的“病痛”。

我也许在其他地方略微提到过一些公开转移注意力的方法。军事上譬如伯里克利在伯罗奔尼撒战争中就用过此法，历史上用这种办法拒敌人于国门之外的例子更是不胜枚举。

……

还有一个故事说的也是如何转移注意力。传说阿塔朗特是个貌似天仙、聪敏过人的姑娘，为摆脱千百的求婚者的纠缠，她想到了一个令求婚者相互竞争的方法：就是在赛跑中谁和她跑得同样快，她就嫁给谁，而其他失败者都将命丧黄泉。不少追求者都认为值得去冒险，在为了这样残酷的爱的竞争中，冒着生命危险是非常值得的。名为伊波梅纳的青年是最后的一个参赛者，他向着主宰爱情的女神乞求帮助；爱神满足了他的祈祷，赐他三个金苹果并教他怎样使用。赛跑公开举行。每当伊波梅纳感到自己倾慕的姑娘就要赶上他时，他就让一个金苹果滚落在地上，就好像是不经意而做的。姑娘一下子就被金苹果的美妙吸引了过去，失策地转身去捡苹果：

> 年轻的姑娘惊叹不已，向往得到这金灿灿的苹果，
> 她转过身停下脚步，捡起在脚边滚落的金子。
>
> ——奥维德

就这样子，伊波梅纳瞅准时机，扔下了第二个、第三个苹果。最后，将姑娘引入歧途的办法奏效，他在赛跑中胜出了。

医生在无法治愈重伤风时，就把它引开，或者转移到身体另外不大致命的部位。我发觉这也是治疗人们心理疾病的最通用的办法。“有的时候甚至应当把病人的注意力移到其他目标上，让他关心其他的事情，挂念其他的事情，参与其余的活动；犹如久治不愈的病人，往往该在病痛的注意力被转移后才开始治疗。”人们极少直接向病痛区下手，既不任由它原封不动，也不强制遏制它，而是对着它进行转移性的医疗。

还有一种训导十分高深，它适用于那些优秀人物，要求他们直面事物，加以思索，做出判断。这只有那些一流的人物才可能做得到：譬如仅仅只有伟大的苏格拉底才能够将死亡和一种平凡的面容联系到一起，视死亡为人生的归宿，并不把它放在心上。他根本不愿在别的方面获得慰藉；死亡对于他来说是非常自然、没必要大惊小怪的事；所以他能够正视死亡的来临，坚定不移，目不旁视。但赫格西亚斯的信徒们在他的那一些激动人心的精妙演说鼓舞下，绝食而亡，导致国王托勒米一世必须下令禁止他继续做这种误导人命的演讲。他们没有正视死亡本身，没有对死亡做出判断，他们的思维不在于此，他们匆忙间与人生道别，是想去寻找一种新的存在。人们还看见过一些被送上断头台的可怜人儿，他们将要死亡，仍旧虔诚至极，竭力调动自己的五官功能：双耳听到别人对他的教训，双目看着天国，双手伸向天空，口里不断地祷告，激动的表情显而易见。这一切

都是和处境一致的，值得赞美的。人们应当从宗教的角度对他们给予褒扬，但是论勇气，却不值得称道。他们是在逃避斗争，在死亡之前绕道走，就好像医生在给小孩动手术之前先将他们逗乐一样。自然，我见到一些人偶然低头看见他们周围令人不寒而栗的刑具时，吓得满身冰凉，立马惊悸地看着别的地方。这就像那些要越过可怕的悬崖的人，老是让人给她蒙上眼睛抑或两眼望着别处。

尼禄下命令处死弗拉维乌斯，由尼日实行，下令者以及执行者都是军事将领。而当弗拉维乌斯被押到刑场的时候，他看到尼日命人为他挖好的土坑零乱不整，就把头转向在场的士兵说："怎么连这土坑都挖得不符合军规的要求。"他同时对命令他把头摆好的尼日说："但愿你砍头的时候也能够砍得正！"他估摸得很准确，因为尼日手臂颤抖，几刀下去才把头砍下来。这位视死如归的弗拉维乌斯，才能真正算得上是敢于直面现实的人。

武器在握却在混战中丧命的人，注意力根本不在死上，他对死既无感觉也无所顾忌，由于当时的战斗激情已经完全地将他控制。我认得一位上流社会之中的有教养的人，在一次斗争中碰到障碍物摔倒了，被对手揍了九到十拳，观者喊声阵阵，让他注意凭良心对付敌手。他之后对我说，他尽管听到了那些叫喊声，但是丝毫没对他产生作用，他一心想的是脱离敌人，之后为自己报仇。最后，在这场格斗中，他杀死了对手。

有人正色对 L. 西拉尼斯说道，他将被处以极刑，那人获得的回答是："我早已做好了死去的准备，但是不能死在罪恶之人手中。"对方一听就火冒三丈，带着士兵向他冲过去，想用武力征服他；他没有武器，全凭借拳脚抵挡，最后在搏斗之中将那人打死：一股旋风般愤怒的情绪驱散了他埋藏已久的注定死亡的悲哀。

我们老是考虑死亡之外的事：抑或希冀一种更加美好的生活，抑或期望我们的子女活得更有价值，抑或盼着名垂青史，抑或想着绕过人生的苦难，抑或希望向置我们于死地的人复仇；就是没有想到过死亡。

假如公平的神灵能够做出决定，
我盼望你一定要历尽人生的千难万险。
不断地喊着狄多的名字……
我在阴曹地府一定将倾听你的祈祷誓言。

——维吉尔

色诺芬头戴花冠正在进行祭奠时，有人来向他禀报，说他的儿子格里吕斯在芒蒂内战争中牺牲了。他获得噩耗后的第一个情绪反应就是将头冠扔在地上；不过之后，但是随后听说儿子英勇战死，他捡起花冠重新戴在头上。

伊壁鸠鲁也有过相似的情感。他在生命的最后关头，想起自己的著作将留传于后世而且有益于他人，他也就感觉心有慰藉了。"伴随着荣耀和名望的一切艰辛都变得可以忍受。"色诺芬说，一个将军和一个士兵，他们对于同一种伤势和同一种艰险的承受能够力是各不相同的。伊巴密浓达其得知胜券在握，更为轻松地接受了死亡的事实。"这是对于最大痛苦的最好的补偿和慰藉。"还有其他的境况也能够慰藉我们的心灵，将我们的注意力从死亡这件事情上引向别处。

即便是哲学观点也避免直接涉及话题，只是轻描淡写地触动表面。在其他的学派之上的第一位哲学学派的创始人——伟大的芝诺在谈到死亡的时候曾经说："世界上没有什么痛苦是光彩的；不过死亡是光彩的，因此死亡不属于痛苦。"他在谈到酗酒时曾经说："谁都不会把自己的秘密告诉醉鬼，而是告知智者，因此智者不会成为酒鬼。"这些想法算是抓住了事情的要害吗？我盼望看到这些一言九鼎的思想家在评论人事的时候，能够关注我们人类共同的话题。不管他们多么完美，也要扎扎实实做普通百姓。

复仇是一种刻骨铭心同时天然合理的美好感情；就算我还没有亲身经历过，我也很理解这一种情感。最近，我希望使一位亲王放弃他的报仇念头。我并没有去告诉他，有人打了你的左颊，你该以慈悲为怀，送上你的右颊；我也没有朝他援引诗歌中述说的复仇引起众多惨剧的事例。我将报仇的事置于一边不提及，很有兴趣地将另外一种相反的情景的美好之处述说给他听，请他评价：人们的真诚、宽厚能为他赢得宽宏大量和与人为善的品德；我让他放弃了报仇的强烈愿望。请看，这就是我的办法。

哲人们都这么说，如果你的情欲太强烈，请把它分散到别处去。他们说得很有道理，我曾多次这样有效地尝试。将情欲分解成多种其他的欲望，假如你愿意如此的话，还能够让其中的一种处在主导和支配地位；但是为了不让它残酷地虐待并掌控你，还是要用转移的办法克制它，削弱它：

当强烈的欲望搅得你六神无主的时候……

——佩尔西乌斯

请立刻将聚积体内的液体排出。

——卢克莱修

并且要尽快进行，省得你被这种欲念俘虏，受到折磨，
假如你没有新的创伤去化解老的伤口。
假如你不能够趁它们还是新鲜伤口时。
把它们交给一位美女去治疗。

——卢克莱修

我曾经有过一次沉重的不幸，它给了我很大的打击。如果按我的气质来说，“重大”还不足够形容“不幸”的程度；假如仅仅依靠一己之力。我可能会在那次不幸当中一蹶不振。那时需要一种非常强烈的情感来化解我的忧伤，于是我施计假装陷入情网——当然年轻气盛也帮了我的大忙。爱情减缓了我的痛苦，并且让我从失去挚友的悲哀中脱离出来。处理其他方面的事情也情同此理：当我被一个不快的念头所纠缠，我觉得去改变它比驾驭它的效果更好；假如我不能够利用一种相反的想法去代替它，至少我能够用一种有别于它的念头去顶替它的位置。变换一种思考总是能够减轻、排解和去除心中的苦恼的。即便不能战胜它，我也可以躲避它，在回避它的同时，我用谋略调开它；我能够改变地点，从事其他的活动，和别的伙伴往来，在别的消遣和思念当中得到自救，以便抹去忧伤的踪迹，让它将我彻底抛弃。

为了转移有关他的流言蜚语，阿尔西比亚德将他那只漂亮狗的耳朵和尾巴割掉，并且把狗赶到广场当中去，让它成为人们啰唆的主题，就让自己的其他的活动能够在清静的环境当中顺利进行。我也见到一些妇人为了转移人家的闲话和猜测，引开他们的视线，有的女人用假装的风流去掩饰她们真实的艳情。我倒是真的见过这么一个人，她在做戏当中弄假成真，抛弃了先前的恋人，对假情人动了真情；她之后对我说，那些觉得自己的爱情稳妥可靠而容忍这种情场做戏的人真的是愚蠢之徒。要明白，公开的接待与情感的交谈特许给了那一个效劳者，假如他最终没有将你取而代

之，他就谈不上是个高手，真的仅仅配在情场上为你跑龙套了。这就是典型的帮他人做嫁衣裳。

区区小事足以转移我们的视线，抓住我们的心。我们有的时候根本不考虑事物自身和它的全局状况；左右我们的经常是那些表面的现象以及细枝末节的情形，还有那些与主题刚好擦边儿的鸡毛蒜皮之类的小事情：

就像蝉在夏季蜕下的纤细的皮。

——卢克莱修

普鲁塔克对女儿的怀念是从她儿时耍的小聪明引起的。回忆起一次的告别、一个动作、一份特别的恩宠、一句最终的叮嘱，我们都会非常悲痛。恺撒血染的长袍曾经震撼整个罗马，这就是他的死都不曾引发过的反响。我们耳边常常回响着对一些名称的呼唤，比如“我那可怜的主子!”或者是“我真挚的朋友!”“唉！我亲爱的爸爸!”或是“我的好闺女!”等，这些令人伤感的重弹老调一经推敲，便可发现这纯粹是口头呻吟。常常有这样的状况。我被别人说话的时候的字眼和语气所伤害，而并不是掂掇出或者是深入体会到其言谈的真正内涵（就好像布道者的动听的语调比他说的道理更能够感动听众，也好像供我们食用的牲畜被宰杀的时候的哀鸣会令我们心惊胆战一样）：

受到这些声音的刺激，悲痛便会油然而生。

——卢卡努斯

这就是我们的痛苦产生的原因。

我顽固的胆结石症，尤其是在膀胱部位的病痛使我三四天无法排尿，这真是置人于死地的苦痛，就好像死在眼前，无论怎样也无法逃避。我甚至希望早日结束生命，由于这种病况带来的苦痛太折磨人了。啊，那位把膀胱和病痛联系起来，阻止你无法小便，将你逼近绝境的仁慈君主真是一位精通杀人绝技的大师！所以我想到：我对于生命的难以抛弃是由多么微不足道的因素支撑着的；我对死亡的难以承受是由多么细小的理由抗拒着的；在生死这样的重大人生话题上，我们竟然让一些丝毫没有意义的想法占据着阵地。一条狗，一匹马，一本书，一个杯子——我都想到了，都应当是有其价值的。而对于其他人，他们看重的是勃勃的雄心，富有的财富，还有了不得的知识；然而这一切，在我眼中并不特别重要。当我把死亡从总体上看作生命的终结时，我的态度是无所谓的，而且全盘接受；而每当我从具体细节上看待死亡时，我就有被人侵略之感。仆人的泪水，遗物的分配，一只熟悉的手的抚摸，一句平常的安慰话，都会令我心潮起伏和非常感动。

昆体利安曾经说起他看到过一些演员，如此投入他们所扮演的悲剧角色，以至于回到住地还在为了剧中人的命运悲伤；他说他自己也有过相似的状况：为了激起别人心中的某些情感，也会不由自主陷入悲哀，不仅泪流满面，脸色苍白，形态举止完全被悲伤左右。

在我国的山区，妇女常常充当提问者和答问人的双面角色。每当她们的丈夫离开人世间以后，她们一边当众列举丈夫生前各种讨人喜欢的优点，以强化自己对丈夫的想念情感，同时又顺势当众数落他们的种种不是，仿佛为了取得心理平衡，以谴责他们来转移自己的怜悯之心，她们这样做比我们优雅真挚得多。我们这些人，只要得到某个人西去的消息，便迫不及待地给他加上很多新的、言不由衷的赞美话；夸奖再也见不到的故人和我们往常所熟悉的那个人判若两人，仿佛那一番怀念之情具有某种教育效果似的；或者认为泪水可以洗涤人的理智，使它变得更加清醒。但是我从现在就宣布，假如人们在将来的某一天，不是因为我的人品配得上、而是因为我死了便给我一大堆溢美之词，那我都会加以拒绝。

多少次，我们让那些虚无缥缈的东西气昏了头脑，心烦意乱；我们的心灵和肉体被某些荒谬的激情扰得扭曲走样！……人们是否应该扪心自问：在大千世界里，除了我们人类之外，还有什么东西是依附于虚无并受其调遣的呢？

冈比西斯因为梦见他的兄弟将成为波斯国王而将他处死；而这个弟弟是他一直很疼爱、很信任的人！美塞尼亚国王亚里斯托德缪斯听见他的爱犬发出了奇怪的叫声，不知道什么意思，自认为是不祥之兆，因此自杀。米达斯[③]也是这样做的，为了一个不快乐的梦境而心绪不宁，忧伤悲痛。假如一个人因为一场梦而抛弃自己的生命，那这个人没有看到自己生命的真正价值。

当然，我们也听过，我们的思想是如何战胜肉体的软弱和痛苦的，它是如何地在一切伤害和扭曲中进行针锋相对的战斗的；它要面对一切病痛和折磨；它完全有资格来谈论这些！

> 啊，可怜的泥人，普罗米修斯事先捏好了你的泥身！
> 他创作自己的作品时不够慎重！
> 一心创造肉体，忽略了你的灵魂，
> 他本该从塑造灵魂作为他的创作工作的开始。
>
> ——普罗佩提乌斯

5 论维吉尔的诗歌

随着有益的思想的不断充实和牢固，思维会变得愈来愈集中，愈来愈沉重。犯罪、死亡、贫穷、疾病是一些重大而又让人痛苦的事情，必须具有一副既知道如何承受和战胜这些灾难，又知道如何享受生活、坚持信念的心灵才能直面它们，还要提醒心灵精心研究、严加训练才能对付它们，但对一个平凡人而言，则只能轻松而有节制地去思考这些问题，假如太过紧张，心灵便会慌乱无序。

我年轻的时候，需要别人的提醒和激励才能履行好自己的职责；因为听过年轻人活泼的性情和充满活力的身体不适合做公务方面严肃而富含哲理的思考。现在我则处于另外一种心态。人至迟暮，身体的限制给我提出太多的警告和劝告，使我愈来愈清醒和理性。精力过分充沛过后我跌入了过分拘谨而艰难的境地。所以现在我有心让自己稍微放纵些，有时任精神在年轻人的调皮思想中游荡，使它得到休息。从今往后我只能是太沉着，太稳重，太成熟。岁月每天都在教育我要冷静，要自制。我这衰老的躯体恐怕要及时避免越轨之举。现在轮到身体来改造精神，统治精神了，而且所用方式更加粗暴，更加专横。无论我是睡着还是醒着，它无时无刻不在提醒我考虑死亡、忍耐和节制。现在我阻止自己一味节制，一如过去阻止自己一味追求快感。因为节制总是拖我的后腿，甚至使我到了麻木不仁的地步。而对于我，从各种意义上来讲，要做自己的主人。明智也会过头，也需要像狂热一样加以节制。为了不让自己枯竭，不让自己更加谨小慎微，“不让灵魂总被肉体的疼痛缠绕，”我常在疼痛留给我的间隙中，缓缓地把目光从我面前那乌云密布、孕育着暴风雨的天空移开：谢天谢地，我毫无畏惧地注视着这片天空，但却并非毫不费力，不作探究。我兴趣盎然地徜徉在对逝去的年华的回忆中。

心灵渴求那逝去的东西，
整个沉浸在过往的情境，

——佩特罗尼乌斯

青年朝前看，老年朝后看，这不就是雅尼斯的两张面孔的寓意吗？年华可以强迫我老去，但是我却要时光倒流！只要我的眼睛还能认出那过往的美好青春，我就要不时地加以回首眺望。虽然青春已从我的血液和血管中逃离，但最起码我不愿意把它的形象从我的回忆中抹去。

能享受逝去的岁月，
等于再活了一次。

——马提亚尔

柏拉图要求老年人们观看年轻人做操、跳舞和游戏，以便从年轻人身上再次享受自己的肉体已失去的灵活和健美，在回忆中重温那个花样年华给他们带来的种种风采和优越。同时他还要求老年人们把胜利的荣誉颁给最能让他们中的大多数享受愉快和欢乐的人。

我发现过去我常把那些痛苦、暗淡的日子当作特别的日子记下来，但它们很快便成了我的平凡日子；而那些美好的、清新的日子倒成了不平凡的日子。假如哪一天没有任何事让我悲伤，我便会像得到一次恩宠似地受宠若惊。现在即使我自己胳肢自己，也无法在这个衰老的躯体上引出可怜的笑声了。我只能在幻想和梦境中取悦自己，用计策转移衰老的忧烦。当然，我还应该寻求梦境之外的良药，即使那是对抗自然规律的一种人为的无力斗争。延长衰老的种种不适或让它们提早到来，是最愚蠢的行为，但我和每个人一样，宁愿延年益寿，不愿未老先衰。哪怕遇到最微不足道的愉悦自己的机会，我都紧紧地抓住。我虽然听说有几种既谨慎正派又使人产生强烈快意的愉悦方式，但是传言对我的作用不大，不足以引起我多大的兴趣，我并不在乎娱乐方式的崇高、壮观、盛大，反倒更加喜欢它们温馨、简单、唾手可得。“我们远离大自然而投身于人群之中，但人言从来不是个好向导。”

我的哲学存在于行动，存在于本能和现实的习惯，并不在幻想之中。即使我喜欢玩榛子和陀螺，那又怎样！

为了拯救江山社稷，他不把茶余饭后的闲话放心上！

——恩尼乌斯

快乐是一种不存有野心的优点，无须增加名声的价值，就已经够丰富了，而且它更器重默默无闻。一个年轻人若是把兴趣放在甄选美酒和调料的味道上，便该挨打：过去我最不精通此道，也最不屑于学此道。然而如今我也在学了。我为此而感到十分惭愧，但是有什么办法呢？促使我投入此道的原因更让我羞愧和恼怒：现在该我们老年人幻想和闲逛了，而年轻人则要去追逐名利和成功。年轻人正走向社会，走向名誉，而老年人已经是过来人。

“让年轻人去玩击剑、骑马、标枪、狼牙棒、网球、游泳和跑步吧，把众多游戏中他们弃之不要的骰子和骨牌游戏留给我们老年人。”自然规律把我们赶进室内。由于年龄已高，体虚又多病，我只能给自己找些玩物和消遣的工具，就像对待孩子一样，难怪人们说老人重新变成了孩子。明智和疯狂要竭尽全力轮流提供它们的服务，才能支撑我、激励我度过多灾多难的晚年：

在理智中加入些许的疯狂。

——贺拉斯

同样，我也在尝试躲避痛苦的轻微刺激，以前只会伤害到我表皮的事，如今甚至可能刺穿我的心灵，尽管我已毫无怨言地开始让自己的脾性适应各种伤害！但“任何轻微的打击都会令脆弱的身体难以承受。”

受伤的心灵难以经受任何打击。

——奥维德

我从来是个对侮辱特别敏感的人，如今变得更加脆弱，但同时却又不设防。

有裂缝的东西在最微小的撞击下也可能破碎。

——奥维德

我的理智阻止我对抗并埋怨自然条件迫使我承受的不适，但却无法阻止我去感受这些麻烦。我愿意走遍世界每个角落去寻找一个地方，在那儿过一年充满趣味、充满快乐的恬静生活，因为我的人生目标就是要惬意舒畅地生活。那种沉闷、麻木的安静，我并不缺乏。但是这样的生活使我昏昏欲睡，我对此十分反感。假如有某个人或有兴趣的一群人，无论他们是在乡村或是在城市，无论是在法国还是在其他国家，无论他们喜欢深居简出，还是喜欢云游四方，只要我的兴趣与他们相投，他们的性格爱好也适合我，那么他们只需要在手中打个呼哨，我一定会上前去与他们汇合。

既然思想得天独厚，能够使老年人重振精神，我希望它可以充分显示这一特征，如果它可以，就让它长叶、开花吧，就像栋树上的槲寄生。但就怕它会背叛我，因为它与肉体兄弟般紧密相连，每次在我需要时抛弃我而跟随肉体。我尽心尽力去呵护我的身体，尝试着去战胜它，但都是枉然的。我试着把它从它与肉体的紧密联系中解脱出来，并向它展示塞涅卡和卡图鲁斯，美女和宫廷舞蹈，然而这一切全是白费工夫；它的同伴如果严重腹泻，它似乎同病相怜，也患上腹泻。连它所特有的活动也不能激发起它的精神，它显得迟钝呆滞，像个冻僵的人，是啊，没有放松活泼的肉体，就没有放松活泼的精神所在。

我们的前辈对这个问题的理解有欠缺之处，因为他们在探讨思绪高度亢奋的原因时，仅仅把它归因于神力、爱情、奋战、诗作或酒力，而未给健康的体魄——热情奔放、生机盎然、精力旺盛、充满自由的体魄，正像青春和静谧曾赐予我的那种健康的体魄——一个应得的地位，他们未免失之偏颇。热血沸腾使思绪清晰、透明、闪闪发光，思想的火花超出我们日常的思维，使我们处于激情洋溢、灵感勃发的最佳状态。而健康状况不好则会使我们精神萎靡、呆板，产生相反的效果，这是毫不奇怪的。

精神不振作起来做点事情，却与肉体一同萎靡。

我在老年的精神比一般人更加萎靡，而它还要我为此对它感恩戴德！至少在我们有喘息机会的时候，让我们把烦恼和纠葛从我们与他人的交往中驱逐出去：

“趁着自己还有能力，老年人要舒展愁眉；”“用戏言谑语变悲伤为轻松欢快。”我喜欢一种活泼朴实的理智，躲避粗暴生硬的方式，面对任何可憎的面孔都无信赖感：

> 愤怒的面孔阴森可怕。
>
> ——布加南

> 道貌岸然的人中不缺乏放荡淫邪之辈。
>
> ——马提亚尔

柏拉图说性格随和或怪癖是人性善恶的反照，我对此话心悦诚服。苏格拉底的脸始终如一，总是欢快的，微笑着的；老克拉苏的脸同样始终如一，从来不笑。

品行应是让人喜欢、让人愉快的品质。

我知道在那些对我放肆的文字表示不满的人当中，很少有人对这些文字表达的思想大加责难。我符合了他们内心的勇气，却冒犯了他们的眼睛。

仅仅肤浅地抓住柏拉图文章的只言片语，而绝口不提他和费东、狄翁、斯特拉、阿盖纳萨之间的往来，好一种合乎逻辑的做法！“不要羞于说出我们敢于想的事。”

我憎恶那种成天一脸愁容、轻易发火的人，他们对生活中的快乐视而不见，却死死抓住生活中的痛苦，从哀叹痛苦中得到满足，好似苍蝇，在洁净平滑的事物上待不住，只能依附在凹凸不平的地方；又好似吸血虫，专找不干净的血吮吸。

同时，我要求自己，敢做的事就要敢说，不能公之于众的事便不要去想。我最糟糕的行为和想法也没丑恶到不可告人的地步。每个人在忏悔中都持谨慎态度，在行动中也应该有同样的态度！然而犯错的胆量丝毫不受忏悔时的胆量的牵制。谁假如要求自己说出所做的一切，他就会要求自己不做任何不得不保守秘密的事。希望我的直白大胆能引导人们超越源自自身弱点的那种怯弱而又具有腐蚀性的品性，走向自由；但愿我这种无节制的做法能够引导人们进入理智的境界！理应正视自己的弱点，研究它，为的是批评它。向别人隐瞒自己的弱点的人，一般也不敢把它向自己坦白。假如这些缺点被暴露了，就以为是自己没有掩饰好；这种人对自己的良心文过饰非。"为什么人不愿承认自己的弱点呢？那是因为他依然是自身弱点的奴隶。人们只是在醒了以后才讲述自己做过的梦。"机体的毛病愈多愈明显。我们发觉自以为是感冒或韧带扭伤的毛病原来是痛风。而思想的病越是加重便越变得糊涂。病得愈重的人愈是感觉不到自己的病。所以要经常用无情的手将它们暴露在阳光之下，把它们打开来，把它们从我们的心底挖掘出来。无论是好事还是坏事，只要坦言表白有时就会弥补过失。难道有什么过错，因其丑陋我们就可以不坦诚地说出来吗？

我无法忍受作假，以至于避免保守人家的秘密，因为我没有勇气否认我知道的事情。我知道的事情我可以不说，但要予以否认，我必定会左右为难，很痛苦。保守秘密是出自本能的而不是强求的行为。为效忠君主而必须严守秘密，这并非难事，假如不要求我与此同时还说谎的话。有个人曾求教于米勒的塔勒斯，是否应该若无其事地否认自己有过猥亵行为。假如那人来问我，我会告诉他不该去否认，因为在我看来撒谎比放荡本身还要糟糕。塔勒斯给他的却完全是相反的劝告，劝他发誓没干，说得越少就越保险。当然，塔勒斯的劝告并非要那个人选择恶行，不过这样会导致恶行的再犯。

对这个问题顺便说一句，面对一个严肃认真的人提出用艰苦的方式去抵消恶习，那么这一定很容易成交；但假如逼迫这个正直的人在这两种罪恶之间做出选择，那就叫他进退两难，十分为难了；从前曾有人给奥利金介绍了个无耻的埃塞俄比亚贵族，然后向他提出两个条件：要么像供奉上帝一样供奉这个人，要么给此人当肉体上的玩物。他接受了第一个条件，但是被人确定为错误的选择。因此当今那些自称宁愿为勾引过十个男人而良心不安也不愿意为误了一台弥撒而良心受谴责的女人，按她们的过失平心而论，也许不算是格调不高的人了。

虽然向世人宣布自己的过失不够谨慎，但无须担心这些事会成为榜样而被后人效仿，或成为惯例被后人遵循。因为亚里斯通说过，人最怕的风是能够吹走他们蔽体之物的风。所以还得找到那块愚蠢的遮蔽世风的破布。有人把自己的良知送进了窑子，却摆出正人君子的嘴脸。连背信弃义者和杀人犯也赞成冠冕堂皇的法律，声称遵守法律是他们的义务。无论如何，总不该由不公正来控诉不文明，也不该由狡黠来责怪鲁莽。遗憾的是坏人并一定是傻瓜，端庄体面掩饰了他的邪恶。然而这些光鲜的饰物本该镶嵌在光洁无瑕的白色墙壁上，这样的墙壁才值得去保养或粉刷。

胡格诺分子曾指责我们的忏悔在私下里进行，并且只能耳闻，鉴于此，我严肃认真毫无保留地向世人吐露真言。圣徒奥古斯丁、奥利金和伊波克拉特曾公布过他们语言中的过错；我呢，还公布我道德品行中的错误。我如饥似渴地希望别人了解我，了解多少并不重要，只要是真实的了解；或者，更加确切些，我不渴求什么，只是非常担心被那些可能知道我的名字的人张冠李戴，将我看成另一个人。

那些追逐功名和荣誉的人，为了避免公众了解他的真实身份，戴着面具面对公众，究竟想得到什么呢？称赞一个驼背说他身材好，他会认为这是侮辱。假如你是个胆小鬼，而人们夸赞你骁勇善战，难道人家说的是你吗？人家把你当成另一个人了。某人见别人对他频频敬礼便喜不自禁，事实上是因为人家把他这个最无足轻重的人当成一群人的首领了。马其顿国王阿盖拉于斯走过一条街道的时候，有人向他身上泼水，目击者都说国王应该惩罚那人。他说："是的，不过，他并没有把水倒在我身上，而是倒在他认为我应该是的那个人身上。"某人提醒苏格拉底有人在诽谤他，苏格拉底回答说："他并没有诋毁我，在我身上丝毫不存在他所诋毁的那些东西。"拿我来说，谁若夸赞我是个优秀的船只驾驶员，夸赞我很谦虚，或很洁身自爱，我是不可能领他的情、向他道谢的。同样，谁如果骂我背信弃义，是小偷或醉鬼，我也不会自认为遭到冒犯。那些缺乏自知之明的人才会被虚假的夸赞所陶醉。我不会，因为我看得清自己，我钻研自己直到最深处，我明白什么属于我，什么不属于我。我宁可少受些褒赞，只要世人能够正确地认识我。人们可能注意到我的睿智而把我看作圣贤，但我也许恰好认为那是愚蠢。

我感觉烦恼的是，我的《随笔》对贵妇人们来说不过是一种家居摆设，或者是客厅摆设；但是这一章可能把我引进她们的卧室。我喜欢和她们作较亲密的个别交往，因为公众是无好意也无趣味的。当我们告别准备抛弃的东西时，却会异常调动我们对它们的激情。我现在正向社交圈的游戏作永远的告别。这是我与它们的最后拥抱。但是还是回到我们的主题吧。

生殖行为如此自然，如此必要，如此合理，但它到底对人类做了什么，让人们不敢坦然谈论它，并把它逐出严肃、正经的话题呢？我们可以大胆地说“杀戮”“偷窃”“叛变”，为什么遇到“生殖”这个词，就只敢在齿缝里含糊其辞呢？是否意味着从我们嘴里越是少说出这个词，就越有权利在思想里扩大它的位置呢？

因为有趣的是，那些用得最少、写得最少的词倒是人们最为熟知、最广泛了解的词。无论哪个年龄段的人，也无论处在哪种风俗习惯的人，没人不知道这个词，就像没有人不知道面包。它印刻在每个人的心中，只是未被用声音和形象表达出来。更为有趣的是，这种行为被我们保护在沉默中，无论是谴责它还是审判它，只要把它从中拉出来就变成了一种罪过。另一方面我们也只敢以近义词或绘画的方式来诟病它。一个罪犯十恶不赦到法官不愿碰他也不愿看见他的程度，这反倒是对他很大的恩惠；惩治的严厉反而使他自由了，获救了。书籍的情况不也是这样吗？当它们被当局禁发，反变得更加为家喻户晓，更加畅销了。至于我，我要引用亚里士多德的一句话，他说，给年轻人当装饰品，而给老年人当指责词是羞耻的。

以下这些诗词常常在古代哲学学派中传诵（我信奉古代哲学学派远多于信奉现代哲学学派，因为在我看来，前者优点多，缺点很少）：

是你，女神，一手支配着创造万物，
没有你，神圣的天边将无生机，
没有你，便没有愉快和欢乐。

——卢克莱修

我不知道是谁挑拨了帕拉斯、缪斯与维纳斯之间的关系，致使他们冷落了维纳斯。但是我认为，她们应该是最能相处融洽，最能相得益彰的几位女神。缪斯若没有了爱的遐想，便不可能有动听的谈吐，她们的作品也失去了最高尚的素材；爱神若失去了与诗神的亲密无间，就夺走了她最为优良的武器而使她变得软弱无力；然而人们把和蔼、善良等种种美德堆在上帝身上，却把忘恩负义、不识好歹的弱点加在保护人类和正义的女神身上。

我与爱神之间的关系中断时间还不算太长，还没有长到让我忘记这位女神的威力和举足轻重：

> 我能辨认出曾经的爱情之火留下的痕迹。
>
> ——维吉尔

在我身上还残留着一点激情过后的激动和温暖，在我身上还留有狂热过后的激动和热情。

> 但愿在生命的冬季，我也能永葆这股激情。
>
> ——勒塞贡

无论我变得如何干枯和沉重，我依然感觉到一丝昔日激情的余温：

> 就像爱琴海，当朔风或南风
> 将它翻腾颠簸后已停止吹刮，
> 它在暴风过后不能立刻平静，
> 依然波浪滔天，涛声喧天。
>
> ——塔斯

但是，据我所知，据我判断，这位女神在诗歌描述的画面中所体现的神力和价值要比它本身具有的神力和价值更强大，更具活力：

> 这就是所谓的诗歌有神奇的手指。
>
> ——于维那尔

诗歌向我们表现的爱意，不知为什么，比爱情本身更动人。裸体的维纳斯不及维吉尔在下面这些诗句中描绘得那样美丽、热情、娇喘吁吁：

她不再说话，看他犹豫不决，
女神将雪白的手臂环住他的脖颈，
用温柔的亲吻激发起他的勇气，
伏尔甘立刻恢复了平日火热的激情，
一股熟悉的暖流暖透他的骨骼，
传遍他软瘫的身体。于是，雷鸣电闪处，
一道火光划破天际，穿过被照亮的云彩……
说完这些话，他给维纳斯最热烈的亲吻，
然后，他枕着妻子的酥乳，享受甜美的睡梦。

——维吉尔

在这些诗句中，我认为需要思考的是，诗人把一个已婚的维纳斯描写得太过狂热。婚姻是一种理智的交易，在婚姻里，爱欲已不那么癫狂，而是较为深沉，也有所减弱。爱情不喜欢把它维系在不属于它的关系中，建立并维系在其他名义如婚姻关系中的爱情，它就变得没精打采，因为在婚姻中，联姻、财产的分量与风韵、容貌同等重要，甚至更加重要。无论人们口头怎么讲，事实上人们不是为了自己结婚，而主要是为了传宗接代，为家族而结婚。婚姻的实惠和利益关系到家族，远远超出本人。所以，我认为这事由第三者来操办比自己亲自操办更加好，按照别人的意思办比按自己的意思办更加合适。这一切与爱情的逻辑真是大相径庭！所以，就像我在别处说过，把爱情关系中的放肆、荒唐运用到神圣可敬的婚姻关系中，完全是一种乱伦行为。亚里士多德说，抚摸你的妻子时应当小心、庄重，以免猥亵的抚摸激起的性欲使她冲出理性的轨道。医生按照明智的说法，从健康的角度忠告大家：过分热烈、过分追求快感、过分频繁的性欲会损害精子的质量，阻碍受孕；他们还说，为了给萎靡不振的两性关系——夫妻间的两性关系常常是这样——注入正当的有利于生育的热力，就应当遵循物以稀为贵的原则，间隔较长时间，这样的话：

她将贪婪地抓住维纳斯的馈赠，
让自己深深陷入其中。

——维吉尔

依我所见，婚姻一旦进入以相貌和情欲为标准的境地就会失败，或者出问题。婚姻的基础应当更加牢固、更加久远，并且在上面行走需要谨慎小心。热血沸腾、肆无忌惮之举对你毫无益处。

有些人赞赏婚姻，因为婚姻和爱情紧密相连，我觉得，他们的做法与那些为要抬高德行的身价便认为高贵身份就是美德的人毫无不同。婚姻与爱情，德行与高贵之间有某种类似，但却有许多不同；无须把它们的名字和称号混为一谈，混在一起对两者都不好。出身高贵是一种优点，把它列入考虑的因素是正确的；但这种优点取决于他人，并且可能降落在一个品质恶劣、毫无能力的人身上，因此它远不如品德那样受到尊重。如果要说它是一种美德，那么它就是一种人为的、表面的美德；它取决于时间和命运，并随地域的转变而更换形式；它有活力，但并不是不朽；它来自出身，像尼罗河那样有源有头；它属于整个家族谱系，所以为某些人所共有；它有连续性，又有相似性；它重要，又不是很重要。博学、健壮、善良、美貌、财富等等长处都可以进入人们的交往，而高贵的出身却只能自己享用，对别人毫无用处。有人给国王推荐两名想得到同一职位的人，请国王挑选，一个是贵族，另一个则不是。国王下令，不要管贵族与否，要选最有能力的人；但假如两人在能力方面旗鼓相当，就必须尊重贵族身份，这就是所谓的名正言顺。一位陌生青年向安提戈诺斯要求，接替他父亲生前的职位，这位父亲很有才华，刚刚去世。安提戈诺斯回答道："朋友，在赐予这种恩赐时，我要看下面的人是否勇敢，而不看他们是否出身于贵族家庭。"

确实，不该像斯巴达国王的官员们那样做，把号手、乐师、厨师等职位都留给他们的孩子来担任，就算他们对这些职业一窍不通，也在精通这些行业的人的前面被录取。卡里居特的贵族被认为处于众人之上的一类人，不允许结婚，不允许从事其他职业，只允许在军队供职。他们可以随心所欲地找姘妇，姘妇们也可随其所好有多个情人，却不会在他们之间引起任何妒忌，但是倘若他们与贵族以外的任何女人姘居，就犯了无可饶恕的死罪。若走在路上时被平头老百姓碰了一下，他们便认为自己的身体被弄脏，贵族身份也受到极大的损害，所以那些仅仅因为过于靠近他们的人都一律格杀勿论，以至于贱民们走路时必须发出喊声，如同威尼斯小舟的船夫在河道拐弯处必须叫喊，以免与其他船只撞到一样，贵族们也命令贱民们闪到一边去，以免遭受在他们看来会跟随终身的耻辱，同时贱民们则可避免一死。所有平民百姓，无论他奋斗了多久，无论他受到过国王的什么恩惠，无论他担任什么职务，无论他具备什么德行，也无论他拥有多少家产，都永远无法跻身于贵族行列，不同身份之间的人不得通婚的习俗加深了人们之间的这种隔阂，例如鞋匠的女儿无法嫁给木匠；父母有义务培养自己的孩子继承父辈的职业，并且只能是父辈的职业，而不能是别的职业。职业和社会地位就按照这样的方式代代相传，保持不变。

如果世上真的存在良好的婚姻，那么这种婚姻拒绝接受终身以爱情相伴，并以此为生。婚姻是一种温馨的共同的生活，充满忠诚、信任，以及无数相互间的有利而实际的帮助和责任。“任何一个女人一旦品尝了这种婚姻的滋味，任何女人一旦让婚姻之烛将她和所爱的男人结合在一起，”就不再愿意处在丈夫的情人和伴侣的地位，当她作为妻子占据了那个男人的心，那么她的地位是体面的，稳定的。假如她的丈夫为别的女人动了情，向别的女人大献殷勤，但当时有人问他，在他的妻子和情人之间，他不怕谁丢脸，谁的不幸更加会让他伤心，他更加愿意谁得到更加多的荣华富贵，那么处在稳固婚姻里的这个男人的回答应该毋庸置疑。美好的婚姻那么少见，正说明它的珍贵，它的价值。倘若好好保护，好好对待，婚姻实在是这个社会最好的基本单位。我们缺少了它不行，但是我们又贬低它、糟蹋它。就像鸟笼一样：笼子外面的鸟儿想进进不去，同样处于尴尬境地的笼中之鸟拼命出却出不来。苏格拉底被问到娶妻或不娶妻哪个更加合适时，他回答说：“无论娶妻或不娶妻，总是会后悔的。”这种看法变成了一种俗套，与其相对应的还有所谓的“人之为人，不是上帝便是豺狼”的说法。要缔造美好的婚姻，需要汇聚很多美好的品质。当今世界，婚姻更加适合于那些头脑简单者和平民百姓，因为游手好闲、无所事事和好奇心还没有把他们的婚姻搅乱。像我一样生性放荡，又厌恶所有形式的羁绊和义务，是不适合结婚的：

> 颈上没有这具枷锁，我会过得更加快乐。
>
> ——加吕斯

就我个人的选择而言，即便她聪明智慧过人，想要跟我过，我也不想娶她。但是说也枉然，我们无法和社会生活的规矩和习俗相抗衡。我的大多数行为皆出于效仿，而非出于选择。所以，结婚，也并非我真正出自自己的意愿，是家人牵着我的鼻子干的，而且是被迫于一些特殊的客观形势。不光是令人憎恶的事可以变得令人接受，即便是丑陋、堕落、令人厌恶的东西也无一不在情势多变的情况下予以接受，因为人的处境太无力了。我当时心理上的毫无准备和情绪上的敌对情绪肯定甚于体验过婚姻后的今天。但是，尽管别人认为我是个放荡不羁的人，事实上，我对婚姻法规的遵循比我原先承诺的和人们希望的要更加严格。既然让人套上了枷锁，想反抗就太迟了。要小心保护自己的自由，而一旦屈从于责任，就必须坚持共同义务的各种规定，至少要尽量做到。有些人做了婚姻交易，然后又怀着仇恨和藐视对待它，这种做法是不公平的，不恰当的；同样，我看到在妻子们之间传送的精彩规则被她们奉若神的意志：

侍奉丈夫就像侍奉主人，提防丈夫就像提防叛徒，（意思是说：你应该怀着一种被迫的、敌视的、戒备的敬意对待丈夫）也是带有侮辱性的、难以被夫君接受的，它不啻是一种挑衅的做法、准备开战的做法。我的性格过于柔弱，对付不了这些充满挑衅的用心。说实话，我还没狡猾和玩世不恭到分不清公正和不公正的田地，也不至于鄙视所有不合我的心意的秩序和规则。我不会因为厌恶迷信而马上走到反对宗教信仰的极端。即便不能始终如一地履行义务，至少应该热爱并承认这些义务。结成婚姻而又不身心相许，就是一种诈骗。让我们再进一步深谈这个话题。

我们的诗人（维吉尔）描述的是一种协调一致、门当户对的婚姻，但是缺乏男女之间的忠诚。或许作家想说，屈从于爱情的力量，与此同时又保留对婚姻的某种义务，这并非是不可能的事；又或是想表达我们可以伤害婚姻却又不让它完全破碎，犹如仆人想从主人那里捞好处但是并不恨主人的道理是一样的。由于美貌的吸引、缘分和命运的撮合。无可否认，命运有时确实也插上一手，有诗曰：

> 衣物遮蔽下的器官自有其天数，
> 假如命运之神抛弃了你，
> 你纵然有奇长的阳具也无用。
>
> ——尤维纳利斯

一个女人爱上了一个外人，但是她并没有彻底死心，因为她和丈夫还保持着一定的关系。爱情与婚姻是两个目标，各有其不同的线路，没法融合。一个女人可能委身于某个男人但又绝不肯嫁给他，并不是因为社会地位，而是因为这个男人本身的品质和为人。绝少有男人娶了原来的女友而不后悔的。甚至在神的世界里也不例外。朱庇特与他原先爱恋和占有的女人结成了多么糟糕的一对夫妻啊！这就是俗话所说：往篮子里拉大便然后扣在自己头上。

我年轻时在有些地方见过有人用婚姻来忘却爱情，这是不光彩的、懦弱的行为；婚姻和爱情的内涵太不一样了。我们在不反感的情况下可以爱两种完全不同甚至相互对立的东西。伊索克拉底说，雅典城让人赏心悦目，就像男人出于爱恋而追求的一位贵妇人；每个人都喜欢来这儿散步，消遣时光，但是没有一个人爱她是为了娶她，也就是说，在这里扎根和定居。我气愤地看到，有些丈夫憎恨他们的妻子仅仅因为他们自己的不忠；其实，我们不应该因为自己的错误而减少对妻子的爱，最起码，出于后悔和同情，我们也应该认为她们更加可贵和可亲。

伊索克拉底还说，爱情和婚姻的目的不同，但是可以在某种方式下包容。婚姻的优势在于它的物质性、合法性、体面性和稳固性，它赋予的快乐是平实的，但却更加无所不包。爱情仅仅建立在心心相悦的基础上，它赋予的欢乐确实更加销魂、更加强烈、更加刻骨铭心，而且因为难于上手而变得更加炽热。爱情需要刺激和锤炼，没有箭和火的爱情不成其为爱情。婚后的女人赋予得太慷慨，以至于夫妻间的情感和欲望消磨得迟钝了。为了避免这消极的方面，请看里库古斯和柏拉图是如何呕心沥血地制定相关法律的。

女人们拒绝接受社会上执行的各项法律并不是完全没有道理，因为这都是男人们在没有她们参与的情况下制定的。她们和我们之间当然存在着明争暗斗。就像男女间最密切的默契——婚姻，也是多变数、多风波的。依维吉尔之见，在这一方面上，我们对待她们欠缺考虑：我们已经知道，她们爱的能力和热情程度无可比拟地高于我们，古代那个有时是男人，有时是女人的神父[①]就证明了这一点。

> 他明白男性的爱，也明白女性的爱。

---

① 指提瑞西阿斯，希腊神话中底比斯盲人占卜者。

——奥维德

另外，我们从过去不同时代的一位罗马将领和一位皇后——两位臭名昭著的淫荡大师——在这方面的行为得到证明（他一晚上曾使十名被他掳来的萨尔马特少女失去童贞；而她呢，一夜竟然曾二十五次与男人交欢，按照自己的需要和兴趣改变伙伴）。

就像张开的蚌壳，快意而热情，
交欢后的她疲倦地离开，却并未餍足。

——尤维纳利斯

还有一个说明问题的夫妻不和的故事发生在加泰罗尼亚：妻子抱怨丈夫的需求过于频繁，依我看，并不完全由于她对此感到厌烦（我只信任宗教信仰方面的奇迹），而是她想借作为婚姻根本的夫妻性行为来削减和制约丈夫对妻子的权力，也为了表明妻子的怨恨和恶意已经超出婚床，而且已经不把维纳斯的赏赐和爱的欢乐放在眼里。对妻子的诉讼，丈夫——一个十足粗鲁和变态的男人——是这样回答的，他说，即便在守斋禁欲日，他也不能少于十次。仲裁法庭经过深思熟虑的讨论，发布了阿拉贡王后的著名决定。这位尊敬的王后，为了给后人提供一个正常婚姻应该有的节制和谦恭的准绳与规范，规定：合法而必需的界限为每天六次。这个数字对女性的需要和欲望来说是大大减少、相去甚远的，王后认为，这是为了建立一种方便执行的，并且也是永远不变的法律规范。可是大夫们惊讶了：既然女人们的理智、智慧和贤德都以这个次数为基准，由此可见她们的欲望该有多么强！再看对男人欲望的估计，司法学派的代表人物索隆把夫妻间的亲热定为每月三次。我们在相信并且宣扬了这些观点以后，竟然要求她们克制这种天生的性欲，这等同于要她们忍受极端的痛苦。

没有什么情感比性欲更急切的了，而我们要求她们独自抵抗这种欲望，而且并不是作为一般的弱点，而是作为一种比不信仰宗教和弑父之罪更加令人憎恨、令人诅咒的罪恶去抵抗。而我们却可以在此时不算过失也未加指责地去为所欲为。我们中有些人曾经尝试去战胜它，但是他们承认，就算有药品的帮助，要平服、削减、冷却肉体的欲望是多么困难，甚至不可能。相反，我们却要求我们的妻子健健康康，充满活力，精力旺盛，营养良好又洁身自好，既要她们充满热情，又要她们冷若冰霜；要知道，既然我们认为婚姻的职责是阻止她们的欲火燃烧，那么根据社会习俗，这种婚姻是很难解除她们的欲火的。如果她们嫁给了一个精力充沛的男人，这名男子却会把自己的活力用到其他地方，并且以此为荣：

你如果不知羞，我们去法院；
我花高价买下了你的阳具，
它不再属于你，它已卖给了我。

——马提亚尔

哲学家波莱蒙被妻子合情合理地告上法庭，因为他把本该用来传宗接代的种子总是习以为常地撒播在贫瘠的荒地上。假如女人嫁的是老而无用者，那么她们的处境还不如处女和寡妇。我们本来以为她们补给充足，因为身边有一个男人（就像罗马人认为贞女克洛蒂雅·莱塔一定被玷污了，由于卡里古拉近过她的身，尽管后来事实证明他仅仅只是近过她的身而已），而事情正好相反，身边的男人反而增进了她们的需求，因为，男人——无论是怎样的男人——的陪同和接触，唤醒了她们的欲望，而在独处的时候这欲望要平静安分得多。就是出于这份考虑，波兰王子莱博斯拉斯和他的妻子金姬达成同盟，发愿在新婚之夜同眠共枕时为贞节献身，尽管莱博斯拉斯拥有丈夫的种种方便。

在女人幼年起，我们就培养她们熟悉爱情：她们在举手投足、装扮、知识、谈吐方面受的训练，甚至全部教育都以此为目的。她们的家庭教师所做的事就是在她们脑中留下爱情的印象，哪怕反复描述直至让她们感到厌倦。我的女儿（我仅有这一个孩子）已经到了一定的年龄，在这个年龄段，早熟的女孩已经可以合法结婚。但是她开窍得晚，又长得柔柔弱弱，同时一直被她母亲养在深闺，母亲用自己的方式教育她，她不与其他女孩接触，这些造就了她独特的气质，所以她只能算得上才开始褪掉孩童的稚嫩。有一天她在我面前朗读一本法文书，念道 fouteau[①] 这个字，这是一种

① 因与一个脏字读音相近。

众所周知的树的名字，她的家庭女教师却立即严厉地阻止她读下去，让她跳过这个不体面的段落，我在一旁未加干预，免得破坏她们的规矩，因为她的教育从来没让我不放心过。女人的教育自有其神秘的方式，应该由她们去。但是如果我不是瞎说，即便在六个月里，有二十个男仆天天围着她转，这个词语的可恶发音，对这一发音的理解、运用和它可能引起的一切联想也不会在这孩子的思想里留下任何印迹，而这位尊敬的老妇人的呵斥和阻止反而会适得其反。

已届婚龄的童贞女，
喜学爱奥尼亚舞，
直跳得精疲而且力尽。
当她还在稚嫩的幼年，
已练习放荡的爱情。

——贺拉斯

即便不提女人们的那些繁文缛节，让她们谈天说地，我们和她们相比——在爱情这门学问里，也不过是孩子而已。你如果向她们描绘男人求爱的方法和言辞，她们会让你明白，你讲的这所有的一切，她们早已经无师自通。难道真的像柏拉图说的那样，女人前世是放浪形骸的少年？一天，我在一个地方偶然听到了她们之间不加回避的一些谈话。我真想说：上帝啊！在这种时候还读《阿玛迪》的词句和薄伽丘、阿雷蒂诺的故事集，想做乖巧的人，我们真的是把时间用在了该用的地方！她们了解的爱情言辞、例子、方式没有一样不比书里写的还要出彩。这是生来就融化在她们血液中的一门学问：

维纳斯亲自启发了她们。

——维吉尔

融合了天性、年轻、健康的身体，就好像最好的老师，还在不断往她们的心灵当中灌输这门学问；她们甚至根本不需要学习，这门学问就是她们自创的。

一个雪白的鸽子，喙儿频繁地轻啄伙伴，就像情意绵绵的女人，采集贪婪的亲吻。

——卡图鲁斯

如果不拿出畏惧和名誉感对她们天生强烈的欲望稍微加以控制，我们的名声就会扫地。世界的全部活动归纳为男欢女爱：它是无处不在的主题，是所有事情的中心。我们到现在还能看到古老而睿智的罗马留下的为爱情服务的药方，还有苏格拉底教训烟花女的规诫。

零落在美人丝绸垫子上的小册子，
经常是斯多葛哲学家们的杰作。

——贺拉斯

芝诺在他制定的法律中包含了惩处奸污妇女的条款。再说，哲学家斯特拉同的著作《论肉体的结合》是什么含义呢？特奥弗拉斯特在一本名为《情人》，另一本名为《论爱情》的书里论述的又是什么呢？亚里斯蒂普在他那本《论古代的享乐》这本书里说了些什么？柏拉图的作品中对他那个时代的胆大妄为的爱情所做的广泛且生动的描述基于何种目的？还有德梅特里乌斯·法雷鲁斯的《论恋人》，埃哈克里代斯·彭蒂尼斯的《克里尼亚斯》或《违心的情人》，达蒂斯泰纳的《论生养儿女》或《论蜜月》以及另一本《论主人》或《论情人》，达里斯通的《论爱情活动》，克莱昂特的《论爱情》和《论爱的艺术》，斯弗吕斯的《爱情对话录》以及克里西普的那本下流得不堪卒读的神话小说《朱庇特与朱诺》和他的五十篇非常色情的《诗体书简》，所有的这些书都写了什么？在这里我们还没有把追随伊壁鸠鲁学派的所谓哲学家们的大作包含在内。过去曾经有五十位天神专门为爱情服务；并且世上竟然有这样一个国家，这个国家的教堂里常年养着一些少男少女，以供那些信徒享受，来满足他们的淫欲，并且在去行祭祀礼之前先施淫欲一番竟成了一种礼节。这倒应了一位不知名的古人的话："不必惊异：禁欲必先纵欲；火灾由火烧酿成。"

在世界上的很多地方，我们身体的一部分被神化了。在同一个地方，有的男子剥下自己性器官的皮，贡献一块给神明作为祭品；而另一些人则用自己的精液祭神。在另外一个省份，青年男子当众刺穿自己的性器官，他们在皮肉间开几个口子，在开口的地方尽他们的最大忍耐度插进几根足够粗、足够长的钢钎；然后把这几根铁杆放在火上烤，以此作为给神的祭品；假如受不了这种残酷的做法，便会被认为缺少男子气概和不够贞洁。还有些地方是根据身体的这个部位来决定谁能够被承认和推崇为最了不起的官员，在许多礼仪当中，人们堂而皇之地高举着这部分的造型来敬奉诸神。

埃及妇女庆祝酒神节时脖颈上都要挂一个木头做的男性器官，制作得相当精致，大小和重量不一，根据佩戴者的体力而定，另外酒神雕像的生殖器的尺寸也明显超出他身体的其余部分。

那里的已婚妇女把帽子做成那种形状，面向前面戴是炫耀自己可以享受这一器官，一旦成了寡妇，便把它朝后面压下去，埋在一大堆首饰里。

在罗马，那些德高望重的妇女被推举出来给普里阿波神敬献花圈和花环，而未婚的处女在婚礼期间则可以坐在普里阿波神的不那么尊贵的那个部位上。我不知道我年轻的时候是否见过类似的虔诚表达。对了！如今在我们这里的瑞士人那里还能见到的其父辈短裤上的那个可笑的开裆，想说明什么呢？我们现在男短裤上那种形状的开裆又是为了表达什么？并且，更加糟糕的是，出于虚伪和欺诈，它往往做得比真实的部位更加大。

我非常愿意相信，这种裁剪使我很愿意相信这样的服装是在最文明、最明智的年代里发明出来的，是为了让每个人把这个部位大方、潇洒地公之于众，而不是对别人躲躲藏藏（比较纯朴的民族依然保留着这种比较符合事实的服饰），那时候的人甚至还把这部分的尺寸告诉工匠，如同度量手臂和脚的尺寸一样。

在我年轻的时候有一位大贤士①由于怕有伤风化，把他管辖区域内的那座大城市里很多古代的美丽雕塑阉割了，他这样做是根据另外一位古代大贤士的主张，那个人认为：

> 赤身裸体面对世人是放荡不羁之源。
>
> ——恩尼乌斯

① 指保罗四世教皇。

在《美哉！女神》这出神秘剧目中也不允许出现任何男性代表特征的东西，其实他应该想到，如果不命令人把天下的驴子、马，甚至整个大自然也都阉割了，那么阉割雕塑是于事无补的：

大地上的一切生灵，
人、兽、水族、畜群和羽毛斑斓的禽鸟，
无不扑向爱情之火任它焚烧。

——维吉尔

柏拉图说，神灵赋予我们这个桀骜不驯和专横独行的器官，它犹如一头迅猛的野兽，欲火中烧，让一切都驯服于它。女人也是一样，她们体内就像有一头贪婪、饕餮的东西，假如到了一定的时候依然不给它食物，它便发疯，迫不及待，把愤怒的火焰喷向全身，塞住血管，阻断呼吸，造成很大的灾难，直到它吞下共同渴望的果实，体内得到充分抚慰并撒下种子后才会安宁。

但是，法律制订者还应该想到，趁早让她们见识活生生的东西，和任她们凭借自己狂热奔放的想象力去臆想猜测相比，也许前一种做法更加贞洁，效果更加好一些。不然，她们就会按照自己的欲望和想法，想象出比真实夸大好几倍的东西来代替。我认识一个人，他堕落了，就是因为他在还不能够允许他身体的那些部位行使最正当的能力时发现了那些部位。

孩子们在走廊和楼梯里一边走一边在墙上留下巨大的人物肖像，这给那些富丽堂皇的房屋造成多大的损害呀！从这里就可以看出他们对于自己天然功能的强烈鄙视。当初，柏拉图继其他法律健全的国家后还规定，无论男女老幼在操练时都要赤身裸体，谁能说他不正因为考虑到这一点呢？印第安男人永远一丝不挂，女人们对此司空见惯，感觉上的刺激就淡了。在强大的王国培巨中，女人们只在腰带下面用一块开口的布遮住前半身，这块布如此狭窄，所以无论她们怎样注意保持体统，她们每走一步，都会被人一览无余。女人们说，发明这种服饰是为了吸引男人，吸引那些完全统治着这个民族的男人。其实，可以这样说，穿上这种服装，似乎她们这样做是失多于得，因为完全陷于如饥似渴的感觉，似乎比只是饱饱眼福要难以忍受得多。李维说，在一个正经女人的眼中，赤身裸体的男人仅仅是一幅图像。斯巴达的已婚女子比我们社会中未婚的处女还贞洁，她们每天看城里的青年男子光着身体操练，而她们本人在行走时也不必将大腿遮遮掩掩，因为，就像柏拉图所说，她们觉得无须穿衣裙，贤德的品德就是遮羞蔽体的衣衫。但圣徒奥古斯丁证明道，有些人担心，女人来世是不是还会投胎为女人，而不是男人，以便用她们的诱惑的体态挑逗我们，这些人将裸体的诱惑作用看得太过神奇了。

总之，我们诱骗女人，千方百计挑逗她们，不断激发她们的想象力，然后我们又大声呼喊：荡妇！说实话，我们男人中，几乎所有人都害怕妻子行为不轨给他带来羞耻甚于怕自己道德败坏而丢脸的；没有哪个人不是关心妻子的良知甚于关心自己良知的；没有一个男人不是宁愿自己去偷偷渎神，或者宁让妻子成为杀人犯、异教徒，也不愿意妻子的贞洁程度稍逊于自己的。

于是女人们宁愿到法庭去争取一场官司的胜利，到战场上去显威扬名，也不愿意担负在闲适和安乐中维持贞洁这样艰难的责任。因为她们看到的是，不管是商人、法官，还是士兵，没有一个不是一放下手中的活儿便去寻花问柳的，连脚夫、匠人哪怕已经为糊口累得疲惫不堪，也无一例外。

波斯王阿谢梅纳斯的全部财富，
弗里吉亚王米格东的金山和银山，
阿拉伯金碧辉煌堆满宝物的宫廷，
在你眼里怎么能抵得上丽西尼的一根头发？
呵！丽西尼，
她浅垂粉颈接受你温馨的一吻，
或佯作推辞将脸儿转开，
心里却怀着让你偷香的渴望，
甚至自己将香吻留在你脸上。

——贺拉斯

人们对错误的判断十分不公！比如，男人和女人会做很多比淫荡更加有害、更加违背人类天性的败坏道德的事，但是我们衡量这些行为时不是依据它的性质，而是根据我们的利益，从我们的利益出发把它们分门别类。法律对妇女淫荡行为的严惩，反而激励她们犯下比本性更为贪婪和错误的罪孽，因此酿成的后果比当初的动机还要糟糕。一个在我们的时代的抚养方式下长大、受当今社会思想和打交道的影响、被这样互相矛盾的“榜样”摆弄的年轻美貌的女子，要是在男人们的穷追猛拽中守身如玉是很困难的，很难说恺撒大帝和亚历山大一世的显赫战功是否能大大超越这样一位貌美而年轻女子的坚定决心。这种“不做”比任何“做”更加艰难，更加体现出一种积极的精神。我以为一辈子身披盔甲要比一辈子保持贞洁容易，坚守童贞的誓言是最高贵的誓言，因为它最难做到。所以圣徒吉罗姆说：“魔鬼的德行系在它的睾丸上。”

我们的确把人类最艰巨、最沉重的义务交给了妇女，并让她们拥有这种荣耀。这对她们大概是一种极大的刺激，刺激她们坚守贞洁；同时也是她们对抗男人，把男人自以为在勇气和道德上高她们一等的大话踩在脚下的好方法。她们只要留意就会发现，自己不仅因此倍加受到尊重，而且格外受到宠爱。一个风流雅士不会因为受到女人的拒绝而放弃对她的求爱，如果她的拒绝是为了坚守贞洁而不是因为低看他。我们尽管嘴上诅咒、威胁、抱怨，心里却只会更加爱这样的女人。端庄大方、不愠不火的女人才令人着迷。对藐视和敌视你的女人穷追不舍，这是愚蠢的小人的做法；对贤德、贞洁，而又心怀感恩的女人穷追不舍，才是正人君子的高尚风范。在一定分寸内献殷勤女人能认可，并且会坦白地让你感到，她并不藐视你。

假若女人遵循的信念是：她们厌恶我们，因为我们宠爱她们；她们憎恨我们，因为我们赋予她们爱情，那么这一信念是残酷的，最起码，它不近人情。虽然她们把谦虚作为本分约束自己，为何不听听我们的要求呢？人们会不会猜想在她们的内心有某种自由自在的意识在作祟呢？当代的一位王后讲得好：不让男性靠近是柔弱的表现，是自己容易让人上手的证明；没有受过诱惑的女人就不能炫耀自己如何纯真。

声誉的界定没有那么泾渭分明，它可能纵容一些行为又能免受伤害。在荣誉边缘有一个中间的、无伤大雅的地带可让人自由回旋。谁如果是把它逼到它的防御堡垒的一角还不满足，那么这个人是个傻瓜。胜利的价值大小要看获取胜利的难易程度。你想知道你对爱情的忠贞和你的价值在她的心目中留下了多少印象吗？请你根据她的性格来判断。有的女人可以给予得更加多，但她不会轻易给予。恩赐完全取决于施予者的意思。其他客观情况都不重要，它们毫无价值，出乎意料。她所给的这一些，比她的女友所给的全部还要珍贵。在这方面正好用得上“物以稀为贵”的标准；不要只看到她给予的是多么的少，要看到可以得到这一点的人是多么的少。钱币的价值随制币模子和制币作坊的印记而定。

无论有些人因为恼恨和冒失会说出什么样的话来表达其不满，贤明和事实真相最终会占上风。我认识几个女人，她们的荣誉曾长期被人践踏，但她们并不以为然也不去竭力掩饰，而是固守贞节，最后得到男子的普遍赞誉，人人都感到后悔，不再相信过去那些流言蜚语；我也知道，人们对几位女人有点飞短流长，但她们依然跻身于最体面、最受尊重的贵妇人之中而毫无羞愧。某人告诉柏拉图：“人们都在说你的坏话。”柏拉图说：“让他们说吧，我的为人处世之道会改变他们的说法。”女人洁身自好不仅仅是由于她们惧怕上帝和希望难能可贵的荣耀，同时也是时代的腐败使她们不得不这样做；倘若我处在她们的位置，也会付出一切代价，避免把自己的名声交付给那些危险分子之手。我年轻时，人们只对唯一的最忠诚的朋友述说自己的风流韵事（述说这种事的快乐几乎和享受它时一样甜蜜），现如今，男人聚会时的话题和茶余饭后的谈话，不外乎炫耀女性对自己的爱情表达和与她私底下的亲近行为。听任那些饶舌和朝三暮四的负心汉糟践、蹂躏、摧残女人的美貌和柔情，真是太卑鄙、太低下了。

我们对淫荡这种罪恶过激而且不公正的愤怒，源自于危害人类心灵的一种最虚伪而又最严重的弱点，这弱点就是嫉妒，其实：

> 谁能阻止有人借你的火种点燃他的火把？
> 女人不断奉献她的爱而心中爱的资源不少。
>
> ——奥维德

妒忌和其孪生姊妹羡慕是所有缺点里最丧失理智的两大毛病。对于后一种，我没有多少话可说；尽管人们把它描述得如何强大有力，如何不可抑制，它在我身上却占不到一点便宜。至于前一种，嫉妒，我倒是略知一二，至少亲眼见到过。连动物都有这样的感情：牧羊人克拉提爱上一只母山羊，公羊妒火烧身，趁他熟睡的时候，用自己的角猛烈撞击他的头部，导致他脑浆迸裂。我们曾经以某些野蛮民族中发生的事实为例，指出狂热的妒忌会导致怎样极端的暴力事件，最文明的民族也遭受到了这种激情的影响（这是可以理解的），但是并没有达到妒火中烧的地步：

从未有丈夫的剑，用奸夫淫妇的血液染红斯提克斯河的水。卢库卢斯、恺撒、庞培、安东尼乌斯、卡图以及其他一些正人君子都被戴过绿帽子，但是并没有挑起事端。只有莱庇德这个傻瓜，因为被妻子欺骗，抑郁而死。

啊，千刀万剐的匹夫，
人们会分开你的双腿，
把辣菜根和羊鱼塞进你张开的门户。

——卡图鲁斯

即便是天神，在撞见妻子和他的一个同伴在一起厮混时，也仅仅是羞辱了他们一顿，有一位不太自重的神，希望受到这样的侮辱；

——奥维德事后并没有因此拒绝妻子赋予他的令他狂热的温柔爱抚，并且抱怨妻子不该因此怀疑他对她的柔情。妻子说：

为什么寻找如此转弯抹角的理由？难道你对我的信任已经消失？

——维吉尔甚至还为她的私生子向丈夫提出请求：

我，孩子的母亲，要求给我儿子发兵器。

她的请求被欣然应允，火神伏尔甘公平地说：

应该为一位勇猛的武士打造兵器。

确实，神明比人更加有人情味！我承认，这种不凡的善良只有神明才会具备，因为：

人与神明怎么能相提并论。

——卡图鲁斯

至于对孩子身份的混淆问题，除了那些最严肃的立法有规定可以混淆并在他们的国家加以研究外，这个问题并不影响女人。在女人的身上，嫉妒好像找到了它的最佳的驻留地：

就连最严肃的女神朱诺天后，
也常常为夫君每天的过错大发雷霆。

——卡图鲁斯

当妒火开始在这些脆弱而不加提防的可怜人身上燃烧时，残酷地折磨她们，虐待她们，真是太可怜了；嫉妒用友爱的名义潜入这些心灵，心灵只要被它控制，原先相爱的理由就变成了仇恨的依据。这是一种心理的疾病，滋生这种疾病的养分要比治愈这种疾病的药多。丈夫的力量、健康、功绩、名声都变成了点燃这种愤怒情绪的柴薪：

爱情激起的火焰最无情。

——普罗佩提乌斯

而且妒火扭曲损害了女人身上美好善良的品质；一个妒忌心很重的女人，无论她多么纯真，多么善于持家，她的一言一行无不妒气冲天，令人厌恶。这是一种疯狂的情感，它能够把人推向与其动机完全相反的极端。罗马一个叫奥克塔维乌斯的男子就是如此。他与蓬提娅·波斯莱米亚有过一夜情之后，因为欲望得到充分满足而对她钟爱有加，执意要娶她，但是无法让她接受这个要求，于是极端的爱把他推向了最残忍、最致命的仇恨行径：他把她杀害了。同样，另外一种爱情病——羡慕的常见表现也是心怀敌意、耍阴谋、使诡计。然而我们知道：

一个妒火中烧的女人将可以无所不能。

——维吉尔

而且这股怒气非常折磨人，因为它不得不以爱为理由来为自己辩护。

我要说的是“保持贞洁”要承担的义务意义广泛。我们是要女人压抑她们的愿望吗？愿望是一种非常灵活而且活泛的东西，它来势凶猛，无法抑制。而且又怎么遏止呢？既然她们有时在梦境中陷得那么深，深得难以自拔？无论是她们自己，还是她们的贞洁，都无法抵御淫念和欲望。如果我们只关心她们的愿景，我们会处于怎样的境地呢？请想象一下会有多少割掉舌苔，挖掉眼睛，头上插满羽毛的男性，被抬到愿意要他们的女性那里去。

据说西特族的女人挖掉奴仆和战俘的眼睛，以便更加随心所欲、更加隐蔽地让他们为自己效力。

啊，良好的时机真是了不起的有利因素！谁如果问我，爱情的第一要素是什么，我会说：善于等待时机；第二要点仍然是善于等待时机；第三要点还是善于等待时机；这个方法是万能的。我往往缺乏机会，但有时也缺乏主动性。愿上帝保佑那些至今还能为此自嘲的人！当今世界，爱情似乎需要更加大的胆子。年轻人以热情为借口原谅自己的胆大妄为，但是假如他们仔细考虑就会发现，这种肆意妄为其实来源于蔑视。我谨小慎微，生怕伤害别人，而且愿意尊重我爱的人，因为在感情交往方面，谁缺乏尊重，谁就会让交往失去光泽。我更喜欢人们在这方面表现出一点幼稚、腼腆和骑士精神。不完全是在爱情方面，涉及其他问题时，我也会愚蠢地感到普鲁塔克所说的害羞，并且一生中为此受过多方伤害和连累，这点与我总的为人颇不一样。这么看来自我背叛和易变也是我们本质的一个部分呢。我遭到拒绝或拒绝别人的时候目光温柔，为别人制造痛苦也会使我痛苦万分，所以当责任强迫我在一件微妙的、令别人难受的事上考验某人时，我总是敷衍了事，并且是违心地去做。如果是为私事（虽然荷马的确曾说过，对于穷人，羞涩是一种愚蠢的品质），我通常会委托第三者代替我去脸红，但是谁要托我办这类棘手的事情，我会回绝，不过就算有时想回绝，却又没有那份勇气。

我曾经说过，试图遏制女人身上那股如此强烈又如此自然的欲望，很不明智。当我听到她们炫耀自己的愿望如何纯洁，如何冷漠，我就暗暗嘲笑她们：她们过分地向后退缩了。假若说这话的是个掉了牙的、身体衰微的老太婆，或者一个生痨病的骨瘦如柴的少女，那么这话就算不可完全被相信，至少表面还有一定的道理。但是那些活蹦乱跳的女孩说这话，便会弄糟自己的事情，因为冒失的辩解会被人用来指控。我的一位乡绅邻居，被人怀疑患了阳痿症，他在婚后三四天为了替自己辩解，大言不惭地宣称自己前一夜交欢过二十次。从此，人们就用他的话来证明他的无知，并且说服他离了婚。说大话空话是无用的，假如未曾作过战胜从反面来的诱惑的努力就谈不上禁欲和贤惠。

“确实，我了解诱惑，但是我不准备以身相随。”连圣徒也会这么说。有些女人真心地夸耀自己的冷淡和冷漠，并且认真希望别人相信她们，这是可以理解的。有的女人这样自夸时脸上表情矫揉造作，眼神却揭穿了嘴巴的谎言，而且那一口行话也起着反面的作用，我听着觉得特别有趣。我很欣赏纯真和自由随便，这已经无可救药；但是假如自由随便完全失去了纯洁或孩子气，那么它就不适合女性，也不能维系爱情关系，而且很快就转向了厚颜无耻。她们的伪装和假象只能欺骗傻帽。她们的诳语在脸上昭然若揭，它就像一条蹊径，把我们从旁门左道引到事情的真相。

既然不能掌控她们的思想，那么我们要她们如何呢？要实际行为吗？有很多败坏纯贞的行为是不可能被外界知道的：

> 她经常做必须背着人做的事。
>
> ——马提亚尔

并且我们最不担心的事可能最令人担忧，不露声色的罪恶往往是最可怕的：

> 丧失廉耻的女人越是老练越可憎。
>
> ——马提亚尔

有些并不是不知廉耻的行为反而丧失了贞洁，女人们甚至毫不知情。“有时，或者是出于居心不良，或者是出于无知或运气不佳，助产婆在用手查看一个姑娘是否是处女的时候，伤害了她的处女膜。”有的姑娘在嬉笑玩耍时失去了童贞。

我们无法明确画出范围禁止她们的一些行为。编纂法律只能用泛泛的、概括性的语言。她们的贞洁靠我们创造，这一思想本身就是荒谬的。在我知道的贞洁女性的极端典型中，有一个是法蒂娅——福尼斯的妻子，自结婚以后就不愿再见任何一个男子；另外一个是伊埃隆的妻子，她闻不到丈夫身上发出的臭味，认为那是所有男子共同的特点。看来，她们必须变得感觉迟钝或者不愿见人才能使我们满意。

但是，现在我们必须承认判断这个问题的关键在于意愿。曾经有丈夫忍受了妻子的失去贞洁，不仅不责备、谩骂她，反而非常感激和推崇她的贤德。有个女子看重名誉甚于生命，但是为了拯救丈夫的性命，却出卖贞操给了丈夫的死敌——一个酒色之徒。她为丈夫做了她决计不会为自己做的事情。不过现在不是陈述这类事例的时候：它们的境界太高，内涵太丰富，不适合从贞洁这一角度描写，还是留在更加高尚的地方讨论吧。

至于较平常的例子，每天不是都会有一些妻子为了丈夫的利益而献身，并且是丈夫从中安排和撺掇的吗？古代有个人叫福吕斯，他为了谋取高官显职，把自己的妻子献给了国王菲力普；还有加尔巴，拱手把妻子让给了朋友：他请迈克那斯来家里吃晚饭，看见妻子和迈克那斯眉来眼去相互示意，便倒在靠垫上佯装沉睡，来成全他们的私情，还心甘情愿地坦白自己的目的，因为在节骨眼上，一个奴仆斗胆进屋去取桌上的瓶子，他对仆人喊道："坏小子，你没看见我是为了迈克那斯才睡着的吗？"

有一种女人生活淫荡，心地却比另一种表面上行为规矩的女人善良。有的女性埋怨自己还没到懂事的年龄就注定一辈子要坚守贞操，也有的女人埋怨，自己还没到懂事的年龄就注定一辈子要过淫荡的生活；也许这是父母之过，也许是生计所迫，贫穷常常是个坏参谋。在东印度，人们特别推崇遵守妇道的女子，就算如此，社会习俗还可以容许已婚妇女委身给能送她一头大象的男人，并且女人为自己有如此高的身价感到荣幸。

哲学家费东出身高贵，他的家乡埃利德被占领后，为了谋生，他趁自己年轻英俊，以出卖色相为业。据说，希腊的梭伦第一个以法律条文的形式规定，妇女可以为了生计牺牲自己的贞洁；希罗多德说，早在梭伦之前，这种风尚已在好几个国家流行。

再说，你期望从妒忌给你造成的痛苦不安中得到什么益处呢？因为，无论崇尚贞洁是多么的有道理，还应该看看它是否能产生什么好的结果。有谁认为可以用谋略将女人锁起来的吗？

插好门闩，把她看管起来！
但是谁能看住这些看守者？
你聪明的妻子可能会从他们下手。

——尤维纳利斯

在这博学的时代，什么办法她们不能利用？

好奇心在哪里都是恶习，在这里尤为有害。对于这种病，任何药都只能让它变坏、加重；妒忌会使我们更加感到羞耻，并且会把事情张扬开来；报复行为治不好我们的伤口，反而会伤害我们的孩子，所以要把这种事情弄个一清二楚是不理智的做法；你闹得筋疲力尽，想查个水落石出，结果却断送了性命。我年轻时看到有人的确把事情查清了，但是他们达到目的的时候是多么的狼狈！假若揭发丑事者不在同时提供良药和帮助，那么他的揭发相当于一种侮辱，比否认此事更加该挨刀剐！人们嘲笑蒙在鼓里的丈夫，可是也未必不嘲笑费尽心机却一败涂地的丈夫！戴绿帽子这种污垢是磨灭不掉的：只要沾上了，就会永远留在身上。惩罚比过失本身更加说明问题。把个人的不幸从疑团和暗影里拉出来，拿到悲剧舞台上宣扬，这有什么好看呢？何况，这种悲哀一经渲染后更加令人伤痛。所谓的好妻子、好家庭，不是指真正的好妻子、好家庭，而是指不被人们当作谈资的妻子和家庭。必须巧妙地避免知道这种事，因为知道了既麻烦又没用。古代罗马男人有个习惯：外出归来，派人提前回家通报妻子，以免她们猝不及防被当场拿住。有个民族有这样一种习惯：新婚那天教士走在最前面为新娘开道，以此来消除丈夫的怀疑，省得他好奇地追究，新娘到他家时是处女还是已经在和别人的恋情中破了身子。

然而，你会说："人言可畏。"我认识上百个正人君子，他们戴了绿帽子而仍然不失为正人君子，也没有非常丢面子。一个高尚雅致的人会因此得到人们的同情，但是不会因此失去人们的尊敬。你要做到让美德掩盖你的不幸，让善良的人诅咒你不幸的原因，让伤害你的人一想到此事就害怕到发抖。再者说，在这种事情上，从一介草民到达官贵人，谁不会被人议论呢？

……一个统领百万大军的将领，

一个比你强一百倍的人被你伤害！

——卢克莱修

你没看到多少正派人在你的中伤下被人贬低！你想，其他方面你也免不了被人议论。"但是就连贵夫人们都会为此嘲讽我！"可是当今世界，贵妇人最爱嘲笑的不就是那种结合得幸福、风平浪静的婚姻吗？你们当中的每一个人都让男人戴过绿帽子，大千世界——殊途同归，充满了回报清算以及命运的变化。这种事情因为经常发生已变得不太苦涩。不久它或许会进入我们的习俗。

> 情欲还有一个可悲之处，就是难以启齿，
> 命运甚至不让我们遇到能倾听我们诉说的耳朵。
>
> ——卡图鲁斯

你敢向哪位朋友诉说你的不幸呢？他不是为此嘲笑你，就是利用他知道的来龙去脉和实情从中捞取一份好处。

哲人们都把爱情的酸甜苦辣和痛苦经历隐藏起来。对我这样健谈的人来说，这种事的所有麻烦中，最让人苦恼的就是不能谈论。因为社会道德认为，把自己知道的或察觉到的告诉任何人都是不谨慎的，有害的。

建议女人摒弃妒忌之心是白白浪费时间；疑惑、虚荣和好奇充满着她们的天性，根本无法指望通过正常途径治好她们的弱点。她们常常因为妒忌而变得精力异常充沛，那副样子真比患病本身还令人担心。

就像有些魔法驱除病痛仅仅是把病痛转移到另外一个人身上，女人也经常把妒忌转移到她们的丈夫身上以甩掉自己的妒忌。无论如何，说真的，无论如何我不知道人们如何承受女人们的妒忌——这个最坏的毛病；妒忌是女人性格特点中最危险的成分，就像头脑是她们身体上最危险的部分。皮塔库斯曾说，每个人的生活中都有缺憾，而他生活中的缺憾就是他妻子那危险的脑袋，假如不是这样，他会被看作各方面都很幸福的人。看来这的确是个严重的麻烦，皮塔库斯这样公平、明智、勇敢的人尚且感觉到自己的生活因此被破坏，我们这些凡夫俗子又能如何呢？

某人要求马赛元老院允许他结束自己的生命，省得继续忍受妻子的大吵大闹，元老院十分明智，同意了他的请求，因为这个痛苦只能和整个生命一起结束，并且我们除了逃避和忍受没有其他有效的解决办法，虽说这两种办法都非常难以做到。

有人说，在盲女人和聋男人之间缔结而成的婚姻才最为美满，我觉得这个人对婚姻的了解可以算得上透彻。

我们还应注意的是别让我们强加于女人们的过分严酷的束缚与我们的目标产生相悖的效果：一则是刺激了追求者，二则是使女人更加轻易屈从。第一点就像攻打要塞，这一要塞的价值越高，占领要塞的欲望和价值也就越高。难道不正是维纳斯自己利用为金钱献身的规定巧妙地提高了她的商品的价格吗？因为她知道，一种享乐不用想象不到的罕见的昂贵显示她的价值，会是多么愚蠢。归根到底，就像盛宴款待弗拉米纽斯的主人说的那样：那各种各样的菜肴都以猪肉为原料，只是不同的佐料使它们味道各异而已。丘比特狡猾多端，他以对抗虔诚和公正为乐；他的威力冲击着其他一切权势，一切法则都在他的法则面前却步，这是他的荣耀：

他寻找屈从的机会。

——奥维德

至于第二点，要是我们不那么害怕妻子有外遇，我们就不会经常被欺骗，因为，从女人的性格来看，阻止只会刺激和引诱她们的欲念：

你想要？她们拒绝；
你不要？她们想要。

——泰伦提乌斯

有什么更加好的解释能说明梅萨林的做法呢？开始的时候她只是像所有的女人那样，暗地欺瞒丈夫；然而，因为丈夫对她不闻不问，她偷情非常方便，于是她不愿意再偷偷摸摸，而是在所有人的眼皮底下公然调情，公开承认她的情人是谁，并且供养他们，宠信他们。她希望丈夫知道这一切。这个畜生却置若罔闻，皇后的行为好像得到他的允许和认可似的。过分的方便易行让皇后觉得她的寻欢作乐变得软弱无力，单调无味了。该怎么办呢？梅萨琳，一个活着的而且身体健康的皇帝的妻子，在罗马，在社会的舞台上，在光天化日之下，趁丈夫出城的机会，竟然与她长期占有的西利乌斯结了婚，同时举行了结婚庆典。这是否表示着，因为丈夫的冷漠让她逐步走向贞洁，或者她另外找一个丈夫是希望他的妒忌能够刺激她的情欲？但是她遇到的第一个大麻烦也造就了她的第二个麻烦：雄狮终于猛然惊醒（我们见过比他更加糟的麻木不仁者）。我凭借经验知道，当这种痛苦达到极致而终于释放，就会产生严酷的报复行为；气愤和怒气日渐积压——如同一堆火药，只要点燃便轰然爆炸，鲸吞一切。

他任凭怒火中烧。

——维吉尔

他派人杀了她和那些心甘情愿与她同枕共眠的男人，包括那个被她用皮带鞭打着无可奈何地上她的床的男人。

维吉尔对于维纳斯和伏尔甘的欢情描写，在卢克莱修的诗歌里也能看到，那是关于维纳斯与战神马尔斯的一次幽会，而且描述得更加贴切：

威风凛凛手持武器的战神马尔斯，
带着永远的爱情创伤，
常常在你的怀抱中逃避；
他把眼睛转向你，啊，女神，
渴望的目光饱含爱意，
他注视着你的双唇
于是，啊，女神，你用四肢缠绕住他的身体，
温柔的话语从你嘴唇里流淌出来，甘甜如饴。

当我反复咀嚼“躲进”“流出”等词汇和类似“缠绕”这样的高雅用语时，不禁对后代作家们笔下那些细腻的讽刺和暗示不屑一顾。维吉尔、卢克莱修这样的大家不需要这些奇妙的文字游戏，他们的文字充满了一种自然的，持久的活力，他们本人从头到脚、从里到外就是一首讽刺短诗。他们的诗篇没有一点勉强或拖沓的地方，而更像是一气呵成，“他们的论说交织着阳刚之美，他们不会在风花雪月上浪费笔墨。”他们的论辩绝不软弱，而是坚实有力，它或许不那么讨人喜欢，但是却使人感到踏实，并且撼人心魄，尤其撼动思想不受约束者的心灵。当我看到他们深邃、强烈而完美的表达方式时，我并不认为那是表达的方式好，而认为是思想本身精彩。思想健康精辟，语言才会丰满昂扬。“勇敢让人雄辩。”所以古人把

思想、语言和精彩的辞藻一概称为完整的概念。

作家描绘出来的东西不是因为手法高明，而是因为在他们的头脑里装着一幅描绘对象的生动画面。加吕说话简明，因为他思想简洁。贺拉斯从来不满足于肤浅的表达手法，因为这并不能传达他的思想。他观察事物清晰、深刻；为了描绘事物，他翻开和翻遍词语和修辞的典籍，他要的是非同寻常的经典词语，因为他的构思新颖独特。普鲁塔克曾说，他通过事物来看语言。在这首诗作里也一样：意义产生和阐述话语，所以话语不是空洞、言之无物的，是有血有肉的。话语的含义比它表达出来的更加丰富。我在意大利的时候，只能用大众用语说些令我感兴趣的东西，可是碰到严肃认真的话题，我就不敢依赖意大利语，因为我还没有完全驾驭它，也没有掌握其一般用法以外的语言技巧。我必须用我自己的母语。这种情况大概连傻瓜也能体会。

具有聪明才智的人在运用语言的过程中提高了它的价值，主要不是通过改革的方式，而是通过给语言注入更加多的活力和更加多样的用法来扩展它、驾驭它。他们并不硬造词语，而是用加强和加深词语的含义和用法的方法来丰富词语，从而使语言有了不同寻常的发展；不过，他们做得非常谨慎，非常巧妙。我们从当代许多作家那里看到，远不是所有作家都能做到这一点。这些作家非常大胆、傲慢，不愿意步别人的后尘；但是缺少创意和不谨慎耽误了他们。在他们的作品中只能看到矫揉造作的标新立异，蹩脚或荒谬的掩饰，这样的语言形式不仅无法提高思想内容，反而贬低了作品内容的价值。他们一味追求标新立异，毫不顾及结果，他们抓住一个新的词汇不放，而抛弃常用词，殊不知常用词往往更加醇厚、更加有力。

我认为我们的语言不乏丰富的内涵，但是表达方式略显欠缺，几乎所有成语都是来自打猎和战争用语，打猎和战争用语成了我们借用词汇的广阔领域；而表达方法就像草卉，经过移植才能得到改良，变得健硕。我觉得法语语言已经相当丰富，但是不够灵活有力，常常在需要表达一个凝练丰富的概念时，承担不了这个责任。当你斟酌词句时，你会感到它在你的笔下簌簌发抖、弯曲，需要用拉丁语来帮助它、替代它，有时也用希腊语。我刚刚选择了某些词汇，我们却很难感受到它们的力量，并且习惯和经常的使用多少降低和俗化了它们的魅力，就像在我们的日常谈话里不乏精彩的熟语和比喻，但因为经常使用，时间一长，它们的美丽便褪色了，它们的魅力黯淡了。然而这丝毫不会减退那些鉴赏力敏感的人的兴趣，也不能损害那些首先把它们引入日常生活的古代作家的荣耀。

与大众的、自然形成的方式相比较，科学将一些事物论述得过分精深玄妙。我的书童恋爱了，并且非常在行。但是假如你给他读莱翁·埃布勒和费森的诗作，书中谈论的就是他，他的思想和他的行为，但是他却一点也听不懂。同理，在亚里士多德的作品里，我也辨认不出我常有的思想活动，因为为了适应教学需要，他们给这些日常行为披上了另类的外衣。但愿上帝助他们做得更加好！假如我干这一行，我会把艺术自然化，就像他们将自然艺术化。在这里我们且不谈邦波和埃基科拉。

我写作的时候，避免回忆书里的内容，生怕它们打乱了我的写作格调。同时，说实话，和优秀作家对比会贬低我自己的价值，打消我的志气。我喜欢采用那个画家的策略，这个人多次画鸡失败，于是不准他的仆人让一只真鸡进他的画室。

为了为自己争光，我很需要学习乐师昂蒂诺尼岱想出来的办法，每当他要演出时，必然他的听众灌输其他蹩脚乐手的演奏。

但是要推开普鲁塔克的作品却不太容易。他是那么全面，那么无孔不入，以至于无论你选取的话题有多么新奇，他无时无刻不介入你的写作过程中，让你从他美不胜收、取之不尽、如鱼得水的内涵中大大获益。我气恼自己那么容易犯他的读者经常犯的弱点：抄袭他的思想和词语。我只要接触一点他的诗作，就免不了从中吸取一些精华。

照我个人的想法，最好是找一个荒僻的地方，关门在家写作，那里既没人帮我也没人校正我，在那里我通常遇不到懂拉丁语的人——就算是祷告词中的拉丁语，知道法语的人也不多。在别的地方我也许能写得更加好些，但是那样的诗作就不完全是我自己的了；而我的主要目标，我追求的完美境界却是要写出地地道道的自己的作品。我可以揪出某个偶然的失误——出于粗心，我会犯一大堆这样的错误，倘若把常见的不完美之处挑出来，就可能背离我的意图。当有人对我说道，或者我自己对自己说："你的修辞方法太拙劣。这个字是加斯科尼省的土话。这句话不能这样讲（我不排斥所有法国市井通用的熟语，那些想利用语法规则来反对语言习惯的人是没有道理的）。这个理论非常天真。这一论述有矛盾，那个又太荒谬；你常常开玩笑；你口吐戏言；人家会把你的玩笑当真。""是的，"我说，"不过，我仅仅改正因为疏忽大意而犯的错误，不会改变我的习惯。

我不是处处都这样讲话吗？我不是在这个散文集里自然而然地表现着我自己吗？这就足够了！这就是我想做的事：让世人通过我的书了解我这个人，通过我这个人了解我的书。”

现在说说我效仿和模拟的本领：当我冒昧写诗时（并且我只用拉丁语写诗），我的诗作必然显露出我刚读过的诗人的影子；我的第一批随笔中，有几篇散发出别人的味道。在巴黎的时候，我的语言就多少与在蒙田庄园的时候不一样。无论是谁，我只要注意观察过，就很容易在我身上留下他的印记。我观察过的事物，就会被我占为己有，尤其是弱点与陋习，譬如某种傻相，某张不讨人喜欢的怪脸，某种搞笑的说话方式，等等，正因为这些弱点刺我的心，它们就牢牢地粘在我身上，不用力抖动，就挥之不去。人们经常听见我赌咒发誓，那主要是出于模仿，而不是出自我的本性。

这种模仿给一些个大力强的猴子带来了致命的伤害：亚历山大大帝在印度某个地区见到的一种身体和力气都大得可怕的猴子就遭受过这样的命运。这种猴子用其他的办法很难对付。就是它们那种看见别人做什么就模仿什么的天性为人类提供了制服它们的防范。猎人们利用它们的这个怪癖，在它们的面前穿鞋，用力系鞋带，往头上戴怪异的网眼帽，而且假装往眼皮上涂胶水。然后，那些可怜的动物被自己的模仿的天性陷害了：它们把自己缠绕起来、捆绑起来、粘合起来了。我的另一种随心所欲巧妙模仿他人行为和言语的本领常常会给大家带来欢乐，得到大家的赞誉，我身上这种本领并没有什么家族遗传。我从来只指着上帝赌咒发誓，这是最得体的方法。据说苏格拉底是指着狗发誓，芝诺指着山柑树发誓，现在的意大利人也运用这种方式，然而毕达哥拉斯则指着水和空气发誓。

我特别容易接受表面的影响，不知不觉连续三天使用“老爷”、“殿下”之类的词，那么一个星期之后，在应该说“阁下”或者“大人”的时候，“老爷”或“殿下”仍然会脱口而出。前一天出于模仿或开玩笑说的话，第二天我可能一本正经地讲出来。所以我写作时违心地采用一些已经被人驳倒的观点，省得有剽窃他人之嫌。所有的主题都可以成为我的丰富话题，我可以信手拈来加以发挥——但是上帝有知，我现在正在写着的话题可不是随随便便拿来的——并且我总是从我喜欢的题材开始，因为各种题材是相互联系，相互交织的。

我的头脑在这一点上有些叫我厌烦：我的一些最深沉、最荒诞无稽、最使我自豪的思想一般都在我并不刻意追求的时候突然冒出来；然后因为没被立即抓住而倏忽消逝，可能当时我正骑在马上，或者正在用餐，或者已经就寝，更多时是骑在马上，我在马上会浮想联翩。在我谈论一个鲜明的话题时，我十分渴望大家都能专注地静听我的发言。谁如果打断我，我就停下不讲了。出行时，行路妨碍说话，而且旅途中我往往没有适宜连续交谈的伙伴，所以我有全部时间与自己谈话。这时我就如同在梦境中一样。我做完梦还叮嘱自己不要忘记（我梦中会想：我在做梦），但是第二天虽然还能回想起梦的色彩，忧郁的，快乐的，或是奇怪的，但是具体是什么东西，却记不起来了，越是费劲地搜索，越是遗忘得深。所以我偶然得到的一些想法，在记忆中仅仅剩下一个虚渺的印象，虽然虚渺但又足以让我为徒劳无益地找寻它而苦恼和愤恨。

现在暂且把书本放置一边，具体而简单地回到我们的话题上来。具体而简单地说，我认为，归根到底，爱情不过是对肉欲对象的一种渴求，是一种排空淤积时的愉快，失度和失体就变得不利。苏格拉底认为，爱情是以美为媒介的繁殖后代的愿望。我多次思考过爱的愉快引起的那种可笑的痒的感觉，芝诺和克拉蒂普在这种快乐刺激下做出的失魂落魄的样子，那种毫无顾忌的疯狂，那张被疯狂和残忍烧红的脸，在如此狂野的举动中表现出的庄重、严肃、心神迷醉的表情；我也多次思考过，我们的愉悦和污秽是怎样杂乱地杂糅在一起，极度的快感又多么像巨大的苦痛使人浑身僵硬，发出呻吟。于是我想，柏拉图说得太对了，人是神的玩偶：

> 神捉弄人多么的残酷！
>
> ——克劳迪乌斯

造物主赋予我们最共同又最暧昧的行为，使愚者和智者，人和动物有同样的作为，这真是莫大的玩笑。最爱思考、最谨慎的人，如果在做这件事时还显示出沉思和谨慎的样子，我就会认为他们在这个时候好比孔雀的脚爪，击败了自己的傲气。

> 是什么阻碍我们，
> 在玩笑中说出真理？
>
> ——贺拉斯

那些不能接受在玩笑中表达严肃思想的人，和那些不敢膜拜裸体神像的人是一路人。

我们和动物一样要吃要喝，但是这并不妨碍我们有精神活动。精神生活是我们高于动物的所在；性行为却把其他思想置于它的掌控之下，同时以其专横的权力打乱了柏拉图头脑中的全部神学和哲学，但是柏拉图并没有抱怨。在其他任何场合你都可以保留一定的分寸；其他所有活动都必须接受一定的规矩，而性行为在我们的想象中只可能是淫荡的，荒谬的。如若不信，你倒是找出一种明智的、合乎体统的方法来看看？亚历山大大帝曾说他就是从性行为和睡眠这两件事上特别感受到自己是个凡人的：睡眠时我们的精神活动受到限制，甚至停止了；同理，在性行为中，我们的精神活动也被湮没甚至消失了。的确，这不仅表现了人原始的腐败，也表现了人的空虚和变形。

一方面，本性驱使我们去寻求肉欲，依附于所有行为中这个最为重要、最为有益又最为愉悦的欢乐；另一个方面，我们又把它当作一种无耻的、不光彩的做法而谴责它，避开它，为它而感到害臊，并且主张戒欲。

我们将造出我们人类的行为称作兽性难道不是很愚昧的吗？

世界各族人民在宗教方面有许多地方不谋而合，如祭祀、照明、焚香、斋戒、奉献礼仪，其中也包括对性行为的声讨。各种思想在这一点上都趋于相同。此外还有那种流传很广的切割包皮的风俗，它被当作是对性行为的一种惩罚。

也许谴责我们制造人类的行为很愚蠢是有道理的，称性行为是见不得人的行为，把专门从事这一行为的部位当作见不得人的部位（眼下鄙人这些部位倒确实是见不得人，惨不忍睹的），这或许是对的。大普林尼谈到的禁欲派教徒中没有哺乳的妇女，没有襁褓中的婴儿，他们的延续依靠外来人的加入，不断有一些赞美并愿遵循他们的教规的外来人加入他们的队伍。这派人宁愿冒灭种的险也不去亲近女人，宁愿绝后也不肯要孩子。他们说，芝诺一生中只临幸过女人一次，还是出于礼节，以免有顽固地蔑视女人之嫌。人们见到生孩子便躲避，见有人死亡便去看。毁人时选择宽敞明亮的露天广场，造人时躲避在低洼阴暗的洞穴里。生孩子要躲避，并且感到羞耻，才叫尽义务；而善于杀人是荣耀，多种美德自此而来；让你生是侮辱，让你死是恩典，因为亚里士多德曾说，成全某人就是将某人杀掉，这是他的家乡的一种说法。

雅典为了表示对生育和丧葬两种不待见的行为一视同仁，坚持净化提洛岛并面对阿波罗神证明自己，就一概禁止在岛内发生任何孕育和丧葬之事。

> 我们把自身的存在视为罪恶。
>
> ——泰伦提乌斯

有些民族在进食的时候回避人。我知道一位夫人，而且是一位极尊贵的夫人，在她看来，咀嚼是一种非常不雅观的动作，有损女人的风度和美貌，她从来不当众表现出食欲旺盛的样子。我还知道一个男子，他不愿意看别人进餐的样子，也不愿意让别人看见自己用餐的样子，他进食时忌讳有人在旁边，如同排便时一样，甚至忌讳更加深。

土耳其帝国里的许多男人为了表示自己高人一等，用餐时从来不让别人看见，而且他们每个星期只进一餐；他们伤害自己的面部和四肢，从来不跟任何人讲话；他们都是一些宗教狂，以歪曲自己的本性来抬高自己，视自我蔑视为荣，用糟蹋自己来完善自己。

人是一种多么可怕的生物啊！他自惭形秽，他为自己的快乐而良心不安，他死死抓住不幸！

> 有些人甚至藏匿自己的一生：
> 抛弃亲爱的家园流亡他乡。
>
> ——维吉尔

他们躲避别人的视线，避免健康和快乐，好像健康、快乐是与自己敌对的、有害于生活的品质。有些教派，甚至某些民族诅咒自己来到这世界，祈求命赴黄泉。有些人憎恶太阳，崇尚黑暗。

我们折磨起自身来真是手段高明，把身体当作精神——危险而且失控的工具——的牺牲品！

> 啊！视欢乐为罪恶的可怜虫！
>
> ——加吕斯

“哎，可怜的家伙们，你不可避免的麻烦已经够多了，何必再增加和自寻烦恼？命运安排的境遇已经够惨，何必再人为地增加？你与生俱来的真实丑陋已经不少，为什么还虚构和臆造？难道你认为，假如你觉得你的幸福不转变成不幸，你就活得太自得了吗？难道你认为，你已经完成大自然要求于你的所有责任，假如不给自己强加一些辛苦，就是天性懒惰，游手好闲？你不怕违背普遍存在、无可置疑的自然法理，却坚守你自己的荒唐规定，而且这些规则愈是特殊、多变、遭人反对，你愈是竭尽全力维护。你忙碌和关心的是你个人和你所在之地制定的规则，上帝和普天下的法规与你毫无关系。看一看列举的这些例子吧，这就是你的所有生活。”

两位诗人谈论色情诗句时小心谨慎，我倒觉得揭示阐述得很到位。妇女们用花边网遮掩她们的乳胸和多处神圣的部位，画家在作品的适当地方涂抹阴影，让画更加具有光彩；据说阳光通过反射比直射更加强烈，风经过回旋比径直吹来更猛烈。有人问一个埃及人：“你大氅下面隐藏的是什么？”埃及人聪明地回答说：“我把它藏在大氅下面就是为了不让你知道这是什么。”可是有的东西被掩藏起来就是为了向人炫耀。请听这句诗作，说得多么露骨：

> 我把她赤裸的胴体紧紧贴在我身上。
>
> ——奥维德

我读到这里似乎有被阉割的感觉。马提亚尔就算随意撩起维纳斯的裙衫，也不可能让她这样完全裸露。写得淋漓尽致固然让人陶醉，但是也令人腻烦；然而含蓄却引导人去思考那尽在不言中的东西，觉得留有余地的地方似乎存在着不真实的东西，但是却给我们的想象力开辟了宽阔的道路。所以行为和绘画都应该像偷来的吻那样让人回味无穷。

我喜欢西班牙人和意大利人表达爱情的方式，较为恭敬和腼腆，同时也比较迂回和隐蔽。不知道哪位古人说过，他的喉咙如果能像鹭鸶的颈子那样又弯又长该多好，可以有更加多的时间品味他吞咽的食品。这个愿望用在急速得到满足的情欲上尤为合适，甚至像我这样平素急风暴雨似的人也是这样。为了阻止欢情迅速流逝，放慢前奏，情人们之间用尽表示好感和相互报答的方式：一个眼神，一个手势，一句话，一点头。谁如果能用烤肉的香味充当晚餐不是最美妙的节省吗？爱情这东西是由少量坚固物质加上大量虚妄而热烈的幻想组成的，就应该以这样的方式给予和品尝。我们要女人懂得让人家看重自己，懂得自重，懂得给我们排解忧愁，聊以消遣。我们法国男人一开始就完成最后的任务，总觉得有一种法国式的急躁，但西班牙人和意大利人因为善于让爱情细水长流，并且玩味它的每个细节，所以他们每一个人，直到可怜的老年，都能根据本身的资本和优势，在其中找到自己的一份快乐。谁只是为了在享乐中得到欢乐，谁只是为了赢得所有的一切，谁只想在打猎中获取猎物，他就没有权利加入我们这一帮派。攀登的台阶和梯级越多，到达的最终目的地越高，越尊贵。我们应该乐于朝这样的目的地攀登，就像走过千回百转、多彩多姿的走廊、通道，漫长而宜人的游廊，到达壮丽辉煌的殿堂一样。这样行事的方法有益于我们流连忘返，停留得更长久，爱得更加长久。没有了期望，没有了欲念，爱情就会索然无味。女人有理由害怕整个儿被我们控制和占领，假如她们完全相信我们的诚实和忠诚，她们未免太过冒险，因为忠贞和坚定是罕见和难以把握的品质。只要她们属于我们，我们就不再属于她们：

> 贪婪的欲望既然已得到满足，
> 他们不再想到承诺，不再顾及誓愿。
>
> ——卡图鲁斯

年轻的希腊人特拉左尼德太过珍惜爱情了，所以他在征服了情人的心之后，就不再与其寻欢作乐，就怕完全的享有会使他为之自豪和赖以生活的不知满足的热情有所削减，疲惫和腻味。

珍馐美味成佳肴。苏格拉底曾经说，接吻是一种让人销魂、夺人心魄的事情，但是我们法国人特有的问候方法把它变得稀松平常而失去了魅力。这是一种令人不快的习俗，对贵妇人们来说是一种侮辱，因为她们必须向任何一个不管长得多么让人讨厌却有三五个随从伴其左右的男人伸出嘴唇。

> 那张脸上长着一只狗鼻子，
> 鼻子下面挂着灰色鼻涕
> 和冻得硬邦邦的胡须，

与其亲吻这张脸，
我宁愿去亲屁股。

——马提亚尔

我们男人也没有从中捞到任何实惠：世界上总是好坏美丑兼而有之，所以往往亲吻了五十张丑脸，才能吻到三张漂亮脸蛋，而像我这把年纪的人胃口又特别娇贵，一个不悦的吻留下的厌恶，远远比一个甜蜜的吻留下的美好深刻得多。

在意大利，男人即便在妓女面前也是殷勤备至、诚惶诚恐地追求的人；他们是如此为自己辩护的："寻欢作乐的程度不同，他们要通过种种示爱的手段，得到女人的全部。"他们说他们追求的就是女人的心，这话说得正确。的确，应该得到她们的心灵，并且与心交往。我不能想象拥有一个对于我毫无感情的女人的身体，这像是一种狂热的冲动，就好比那个出于情欲而去玷污普拉克西特勒斯塑造的维纳斯美丽雕像的年轻人；抑或像那个丧心病狂的埃及人，他在给一个刚咽气的女尸涂香料，在裹尸布的时候竟然也会性欲冲动（如出一辙）；从此以后，埃及就立了一条法规，规定年轻美丽的女人和名门望族的妇人小姐的尸体必须守护三天，然后再交给负责埋葬的人。培里安德尔做的事情更加可怕，他的老婆梅丽莎死了，他还在她的身上继续以前的规矩、正当的夫妻情分。

这不是月神随心所欲的胡闹吗？月神因为用其他办法无法得到心上人昂狄米翁，就施催眠术令他睡上几个月，以此来尽情地享受这个在梦中活动的小伙子。

我觉得爱一个没有默契、没有欲望的肉体无异于爱一个没有灵魂、没有感情的肉体。拥有并不全都相同，有的拥有是道德的，或者是缠绵的；但是女人委身于男人不仅是好感还有其他很多原因，并且不一定都是温柔的表示，也可能是出自于欺骗，就像在别的方面似的；有时她们只是应付一下而已。

她面无表情，就像在准备祭祀，
她魂不守舍，或者冷漠如石头人。

——马提亚尔

甚至有些女人宁可出卖肉体也不肯出借自己的马车，还有的女人仅仅在肉体上和男人交往。所以我们应该观察，女人喜欢和你做伴是有其他的原因，还是仅仅为了这个目的，就像对待粗暴的马房小厮；你在她的心目中占了多少地位，有多大的价值。

她是否仅仅委身于你一个人，
是否用白石把那一天作了标记。

——卡图鲁斯

她是不是蘸着别人的调味品，却吃着你的面包？

怀里抱的是你，心里却在为另一个人感伤。

——提布卢斯

怎么？难道我们没有看见当下——某个人为了进行凶残的报复——利用这种性行为杀死和毒害了一个正直的女人吗？

了解意大利的人就不会惊奇，在爱情这一主题上，我为何不在别处举例，因为在这一方面，意大利民族可以自夸为世界其他民族的老师。一般说来，这个国家的漂亮女人比我们的多，丑陋的女人比我们少；但是论天姿国色，我们所有的数量完全可以与之媲美。在人才方面也是这样，他们那里的一般的人才远远比我们多，但是如果论旷世奇才和杰出的人物，我们的一点也不比他们的差。此外，有一点非常明显，那里的粗鄙无礼之辈非常少，我们难以与他们相比。倘若把同类的话题扩展开来探讨，我似乎可以说，勇敢这一美德在我们法兰西民族的身上更加普遍、更加自然，但意大利人有的时候却把它表现得更加充分，更加强烈，超过我们其他顶天立地的勇敢楷模。那个国家的婚姻制度不健全：习惯给妇女制定的规矩非常残酷，极具约束性，已婚女人如果与别的男人有来往，无论来往稀疏还是密切，都要被处死。这条法规意味着，导致所有和男人的亲近方式都必然造成严重后果。既然所有都归于同样的结局，她们的选择反倒容易了。只要冲破这道篱笆，她们就像干柴烈火：“淫欲就像一头猛兽，被捆绑它的锁链激怒，奋力挣脱而出。”应该给她们松一松绳索：

我见过一匹桀骜不驯的马，
用嘴将绳索咬断，风驰电掣般逃离。

——奥维德

只要给它一点自由，欲念反而会减弱。

我们法国人同样在冒险。意大利人非常约束，我们则非常地放纵。我们民族有一个好的习惯，让孩子寄居在好人家，他们在那里（就像在贵族学校一样）长大，并且被培养成宫廷侍卫。据说，拒绝接受一个宫内侍从就是侮辱和失礼的举动。我看到（因为不同的家庭有不同的家风和教育方法），那些想用更加严厉的规则管束后代子女的妇人们并未取得更加好的成果。做事应有个度，孩子的大部分事情应该由他们自己的意愿来掌控，因为，无论如何，没有一种规则能在各方面控制他们。然而确实是，那些经过自由教育完全成长起来的女孩要比那些经过类似监狱的学校严格教育出来的完美女孩要自信得多。

我们的上一辈教育女儿要懂得害羞和畏惧（过去人们把勇气和欲念等同起来），我们对这种教育方法当然一窍不通。萨尔马特人的规则是：在战争中从没有亲手杀死过一个男性的女性才有权利和男人睡觉。我呢，身体上还有一双耳朵能够关注爱情这个话题，女人们如果能够看在我年纪大的份上记得我的劝告，这对于我就足够了。我劝告她们——也劝告我们男人——要禁欲；假如这个时代有很多人反对我这个说法，我则奉劝她们至少要谨慎、适当。阿里斯提卜的故事说的也是这一个道理：有一天几个年轻人看见他走进一个妓女的家中都脸红起来，阿里斯提卜和他们说：“坏名声不在于进了她家门，而是进了门不出来。”不愿意顾忌良心的人，至少应该顾忌名誉；如果本质已经无可救药，至少要保全面子。

在女人怎样表达她们青睐的方面，我赞赏女人们循序渐进、细水长流地展现魅力。柏拉图说，无论哪种爱情，被追求的人轻易而迅速地举手投降就是大忌。轻易投降是贪欲的体现，女性应该想尽办法掩饰这种贪欲。示爱的过程有序而又适度，可以逐步引诱我们的欲念而隐瞒她们的欲望。她们应该躲避我们，即便是那些准备让我们逮住的女人。躲闪我们就能更加好地战胜我们，如同斯基泰人躲避敌兵是为了打败他们。的确，按照自然赋予她们的法则，主动表达思想和欲望不是她们的事情，她们的角色是容忍、服从、赞同；所以，造物主赐予她们一种永远的能力；但是赐予我们的能力却是难能可贵的、不稳定的；她们无时无刻不在准备适应我们的需要。“她们从出生就被动。”造物主让我们男性以隆起的形式显示和宣告我们的情欲，但她们的欲望则是隐藏的，藏在身体里的，同时造物主给她们的性器官也不适于炫耀，只适于防范。

只有自由淫荡的阿玛祖女人才会做出这样的事：亚历山大路过伊尔卡尼的时候，阿玛祖族女王塔莱斯特里带领三百名全副武装、骑在马上的女兵迎候他，其余的大部队就留在不远的山外；女王当着所有人的面高声对着亚历山大大帝说，听闻他战功显赫、英勇无比，所以慕名求见，愿意为他的事业提供财富和武力上的帮助；同时又说，见他如此英俊、年轻、勇猛，而她呢，也是品质优秀、完美无缺，提议两人同床共枕，以此从世上最骁勇的男人和女人的结合中生出一个未来的旷世全才。亚历山大大帝婉言回绝了女王的帮忙，但是愿意接受后面一个建议；为了有充足时间实现这个愿望，他在那个地方逗留了十三天，为讨好这位勇敢的女王，每日欢宴庆祝。

男人几乎在所有方面——对女人——都是不公正的宣判官，女人对男人也是如此。我承认这一现实，无论它对我有没有好处。一种令人诅咒的淫荡行为常常把她们推向变化无常的境地，无论对什么人的感情都会造成不稳定，我们从神话中那个朝秦暮楚、有一大群男友的女神身上就可见一斑；但是，爱情如果不暴烈就不符合爱情的本质，爱情如果始终如一就不可能强烈，这是正确的道理。有些男人对于这一真理感到奇怪、惊讶，把女人身上的这个毛病视为变态、难以置信而追究其原因，这些人为何看不到，他们自己也经常得这种怪病，但并不感到恐慌、奇怪呢？假如这种病在她们身上消逝，那反倒可能是件怪事了；欲望不只是肉体上的事；既然吝啬和野心没有终止的时候，淫欲也没有结束之日，就算在满足之后，它还依然存在，不可能让它永远满意，永远消失，它总是得陇望蜀。但是，女人的感情不专一——和男人比起来——或许稍稍情有可原些。

首先她们像我们一样提出我们共有的理由：追求各种各样，喜新厌旧是人的共性；其次她们还可以提出我们并没有的理由：她们是“闭上眼睛买东西”，（那不勒斯女王冉娜，命令人用她亲手利用金丝银线编织成的窗网把她的第一任丈夫昂德雷奥斯勒死，原因是她在房事中发现他的器官和他的力气都不完全符合他的身材、相貌及年轻干练让她产生的期望，她被他的外表骗了)；或者是男子的行为超出了她们能忍受的范围：她们的需要已经得到满足，但我们则不是这样。所以，柏拉图明智地用法律形式规定，要决定一桩婚姻是否合适，法官要看看当事人双方，此时的小伙子必须从头光到脚，姑娘则只需要裸至腰部。经过尝试，她们或许认为我们不配被她们选择。良好的愿望不能替代一切，软弱和无能会使婚姻破裂：

必须另外寻找强壮的夫君，
能够解开她处女的衣裙。

——卡图鲁斯

为何不呢？同时她们能够根据自己的标准，找一个更加风流、更加主动的情人。

假如丈夫不能尽到那份甜蜜的责任。

——维吉尔

然而我们，为一件本应该取悦对方、为对方留下美好印象和良好声誉的事情上带去的却是缺陷和弱点，不是很羞耻吗？我就不愿意为自己现在的那一点需要去惹一个值得我尊敬的女人厌恶。

对一个年过五旬的男性，
唉，你没有什么值得害怕。

——贺拉斯

造物主应该满足：他已经让这种年龄的人感到痛苦，就不该让他们再变得滑稽可笑。我厌恶看到他们因为拥有那点少得可怜的、每周让他们冲动三次的精力就迫不及待、蠢蠢欲动，好似腹中有一股雄壮的、无可阻挡的力量似的：其实是一小撮十足的废麻火，持续不了多长时间。但是我赞美他们在生命灰暗的寒冬还能感觉到一种强烈的、不安的燃烧。欲望本来只属于风华正茂的年轻人。不信你试一试，如果是你追寻身上那股不知疲惫的、饱满的、高尚的激情，它一定会把你抛在半路中！如果是你把自己的欲望带向某个柔软的、不谙世事的、在男人面前还会战战兢兢、面红耳赤的少女：

就像染成绯色的印度象牙，
就像与红玫瑰交相辉映的百合花。

——维吉尔

第二天，当你迎着那双看着你的粗鄙和无能的美丽眼睛中的蔑视表情，你能不羞愧难当吗？

她的眼神在对你作无声的谴责。

——奥维德

你夜晚的殷勤和活跃让这双眼睛围上黑眼圈，失去光泽，你怎么能为此感到骄傲和洋洋得意呢？当我看到女人厌倦我的时候，我并没有马上指责她轻率，而是思考我是否应该更加责备大自然。的确，大自然对待我有失公正，给我造成了非常大的创伤：

大自然没赐予我良好的条件，
女人有理由鄙视软弱的男人。

——普里阿佩斯

就像其他人一样，我身体的每个部分和那一部分一起组成了我这个人。我应该展现给大众的是一幅完整的自画像。我的经验和原则是真实的（我可以直言不讳），有实质的，它从自身真正的责任和利益出发，蔑视那些虚伪和局部的细小规则，同时崇尚自然的、稳健的、普遍的规律（风俗和礼仪产生于后者，但是又是两者的混合与折中）。我们本质上存在的缺陷最终将显露在外表上。我们需要先进攻本质上的弱点，然后（如果有必要）再对付外表上的弱点；因为去臆造新的责任，用来迁就对天然职责的疏忽并混淆这两种责任，是很危险的做法。犯错并非都是犯罪，然而罪恶肯定是错误。在社会礼仪和规则较少、较宽松的地方，原始的、共同的法规遵守得比较好，因为无数的清规戒律、繁文缛节就会窒息我们的精力，让它疲惫、分离。拘泥于细节会使我们远离紧迫的重要事情。喔，和我们相比，这些浅薄者选择了一条多么轻松、多么轻易被接受的道路！人们用伪装掩饰自己，并且让别人满意；但是最终还是做不到，相反只会在面对伟大的宣判者时感到更加大的内疚，他们撩起我们的衣衫和遮羞布，将我们一览无余，直到看到我们掩藏在最深处的污点。假如处女般的廉耻心能够阻止这一切被发现，那么这种廉耻心或许是有用的。

那种最终能把人们从迷信谨慎的词汇中解救出来的人，我觉得他绝对不会给这世界造成重大损害。我们的生活一半是疯狂，一半是小心谨慎。谁如果恭恭敬敬、循规蹈矩地书写生活，他就仅能够写出生活的一小半。我不为自己写出这样的东西做辩解，除非为了我的辩护作辩护，但是我要向那些性格和我不同的人作解答，他们的人数比我这种性格的人要多，考虑到这一部分人，我还要说（因为我希望让所有的人满意，即使“让一个人适应习惯、言谈、意图不同的众人”是非常难办到的事情），他们不应该因为我让几百年来被人们承认和赞同的权威说了话而谴责我，他们没有理由因为我写的不是诗歌就不允许我说连现今地位很高的牧师都能说的话。

我喜欢做事适度，并不是因为我认为这是说这种难堪的事最好的方式，不是出自于一种观点和思考：而这是天性为我做出的选择。我并不赞赏这种方式，当然我也不赞赏所有违背习惯的方式；但我要为它辩护，同时要提出各种特殊的和普遍的情况来减少人们对它的责备。

继续我们的话题吧。是什么原因让你在那些牺牲自我而对你表示恋爱的女人面前获得至高无上的权力呢？

假若她在黑夜里，
给你几多爱的表示。

——卡图鲁斯

难道这样你就可以立即摆出专横、冷漠和丈夫的权威吗？这是你们之间的自由约定，既然你希望她们坚守一定的底线，为何不按照你的希望行事呢？要知道在两厢情愿的事情中是没有所谓的硬性规则的。

我的做法不合常规，不过在我那个时候确实在爱情的天性可以接受的范围里，就像我做其他的事情那样认真、公平地对待男女之间的事情。我仅仅对女人表达我真正怀有的情感，同时我的感情的发生、发展、削减、危机、回复，都在她们的面前天真坦白地显露无遗。每个人谈情说爱的方法并不都一样。我不大随意许诺，所以我想我坚持做的要比许诺和欠下的多。女人能感受到我的忠诚，以至于这种忠诚助长了她们对我的不忠：我指的是已经向我承认的、有的时候是反复多次的不忠。只要我对她们还存在一丝一缕的爱恋之情，我从来不和她们绝交；不管她们的做法给我提供了什么样的理由，我从来没有决绝到轻蔑她们或仇视她们的地步；因为她们给予我的温柔——就算是通过不光彩的协定得到的——让我不能不对她们保留有一点好感。当她们耍花样、找借口、和我争辩的时候，我有的时候也发火，或者有点粗鄙地不耐烦，因为我天性容易突然激动，就算程度不深，时间不很长，但却往往于是不利。

既然她们想试探我认识事物的自由程度，我就毫无顾虑地、友好地告诉她们尖锐的意见，同时触及她们的痛处。假如说我任由她们埋怨我，那是由于我在埋怨中看到了真实的爱，按照现代的常理来看，是真心的傻傻的爱。我一直信守承诺，即使在有些事情上我可以不必那样做；所以她们有时会为了保全她们的声誉，忍受征服者轻易违背的契约，面对我提出的理由却步。为了她们的名誉，我曾经不止一次在快乐达到顶点时停滞；甚至在理性的驱动下给她们武器抵制我自己，所以，只要她们忠诚地信任我，那么她们按我的规定行事比按照她们自己的规定行事更加严谨可靠。

我总是尽量在和女人幽会时，由我个人承担风险，让她们免受伤害；我在最困难、最想象不到的情况下安排我们欢乐的聚会，这样不会太过引起怀疑，并且（照我的想法）也最容易成功。聚会一般都在自然隐蔽的地方举行。最不令人担心的事情也最不被人注意和防备；因此，人们不认为你敢做的事就可以更加大胆地去干。

我比任何一个男人都不适合性接触，然而我的性爱方式更加符合爱的本质规律；但是它在世人的眼中是那么可笑，那么不现实，这一点又有谁比我更加清楚呢？但是我不会悔恨，因为我在这一方面已经没有什么可损失的了：

在淫威无边的海神庙
挂着我的许愿牌匾，
向众人昭示着我的贡品：
海难之后湿淋淋的衣服。

——贺拉斯

现在到了可以公开说出这些事情的时候了。就像对别人一样，我或许会对自己说："亲爱的朋友，你在做白日梦；在这个世界，爱情与正义及耿直没有太多关系。"

假若你希望有条不紊地谈情说爱，
无异于希望头脑清醒地胡言乱语。

——泰伦提乌斯

可是话又说回来，假若让我重新开始，我肯定会采用同样的方式方法，无论这会对我多么的不利。在不值得称赞的事情上，表现得无能为力和愚钝是值得称赞的。在这方面我越是与别人的性格相去甚远，便越符合我自己的个性。

总之，在这件事情上，我绝不全力以赴；我从中得到欢乐，但是并不忘乎所以，而是完全保持着自然赐予我的那点理性和谨慎，这既是为和我交往的女人，同时又是为我自己；付出少许激动，绝不疯狂无度。我也会自我投入，甚至有时到了放荡不羁的田地，但是却从未有过负心、背叛、歹毒、残忍的做法；我不会不惜一切代价去获取那罪过的欢乐，而只愿意付出它本身单一的价值，因为"任何罪恶都不止限于其本身。"我不喜欢无所事事、一潭死水的生活，也同样不愿意过艰辛劳苦的生活；前者让我沉闷麻木，后者让我身心俱疲；我既愿意品味轻创，也愿意品味重伤，既愿意承受伤痛之打击，也愿意接受皮肤之痛痒。当我还较适合爱情的交往的时候，我认为它是这两种极端的合理的折中。爱情应该是一种理性、轻松、令人愉快的行为；我既不为之烦恼，也不为之痛苦，我仅仅是感到兴奋和渴望：应该到这里为止，为了它发疯就有害了。

一个年轻人问哲学家帕纳提乌斯，圣贤坠入情网是否合适，他回答说："不要管圣贤的事情，仅仅谈不是圣贤的你我吧；我们自己别卷入这种让人过分激动的事情，它可能会把我们变成别人的奴仆，还会让我们自轻自贱。"他说得不错，谁如果没有足够的勇气遭受爱情的打击，谁如果不能用事实扳倒阿格西劳斯那句"理性与爱情无法并行不悖"的至理名言，那么他就不要去体验爱情这样一件急风暴雨般的事情。当然，男欢女爱是有伤大雅、让人害羞、不登大雅之堂的做法；但是我觉得，如果按照我的方式对待，它就会有益于健康，能够活跃呆滞的身心；我会很乐意作为医生，将爱情行为首要的药方，推荐给和我性格和条件相同的人，以此来激活和保持他们的体力，延缓老年的不良影响。趁着我们只是刚刚迈进老年的门槛，趁着我们的脉搏还在起伏：

> 趁着头上刚刚出现最初几根白发，
> 趁着老年仅仅开始，腰板依然挺直，
> 趁着命运之神拉雪齐还有线可纺，
> 趁着我还能靠两腿支撑，无需用拐杖。
>
> ——尤维纳利斯

我们需要爱情这种刺激行为来撩拨、挑逗我们。你看看，爱情让哲人阿那克里翁重新变得多么有活力，多么快乐，多么朝气蓬勃！苏格拉底在他比我年纪还大时这样描写一次爱情的感觉："我把肩头倚靠着她的肩头，头脑靠近她的头脑，与她读同一本书，我突然感到——毫无谎言——肩部一刺，仿佛被什么动物咬了一下，引发了一种酥酥麻麻的感觉，这一感觉持续了五天，与此同时心头也一直有些痒痒的。"你看看，一次偶尔的肩部的触碰，竟然使一个年老体弱、热情已经冷漠的人兴奋起来，然后这世界上最伟大的灵魂恢复了青春！为何不呢？苏格拉底也属于人，并且不愿意做，也不希望装作别的东西。

哲学并不反对本能的享乐，只要有节制，它主张享乐适度而不主张逃避；它致力于抵制的是那些不正常的、奇怪的享乐。哲学觉得，精神不应该助长肉体的欲念，并且巧妙地提醒我们，一定不可以用极度纵乐的方法来唤起渴望；肚子只要填饱就可以了，不要塞得太满，应该避免任何让我们越吃越感到饥饿，越饮越感到口渴的东西；同理，在爱情这一方面，哲理教育我们选择这样一个对象，它只满足我们的肉体需求，但却不会打扰我们的灵魂，因为爱情不是灵魂的事情，灵魂只需要无条件地随从和帮助肉体。然而我似乎有理由这样认为，这些训诫有些苛刻，它们仅仅适合于能很好地完成它的功能的肉体，但一个羸弱的身体则需要想办法去获得温暖和支持，需要通过想象力激起它的欲念，恢复它的快捷，因为它自身已经不再轻快，就像疲惫的胃需要我们设法激发它的食欲一样；这是可以被原谅的，是吗？

可以这样说，当我们活在人世间的时候，在我们身上不存在纯肉体或者纯灵魂的东西，我们把人类活生生地分为肉体和精神两个部分是不公正的；我们既然愿意去寻找痛苦，那么我们最起码拥有理由同样乐意地去寻找愉悦。例如圣徒们为了达到灵魂的最高境界修行悔罪，承受了残酷的痛苦，肉体也必然被连带成为受苦的一部分，虽然它和受苦的原因没有很多关系；所以，圣徒并不满足于让肉体随从和救助苦难的灵魂，而是让肉体自身也受残忍的折磨，这样的话，肉体和灵魂相继把人沉浸在苦痛之中，苦难愈深重，愈有益于灵魂的拯救。

这样看来，在肉体的享乐中要求精神保持冷静，就像应对某种义务和无可奈何的需要一样，被动屈从，这不是不公平的吗？事实上，最好是让灵魂酝酿并激起肉体的快乐，体现出它的位置并分享这些欢乐，因为起关键作用的应该是精神；同理，我认为精神在享受其特有的欢乐的时候，也应当把它的激动传达到整个肉体，并且努力让精神快乐对于肉体同样是美好和有利的。因为既然人们都说，肉体不该迁就自己的欲望去损害灵魂，那么为何不能认为，精神也不应该迁就自己的欲念而有损于肉体呢？

我没有其他令我难以割舍的情感。有一些和我同样没有被指派工作的人，那些人从吝啬、野心、辩论、诉讼中得到的那些东西，我可以从爱情中更加方便地获得：爱情恢复了我的机敏、适度节制、优雅的外表和应有的风度；爱情会让我的行为举止不被老年的那些可怜而丑陋的怪相损伤；爱情会促进我重新进行有利于身心的学习研究，然后让我得到人们更多的敬爱，并且去除我精神上的自暴自弃，令它重新振作起来；爱情把我从老年状态的无能为力和体弱多病所带来的无穷无尽的忧伤烦恼中解脱出来；它可以让我的血液重新沸腾，最起码在梦中；它可以支持起我的头脑，让我这个正在快速衰老的可怜人能够稍微延长精神上的活力与轻便。

但是我很清楚，爱的优势很难恢复。因为身体羸弱和阅历深，我们的品味变得娇贵、细致了；我们需要的越来越多，但我们给予的越来越少；我们变得越来越挑剔，同时我们自己越来越不容易被人接受；正是因为对自己十分了解，反而变得胆怯而多疑；我们没有一丝把握能够得到女人的爱情，由于我们了解自己，也了解她们。我置身于生机勃勃、热血沸腾的青年人之中的时候往往会自惭形秽：

他们强健的肢体比山间的小树还要坚韧挺拔。

——贺拉斯

那么又为何把我们的惨状呈现在他们的面前呢？难道是为了——

令血气方刚的年轻人，
望着火炬化成灰烬，
幸灾乐祸？

——贺拉斯

年轻人有力气，有头脑，我们把位置让给他们吧！这是无法抵抗的规则。

并且那美丽的小苗不愿意让僵硬的手掌抚摸，也不愿意被纯粹物质的手法吸引。原因是，正如一位古代哲人回答一个讥笑他未能得到一个他企图引诱的姑娘的好感时所说的：“我的朋友，钓鱼钩用不着这样新鲜的奶酪。”

但是，爱情是种需要相互联系、相互配合的往来；我们获得的其他快乐可以用不同性质的回报表示感谢，但爱情的快乐只能够用同一性质的东西来回赠。其实在享受爱情的过程中，我温情抚慰给予对方的欢愉，在精神上比在肉体上有更深的感受。仅仅接受快乐但不给人快乐者绝对不是高尚的人；在所有事情上欠别人的情，而自己仅仅用空话来报答与自己交往的人，这是鄙陋的。一个正人君子绝对不愿意用这样的代价接受任何一个美人的爱的表达，无论这种表达多么甜蜜。假如女人只是出于怜悯才善待我们，那我宁愿去死也不愿依靠她们的施舍活着。可是，我希望有权利用我在意大利见到的捐款方式向她们请求：“为了您自身，给我行点善吧！”抑或像居鲁士鼓励他的士兵那样说道：“自尊者跟我来。”

有人可能会对我说："找和你同年龄的女人去寻开心吧！命运相同的人更容易相伴。"——哦，愚昧而乏味的结合！

我不愿，
在死狮子的头上拔胡须。

——马提亚尔

色诺芬在反对梅农提出的指责时写道，在爱情上，他总是与逾越花季的女人交往。我觉得，漂亮的少男少女之间的结合才是最合乎情理、最赏心悦目的，我就算只是看到他们，或者只是在头脑中想象他们，也能够感到非常大的快意，这远远胜过我在一种丑陋而伤感的结合中充当配角。我宁愿把那些奇怪的嗜好禅让给伽尔巴大帝，他专门喜爱又老又硬的肉体；或者给予这个可怜虫，他说：

呵！但愿上帝让我看到现在的你，
感谢上帝让我亲吻你的白发，
拥抱你枯瘦的肉体。

——奥维德

我把这种非自然的、矫揉造作的美划在一等的丑陋里。开俄斯有一个叫埃莫内的小伙子试图通过打扮获得被自然剥夺的美貌。有一天他登门求助哲人阿格西劳斯，问他圣贤可否钟情，哲人回答道："当然可以，只要不是钟情于像你这样的人工的假的美丽。"在我看来，一个拼命涂脂抹粉、油光水滑的又老又丑的女人，比一个又老又丑但顺其自然的人更加老更加丑。

我甚而想说——只要没人因此掐我的脖颈——只有刚走出童年的少男少女之间的爱情才是真正合乎大自然、正当年华的。

一个少年秀发飘飘五官清淡，
混迹在一群妙龄少女之间，
即便是火眼金睛的人，
也错误地把他当作姑娘。

——贺拉斯

美色也是如此。

荷马把爱情季节延迟到下巴开始长胡须的时候，但是柏拉图则认为，在这个年龄段，爱情已经是园中奇葩了。这就是为何诡辩派哲学家狄翁将阿里斯托吉顿和哈莫狄奥斯①戏谑为“初生的胡须”。我发觉壮年期已经不是谈情说爱的年代，老年更加不是：

> 爱情的青鸟不在光秃秃的橡树上休憩。
>
> ——贺拉斯

纳瓦尔王后马格丽特作为女人充分考虑到女人的优势，决定把其鼎盛的年龄推迟到三十岁，她命令道，女人一到三十岁，一律要把“美人”的称呼换成“善人”。

我们把拥有爱情的时间缩得愈短，我们的生命就愈有价值。看看被爱情主导的人们的行为吧：完全像黄口小儿那样稚嫩。有谁不知，被爱情主导的人行为是多么违背常理和秩序？在学习、训练和机能的采用上都变得无能为力了。爱情是由缺乏生活经验的人掌管的天地。“它没规矩。”当然，充满意外和混乱的爱情更加让人神魂颠倒，就连其中的过错和事与愿违的结局也是妙不可言的，让人回味无穷的。只要爱得强烈，爱得如饥似渴，理智和谨慎都会变得无关紧要。你看爱情就像醉鬼般跌跌撞撞、跌跌绊绊、疯疯癫癫；谁如果用理智和巧计引诱它，就是给它戴上锁链，谁如果要它听从老年人的教导，就是限制它神圣的自由。

我常常听到女人们把这种男人与女人之间的交往描述成纯精神的交往，不屑考虑感官上的享受。但是我可以说，我经常看到男人为了她们肉体的漂亮而原谅她们精神上的贫瘠；但是我还从没有看见女人因为看重一个男人精神上的理智和成熟而愿意向他衰弱的身体伸出自己的手。为什么那群苏格拉底派的贵妇人当中，没有一个愿意出卖自己的大腿，以身体换取精神，换得有才华、明哲理的后代呢？这可是她们的大腿能够到达的最高境界呀！柏拉图在他制订的法律中规定，所有立下了赫赫战功的男人，就算他老或丑，他想要的女人不可以拒绝给予他亲吻或者其他爱的表达。

---

① 为希腊两少年，合谋杀死暴君，解放雅典，在此比喻少年初生胡须，也摆脱爱情的暴政。

柏拉图找到如此公正地奖赏军功的办法，可否用来表彰其他方面的贡献呢？为何没有一个女人希望在她的女伴之前享受这份贞洁爱情的荣誉呢？我用“贞洁”这个词，因为：

每当人们打起仗来，
爱情如同点燃的烈焰，
蔓延得广，但是不会永久。

——维吉尔

制止在思想中的过错不是最糟糕的罪过。

我滔滔不绝地啰唆——有的时候一发不可收拾，并且产生不良的结果——不知不觉就唠叨出以上的长篇大论：

一只情人偷偷赠予的苹果，
从少女纯洁的胸怀中跌落，
可怜的姑娘忘记了苹果藏在长袍里，
看见母亲走来她突然起立，
苹果掉出来了，匆匆滚向前，
姑娘脸羞红了，如同绯霞一片。

——卡图鲁斯

在结束这篇长篇大论的时候，我想要说，男人和女人都是在同一个模子里铸造出来的，除了所受的教育和社会阅历的不同，他们之间并没有很大区别。

柏拉图号召他的共和国里的公民不分男女共同参加学习，一起训练、练习、工作、战争时期及和平时期的所有活动；哲人安提斯泰纳则要求男人和女人拥有相同的品质。

指责异性要比原谅异性方便得多。这就是俗话所说的：“火钩子嘲笑铲子”。

6 论马车

有一件事不难证实，伟大的作家在写作某些事情的原因时，不仅运用他们认为真实的因素，同时也使用他们难以置信的因素，只要它们有趣生动；另外加上他们说得巧妙，就可以让人相信，不会白白浪费。我们不能确定什么是主要原因，于是我们会列出好几种，看一下哪个刚好说中了。

提到一个因素不足够好。
列举上好几个，总会有一个对上号。

——卢克莱修

当你问我打喷嚏的人得到别人祝福的习惯是从哪里来的？我们身体中排出三种气体，从下面排泄出的气体太脏；从嘴里呼吸出的气体可能被人责备太贪吃；第三种气体就是打喷嚏；由于来自头部所以不会招来非难，我们才尊贵地对待它。你不要嘲笑如此钻牛角尖，听说还来自于亚里士多德。

我貌似在普鲁塔克的作品的里面（他是在我熟悉的作家中把艺术和自然、判断和科学结合得最好的一个），看到他谈论起海上旅客反胃的理由是害怕，同时还寻找了一些理由来证明害怕可能会产生这样一种结果。我这个人非常容易犯恶心，明明知道自己不是这个原因，这不是从原理而是从自身经验了解的。不得不提有人跟我说过的事情，他们说动物在海上也会恶心，尤其是猪，但不是因为害怕危险。一位朋友的亲身经历也为我证明了这件事情，他非常晕船，有几次碰到大风暴吓得喘不过气，倒是没有想呕吐，就像这位古人所说的，“我难受得连危险也思考不到了。”（塞涅卡）

我只想说，我在海上和在其他地方一样，从没有害怕（要有死亡的话——这样的机会也有好多次了），最起码没有害怕到惊慌失措的田地。害怕有的时候是缺乏判断，同时也是缺少勇气所引起的。我遇到过许多危险，但是每次我都能正视它，眼界广阔，清楚，完整。何况害怕也需要有些勇气。和其他相比，有一次是勇气帮我有条不紊地思考和安排逃离方法，逃离的时候不是不怕，而是不慌不乱；逃离的时候是激动的，但不是头晕目眩，气急败坏。

伟人们的行动更值得称道，他们撤退时的表现不仅心平气和而且身心健康，悠然自得。就比如亚西比得谈论到他的战友苏格拉底的撤退。他谈道："我们的军队撤退后，我在最后的撤退者之中望到了他，他与拉凯斯在一起；我镇定自若、不受干扰地看着他，由于我骑在一匹好马上，而他在步行，我们作战时就是这个样子。我最先注意到他和拉凯斯相比表现得多么有主见、果断。同时，他昂首阔步，和平时没有什么异样，他的目光坚定冷静，查看周围所有的一切，有时看着战友，有时看着敌人，这种目光对自己人是一种鼓励，对敌人是想让他们明白谁胆敢要他的性命，必然会付出惨痛的代价，他同时因此得以逃脱，因为谁也不愿意攻击这样的一个人，大家仅仅对惊慌失措的敌人猛追不舍。"

以上就是这位大将军的语言，告诉我们一个平常的道理，魂不附体，仅想着落荒而逃，反倒会让我们陷入险境。"一般说来，胆子愈大，危险愈小。"（李维）我们这里的人们觉得谁表示他梦到了死或预见到死，这是因为他害怕死亡；这样说其实是不对的。我们无论遇到好事还是坏事，具有预见性都对我们有益。对险境进行思索与判断及惊慌是完全不同的。

在承受猛烈的恐惧和其他激烈现象的冲击等方面，我表现得不够坚强。我如果一下子被欲望征服，压倒在地上，就再也不可能完整地站立起来。谁如果在精神上将我打败，我就会一败涂地。我的灵魂会进行深刻的反思和探求，不过那个刺破的伤口永远不可能愈合结疤。所幸直到现在还没有任何创伤使这颗心崩溃。碰到任何打击，我都会全神贯注去应付。第一次打击把我推倒在地，让我一蹶不振。我并没有第二道防线。洪水无论从什么地方冲垮我的堤坝，我立刻面临四面楚歌，无可避免地沉落水底。伊壁鸠鲁说智者绝不会走向他的反面。我对于这句名言有一种相反的解释：人只要变傻，永远不可能再聪明起来。

上帝视人之避体衣衫降临寒冷，视我的承受能力赋予我激情和痛苦。大自然在一方面给我遮蔽，另一方面却又让我裸露；既让我本性羸弱，又让我感情麻木不仁，灵性不高，愚钝。

我不能长时间坐马车、轿子和船（年轻时更加差）；无论在城市里还是乡下，除了骑马之外厌恶所有车辆。轿子比马车更叫人受不了，也是相同的原因，让人害怕的水上漂泊也比风平浪静的时候的移动更加容易忍受。当船桨滑动，船身轻轻动摇，从我们的身体下面移开，不知为什么，我总觉得头脑和胃里一片混乱，如同我受不了坐在一张颤动的座位上。当船只或者水流带领我们稳固前进，或我们坐在纤夫牵拉的船上，这样的均匀的摇摆并不会让我感到难受；然而断断续续的摇摆，尤其是拖拖拉拉的摇摆，简直是在作践我。我想不出更好的字眼儿来描述。医生叮嘱我在小腹下面绑一条毛巾应对病情；这个方法我没有试过，我一直习惯让自己产生抗体来应对自己的缺点。

假如我有足够的记忆力，我会不惜花费时间讲述一下史书上介绍的马车在战时无穷无尽的用途，依据民族、世纪各有所不同，史书中的记载也很多。我认为效率很高，同时还必不可少。让人奇怪的是我们竟然将这方面的道理忘得一干二净。

我只在此说这么一件事：就在我们父辈的年代，匈牙利人很有效地运用马车来攻击土耳其人，每个马车配有一名盾牌手，一个火枪手，很多排列齐整、引弓待发的火绳枪，整个都遮掩在一个大盾罩的里面，看起来像一艘荷兰的圆头帆船。他们打仗的时候三千辆车排列成一条阵线，大炮声一响，驱车，先给敌人一个迎头痛打，然后再品尝其他滋味，这个时候已占了挺大的上风。

要不就让战车冲进敌人的骑兵队，冲散他们，打开缺口。同时，当队伍在上行进，在敏感脆弱地带能够用来保卫他们的侧面，抑或掩护和加强一个临时的驻地。

我年轻时听说，在边境地区有一位绅士，身体肥胖，没有一匹马儿能够载得动他这身的重量，碰上冲突就坐了上述那样的马车四处跑，特别方便。不过暂且不谈论这些战车。墨洛温时代的国王是坐在用四头牛拖拉的四轮车上巡游各地的。

马克·安东尼是第一个乘坐了狮子拉的车子踏进罗马的人，还有一位美女乐师陪伴着他。后来埃利奥加伯勒斯皇帝也是这样做的，自称是众神之母的库柏勒，模仿酒神巴克科斯让老虎拉车，有时在车上套两只鹿，有时是四只狗，同样有一次让四个赤身裸体的美女拉车，他自己也是赤身裸体以示隆重。

腓米斯皇帝让硕大无比的鸵鸟驾车，他的车子因此简直就不是在滚动，而是在飞驰。这种标新立异的方法也让我头脑里产生这个奇怪的念头，这是国王的一种虚伪的表现，证明他们自身并没有什么了不起，需要通过挥霍，摆排场来炫耀自己的权力和价值。在国外如此做还有可原谅；但在臣民之中，他允许为所欲为，从他的地位能够获得他所能拥有的至高无上的荣耀。贵族也一样，我认为他在家里完全没有必要刻意修饰打扮；他的住所、排场、食物已足够炫耀他的身份。

伊索克拉特向国王提出的忠告，我看不无道理："他应该添置华美的家具和精致的器具，因为这些物品使用时间长久，同时还可以传给后代子孙；不过应该避免所有会在生活与记忆之中迅速逝去的奢侈方面挥霍浪费。"

我年轻的时候很喜欢着装打扮自己，因为没有其他什么装饰品，就只在穿衣上讲究，认为很好；漂亮的衣服穿在有的人身上有一副穷苦相。我们有些精彩的记录，谈到我们的国王私人生活节俭、赏赐简单；国王的伟大在于声望、品质和缘分。雅典城有一条法律规定将公共资金用于盛典和节日的庆祝活动，德摩斯梯尼主张反对，他认为国家的强大表现在大规模的装备精良的战船和给养充足、勇敢善战的军队之上。

提奥弗拉斯特在《论财富》的著作中坚持相反的观点，认为在庆典礼仪上花钱体现了财富的丰盈，他这一说法遭到应有的反对。亚里士多德认为，这些娱乐仅仅涉及最下层的老百姓，享受之后也就会从记忆中烟消云散，所有贤达庄重的人都不会给予重视的。我看不如把公共钱财用来建造港口、码头、工事、城墙、雄伟建筑群、教堂、医院、学校、建筑公路，这样更加冠冕堂皇，也会更加实用、正派和永久。在这一方面格列高利十三世教皇在我年轻的时代留下了值得称赞的记忆，同时还有我们的卡特琳王后，她如果拥有可以随心所欲支配的财产，当政的那么多年也定会表现她天生的慷慨和大方的。我们城市里那座新桥停止建设，这是命运对于我的不公，让我没法在有生之年看到它投入运用。①

还有，在观看凯旋庆典的民众面前，朝廷向他们炫耀的是它的财富，而且挥霍这些钱财来大吃大喝。因为老百姓愿意国王做的，就如同我们愿意仆从做的，就是他们应当动脑筋去准备许多我们所需要的物品，但他们自己就别想着能占到便宜。

加尔巴皇帝在一次晚餐上欣赏完乐师的乐曲后，命人拿来他的钱匣，从中拿了一把金币给他，还说了这么几句话："这并不是公家的钱，这是

---

① 指巴黎市塞纳河上的新桥始建于1578年，完成于1608年。

我自己的。”无论什么事情，许多情况下老百姓是有理由的——金钱应当用来填饱肚子的，但却给人用来大饱眼福了。慷慨大方的美德没有在君主那里完美无瑕地体现出来，事实上，老百姓有更加多的权利；由于明确来说，国王的所有东西都取之于人民，没有一种真正是他自己的。

审判机关不是为审判者设立的，而是为被审判者服务的。任命一个高级官员，并不是为了他的权利，而是为了下层人民的利益，请大夫是为了生病的人，不是为了他自身。所有官职好像所有的艺术，其最终目标不在自身："没有一种艺术可以封闭在自身。"（西塞罗）

所以王子童年的老师都致力于向他们灌输慷慨大度的美德，孜孜不倦地教导他们不能暴殄天物，对于物品的最好利用莫过于施恩于人（当时流行这样的教育）。事实上，他们担心自己的利益更多于主子的利益，或是不理解自己到底是在和谁说话。教育那些有实力慷慨或者慷他人之慨的人，真是太容易了，因为对于他也是慷他人之慨。不应该凭借礼物的轻重，而要用赠与者的能力大小来测量其价值，用他们的能力来说明这个价值真的是不足道哉。他们在慷慨之前已经是败家子。因此，这种美德与君主应有的其他美德相比，实在微不足道；它在暴君狄奥尼修斯的言语中，依然是和暴政非常相配的唯一的美德。我更加愿意教他古代农民的这一句话：

> 谁想要好收成，肯定用手而不是用口袋撒种子。
>
> ——科里那

（种子是必须撒的，而不是倒的。）如果他想恩赐谁，或者更确切地说，根据他们的付出给予酬劳或回报，那么他应当是一个公正明智的论功行赏的人。一位君主如果慷慨无度，挥霍无度——我认为他还是吝啬些为好。

君主最崇高的品德在于公正；在公平方面，从慷慨大方的公平最能看出君主的为人。因为君主总是把慷慨大方的公平留给自己执行，却把其余的公正……很愿意借他人之手实施。太过大方这方法并不有利于让人感恩戴德，因为这只能引起民众的反感，而不会让他们感激："好事做多了之后就不能够做少。长期做得很开心的事情竟然让自己不可以再做，难道还有比这更加傻的吗!”（西塞罗）如果恩赐不是论功行赏，那么对于获取者只是一种羞愧，而不会感激。在人民的仇恨之中，暴君经常死于得到过他们不当恩惠的人之手，这些人就是想保住自己这些不义之财，表示自己也轻蔑和憎恶给他们赏赐的人，在这一点上和人民大众的想法与意见保持统一。

君王赏赐无度，臣民便会贪得无厌。他们分赃时不依据理性，而是依据惯例。自然，我们常常也应该因为自己的厚颜无耻而羞愧。事实上，当赏与功相等的时候我们已是被人过奖了，因为为君主效劳本来不就是我们的天生的义务吗？若由君王来承担我们的费用，那么他做得过分了。他适当的帮助已经是足够好的了，其余部分就称为恩赐，这是不能够去讨的，因为慷慨这个词语就包含有“自由做主”的含义①。用我们的这种方法，永远也无法得到效果，收下的不会再放在心中，我们喜欢将要得到的实惠，所以君主越是竭力恩赐，朋友越见减少。

他怎么满足得了贪得无厌的人的胃口呢？一心希望获得的人，从来不会再想已经得到的事物。贪婪的本性就是忘恩负义。居鲁士大帝的例子放在这里反倒是挺好，可以作当今君主的试金石，以此来检验他们的恩赐是否适当，还可以让他们见到这位皇帝远远比他们善于恩赐。当今皇帝的方式已经沦落到向不熟悉的人借贷，而且往往是受过他们伤害的人，但不是向受过他恩赐的人借贷，得到的帮助也仅仅在名义上是无偿的。

吕底亚国王克罗伊斯责怪居鲁士太过大方，而且给他算了一笔账，说假若他出手能够紧一些，他的财富将会有多大的增长。居鲁士需要证明自己的行为是正确的，向四处派人通知他的国家之内受过他特殊恩赐的藩王，说明他有急用敬请他们各自尽其财力援助他，并且给他送一份单子。他发现他的朋友都认为：只把从国王那里所得的惠赠回报给国王是不够的，此外，又加上了自己的一大笔钱，当他得到这些赠单的时候，会发现款项的总数大大超过了克罗伊斯所说的节省下来的钱财。这一下子，居鲁士对他说：“我喜爱财富不比其他的君主差，我仅仅是更加会盘算。你看看我才花了多少钱就从众多朋友那里得到了难以计数的财富，他为我管理财产，不知道要比那些不知感恩戴德、没有感情的受雇者忠诚多少倍，我的钱财远远比藏在钱柜里更加可靠，钱柜只能给我招来其他的君主的憎恨、妒忌和轻蔑。”

---

① 法语中自由（liberte）与慷慨（liberalite）是同根词。

罗马皇帝帮为他们过多的娱乐和公众聚会解释说，他们的权利（最起码在表面上）取决于罗马公众的意志，罗马人民从古至今就喜爱看这种盛大热烈的演出。但是，隆重热情接待同乡客人，这就是民间形成的风俗，他们自掏腰包，安排豪华场面，举办盛宴，取悦亲朋好友，而君主模仿他们如此做，个中的意义就完全不同了。“从合法的主人那里取款交给不相干的人，这不该称作慷慨。”（西塞罗）腓力因为儿子试图送礼获得马其顿人的好感，向他写了这样一封信责怪他：“怎么？你希望你的人民把你当作是他们的财神，还是一国之君？你想赢得民心吗？那么你就充分发挥你品德的作用，不是钱财的作用。”

把很多根深叶茂的大树，抬到竞技场之上，种在四周，形成一片郁郁葱葱的大森林，整整齐齐，十分美丽。第一天放进一千只鸵鸟、一千只梅花鹿、一千头野猪、一千只黄鹿，任由老百姓猎取；第二天，在他们的面前杀死了一百头狮子、一百头美洲豹、三百头黑熊；第三天，就像普罗伯斯皇帝那样，命令百对角斗士相互厮杀。场面同样宏大的是这些美轮美奂的巨大圆形剧场，在外墙上镶嵌大理石，上面有雕塑和塑像，在墙里面装饰稀世珍宝，闪闪发亮：

楼门上金光闪闪，四周宝石夺目。

——卡尔普尼厄斯

大剧场内从低到高排列成六十到八十层的阶梯，也是用大理石材料砌成的，并且铺上垫子：

让他离开吧，他说，不给钱，
那就离开骑士专座，真不要脸！

——朱维纳利斯

那里已舒舒服服坐上十万人；首先角斗场的深处是表演的场地，巧妙地开拓一些下陷的洞口，好像兽穴，表演的兽类从那里飞奔出来；然后可以填满，制造出一个深海，海上的怪兽在其中沉浮，水上还有战船表演海战；第三场把地填满，把海水抽干，开始角斗士之间的厮杀；第四场在地面之上铺满朱砂和苏合香脂，摆上供无数人吃喝的丰盛筵席，这仅是一天演出的最后一幕。

多少次，我们看到，
角斗场的一角向下陷，
从中间冲出一头猛兽，
在深渊遮盖的森林里，
长出了深红色树皮的黄金果树。
我不仅看到了林中的怪兽，
还有海豹和狗熊的斗争，
还有奇丑无比的海马群。

——卡尔普尼厄斯

有时会从剧场看到平地拔起的山脉，上面种满葱绿的树木，一股清流从山顶倾泻而下，好像来自于一口清泉。有的时候看到一艘大船，船身可以自动打开，从中间放出四五百头野兽，自动合拢，消失无踪。以前在这个地方下面可以钻出水管，向天空喷出水柱，几乎高达苍穹，散乱在大家身上，香喷喷的。为了避免日晒雨淋，君王们叫人在巨大的剧场上方撑起一针针缝制起来的绛红色天幕，或是变换颜色的丝织天篷，全看他们高兴与否，可以伸缩自如：

骄阳虽然似火，让剧场燃烧，
埃莫琴出场了，依然还是把天棚收了起来。

——马提雅尔

在观众面前阻止野兽袭击的防护网，同样是用金丝编的：

金丝网熠熠发光。

——卡尔普尼厄斯

这一类型穷奢极欲，如果有什么可以值得原谅的话，那绝对不是一掷千金的壮举，而是创意和新奇让人称奇。

即便这只是在展现虚荣心，我们也发现，古代的这些聪明才智时至今日仍未被超越。这种丰富性同样表现在对自然的其他创造中。这不是说大自然在那个时候已经耗尽了它最后的能量。我们不思进取，徘徊不前，原封不动。我担忧我们的知识在所有的方面都很薄弱；我们前瞻得不远，后顾又不很足够；视野狭窄看得少，它经历的时代短暂，内容浅薄。

阿伽门农的前面有过多少英雄好汉，
但对他们已经无人流泪，
长夜漫漫已经难觅踪迹。

——贺拉斯

特洛伊战争之前，特洛伊沦亡之前，
很多轰轰烈烈的事情都有自己的诗人。

——卢克莱修

梭伦讲述过他从埃及祭司那里了解到的情况，关系到他们国家漫长的历史，还有他们获知和保存其他国家历史的方式。我认为不应该对这个证词置若罔闻。“假如我们可以看到空间和时间的无限，灵魂在其中八方游览，四处探索，一路上找不到一个极限，我们在这片太空之中会发现无穷的事物状态。”（西塞罗）

即便所有的历史直至今日都是真实的，而且为某些人所了解，那和我们不知道的事物比起来依然是微不足道的。对于我们时代的这个世界的面貌，就是最博学的人拥有的知识也显得那么贫乏和浅薄！不仅命运要让我们引以为戒的重大事情，甚至连那些伟大政体和伟大民族的情况，我们遗忘的远远比知道的多上一百倍。我们对于自己发明了大炮和印刷术，大惊小怪地称作奇迹，而其他的民族，远在地球另一边的中国，有人在一千多年前便在使用这些东西。假若我们看到的世界和我们无法看到的世界一样大，就可以相信我们发现的形式永远在繁衍变化的过程中。

大自然绝不会千篇一律、平淡无奇，然而对于我们的认识来说，却又是如此的，我们的认识就是我们法则的薄弱基础，同时也就给我们提供了特别错误的事物状态。这就好似从我们本身固有的缺点与衰败得出的结论，荒谬断言世界的倾斜和衰退：

> 世界在腐朽，大地也是这样。
>
> ——卢克莱修

同样，若看到他那个时代的精英们活力充沛、不断创新发明，觉得世界正处在蒸蒸日上、气象万千的时代。

> 宇宙生物欣欣向荣。
> 世界是新鲜的，刚刚诞生不久。
> 怪不得有的艺术精益求精；
> 今天航船上
> 新增了那么多的索具。
>
> ——卢克莱修

我们这个世界刚刚发现了另一个新世界（是谁向我们保证这是它最后的弟兄了，既然小精灵、占卜娘娘与我们在此之前都不知道这一位的存在?)，个头一样大，五脏六腑和四肢一应俱全，但是那么幼小，还需要教导他接触社会。在五十年前他还不认识字母、度量衡、衣服、粮食、葡萄园。他平躺在怀抱中赤裸裸的，依靠大自然母亲的乳液长大。假如我们做结论说我们已经濒临末日是正确的，所以这位诗人说他的世界正在欣欣向荣也是正确的。我们的时代已经处于世界末日，这另外一个时代正在喷薄欲出。整个世界即将瘫痪，一条肢体无法动弹，另外一条充满精神。

我真担心，由于我们的感染，会促使那个新大陆很快衰亡，会让它为我们的思想和技术的传入付出昂贵的代价。这是一个处在童年的时代；我们如果不利用天然价值和力量的优势去鞭挞他们，为他们指导，我们就不是在利用我们的正义和善良把他们吸引，利用我们的慷慨大方让他们心悦诚服。从这一些民族的回答还有和他们的谈判来看，大多数均证明了他们在思路清晰和做事合理方面一点不比我们逊色。

库斯科和墨西哥城的繁华令人惊叹：国王的花园里的一草一木及其果

实均按照原型大小，利用黄金做成，布置在花园里面；在博物馆里的也是利用黄金仿造王国和领海内的所有动物。这些用珠宝、羽毛、棉花、绘画做成的工艺品美妙绝伦，证明他们在工艺技术方面也不逊色于我们。至于他们的虔诚、守法、善良、大度、坦率，我们比不上他们还的确帮了我们的大忙，正是由于这些美德断送了他们，被奸人出卖，被别人背叛。

再说大胆和勇敢，战胜痛苦、饥饿和死亡的坚定、顽强和决心，我不害怕提出我在他们那里寻找到的例子，和我们这个世界载进史册的古代最有名的例子作对比。那些将他们征服的人施行阴谋诡计进行欺诈，是利用了那些民族的一直以来的敬畏之情。他们看到一些意想不到的人来到新大陆，这些人长满胡须，操着不同的语言，信奉不同的宗教，外貌和行为也不一样，从他们从来没想到在会有什么人存在的一个遥远的世界里，骑着他们见所未见的大怪兽。但他们不仅从来没有见过马，也从来没有见过所有用来驭人或驭物的动物。

这些人身披闪亮而坚硬的外皮，佩戴着锐利闪光的武器；但他们看到镜子或者匕首闪闪发光就觉得神奇，就会用一大堆珠宝黄金来交换。他们没有掌握任何的知识和器具，一点也不知道怎样刺穿我们的铠甲；再者我们还有会电闪雷鸣的大炮和火枪；就算恺撒在他那个年代，从来没有见过这种场面，遇到了也会方寸大乱；但他们都是赤裸着身体的土著，除了一些地区有些发明也仅仅是一些棉织品，兵器最多仅仅是些弓箭、石头、棍棒和木质盾牌；这些民族被友善的外衣欺骗，因为好奇而要看看从来没有见过的奇珍异物而上当。我想说，除了这些差别，这些征服者没有资格获得那么多的胜利。

为保护自己的神和自由，成千上万的男男女女和孩子面临不可避免的危险；就算被逼到绝境，忍受各种困难，慷慨赴死，也不愿意接受厚颜无耻调戏他们的敌人的统治；有些人被捕之后，心甘情愿挨饿绝食也不愿意顺从敌人——鄙陋的胜利者——手中接受食物。我要预言，若是有人与他们平等作战，双方处在武器、经验和人数相当的情况，这些人的处境就一定会像在其他战争中一样，甚至更加岌岌可危。

这样一场伟大的征服战役竟然没有发生在亚历山大统治时期或者古希腊、古罗马时代！那么多帝国与民族的伟大变化和命运多舛，怎会不落入这样的人手中，被他们温柔地开发和整理那里的野蛮，改进和提高大自然播撒在那里的优良种子，不仅将大陆这边的技艺和土地耕作、城市美化结合起来，而且可以将希腊与罗马的美好品德和当地土著的美德结合在一起！

这对我们这个世界将会是多么美好的补救和改良，就让我们在那里用行动做出最初的模范，号召这些民族崇拜和模仿美德，在他们和我们之间建起兄弟般的关系和理解！这些人的灵魂涉世未深，对学习渴望，在多数情况下也的确有这样美好自然的开端，开拓这样的灵魂是件多么轻而易举的事情啊！

相反，我们利用的却是他们的无知和缺乏经验，要他们以我们的道德模式为标准，胁迫他们轻易地走向叛变、奢侈、贪婪，做出各种不人道和残忍的行为。谁曾经为了开拓商埠付出巨大的代价？如此多的城市被夷为平地，那么多民族被灭绝，成千上万的人遭屠杀！世界上最富饶美丽的地方竟然为了买卖珠宝和胡椒被搅得翻天覆地！野蛮的胜出！历史上，就算野心和民族仇恨也从来没有驱动人和人这么相互残杀，造成如此悲惨的灾难。

西班牙人沿着海岸线寻找他们所说的宝藏，一路上攻城略地，霸占了矿产丰富、风景优美、人口众多的地方，便照他们惯有的做法宣布说："他们都是一些温和的人，由卡斯提尔国王派遣而来，远渡重洋来到这儿，他是有生物居住的地方最优秀的君王；上帝在人间的代表教皇将全印度①的领地划给他管理。如果他们愿意服从这位国王的管辖，他们将得到特别友好的对待；向他们索取粮食索取黄金，交换给他们一些必需的药物；还对他们宣传，信仰唯一的神明，我们宗教的真理，还使用恐吓逼迫他们乖乖就范。"

印第安人做出了如下回应：他们自诩温和，即便真是这样，看上去却不像；如果说他们的国王，既然向人讨要东西，由此可见他是个穷光蛋，缺少食物和衣物；把这块土地赠给他的人是唯恐天下不乱，将根本不属于自己的事物交给第三者，引起这个人和从前占有者的纠葛；他们会供给粮食的；金子嘛，他们有的并不多，但是他们根本不看重这种东西，因为它对于生活毫无用处，他们仅仅关心的是生活过得是否幸福和快活。但是他们可以找到的金块，除了用来祭祀的一部分之外，其余的尽管带走；关于上帝只有一个的说法，听起来不错，不过他们自古以来都敬奉自己的宗教

---

① 当时还把美洲误认为印度。

很灵验，也不希望改变了，他们仅仅听从朋友和熟人提出的建议；谈到胁迫，对于对方的品性和能力丝毫不了解就加以胁迫，这是缺少判断力的表现；希望他们赶快离开我们的土地，因为我们没有养成欢迎那些佩带武器的外来人的习惯。不然，我们将要据此办理他们。说着，指给他们看，城墙四面挂着遭死刑者的首级。

以上是那个孩子奶声奶气的述说。但不管是在那里还是其他什么地方，西班牙人都没有寻找到他们想要寻找的东西；无论得到了其他什么样的好处，他们绝对不善罢甘休，我的那一篇《论食人部落》就是证据。

在那片新大陆有两个最为强大的君主，其中一位堪称王中王，被他们最后驱逐出境。那位秘鲁王在一次战争中被俘虏，需要支付一笔谁都难以想象的巨额赎金。赎金付清之后，他发表讲话表达他勇敢、宽容、坚贞和很有头脑；那些个征服者从他的身上勒索到一百三十二万五千五百盎司黄金，同时还有与它价值相等的白银与其他物品，然后，他们的马掌都是用金子打的；他们还想用不光彩的手段看看他还有多少财宝，并且任意享用他的库存。

他们给他编了一条假冒的罪状，上面说他想要煽动各省谋反来使他恢复自由。还让那些陷害他叛国的人依据此罪状做出判决，当众处死。这惩罚还是他处决之前接受了洗礼换取来的，否则他会被活活烧死。国王遭受了前所未闻的可怕酷刑，气定神闲，说话得体，完全是一副王者风范。之后，为了安抚那些被这个突然事件搅得惊魂未定的民众，征服者假装对于他的死亡表达了沉痛的哀悼，下命令举行盛大的葬礼。

另外一位是墨西哥君王，他长期保卫着被敌人围困的城市，并表现出一位国王或民众前所未有的坚韧和不屈不挠，他的不幸就是被敌人捕获，用君臣之礼相待后投降（他在狱中也没被人见到有任何侮辱这个头衔的行为）；他的敌人胜利之后，把每一寸土地搜刮了个遍，也没有找到他们自诩的黄金宝藏，于是他们通过对囚犯能施展的最严厉的酷刑对待国王，想从他的口中套出什么。不过这一招依然没有得逞，对方的志气比酷刑还要厉害，他们无法遏制自己的怒火，竟然违背自己的宗教和一切人权，判决国王本人与他朝中一名大臣面对面接受刑罚。

这位大臣的四面都是烧红的炭火，疼痛难忍，最终向他的主人投出痛苦万分的眼神，似乎想乞求君主原谅他已难以坚持到底。国王自尊威严地望着他：是对于他的怯懦和贪生怕死的怪罪，对于他说出这几句话，言语严厉坚决："我是在浴盆中吗？我也没比你更加舒服啊？"没过一会那个人撑不住痛苦，绝望而死。国王已经被烤得半焦，却被他们带走了，并不是出于可怜（因为偶尔听到有个什么金瓶子能够偷盗，就可以将一个人——不一定非要是一个德才兼备的大国王——生生烧死，如此的人可能动恻隐之心吗?），而是由于国王的坚贞不屈加深了他们残忍举动的耻辱。最后他依然被吊死了，由于他曾经试图夺取兵器逃出长期监禁他的监狱。他的结果完全无愧于一位英明的君主。

还有一次，他们在同一堆火上一下子活生生烧死了四百六十条汉子，四百个人是平民百姓，六十人是一个省里的贵族，他们都仅仅是战俘罢了。这些事情我们都是从战胜者口中得知的，因为他们不仅承认，同时还吹捧与炫耀。难道这是表明他们的行为正确，或是对宗教的狂热？这些行为和一个如此神圣的目标相去实在太过遥远太过相悖了。

假如他们有意推广我们的宗教信仰，他们就应该考虑到这不是霸占土地就可以传播的，应当霸占的是人。出自战争的需要带来的死亡已足够多了，别在炮火可以打到的地方，不分青红皂白地就像对待野兽一样再次进行一场大屠杀，只是有目标地留下一些人，为了他们的工作和矿区充当可怜的奴仆。假如说有一些远征军首领被卡斯提尔国王下达命令，将几位在当地遭到蔑视和憎恨的军队首领就地处死，这是由于他们的行为真的让人发指，大多都是些不齿于人世的人渣。上帝公平地让大肆抢夺而来的赃物被海水冲走，沉入了海底，抑或在他们互相残杀中消失殆尽。他们中的大多数人也死在这里，带不走任何胜利的果实。

至于说他们的战利品，到了那位俭朴谨慎的国王[①]手中，远不及他的上任国王所盼望的数量，也不如刚踏上新大陆的时候见到的第一批财产那样多（因为即使他们从中捞到不少，与他们贪婪的欲念相比却总显得微不足道），因为那里的人还完全不懂怎样使用钱币，因此他们所挖掘出来的金子都囤积在那里用以展示和炫耀，就好像很多有势力的王孙贵族中世代相传的一件宝物。他们老是挖掘矿产，为了铸就大量金碗、金花瓶、金雕塑，来装饰他们的城堡和神殿，而不似我们的黄金是用来贸易买卖的。我们把金子分割成小块，把它打造成千百种式样，把它们散播出去，让它们流通。如果我们的国王几个世纪以来将黄金全部聚拢，留着不用，不妨想

① 指西班牙国王菲列普二世。

象一下是怎样的情景。

墨西哥王国的百姓显然比那些其他国家的人民在科学技术上开化和进步一些。他们和我们一样觉得宇宙已经接近末日，将我们给他们造成的战难当作是末日的征兆。他们笃信宇宙的存在已经经历了五个时代，也就是连着五个太阳的生命，其中的四个已经消亡，现在照耀在他们头上的是第五个太阳。

第一个太阳在一次全球性的洪水中和其他生物一起消亡。第二个太阳从天上朝着我们掉了下来，把所有生物都闷死。那个时期有巨人存在，他们还拿出巨人的遗骸给西班牙人看，从他的比例推算，男人的身高可达到二十个手掌的高度。第三个太阳是在一次大火中烧完的。第四个太阳是在风和空气震动中消逝的，大风吹走了好几座大山；人类没有灭种，不过变成了猴子（人性懦弱，真是什么都可以相信！）。第四个太阳死亡之后，世界连续二十五年陷入一片黑暗；在第十五个黑暗年中一个男人与一个女人出现了，他们重新塑造了人类；十年后的一天，一个刚刚诞生的太阳出现了，从此以后从这天开始计算他们的年代。

这个新太阳诞生的第三天，原来的众神辞世，新神纷纷诞生。他们觉得现在这个太阳将会以如何的方法消逝，《印第安通史》的作者[①]还什么也没有听说过。不过第四次太阳巨变发生在许多星辰大冲撞的时候，依据星相学家的推测，这次相合在八百年前就引起过世界的几大变化，产生了不少新奇事物。

谈及我在本文开头的气派和堂皇富丽，希腊、罗马、埃及的哪一个工程，在实用性、难度和雄伟程度来说，都没法惊愕秘鲁境内的大路相媲美，那是历代君主共同建造的，从基多城直通达库斯科，全长三百法里，宽二十五步，笔直平整；石条铺路，两边堆砌起美丽的高墙，高墙里面有两条水沟，渠边种上他们称作“魔草”的美丽树种。他们碰到山和岩石就粉碎削平，碰到深坑就用石块和石灰填满。日薄西山，无论旅客还是过往军队，总是可以找到美丽的客栈供应粮食、衣物和武器。在这样的地形上修筑这样的工程，我估计其难度非同小可。比十平方尺小的石头他们不用；运送全靠人力拉着走。他们不懂得搭脚手架的技术，也只知道在房子周围垒上泥土，跟着一同升高，用过之后再撤下去。

① 指蒙田同时代的西班牙历史学家佩兹·德·戈马拉。

再回过头来谈论我们的马车吧。他们不用马车与其他的任何车辆代步，他们被人抬在肩头上。最后的那位秘鲁国王，在被擒住的那一天，就被人抬着，坐在一张金椅子里指挥打仗。由于敌人要把他活捉生擒，无论要杀多少轿夫都要让他摔下轿子，就有多少人争先恐后代替他们为他抬轿，所以不管多少人被杀死，始终未能把国王打落在地，一直到有一名骑士走上前一把挟住他的身体，把他拽下来，滚倒在地。

7 论权重位尊的弊端

假如高不可攀，那就诋毁它，出一口恶气。更何况找点茬也不全算是诽谤：一件事无论如何美好，如何令人神往，想要寻找岔子总是可以找到的。一般来说，权位高有一个明显的优势。它可以随时降低自己，可以选择不同的身份，因为并不是所有的高处都可能掉下来的：你在许多地方可以慢慢爬下来而不会摔跟头的。我认为，我们对于地位这个东西看得过重。我们见到抑或听说有人轻蔑地位。有人有意放弃地位，不过对他们的决心也看得太重。地位带来的优势并不是立竿见影的，因此予以拒绝也没有什么大不了。我认为为了承受痛苦做出必要的奋斗是挺困难的事情，不过，安于中等程度的命运和放弃高位则轻而易举。我认为这是一种品性。对于我这个笨鸟来说也不用费太大的力气就能做到的。有人思考拒绝高位带来的荣耀，这种拒绝在某种情况下可能会比追求和享受高官厚禄暴露出更加大的野心。他们该怎么做呢？因为，按照野心自己的路向前行进，绝对不会比走一条远离常规和不经常使用的路要好。

我走一条需要耐性的路，锻炼我的勇气。假如跟随欲望，我就会丧失信心。我与别人一样渴望得到很多东西，我的愿望同样地自由和无限，不过，我从不希望拥有国家或者王国，或者重任在肩的高官或者发号施令的将帅的生活。这不是我的目标，我实在过于自爱了。我希望提高自己，但是仅仅是为了自我。我总是在一小步一小步做，在坚韧性、智力、健康、美丽，还在富有方面。小心翼翼地以有限的速度增加。不过，崇高的威望和强大的权威会压迫我的想象力，与那个人（即恺撒）相反。我或许宁愿在佩里戈做老二或者老三，也不会去巴黎当老大，最起码，不瞒你们说，我宁愿在巴黎做老三，也不愿意当第一把手。我既不愿意和掌门官——一个陌生的可怜虫争吵，也不愿意在夹道欢迎的人群中间挤来挤去。既出于志向，也由于命运。我习惯了中游的地位；在我的生命里，在我的所作所为里，我的表现是绝对不超过上帝安排我出生的社会阶层，尽量避免但不是追求高级职位。所有符合自然的事物，绝对正确。并且容易做到。

我胆小怕事，我从来不想“运气”有多好，只想着它是否容易获得。

不过，我虽然不心高气傲，但是非常开放。我有一颗要求我公开弱点的心。假若要我对比托里尤斯，巴尔比斯和马尔居斯·雷居律斯的命运。前者情感丰富，潇洒，博闻强识，身体健康，擅长各种各样的娱乐活动，并且充分享受这其中的快乐。他过着满足自己的平静日子，做好了面对死去、迷信、苦痛，以及人类的灾难带来的其他阻碍的心理准备，最后他手拿兵器，为了保卫国家战死战场；然而另外一个人，如人们所认识的那样，他傲视群雄，死得也令人赞叹，他的一生让人敬佩；一个默默无闻，锋芒不露，而另外一个被捧为榜样，极其荣耀，假如我可以和西塞罗说得同样好，我要说的就已经全部被他说了。不过，假如要在我的人生中实施他们的做法，以我的能力和愿望来说，我必须说前者是我力所能及的楷模，然而后者离我简直太远了；我只可能通过仰慕接触后者，但却可以比较容易地通过学习接触前者。

我们从世俗的观念出发，现在回来，继续谈世俗的地位问题。

我讨厌由一部分人行使但由另外一部分承受的权利。奥塔乃斯是有权利问鼎波斯王权的七个人之一，我会做出和他一样的决定：他将通过选举或者抓阄获得政权的权利禅让给了战友，只期盼自己与家人生活的国家，除了古代的律法以外，不受任何其他约束和压迫，而且享有不会带来任何麻烦事的自由：既不愿指挥别人，也不能忍受别人指挥。

世界上最艰难最困难的行业，我觉得莫过于适当地行使国王的权利。想到他们肩负着让人头脑胀大的沉重负担，我原谅国王们犯的错误比一般人要多。要让无限胀大的权利保持节欲是非常难的。但是，任何一个人被放在这么一个位置上，就算天性并不杰出，都可能受到极大的鼓励，促进你培养优异的品质。由于你做的每一件善事都不会被遗忘，都将被记录在册；你的最微小的良好做法都将会影响很多的人；你就像讲道者一样的明智，将主要针对并不严肃的评判人、极易欺骗与极易满足的老百姓。我们能够真诚地判断的事物不多，由于从某些程度上说，极少有不涉及我们个人利益的事物。居高和居下，治人和被人治，都取决于天生的欲望，并且必然地引起争议；它们无可避免地永远地相互撕扯。对于对方权利的话题，两边的观点我都不信：每当我们可以决定时，就让坚韧不屈和不动声色的理智来发表它的意见吧。大约一个月之前，我翻阅两本在这个问题上针锋相对的书：持有平民观点的书说国王的地位甚至不如一个匹夫，支持君主制的书则说其权利比上帝还要高出几分。

现在，我要说由于个别情况引起了我对问题的关注，我在此尽力强调位尊权重的弊端，事实上，是这样的。或许在人际关系的方面，最有意义的事是通过荣誉和才华的比试，依靠体力与智力的发挥，来决定优胜劣汰，但无上的权力是没有资格参与其中的。其实，我经常认为就是由于尊重，人们对待君王的态度反倒显得蔑视和不屑。在我童年的时候经常被人激怒，因为那些和我一起训练的人不肯使出全力，他们认为不值得与我较真。我们看到王孙贵族们每天都会遇到这种事情，每个人都认为自己不配与他们较真。假如发现他们多少希望赢的话，谁都不会为难，一定都立刻认输，宁愿放弃自己的名誉也不愿意败坏他们的名声：一般人总是尽自己的力量去维护他们的名誉。王公们在每个人为他们着想的比赛中还能够有多少成就呢？我貌似看到当年出现在马背之上、在搏斗之中的战士，他们的身体与兵器好像都拥有魔力一般。布里松跑步去挑战亚历山大，跑了跑就停下来了；亚历山大严肃地把他面斥了一顿，按照道理应当用鞭子猛抽他一顿才对。就是因为这种情况，加尔内阿特说除了驯服马匹以外，国王的小孩们从来没有认真地学习所有的东西，因为在所有其他的练习中，人们都迁就他们，让他们在所有的比赛中胜出，不过一匹马既不懂阿谀奉承，也不懂得察言观色。它将王子摔倒在地上，就好像摔樵夫的孩子一样。荷马不得不让可爱温柔的女神维纳斯在特洛伊战争之中受伤，因为这个创伤将会给她勇气和力量：没有遇到危险的人是根本没有机遇得到这种品质的。同时，人们还表现各个神明的愤怒，害怕，逃避或者争风吃醋，抱怨，热恋，继而赐予他们很多高尚的，我们需要克服那些缺陷才能形成的品性。一个没有经历过危险和困难的人不可能享有荣誉和克服危险的快乐。权力让人所向披靡。这是值得可怜的情况。命运让社会与周围的人永远地抛弃了你：它将你过于隔绝于世了。在所有的场合均可以轻易地打败对手，这是所有快乐的敌人：这是滑行，不是走路；这是睡觉，而不是生命。想象一下一个健全的人，你将他扔进无底深渊：需要让他求你将障碍和耐性施舍于他，他深层次的天性和他的利益在于其不足之中。

他们的优点死了，迷失了，因为只有比较才能感觉到优点，不过人们不允许他们有比较的机遇；他们对于真正的赞美知之甚少，他们获得的仅仅是千篇一律的应和。他们与最愚蠢的臣民打过交道吗？他们也无法占据上风；平民会说“因为他是国王”，他认为有这句话就足够了，他已然助了一臂之力将自己战败了。君王的身份窒息与耗尽了其他真正的重要的身份（它们被埋葬在王权之下了），不过为了夸耀，给他们只留下了与国王的身份直接有关和有用的行动，也正是他们的职责所在。做君王的人由于是君王而存在。这个环绕他的耀眼光芒掩饰着他，让我们看不到他了；我们的视线在这个地方被粉碎了，在这里被分散了，因为这股强烈的光太耀眼，我们的视线被挡住了。罗马元老院把雄辩奖杯颁发给了蒂拜尔；他拒绝接受，觉得颁奖的决定出自于缺乏自由度的评价。就算是货真价实，但他丝毫感觉不到愉快。

正如把荣誉全部让给国王，人们为他们的错误和罪过找借口，不仅仅加倍称颂，同时还有样学样。亚历山大的手下入学，他一样也歪斜着自己的脑袋，德尼的阿谀奉承的人们在他面前耍阴谋诡计，推倒和掀翻脚边的东西，表明他们的视力和他一样差。身体的缺憾竟也被用来作为相互排挤、获得恩宠的阴谋。我看过一些人装聋作哑；由于自己的主子讨厌老婆，普鲁塔克看过一些臣子因此而抛弃自己的妻子的事情，虽然他们仍然爱着她们。更严重的是，淫荡由于这个原因也被另眼相待，包含各种荒淫无度的行为，还有不忠实、亵渎神灵、残酷、异端邪说、迷信、不信教、懦弱，以及可能还有的更糟糕的情形。这些人的事例比米特里达特的阿谀奉承者们的例子更加危险，因为他们的主人希望获得杏林高手的名誉，奴才们便献出身体任他开刀和烧灼，现在这些人竟让别人来燃烧自己的魂魄——人最美妙最崇高的部位。

从何处说起，还是在何处结束：亚德里安皇帝与哲学家法伏里努斯谈论某个词语的释义，法伏里努斯很快就放弃了胜利。他的朋友向他抱怨，他回答说：“你们不会是开玩笑吧，你们希望他不如我有学识吗？他可是领导着三十个团的啊。”奥古斯特写诗歌反对阿齐尼尤斯·包里翁，后者回答说：“我啊，我没话好说了；写诗歌反对一个有权利宣布他不受法律维护的人。这并不是聪明人的做法。”他们都是说得正确的，德尼在诗歌方面不及费洛克塞纳，在散文的方面不如柏拉图，只好判一个去采石场服劳役，送另外一个去爱吉纳岛做奴隶。

8 论交谈艺术

我们的一条司法惯例是杀一儆百。

人一旦犯了过错就应该定罪，就像柏拉图说的那样，是愚蠢举动。因为已经做过的事不能改正；惩罚是为了让他不再犯相同的过错，抑或说不重蹈覆辙。

不能纠正已经被绞死的人，却可以通过已经绞死的人纠正别人。我也是如此。我的过错几乎是天生的，没法改变的；但是，老实人要让别人效仿自己的行为是利民的，我公开这样做的益处则是避免自己重犯：你没有见过阿尔比尤斯之子多么拮据，巴路斯过得有多么拮据？

意味深长的范本，可不应该丢弃这些遗产。

——贺拉斯

我若公开并责难自己的不足之处，有的人就能学会害怕那些缺陷。在我的身上我最引以为傲的是责难自己而不是推崇自己。这说明了为何我否定自己更加常见，说得也更加详细。但是，人们一味谈论自己必然招致损失。自我责备逐步增加，褒奖便随之减少。

或许有些人和我的气质相似，我这个人从来在对立中比从事例中，从逃避中比从随从中得到的教诲更加多。这种教育方式和大加图有关系，他曾经说圣贤获得愚人的教诲超过愚人获得圣贤的教诲。勃萨尼亚斯论及一位古希腊竖琴演奏家，说他习惯于迫使他的门徒去倾听住在他家对面的一位蹩脚音乐家的演奏，让他们学会憎恶那些不准确和不合节奏的音调。讨厌残忍让我更加趋向于仁慈，就连宽厚的主保圣人都不能够吸引我走得更加远。长于骑术的优秀骑手提出我的骑马姿势的缺点，就比不上看骑在马上的检察官和威尼斯人的效果好；用错误的语言方法纠正我的语言比用正确的语言方式更加具有效果。别人的愚昧行为日复一日地提示着、告诫着我。刺耳不中听的话比甜言蜜语更能打动人、警示人。时间只有向后退才能让我们得到改变，通过不协调要比通过协调、通过不同要比通过相似更加能够让人得到改变。优秀事例教育我的东西很少，我用的是反面典型，反面典型的惩罚作用更加为普遍。我曾经努力让讨厌我的人看到我的善解人意，从软弱的人那里看到我的坚强，从粗暴的人那里看到我的温和。我因此采取的措施是坚忍不拔的。

在我看来，训练思维最有效果最合乎情理的方法是和人交谈。我觉得谈话是比生活的任何其他行为都更加让人愉悦的习惯，所以，如果我在此刻被迫做出选择，我相信我宁可同意失去视力而不同意失去听觉或者表达能力。雅典人，同时还有罗马人，在他们的柏拉图学院里就曾经以保留语言练习课程为荣。在现代，意大利人依然保留了这些方面的一些痕迹，用他们的智力和我们的智力相比，就能够看出他们的做法对于他们非常有利。研读书本，这是一种没有生气的、有气无力的活动，绝对不会让人兴奋，然而交谈却能够让人一下子就学会东西，得到提升。我若是和一个思想深刻、言辞犀利的辩论者交谈，他就会紧逼我的左右两侧，会从左边与右边夹击我，他的想象力就会刺激我自身的想象力；妒忌、荣耀、思想的集中可以推动我，提升我，让我超越自己，然而在谈话中意见一致就绝对让人厌恶。

和精力充沛、思维规律的人交谈可以振奋我们的精神，然而和思想品格低下性格变态的人持续不断的来往就会降低人的品格并且让思想衰退到难以置信的地步。所有传染病都不会像这种情况传播的严重。对于这种情况，我凭经验了解到这多么有害。我喜爱辩论，喜爱和人交谈，但是仅限于少数的人，同时只为了自己而争论而谈话，原因就是：我觉得，不管是作此表演来引起贵族的注意，抑或是竭力卖弄自己的才智和口才，这都和一个体面的人非常不相称。

说蠢话是生活当中的一件蠢事，但是无法忍受说蠢话，为了蠢话而气愤而遭受折磨（我就会有这类情况），这就是另外一种弱点，这弱点在让人讨厌方面不下于蠢话，所以，现在我愿意责难自己。

在与人交谈和争论方面，我很容易自由自在地进入状态，因为所有意见在我的身上都难以找到一处适宜穿透并且深深扎根成长的地盘。无论什么建议都不可能使我感到惊讶，无论什么信仰都不会让我感到不快，无论这种信仰和我的信仰多么背道而驰。无论多么无聊荒谬的思想，在我看来，都是与人类思想的产生相符合的。我们这些人能够评判事情但是无权做出宣判，因此我们看待不同的建议是从容不迫的；假若说我们还不能够评判那些意见，我们却能够宽容地吸取那些建议。假如天平的两个秤盘中有一个空空如也，我就任由另外一头摇摇晃晃，心里念着一杆旧的秤砣。假如说我更加喜欢单数，喜欢周四而不喜欢周五，在饭桌上我宁愿坐第十二或者第十四个座位而不是第十三个位置；假如说在我旅游时我渴望看到野兔在我旁边跑来跑去而不要横穿过我走过的路，我穿鞋子的时候先穿左脚后穿右脚，我觉得这些貌似都可以得到原谅。我们周围任何享受名誉的人进行的想象起码都值得我们去听取。我认为这些遐想虽只是比头脑空空稍有分量，但却可以给天平增加倾斜度。带有偶然性的普遍建议还是有些分量的，在本质上也和一钱不值是两回事。不去应和那些建议的人就算没有迷信的嫌疑，但可能犯顽固的弱点。

所以，反对的意见既没有触动我也没有伤害我；它们只可能让我获得启发，获得锻炼。我们喜欢躲避别人的改正，事实上应该主动迎上去并且参与矫正，尤其是在这种矫正以谈话的形式而不是以老师上课的形式出现之时。每当有不同意见出现，我们往往不看这个意见是否正确，只是想到如何摆脱它。我们对于反对的建议不伸开双臂，但却张开爪牙。我可以容许朋友的粗野冲撞："你是一个蠢人，你在胡说八道。"在文明的人们中间，我也愿意大家表达的思想大胆，谈话推心置腹，但必须加强我们的听力并加以磨炼，以此来抵御对别人话语中客套假意之声的偏好。我喜爱人和人之间的亲密往来牢固而大气，我喜爱友谊能以朋友往来中出现尖锐猛烈撞击而骄傲，犹如爱情也会咬伤和抓伤到流血。

友情像没有争吵而仅仅彬彬有礼，客客气气；友情像害怕冲撞并且缩手缩脚，这种友情就不够牢固不够丰满。

没有一个争论是不存在激烈冲突的。

——西塞罗

有人与我唱反调时，会引起我的注意而不是我的气愤；谁阻止我，谁教训我，我就向着谁走去。寻找真理应该是双方的共同因素。他可能回答些什么？气愤的偏激情绪已经袭击了他的评判能力，混沌在理性以前已经抓住了他。这些方法可能都有用：大家利用抵押品作为赌注来解决异端，或者以双方损失的物品标志以供争论双方考虑，从而使我的仆人能对我说："去年，您因为无知与固执已经有二十次损失了。"

只要发现是真理，我就会加以庆贺，举起双手表示亲近，投身于真理；当我远远望见真理朝我走来的时候，我就会向着它奉上战败者的兵器。只要不是凭借过分专横过分盛气凌人的丑恶嘴脸控诉我的作品，对于所有的申斥我都愿意欣然接受，我对于作品常常进行修改，往往缘于客气而不是因为改进。我同时还喜欢用易让步的方法奖励和栽培无拘无束提醒我的人，是啊，哪怕这种方法于我有损害。但是吸引我的同代人注意这样做又确实很艰难；那些人并没有勇气改正别人，因为他们没有勇气接受别人纠正自己，因此他们当面说话老是掩掩藏藏。我如此喜欢被人批评被人了解，所以到底是被批评或者被了解，我都无所谓。我自己在思想上就常常反对自我，谴责自我，因此让别人也如此做，那对我是一回事：我主要考虑的是，我愿意交付的权利交给了他的批评。但是我和高高在上的人却是水火不容，例如，我认得一个人，假如别人对这个人的训斥不以为然，他就竭尽全力为自己的建议辩解；假如人家讨厌随声附和，他就会甩出辱骂之词。苏格拉底老是笑眯眯采纳别人对于他的讲演提出的反对意见，可以这样说，促进他这样豁达的根源就在于他的力量：既然优势肯定倒向他一边，他便欣然接受这些不同意见并以此作为他获得新荣耀的根基。相反，我们同时又看到这样的情况：最容易让我们变得敏感而又挑剔的，莫过于他人充满优越感与轻视的建议；总而言之，心甘情愿接受批评意见来纠正自己改变自己的大多是弱者。其实，我希望经常来探访我的是来责难我的，而不是惧怕我的人。和欣赏我们的人，和给我们让位的人们交往肯定索然无味并且有害。安提斯泰纳命令他的儿女们永远不要感激夸赞他们的人。在论战到激烈程度时，我让自己屈从于对方辩论的力量，这个时候，我为了战胜自我得到的胜利，远远比我为看准对方弱点而打败他得到的胜利更加令我感到自豪。

总而言之，我接受并认同各种迎面而来的打击，无论它们多么软弱无力，但是我对来了但又不成形的冲击却太难容忍。提出建议的内容和我关系不大，对于我来说，意见自身是唯一的，内容怎样对我来说几乎无足轻重。假如辩论程序井然有序，我会整整一天都平静地参与讨论。我并不像要求辩论有序那样要求讲话有力量和思辨敏锐。在牧童中间，在小店伙计中间每天的吵架中都能见到秩序，但是我们之间却又从来都见不到。假若小店伙计之类的人吵架时出了弱点，那是粗暴，我们反而干得不错了。然而他们的吵闹和急躁并没有离开他们的主题：他们仍然在正常地说话。假若说他们相互抢先讲话，假如说他们谁都不等对方将话说完，他们最起码互相听到了对方说的是什么。假如答案对题，我认为那就是最好的答案。但是，辩论假如乱糟糟的，丝毫没有秩序可言，我就会离开争论的问题而带着气愤去冒冒失失纠缠形式的问题，并且一头扎进顽固、狡猾、野蛮的争论形式中去，所以，我之后会感觉到脸红。

与蠢人是不可能推心置腹地讨论问题的。在君王无论怎样专横的干预下，不仅仅我的判断力不会改变，我的良知也不会堕落。

我们的口头争论恐怕应该像其他口头罪行一样被禁止、被惩罚。辩论只要一直受到气愤的主宰，就可能引起并积聚什么样的诟病！我们一进入敌对的状态，最先受到攻击的是理智，然后才是人。我们学习辩论只为了反驳别人；而且每个反驳别人的人也遭到对方的反驳，所以出现了以下的情况：争论的结果就是毁灭真理，灭绝真理。所以，柏拉图在其《共和国》中提出禁止品性不好的人和头脑愚钝之辈参加这种活动。

为什么你会和一个既不能与你同步又不能与你节奏一致的人走在探讨真理的路途上呢？每当人们离开话题去寻找讨论话题的方法的时候，这对主题自身并没有损害；我这里谈论的并不是学院式的人为的方法，而是自然天成的能让人正确理解问题的方法。那到底是什么呢？一个人往东，另一个人往西，他们便丢掉了本质问题，把重要的东西隔离于一大堆不重要的东西之外。经历一小时的激烈争论之后，他们仍然不明白自己在找什么：一个矮了，另外一个却又高了，还有一个在旁边。有人为一个词、一个比喻纠缠不休；有的人再也无法体会别人用来反对他的是何物，因为他一心在忙着争论，并且思考着如何接着争论下去，心思就不在你的身上。有人自己腰杆挺不起来，惧怕一切，对于任何东西都加以拒绝，一开始争辩就把什么都搅作一团，让它模糊不清；抑或，看见大家争论非常卖力，就一反常态，为了自己也感觉气恼的无知而自我懈怠，装出高高在上、不屑一顾的模样，或者愚蠢地做出虔诚谦虚的姿态而逃避争斗。这位只要一出招，自我暴露到何种程度好像和他无关。那位斟字酌句，在陈述原因的时候把每一句话掂量一遍。还有人仅仅会发挥他的嗓门和肺的优势。有人作结论的时候竟然自己表示反对自己。也有的人用他的前言和离题万里的废话震聋了你的耳朵！还有的人干脆用辱骂为武器，想尽各种办法和人作德国式的争辩来摆脱同才气高他一等而让他苦恼的人的交往和谈话。最后，有人完全听不懂对方的意见，但却用自己提出的非本质性的俗招，依靠医生处方式的东西将你纠缠在论证的围墙的上面。

当我再仔细思考这句话："于事无补的蹩脚文字"的用途的时候，谁还会相信知识？谁能不抛出疑问：是否能从知识当中汲取坚实有益的东西以应付生活的需要的？谁凭借逻辑学提高了智商？逻辑学做出的美丽诺言可以在哪里实现？"它既对更加好的生活没有帮助，也无助于更加愉快地推论。"你难不成可以发现在长舌妇的饶舌中比在这伙人的公开争论中的糊涂议论更加多？我宁愿让我的儿子去小酒店也不要去辩才学校读书。你去寻找一位艺术老师，去和他谈话：他为何没能让我们通过欣赏他有力的证据与奇妙的条理而领悟那人为的卓越之处，也没能让女人与我们这些无知之辈为此而沉迷？怎么没有如他所愿主宰我们、说服我们呢？一个智力超常、品德卓越的人为何击剑时掺杂辱骂、粗鲁和愤怒？让他摘下自己的博士礼帽，脱下身上的袍子，再抛掉拉丁语；使他不要搬弄正宗的亚里士多德，我们的耳边喋喋不休地烦人，那个时候，你一定就会把他当作我们当中的一个人，或者更加糟糕。我觉得，他们用来折磨我们的纠缠不清的言论含义和耍把戏有一拼：他们的机智灵活触动并制伏了我们的感官，但是却无从使我们心悦诚服；除了这些街头把戏，他们做的事情都是不平庸的，都是不低贱的。他们越博闻强识就会越愚蠢。

我喜爱并敬重知识的程度不亚于那些拥有知识的人；从知识的用途来看，这是人类最高级最宏伟的收获。但是，在这些用知识建立他们的基本能力与价值的人身上，在这些从智力到记忆都非常相似的人的身上，在那些"拉着外国大旗作虎皮"，离开了书本就一事无成的人（上述这些人的数量非常大）身上，我憎恶知识，我胆敢说，比憎恶愚钝有过之而无不及。在我们的国度我们这个时代，人们教授的知识在相当程度上改善了人的钱包，但却很少改变人的灵魂。知识如若遇上愚钝的心灵，它就会让迟钝加重，并且让心灵窒息，因为这是一大堆僵硬的难以消化的东西；假如遇到心智灵敏的人，知识就自然地让它净化，提炼，让它精明到不能再精明的地步。从本质上说知识甚至是无足轻重的事物，它对于禀性优秀之人是非常有用的陪衬，对于其他的人则既有害也招徕损失；或者不如说，知识具备极为珍贵的用途，用贱价是得不到的。知识在有些人手里可以是权利，在另外一些人手里则是宫廷小丑的人头杖。但是，我们还要继续谈论下去：

让你的敌手知道他无法战胜你，你还能期待比这更为重大的胜利吗？当你在阐述意见和判断取得优势时，那是真理获得的胜利；当你用你的有条不紊与你的品行获得优势时，那是你自身的胜利。我觉得，在柏拉图和色诺芬尼的书中，苏格拉底在争论时考虑的是讨论者本人，而不是讨论的主题，与其说他教导厄提代姆斯与普罗达哥拉斯认识他们辩论方式的不精当，不如说他教导他们认识自己不得体的言论。他紧抓首要问题的原因比阐明这些问题更加有用，例如：为纯净思想，他要塑造要练就的是人的思维。争论和追求的正是我们要捕捉的“野兔”：假如这样的事情都做得不好，不大气，那就无法获得谅解。从缺乏到获取，这是两码事，因为我们天生就注定要寻找真理，而把握真理就属于更加强大的力量，就像德谟克利特说的那样，真理不该隐藏在深渊之底，而应该提高到无限的高度，为上帝所知。人世只是一所探求的学校。不观察谁是否进入，而是看谁跑得更好。说真话说假话傻瓜都可以做到，因为我们讨论的是说话方法而不是说话内容。我的偏好是形式和实质都要重视，既注意律师也注意案子本身，阿尔西巴德就命令人这样行事。

我每一天都阅读一些作者的诗作作为消遣，我关心的并不是他们的知识，只是在他们的作品里探究他们的写作方式，无论作品的内涵如何。就像我继续和某位知名人士保持联络，不是为了他指点我，只是为了我了解他。

任何人都可以实话实说，但是很少有人说得有条有理、充满智慧和技巧。所以，我对于因为无知产生的假话错话并不感到气愤，那仅仅愚蠢而已。我曾经多次中断对于我有利的交易，因为与我谈判的对手提出异议的时候出言不逊。我在一年中没有一次为辩不过我的人所犯的错误而恼火，但是一些人作结论的时候的固执和愚钝，他们又笨又唐突的托词与狡辩却没有一天不让我愤恨得喘不上气来。他们既不听取别人在说什么，也不懂得别人为何那样说，回答问题也就是如此：这真让人沮丧。我的头颅只有在碰到别人的顽固脑袋上才会感到撞得疼痛，我宁愿和下人的严重弱点妥协也不愿意和他们的莽撞、纠缠不清与他们的愚钝妥协。只要他们有能力做事，让他们少干一点儿也无所谓。你期待着振作他们的心志，但是对于一个老树桩你既不可能抱有什么期待，也不可能获得有价值的收获。

如此的话，难道我们看待的事物与其本来面貌有所不同？有这样的可能，但是我仍然应该责备我的急躁，同时首先应该坚持觉得这种急躁对有理之人与无理之人同样是有害的（因为急躁永远是不可能容忍不同意见的人特有的跋扈和乖戾的表现），同时，其实，因为不喜欢别人所做的蠢事就激动发火，这本身就是很大的无聊，是最平常最荒诞的无聊，因为这种无聊把我们格式化了，祸害的首先是我们自身。曾经那位哲人①从来不放弃哭泣的机遇，因为他是如此看重自己。七贤之一的米松②同时拥有提蒙和德谟克利特的性格，当有人问他在嘲笑什么而一个人傻笑时，他回答说道："就为了这自个儿傻笑而傻笑。"

照我看，我每天不知说了多少蠢话！在别人看着时，我说的傻话自然还更多！假如我为此而憋着不说，别人又会如何？总而言之，应该在活人中生存，让桥下的河水不蒙受我们的照顾自己长流，抑或，至少我们不必为此而过多烦恼。是啊，但是，为何我们看到某个身体畸形或者身材不匀称的人丝毫不生气，但是见到一个思想混乱的人却无法容忍、怒不可遏？这种有害的强烈态度应该归咎于审视的人而不能怪罪有缺陷的人。让我们念念不忘柏拉图的这段名句："我觉得什么东西不正确，难道是因我自己不对？"我自身不就有错误吗？我的训斥岂不可以倒过来瞄准我自己？智慧和神圣的名言不断重复，鞭挞着人类最普遍和最常见的错误。不仅仅我们之间相互的指责，就连我们在争论中各自提出的理由与论据一般都可能绕回来反对我们自身，我们在作茧自缚。在这些方面，古代为我留下了非常严肃的惯例。想出这一句话的人说得既准确，也非常贴切：

> 每个人都喜欢自己大便的气味。
>
> ——伊拉斯谟

我们的眼睛一点都看不见我们身后的东西。一天之中我们成千上万次争论邻居其实是在自己嘲笑自己，我们讨厌别人身上的缺陷，但那些缺陷在我们身上更加明显，出自于一种不可思议的恬不知耻与疏忽大意，我们竟然为这些缺点感到惊讶。昨天我还亲眼看到一个明白人，一个和蔼可亲

① 指希腊哲学家赫拉克利特。

② 希腊七贤中并无此人，此处所指不详。

的贵族嘲笑别人的愚钝举止，他说得既有意思也很正确，说那个人向大家吹捧他的家谱和姻亲关系，然而其中很大部分是假的（只有身份更加可疑更加难令人置信的人才会对于这类愚钝的话趋之若骛）；这位贵族假如退后几步看看自己，他就不难发现自己也在令人讨厌地在谈话中散播他妻子和娘家如何享有特权。啊！可恶的自负，妻子竟然通过自己的丈夫亲手培养这样的自负！假若那些人知道拉丁文，他们应当说：

勇敢一些！就如同她自己荒唐不尽兴，
再为她的荒唐加把劲儿！

——特伦克

我不认为人不清白就能不去批评别人，因为不会有不清白的人告状；甚至于在同一种犯罪里不清白也是这样。但是我明白，在审判另外一个当事人的时候，这审判并不吝惜它对我们心灵的审判权。不能去除自身缺点的人却尽力去根除别人身上的毛病，这是好的举动，在别人的身上找出弱点的根源可以让他自身少感到些凶险，少些苦楚。谁提醒了我说我犯有过错，我却说他自身也有这样的过错，我觉得这回答丝毫没有道理。为什么如此？提醒人家总是真诚而且有益的。假如我们嗅觉敏感，我们应该感到自己身上的气味更加臭，因为这个气味是我们自身的。苏格拉底的建议是，那个和自己的儿子以及一个外人同时犯暴力罪行的人，应该首先对簿公堂，听取法院审判，并且恳求刽子手帮助他赎清罪孽，然后再为他的儿子，最后才会为了外人。假如苏格拉底的告诫定位太高，他最起码应该带头去要求受到良心的责罚。

感觉是我们自己的首要的法官，它们只能根据事件的外表觉察到事物。假如说，在我们社会的各个行政部门都有无休无止的平常的客套与表面现象的杂糅——这就是政府最杰出最有效的功能之所在——这并不是不可思议的奇怪的事情我们永远在和人打交道，而人的本质尤为具体化。前些年有一些想为我们创造一种宗教修炼方式，一种纯粹精神的静修方法，假如修炼者之中有人考虑，这样的沉思如果不更加为重视人们的位置、标志、头衔与党派之类的事情，就会从他们的手中逃脱消失，希望那些创立人不要为此感到惊讶。这就像交谈中的情况：谈话人的重要性，他的职位和他的财产常常让他愚蠢无聊的话受到信任。不用去推理，一个大家言听计从并且十分害怕的先生在个人事实上并没有与众不同的内在能力；一个常常被委以重任同时又不可一世的人并不比另外一个远远向他致敬而又没有受到录用的人能干。不仅仅是那些人说的话，那些人装模作样的表情也深受重视，获得考虑；每人都会煞费苦心于那些表情做出精彩的有根据的解释。假如这些人屈尊光临一些平常的交谈，同时人们又报之以赞美和崇拜之外的东西，他们就用他们经验的权威将你吓得半死：他们的所闻、所见、所为、所提供的例子，都会压得你喘不过气来。我希望对他们说，外科医生的试验结果并不等同于他实践活动的历史总结；可以记得他治好了四个瘟疫病人与三个风湿病人，但是假如不善于从运用医术之中总结一些东西来形成自己的判断，假如不善于令人意识到他的治疗艺术以后会变得更为精湛，这些经验也不能够算作他实践活动的历史总结。就像听乐器弹奏，我们听到的并不是诗琴声，也不是斯频耐琴声，更不是笛声，我们听到的只是整体的和谐效果。假如说旅行与公职让人得到改变，那么让这种改变显露出来的就是他们智商的产品。光有经验是不足够的，还需要加以权衡和对照；还必须消化经验，提取经验，然后得出经验本身的理性的经验与结论。历史学家从来为数不多。听取史学家说话却又永远是一件有利的好事，因为他们向我们提供了记忆库里丰富、可贵、值得称赞的教益。自然，那是让我们生活获益匪浅的重要经验，不过在此刻我们研究的还不是这些东西，我们探求的，是那些历史的汇聚者与讲述者本人是否值得称赞。

我憎恨各种形式的专横跋扈在能说会道时表现出来。我愿意集中精力应对来刺激感官骗我们判断力的浮夸现象，并且非常警惕一些非常不寻常的显赫，对我而言，那最多不过是一些和别人完全相同的人。

> 春风得意之中少有常识。
>
> ——尤维那尔

也许，人们在小瞧他们，因为他们处处揽事，频频露脸：他们无法适应他们承受的重担。承受重担的人应该具有超过重担要求的能量与耐力。就连要求的力量都无法达到就会令人猜想他能否具有超过要求的能量，猜测他是否已经精疲力竭；在承受重担中倒下的人会令人看见他能耐到底怎样，看到他双肩多么孱弱。这说明学者中间蠢人为何这么众多，多到比学者自身还多：他们本来可以成为不错的管家、精干的商人、能工巧匠，他们天生的能量就是按照此尺寸裁剪的。知识是分量极重的事物：他们会让知识压扁。如果想要展开并且支配这么高超这么重大的课题，如果想要运用并且求助于这样的课题，他们的才能还不足够强劲，还没有足够的驾驭能力：这样的课题只能够极具天赋的人来承受，但这样的人却又非常罕见。苏格拉底曾说："头脑不够聪明的人玩哲学是诋毁了哲学的尊严。"哲学只要被胡乱关在盒子里，会显得无用并且有害。先前说的那些人就是如此这般自我糟蹋自我贬低：

像猴子学习人样，
孩童玩耍贵重丝绸遮在身上，
但是屁股脊背亮光光，
引得众人笑断肠。

——克洛地安

对那些管理、指挥我们，操纵世界的人也是一样，他们拥有平凡的智商，能做我们谁都可以做的事情，这还是不够；假如他们不能远远高于我们，他们就会远远低于我们了。他们既然相比我们更加有指望，就应该做得更加多。因此保持沉默对他们来说不仅庄重而严肃，而且会起到事半功倍的效果：就像墨伽彼斯到阿佩尔的画室去看阿佩尔，最开始，他待在那里很久都一言不发，随后就滔滔不绝讨论起画家的作品来，因此他遭到了严肃的斥责："在你保持沉默时，你挂的项链和你豪华的装扮还让你显示出一定的风度，但是现在大家都听到了你所说的话，就再也没有人不轻视你了，就连我店中的伙计也不例外。"他奢华的梳妆打扮，他贵族的身份不容许他像平头老百姓一般无知，也不允许他奢谈绘画，只有沉默能让他继续保持他表面的那份自夸的才能。在现代，表现智慧与才能的冷漠的沉默外表帮了多少愚人的忙呀！

要获得爵位与公职必须依靠社会条件而不是功劳大小，人们因此还经常错怪国王。其实不然，国王们才疏学浅但却幸福无限，这才真正不可思议呢：

王公的第一品质在于了解人民。

——马提亚尔

事实上，他们在本质上并不具备面向广大民众的宽广视野，无法从中洞察人的高明之处，也不可能透过我们的胸臆来了解我们的志向和最出众的才能。他们需要通过猜测、探索，凭借对方的家族、财产、学识与百姓的呼声来进行挑选：但这些依据都很不充分。谁能够找出办法让人凭借公正判断人，凭借理性挑选人，单纯依靠这一点他就可以建造一个完善的政府管理形式。

“不错，这个人在办这件大事上卓有成效。”这话说得在理，但是还不足够充分，因为刚好有这条箴言被人们普遍认可：不应该以结果来判断主张。迦太基人因为军队头目出了馊主意而惩罚这些头目，就算战争的结果已经纠正了头目们的过错。罗马人经常拒绝为伟大而有益的胜利庆功，由于军事头目的行为和他这样的运气不相符。在人类的行为当中，我们经常会发现，命运之神为了能告诉我们她对于万事万物具有多大的权力，她非常乐意打掉我们的傲气，让蠢人获得幸福——就算不能让他们变得聪慧，凭借它和德操展开竞争。命运同时还主动参加优待实施的活动，因为在实施过程当中更加能够清楚看到纯命运的脉络。所以，每天都可以看到我们当中头脑最简单的人无论在公事还是私事上，都能干完一件大事。人们感到奇怪，凭借西拉内斯言谈的聪明而又富有哲理，他如何办起事来会接二连三遭遇失败，对于这个问题，他回答道他只能主宰自己的计划，命运女神才能决定事情的结果，先前提到的那些人也可以做出相同的回答，但是从相反的角度。世界上大多数事情依靠事情本身做成：

命运自然有通途。

——维吉尔

结局往往使愚蠢之举合法化。我们的插足大概只是一种例行公事，考虑更加多的常常是习惯和范例，理智的思考比较少。当我对于一件事情的重大意义感到惊讶的时候，过去我老师通过把这件事情做到底的人们了解他们的目的与做法：但我从那里听到的只是一般的想法。但是最一般最常用的可能也是最可靠的，它们就算不适合于装门面，最起码最方便于实践。

无论如何，最平常的道理最牢靠，最低价，最不严谨，但是经过最多敲打的道理却又更加于事情有益？为了保证枢密院的权威，不需要普通人参与进去，也不需要他们看得要比第一道栅栏更加遥远。假如想维护枢密院的声誉，它就应该在充分和完全的信任中得到尊重。我这一些意见仅仅把这些问题作了大体的勾画，并且仅仅随便从它的基本方面加以考核；这工作最重要最主要的因素，我按照习惯把它留给了上天：

其余的留给诸神明。

——贺拉斯

在我看来，运气和晦气在我看来是两种至高无上的力量。我觉得人类智慧能够充当命运的角色是不理性的。谁预见自己可以把握开端也可以把握结局，谁预见自己可以亲手推动自己的活动，他的预测做法纯属白费，在考虑战争行动的时候，作这样的推测更是枉费心机。军事活动中的谨慎和理智从来不超过我们当中有时出现的审慎和明智：或许因为大家害怕中途出事，因此还是保存实力来抵御预见的灾害吧。

我还要说的是：我们的智慧本身和我们的思考都顺着偶然的痕迹在发展。我的意志与我的见解动来动去，看起来有时这样，有时那样，其中有许多信念的流动是自然控制的，而且没有我的干扰。我的理智每天都受到我内心激情和躁动的冲击：

人的情绪变化无常，
这时被这种激情冲撞，
每当风一转向，
另外一种激情又替代着上。

——维吉尔

到城里看看谁最有力量，谁的事情做得最好：你经常会发觉，都是些最傻帽的人。曾经发生过这样的事情：女性、孩童和精神失常的人在指导着一些大国，足够和最英明的王公相媲美。修昔底德说道，治国成功者，通常是些粗鲁的人而不是什么精明之辈。我们就把那些人好运气的功效归之于他们个人的聪敏。

人仅仅因为命运的厚爱，
才能够青云直上，这样一来，
谁都夸奖他是才子。

——普劳图斯

所以，不管怎样我都要强调，结局是考察我们的价值和能力的最为单薄的见证。

在这个方面我甚至觉得，只需要审视一个飞黄腾达的人就明白了：三天之前我们认识他的时候，那还是一个一无是处的人。不知不觉之中，在我们的思想中悄悄塞进了高明和精明能干的愿景，所以，我们就相信，随着排场和势力的增长；大家已经认为他有功于世了。我们评价他并不是根据他的个人价值，而是用计筹码的方法根据他的地位赋予他的特权。运气也会逆转，他也会从高处跌下来，重新进入民众的行列，人们这才每个人不胜惊讶地去打问为什么把他抬得那么高。“这是那个他吗？”大家说道，“他在台上的时候难道就不知道别的事情？王公们就如此容易满足？我们真是被掌控在这么没有本事的人手里吗？”在现代，这种事情我亲眼见到的不在少数。就连戏台上表演的高尚的脸部表情有的时候也能让我们感触，瞒过我们。我最喜欢国王们的地方，就是他们拥有一大群崇拜他们的人。各式各样的恭敬和顺从都归属他们，但是他们就是无法获得智力的俯首帖耳。我的理智不习惯弯腰屈膝，仅仅是膝盖习惯打弯。

有人问到梅朗提乌斯对于德尼的悲剧有什么感想，他说道：“我没看这出戏，冗长的台词遮盖了全戏。”所以，判断大人物讲话的人们应该说：“我根本没有听到他说的话语，那么多的庄严、高贵、严肃把他的话语全部遮住了。”

直到有一天，安提斯泰纳试图说服雅典人下命令让驴子代替马去犁地，对于这个建议，雅典人回答道，驴天生不是为这个用途而生的。“这是同一码事，”他反驳道，“这全部取决于你们的安排。事实是，你们在战争中用最无知最无能的人来指挥战争，这些人只要被你们启用也会立刻变成合格的指挥员。”

这很像很多民族的做法，他们把自己推举出来的国王视为圣人，他们不满足于只赋予国王荣耀，他们还要崇拜他们的君王。例如墨西哥人民在君王的加冕仪式圆满完成后就再也不敢正眼看他了：好像有了王权他就变成了神，原来，人民让国王发誓维护他们的宗教、法律、自由；国王还要发誓做到英明、公正和仁厚，并且要让太阳按照国王习惯的亮度照射，需要让云层在适当的时候才可以变成水；他还要发誓让江河常流，让大地为他的子民提供所有必需的东西。

我对这种大众的判断方式持反对意见，我一看到伴随精明能干而来的是发家、显耀和众人的推崇，我就格外防范这种精明能干。我们必须要留意，应该说话的时候说话，选择恰当时刻说话，这该有多么重要；打断谈话或者以权威的口气转变话题，或者在见到你就崇拜得哆嗦的人的面前用摇头、微笑或者沉默否定别人的反对之辞，这将会有什么后果。

一个地位显赫的人在饭桌上参与一个肤浅又轻而易举被驳倒的话题，他一定会以这样的口气作为开头：“和我这意见相悖的人只会是骗子或者白痴，”，诸如此类。你们就拿着匕首跟随这颇富哲理的刻薄话离开吧。

还有一条我运用得最多，而且从中大为受益的警告：在辩论与商谈之中，并不是每一句我们觉得正确的话都可以立刻被人接受。大多数人都不缺少从外部获得的机智。某个人有的时候可能说出一句精彩的俏皮话，一个恰如其分的回答，一句富有教益的名言，就算他在说话的时候并没认识到那句的分量。借来的事物不一定都可以把握，或许还需要依靠我们自己进行核对。那些话不管多么实在多么经典，都没必要总是一听就诺诺连声。需要自觉与这些传言作斗争，或者借口没听懂退下来，假借没听见而从各个角度揣摩这句话为何到了讲话者口中。我们有的时候可能作茧自缚，为对方的攻击助一臂之力，让它超过攻击的限度。以前，我曾经强调对对方进行攻击的必要性和紧迫性，运用反击突破了我的意图和希望；我本来只在数量上攻击，但对方接受的却是分量。就像我和一个强有力的对手争辩，我更愿意先声夺人，抢在他下结论之前剥夺他自我解释的机会，我试图防止他正在产生的尚未完整的想法出笼（他的理解只要有序与贴切，那将会是对我非常严重的警告与威胁），和其他人辩论时，我的做法正好相反：需要让他们自个儿去理解，千万不要事先假设什么。例如他们用一般的话做出评判：“这个挺好，那个不太好”，例如他们意见相似，就看这种意见一致可否由偶然性促成。

让他们去划定他们的判断范畴吧：为何如此，依据什么如此。任何屡见不鲜的一般性建议都一文不值，就像人们向一个民族的全部致敬。真正明白那个群体的人就会从中认出某个人，然后指名道姓地专门地向他致敬。但这是一个冒风险的举动。在这个方面我每天都可以看到一些思想基础薄弱的人出弱点，他们希望附庸风雅，在看到某个作品的时候指出其中优美的所在，但是他们非常低下的鉴赏水平让他们选中的地方不仅没有让我们学到作者的精彩之处，反倒向我们暴露了他们自己的无知。在听到别人念了一整页维吉尔的诗作之后，发出如此的慨叹是万无一失的：“瞧，这多么美丽!”但是，通过这一慨叹，其中的美好就逃之夭夭了。但是要想一点接着一点听下去，要想做出专门并且精辟的评价，要想指出一个优秀作者在什么地方有所超越，什么地方有所提高，要想斟酌这其中的每个字，每个短句，每个虚拟的情节，你就需要离开这里！“不仅需要研究每人都在运用的措辞，并且应该研究作者的见解还有见解的依据。”我每天都听到蠢人说的并不愚蠢的话，他们谈到美好的事物。那就允许我们去了解他们是在哪儿知道的，去看一下他们是通过什么方式得到的。我们可以帮他们运用他们还未掌握的那些美丽的词句和精彩的道理，由于他们还仅仅是那些美好东西的保存者，也许他们偶然会摸索着提出这些词汇和理论，我们让他们知道美好东西的价值并且信任它们。

你向他们伸出了援手，但何苦呢？他们对于你不会有一点感激之情，他们为此还会变得更加愚蠢。不要去帮助他们，让他们去走自己的路。他们未来再涉猎这方面是因为他们害怕受骗上当，他们不敢改变它的基础和说明问题的角度，也不会把问题深入下去。你对此类问题稍稍偏离，他们就无法抓住了；他们就会抛弃这个领域——就算这个领域强劲有力。这都是些有力的武器，但是没有被妥当把玩。我经历过无数这种事情！假如你偶尔对他们的言谈作进一步阐释和确认，他们就会马上抓住你，让你话中的优越感脱离你自己的话：“这就是我原来想要说的；那恰好是我的看法；假如我没表达出来的话，那是因为我的词汇欠缺。”吹吧！对于这种霸气十足的傻帽就得狡猾些。赫热西亚的座右铭，就是不必仇视，不必控告，只需教育，这在别处有道理，然而在这里，援助与纠正这些不需要并且贬低帮助与纠正的人就是不公正不人道的行为。我喜爱让那些人愈讲愈糊涂，愈讲愈尴尬，超越原来的程度；让他们能够走多远就走多远，直到最后他们就会再次认识自己。

蠢行和头脑混乱不是通过一两次提醒就可以纠正的。对于这种纠正行为我们只能够重复居鲁士说过的一段话。有的人在战役就要打响的时候催促居鲁士去鼓励他的军队，居鲁士回答道："在沙场上，士兵不会通过一次精彩的训话就变得英勇善战，就像人不会听完一支美妙的歌曲立刻变成音乐家。"学艺行为必须之前就进行，必须经过长期的坚忍不拔的教诲才能完成。

我们应该勤勉地这样关照、纠正和教育自己人，仅仅应该对自己人作这样勤奋的纠正与教育，但是去对过路人教训，对于相遇的无知之辈或者蠢人进行教导，这是我最不愿意养成的习惯。就算在和别人闲聊的时候，我也极少这样做；我宁可放弃也不愿意参与这种脱离常规的说教。我的脾气让我不适合为初出茅庐者讲话与写作。但是对大家谈论的一般问题或者别人正在讨论的问题，不管我认为多么错误、荒诞，我都从来不在言语和行为上横加阻拦。总而言之，愚蠢却又沾沾自喜，自喜到超出所有正常头脑合理自喜的田地，这种愚钝比所有别种愚蠢更加让我气愤。

睿智阻止你自满、自豪，当那些顽固的愚蠢之辈轻轻松松地让满座高朋充斥着快乐和自信时，理智却让你不但不快乐并且还诚惶诚恐，这是不幸的。最不聪明的人才轻视别人，才会在从战场凯旋的时候风光无限兴高采烈。语言的自负与面容的快乐常常让人们面对听众的时候占下风，由于听众经常判断力较微弱，无力并无法辨识真正优势。固执与强烈坚持己见是傻瓜的最可靠证明。有什么东西会像驴那样自信、决绝、轻视一切，那样一脸沉迷、庄重、肃穆？

难道我们不能把尖锐和晦涩的话题放到聊天交流的形式里，把朋友之间轻松友善、相互嘲弄的亲密喜悦之情带进这样的气氛中吗？我的快乐天性很适合这样的锻炼；假如说这样的活动不像前边提到过的激动紧张，严肃，它却又同样富于洞察力，一样妙趣无限，也一样有益，吕库古斯就认为是这样。以我的经验看，在这样的交谈会友中自由不拘多于机智幽默，快乐超过创造，但是，我的忍耐性是无懈可击的，由于我能够忍受别人的反唇相讥，不但忍受激烈的，同时忍受冒失的，只要对方的言语没有歪解我的意思。人家对我发起攻击，如果我不能立即做出激烈巧妙的回答，也不会把时间浪费在令人厌倦又疲沓冗长的辩论中去，这样的辩论真是愚蠢顽固之举：我让对方的进攻自己结束，并且愉快地低下头，将制服对方的行为推迟到更加恰当的时刻。没有永远赚钱的商人。在自己力量不够的时候，大多数人会改变脸色与声音，但是假如令人反感地去发火，不但不能反击，反而会暴露自己的弱点和自己无法抵抗攻击的事实。在快乐的时候，我们常常可以弹拨我们的缺陷中的那几根神秘的弦，但在一本正经的时候，我们一触碰这些弦就得相互顶撞，同时也不可能相互有效提醒各自的弱点。

还有另外一种打闹游戏，鲁莽粗暴，纯粹法国式的，我痛恨它入骨：因为我生就一身紧致而敏感的皮肤；我的一生曾经看见这种游戏埋葬了两位同血缘的王公。[①] 在玩耍中打架是让人憎恶的。

另外，我要评价某个人时，我会问他对自己的满意度，他的言谈与他的工作到怎样的程度才能中他的意。我盼望能避免这种美丽的借口：“我干这种活是在闹着玩——

这活计还在砧板上，
别人就已经把它抢。

——奥维德

我为此花了不到一小时的时间，以后再也没有见到过它。”“但是，”我说，“让我们不要去管那几件，您给我看可以代表您全貌的那件，通过这件能让大家衡量您的能力。”在此之后：“您作品里最精彩的部分是什么？是这部分？还是那部分？温雅吗？是材质好？是想象力，是见识还是知识出众？”由于我常常发现，人们不仅仅评价自己的作品有所失误，评价别人的作品一样有失误，不仅仅因为有感情掺杂其中，也因为缺乏认识能力和鉴别能力。作品自身的力量与机遇能够帮助作者超越自己的想象力与知识，让他走在想象力与知识的前沿。对于我，我评判别人作品的价值并不比评判自己作品的价值更加愚昧，我对这些《随笔》的估价时低时高，有时估计高，非常不稳定，非常不可靠。

---

① 指亨利二世国王1559年在比武中，恩咯西姆公爵1546年在打赌中死亡。

有很多书大有益处是因为它们的主题好，而作者却并没有因此而获得殊荣，并且一些好书，就像优秀的工程，它们的作者还会因为它蒙受羞辱。我在未来要写我们宴会的方式，写我们的服饰，当然会写得丝毫没有优雅可言；我可能会发表当代政府颁发的告示法令还有传到公众手中的一些王公的书信；我还要缩写一本好书（所有好书的缩写都是愚昧的缩写），这本书很可能刚好会砸锅，还有诸如此类的事情。后代却会从这样的版本中特别获益；但我，假如这不是我的福气，又会是什么好事呢？多数闻名遐迩的书都属于这种状况。

好几年之前，我读到菲利普·科米内的书，他肯定是一位优秀作家，我从中读到这样一句非同一般的句子，他是这样写的："千万不要为主人效力过多，多到阻碍你获得公平的赏赐。"我应该赞美这句话的创意而不是赞美他本人，因为不久前我在塔西陀的作品之中看到了下面这段拉丁文："好事仅在得到回报的范围内做起来才会让人愉快；假如好事做得大大超出了可回报的范畴，那么所得到的回报就不会是感激，而是仇恨。"塞涅卡说得更加铿然有力："以有债不还为耻的人愿意不欠所有人的债。"西塞罗则从更加广泛的角度看待这个问题："谁自以为没有还清你的债务就不会作你朋友。"

一本书的主题根据其内容，可以让我们看到一位博学而记忆力强的人，但是要判断这人身上哪些部分更加具有自己的特点，更加可贵，要评判他心灵的力量与美好的所在，就需要知道什么是他自己的，什么不是他自己的；但在不属于他的那一部分思想里，就应该考虑书的选材、格局、华丽词汇和语言在多大程度上应该归功于他的贡献。为何？因为引用素材而弄糟形式的事例屡见不鲜。我们这些人和书很少打交道，我们处在这样的困难处境：当我们在一个崭露头角的诗人身上发觉某种卓越的想象力的时候，当我们发觉一位传道者的一些论据强劲有力的时候，在没有了解到某一位学者的作品是他本人的还是人家的时，绝不敢恭维他们：直到现在我都非常警惕这点。

我刚刚一口气浏览了塔西陀的历史书（我从来没有这样读过书，还在二十年之前我已经没有连续阅读一个小时的习惯了），我是听取了一位贵族子弟的建议才读这本书的，法国非常器重这位贵族，为了他自身的价值，也为了这几兄弟[①]身上显露出的持久不变的才能和善良。我没有看到过其他作家在众所周知的事件中，如此注重对个人的个性和偏好的描述。他需要专门注视和他同时代的帝王们的日常生活，还有他们的生活以各种形式表现出来的极端的多样性；尤其是他们残忍对待臣民的一些突出行为，所以，他有比谈论战事和世界骚乱更加坚实而富吸引力的材料加以叙述和描绘，这样一来他就一笔带过一些人英勇赴死的事情，好像他害怕这类事迹太多过长会让我们感到不愉快，这就必须让我经常感到他的作品枯燥无味，这好像与他自己的看法相去甚远。

这种撰史的形式是十分有益的。大众的活动取决于偶然的指导，个人的行为则更多取决于自己的命途。这本书与其说是书写历史，不如说是一种评判；其中格言多于阐述。那不是用来阅读的书目，而是用来研究与学习的书；全书遍布警句，其中有正确的也有错误的：那是一个伦理纲常与政治看法的苗圃，可以向操控世界的行列中的人们提供储备与增光添彩的资料。它为了谁辩护，总会有可靠而又强烈有力的理由，并且言论措辞尖锐，观察入微，符合那个世纪十分讲究的风格；操控世界的人们喜欢自我膨胀，所以，只要他们处理公务时言辞无法尖锐也没法观察入微，他们就凭借这本书上的一些言辞。这本书与塞涅卡的作品有类似之处，不过我感觉它更为厚实，而塞涅卡的书则更加强烈。这本书更加适合被动乱频繁的病态国家运用，就像现在的我国：你可以经常说，那是在书写我们的历史，那是在刺激我们。怀疑该书忠实性的人，在相当程度上暴露出他们对这本书不怀好意。书中的见地是正确的，并且在罗马发生的各类事情中它都倾向于正确的一面。但是我也有些抱怨他对于庞培的评判，他的评价比与庞培共同生活和共过事的好人们的评价要更为严酷，他觉得庞培和马略和塞洛毫没有共同点，除非讲他更加隐蔽。人们承认他有政治野心，想要治理国家公务，也承认他有仇恨心理，他的朋友们甚而害怕他的胜利会促进他跨越理性的界限，但是绝对不会觉得他会发展到丧心病狂的田地：在他的一生中不存在任何对我们足以形成威胁的残忍和专横。无必要用怀疑抵消明白的事实：如果那样做，我是不会信的。他的叙述朴实而直白，他这样写史或许有他的理由，即这种叙述并不肯定全都准确符合他所作评判的结论，他的论证依据的是他个人的倾向，而这种倾向常常超越他向我们

---

① 指蒙田的朋友，特朗一家三兄弟，在同一天内惨遭死亡。

展现的素材，他从来不愿意用任何方法让素材适应他自己的倾向。他无须为服从指挥他的法律而赞成当时的宗教，他没必要因此而感到抱歉。这就是他的不幸，并不是他的错误。

我十分重视他的判断，但是又不是处处都看得很清楚。例如提比略在耄耋之年体弱多病的时候写给元老院的信中有这样的几句话："我给你们写了些什么东西，先生们，如何写，抑或此刻不应该写给你们的又是什么？如果我能知道这些，那么众神让我丧生的方式比我每天意识到的死亡更糟。"我看不出为何作者要把这段话这么肯定地放在折磨提比略良心的让人心碎的后悔中；最起码在我有可能看出的时候，我也不去看他。

当有必要向大家说明他做过一些体面的事情之后，接着肯定地辩白，他说这些并不是出于夸耀自己，我觉得这好像也不太可靠。这一笔好像让这样的人物显得太过怯懦了，因为不敢坦白自己，这暴露了他的心病。但凡判断事物鞭辟入里、高屋建瓴、准确可靠的人都善于从各方面利用自己和外界的所有实例，像为其他事物提供证据那样直接为判断提供证据。一定要冲破礼节的一般规矩来维护真理与自由。我不仅仅敢于谈论自己，同时敢于仅谈论自己；我在书写别的事情的时候却常常迷失方向并且脱离主题。我对于自己并不是不分良莠什么都喜欢，我不会不加节制地关爱自己，也不会对自己迷恋到不能像一位邻居看我、我看一棵树那样换位判别和审视自己的程度。看不清楚自己究竟有多少价值，抑或谈自己的价值比别人看到自己的价值更高，这两种过错不分轩轾。我们应该给上帝而不是给自己更加多的爱，但我们对爱知之过少，所以谈论得非常尽兴。

这个作品述说了他的一些状况，我们只能说那是一位伟人，喜爱正直，为人勇敢，并不是那种具有迷信色彩的骁勇善战，而是一种旷达大气的勇气。我们也许会觉得他提出证词未免冒昧，例如，他说到一个肩挑木柴的士兵，双手冻僵并且粘在了担挑上，那双手早已坏死并且从手臂上脱落下来。但凡遇这种事情我习惯屈从于伟大证人的权威。

书上同时还说，韦伯芗托了萨拉匹斯神的福，在亚历山大城用自己的唾沫涂到一个盲女人的眼睛上，治好了她的病，还有其他的不知道什么的奇迹。作者写史书所遵守的是优秀史学家们的典范和历史学家的责任：史学家记录所有的重大事件；在公众之中发生的大事中还能够看到民间的传说和舆论。史学家的作用是复述而不是调整那些信仰。调整信仰的工程属于善良的指导者——神学家与哲学家。但是，他的朋友，那位和他一样伟大的人说得非常理智："事实上，我报道的事件比我相信的事实要多，因为我既无法肯定我有疑惑的地方，也不能去掉流传下来的事物。"另外，这位说得也非常聪明："不必费心去肯定或拒绝接受事实，应当对这些事实给予赞扬。"塔西陀是在人们对于奇迹的信仰已经开始减退的世纪书写历史的，他说道，他可不愿将一些来自他十分尊重的古代善良人的东西写到《年鉴》从而让那些东西站稳了脚跟。说得真是太好了。让史学家更多地根据他们所收集的材料，而不是他们的判断给我们写史吧。我是我自己写作材料的主导，从来不按照别人的意思写作，但是也绝对不骄傲；我经常试着写一点幽默的俏皮话，但是我自己都不敢相信那些语句，我常常会出现连自己都不相信的心血来潮，妙语连珠过后自己都嗤之以鼻；但是我任凭它们去碰运气。我看到有的人却以这种玩意为荣。这种事情不应该由我一个人去评价。我自己描绘自己又有站姿又有睡姿，绘胸脯也绘背后，书写左边也书写右边，同时写我全部生活习惯的真实面目。人头脑的真实能力即便相同，也不一定在利用和审美方面都相同。

上述是我的记忆为我重现的大概情况，相当没有把握。所有大致的判断都很模糊和不完善。

9 论虚空

也许找不到其他同样的词和写法来涉及这个主题了。神明已对我们作了如此神性的回答①，应当让有识之士细心地、持续地深思。

谁没有看到我选择的是这样一条路，只要在世界上有笔墨和纸张存在，我就会不停地、不辞辛苦地持续下去？我不可以记述我的平生事迹，由于命运让我毫无作为，我只能记录我的想法。我曾经见到一位贵族绅士，他透过他的肠胃活动来记录他的生活，你在他的家中看到当面摆放着可用七八天的便桶；这就是他的研究、他的论断，其他的所有话题对于他都臭不可闻。

在这里说文明一些，就是一位老学究常年消化不良的时软时硬的粪

① 语出《圣经·传道书》。

便。我的思维遇到各种题材都可以转个不停，变化莫测，既然狄奥梅德对于一部语法书就可以写六千册书①，我真的不知道自己何时才能够写完？说话结巴的人开了口，就可以连篇累牍，压得世界透不过气来，废话连篇又会产生什么样的效果呢？仅仅是说话就说了那么多！毕达哥拉斯呀，你为何不制止这场风暴！②

有人责备古代加尔巴帝王总是游手好闲，他回答道，每个人都应该清楚自己的行为而不是自己的休闲。他是错的：因为律法对于不工作的人也有审判和惩罚的权利。

甚至对那些无能而又无用的作家，也该有些法律上的强制措施，如同对无业游民和游手好闲之辈的惩罚。我与其他百位作者的书也就可以从老百姓的手上夺下来。这并不是在开玩笑。粗制滥造的书就好比是乱世的一个标志。何时我们比动乱开始之后写得如此多呢？何时罗马人像沉沦的时候那样喜爱做文章呢？除去表达思想精明并不表示社会也文明了。这种无事忙之所以产生，就是因为他们在自己职位上的职责懈怠，迷失方向，时间也就移作别用了。对这个世纪的堕落，我们每个人都做出了贡献，有的人奉行叛逃，有的人带来不公正、不信教、专制、吝啬、残忍，取决于谁更加有权有势；弱者，这其中包括我，敬献的是愚昧、虚荣、懒惰。

似乎当不幸困扰我们之时正是虚浮之事乘虚而入之际。现在到处都在干坏事，只是干些无用的事情也好像值得称赞了。让我欣慰的是他们要逮捕我，也是最后一批的了。趁着他们应对当务之急的大事时，我还有机会去改正。因为我感觉有大毛病侵扰我们时追究区区小错似乎不大合情理。菲洛提莫斯大夫从一位需要包扎手指的人的面色与哈气，看得出他的肺里面有溃疡，对他说道："朋友，现在可不是你玩弄手指甲的时候啊。"

几年前我遇到过同样的情况，有一位非常受我尊重的人物，在生灵涂炭的时候，没有律法，没有公义，也没有官差履行职务，和现在一样，他竟然发表了一部有关服饰、厨艺以及司法程序的无可名状的改革巨献。这些戏弄人的玩意，只能满足一部分误入歧途的老百姓，其目标是说大家并没有被当局抛弃。还有的人的做法和它如出一辙，他们对于陷于水深火热当中的老百姓自上而下颁布律法，锲而不舍地去禁止一部分人跳舞和游

① 据《七星文库·蒙田全集》，应为狄狄莫斯；据塞涅卡说，他写了四千册法语书；据博丹说他写了六千册。

② 毕达哥拉斯要学生沉默不语两年，对问题多思多想。

戏。每当一个人发高烧的时候，不是忙碌着为他洗去身上污秽的时候。仅仅是斯巴达人出发去冒着极端的生命危险之前还要梳理毛发。

至于我本人，有一个更糟糕的习惯，如果我把浅口皮鞋穿歪了，就让我的衬衫、大衣也歪着穿。我不屑于进行半拉子的修正。我心情不好的时候，就会做坏事，心灰意冷，自暴自弃，就像俗语所说的破罐子破摔。做坏了也并不回头，做好也罢，做坏也罢，觉得没必要再为自己操心。

国家遭受蹂躏之际恰好和我年老体弱撞到一起，对于我也是万幸。我更加愿意接受我的苦痛因此增加，而不愿意我的境遇被它打乱。我在不幸之中所说的话都是出于愤怒；勇气并没有丧失反而增加。我与别人不同，我在走运之时比在倒霉时日更加诚信上帝，这并不是遵循色诺芬的理性，也是遵循他的教导；更加愿意感谢上帝而不是寻找上帝的时候才仰望苍天。我更加在乎无病无痛的时候增强体质，而当身体状况不令人满意时，我反倒无心去注意恢复身体了。但我需要万事如意才会接受纪律和教诲，当别人需要逆境和鞭笞才这样做。就好像好运和好心无法并存，人也只会在厄运中才可能成为好人。顺境特别能激励我的节制和谦逊。恳请让我心软，威胁让我反感，好意让我让步，恫吓令我不妥协。

人性中的这一点颇为普通，关心别人事情的兴趣远远超出对自己事情的兴趣，喜爱流动和变化。

时间在飞驰中更加更换马匹，
才允许白日叫我们喜爱。

——佩特罗尼乌斯

我属于这类人。和我的行为截然相反的人自以为是，觉得自己有的事物比其他人都好，自己看到的东西比其他都漂亮，他们如果不比我们更加有见识，事实上也比我们更加幸福。那我不羡慕他们的智慧，却很羡慕他们的好运。

这种贪心新奇的脾气养成我喜爱旅行的愿望，不过也要有其他境遇促成此事。我甘心情愿地整理家务。哪怕是在谷仓里面，家里人能服服帖帖也有乐趣，不过这种乐趣的确太过呆板，让人厌恶。还有，难免招致许多闲话：一会儿你的佃户穷困受压迫，另一会儿和邻居争吵，一会儿他们蛮横不讲理，欺负你。

不是你家的葡萄园遭冰雹，
就是你家的土地歉收而令你沮丧，
果树雨水多了或者又少了，
有的时候冬天实在太寒冷！

——贺拉斯

六个月当中难得有一次上天风调雨顺，让收获者完完全全满意；对于葡萄园是一个大年，没有让牧场遭灾：

被太阳的烈焰晒死，
被暴雨冰雹打散，
被飓风刮跑。

——卢克莱修

再用那双古人制造的外形美观的新鞋为例，穿了它伤脚指头；不过外人并不知道这要你付出这么大的代价，又怎么努力维持家庭中表面的温暖，这可能是你花大价钱买的。

我很晚才开始管理家务，那些在我之前出生的人长久以来都在为我代劳。我也早就按自己的性情养成了另外一种嗜好。但是就我见到的来说，管家这个工作不是太困难，不过很累人；能够做其他事情的人一般也非常容易胜任。如果我想发财，这条路似乎太漫长了；我如果为国王效力，这行业要比其他的油水要足。我这个人既不合适做好事，也不合适做坏事，既然在有生之年仅仅想博取个既没油水又没挥霍什么的美名，我只求得过且过，那就——感谢上天——三心二意地这样过生活吧。

最糟糕的情况无非是紧缩银根，但是不要让自己受穷。这是我所防备的，没到万不得已的时候先改变自己。我现在在心里安排了几个步骤走入比现在更加穷困的日子；我说的是开开心心走入。“衡量某人财富的多少，不是以计算收入的多少确定，而是根据他日常的生活习惯和需求而定。”（西塞罗）我的真正需求并不占据我的所有财产，所以命运想要咬我也不会咬到我的肉中。

无论我对参与家务多么无知，多么鄙夷这项事务，还是对于家族事务大有好处；我参乎其中，不过心怀愤懑。另外，这所有的都是家务事，蜡烛的这一头是我控制着燃烧，蜡烛的那头并不见得少燃烧一点。

旅行给我带来的唯一麻烦是支出庞大，超出了我的经济能力；因为习惯随身带一些必须还要像样的行头，我就必须缩短日期与减少次数；只有使用富余的钱，那就需要依据这笔钱款何时凑齐才安排或者推迟日期。我不愿意让旅途散步的乐趣败坏了我歇息的乐趣；相反的是，我还要二者相辅相成，都可以做到尽兴而回。

于是命运之神帮助我免去了增加财富供养众多继承人的必要。我的妻子，让我过得舒服的家产，她如果认为不足够，那么她只能自认倒霉！她花钱大方也就不值得我给予她更加多。依据福西昂的事例，每个人都可以抚养自己的孩子，只需要他们不用抚养得和他不同。

我自然不会同意克拉底的方法。他把自己的钱交给一位银行家，前提是，如果他的孩子们都是笨蛋，他就将钱留下给他们；假如他们是能干的人，他就将钱赠给最单纯的百姓。好像笨人没钱花的时候是无能的，有钱花的时候就不是无能的。

只要我承受得住，我论理的时候遭受的损失，也不足以令我拒绝避免家庭窘迫境遇的机会。总有些事情横加一杠子。买卖房屋，一会儿是这栋，一会儿又是另外一幢，撕扯着你。你对于每件事都需要深入分析。明察秋毫，在别的地方会干坏事，在这儿对于你也有害处。我逃避会生气的场所，有意不去过问进展困难的事情。但是我还做不到在家里碰到不顺心的事情时不顶撞人。对于我的耍滑行为瞒得最为严实，事实上我知道得最为清楚。有的时候为了减少损害，我们还需要帮着一起隐藏。无理的惹气，有的时候是无谓，但是惹气却总是真的。

最微小的麻烦是最伤害人的，犹如小小的字体更令人疲劳、更伤害人的眼睛，所以鸡毛蒜皮带来的生气最容易放在心中。大的伤害无论怎么大，也都比不上日积月累的小伤害那么让人记恨。这些家庭荆棘越长、越密、越硬，不动声色地，冷不防地就会轻易刺伤我们，扎在肉中很深。

我非圣人。伤害愈重，给我的压力愈大，有形式的重量，同样有内容的重量，有的时候还是最重的。我要比一般人更加了解苦痛，所以更加有耐力。总而言之，它们就是不让我受伤，也给我冲击。我的这种状况和生命一样脆弱，很容易被干扰。自从我的面容转向忧伤的时候，“每当人开始受到外界的推拉，再也不由自主”（塞涅卡），无论让我生气的原因有多么愚蠢，我的脾性就会朝这个方向发展，这种情绪会得到滋养，自动激化，从另一种情绪上汲取并积累物质，得到自我充实。

滴水能穿石。

——卢克莱修

这些常见的滴水坑吞噬着我。日常的心结绝对不是小事。它们永不停止，没法补救，尤其来自于一生一世、永不分开的家庭成员中间。

当我粗略考虑我的事务时，我认为——也可能我的记忆并不准确——直到现在为止还算发达兴旺，超出预想和盼望。我认为我得到的比投入多。这些收益的成功超出了我的计算。我如果进入事情内部，看见各部门的运作。

那个时候担心的事情千头万绪。

——维吉尔

会有成百上千件事情令人牵肠挂肚，叫人忧心。放弃所有不干那是非常容易；要参加而却又不操心谈何容易。每当你身处一个地方，眼前看见的所有都需要你忙碌，都和你有关，这的确太可怜了。我认为待在一个陌生的房间里，却更加令我兴致盎然，平添乐趣。有的人问第欧根尼他觉得哪种酒最美，第欧根尼也像我这般回答道：“没有喝过的。”

我的父亲热衷于蒙田庄园的建设，他是在那里出生的。在家务管理方法的方面，我愿意效仿他的事例法规，还要我的继承人也继续用旧制。我如果能做得超过他，一定在所不辞。我感到自豪的是，父亲的意愿还在通过我实施，发挥作用。这也算作是我在为慈父恢复之前的形象，向上帝祈祷不要让这工程毁在我的手里。旧墙头等待补全，倾斜的房间等待扶正，我参与其中是贯彻他的意思，并不是满足自己的需求。

我责怪自己的懒惰，没有继续完善他遗留在房屋中的美好开端。而且从族谱来说我将会是最后一个业主，也是最后将它修葺的。人们都说建造房屋是一大乐事，不过从我个人志愿来说，盖房、打猎、筑园、归隐生活中的其他的乐趣，这些事都不能引起我太大的兴趣。这些事情我是厌恶的，就好像其他一切让我听了产生不舒服的想法。我不在乎建议怎样有根据有道理，但是我在乎建议在生活中的方便运用。它们假如有用，让人愉快，这就是灼见真知。

有人一听到我说起处理家务事中的无能，便对我悄悄地说，这是骄傲，我并不想了解农具、农时、农序，不想知道如何酿造我庄园的酒，怎样嫁接树枝，不知道花木和水果的名字和形状，我赖以生存的肉食如何准备，我穿着所用料子的名称和价格，这应该是我一心深入钻研的学问，如此的人真的是在要我的小命。这并不是光荣，这是愚钝和傻笨。我宁愿做优秀的匹夫，也不想当什么杰出的哲学家。

你为何不忙些有用的活儿，
用柳条与软灯芯草编草篮？

——维吉尔

我们经常思考一些一般问题，思考宇宙运作的原因和方式，然而它没有我们的关照也运行得很好，但却把我们自己的事情和我的米歇尔抛在了脑后，事实上米歇尔反而比一般人和我们更加利益相关。我平常都留在自己的家中，不过我多么希望在这里比在其他地方过得开心。

愿我的家让我安度晚年，
结束颠沛流离的海上旅程，
南征北战的戎马生活！

——贺拉斯

不知道自己能否实现这个愿望。我更加愿意父亲留给我的并不是他的一个庄园，而是他在晚年倾注在家庭中的热爱。他非常幸福，依据财富实现欲念，明白用已经得到的东西自我娱乐。如果我能有一次做到像他一样满怀兴趣地操持家务，马上为现在的政治哲学所不容，责备说我的工作庸碌无为。我认同这样的想法，最光荣的职业是为人民服务，为许多人做有

用的事情。“精神、美德和所有高尚的后果，只有和亲近的人共同分享，才会得到最大限度的快乐。”（西塞罗）

至于谈到我和她不配，部分原因在于良心的不安（我见到这样的职业所承受的分量，我碰到问题少有对策；柏拉图是钻研政治制度的能工巧匠，也从不涉足其中），部分原因在于懦弱。我只希望从容享受人世，过上那种不招骂的生活，于人于己都不是负担。

我如果有个人，能够把理家的事予以托付，没有人会如同我这样放手让他处理，自己缩起身体来对所有不闻不问。这时我有一个希望，就是找到一个女婿让我老年过得舒服，无忧无愁，让他支配使用我的财产，让他像我的做法一样处置财产，在支配财产方面比我更胜一筹，只要他对于这一切显示勇气，拥有一种真正亲切和感激之情怀。这并不苛刻吧？不过我们成长的世界中，亲生的孩子也不知道什么是谓亲情。

在旅行中保管我钱袋子的人，不受任何监督，完全像他自己的一样。他也能够在结账的时候欺骗我。只要不是个魔鬼，我总会毫无保留地信任他做事情老老实实。“很多人害怕受骗而教别人去骗，因为怀疑而同意去做坏事情。”（塞涅卡）

我常用的确定我家佣人可靠性的办法是对其错误一无所知。我只有亲自看见了罪行才承认其是罪行，觉得青年较少受到腐蚀也最相信他们。我更加愿意两个月之后听说我花费了四百埃居，也不愿意听人每晚唠唠叨叨对我说花掉了三个、五个或七个埃居。这样欺骗去的钱财也不比别人多。的确，我就是借助无知。我专门对自己的经济状况抱着一知半解的态度。维持一定程度的怀疑也就很开心了。

必须给你的贴身仆人留一点儿不忠或者干蠢事的余地。只要我们占有的大体上能够办成我们自己的事情，那么富余的财富也可以放手让它自生自灭：这也好像让拾穗者到收割后的田地里拾麦穗。总之，我既不赞赏仆人的特别忠实，也不屑于关注他们对我犯下的过失。财迷则心窍，把钱币数过来而又数过去；喜不自禁，这是小人和傻瓜的做法！吝啬也就是从这里起步的。

我理财十八年以来，并不知道亲自处理地契与田地上的事情，这都要求我具备一定的知识和付出努力。这不是对于这种琐碎的事务有一种哲学的蔑视。我并不是那么自傲，最起码也知道这些事情的价值。这完全出自一种不可原谅和稚气的懒惰和疏忽。我什么事都愿意做，只要不查看地契，不去管理做生意的奴仆，翻动这些落满灰尘的书籍就行！更加糟糕的是还有很多人为了钱财去给别人当奴仆！操心和辛劳让我付出的是最昂贵的代价，我所追求的仅仅是平庸和随意。

我了解我这个人，如果既不用承担义务也可以不必卑躬屈膝，还更加合适，依赖别人的财产过日子。如果对于此事仔细查看，我不知道依照我的脾气和运道来说，我处理事情的时候从手下人那里受到的捉弄、烦恼和恼恨的事情，是否会少于我如果给一个比我出身高贵、对待我仁厚的贵人当差。“奴役征服的是懦夫、意志薄弱和无法主宰个人意志的人。”（西塞罗）

克拉底做得更加过火，为摆脱家庭的烦心事和操心事，决然出走，过上自由自在的贫穷生活。这种事我是不会做的（贫穷和病痛让我同样憎恨），但是我很想改变目前这样的生活，去过另外一种不那么要求勇气以及不那么繁忙的生活。

一离开家，我便摆脱了所有的想法，那时候即便一座塔倒下，我也不会就像在家的时候看到一片泥瓦掉下来那么激动。身在他乡灵魂容易清静，待在现场则好像葡萄农那样多愁善感。马缰绳歪了，马蹬的皮带打到我的腿一下，会让我整天不高兴。面对不顺意的事情我可以鼓起信念，不过不敢睁开双眼。

感觉啊，苍天，感觉！

——佚名

在家里，我是一切坏事的担保人。很少有主人——我是说好像我这样的中等家庭的主子，如果有的话也更加幸福——能够将事情托付给一个管家，让他分担大部分事情。这样在对待客人方面肯定不能完全依照我的意思去做（我有的时候也能留住某位客人，那是依靠我的菜肴而不是我的热情好客，让我好像那些难以相处的人似的），这样做同样大大丧失了我在高朋满座中享受到的乐趣。

绅士在家中待客最愚昧的表现，就是让比尔看到他忙着打招呼，在奴仆耳边轻声说话，瞪着眼睛胁迫另外一个仆人。当时的一切都应该不动声色、在日常的程序中进行。口口声声和客人提起他的热情待客，无论是谦称不周到或者感到骄傲，都让我看不顺眼。我喜爱干干净净，有条不紊：

杯盘碗盏映照出我的个人形象。

——贺拉斯

没必要丰盛；我在家里，更注重需要，很少去考虑炫耀。假如一个仆人在别人家中打架，假如打翻了一个盆子，你就一笑而过。你睡你的觉，那个先生自然会和管家商量第二天如何向你交代。

我说这些根据的只是我自己的情况，然而照一般常理可以推断出，对于某人来说，家庭和睦昌盛，治理有方是多么的甜蜜和温暖，不愿意把我自身的过错和不利往这方面附加，也并不否认柏拉图的思想，他觉得正当作自己的事情对于每个人都是非常幸福的工作。

旅行期间我只考虑自己和金钱开销，一句话就可以解决。不过攒钱却需要很多学问，我对于这些一窍不通。对于花钱，我略知皮毛的是给我的消费上账，这是看它的主要作用。但是我奢求过高，开销过大，造成不平衡，尤其在以下两种状况下都不知道节制。假如花得值得和有用，我就冒失的继续花下去；假如花得愿望和窝囊，就冒失地收紧钱包。

无论谁，或人为地或自然地，在考虑人家的舆论中，把这样支配生活的方式强加给我们，对我们弊多利少。我们不考虑自己的方便，迁就大家的看法来做表面的文章。我们自己的实际情况怎样，绝对不像别人是如何想的那么赢得我们的注意。即便精神财富和才智，假如只让我们自己享受，不受到别人的注意和赏识，我们就认为这些没有结果开花。

有的人的黄金大堆大堆地在地下流淌，却没有人看得见；有的人将黄金打成金箔金条，带着招摇过市；所以有人的铜币可以当作埃居使用，有的人的埃居仅仅当作铜钱使，世界是依据表面来估计价值的。对财富过分细心，流露出吝啬，而当花钱和轻财过分呆板和做作的时候也是如此。财务并不值得劳力劳心。谁假如要花费适当，就花得拮据吝啬，存钱和花钱本身并没有差别，依据我们的意愿怎样才涂上了好和坏的色彩。

另一个让我作长途旅行的原因是，无法适应我们国家当前的世俗风气。相对于大众利益而论，我对于这种堕落心理还是较容易缓解：

比铁器时代更加糟糕的世纪，
存在着多少罪恶，
其姓名超过大自然中存在的金属！

——尤维纳利斯

然而从我个人的利益而言，我做不到。我尤其深受其害。由于周围长期在打内战，我们都在战乱年代很快老去，国家已经千疮百孔：

正义和非正义混淆在一起。

——维吉尔

事实上国家这样的局面能维持下去就算是奇迹。
他们全副武装耕地。
脑子里面想到再去抢夺，都依靠掠夺为生。

——盘古尔

最终，我通过我们的例子终于明白人类群居的社会不惜代价在稳定，也在曲肘弯腰。无论把他们放在什么地方上，他们拉拉扯扯，挤来挤去，最终排得齐整有序，就好像把互不关联的物体随手放进同一只口袋之中，它们自然会互相衔接组合，常常比精心安排的还要更加妥当。

马其顿腓力君王集中了一批最坏的人，把他们安置在使人专门为他们建造的一座城里，城市就以他们这类人的名称而命名。我觉得他们可以用恶行作为方式建立相互接受的政治结构，形成有法可遵循的小社会。

我看到的不只是一两种或上百种行为，而是根蒂牢固的习惯势力，在无人道与无诚信的方面（在我看来这是最大的罪行）显露得这样邪恶，以至于我每次想到而又毛骨悚然；让我既憎恨也慨叹。这一些臭名昭著的事件的发生标志着灵魂所具有的魔力，也说明了心灵深陷的混乱。

物以类聚，人以群分，这是必然的。偶然的组合随即形成了法律。但是有的法律非常残酷，实在不是出自人性的主张，但是它们的本质和内容，却和柏拉图及亚里士多德所能够制定的法律一样有生命力和长寿。

可以肯定地说，对政体的所有描述都是人类设想出来的，它们十分荒谬，难以付诸实践。至于如何是最佳形式的社会、最具约束效力的法规这些大争辩，旷日持久，仅仅适合我们锻炼思想的争辩。就好像在艺术中也有很多主题，其主旨也是在于引发激情和争论，假如这些就没有了性命。整体的这种形式描述可能适宜某个新世界，我们接触的人早就是按一定的风俗习惯培养的，并且对此承担了责任。我们并不创造人，就像皮拉[①]或者像卡德摩斯[②]。无论我们采取什么方式来纠正和改造他们，我们绝对不可以将他们从习俗中反扳过来而不弄折他们。有人问梭伦他是否竭尽所能为雅典人制定了最好的法律，他回答道："当然，至少制定了他们可能接受的最好法律。"

瓦罗也作过相似的辩论：如果他写关于宗教的文章显露新意，他会说出这方面的感想，不过由于宗教已经成型并且为大众接受，他也仅仅根据传统而不是根据现实来写。

不从理论但从现实来说，最优秀的政体对于每一个民族来说，是能够在它的治理下赖以生存的。它的最主要形式和适应性取决于怎样实施。我们对于目前的状况当然不满意。不过我要坚信的是希望在一个平民国度中实现寡头政治，在君主制国家实行另一种政体，这就是犯罪，这就是疯狂。

什么样的国度你就爱它什么样子，
是君主制国家，你就喜爱君王，
是少部分人统治或者集体做主，
也去热爱这样的国家，因为是上帝让你在这里生长。

——庇布拉克

这就是善良的品德。庇布拉克说过的话。他人品高尚、见解正确、性格温和，不久之前刚刚离开了我们。同时也离开我们的还有德·弗瓦先生。这两位的过世是我们国家的重大损失。我不知道在法国是否还可能有另外两个人能够替代这两位加斯科涅人，那么忠心耿耿地对国王进献谏言。他们的高尚品格也相互不同，对于我们的时代来讲两个人都出类拔

① 据希腊神话，宙斯用洪水淹没人类时，只有皮拉和丈夫得到普罗米修斯警告，乘船幸免。
② 腓尼基神话中，底比斯王受阿波罗神谕，建底比斯城，后首创字母。

萃，各自都大放异彩。不过是谁把他们安排在我们这个时代，生不逢时，和我们的腐败以及战乱向左，互不相让。

没有什么东西像改革那样使一个国家不堪重负，而只有变革才能形成不公和霸权。每当某个零件松弛了，我们可以将它上紧。我们能够不让事物的自然变化和腐蚀去破坏开始的原则。不过试图将事情一锅端，变成一幢大厦的基础，这就像让清洁的人将东西消灭，让改革社会弊端的人掀起社会动荡，想治病却以治死来代替，“仅仅希望改良政府但不是摧毁政府。”（西塞罗）

社会已经无力做到自我痊愈，它已经完全无法承受给它添加的负担，不管付出什么样的代价，只希望连根拔起。成千上万个例子让我们看到了治标不治本反倒害了自己；消除眼前的弊端如果没有广泛的条件改良，那也不能算作痊愈。

外科医生的目的并不是把坏肉治死，这只是他治疗的一种方法和一个阶段。他的视野更加远大，他要让新肉长出，达到应该有的状态。谁仅仅建议除去他受腐蚀的那个部位，那就是他的浅薄，因为好的东西不一定会接替坏的东西。有另外一种坏事接踵而至，还更加坏，例如恺撒的凶手所做过的事情，他们阴谋计划将国家大事搞成那样，的确需要为了参与而悔恨。以后有许多人出现过类似的情况，直到近几百年。我同一时代的法国，就可以说说这些事情。一切大动都可能动摇国家，酿成大乱。

谁直接以治国为目标，在行动之前加以考虑，谁就会在着手之前泯灭热情。帕库维乌斯·卡拉维乌斯改正了这种错误的方法，堪称典范。他的同伴们造反反对他们的统治者。他是卡普亚城的有权有势的人物，有一天设法把元老院的议员们关进宫里，把百姓们召集到广场上，对他的同胞们说，这一天终于来临，他们能够充分利用自由对长期压制他们的暴君保持对立，他已经把他们隔离并且解除了武装，任凭他们的处置。大家同意通过筛选，让他们一个一个去接受死刑，但是他们与此同时要挑选出一个好人接手罪人的职位，免得出现空缺。

一位议员的姓名刚刚喊了出来，便不满之声四起，群起而攻之。帕库维乌斯说道：“我看得非常明白，这是一个坏人，应当将他撤职，让我们替换上一个好人。”紧接着是一片默然，每个人都感觉难以抉择，谁冒昧提出他的候选人名，立即掀起一片拒绝的声浪，提出这个人的种种不是和拒绝的理由。这些逆反的情绪急剧升温，提及第二位议员，情况更加糟糕，第三位又是如此，选人的意见不统一和撤人的意见统一刚好构成对照。闹了一阵，毫无结论之后人们都累了，他们都偷溜出会场，人人都在脑子里得出了一个结论：熟悉的老弱点还是比没有见过的新弱点更加容易容忍。

看我们激动得那个可怜的样子，这是我们什么都没有做过吧？

我们斗殴，我们犯罪，
我们的骨肉残杀令我们无地自容！
我们这一代人的残酷在什么面前
曾经止步？为了尊重什么
曾停止过杀戮？对上帝的敬畏
可曾经使青年受约束？
哪里的祭坛没有被他们亵渎？

——贺拉斯

我不准备马上下结论：

就算健康女神萨罗斯乐意，
也无法拯救这个家庭。

——泰伦迪乌斯

然而我们可能尚未处在世界末日。安邦定国这件事情貌似超过我们的智商。就像柏拉图说的，民治政府是很难瓦解的巨大实体。它抵抗内部的致命疾病、不公正的法律造成的损害、暴政、官僚滥用权利和无知、群众的胡作非为以及叛乱之后常常还能继续存在下去。

无论命运把我们置于什么样的环境，我们都会往高处比，朝比我们运气好的人身上看。我们应当和差的相比较，哪一个傻瓜也能够找到千百个事例聊以安慰。我们总是见不得人家超过自己，同时喜欢人家落在自己后面，这是一种可恶的思想。梭伦说道，“如果有人将全世界所有的不幸堆积起来，没有人会选择带走自己的那一份，而是同意接受在合理摊派的基础上，和别人一样，拿走摊派给自己的那一份。”我们的政府境遇不妙，但是以前也有病得更加严重也没有死去的。诸神明在和我们玩网球游戏，将我们打得晕头转向：

诸神明真的是将人当成了傻瓜。

——普洛图斯

依照星运图，罗马国悲惨地被命名为其他各个国家在这方面的典范。这个国家包罗了所有可能游戏的方式和一切盛衰成败。看到它经历动荡，风雨飘零，谁应该会为了它的命运担心呢？假如说统治疆土广大就是国家的健硕（我不同意这种说法，伊索克拉底教导尼科克莱斯的话我听了非常认同，他说不要羡慕那些拥有辽阔疆域的王公，而应该羡慕善于保住到手的疆土的王公们），那么罗马帝国则仅仅是病最重的时候最安宁。最衰败的时候却是最昌盛的。

罗马最开始的几位皇帝的政体是非常模糊的，这是我们可以想象出的最可怕最严重的混乱局面。但是帝国依然从这个局面中坚持了下来，不仅在本土保证了一个组织严明的专制政体，同时控制了很多远方的不同政体、十分遥远、完全不服从其统治的所有国家：

命运之神不让哪个国家
向统治海陆的霸主寻仇。

——卢卡努

摇摇欲坠的东西不一定都能垮塌。这样一个庞然大物并不是系在一颗钉子上的。甚至还依靠历史悠久而支持着。就像这些老房子，年份多了地基向下沉，墙面剥落、裂开，然而却能以自身的重量存在下来。

它不再凭借粗大的根须，
而用本身的重量站立在地上。

——卢卡努

另外，要了解一个位置的坚固性不应该只是了解其侧面和沟壑是否牢固，要判断其可靠性，需要看哪里可能是突破口，攻击对象的情况如何。战舰没有受到外来的冲击，极少情况是因为船身重量而下沉的。现在到处看看：我们周围的一切都在倒塌。无论是基督教的世界抑或其他地方，我们了解的那些个大国，到处受到明显的变化和沉沦的胁迫。

它们有着自己的不幸，
相同的风暴横扫所有……

——维吉尔

星相学家以其惯用的巧妙手段提醒我们说，不久后会有大灾难大变动发生；他们预见的灾难近在咫尺，触手可及，不需要问上天也可以知道。

我们不仅需要从这个败坏而且受到威胁的大社会群体中得到慰藉，还需要对于国家的生存寄予厚望。因为所有的虽然都在坍塌，上天是不会倒塌的。这个世界有病也是每个人的健康状况酿成的。保持统一是阻止瓦解的克星。对我来说，我不会因为这样的形势而陷入绝望，我认为总可以看到几条出路的：

或许有一位神明为我们指出，
返璞归真的路途。

——贺拉斯

谁又知道上天是否要让世界像身体那样，长期病重之后体内毒素排出，体质获得改善，反而比生病之前更加健康，精神矍铄？

最令我感到难以忍受的是，在历数我们遭遇的各种症状时，我发觉大自然和老天爷让我们生长在身上的（本身有的）与人类胡作非为造成的同样多。就算星座貌似也在想方设法让我们超出寿限，还依然活着。令我感到难过的还有，看到威胁我们的最可怕的疾患并不在我们结实机体的全面衰败，而是渐渐消逝腐蚀——这让我不寒而栗。

除此之外，在这些《随笔》的胡思乱想中，我担心背叛了自己的记忆，由于疏忽而使一件事被重复写上两遍。我厌恶对着自己仔细观察，只要落笔之后除非万不得已再也不去重读。在这里我也没有什么新东西可以说。都是平常的想法。反复想了一百次，我恐怕早已经写了出来。说话重复，处处令人生厌，就算荷马作品里面也是这样，对于浮光掠影的一知半解更是毁灭性的打击。也就是说到有用的事物我也不愿意像塞涅卡不断强调。他那斯多葛派的做派，对于每个问题都一再引证——常见通用的论据，又老是重新提及放之四海而皆准的大而空的道理。我的记忆力残酷地一天比一天糟糕：

好像我口渴难忍，
喝下了勒忒河这条忘川的水。

——贺拉斯

（万幸，到现在还没有出过如此纰漏）。今后，在别人寻找时机思考该说什么话的时候，我必须要避免作自我准备，害怕只要承担责任就无法摆脱。有了束缚就会把我引入歧途，唯一靠的工具就是我脆弱的回忆。

我没有一次在读那本历史书的时候不表现出一种真正感到气愤的个人情感。林塞斯特被指控阴谋反对亚历山大，那一天按照惯例将他带到军队之前进行辩护，他已经记住一篇精心准备的讲演稿，不过结结巴巴，仅仅说了其中的几句话。他越来越慌张，拼命动脑子去回忆，苦苦思考，身边的战士认为他已经认罪，冲过去用矛刺向他。他的慌乱和沉默被看作是在认罪。关在监狱之中有那么多时间来准备辩护，在他们看来并不是记忆不好，而是善良封住了他的喉，使他丧失了说话的力量。这真是说得极有道理！就算一心仅仅想要说清楚地点、人群以及期望也会让人吃惊的。当一番话维系到你生死存亡的时候又能如何呢？

对我来说也出现过同样的情况。当我碰到有话非要讲的时候，也会丧失记忆。每当我完全凭借记忆来传递信息和拷问自己，我对于它的依赖太重了，会将它压垮的。记忆也会因此吓得不敢担负此任。我越长时间依赖它，就越难以控制自己，以致失去常态。某一天我发现自己勉强得隐瞒我所承受的束缚，专门说得漫不经心，随心所欲，好像是临时才产生了这样的想法。既喜欢说些无足轻重的话语，又事先想要做得非常有口才的样子，这样的做法不够恰当，尤其是对于我这种情况的人而言，对于无法兑现诺言的人是太严重的责任；令人产生过高的期待。有人常常愚昧地穿上紧身衣约束自己，其实还不及穿披风跳得远。“讨好进而让人期望过高，这样的事情最不讨好。”（西塞罗）

根据雄辩家库利奥的文字记录，当他陈述自己的讲话提纲时，分成了三部分或四部分，抑或包括几个论点以及论据，他常常会忘掉一个抑或多加一两个。我厌恶许诺与规定，老是小心翼翼地别陷入这个境地。不仅因为我不相信自己的记忆力，而且因为这样的方法过于做作。“军人并不讲究场面。”（昆体良）

简言之，我已经承诺今后不再承担在正式场合讲话。因为照本宣科，除了这件事自身难看之外，还对善于临场发挥的人非常不利。但要我临时一边想一边说则更加糟糕。我的思想愚钝杂乱，不会即兴应付重大的排场。

请读者允许这篇随笔随着这第三部集子的出版和自我画像剩余部分的第三次扩展流传出去。我只会增添，但是不修改。第一，谁将自己的作品抵押给了这个世界，我觉得很显然，他已没有权利如此做了。他有能力再在别的地方说得更加精彩，已卖出去的事物不允许他糟蹋。只有在这样的作家辞世以后才能买他们的作品，让他们在出版之前思考好了。谁逼迫他们啦？

我的书永远只有一个版本，如果有人要再版，以便读者不至于空手离开，我就擅作主张添加一个另外的象征（其实仅仅是刺眼的贴片）。这仅仅是锦上添花，一点不是对出版书的否定，只是试着精益求精，为以后几版增添一点特殊的价值。但是很容易产生某些编年顺序颠倒的情况，我的故事不再老是按照年份，而是依照时机来陈述的。

第二，就我个人来说，害怕修改之后反而有所损失。我的才思不总是勇往直前的，它也会倒退。我对于第二或者第三版不比对第一版更加放心，对现如今的思想不比对于过去的思想更加信仰。我们修改别人的东西非常笨拙，修改自己的东西常常也一样笨。我的第一版书发表在一五八〇年。很长一段时间过去以后，我已经年老，但是我的智慧却没有丝毫见长。这时的我和刚才的我，不是同一个人，不过哪个时候更加好？我判断不出来。如果越往前走越改善，老年当然是桩好事了。但这是醉汉走步，晕晕乎乎，一副丑态，像灯芯草一般，随风任意摇曳。

阿什克伦的安条克写文章的时候竭力推崇他的老师柏拉图的学院。到了老年他有了另外一个主意。我随着其中某一个，算是在跟从安条克吗？提出质疑以后，又想肯定人类的舆论，这不是光置疑而不加肯定吗？可以说就是为他再活出一个人生，他也老是处在新的动荡之中，不比另外一个人生更加好。

公众的爱戴赋予我的勇气有些超出了我的期望，但是我最担心的是自我陶醉。就好像我这个年代的一位学者做的那样，我宁可向他们挑衅，也不愿意让他们厌恶。恭维总是让人喜欢的，无论是谁以及为何恭维。然而，要让这样的恭维使你感觉满意得当，就要弄清恭维的理由是什么。就算缺点也可以有方法说得好听。平庸的评价不会受到大家的欢迎。在我所处的年代，假若不是最烂的诗作受到群众最大的追捧，那就算作我犯错了。

我一定会感激那些惠顾我微薄努力的名人。这本书的写作形式不当，题材自身又不值得推崇，印刷车间的失误在别的地方也没这么多。读者——因为别人的怪想和疏漏而出现在这儿的过错，那请大家别怪罪我；每只手掌、每个工人都过来凑热闹。我既不参与拼写问题，仅仅要求他们按传统做法，也不参与标点符号的修改，因为我在这两方面都不十分擅长。他们在哪儿弄错了意思，我也并不大惊小怪，最起码他们让我推脱了责任。假如他们换上一个别字，像往常那样，用我的思想缠绕他们的思想，这是毁灭了我。然而当这样印刷出来的作品的思想无法和我的想法相符合时，一位耿直的人应当拒绝作为我的诗句而接受。谁又知道我是多么懒惰，多么我行我素，就不难明白我宁可重新把那么多篇随笔口传一遍，也不愿意为了这种幼稚的改变而俯首下心，启用那些文章。

我曾经说过，我处在新时代金属矿的最深处，不仅被夺去了与我不同风俗、不同建议的人的密切往来，因为他们自己抱成一团，但排斥和其他的人交往，同时我生活在他们之中是有风险的；对于他们来说所有都可以为所欲为，而其中的大多数人和我们的法律联系得不能更坏，如此也就会无恶不作了。依据与我有关的所有特殊因素，我在我们这伙人当中找不出一个人会比我保护法律付出更大的代价——用公证人的语言来说就是，收益已经断开，损失照常会来。有人力竭声嘶充当好汉，平心而论，远没有我出的力量多。

因为我家随时出入自由，殷勤对待每一位来客（因为我决计不听从别人劝慰，把它变作一个斗争工具，距离战争越远的事情我都越愿意参加），非常受乡邻的尊敬，要在我的领土上和我打仗是不易获胜的。我认为，在我周围一带的时局长期动荡不安、风云变幻的情况下，它却免于血腥洗劫，真可谓杰出的典范。

因为，说实话，就像我这样脾气的人有可能逃脱任何一种不断的紧张局势，不过周围双方轮流入侵和骚扰，命运变化莫测，没有让乡邻温和克己，反倒是群情激奋，这让我感到难以消除的危险和困难。我在逃避，然而令我不悦的是我逃避依赖的是运气、聪明谨慎，而不是司法；让我不快的是处在法律保障之外，受恩惠于非法的保护。事实就是这样，我多半还是受到别人的恩赐，这欠了一份难以偿还的人情债。我既不愿意把我的安全寄托于大人物的仁慈和恩惠，任由他们批准我的合法权益和自由；也不愿意有赖于我的祖先和我自己的好人缘。

倘若我是另一个人会怎么样？假如说我的举止和谈吐坦诚让我的乡亲认为欠了我什么，他们让我能够活下来就是在还我的情，他们这样说道："四周的教堂都被我们搬空了抑或毁灭了，我们就让他在自己的小教堂里面继续自由自在地做礼拜吧。他在必要时保住了我们的妻子和耕牛，我们也允许他使用自己的财产，留下一条性命。"这样的话难道不是残忍。长期以来，在我们的家乡，我们也拥有雅典人利库尔戈斯的美好名声，他是他的同伴的司库大人。

我认为依赖国家的权威，应该在生活中充分享有权利，而不该靠赏赐和优惠活着。多少文人雅士就是失去性命也不放弃责任！我避开不去听从一切束缚，尤其是被光荣履责强加的束缚。我认为受人的恩赐，强迫自己的意志对这一恩情念念不忘，这样会令我承担不起，而我更愿意接受可以出卖的服务。我是这么想的。对于这些我给的仅仅是钱，对于其他我想要给的是自身了。

用诚实的法律束缚住我的结而给我的感觉似乎比法律规定捆住我的结还要有约束力，还要沉重。一个公证人管理我比我管理自己还更加仁慈一些。这并不是说明我的善良要比别人单纯的信任更加有约束力吗？我的信念是不欠别的人什么，由于别人并没有给它什么。希望他们在我之后取得的信任和信心用于互相帮助。我宁愿去打破法律和墙壁构筑的监狱，也不愿意打破话语的禁锢。我遵循承诺战战兢兢直到迷信的田地，而在其他的事情上则愿意拿不定主意，谈判。

对并不重要的许诺我都唯恐有失地给它加上本该赋予我的原则的分

量；鉴于原则自身的利益，我感觉它给予我的折磨和责任。的确，就算在那些完全让我做主的事件中，我如果说我想要做，我认为我在对着自己这样说道；要让别人了解这个话题，也事先给人家定下了规矩；我认为说出来的事件就是履行要做的事情。所以我很少泄露自己的想法。

我对自己做出的判决比法官对我做出的判决还要有力坚定，他们仅仅是在一般责任的方面来处理我，但是我的良心则有更加严格强烈的需求。我如果不情愿的话，他们逼迫我去执行的职责也可以抱马马虎虎的态度去执行。“在自愿范畴内的行为才是正确的行为。”（西塞罗）行动如果没有自由的光芒，也就既不美丽也无荣耀。

我被法律所逼的时候也就谈不上意志。

——泰伦迪乌斯

如果必须强迫我做，我宁愿没精打采去应付，“对于强迫之下做出来的事，受到更多感恩的是那一个发号施令的人，并不是服从号令的人。”（弗勒利乌斯·马克西默斯）我同时还知道有的人唱这个调子到了不公正的田地，与其说他们在偿还不如说他们在赐予，与其说他们在出借不如说他们在支付，对于有恩惠于他们的人锱铢必较。我倒还没有落到这一步田地，但是也不太远了。

我很愿意解除义务，彻底解放出来，以至于有的时候利用他人对我的忘恩负义、冲撞和傲慢，那些人从血缘或者命运安排来讲，我还欠他们一些人情，趁着他们犯错的机会也可以了却我的债务。就算我继续对他们尽到世故人情所要求的表面工作，我发现靠公正而不是靠感情办事会省很大力气，也可以让郁结紧张的心情得到一些舒缓。“控制急躁冲动的感情，就好像驾驭狂奔的车辆，都需要理智。”（西塞罗）

我费尽心思，有些过分紧迫，起码为的是那些从来对自己没有紧迫感的人。这种节制对于我也是有好处的，与跟我们有接触的人的缺陷相抵。我非常遗憾他们被我讽刺，不过我总是可以对他们的诺言和义务少承担一些。

我赞成那些因为孩子是癞子或者驼背就不爱他们的人；还会因为他顽皮，还有他遭遇不测或者先天有缺陷（就算上帝也在损害他的自然价值和敬意），仅仅是他这种冷漠的态度需要收敛与有分寸。依我看，亲情非但不能减轻，反而加重了这些缺陷。

慈悲和感激是一门微妙的普遍应用的学问；总而言之，依据我对于它们的认识，我没有见到有人比眼下的我更加自在，欠下更少的债。我如果欠情，也欠在所有人自然的情分上。也没有人比我还得更加干净：

我从来不收取贵人的礼物。

——维吉尔

王公贵族不从我这里攫取，已经算是给我馈赠了；不损害我的东西，已经算是对我的额外开恩了。这就是我对于他们的所有要求。喔，我是多么感恩上苍，承蒙他的恩惠，我接受了我已经有的一切，我只是对于他欠下了不少恩情。我多么努力地请求他大发慈悲，让我永远不要向谁说一句发自内心的感谢！在祝福的自由引导之下我走了这么漫长的道路。希望让我走到最后！

我尝试不特别需要什么人。

我的所有希望都寄托在自己的身上。

——泰伦迪乌斯

这是每个人都可以为自己做到的事，但是对那些天生没有急切需要的人更容易做到。依靠别人非常可怜，也非常不安稳。就说我们自身吧，谁是最为正确、最为可靠的靠山，我们又何尝有足够的把握呢。我除去自己之外没有什么属于自己，就算如此，中间还有一部分是损坏的和借来的。我酝酿勇气，这是最重要的，还储藏财物，如果一切弃我而去的时候找个自我保护的机会。

伊利斯的希庇亚斯不仅仅潜心于学习，投入到缪斯的怀抱中无人做伴的时候也能够愉快度日；不仅用科学还用哲学知识武装自己，以便从精神上学会自我满足，每当命运不济的时候勇敢地抛弃一切外来的闲适；他同时非常好奇地去学习做饭、剃去毛发、制作长袍、鞋子、戒指，为的是尽力独立完成这一切而避免他人的帮助。

享用而不需要承担义务，也不被环境所胁迫，在意志和财产上还有力量与手段抛弃不用，这样的享乐当然更加自由、更加愉快。

我对自己十分了解。无论谁的慷慨怎样大度，谁的效劳怎样坦诚和不求回报，只要是令我出于无奈而被迫接受的，非常难不把它们想象成鄙视的、跋扈的和带责怪意义的。给予是一个充满野心和优越感的行动，接受同样是一个顺从的行为。帖木儿为巴耶塞特一世送去礼品，巴耶塞特一世破口大骂拒绝了他就是一则事例。

苏莱曼皇帝派人给卡利卡特的皇帝送礼，惹得这位帝王大发雷霆，断然拒绝收礼，称道他和他的前任皇帝并没有接受的惯例，仅有赏赐的做法，还命人把这些送礼的使者打入了地牢。

亚里士多德说过，当忒提斯谄媚朱庇特的时候，当斯巴达人讨好雅典人的时候，他们并不会提起他们曾经向对方做过的好事，因为这是些不大令人高兴的记忆，而是说他们从彼此得到的好处。我见到有的人随便使唤别人，做出承诺，假如他们像一位长者那样明白欠情的分量，就不会如此行事了。欠情有时可能还清，但是却难以消除。一个喜爱在广阔的天地之间施展身手的人，这是残忍的锁链。

我的熟人，无论地位比我高还是低，从来没有见过谁比我更加少有请求于人。我如果在这点上有异于现代人的做法，这也不足奇，这由性情各方面的因素促成的；天性有点骄傲，受不了被他人拒绝，节制自己的欲望和意图，不能灵活处理各种事务，还有我非常喜欢的品性是懒散，不需要承担重任。正是这些原因，我讨厌被别人约束，同时除我之外的其他人来约束我。无论事情轻重缓急，严重的抑或不严重的，在用了别人的好意之前，我就匆忙先把自己的全力用上。

当我的朋友请求我为他们找另一个人帮忙时，我感觉特别烦躁。一个人利用他欠了我的人情但是并不受约束，但我却因为朋友的缘故让一个不用欠我人情的人来束缚自己，这并不能减轻我付出的代价。除此之外还有一个情况，就是他们不要求我去做浪费口舌和操心的事情（因为我已经宣称要对于所有劳役展开殊死搏斗），我对于大家永远有求必应。不过我避免接受或是多于尽量给予；根据亚里士多德的说法，这样做容易得多。

我的命运不大允许我为他人做好事，容许我做的这点有限的好事却又落实得非常差。假如命运让我出生就跻身于大人之列，我的志气是让别人爱我，而不是让别人害怕我或者崇拜我。是否还要我说得更加露骨些呢？我也就会想到施恩于人也是在笼络人心。居鲁士十分明智，他通过一位杰出军师兼优秀哲学家[①]之口，觉得他的仁厚和恩德远居于他的骁勇和武功之上。大西庇阿在他将要出风头的位置，将他的仁厚和人道看得比他的勇敢和胜仗更加重要，嘴里总是挂着这句引以为傲的话：他已经让敌人就像朋友那么爱他。

我的意思就是说，倘若必须有所亏欠，欠上这笔人情债也会比我说的那笔债更加有道理一些——后面一种债是这场可怕的战斗的法则逼迫我欠下的，并不是大得要我全心全意去偿还，不过它压在我的心头非常沉重。我在家就寝时千百次想象人家可能背叛我，会打死我，别害怕，不要拖延和命运商量。我在念过圣经后大喊：

> 一位不相信神的军人将会占有这片美丽的田野！
>
> ——维吉尔

有什么方法呢？这里是我出生的地方，也是我大多数祖先的出生地；他们在这块土地上付出了爱，烙上了自己的姓名。我们对于自己的习惯无法改变了。处于我们这样可怜的局面，习惯成为自然馈赠的实用礼品，麻痹我们经历苦难的时候的痛苦感觉。内战是所有灾难中最为糟糕的一种，使我们每一个人都在自家的楼顶上放哨。

> 依靠大门和墙头保卫自己，可怜啊！
> 房屋也难以让人相信它的坚固！
>
> ——奥维德

在自己的家里和家居安宁时也受到折磨，这样的灾难太过分了。我所居住的地方老是第一个同时也是最后一个受战乱的涉及，和平的面目总是残缺的。

> 就算和平年代也在害怕战争。
>
> ——奥维德

---

① 指色诺芬。

每次和平失去了机会，这里是战争必经之路。哦，命运之神：

应当让我居无定所，
流浪在东方日出的地方
或者冰川熊星座下。

——卢卡努

我有时从惰性和疏懒中寻求办法，以便在抗拒这样的思想时变得坚强，同时引导我下决心。有的时候还饶有兴趣地去想象致命的险境，等待它们的到来。我愚昧地低下头，一头扎进死亡之中，既没有考虑也不知道，一下子被卷进了寂静的黑洞，它瞬间将我吞没，即刻用一种沉睡将我制服，无感觉，也无痛苦。碰上这类短暂的猝死，其后果都在预想之中，给我的抚慰反倒多于恐慌。他们说道，长寿并不算最好，猝死才是最大的幸福。我不逃避死亡状态，也对死亡行动抱有信任。我被卷在这场暴风雨之中坐以待毙，让我无法睁开眼睛，掀起一阵狂风暴雨把我吹得不知所终。

在我身上会突然发生花匠所说的发生在玫瑰和堇菜类植物上的事，玫瑰和紫罗兰种在蒜头与洋葱旁边会长得更加芬芳，由于大蒜与洋葱吸走了地中的臭气；这也正像那些道德丧失的人吸取了我周围空气里的毒汁一样，因为与他们毗邻而让我更为善良，更为纯洁，在我也是有失的同时也有得。事情并不算这样。不过也可能会出现这样的事情，善良因为少见而更加美更加诱人，善事受到冲击和分歧的阻碍而收缩，也会引发对方的妒忌和对荣耀的追求而盛行。

盗贼出自他们的本意而不特别怨恨我。我对于他们不也是这样吗？不然我怨恨的人太多了。在不同的命运中存在着同样的良心意识，同样的残忍、不忠、盗窃，在律法的阴影下更加卑劣、更加猖狂与更加隐蔽、阴暗、表面若无其事的欺辱，要比公开的、不讲道理的、急风暴雨式的伤害更加让我痛恨。脾气发过之后不会损害身体：着火之后，火苗蹿了起来，声音越大，受害越小。

我对那些问我为什么爱旅行的人回答，我明白我在逃避什么，不过不知道我在找寻什么。假如有人和我说外国人之中也有相同的弱点，他们的习惯不见得比我们的更加好，我回答道：第一，这并不容易。

罪恶真是花招百出！

——维吉尔

第二，将不利情况变为不确定态势，总是一种收获，别人的痛苦不像自己的痛苦那么让我们纠结。

我不想忘记说出：我绝对不会对于法国如此反感，以至于对于巴黎也怒目而视。自从童年以来我的心灵就向往着巴黎。巴黎对于我代表着诸多美好的事物；之后我看到其他美丽的城市越多，在我的情感中越见巴黎的美丽。我爱巴黎本身，更爱它的本来面目而不是外来的过于豪华的装饰。我温情脉脉地爱它，包括了它的瑕疵和缺陷。

我成为真正的法国人，凭借的就是这座伟大的城市，人民是伟大的，地理位置是优越的，生活是丰富多彩的，尤其了不起与无法比拟的是：它是法国的荣耀，全世界最为绚丽的都城之一。上帝就让法国人的斗争远离巴黎吧！但愿巴黎这个整体不要分裂，这样它就会把自己保护起来，免受任何外来暴力袭击。我告诉它，最糟糕的主意就是在巴黎中间制造分裂的建议。我担心它仅仅就是它自己。同样我不仅担心它，而且也担心整个国家的其他区域。只要巴黎一直存在，我就不会存在后顾之忧，不会没有葬身宝地，这就足以让我不会因为失去退路而感到遗憾了。

这并不是因为苏格拉底曾经这样说过①我才这么想，也由于我事实上也是这样想的，可能还更加强烈些，我觉得所有的人都是我的同伴，拥抱波兰人就好像拥抱一个法国人一样，将民族感情放置于世界各民族情谊的后面。我从不醉心于家乡的甜美气息。自己挑选的朋友，我认为比邻里之间偶然相遇的泛泛之交更加可贵。我们建立起来的纯粹友情，一般也胜过通过地域或者血缘关系而让我们结合的友情。

人天生就自由自在，毫无关系，是我们自己把自己封闭在某个地区；就像波斯国王，他们规定了自己绝对不喝恰阿斯拜河之外的河水，愚昧地抛弃他们一样能饮用其他河水的资格，在他们的眼中，世界其余的部分都

① 有人问苏格拉底从哪来，他说自己来自世界。

是沙漠。

苏格拉底在接近生命结束的时候，认为判他流放比判他死刑还要糟糕，而我绝对不会如此消沉，也不会如此留恋家乡而讲出这样的言语。这些神明似的人生精彩无限，我接受它们出自于尊敬甚于出自于感情。他们的生活如此高不可攀，如此非同寻常，即便出于尊敬，也无法理解，由于我无法将他们想象于万一。这种脾气对于将天下看作家乡的人是非常亲切的。的确，他看不起四处奔波，也基本上没有走出过阿蒂卡土地。

如何说呢？朋友为他花钱解救他，他感到惋惜；他拒绝通过别人的调解出狱，以不违反当时已经极端腐败的法律。这些事例对我来说属于第一种。其他第二种的事例我也能够在同一个人身上寻找到。这类少见的事例有很多超过我行动的能力，还有的甚至超过我判断的范围。

除了我提出的理由以外，旅行对我来说也是个有益的锻炼。看到陌生新奇的物品，灵魂就会处于不停的活跃状况。我经常说培育一个人，要向他持续不断地介绍其他各种五花八门的人生、理念和风俗，让他欣赏自然中各种形态生生不息的演化，我不知道还有什么更好的学校能这样培养生活能力。旅游途中身体既不偷懒也不劳顿，这种有节欲的活动让人精神焕发。就算有腹泻，我骑坐在马上八个到十个钟头也不倦怠。

超越老年的状况和能力。

——维吉尔

除了似火的骄阳火烧火燎，什么样的气候我都能对付。由于从罗马时代就在意大利运用的遮阳伞，减少脑袋的负担，增大手臂的负担。色诺芬说在过去波斯的奢华生活刚刚开始的时候，可以随心所欲创造凉风和阴影，我真希望知道那是个怎样的玩意儿。我像母鸭般热爱雨水和泥泞。空气和气候的变化对于我丝毫没有影响；对于我来说天空仅有一块。仅有内心的风云变幻才会让我垂头丧气，旅途之中这极少发生在我的身上。

我不大容易被人说动，但是在旅途上，就会由人家摆布。无论大的小的行装我都不喜欢，也不愿意准备了东西仅仅做一日之游，看望一位邻居。我学会了就像西班牙人那样子赶路，一口气走完白天恰当的旅程；天气酷热的时候，我就在夜里行路，从太阳落山直至太阳升起。另外一种方式是在路途中匆忙吃上一顿当作午饭，尤其在白天短暂的时候非常不舒服。

照我这个方法赶路，我的马感觉也好了许多。跟随我走完第一天路途之后，没有一匹马耽误过我的事情。我无论走到哪里都为它们饮水，一定注意要让它们喝饱了走完下一段路途的水。我赖床晚起倒给那些跟班们提供了足够的时间用餐。我从来不吃饭吃得特别晚。胃口吃着吃着就来了，否则不行，我只能坐上桌子才可以开始饿。

有些人抱怨说，我都结婚了而且年事已高还在乐于这样的锻炼。他们是错的。每当家里已然安排妥当，不用你也可以按照原有状况继续生活，这就是离开的好时机。没有一个忠实的人在家中做主，他也不会竭尽全力满足你的需求，这样离家旅行才有欠谨慎。

对于一个妻子来说，最有益的知识和最令人尊敬的工作就是擅长管理家务。我见过贪心的女人，最先追求的是亡夫的遗物，这几乎可以弄垮或者拯救我们的家庭。请不要和我谈论这样的事情，依据我自己的经验，我要求一位已婚女人压倒一切的品德应该是理好家。我所有都让她做主，不在的时候手头事务都交给她去办。许多家庭之中，先生让没有头绪的事情弄得非常生气，可怜地回到家时已经接近中午，然而妻子此时此刻还在梳洗间忙着梳妆打扮。我见到这种情况也会很烦。王后才可以这样做的，并且我还不敢确定。

妻子游手好闲全靠我们的汗水和劳动来维持，这既滑稽又不公平。我绝对不会让谁比我自己更加心安理得享受我的财产。如果是丈夫提供物质，自然就要妻子提供外形①。

至于丈夫在感情上应尽的义务，有人认为，会因为他们不在家有所损害，我并不这样想这个问题。恰恰相反，夫妇的和睦关系反而会因日常太过密切的接触而变得冷淡，而受伤害。陌生的女人在我们看来都非常动人。每个人都拥有其经验，长相厮守感受不到若即若离的快乐。这些小别让我对家人充满一种新的情感，住在家中之后也感觉更加温馨。世界变迁鼓励我有时这样做有时那样做的热情。

我很清楚，友情的手臂可以伸出很远，使人凝聚，使人从世界的另一头走到这一头会合。特别是这种友谊不断往来交流，让人义务和记忆常

---

① 据亚里士多德“女人需要男人，犹如物质需要形式”。

新。斯多葛派说得对，贤人间关系这样密切，在法国吃饭的人们也可以为在埃及的朋友夹菜；只要伸出手指无论指向何方，地球居住的贤人都觉得受了恩惠。

享乐和占有主要属于虚幻行为。想要得到的事物比摸在手里的东西让我们想象得更加热烈、更加持久。计算一下每天的开心事，但是看到朋友在你的身边的时候你最不在乎他，他在场放松了你的注意力，使你自由想象他随时随地都有理由不在场。

身在罗马的时候，我心中依然保留着我留在这里的房屋和起居设施，我见到家里的墙壁、家里的树木、收益增多抑或降低，都是咫尺之间，好像我就在这里：

眼前掠过我的家院，掠过每块地方的情景。

——奥维德

假如只享受摸得着的东西，那就只有向存在钱盒里的埃居告别，向跑出去打猎的孩子们说再见！我们需要他们更加近些。在花园当中，这遥远吗？半天的路程呢？怎么，十里地，是远还是近？如果是近了，十一、十二、十三里地呢？如此一步步地走。说实话，哪个女人为丈夫规定多少步才算是近，多少步又能算做是远的开端，我赞成妻子让他停在远和近当中：

让他最终规定个数字！
就像对付马身上的鬃毛，
我拔了一根接着一根，
一直到他被逐一提出的理论反驳得哑口无言。

——贺拉斯

我也赞成她们大胆求助哲学挽救她们，有人也许会指责这一种哲学，因为它无法看出多和少、长和短、轻和重、进和远的交接点的两端。由于它无法认出开头和结尾，对于中间的判断也非常不明晰。“大自然没有让我们认识到事物的极限。”（西塞罗）

死亡并不是在这个世界的终极，而是在另外的一个世界中，她们并不是死者的妻子和朋友了吗？我们要眷顾曾经和我们相处过的人和还未曾相遇的人，而不仅仅是那些不在我们身边的人。我们在结婚的时候到底没能做成交易，要相互永远地维系在一起，好比我们看到的不知道什么小动物，抑或像中了邪的卡伦提人，和小狗一样相守依恋，寸步不离。女人不应当太过贪婪地凝视丈夫的前身，必要的时候就会看不到他的后身。

不过这位如此擅长于描述女性心态的作者，谈及她们哀怨的原因的时候却没有谈到点子上：

> 你晚回家了？你的妻子会想象你另有新欢纵欲，
> 抑或谁爱上了他？他喝酒寻找乐子，
> 独自玩游戏而我却在这里自怨自艾。
>
> ——泰伦迪乌斯

抑或是她们自己在唱反调、闹别扭自娱自乐借此打发时间，她们只要能够让你过得不舒坦，自己就过得舒坦了吗？

我十分擅长维持一种真正的友情，我宁愿为朋友献身而不是把他吸引到我身边。我不仅喜欢给他做事情，不要他帮我做事情，还要他为自己做不要为我做。他为自己做得好，那么就是为我做得更加好。假如他不在我身边对他来说更好或者更有益，对我来说则比他在我身边更加富有温情；只要我们有方法心声交流的时候，这并不是真正的别离。

以前，拉博埃西和我的分离也让我获得了好处和便利。我们在天的两端，对于人生的掌握却又更加充实与扩展。他过生活，他享乐，他为了我看世界，我为了他看世界，他假如和我一起也不过如此丰富而已。每当我们在一起的时候，我们两个当中的一个就会悠闲自得，因为我们分不出你我。分处两地则使我们的意志结合得更加丰满。永不满足地渴望身体的出现总是能说明心灵的享乐不够。

有人以年老为由让我打消旅行的念头，事实上相反，恰好是青年才屈服于大众的意见，受限制于他人。青年可以照顾到两个方面：别人与自己；但我们连照应自己也顾及不过来。伴随着天然功能的缺失，我们依赖于人工功能来补救。年轻时，我在聪慧的掩饰下掩盖着自己享乐的情趣；

年老了，我以精神上的放松化解悲哀。我年轻的时候行为小心谨慎，掩藏爱玩乐的欲念，年老了我常常发少年狂来减淡愁思。的确，柏拉图的《法律篇》禁止四五十岁之前去旅行，这是为了能让旅行更加有收获和教化；我更加愿意同意和一部法律书中的第二条，禁止六十岁之后去旅游。

“但是您到了这个年龄，再长途跋涉，肯定回不来了？”这和我有什么关系？我去旅游并不想什么回来以及走完旅途这些事，我只是在乐意活动的时候去活动，为散步而散步。在利益和野兔后面奔跑的人不是奔跑，为了竞技和锻炼奔跑的人才称得上奔跑。

我的旅行计划随处可见，因为我不在这个计划上寄予过高的希望，一个阶段就是一个终了。我还是到过挺多遥远的地方的，真的希望可以留在那里。既然克里西波斯、克里昂特斯、第欧根尼、芝诺、安提帕特，这么个阴沉学派里的这么多的哲学家，丝毫没有埋怨的理由，仅仅是为了换换空气而舍弃家园，那么我又为何不能呢？自然，旅程之中最让我不开心的事情，就是到了一个喜欢的地方无法下决心在那儿安家，总是告诉自己说应当回家了，去按共同的老样子过日子。

如果我害怕客死他乡，如果我考虑远离亲人不会安然逝去，我就不太可能会走出国门；就连走出教区也会害怕。我认为死神不停地在掐着我的喉咙和刺我的腰。不过我天生不一样，对于我来说在哪儿死去都是一样的。然而要我作选择，我认为，在床上咽气不如远离家乡，远离亲人，死在马背上。向朋友道别伤心多过安慰。我愿意忘掉人际中的这个责任，因为友情中这个义务是最不愉悦的，宁愿逃避不去作这种沉重的道别。这样的理解若有一利，却有百弊。

我见到许多临终的人被这样的仪式纠缠不清，真是怪可怜的，人群的拥挤令人窒息。让你安静得死去这是有悖责任的，也证明人家不足够热情、关心不够。一个人折磨着你的双眼，一个人折磨着你的耳朵，第三人折磨着你的嘴巴；对于你的四肢五官没有一个放过骚扰的。听到了朋友的哽咽让你难过心酸，听到其他假惺惺的叹息让你气愤。谁一向多愁善感，在虚弱不堪时就更需要温情关照。在最后的关头他最需要一双温柔体贴的手，抚慰他心头的伤痛，否则还是不去触碰它的好。假如我们需要接生婆把我们接生到这个世界上，我们也要一位更加聪明的男人把我们送出此世界去。要应对这个场面，必须尽力找到这样一个人，是好朋友，还要有深厚的友情。

我还没有蔑视外力而自强的魄力，这种魄力既不接受任何帮助，也不受到任何干扰。我自叹弗如。我设法不用害怕而用花招来躲开这一劫。我是说没必要在临死之前去显示和证明我的一贯风格。是为谁？到那个时候我对自己的名声应有的权利和兴趣都会停止。在宁静孤独的思考中离开世界，就是我自己，和我的隐退独居的生活相符合，如果这样我就满意了。

这和罗马人的迷信是恰好相反的，他们觉得谁在去世时没有说话，谁在这个时候没有亲人为他阖眼，谁就是不幸的。我安抚自己也足够忙碌的了，哪里还能抚慰别人；头脑里念头也足够多的了，外界也不会再给我带来新的想法；思考的事情也够烦人了，不要再去拉扯其他人。死亡并不是社会活动，而是个人的行为。让我们在自己人当中去生活，去欢笑，而让死亡和厌恶到陌生地方中去。你可以花钱，找人扶正你的头部，为你的两脚按摩，你要他不来想讨厌你多久就是多久，让他对你摆出一张冷漠的脸庞，随便你愿意怎样唠叨呻吟都允许。

我每天一想到这些幼稚而不够人性化的情调就感到释然，让我们希望用自己的苦楚去博得朋友的同情和可怜。我们夸张自己的不幸去获得他们的泪水。我们赞美别人遭逢厄运的时候表现坚定，不过我们遭逢厄运的时候责怪亲友们无动于衷。看到他们对我们的痛苦有感觉，但是不因此而悲伤，我们对此并不满足。开心的事情应当与人分享，伤心的事情尽量去掉。没理由也没可怜的人，有理由也没人可怜。正因为没人可怜，就总要人可怜，也常常可怜巴巴的，以至于谁都不觉得他可怜了。谁活着却装死，当他临终时，会被人看作死去的活人。

我还看见过有些人由于人家说他们容光焕发、气定神闲而大怒，强迫自己不笑是由于害怕暴露他们病体已痊愈，恨身体康健是由于这样就没人可怜了。更有甚者，他们不是女人。

我最多是照本来面貌介绍自己的疾病，避免悲观预见病情的言论和故作惊讶的呼叫。看望一位哲人，虽然不能高高兴兴，最起码保持稳重克制才恰当。他看到自己处在相反的境遇下，绝对不会和健康过不去；他同样喜欢在别人的身上看到健康无恙，最起码很享受健康和他相伴。因为他感觉到自己正在入土，还没有完全放弃生命，也不回避日常交谈。我宁愿在健康的时候探讨病情；健康还在时，留给我的印象非常真实，不会乱想去夸张。我和它先前一起商量要去的旅游，我们出发的决心已定。只要骑上了马背，就将健康的问题留给同行的人们，让他们去得出有利于它的处理方式。

我发现公开我的生活方式对我来说有意想不到的好处，它从某些意义变成我的处世标准。我有时也在考虑到别泄露自己的人生经历。这次当众声明令我只能在这条路上一直走下去，不去否定我的境况，现在病态与恶意的评判都把它说得更加否定更加不像样。我单调俭朴的生活方式精彩勾勒出一幅便于诠释的景象，但是由于这种方式比较新颖也不同凡响，也为诽谤带去可乘之机。所以，对那些愿意光明正大批评我的人，我认为我直言不讳与众所周知的缺陷已经足够让他们咬住不松口，不用凶神恶煞就可以肆意中伤，假如他觉得我率先披露并批评自己的缺点，这就好像敲掉他的门牙去咬人，当然令他有权利夸张其事（想要得罪人，自然有超越律法的权利），我对他提出我的罪恶的根源，他将根苗夸大成了树，他不仅在自己的行为中利用我已有的缺点，还利用仅仅威胁着我的犯罪感。从数量与质量方面都是无法饶恕的罪恶，就让他用这些抨击我吧。

我将坦诚接受哲人皮翁的事例。安提柯要因为他的出身来讥讽他，他打断了安提柯的话，说道："我的父亲是奴仆、屠户，身上印有烙印，我的母亲是妓女，父亲由于没有财产才娶了她。他们二人都因为不当行为受到过惩罚。一位演讲家看我挺讨人喜欢，在我小的时候将我买了去，临死之前将他的全部财富留给了我，我搬了财产移民到这座雅典都城，从事于哲学研究工作。但愿历史学家放手去寻求关于我的新闻，对他们要寻找的话题，我一定有什么说什么。"自由坦诚的坦白能够让谴责减少，让诽谤无计可施。

总的计算起来，我感觉在有人称赞我的时候就有人无理和不公正地贬低我。一样，自从童年以来，在职位和荣誉的方面，别人将我说得比我应该有的高尚而不是低俗。

我更喜欢待在一个社会等级问题已经解决或者受到轻视的地方。在男人中间，起坐等等的特权引起争辩，多于三句对白就是不文明的行为。为了避开这些幼稚的争论，就算非常不公我也不害怕自己先做或者先让；有的人想和我争夺优先的权利，我永远让给他。

我写这部关于我自己的散文除了想得到第一个好处之外，还想得到另一个好处，假如我的行为举止在我辞世之前得到哪个好心人的好意与共鸣，他就能来找我，我要为他介绍我的很多经验之谈，因为假如让他自己去了解和熟悉，那要花费好几年的功夫，在这本书中仅仅花他三天的时间，而且更加可靠，更加真实。一个有趣而怪异的念头是：有许多我不愿意告诉别人的事，却告诉了大众，让我最忠心的伙伴到一家书店中去搜寻我最隐秘的内心思想。

> 我允许他们观察我复杂的内心世界。
>
> ——柏修斯

倘若有足够的证据使我认识到有某个人的性情和我相投，我也会不远万里去寻找他。因为和情投意合的朋友相聚的快乐，在我永远不是特别多的。喔，一位好友！这句老话说得多么的正确，永享友谊要比水与火这些元素更加需要、更加甜蜜！

言归正传，常听人说在远离家园和亲人的地方辞世没有多大痛苦。其实有些自然因素还不到死亡那么不幸与令人憎恶，我们也觉得有责任因此退出生命。何况，有的人已病怏怏的还要拖延上一大段生命的时候，也许不应该盼望让自己的苦痛去连累一个大家庭。在印度的一个邦中，觉得杀掉那些进入这种痛苦的人是正确的。然而在另外一个邦，他们对他不管不顾，让他去自生自灭。这些人到了最后让谁厌恶，让谁受得了？大众的服务不可能做到那个田地。

你应该强使自己学会残忍地去对待好朋友，让你的妻儿长期习惯拥有坚硬的心肠，对于你的苦痛不再体恤和可怜。我腹泻的时候的呻吟不会引发他人的惊慌。就算我们听着他们谈话感觉开心（这也不是经常有的情况，由于情况不同，很容易对无论是谁都会产生轻蔑或者妒忌），岂不是长期在利用甚至滥用他们的情感？我越是看到他们高高兴兴，因为我而束缚自己，我越是为他们的用心良苦感到抱歉。

我们有权依赖别人，但是无权躺在别人身上，给人造成沉重负担，缠得他们也同时毁灭。就像那个人，他下达命令掐死儿童饮他们的血液来治疗自己的病①；抑或另外一个人②，命令人派几个少女去他夜晚的被窝温暖他衰老的肢体，利用她们清新的呼吸来驱赶他发臭的呼气。我宁可建议自己去威尼斯来安度晚年。

---

① 据说路易十一为了恢复健康，喝儿童的血。

② 似指大卫与童女亚比萨的故事，见《旧约·列王传》。

衰老是一种需要孤独的状态。我则和人来往甚密；从此之后不要让自己的老态丢人现眼，要对此加以掩饰，缩成一团躲避在硬壳里默念，像个龟一般，这不是非常有哲理吗？我学习看人而不是依赖人。老态龙钟是对于生命的不尊重，应该是和你的同伴转过身去的时刻了。

“这样的一次长途旅游，你会滞留在一个简陋的小破屋里，断绝你所需要的所有东西。”大多必需品，我都会随身携带。命运如果要袭击我，如何都躲不过。我生病的时候，不用特殊的药品，自然在我身上发挥不了淫威，我不需要祈祷东方神药来解困。我发高烧，被病痛撂倒的开始，全身依然接近健康的，我便按基督教徒最终应尽的义务和上帝和解，我因此感觉更为自在更为宽松，也好像会打败病魔。公证人以及顾问对于我比医生还更加不必要。我在健康的时候都没有处理的公务，不要指望我在生病的时候能够处理。我愿意为死亡效劳的事情则从未稍停，从不敢有一天怠慢。如果一事无成，这就是证明：怀疑拖欠了我的选择（由于有的时候不选择就是好的选择），抑或完全是我不想要做什么。

我只为少数人写书，而且不会花很多年时间。假如题材是永久的，那就需要使用一种更加谨慎的语言①。因为我们的语言一直到现在还一直不断地在变化，谁能够指望现在的语言形式在今后五十年之内还在使用呢？语言每天在我们的手上流动，从我生来到现在，已经有一半发生了变化。每个时代都是这样讲自己的语言。只要总是这样消逝与变化，我就无心说它完美。语言在优秀有用的诗作中得到巩固，它的威信随着国家的命运而改变。

我并不害怕把好些私人问题交给我们的语言，因为它们只对当今这个时代的人有用，这涉及眼光更加远大的那些人的心底世界。我常常看到有人拿回想死人来做文章，我无论如何也不愿意有人去争辩：“他是这样看问题的，他是这样活着的；他喜欢这么做；要是他临终还要说话的话，他会说，也会赠予。我比其他人都可以理解他。”只要不违背礼仪准则，我在这里令人感觉我的倾向和喜好；但谁愿意知道，我和他当面交流还会更加自由更加乐意。无论如何，谁在这些回忆录里仔细观察，谁就会发现我已经和盘托出该说的和该指明的。我没办法表达的就用手指指出来：

---

① 蒙田在此指拉丁语。

对明眼人简单的符号就足够，

其他的意义由你自己补充。

——卢克莱修

我不留下任何让人期待我、猜测我的东西。假如要议论我，我宁愿既真实又公正。有的人对于我的看法与我本人的实际不相符，就算在赞美我，我也宁愿从另外一个世界回来训斥他。我发现有人在谈论活着的人的时候也总是不符合实际。我如果不尽力维护一位失去的伙伴，人家就会将他任意践踏成千百个不同面目的人。

以谈论我性格和思想上的弱点作为结束，我承认每次旅途之中到了一个地方住下来，很少不在脑中闪过这个想法，我能否称心如意地生病和死去。我想住的地方是专为我而造的，没噪声，不脏乱，无烟，通风。我设法用这些微不足道的环境去吸引死神，说得更确切些，尽量摆脱别的麻烦，以便只关注死亡，死亡不带有任何附加物，已压得我够沉了。我盼望死亡分享我生活的轻松闲适。这的确占了人生中的一大部分，很重要的部分，希望以后不要对过去误会。

死亡有它一个比一个轻松的形式，它根据每个人的思想状况而采取的形式不同。在天然死亡之中，人从衰老到昏迷，我认为压抑温和。而暴力死亡当中，跳悬崖就要比墙倒压死，利剑刺死就要比火枪击毙叫我更加难以想象。我宁愿喝下苏格拉底的毒药也不愿意像卡图那么自残。尽管都是死，我在想象中还是感觉跳进炽热的火炉而死和跳进平静的河流而死，就像生和死那样相异。从这里看出我们就是愚昧地害怕方法更加多于害怕结局。这仅仅瞬间的事情，却是这么严重，我宁可奉献出好几天的性命要求这一刻依照我的方式渡过。

既然每个人都在想象死亡有多少酸甜苦辣的感觉，既然各自都还能够选择死亡的方法，就让我们更加深入地试一试，找到一种摆脱所有不愉快的死亡形式。不是还能够像安东尼和克娄巴特拉两个苦命鸳鸯一样缠绵动人？我把哲学和宗教制造的艰辛而典型的死亡行为搁置一边不提。不过还是去普通民众之中去寻找例子，就像罗马的一个佩特罗尼乌斯与一个提吉里努斯，奉旨自杀，舒服地准备就好像上床安寝一样。他们有女人和朋友相伴，在平常悠闲的消遣当中，让死亡静静来临。没有安慰的话语，没有遗嘱，没有故作坚强，没有对未来生活的感言，不过玩游戏、举办宴会、戏谑、聊家长里短、玩音乐与写情书。我们不可以抱着更加真诚的态度去模拟如此的决心吗？既然有的死亡方式对于愚者是好事，有的方式对于智者是好事，就让我们寻找对于处在智者和愚者中间的人的好办法。

既然死是必然的，我想象到一个我容易接受并且还向往的方式。罗马暴君觉得让罪犯选择自己的死亡就是赋予他性命。可是连提奥弗拉斯特那样一位智慧过人的哲学家不是也为理性所迫，勇敢说出了西塞罗的这样一句拉丁化的诗句：

> 支配我们生活的是命运，而不是智慧。
>
> ——西塞罗

命运之神给我的生活带来了多么有利而又简便的生活环境啊，导致从此之后不需要其他人，也无须阻碍别人！这个条件——我在人生的所有阶段都可以接受。不过就在收拾东西打包行李的时候，让我格外开心的是离开的时候并没有使人高兴、也没让人不高兴。命运之神用精打细算的补偿方式，自认为在我辞世之后可以得到物质好处的人，一样也会遭遇物质损失。死亡对别人造成的负担常常也重重压在我们心上，让我们像关注自身的利益那样去关注他们的利益，有的时候还有过之而无不及。

我寻找的住处在舒适方面，既不需要排场也不需要宽敞（不如说我对这两方面都很厌恶）；仅仅需要简朴文雅，常常很少装修，但是有得天独厚的自然环境。“饮食并不丰盛，但是精致，”（利普修斯）——“雅致但不是花费。”（科内利廖斯·尼浦斯）

除此之外，对于那些拖着行李在严冬季节穿行在瑞士东部小山村的人来说，会猝不及防地陷入极端艰难的境地。而我常常去旅行，不会自我向导得这么差劲。右边风景不好，就向左走；不适合骑马，就会赶路。在我这样做的同时，（事实上）看到每个地方都像自己的家庭那么快乐方便。的确，多余的东西永远多余，讲求奢华总是让我反感。

我是否在身后留下了值得回顾的东西？若有，我就返回，那都是我该走的路。由于我无法划出一条固定的线路，既不平直，也不弯曲。别人的地方，我去了找不到呢？（有的时候别人的估算与我的估算不合拍，我经常会发现他们的想法是错误的）我并不后悔花力气白跑了一趟；最起码明白了别人说的东西不在那儿。

我生性随和，什么都能接受，与许多人都谈得来。每个国家的人情世故各种各样，就是因为它的不同而让我感动。每个习惯都有其道理。磁盘、木盘或者陶盘，煮的抑或烤的，黄油、果仁油或者橄榄油，热的或者冷的，对于我都一样；上了年纪以后，我竟然非难自己这种天生广泛接受的能力，倒需要自己的口味娇气一些了，有所选择，以减轻胃部的压力。每当我不在法国境内的时候，有人为表示礼貌，问我是否吃法国菜，我报以微笑，老是跑向外国人最多的桌子。

看到我的同胞自我陶醉于一种愚蠢的怪癖，对于不同于自己的异域风情大惊小怪。让我见了难为情。他们一旦走出自己的村庄，就像离开了生活的环境。无论到哪儿都抱着自己的习俗不放，排斥所有外来的事物。他们在匈牙利碰到一个同伴，于是就庆贺这种奇遇，集合在一起嬉戏，嘲弄、谴责他们见到的人家的野蛮习俗。不是法国的怎么可能不野蛮呢？骂得出坏话的人总是最有见识的人，他们终究把异处认出来了。大部分人都只是来了紧接着又走了。他们旅游的时候裹得严严实实，谨小慎微，不出声不交谈，免得受异地空气的感染。

在议论他们的这些事情时，让我想起我从一些年轻廷臣们那里观察到的类似事情。他们仅仅关注同一类人，带着轻蔑或可怜的神情将我们看成另外一个世界的人。他们除去宫阙秘闻这一类谈话之外，也就没办法了，我们看他们笨头笨脑，就像他们看我们一无所能一样。俗话说得好，有修养的人是兼容并包的人。

与我们的同胞相反，我在旅行当中对我们那一套生活方式已经腻烦透顶，不会再到西西里岛上去寻找加斯科涅人（留在家中的已经足够多了）。我寻找得更多的还是希腊人与波斯人。我和他们结交，观察他们的生活。这是我一心向往和愿意做的事情。对此我不便再多说了，我认为在旅途之中看到的各地风俗，哪个都不会比我们国内的更差。我深入腹地其实并不远，由于家乡的风信子还隐约能够看见呢。

但是，你在旅行途中偶然碰到的一些伙伴，大部分让你感到不快，令你快乐的只是少数。我并不是关注他们，尤其现如今年老了，与大家的行动也有些区别，更加远离一些。你为了别人受苦，别人为了你受苦，哪一种不快都让人难受，后一种似乎比前一种更为严重。碰到一位有修养的人，善解人意，生活习俗和你相同，又喜欢和你同路，这种缘分十分少见，带给人的喜悦不可言喻。我在多次旅行中很少碰到这样的好事。不过这样的同伴要在离家之前选择和协商。

没有交流，任何乐趣对我来说都索然无味。每一次心里得出一个开心的想法，如果是一个人独自思考，找不到人分享，我就会郁闷。“如果有人赋予我智慧，但又提出条件只允许我一人独享，不能让别人知道，这样我就会拒绝接受。”（塞涅卡）还有一位哲学家在这个问题上提高嗓门大声宣布道：“假设一个智者生活在如此的环境，在物质方面应有尽有，能够自由自在地思考，从容学习所有值得学习的东西；就算有这样的价值，假如他注定终身孤老，永远无法见别人，他宁愿离开这样的人生。”（西塞罗）我对阿契塔的看法表示同意，就是在天堂没有人相伴，独自在非常神圣的地球上散步，他肯定会毫无兴致的。

不过独自一人还是比有一个讨厌无味的人在身边要好一些。亚里斯提卜不高兴于到处独来独往。

假如命运恩准我随心所欲度过一生……

——维吉尔

我选择骑在马上生活：

匆匆忙忙去看，
骄阳似火的地方，
抑或云雾缭绕的山谷！

——贺拉斯

“您不是很容易打发时间吗？您家里还缺什么？您的家庭不是在景色优美，空气清新的地区吗？物质供应丰富，面积宽广有余。国王陛下也不只一次停留在您的家里，声势浩大。比府上更加有条不紊的不多，富丽堂皇比不上的却不少。是否地方上有何难以容忍的流言，让您难解心结？

什么样的想法植根于你的心中，在耗尽你，在撕咬你？

——埃尼厄斯

“您认为有什么地方能够生活得无忧无虑么？‘命运之神从来不会顺顺当当惠顾你。’（昆图斯·库提乌斯）您看，仅仅您才会和自己过不去，四处走动，对于什么都发牢骚。由于世上仅仅有野兽和神明的心灵才能被满足[1]。当一个人有和您一样充分的理由心满意足的时候却没有，他会想到什么地方得到满足？有多少人将您的物质条件确定为他们盼望的目标？您要改变自己，由于这是您能够做到的，那个时候您对于命运需要做的就是耐心。‘理性平和了，所有的才能完全平和。’（塞涅卡）”

我明白这样的提醒必有道理，而且有深刻的体会；不过用一个短句和我说也许更加好更加妥当：“需要理智。”我这一个决心已经超越理智：这是理智的产物和体现。这就好像一位医生在一位可怜的没精打采的病人后面大喊：“要快乐”；这要比和他说：“要健康”更加妥当一些。我不过是个精力不那么旺盛的人。以下这句箴言有利实用、明晰易懂：“对于你自己感到满意，也就是对于明智满意。”想要做到不是依靠聪明人而是依靠你自己。这是一个民间俗话，含义极其深刻。什么没有包含？所有的事物都可以遇到鉴别和改变。

我很清楚，严格照这句话去看的话，旅行的快乐证明了不安和易变的心态。这也是我们的最主要与占支配位置的品格。的确，我坦白，就算在梦中与心中，我也看不见让我留恋不舍的事情。对于我来说景色不同就值得，唯一让我感到高兴的只有真实，还有把握多样性。

在旅途之中，我能够没有理由停滞，有一个地方随意转悠，这就能维持我的兴趣不减。我喜欢有自己的私生活，因为这是我照自己的喜好选择的，并不是因为我对公众生活不感兴趣，公众生活有的时候也非常适合我的。我非常高兴为我的亲王服务，由于这不存在特别的义务，就是出于我的评判和明智的自由选择，也并不是另一派没有留下我而无奈地去投奔了他。就像这种事情。我讨厌出于被迫把自己分割得七零八落。所有需要我对它依赖的事情都掐着我的脖子：

一片木桨划在水里，一片木桨插在岸上。

——普罗佩提乌斯

① 据那时的说法，生物链中神的心灵最高，野兽的心灵最低，而人的心灵处于两者之间。

一根绳子永远拴不住我。你就会说："这些玩意儿是虚无的。"但是哪儿不是呢？这些美丽的格言是虚无的，所有智慧是虚无的。"真主明白智慧人的意志是虚无的。"（《新约·保罗达哥林多人前书》）这种微妙的洞察力只适合于布道。这一些道理都将我们当傻瓜送到另外一个世界。性命是一个物质和形体的运动，他的行动在实质上是不够完美的，不成规则的；我努力按照他的本性为之服务。

我们每个人都深受自身之苦。

——维吉尔

"我们的行动应该与自然的普遍规律没有任何对抗；不过原则获得遵守之后，我们需要按自己的本性生活。"（西塞罗）

那些人类无法停留的哲学巅峰有何用？超出我们的习惯和力量的规则又有何用？我常常见到有人向我们建议生活方式——无论提出的人和倾听的人都不愿意、还不情愿过的。法官刚写好一个通奸犯判决书，从同样一张纸上撕下一个角，给他的同事的妻子写情书。刚刚和你发生过不正当关系的女人，事后立即在你面前大喊大叫地去反对她的女友所犯的同样错误，叫嚷得比波西娅①还要响。有的人就凭借他本人也不觉得是错误的事情作为罪行将别人判了死刑。我年轻的时候看到一个乡绅，一手朝群众递过去，传看香艳的色情诗歌，同时另外一只手散发几年以来在全世界闹了很久的宗教改革作品。

人们的行为就是如此：大家让法律和训诫自行其道，而我们却另有一套，不是由于世风日下，而是看法和评价常常无法统一。就好像听人朗诵一篇哲学论文；创新、辩论和中肯马上触动你的想法，激发你的情感；良心却又未见挠到痒的地方或者受到压制，因为他的演讲并不是针对良心的，不是这样吗？所以阿里斯顿说，浴室和文章如果不能除去污垢，就无法达到效果。大家能够停留在其表面，不过先要汲取其中的精髓，就好像喝了好杯子中的好酒，我们才可能去注意杯子的雕花和工艺。

在古代所有的哲学流派当中，我们发现同一位作者在发表节欲规则的

① 加图的女儿，布鲁图斯的妻子，听说丈夫的死讯，自杀身亡。

同时，同时又发表纵情声色的作品。色诺芬钻在克丽尼娅斯的裙子底下，写文章抨击亚里斯提卜的色情观。这并不是什么令人惊奇的信仰改变让他们一阵冲动，而是像梭伦时而表现自我，时而以立法者的形象出现，时而为大众说话，时而又为自己说话；为了能够保证自己的身体健康，就采用自由天然的方法。

重病才会寻找大医师。

——朱维纳利斯

安提西尼允许圣人去爱，而且允许他们以自己的方式做他们认为可以做的事，不需要拘泥于法律；由于他们要比法律更加高明，对于德行更加有见解。他的徒弟第欧根尼说用明智应对骚乱，用信任应对偶然，来自然应对法律。

胃部娇气的人，应该有精细严格的膳食安排。脾胃好的人吃食物只需要按自己的天生的胃口。我们的医生就是如此做的，他们自个儿吃瓜饮凉酒，却让病人吃药和面包汤。

希腊妓女拉依斯说道，“我不知道那些雅典哲人读什么书，有多少智慧，有什么哲理，不过这些人和别人同样常常来敲我的门”。由于人一旦放纵就常常会越出合法和忍耐的范围，我们也就会常常把生活中的格言和法律订得比众人的更明智要严格。

谁都不相信自己的错误，
越过了法律的界限。

——尤维纳利斯

也许应该指望命令和服从之间有一个准确的距离，由于好高骛远的目的似乎是不公平的。世界上并没有一个好人，如果把他的所有行为与想法比照法律来衡量，不可能在一生当中被十次送到绞刑架；无论是惩罚他还是将他打入地狱，都确实是非常令人遗憾和不公正的。

他和她如何利用自己的身体，
关你奥吕斯何事……

——马提雅尔

无法配得上有德者之名、非常有理由接受哲学家鞭挞的人，反倒是不太可能触犯法律的。这中间不对等的关系真是说不明白。我们不必担心做好人要由上帝决定，我们做好人完全取决于自己。人的智力永远令人无法达到智慧所规定的各种责任；人如果达到了，智力又会提到其他更深一层的义务，它一直在想、在想办法，由于人的本性仇视一致的东西。靠自己安排自己的人难免出错，不按自己的本意而按别人的意愿为自己制定的义务并不完美。这个不用期望有人可以去做的任务，他在为谁规定呢？不去做他不能够做到的事情，他就不正确了吗？这些因为我们没有做到要确定罪名的法律，本身就在责备我们并没有能力做到它。

最糟的是，有一种双重人格的自由表现出两面性，这种言行不一的畸形自由对那些仅仅就事论事的人是模棱两可的，不过对于就像我这样扪心自问的人却不是模棱两可的了。我应当用笔就像用双脚，人生路途走到哪里写到哪里。在社会中生活和其他人的生活是息息相关的。

加图的气度非凡，超越了他那个世代的范畴。如此的一个人参加治国安民的工作，能够说他正义凛然就算不是没有必要，最起码是徒劳的与不合群的。就算我的这些作为，和当下的行为相差无几，也让我被同一时代的人看来不近情理，无法与人交际。我不明白我是否对于我的社交圈子丝毫没有道理地感觉厌倦，不过我知道我如果埋怨他们厌恶我更加多于我厌恶他们，这是没有理由的。

面对社会事务假装勇敢，是一种在实践中多皱褶、多拐弯的勇气，在实施的时候要考虑到人性的缺点，它杂乱与做作，不坦率、明了与恒定，也不完完全全纯洁无辜。现在的史料之中还在责怪我们的一位君王①，太过轻信他的那个忏悔神父一本正经的劝告。有关国家事务的训诫更为大胆：

① 指查理八世，在忏悔神父劝说下，把鲁西荣归还卡斯提尔国王。

要想做聪明人，
远离宫廷琐事。

——卢卡努

以前我曾经试着在处理公务时运用生活的理念和规则。这些都是在我的家中祖传的，或者从教育之中照抄的，生硬，新奇，未经雕琢或者未被玷污，我在私生活之中使用得虽然不顺手，但是信心十足。这确实是一种书生气、幼稚的品质，需要用在社会中，我觉得它们既不适合也危害极大。

走入群里的人偏离自己的路线，躲躲闪闪，抱紧手肘，或后退，或前行，依据遇到的事情甚至还要离开正道；他需要更加多地按照他人而不是按照自己的意愿生活；不是按照自己的建议，而是按照别人的建议，按照时间，按照各人，按照事情而为人处世。

柏拉图说谁若有幸逃脱社会事务的操纵，靠的是意外。他还说道，每当他主张使用他的哲学家而来充当政府领导，他所说的不是就像雅典政府这样腐败的政府，更不是我们这样的政府，在那儿智慧丝毫没有用武之地。犹如一根草被移到与它的习性截然不同的土地上，能够做到的是青草适应土地，并不是土壤来适应青草。

我感觉如果我要完全适应这样的公众生活，就必须做出很多的改变和修正。我就算依靠自己可以做到（花费时间和心血我怎能办不到呢?），我也并不愿意。从前，在这种职务之上稍微作尝试之后，已经感觉无聊至极。有时候我感到在头脑中萌生过一些雄心壮志；不过我全身紧绷，偏偏朝着相反的方向还击：

你，卡图鲁斯，依然顽固不化。

——卡图鲁斯

没有人叫我这样做，我也没有坚持这样做。自由和闲适，这就是我的主要品德，这些品德和这个行业的要求是从根本上对立的。

我们不擅长识别人类的才能；这种才能分门别类，精确复杂。看着一个人处置私生活能干，就会觉得他处理公共事也能干，这是妄下论断。善于引导自我的人不一定会引导其他人，能够做“试验”的人不一定可以产生结果；善于解围的人不一定会部署战役，在私下里夸夸其谈的人可能会在大众或王公面前表达混乱。这也许更加证明能做这事者真不会做那事。

我发觉大才做不了小事，就好像小才做不了大事，都是一样笨拙。听说苏格拉底不会计算他所在部族的选票并向委员会做出报告，被雅典人当作笑柄，看来还是能够相信的吧？我对于这位大人物的完美性格崇拜至极，也依赖于他的命运作为典范来原谅我自己的主要缺陷。

我们的能力被分割成细小部分。我的那一片既薄，又少数量。萨图宁对于那些赐予他指挥权力的人说：“同志们，你们已经失去了一位好司令，却让他当上了烂将军。”在我们这样一个病态的年代，谁吹嘘自己用真诚朴实的道德为世人服务，要么因为他不了解道德是什么——因为我们的想法在随着行动一起腐败（不是吗，听听他们怎样解释美德的，听听大多数人炫耀自己的作为，并且制定自己的原则，他们宣传的不是美德，而是赤裸的不公平和犯罪，而且将它改头换面去教育君主），要么虽然他了解，却乱加吹嘘，无论他说什么，做的每件事情都会受良心的谴责。

我还是愿意相信塞涅卡在类似的环境下对这个问题的体验，既然他愿意与我坦诚相谈。在紧要关头最为光荣的善意表达，就是坦诚承认自己的过错并且指出他人的过错，运用自己的能量压制和推迟罪恶的倾向性，违心地走上这条道路，期望更加美好的时光。

我看到在法兰西被肢解，我们陷入分崩离析的情况下，人人都在辛苦坚守自己的事业，不过就算最优秀的人也借助于虚伪和谎言。谁想要写得完整，就要写得露骨并且恶毒。就算最正义的一个方面，依旧不外乎是千孔百疮的肉体的一个部分。不过在这样一个肉体上病状比较轻微的部分就是健康的了；而且完全有理由这样说，由于我们的品性都是在比较当中才有了名分的。民间的无辜清白也是用时间和地点来评价的。

我喜爱阅读色诺芬在书中对于阿格西劳斯的这段赞美。有一个邻近地区的亲王，曾经和斯巴达国王阿格西劳斯打过仗，请求让他通过他的国土，阿格西劳斯愿意他借道经过伯罗奔尼撒半岛。他不仅没有随意摆布他，将他监禁或者毒死，同时还周全礼貌地款待他，没有对他有任何伤害。用这些人的心灵来看，这并没有什么大不了；在其他的地方或者另外一个时代，把这样一种方法看作是正直与宽宏大量。我们学校那些披披风的小鬼可能会对此嗤之以鼻，斯巴达人的天真和法国人的天真不可同日而语。

我们不断发现拥有高尚道德的人，但只是和我们比较而言。谁的高风亮节超过了他的时代，就应当改变与缓和他的为人原则，抑或——就如我劝告他做的——关门谢客，不与我们往来。他能够获得什么呢?

> 我看过高尚的精英，真是一个神人!
> 对我来说犹如看到了一个双体童子，
> 干枯的土地上的鱼，会产仔的骡子。
>
> ——朱维纳利斯

人可以怀念已逝去的时光，然而却无法躲避当前的时日；大家能够希望换上个新官，不过还是应当归好官管理。很难说服从坏官不比服从好官获得的油水还更加多。

在某些地方，给人的印象是，君主政体认可的古老法规还在重放异彩，这将是我赖以生存的一片土壤。如果不幸，这一些旧法自相矛盾与相悖，分裂成两个让人疑惑、难以抉择的帮派，我的选择结果就一定是逃避、避开这场狂风暴雨；任由大自然决定对我伸出援手或是让我遭遇战争。在恺撒和庞培之中我会明确地表态。在这之后出现的三个强盗①。在这之中，要不埋名隐姓，要不见风使舵。在理智不能引导的情况之下，我觉得也只能如此去做了。

> 离开这儿去哪儿?
>
> ——维吉尔

这里节外生枝，有些离题。我信马由缰，更多的是放纵，并不是疏漏。我的思想延绵不绝，不过偶尔离远了，两地相望，不过角度是倾斜的。

我的视线投向了柏拉图的对话集，它被分成两部分，前半篇谈论爱情，后半篇谈论修辞。古人写文章不惧怕笔意纵横，在他人看来有一种天

---

① 指罗马后三头同盟的屋大维、安东尼和雷必达。

马行空的气派。我每一篇文章的内容并不都切合主题。他们常常也只能沾点儿边，比如还有其他人的一些标题：《安德利亚娜》、《太监》[①]，抑或另外一些名字：苏拉、西塞罗、托尔夸杜斯[②]。我喜爱诗歌的跌宕起伏。这是一种工艺，如柏拉图所云，飘逸轻盈，获之于鬼神。普鲁塔克的诗作当中，有几篇他写作的时候竟然忘记了主题，依据东扯西拉，口气促狭不知所云，就看他在《苏格拉底的魔鬼》里如何运用笔调写作。

苍天啊，这一些充满蓬勃朝气、写无定法的即兴作品有多么优美，越随意越多神来之笔！

丢失我的文章主题的不是我，而是漫不经心的读者，老是在某些角落中有个什么字，无论怎样挤压，不能不说出个意义来的。我急于改变，过于鲁莽唐突。我的风格和思想同样飘忽不定。"谁如果不要一直愚蠢，那就需要带点儿疯狂"，我们导师用箴言还有他们个人的榜样，说明了这一切。

成千上万的诗人写得就像散文那样拖拉；不过古人写作的散文名篇（在我看来无异于诗歌）处处闪烁着诗的强劲和大胆创意，处处散发出诗的灵感。诗歌应当被我们觉得是最高尚最精诚的语言。柏拉图说过，诗人正坐在缪斯女神的三脚座椅上，口中吐露郁结于心的哀怨，就像喷泉之上的怪兽檐槽，不加斟酌，不加掂量，如注倾泻。所说事物也都神采不同，题材特殊，都有其独到的地方。柏拉图自身完全就是个诗人。学者们都这么说，古代神话就是诗歌，就是开始的哲学。

这是诸神明使用的最原始的语言。

我喜欢内容本身存有差异。它清晰指出在哪儿变化，在哪里终结，在哪里开始，在哪里又转合，不需要在中间插入连接黏合的诗句去迁就耳朵不灵或者心思不专心的人，也不需要我自弹自唱。谁不是宁可不让人读他的书，也不愿意让人边读他的书边睡觉，或者逃掉。

"没有事物是想拿来用就可以用的。"（塞涅卡）假如说拿书就算作学习了，一目十行就算看在眼中了，浏览就算作领悟了，那么我这个人还好像我说的那么无知，真是太没救了。

既然我不能用我的著作的影响抓住读者的注意力，就觉得偶然靠我的

① 泰伦提乌斯的两部喜剧。

② 都是普鲁塔克《名人传》中的人物。

杂乱无章来吸引他们也不错。“是吗，不过他如此浪费时间之后会追悔莫及的。”这就是我的想法，不过他们还会在这一方面花费时间。除此之外，有的人的脾气就是如此，说得清清楚楚会让他们看不起，而越是弄不清我说的是什么越是佩服我，他们见到晦涩难辨就认定我意义深刻；虽然我坦诚宣布，晦涩令我深恶痛绝，能回避我就尽量回避。亚里士多德在何地自负地谈到自己故意这样做；有害的装腔作势。

开始由于我经常在章节里使用删节的方法，让我认为读者注意力还没有引起就会被打断与分散，对小文章不屑于多看上一眼，多加思考，我就手把手把文章写得长些，那么就需要一些命题和空闲。做如此的工作，你如果不给他一个小时的时间就是什么也没给他。只有在做其他事情的同时才为人家做点事的人，一无所成。再者，我有的时候也迫于个人责任，说话仅仅可以说一半，结结巴巴，前言不搭后语。

我要声明我厌烦那些令人扫兴的道理，不喜欢那些与之相关的荒谬的搅乱生命的计划，这些就算包含许多真理的奇妙看法，我认为太过于费人心思与不方便。相反，就算无用和傻气十足的事情，只要可以给我带来欢乐，不需要我对自己的性格严加束缚，只要顺着它就好，我也会不遗余力地去提倡。

我曾在别处（指罗马）看到残垣断壁、雕塑、天空和土地，那里总有人居住。这所有的都是真实的。但是雄伟巍峨的罗马城——这座巨型坟墓，我再看也免不了赞叹和崇拜。我们受到叮嘱要纪念逝者。我自从童年起就获得罗马人的培养。在我了解家事前很久就知道了罗马的不少事情。我了解卢浮宫之前就知道卡皮托利山之上的朱庇特神庙，了解塞纳河之前就知道台伯河。卢库卢斯、麦特鲁斯、西庇阿的出身和命运，在我的头脑中要比我们自己的历史人物还记忆深刻。故人已逝，我的父亲也已不在人世，他和他们一样，已经荡然无存，他已经离开了我和生命十八年，和他们离开一千六百年丝毫没有不同；但是我仍然深深想念他，还记得他的笑貌音容、交流亲情，就像生前一样的亲密无间。

我甚至会说，出于个人的爱好，我变得愈来愈操心对古人尽义务；他们之间已经无能为力；我只是认为他们会要求我帮助他们做些什么。这个时候感激才会发出它原本的光彩。做好事索取回报与酬谢就不能算作圆满完成。阿凯西劳斯去看望病中的泰西庇乌斯，发现他的家境贫寒，便把送他的钱塞在他的枕边；如此隐瞒地做了，也就不令他认为欠了情而感激不尽。那一些获得我的友情和感激的人过世之后，也绝对不会失去我的友情和感激。一旦他们不在了，我会更加尽心，我会更加好更加体贴地回报他们。在我的朋友没有知晓的情况下我谈及他们反倒会更加亲切。

现在我为了庞培的辩论和布鲁图斯的事业已经打了一百次仗。这种亲善之情现在还在我们中间延续。但是当前的事情，我们也仅仅是把它们存在于幻想当中。我认为自己对于这个世纪亦无所用，也就投身于那个时代，如此迷恋这一古老的罗马，自由、正派、昌盛兴隆（由于我并不喜欢它的诞生和老去），让我兴奋，让我热情澎湃。在我的头脑中不大会经常重现那些街道和房屋的位置，萦绕脑际的却往往是深入到遗址的废墟。见到这些遗迹，明白曾经是那些经常听人讲起的历史名人生活起居的地方，让我们非常感动，想要超越而听说他们的事迹与阅读他们的笔记，不知道这是天性抑或是幻想的差异？

“地域召唤的威力多么巨大！而这座城市所拥有的威力更是无穷无尽，因为无论谁走在街上，到处踩到遗迹！”（西塞罗）我非常喜欢抚摸他们的面孔、行为和穿着，我无数次低诵这些伟大的姓名，让它们在我的耳旁回荡。“我崇敬那些伟人，听到他们的姓名总是肃然起敬。”（塞涅卡）别说他们可歌可泣的大事迹，就算是日常生活之中的琐事，我也非常欣赏。我喜爱看他们争辩、散步、吃饭！忽视众多高尚人士的遗物和形象是忘恩负义的行为，我看着他们生活和逝去，如果善于遵循他们的事迹能够给我们多少教诲，看到他们的遗物与形象如果无动于衷，那一定是忘恩负义。

我们现在看到的这个罗马也值得人们爱戴，从古到今以各种名义和我们的朝廷结盟，也是唯一的受到普天下万众景仰的都城。城中的宗教同样获得其他地方的承认，这是整个世界基督教国家的都城；西班牙人和法国人，人人在这里都有宾至如归的感觉。想要成为这个国家的亲王，无论来自哪里，只要是基督徒就可以了。天下并没有一个地方受到上天这么坚定不移的厚爱。就算废墟也是辉煌灿烂：

> 它壮观的废墟使它尤为珍贵。
>
> ——阿波利奈尔

它在墓地中依然保持帝国皇家的风范。“很明显大自然也高兴在这个独一无二的地方，大自然洋洋得意于自己的杰作。”（普林尼）所有人受到这样一种虚妄快乐的勾引，也许会在心中自怨自艾。我们的心情只要是愉悦的就不会太过虚无。无论拥有什么样的情感，能够不断让一个思维正常的人满意，我就不会忍心去可怜他。

我还欠命运女神的情，因为直至目前，她还没有过分为难我，起码没有超出我的承受能力。这也许也是命运让不为它增添麻烦的人度过太平日子的方法吧？

我们越多节制，神越多赏赐。
我并没有家当，也就没有欲念，
东西要得很多的人，东西也就缺失得多。

——贺拉斯

如果命运女神继续这样对我，它就可能将我心满意足的送走。

我也就不会再向诸神
请求什么了……

——贺拉斯

不过小心冲撞！成千上万只船都是在港口湮没的。

我不在之后会发生什么，我不在乎。眼前的事情已经足够我忙碌了。

此后所有我都托付给了命运。

——奥维德

有的人说人和未来的纽带是通过孩童结缔的，把人类和未来连接起来，即能够继承他们的姓氏和荣耀；但我没有如此强烈的联结，假如他们如此让人寄予厚望，我还是更应当不要对他期望太高。我自己对于世界、对于人生已经依恋太多。我仅仅是在非常必要的生存条件下和命运打交道就满意了，不希望让它在我身上衍伸出司法权。我从不认为没有子孙是一种欠缺，不认为这样就一定让生活变得不圆满，不幸福。绝后也有它的优势。子女不能算作人生中让人向往的对象，尤其在现在的时代要让他们做个好人是难上加难。“今后不会有良种产生，因为胚芽已经腐烂。”（德尔图良）拥有过孩子的人却又失去孩子，这倒是真正令他伤心。

把家留给我打理的人预言我必将毁掉这个家，因为他们认为我的性格不大适合管理家务。他是错的；我在这就像我在家的时候一样，就是不见好，也不欠官差也没有盈利。

到现在为止，如果说命运女神没有猛烈和特别伤害我的话，她也没有给我什么恩惠。对于我们的家庭如果有赠礼那也是在我前面的一百多年的事情了。我没有什么重要和实在的财产受惠于命运的大方慷慨。它给过我些许如过眼云烟般的荣誉头衔，并不是物质性的东西，其实还不是授予，是赐予，上天知道！她赠予的是我这样一个实实在在的人，一个只在乎实惠的人，一个愿意得到丰厚实惠的人。我如果敢于坦诚的话，我不认为吝啬要比野心更加无可原谅，痛苦要比耻辱更加不可逃避，健康比学问抑或财富比爵位更加不可盼望。

在命运赐予我的虚浮恩宠当中，只有一件东西满足了我愚钝的偏好，那就是一张正式的罗马公民的资格证书，那是我先前在那里的时候颁发给我的，证书上的金字紫玺十分奢华，授予的时候亲近大方。

由于书写证书的笔法不同，好恶有异；以前我看到过一份，那是我竭尽全力要人家取出来让我阅读的，假如有谁和我一样有好奇的弱点，我愿意满足他的请求。全文摘录如下——

根据光明都城罗马行政长官奥拉奇奥·马西米、马尔佐·赛西奥、亚历山德罗·穆蒂上交元老院，有关授予圣米歇尔骑士团的骑士、十分虔诚的基督徒国王内宫中日常侍卫米歇尔。德·蒙田罗马公民权利的报告，罗马元老院及罗马市民代表会议特颁布以下决定：

根据已成定规的古老习俗，但凡出身高贵的有才之士，以前抑或将来为我们的共和国添光彩与做出有利贡献的人，都可以得到我们殷勤热忱的接见，加入到我们的队伍中来。先祖的遗愿和权威让我们深受感动，我们应效仿并保持这一优良传统。现如今声名显赫的米歇尔·德·蒙田，圣米歇尔骑士团的骑士、十分虔诚基督徒国王内宫的日常侍卫，非常向往成为罗马人，鉴于他的家族显赫光荣，他的个人品德高尚，经过罗马市元老院和罗马市民代表会议经最高裁决和诚挚拥戴，接纳其为罗马市民，所以罗马元老院和平民会议欣然宣称，声名显赫的米歇尔·德·蒙田德高望重，和这儿的伟大民众相亲相爱，从此以后他和他的后代都入册成了罗马公民，他将与在罗马出生的或以最佳称号成为罗马市民和贵族的人士享受同等声望和特权。罗马元老院和平民会议还觉得授予公民权并不是一个恩惠，而是获得了别人赠予的好意；别人接受公民权利是让本城增加光彩。

行政长官已经命令罗马元老院和平民会议的秘书，将这份议会和法院批准书保留在册，存放在朱庇特圣殿的档案馆，他们同时还制作了这份证书，印上罗马城的事务公章。那年罗马城建城正好二千三百三十一年，耶稣·基督出生一千五百八十一年三月十三日。

神圣元老院与罗马市民代表会议秘书

奥拉奇奥·福斯科

神圣元老院与罗马市民代表会议秘书

文森特·马尔托力

我不是任何一座城市的市民，我十分乐意成为过去和将来都是最高贵城市的市民。其他的人如果像我一样仔细审查自己，也一定会像我一样认为自己无奇平凡。我若是放弃了这点，也就可以舍弃了自我。我们个个身陷其中，但是否有人感觉受害不多。不过感觉到这一点的人还更加强一些，尽管我也说不清楚。

只看别处不看自己的态度和习惯十分有益于我们的事业。这是一个处处看不舒服的事物；我们觉得自己身上的仅仅是卑微和虚妄。为不让自己没精打采，自然很有理由地转动我们的眼神向外看。我们顺着水流往前走，不过转身面向自己行动，就会十分艰难。海水回流的时候就非常混浊和汹涌。

每个人都可以说："看着天空如何变化的，再看看大家，那个人怎么在吵架，这个人的脉搏如何跳动，另一个人的遗嘱是怎么写的，总而言之，老是上下来看，左右来看，前后来看。"

以前，德尔斐神庙的神的英明之神对我们的告诫非同寻常[1]，他说：“你应该扪心自问，看清楚自己，专注于自己；心思和意志如果用在其他地方，将它们拉回来；你的光阴在流逝，你的精神正在分散，你应该聚精会神，你应该挺起身板。有人背叛你，有人分散你的注意力，有人让你逃避自己。在这个世界中垂下眼神是审视自己的心灵，睁开眼睛是凝望自己的外貌，你没有看到吗？对于你来说，里和外都是虚无，不过虚无越少扩大，也就越少虚妄。”——神明还说：“人啊，除去你，所有造物都首先研究自己，然后才根据自身的要求界定其工作和欲念。没有一个像你那样空虚和渴求，想要拥抱整个宇宙；你做的是无知的探索，一无所知的判断，总而言之，你在扮演闹剧的小丑。”

10 论意志的掌控

与一般人相比，很少有什么东西能触动我，或者，更确切地说，令我留恋的事情并不多。事情只要不掌控我们，而仅仅是感动我们，那依然理性。我通过学习和思索，花费了非常多心思来提高不知不觉的这一特权——这在于我的本性当中原本已经非常突出了。

我很少赞赏什么，因而也就少有热衷。我眼光明亮，不过专注于少数事物之上；感觉细腻不敏感。理解和处事的能力就鲁钝迂腐，进入状态缓慢。我对于自己的事情全力以赴；但是在这个话题中，我需要克制一下情感，不愿意让它陷得过于深，由于这是一件我经由他人的恩惠才得以掌控的事，在这个问题上“命运”比我拥有更多的权利。所以，就是我非常珍视的身体健康，我对于它也不需要有太多祈求，花费苦心关注，让我认为生了病一定非同小可。人应当在害怕疼痛和喜欢享乐之中保持平衡。柏拉图主张生活当中要走二者的中间道路。

但对于那些让我放弃自身而关注别处的激情的观点，我是竭力反对的。我的建议是为了别人应当效劳，为了自己才应当献身。假如说我有意志乐于仗义执言，许下承诺，不过我无法坚持，我的本性和为人都太过软弱，

---

① 指希腊德尔菲阿波罗神庙匾额上的这条箴言“认识你自己”。

遇事情就躲避，生来是静享清福。

——奥维德

持续的激烈争吵最终会对我的对手有利，这结局会令我蒙羞，这样的争辩或许会相当残酷地折磨我。我如果像别人那样坚持，我的灵魂没有力量容忍这些抱紧不放的人喊叫和激动。心中一旦骚乱必定会土崩瓦解。

有时人们促使我去管理某项不属于我的事务，我承诺会将它们拿在手里，但并不盛在心里；我负责人，但是不会感同身受；我能够做到事必躬亲，但是不会热情洋溢；我会照顾，但是不会时时刻刻在钻研。

光是为了安置和处理我自己那成堆令我关心至深的忧虑，就已经有太多事情要做，哪里还可以安下心来接受其他人的嘱托。自己的家庭日常维系生计的事情和我利益相关，我也就不揽别人的事情了。那些明白欠了自身什么的人，那些明白他们欠着自己多少事以及他们是通过多少事情与自己关联起来的人们，就可以发现自然已给了他们这一份订单，非常满的，绝对不会令他们闲下来。家务多得是，不需要出门去。

人们将自己租给他人。他们的才能并不服务于自己，而是为了给利用他们的人使用的。如此，住在家中的不是自己却是房客。我讨厌这种普遍的心理。灵魂的自由应当被爱惜，仅仅在正当的时机才能够将自由暂时换回，我们如果懂得辨别的话，这样的机会是非常少的。瞧那些习惯于任由自己被掌握或带走的人们，他们四处抵押灵魂的自由，无论大事抑或是小事，和他们相关还是不相关的事情；只要那儿有事情有责任，他们不加区分都参加并进击，只要他们不会手忙脚乱，就像没有活着。“他们为了忙碌而忙碌。”（塞涅卡）他们为了寻找事情做而找事做。

他们并非如此渴望前行，更多的只是无法控制自己，就像一块坠落中的石头，不落到地面之上是绝对不会停止的。工作对于某种类型的人是能力和尊严的表示。他们的精神在行为之中寻找休憩，就像婴儿在摇篮之中可以入睡。他们可以被称作对朋友非常讲义气，对自己充满怨恨。没有人会将他的钱财分发给他人，但每个人却在分发他的时间和生命，我们取用什么也没有像取用这两样东西那样挥霍，实际上只有在这个上面吝惜才是有用和值得倡导的。

我采取一种截然不同的做法。我将自己的自由关在自己的身体里面，从一般来说，对于向往的东西向往得并不十分强烈，也向往得不多。忙于工作干活儿也就是这样，数量不多，不紧不慢。所有他们想要的以及在掌管的，他们都全力且热切地去追求。世界上到处是陷阱，如果要万无一失就需要浅尝辄止。应当在表面之上滑过，别陷得太深。声色犬马之劳，沉湎过于深也可能乐极生悲。

你走在一个火堆上，
会被灰烬所欺骗……

——贺拉斯

波尔多的先生们选我为他们的市长。而我当时不但远离法国，更远离这样的想法。我辞去，不过有人和我说我是错的，国王也下令督促我复职。这个职务除去其责任的荣誉之外没有俸禄也没有津贴，就觉得格外高尚。期限是两年，通过第二次的投票选举可以连任，但是这个情况非常少见。这就出现在我的身上，在此之前只出现过两次，几年之前德·朗萨克先生做过了，最近又有德行。庇隆先生，法国元帅，我是接替他的位置；我第一次任职的位置留给了德行。马蒂尼翁先生，他也是一位法国元帅。我以跻身如此高贵的行列为傲，

两个人都是出将入相的栋梁之才。

——维吉尔

命运造就在我这次提升中占据一席之地，就借这一特殊的状况介入了。这不能完全算作是虚无；由于亚历山大得知科林斯使臣要发给他科林斯居民的资格的时候，他不当作一回事，之后听使臣说到酒神巴克科斯与大力神赫拉克勒斯也在名单之上，才朝他们再三致谢。

我一到任，就认真负责地，以我自己所能感受到的清晰程度，说明了我的性格：并无记忆，也无警觉性，并没有经验，也没有胆识；更没有仇恨，没有野心，不小气，不粗鄙；告知他们能够盼望我在任上做到什么，令他们了解明白。由于促使他们做出此决定的因素仅仅是对于我父亲的了解以及对他的崇高回忆，我还对他们说明清楚，他们找我来工作的地方正是当年父亲就职的地方，假如市政工作令我感到重任在身，就好像父亲当

年一样，我就会感到十分不安。

我还记得，在我童年时，看着他年岁已大，心灵却因操心公众事务而无比烦躁，忘记了他多年因为身体虚弱而额外留恋家庭的温暖，不管家务、身体，为了公事进行长期而痛苦的旅程，不看重安全，也差点失去生命。他就是如此，而这种举动来自一种天性的仁厚，极少有人好像他那样慈善和受人尊敬。

但这一在他人身上会让我赞扬的举动，我自己并不乐于效仿，这之中有我的因素。他听别人说我们应当为了他人忘记自己，个人和大众比起来丝毫不重要。

世上大部分的规定和训诫都在教诲我们，以求将小我驱逐到公众空间里，为大众谋福利。他们希望做出很大努力来让我们脱离自我，放弃自我，并且称我们太过依恋自己是出自于一种天性的束缚，不惜说道什么都要达到这一目的。贤人不按照事物的事实，而按照事物的实用来教诲，这并不是什么新鲜玩意儿。

真理有它的不便、缺陷和与我们不相容之处。常常需要受骗才能让我们不自欺欺人，需要蒙蔽我们的爽呀、堵塞我们的耳朵才能够锻炼与改进视力和听力。“无知的人做法官，就应当常常上当才不会审判荒谬。”（昆体良）当智者命令我们超出三度、四度乃至五十度去爱事物超过爱自身时，他们提到了弓箭手的技术，弓箭手要想射中目标，需要瞄准靶子的上面。木材也同样是矫枉过正才可以平直。

我看见在帕拉斯神庙的里面，正如我们在所有宗教中看到的那样，有一些表面的秘密仪式，是展示给大众的，其他的更加神秘更加宝贵的圣物，仅仅是向门内人展示。如此看来在这些人身上存在着相互友爱的真正交点。这并不是一种虚无的友情，令我们丝毫没有节制地去追捧荣誉、知识、财富以及诸如此类的事情，好像是我们的四肢一样无法或缺；也并不是甜甜的、占有欲强烈的友情，就好像我们见到的常春藤，它抱住的那整块墙壁都会被它损伤乃至毁坏；而是一种有利于身心、有原则的友情，相同的也互相帮助的愉快。

懂得维持这种友谊应尽的义务的人，是真正属于缪斯殿堂的；他到达了人类智慧和幸福的顶点。这样的人一定知道自己应该做什么，意识到对于自己实施其他人和世界的方法，也应当是自己的责任，这样做的同时可以对公众社会献出他的一份义务和效力。谁活着不是为了他人，也就不是

为了自己活着。“要懂得当一个人是自己的朋友时，他也是众人的朋友。”（塞涅卡）

我们最首要的任务，就是每个人为自己的行为负责。我们在世界上要做好这一点。谁如果忘记了洁身自爱，觉得管理别人好好学也算作是自己尽了责任，他就是一个愚蠢的人。相同，谁放弃自己健康快乐的生活去为了别人劳顿，这在于我看来也是一个违背大自然的馊主意。

我不希望一个人接受了公众职务之后，拒绝在工作的时候心勤、口勤、腿勤，应该不时地出血和汗：

随时准备着牺牲，
为了亲爱的朋友或者我的祖国。

——贺拉斯

精神应当保持平静与健康，并不是无所作为，而是没有困扰和激情，这是外面因素来促成的，偶然间的。纯粹的精神活动危害比较小，就算在梦里也在进行着。不过启动的时候要小心谨慎。如果说肉体是加给它什么就感受到什么的重量的话，那么精神则会给出在它看来合宜的程度，常常压得身体不堪重负。我们用不同的气力与不同程度的意志力做相同的事情。力气和意志二者脱节也能够不错的。很多人在和他们丝毫没有相干的战役中天天冒着生命的危险，在其成败绝对不影响第二天睡眠的战役中出生入死？

那个人待在家中，远离他不敢于正视的险境，却比那些在战场上投入了鲜血和生命的战士更为这场战争的结局热血沸腾，愁肠百结。我能够做到处理公事而毫不改变自己的本性，为人服务而不亏待自我。

欲望的粗暴与激烈，更多的是妨碍而并非帮助人们的行动，这使得我们难以接受相反的或是太过迟缓的结果，对于和我们商量办法的人刻薄尖酸。我说：受到事情左右摆布，那么永远做不好事：

情欲引人走上歧途。

——斯塔蒂乌斯

行动中只运用判断力和机智的人进展更为轻快；他假装，退却，搪塞，能够依据情况应对自如。他无法达到目标，不气恼，不垂头丧气，准备所有的从头开始，朝前走，缰绳从来不脱手。一心利用暴虐方法的人，他的行为肯定非常不谨慎和非常不公正；欲望的狂热掌控了他，其行动是未经思索的，命运如果不伸出援手，不可能有多少结果。每当我们受侮辱的时候，从哲学的角度来说，我们给予惩罚时需要制怒。这并不是为了复仇的时候下手轻，反倒是要下手较重，打得准和狠。焦躁在它看来只能碍事。愤怒不仅扰乱心神，而且会让惩处者手臂无力，因为怒火减弱并消耗了他们的精力。就好像心急的时候“欲速则不达。”（昆图斯·库提乌斯）冒失会失足，也会摔跤，会中途停下。“速度就会受到速度之累。”（塞涅卡）

譬如说，据我在日常经历中所见到的，吝啬最大的障碍是它本身。吝啬越严重，它的收效也越小。一般说来，每当吝啬戴上大方的面目的时候，才能更加迅速地敛财。

有一个乡绅，非常好的人，我的伙伴，对于他的亲王主子的公务过于关心，忠心不二，将自己的脑袋也差点弄糊涂了。他的主人以这样的方式向我描述：他看待大事和常人一样，不过对于无法挽回的事情他果断地下决心接受；他命令作好必需的粮食储备之后——他思维敏捷能够很快办成——就能安静地等待大事的发生。事实上，我曾见过他工作，在重大的棘手的事务中，表情和动作都能保持漫不经心和轻松自如。我认为他在逆境之中比在好运之中还更加有气魄、更加干练。对于他来说，失败要比胜利、死亡要比凯旋更加光荣。

要知道，即便是那些空虚的无聊的事情，譬如下象棋、打网球这类事情，急于求成，求胜心强，让思想和肢体陷入混沌；他眼花缭乱，手足无措，屡屡出昏招。对于胜负成败不是那么计较的人总是泰然处之；他在比赛的时候不匆忙不冲动，也就更加占优势更加有胜算。

总之，当我们将如此多的东西交付给心灵去追逐时，我们妨碍了它去领会与把握。有些事情只需要知道，有些事情要记住，有些事情需要刻骨铭心。所有事，心灵都是能够看见和感觉的，不过都要让心灵自己去吸取养料。真正感动它的东西，真正融进和组成它的本质的东西，才能让它得到教诲。

自然法则告诉我们什么是我们确切需要的。圣贤告诉我们，依照自然的规律没有人是贫困的，依照世人的意见每个人都是贫困的，他们同时还细致划分从自然而来的欲念及因我们胡思乱想带来的欲念。能看到尽头的欲望是自然的欲望，而在我们面前飞驰而过，无法触及其极限的欲望是我们自身的欲望。钱财的匮乏易治，但心灵的匮乏则无可治。

如果说满足生活就是足够，
那我是足够了。但是不能！那又是怎样的财富，
可以多得以满足我的欲念呢？

——卢西里乌斯

当看到大量的钱财珠宝以及贵重家具从他的城市中经过时，苏格拉底说道："我不要的东西怎么会这么多！"梅特罗道吕斯每天要吃十二盎司粮食。伊壁鸠鲁更加少。梅特罗克勒斯冬天和羊群一块睡，夏天住在教堂的走廊里。"自然为我们的需求提供了足够的东西。"（塞涅卡）克里昂特斯依靠双手过活，还夸耀说，他愿意的话还能够养活另外一个克里昂特斯。

为了维持我们的生存，自然原本真正要求的东西实在太少的话（究竟有多小，究竟生命只需要依靠什么就能够活下来，再也没有比以下这句话说得更加明白的了：小得就连命运怎样捕捉和冲撞都逮不到它），让我们再多给予自己一些；这就是将我们每人的习惯和条件也当作是自然的需要吧；就让我们依据这个尺度来赏赐自己，对待自己，我们的所属物和计划也能够扩大到这一程度为止。

由于在我看来，到此为止我们还是可以有理由的。习惯是第二本性，但是不比第一本性弱。我的习惯当中缺乏的东西，我觉得也是我生命之中缺乏的东西。我在现在这个状况中生活了如此久，如果有人要将我的生命削减或降低到某个我长久以来生活的状态以下，这就像是让我盼着他们取走我的性命。

我已经不再能承受重大变化，或是将自己投入一种全新的生活方式状态了。就算向高处走也没有办法。我没有脱骨换胎的机会了。我怨恨的是有的好事在我还可以享受的时候不来，偏偏现在才落到我的手掌中：

来了好运气无法享受，不也是没用？

——贺拉斯

我有时甚至抱怨某些内心的进步。做一个正直人太晚了反倒不如不做，生命已经没有了还谈什么明白地过活。我这个人来日不多，愿意把处世谨慎的经验之谈传给后人。这是我晚饭后才得到的芥末。对我已经无用的财产我也不知道拿来做什么。对一个头脑不清楚的人来说，学问又有什么用？给我们看礼物，反而导致我们心中正常的感慨应该来时没有来，这是命运的不公与冷遇。

不要再指引我，我已经无力前行了。让人满意的事情各种各样，对于我们只有耐性罢了。你去给双肺已经腐烂的歌手一副响彻云霄的金嗓子吧，让隐居阿拉伯沙漠中的隐士能言善辩吧！堕落不需要技巧，每个工作最终总是结束。我的世界已近乎终结，我的身体已筋疲力尽，我已完全属于过去，我应当证明这点并让我的告别与之相符。

我想要说的就是这个：教皇[①]最近在挂历上擦去了十天，这让我情绪十分低落，令我无法适应。我习惯用其他方式来计算岁月，那古老而悠久的用法在要求我，召唤我。我没法接受这个只是稍作改动的新鲜事物，只好在此当上了反对分子。就算我年事已高，我的想象力，还老是跑在时间之前十天或者后面十天，在我耳旁叽叽咕咕。

这一规定关系到的是将来的人。就算健康无论多么甜美，陆陆续续找上门来，为我带来的也是后悔多于享受，我已经不再有地方能够容纳它了。时间已将我抛弃，没有它，我什么也无法拥有。我看着世上有那么多选择性的位置，只是留给将要离去的人们，我对于这一切都嗤之以鼻！没人关心他上任时能尽多少力，能做多长久：他一踏进门就要找边门离开了。

简言之，我忙于做的是如何完成这个人生，并不是重新创造一个人。日久年深，外表在我的身上变成了本质，习惯同时也变成了本性。

因此，我说：我们软弱的人类之中的每一个，将包括在一定限度内的东西认为是我们自身的，都是可以原谅的，不过一出了这个范围都仅仅是一片混乱。这就是我们可以给予自己权利的最广泛空间。我们越是扩大自己的需求和占有物品，我们越是容易遭命运的打击和灾星的降临。我们应当给欲念的路程建立禁区，设限在最近最直接的好事情上。此外，它们的轨道不能是笔直的，因为那会终结于别处，而是按照圆圈行进，路程的两

① 格列高利十三世教皇改革儒略历，实际减去十一天，后称格列历，法国1582年实施。

头经过一个简单的转角，汇聚在我们自身，这一番曲折也能说是接近真实的反思，没有弯曲的行动就好像吝啬者、野心家以及其他直奔目的的人的行为，他们只是勇往直前，而牵引着他们的道路永远都在他们前头，不过这是错误与病态的行为。

我们的职责大多都是闹剧。“整个世界都在演戏”（佩特罗尼乌斯）我们应当尽职尽责演好自己的角色，不过仅仅是一个特定人物的角色。不应当把面具和外表作为精神的实质，将别人当作自己。我们不善于分辨人皮和外衣。往脸上抹粉就行了，不用把心灵也抹上粉。我看见过有人担任过多少个职位，变脸与变心就改变了多少回，脑满肠肥大摇大摆，甚而在自己家里也一身官僚气息。

我实在无法教会他们分辨私人间的致意与涉及公务的、对随从甚至对骡子的致意有何不同。“他们如此陶醉于自己的好运气，甚至忘记了自己的本质。”（昆图斯？库提乌斯）他们的官位高，将自己的灵魂和思考的能力也吹捧得那么高。

波尔多市长和蒙田一直都是两个个体，两者泾渭分明。作为一个律师和财政官员，一定得认清楚这种工作中的欺骗的行为。正派的人和他的职业当中的罪恶抑或愚蠢是不相符的，但是不应当拒绝这个行业；这是国家的大事，有利于公众。应当依据我们所认识的世界在这世上生活，并且从中有所收获。不过一位帝王要站在帝国之上，不掺杂私心杂念高瞻远瞩；但是本人应当明白怎样独自作乐，还好像一个普通人那么心地坦白，最起码对他自己这样。

我不会这样全面而深刻地投入。当我下决心站到哪一面，绝对不至于偏激得不问黑白。当这个国家处在乱世时期，我并没有因为利益攸关而无法看到我们的对手手中值得赞扬的优点，我跟随的这些人的身上应当谴责的缺点。别人会喜爱属于他们那边的一切，但我看到我这一方面的大部分事情都无法原谅。

一件好作品不会因为给我的反对方辩护而丧失其魅力。除去争辩的焦点之外，我让自己保证公平和完完全全置身事外的姿态。“除了战争的需要之外，我不怀什么深仇大恨。”（佚名）这一点我对于自己非常满意，由于我时常看到人们陷入相反的情绪中。“就让不会运用理智的人去运用感情吧！”（西塞罗）

像大多数人所做的一样，将愤怒与仇恨延伸到事情之外的人，正表明了这些情绪是来自于别处，来自某个私人的原因，就好像某人的溃疡病治好了，但是高烧依然不退，这说明他另外有一种病患。其实是为了大众事业，只要大众事业损伤的是大家和国家的利益，他们绝对不会仇恨；仅仅因为它损害了私利他们才会像痛恨它什么似的。这就是为何他们大动干戈，乃至越出了理智和公正的范围的缘故。“他们评判整体事业时并不会一心一意，不过谴责涉及个人的事情时就步调一致。”（李维）我期望我方占据优势，占据不了优势我也不会因此发疯。我坚决地站在更加磊落的一面，不过我并不希望被特别认定为其他方的敌人，也不愿意超出一般的情理。这一恶劣的流言蜚语让我非常反感：“他是圣明联盟的人，由于他喜欢德·吉斯王爷的风度。”那瓦尔国王的行为让他吃惊，他是一个胡格诺。“他对于国王的人品说三道四，一定是怀有坏心。”

对检察官本人，我也并不会让步，认同他有权去禁止一本书的发行，由于书中将把异端评进本世纪的最优秀的诗人之列[①]。我们就不能说有个小偷长了一双好腿？女人做了妓女就肯定品格低下？在那些更加智慧的时代，马库斯·曼利乌斯作为宗教和民众自由的保护者，被赋予卡皮托利人的最高荣耀之后，又曾经追回过他这个称号吗？由于他后来追求君权，有损于国家法律，所以将他高风亮节的奖赏、彪炳史册的功绩都一笔抹杀了吗？

如果人们憎恨一位律师，难道他从第二天起就会在他们心中变成一个笨嘴拙舌的人吗？我在其他的地方也谈到狂热驱动一些正直的人犯了一样的错误。我就会如实说出：“他坏心做这个事，他好心做那个事。”

同样，当他们在作预测或是当事情进展不顺的时候，人们总希望，在他们这方的每个人都是瞎子或傻瓜，我们的劝告和判断不是为了真理服务，而是为实现我们的盼望服务。我恐怕自己会被愿望掌控，导致纠偏之后会朝着另一个极端走去。再者，我对于向往的事稍带怀疑的感情。在我那个时代，见到那些老百姓真是非常的好糊弄，不问青红皂白就让人摆布自己的信仰，去取悦与忠于他们的领导，过错再多也会视而不见，幻想和美梦再破灭也无所谓。

我再也不会为那些被阿珀洛尼厄斯和穆罕默德的拙劣伎俩所骗的人感到惊讶了。他们的直觉和理解都被狂热遮盖。他们的辨认能力仅限于选择

① 事指宗教裁判所1580—1581年在罗马谴责蒙田赞扬加尔文的继承者。

让他们乐开怀以及对我们的事业有利的事情。在第一个狂热的教派[1]出现的时候，我就已注意到这占据了显著地位。之后诞生的另一派[2]，效仿它，甚至有过之而无不及。

从此我意识到，这是一种与群众的错误无法分割的方式。第一个过错出现之后，群众就齐声附和，随大流。你如果另外有看法，如果不随大流，你就不被算作是同一派的。自然——如果用欺诈的方式来挽救正确的集团就是错误的。我对此总是持有不同意见。这种方法仅仅对病态的人有利，对正常的人还有更加可靠也更加诚实的方法，就是保证他们的勇气和原谅他们的失败。

上天从未见过如恺撒和庞培之间那么大的分歧，以前没有，将来也不会有。但是我认为在这些高尚的灵魂中还是能够辨认出惺惺相惜的情感。这是一种抢夺荣誉和指挥权的妒忌，并不能够让他们产生不共戴天的深仇大恨，没有恶毒用心和诽谤。在你死我活的战斗中，我发觉他们表露对于彼此的尊重和好感，所以我觉得只要有可能，他们都宁可在不损伤对手的情况下完成自己的任务，而非相反的一面。马略和苏拉的争霸完全不同，这需要提防。

不该追随着我们的激情与利益，如此狂热地前行。我年轻的时候爱情来得太快我就抵御，专门安排得不太愉悦，省得沉湎其中，最终完全任凭爱情摆布；其余的场合，碰上精神太过亢奋的时候我也如法炮制。感觉心像喝了酒一样跃跃欲试以求一醉的时候，就让自己朝向它的反方向倾斜。我马上逃避，不允许自己太过纵情欢乐，省得要收回心的时候头破血流。

那些因迟钝而只能看到事物局部的人们，会因获得一些受害较轻的机会而沾沾自喜。这也是一类精神麻风病，面色健康，就算哲学对于这种健康也一点不小看。不过这也不是就要把这个称作智慧的理由，就像我们经常做的那样。有一位古人由此嘲笑第欧根尼，需要在严冬三寒天，赤裸着去拥抱一个雪人，来考察自己的耐性。这个人看到他这种样子，就对他说："这时你很冷吧?"第欧根尼回答道："一点也不冷。"那人又说道："既然不怕冷，那么你这样抱着怎能算是高难度的典范动作呢?"要衡量一个人的坚韧程度，他就必须要能够感受到痛苦。

---

① 主张宗教改革的新教徒。

② 指天主教神圣联盟，成立于1576年。

不过，灵魂要接受命运的千辛万苦、艰苦卓绝的磨难，要按照人生中本身的严酷和沉重来衡量与体验，这就要运用人生艺术不去探究其原因，逃避其锋芒。柯蒂斯国王就是如此做的；他慷慨大方地买下了人们呈给他看的精美贵重的餐具；不过这套餐具的确脆薄易碎，他马上自行将它们打破，趁早不要让自己动不动为此事和仆人发脾气。

同理，我曾刻意避免把我和别人的事情掺和在一起，也不希望将我的财产和我的亲戚以及有深交的朋友沾边，疏远和纠纷一般都是从这儿产生的。以前我喜欢玩牌与掷骰子这种依靠运气的游戏，也在很久之前戒了，仅仅是因为——不管我输的时候表现出怎样的好脸色，我心里还是会为此感到难过。一个自重的人碰到撒谎与冒犯就会想不开，也不会将这当作是一件傻事而释然，如此的人应当避免暧昧及易起争执的事情找上门来。

我就像避鼠疫那样躲避那些忧郁气质的人和一触即怒的人；对无法无私和坦诚地对待的言论，如果不为责任所逼，我也不参与其中。“被迫中止不如从未开始。”（塞涅卡）最为可靠的方法是未雨绸缪，事先防备。

我知道有些智者选择的是另一条路，他们并不害怕热烈专注于某些问题并深深投入。这些人自认为有力量，依赖它抵御所有来犯之敌，用毅力及耐力和逆运搏斗：

就像大海中的一块巨石，
面对狂风怒吼，
不害怕白浪滔天，风吹雨打，
我自屹然不动……

——维吉尔

不要试图向这些榜样发起进攻：我们是无法达到的。他们一定要看个究竟，不会为了国家的灭亡而心烦意乱，由于这掌控和控制着他们的所有的意志。我们这些普通人，承受不起这样的力量和残酷。小加图就这样舍弃了自古以来最为高贵的生命。对我们这些小人物，暴风雨应当远远避开。我们应该敏感，而不是忍受，躲避我们不知抵御的冲击。

芝诺看到他喜爱的年轻人克莱莫尼代斯走过来，便想坐到他身边，但后者突然就站起身来。克里昂特斯问他为何，他说道：“我听到医生再三叮咛要休息，不能让任何部位激动。”苏格拉底没有说：不要屈服于美的诱惑，要经受住考验，努力抵制它。而说道：赶快逃跑，跑出其视野范围，别和它相逢，就像避开从远处抛过来的打人的毒药。

他的一个好学生，引述或是杜撰了——不过据我看引述的可能性大于杜撰——那个大居鲁士少见的美德，说他防止自己没有力量去抵御他的女奴、有名的绝代美人庞蒂娅的引诱，就让另外一个没他那么自由的人去看望与看管她。《圣经》上也这样说：“别让我们碰到试探。”我们所祈求的，并非我们的理智不会被诱惑击败，而是它根本就不需要经受诱惑的考验，别让我们落到这个田地，任由罪恶靠近、挑逗和引诱而叫苦连天，祈祷我们的真主让我们的灵魂保持宁静，完全躲开恶人的打扰。

那些认为自己的复仇狂热或是其他苦痛的情绪有道理的人，说的是现在的实情，不是先前的实情。他们和我们说起的时候，他们错误的因素都是他们自己酿成及夸大的。不过回溯过往，将原因带回到它们的源头，在那里你可以让他们感到意外。他们是否想说以前犯的错误在现在看着也就小了，从一个过错的开始就会产生一个正确的结局？

谁像我这样希望对自己国家有益，却没有为此患上溃疡病或是因此消瘦，看着国家遭到分裂或者经历一个破坏力并不减弱的时代，会伤心但是不会发抖。

这艘可怜的船儿，波涛、飓风和领航都对它另有所图！

——布坎南

谁不像期待不可或缺之物般期待王族恩宠，当中是生命中无法或缺的东西，那么见到他们面貌冷漠，接待缓慢，心情变幻无常，也就不会太过介意。谁不甘愿像人奴似的疼爱儿女及追求名利，那么失去之后也不会生活得不习惯。谁干好事主要为了自身满足，那么看到别人诋毁他的做法，攻击他的举动也就不会受到困扰。有些耐性有些烦恼都是能够被消除的。

我对此方法感觉得心应手，烦恼一冒尖就可把它轻易融化，从而认为躲过了很多劳苦和困难。激情开始的时候只费一点气力就可予以停止，问题开始让我感到棘手（还没有折腾我之前）就抛下不管它了。起跑停不住，奔跑也就停不下来。不知道要将狂热关在门外的人，一旦它进来了也无法将它驱赶出去。不可以赢在开头也就不能够赢在最后。掌控不了晃动也停止不了坠落。“人一旦脱离理性，欲望就自由飘荡；人性的缺点自以为是，粗鲁地进入大海的深处，再也无法找到避风港休憩。”（西塞罗）我会及时地感觉到微风袭来了，轻轻触摸着我，并在我心中飒飒作响——这是暴风雨的征兆：“灵魂早已在征服之前就已经动摇。”

就像微风吹起，
树木索索发抖，咆哮渐渐声响，
向水手预告暴风雨即将来临。

——维吉尔

一个世纪以来，世事纷纷扰扰，诡计阴谋不断，我天生对此非常厌恶，超越了自身受到的严刑与火烤；多少次我对自己施以明显的不公正，是为了免得冒风险——从法官那儿遭受更加大的不公正？“为了免于诉讼，应当不遗余力、甚而要超出能力去做所有的事。部分地放弃他的权利，事实上不仅是可敬的，有时也是有益的。”（西塞罗）

我们如果聪明的话，就应当高兴与夸赞，就像有一天我听到一位大家族后代天真地见人就庆贺他的母亲刚刚打输了一场官司，就好像是在说一场咳嗽、高烧或是诸如此类让人不乐于保留的东西似的。命运之神赐予我的这些恩惠，如果有赖于和有权利者的友谊和交情，我努力依据良心，有意逃避，不去利用它而来伤害他人，也不在正经的范围之外利用自己的权利。

总而言之，我日复一日地这么做，（所幸我这么说还不会给我带来什么灾难）因而我至今还从未经历过诉讼。就算我如果愿意的话，好多次我能够师出有名，为了自己的利益打上几场官司。我不久之后就要过完漫长的一生，但我从未蒙受过严重的冒犯，除去自己的名字之外也没有其他的恶名：上天少有的恩惠。

我们最大的骚乱都来自一些滑稽可笑的根源或原因。我们最后一个勃艮第公爵就为了一车羊皮和人吵架，造成了几多废墟①？这个地球遭受的

① 影射勃艮第公爵查理对瑞士人的战争。

最可怕的灾难，其最开始的主要起因不就是为一枚纹章上的花纹么[①]？恺撒和庞培只不过是那两个人的后代和效仿者罢了。我在自己的那个年代见过国王议院中最智慧的人，花费公币大摆排面，签订条约和协定，事实上真正的决策权在于具有至高权力的夫人内阁的闲谈与几个小女人的爱好。诗人们对此早了然于胸，知道他们仅为了一个苹果，就让希腊和亚洲处在血与火之中[②]。暂且看那个人为何提了宝剑，拿了匕首，用自己的荣誉和性命去碰运气；让他为你们说一下这场争辩是如何引起的，他告诉你后一定会脸红，因为原因的确太过无聊了。

在开始的时候，只需稍作思考就够了；不过只要上了船，各种缆绳都在撕扯。这个时候需要有大气概，那要艰难和严重多了。真是上船易下船难啊！应当从反面去学习芦苇生长的道理，芦苇第一节非常长非常直；但在此之后，它仿佛很疲惫，喘不过气来了，于是，节子短而茂密，好像停顿了，已经没有最初的生机与坚韧。应当在开始的时候仔细冷静，将耐力与冲动留在工作的关键与完成的阶段。在开始的阶段我们引导着事情的发展，并且将它们置于我们掌握之中。不过后来每当它们发动后，就会指导我们、掌控我们，我们仅仅跟在它们后面去。

不过这并不是说这一行动准则就能帮我解决任何困难，而我也经常无须对我的激情加以管束。它们并不老是按照时机、场合进行调控，有的时候来得还很冲动很暴力。无论怎样还是可以从这一做法中节约感情，获得了效果，除去某些人，无论他们做什么好事，如果不沾上名声就会对任何效果都不满意。

事实上，这样的行为只是对各人自身有意义。假如你再加入此行列与事态时，显然就已经改宗了，你因此更加快乐，但是不为此更加受人重视；除此之外还有，不仅是在这件事情上，同时在生命中所有的任务上，追求荣耀的人所走的路途的确与讲究秩序与理智的人是不相同的。

我曾经发现有些人轻率冲动地去参加角逐，而在比赛过程中却放慢下来。正如普鲁塔克所说的那样，有人因为做了见不得人的亏心事，心虚，无论人家要什么，有求必应，之后又随意食言，耍赖；同理，那些轻易就参与争执的人，也会轻易地想要退出。同样一件事情，会令我望而却步，

---

① 苏拉战胜努米迪亚国王朱古达，要在图章上刻画以纪念。

② 希腊神话中，帕里斯评判金苹果属于谁的问题，引起特洛伊战争。

每当我激动和发热的时候又会挑动我去干。这是一个坏习惯，由于只要你沾上手，你必须干到底抑或自己垮掉。贝亚斯说过："要从容不迫地着手，但须热情洋溢地推进。"缺少谨慎会变得缺少勇气，后者更加无法忍受。

大部分结束我们争执的一致意见都是可耻的，有欺骗性的；我们寻找的是保全面子，所以背叛和掩藏真正的意图。我们掩藏真相；我们明白自己是怎么说的，是什么意图，在场的人也都明白，我们需要我们的朋友感觉我们的优势。当我们否认自己的看法，试图躲进错误中以达成一致时，乃是在牺牲我们的真诚和勇敢的声誉。为了挽回我们做出的决定，我们又一次否认自己。这不应当光看你的行动或者你的言辞有无其他的解释；此后无论要你付出多大代价，都应该维持你的真正诚实的解释。人家在面对你的品德、面对你的良心说话，这两种东西是戴不上虚假面具的。就应该让那些卑下手段和权宜之计在法庭诉讼中吧。

我每天所看到的用以纠正过分行为的道歉和补救，在我看来比这些行为本身还要丑陋。宁愿再羞辱对手一次，也总比向他做出这样的弥补来辱没自己好。你在气头上顶撞了他，恢复平静和理智之后又去安慰他、讨好他，如此你屈服的会比你前进的更多。我觉得一位贵族无论说什么坏话，也比不上他在强权的胁迫下否定前言可耻。一个贵族固执己见要比贪生怕死更加无法被原谅。

激情对我有多容易躲避，也就有多难缓和。"从心灵之中剔除要比克制容易得多。"（佚名）谁无法达到斯多葛派的那种高尚的无动于衷，那就让他求助于我这个黎民的愚蠢。他们凭借品德所做的事，我习惯于通过对个性的处理来做。中心地带酝酿风暴，两个极端则是哲人和俗人，一心想着过的是安逸太平的日子。

谁明白事情的原委，
藐视恐惧与宿命，
和阿刻戎[1]索船只的吆喝，他就是一个福人！
谁知道乡村的诸神，
牧神、老乡神以及仙女姐妹，他也是一个福人！

——维吉尔

① 希腊神话，渡亡灵过冥河的船夫。

所有事物在初生时都是弱小的娇嫩的。不过应当睁大眼睛看着初始的时候。由于在小的时候不发现它的危害，大的时候就会无法找到医治之药。在雄心勃勃的路上，我本可能每天都遇到数以千计的障碍，倒不如在内心油然产生这个想法的时候，毅然将它制止，这要更加容易：

我有理由感到害怕，
抬起头被别人远远看在眼里。

——贺拉斯

所有的公众行为都必须接受种种不确定的解读，因为有太多的人在对它进行评判。有的人提到我担任的这一城市职位（我也非常高兴能对此说上一两句，不是这个工作值得谈论，而是表示我在这一类事情上的做法），认为我在工作上缺乏魄力，做事情慢条斯理；他们反倒离开表面现象很近。

我确实试图让我的心灵与思想都保持平静。“本性本来就喜欢静，现在年老更加如此。”（西塞罗）有的时候我的思想一放肆就会给别人留下粗鲁激烈的印象，这确实不是我的初衷。然而，这种天生的倦怠并不能证明缺乏能力（因为不急和不关注是两码事），更别认为这是我对于波尔多市民的冷漠和忘恩负义。他们在认得我以后，运用手中掌握的所有大大小小的方法来拥护我，第二次推选我的时候比第一次还踊跃。

我愿意做所有可能对他们好的事，并且如果状况需要的话，毫无疑问，对于为他们效力，我不会吝惜任何东西。这是善良的民众，慷慨大方，也能服从和遵守纪律，如果善于诱导必将成就大事。人们还说我在职的时候，一切既不突出也没有痕迹。这就是好事情，每当大家都在兢兢业业工作的时候，自然会嫌弃我没事可做了。

当我被情绪所控制时，我的行动会雷厉风行。不过这却是坚韧不拔的敌人。谁依据我的特长利用我，那就给我分配需要活力和自由的工作，做法耿直，时间不太长，可以包含风险，这样的事情我能够有所作为。假如时间长，复杂，辛苦，必须转弯抹角装模作样，那不如另谋高就了。

并非所有重要的差事都是困难的。事情假如确实必要，我会做出吃苦的准备。由于我还是尽职责去多做我不爱做的事情。我自己明白，但凡我有责任去做的事情，我不会半途而废。我很容易就会忘记野心掺杂在职责中，并冠之以职责之名的那些事。但是往往是这些事听在耳旁，看在眼中，每个人皆大欢喜。能够出彩的并不是事情本身，而是做表面文章。他们假如听不见声音，还会觉得大家都睡着了。

我的口味与这些喧嚣的癖好是相反的。我可以治乱但自己不乱，惩治捣乱秩序的人而自己心情不变。我是否发怒与大光其火？有时用来做做样子。我的脾性温柔，失之于温软，不骄不躁。我不会指责某个行政长官无所作为，只要他统治下的人们也能和他一起无所作为，自然的法则也同样是无所作为的。我赞扬生活顺溜低调，不喧嚣，“不卑不亢不腐化。”（西塞罗）命运也要我这样。我出生的家庭，日子平平淡淡，不大肆嚣张，代代讲求门风敦厚。

现在的人被教育得如此浮躁而好夸耀，以至于不再重视善良、节俭、公平，恒心还有宁静无为的品德。丑事处处可见，好事却了无踪迹，病态俯拾即是，健康却很少见。让人高兴的事情也就无法和让人伤心的事相比。将议会里可以完成的事派到公共的广场上去办，将前夜能做的事情放到明天中午来做，恨不得自己来做同事能够做好的事情，这样的做法是为了沽名钓誉以及个人利益，并不是为对工作有利。就好像希腊的一些外科医生，把手术搬到行人能看到的路上去做，为的是靠熟练技术来招揽客人。他们觉得大吹大擂才能够让人听到事情得到很好的解决了。

野心勃勃并不是小人物该犯的错误，也不是属于我们这些人的努力。有些人对亚历山大说：“令尊为您留下了一大片容易治理的和平疆土。”不过这个孩子艳羡父亲的武功和他的政策的正义感。不过他不甘心懒洋洋于天下太平地管理这个世界。在柏拉图的作品当中，亚西比得，宁可在年轻、英俊、富有、高贵、博学中死去，也不愿待在他那时所处的状态。

如此胸襟气魄的人的身上有这个弱点可能是能够被原谅的。不过那些侏儒、小人鼠辈也要沐猴而冠，觉得判对了一个案子抑或维持了城门前的秩序，就能够名扬天下，但他们越是想借此抬头，就越会出乖露丑。这一微不足道的好事既没有分量也没有生命力，一说出口顶多传到下一个街口就消散了。和你的儿子以及仆人去调侃这号事情吧。就像古时候那个人，因为没有其他的听众来听他夸耀，也没有其他人了解他的价值，就对着他的仆人大喊：“佩莱特啊，你的主子真是一个儒雅的人哪！”

万不得已，就对你自己说吧，就好像我认识的一个参政员，他聚精会神却又蠢到极点地照本宣科一连串段落之后，转身离开议事厅到了宫里的厕所，仅仅听到他认真地念念有词："主啊，荣誉不要给我们，不要给我们，要因为你的慈爱与诚实归在你的名下。"（《旧约·诗篇》）谁如果不能从其他处得到，就只能够自掏腰包了。

声誉不会用如此下贱的价格来辱没自己。它来自于难能可贵的直率行为，绝对不允许平常数不清的琐碎小事来凑热闹。潦草修好一堵墙头抑或挖通路旁的水沟，仅仅可把名字刻在大理石板上，对你一番歌功颂德，不过人是有感情的，他们不可能这样做。好事并不是做了之后都有反馈的，这要它艰巨和非同小可。根据斯多葛派的看法，无需对任何由德行而萌生的行为报以敬意。有一个人清心寡欲，拒绝一个满眼眼屎的老太婆，他们觉得对于这样的人有什么可以感叹的呢。有人坦白阿非利加西庇阿的高贵品质，不过拒绝珀尼西厄斯要赐予他荣誉，赞美他谢绝重赏的做法，由于这样的荣誉感并不是他一人独有的，而是他那个年代的人共有的。

我们有那些合乎我们命运的快乐，不必去强行侵占那些权势者的乐趣。我们的幸福更加自然，所以也比他们的更加稳固更加可靠。就算不是从良心最起码也要从野心出发去拒绝野心。要轻视对虚名浮誉的贪图，这些是需要我们低声下气朝各式各样人物去讨好的。不择方式，不计其代价，"在市场可以买到的荣耀是什么玩意儿?"（西塞罗）

这样获得的荣誉不是荣誉。我们需要学会没有能力赢得光荣也就别贪图光荣。为任何一件有益的善事自吹自擂，这种事只适合那些极少且极意外做了这些事的人。这就让他们付出代价，所以要提高它的价值。一件好事越是被叫得响，我越是贬低其中的好意，就会怀疑这是为了扬名而不是做好事。好比一搁到货架上，它就被半价出售了。这种行为如果由做的人不经意间悄悄泄漏出去，然后有好事者核对后浮出了水面，让它们自己不胫而走，这才有些意思。"我觉得，不事声张、不管人家怎么说的情景之下做的事最值得称赞。"（西塞罗）那个世上最神气的人是这样说的。

在我任市长期间，我只是保存且保持了原样，这些都是悄无声息、悄然进行的。革命引人注目，不过目前迫于情势，拒绝新兴事物，革命也就遭遇了禁止。悠着做有的时候跟做一样高尚，不过悠着做就比较少公开。我可以贡献的绵薄之力也差不多在这个方面。总而言之，在我任职期间，情况很适合我的个性，这是我所非常感激的。

有谁为看治病而希望自己生病的呢？如果有医生为了夸耀他的医术而

让我们患上瘟疫，不应拿鞭子抽他吗？我并不希望这个城市混乱多多，弊病百出，好抬高我治理的声价，这种想法是不公正的，然而很常见。我踏实地为了市民安居乐业贡献自己的力量。我工作的时候按部就班，冷冷清清，静静悄悄，有的人对此不以为然，不过他没法改变我，有幸担任这个职位，奉行属于我的工作风格。

我就是这样做的，我像喜欢睿智一样喜欢幸运，我愿意将我的成功完全归于上帝的恩宠，而非我所做的斡旋。我也曾经苦口婆心向大众谈到我才疏学浅难以担任这个公职。比才疏学浅更加糟糕的是我并不嫌弃才疏学浅，也不希望改变才疏学浅，因为我已经习惯于这样的生活。我对于自己的政绩也不是很满意，但我还是差不多完成了我所许诺的工作，而且大大超出了我曾经向那些共事的人所许诺的；由于我愿意答应的事情要少于我能做的和愿意完成的事。我要肯定自己并没有留下冒犯和憎恨。至于留下对于我的遗憾和希望，我最起码知道自己并不十分在意：

我可以信任这奇妙的宁静吗？
我能忘掉风平浪静的海水下
掩藏的是什么吗？

——维吉尔

11　论跛子

两三年前，法国把一年减缩了十天。那次革命应该引出多少变动！真是惊天动地。但是一切仍然原封不动：我的邻居仍然在他们以前认定的准确时间进行播种、丰收，仍然在适当时机做生意，仍然相信一些日子吉利另外一些日子不很吉利。在这个新体系下，我们既没有感觉到使用中有所误差，也没有感觉到有所改善。反正到处都显得没有把握，人们的认识既粗鄙又模糊、愚钝。有些人说，依照下面这样的规定实施起来可能更加方便：按照奥古斯丁的做法，去掉闰日——这一天不管怎么说都是一个尴尬而麻烦的日子——直到我们刚好填补完这一缺口为止（这次纠正就连这一点也没有做到，我们依旧拖欠了几天)。在未来也可以用相同的办法把拖欠的日子补回来，能够安排在某些年份的周期以后，让这个特殊的日子仍然得以取消，所以今后我们的误算就不可能超过二十四小时。我们只可以年来算计时间，多少个世纪以来人们都使用着它！所以，这是一个我们还没能终止的衡量方式，而这个尺度也让我们天天考虑其他的国家计算时间会采取怎样不同的形式，那些方式的用途又怎样。有的人这么说，天体随着其衰老在逐渐朝我们靠拢，从而令我们陷入不确定之中，尤其是在小时和天的层面上。普鲁塔克说过，还在他的时代占星术就没能界定月亮的运行，这是何意？对于过去的事情作翔实记载确实给我们带来了方便。

刚才我陷入了遐想，就像常发生的那样，我在思考，人类的理性是怎样的一种不受束缚不明确的工具呢！我经常看见人们对于别人提出的事情都愿意刨根问底追溯原因，但却不甚乐意钻研事情的真相：他们将事情本身丢在一旁，却在探讨原委中浪费时间。可笑的健谈者。知道事情的缘由不能够由我们而只能由操控事情的人进行，由于我们只承受那些事情，我们出于本性也可以充分利用那些事情，却无法深入它们的根由和性质。明白酒的基本性能的人并不比我们更加喜欢酒。恰好相反！在处事的道理里掺杂自以为是的时候，身心都会停止自己处事的正确性而且让正确性变质。决定或了解，正如给予一样，是属于统帅与师傅的；下属、佣人、初出茅庐的人只能享有、无条件接受。再谈论下我们的习惯。人们忽视事实，但却留心考察结果。他们常常以这样的方式作为开端：“这是怎么了?”或许应该说：“有这么回事吗?”我们的推论可以丰富一百个其他的世界，并且追溯出那些世界的起始和结构。推理既不需要材料，也不需要基础；你就让推理任意驰骋吧：它可以建筑在空处也能建筑在实地，能够依靠虚幻建造，也能够依靠物质建造。

能赋予轻烟以重量。

——佩尔斯

我觉得，几乎在所有的情况下，都应该说“什么原因也没有”，我能够经常这样回答，但是我不敢，由于他们嚷嚷说，这是智力低下和愚蠢造成的错误。所以我往往得充作喜剧演员来应对一些无聊的、我根本无法相信的问题和无稽的谈论。何况，老实说，直截了当地否定别人向你宣告的某个事实，会显得比较无礼和好斗。尤其对于那些很难说服人的事情，很少人敢于不肯定自己亲眼看到过，很少人胆敢不引出一些证据以供官方解决我们的矛盾。出自于这种习惯，我们就知道千百种从来不存在的事情的根据和理由。人们投身于对成千上万问题的进攻，然而支持和反对都是错误的。“真假难辨，所以贤人不应该去灾祸丛生之地冒险。”

真理和谬误有着完全雷同的面容，以及相类似的仪态、口味与举止，我们观看它们用的也是同样的眼光。我觉得我们不仅不勤于阻止自己作弊，同时千方百计鼓励自己上当。我们宁愿被虚妄弄乱思想，由于虚妄符合我们的本性。

我曾目睹我这个时代许多奇闻异事的诞生。尽管那些奇迹一冒头就被压制了下去，我们仍然可以预见，它们如果能够生存下去，会采取怎样的方式生活。由于只要抓住线头就可以任意放线。从没有到最微小事情的距离大于从最微小事情到最庞大事情的距离。那些最先得知并相信了这件异事的开端的人，就四面散播他们的故事，他们在人们的反对中间意识到令人信服的困难之所在，所以便以某些伪品阻塞在此所在之处。除此以外，我们“依靠人类天生有意夸张谣言的本性”又顺理成章地将别人借给我们的东西归还给他人，不添加高额利润，也不附加产品的增益。个体的错误首先造成了集体的错误，而集体的错误随之又带来了个体的错误。事情就这样营造起来，充满着，构建着，传达着。所以，最遥远的见证人比最近的见证人更加了解状况；最后获得消息的人比最早获得消息的人更加信以为真。这种进展是很自然的，由于谁相信了什么，就认为说服另一个人相信乃是一件善业，并且为此从不害怕杜撰虚构添枝加叶。这一程度视他传播神话的要求来定，并且以此补偿别人的抵制和他觉得别人构思当中的缺憾。

我自己撒谎的时候则格外清醒，并且完全无意赋予我所说的话某种信誉或权威。但是我发现在我说话的时候，或者出于兴奋，或者因为别人抵制，或者因为叙述本身的热情，我总用声音、动作、气势以及语言的力量，并且以引申和发挥来夸张和增强我的话题，其中也不乏对原来真实性的兴趣。但是我这样做是有代价的：只要有人令我情绪缓和，并且要求我提供原原本本的真相，我当下就会丢下我的劲头，并且把他要求的真实告诉他，不夸大，不夸耀，不添油加醋。大声讲话，言辞热烈（我经常爱如此）常常会走向修辞的夸大。

没有什么比随意妄言更让人能够习惯性地毫不犹豫的了。普通的方法不奏效的地方，我们就辅以命令、强制、铁和火焰。走到这一田地是不幸的：在傻瓜数量大大超过智者的群体之中，真理的最好试金石竟然是大批的教徒。“好像没有什么要比缺乏判断力更加普通的事情似的。”“在众多的蠢人面前智者又有什么权威。”囊括自己的判断来反对普遍的看法困难重重。从问题自身出发，最开始被说服的都是一些头脑简单的人；自从他们开始，就可以借助着人数众多的权威性和证据的年代久远，逐渐扩展到那些有知识及判断力的人。至于我自己，只要我不相信其一，就不会相信其一百零一；我并不会以时代来判断主张。

不久前，我们一个曾经由于痛风而令他天生的良好身姿以及轻松自如的行动受到损伤的王子聆听了关于一个教士的神奇活动的汇报。报告说道，那个教士通过言语和手势治好了各种病痛。王子都信以为真了，他历经长途跋涉寻找到了那个教士。他的悟性让他征服了自己的双腿并且让他的腿麻木了几个钟头，结果使得双腿稍许恢复了很久以来都无法为他提供的服务。假如碰运气能够积累五六起这样的偶发事件，奇迹就能够变成现实。之后，大家发现这种工程的创造者是如此纯朴，那样和诡计无关，所以判定他不应该受任何惩罚。对于大多数类似的事，如果我们追根究底，也会得出同样的结论。“我们称赞依靠遥远距离骗人的事情。”所以我们的视力常常只能远远地再现奇妙的景观，景观一旦近了就消散了。“从来就名不符实。”

看到从何等虚妄的开端和缘由中能自然而然地生发出那些著名的观点是令人吃惊的。这一点本来就妨碍人们对于印象作深入熟悉。由于印象的分量一重，名气一旦变大，大家就会抓不住真实的想法了；真实的想法分量太小，总是躲过我们的视野。而且，老实说，必须要一个足以胜任的，对这样的探究能够全神贯注和细致入微的调查者，这样的调研者需要泰然自若而不忧虑。直到现在，那些奇迹和奇异事件都在我面前隐藏起来。在这个世界之中我没有见到过比我自己更加明确的魔怪和奇迹。所有那些怪异的事情，随着时间和习惯，我们会逐渐熟悉，但是我越自我叨扰，越认识自身，我的畸形就越让我吃惊，我自己也越发不理解自己。

促进及散布这类事件的主要权力是属于“命运”的。前几天我经过一个村庄，距离我家两里远。我发觉当地还在为刚刚失灵的一个奇迹激动不已，邻村也被这一奇迹愚弄了好几个月，并且邻近的省份也开始为之沸腾起来了：不同社会身份的人都成群结队地赶到这里来。一天夜晚，当地的一个青年在自己的家里装鬼叫嚷着玩，他那时一心想着开个玩笑，并没有思考别的细节。这恶作剧要比他希望的效果稍微好些。为了让他的闹剧扩大范围，他寻找了一个村姑当合作人，那个村姑反倒一点不呆也不笨；最后他们总共有了三个人，都是同样的年纪，水平也差不多。所以，他们将家庭布道变为了公开布道，自己隐藏在教堂的祭坛之下，只在夜晚说话，同时禁止所有的光亮。最开始说的话大都宣传世界的改变和最后审判日的逼近（由于这个主题的威信和人们对它的敬畏容易掩护欺诈行为），最后发展为一些幻象和动作，又愚蠢又滑稽，比少儿游戏还要拙劣。假如命运愿意对其稍施恩惠，不知道那街头杂耍会发展到怎样的地步？现在那几个可怜虫正在牢房，他们当然会承受对于普遍蠢行的惩罚，我不知道会不会有某个法官在他们身上报自己那份蠢行的仇。在这个已经揭露的蠢事里，大家算是擦亮了眼睛，但是对别的类似性质的超过我们认识能力的很多事情，我却主张我们坚持自己的决断，即又抛弃又接受。

许多错误，或者更大胆点说，世上所有的错误都萌生于这样一个事实，即人们让我们怯于承认自己的无知；产生在我们需要接受我们驳不倒的所有。我们总以箴言和决议的方法谈论所有的事情。在罗马城，诉讼程序需要证人陈述亲眼看见的事情和法官用他最可靠的学识下令执行的事情都以这样的形式撰文："我觉得"。我痛恨那些似是而非的东西，因为人们一而再再而三地把它们说成是确定无疑的。我喜欢下面这些能够减弱并缓和我们提议之中的轻率性的词句："或许，在某些情况下，某些，听说，我想，相似的"。假如由我来教育孩子，我会让他们在回答有疑虑以及难以决断的问题时将这样的话老挂在口头："应该说什么呢？我不曾听到，可能有这样的事情，真的吗？"希望他们在六十岁都可以保持学员的行为方式，而别像他们现在这样十岁就扮演博士的角色。谁希望治愈无知就需要公开承认无知。惊异是一切哲学的根基，探索是它的发展，而无知则会是它的终结。但其实，有一些无知既强有力又富于内涵，在体面与勇气方面并不低于学识。理解无知需要的学识并不少于理解学识所需要的学识。

我年轻时曾经听到过一桩诉讼案，那是图鲁兹法院的推事科拉斯发布的有关两个男人相互代替的奇案的文章提到的。我依然记得（其他的事反倒想不起来了）那时科拉斯将被判有罪的人的虚假行为描绘得如此不可思议，如此超乎我们的——甚至这位身为法官者的——认知之外，因此我认为判他绞刑的判决书是十分鲁莽的。我们应该接受宣称“法院对于它莫明其妙”之类的判决方式，这样说要比古雅典刑庭法官们说得更加灵活更加坦率，那些刑庭法官在为了某件无法弄清的案件而恼火的时候，就命令有关各方一百年之后再回来打官司。①

每逢又一位作者撰文为女巫们的预言辩护时，她们的生命便处在危险之中。需要换脑筋才能够适应圣言提供的这类事情的事例（非常可信而又无法驳斥的例子），并且使其与现代事件相结合（由于我们不明白现代这些事件的起因和原因）。也许应当由这唯一的强劲的证人对我们说道：“这一件是，那一件也是，但另一件就不是。”应当相信上帝，这的确有道理；但是不能相信我们之中的某个人，此人对于他自己的话都可以感到吃惊（假如他神志清醒，他肯定会感到吃惊），或者因为他利用上帝之言说其他人说过的事情，或者因他利用上帝之言反驳了他自己。

我很迟缓，我比较执着于实在的逼真的东西，这样能够避免古人刁难：“人更加相信不明白的事情。”“人天性渴望相信奥秘。”我明白有人为此而怒不可遏，也有的人禁止我表示疑惑，否则我可能会遭到恶骂。真是新鲜的劝说方式！谢天谢地，我自己相信与否并不取决于别人的暴力。让他们去上诉指控他们的主张名不副实的人，我仅仅指控他们的主张太过大胆并且引起了纷争，我同时也谴责人们用以反驳他们的断言，在这个方面我站在他们的一边，但是我不像他们那样强硬。“介绍其似真而不要肯定其真。”谁说话依靠虚张声势发号命令就显示其说话论据不足，缺少说服力。在口头的学究式争论中，或许这些人看上去和他们的对手同样有理，在得出的最后结论上对手却占据上风。想要杀人就应当杀得清楚明白，打骂我们的生活太过现实太过实际，因此不能保障这种超常的神怪的偶发的事情。至于假冒药品和毒药，我根本不作考虑：那是杀人的凶手，并且是最恶劣的凶手。但是，即便是这种情况，有人说也不该总是信赖他们自己的供词，由于人们有的时候看见他们自诉杀死了的人仍然健在。

至于其他一些怪诞的指控，我很乐意认为，一个人不管是否受到尊重，只要信任他是人这一方面的就够了。对于他自己都不理解的特异功能

① 据史载，希腊一妇女杀害了其第二任丈夫，因后者串通自己的儿子把妇女前夫的孩子杀死，此案成为西方古代难断的案例之一。

这一方面，只要某一种超常的赞美力量授权他干，他就应该得到信任。这种因上帝高兴赋予我们这些见证人的特权不应该受到贬低，也不应该轻易传给别人。我耳中充斥着诸如此类的东西：“有三个人在第一天在东边看到过他；有三个人在第二天在西边看到过他，在某一个钟点，某个地点，穿着怎样。”自然，我如果这么说，就连我自己也无法相信。两个人撒谎说一个人以风一样的速度，在十二小时内从东方跑到西方比我自己这么说合情合理得多，也更加像是真的。说我们的理解能力随着我们不正常的脑袋转来转去，譬如说我们当中某个人被外来的精灵领着骑在扫帚上顺着烟囱飞得无影无踪也更加合情合理。我们不要去寻找外界不熟悉的影像，我们自己就在不断地为家庭和个人的幻象心神不宁。我觉得，当我们至少可以用自然的方式来回避超自然的解释时，不愿相信奇迹是可以原谅的。我同意圣奥古斯丁的意见，对于难于证实但人们又相信到危险程度的事情最好倾向于怀疑而不要倾向于肯定。

几年前我曾经路过一位执政亲王的领地，他应我的请求也为了打消我的疑问，让我在一个特殊的地方同他一同看了十到十二个这种性质的囚犯，其中有一个是老妇人，这老妇之丑陋——之畸形——真算得上是地道的巫婆。长此以往，她一直是名声在外的行家。我看了证据也听了她不受拘束的忏悔，但我并不知道在这不幸的老妇人身上有什么不可感知的迹象[①]。所以我尽兴询问他们，和他们谈话，并且尽我可能给他们以最合理的关怀；由于我是一个不让先入之见影响判断的人。总而言之，凭良心说，我宁可给他们开铁筷子草的药方而不开毒芹，“与其说这样的罪行不如说这样的疯狂的案件。”对于这种病症，司法机关有它特有的改造办法。

至于那些杰出人士对我提出的反对观点及论据（也有来自本地的，常常是来自外地的），我从来没有感到它们束缚我的手脚，也不觉得它们的结论与更加可能解决问题的答案不相容。从经验和事实的基础之上提出的证据和原因，我还未彻底解决，这是真实的；所以那些证据和原因还没有终结：我通常会将它们砍断，就像亚历山大处理他的绳结那样。总而言之，将人活活烧死，那是在让猜忌付出高昂代价。人们曾经谈到各式各样的事例。普雷斯坦修斯还谈及他的父亲，说他沉沉欲睡，打盹的时候比正式睡觉睡得还要沉。他把自己想象成一匹马，并且在给士兵们当坐骑。而

---

① 据西方迷信，女巫的身上有一个部位毫无疼痛感，这部分称为鬼的踪影。

他梦见的事情正是他在干的事情。假如巫师能想得如此实在，假如他们的冥想有的时候可以真真假假，我仍然不觉得我们的意愿应该掌握在司法机关手中。

我说这些话，既不是作为法官也不是作为王家推事，我从来不觉得自己够得上作这类人。作为一个普通人，我出生时便注定需要服从公众的道理，这些道理既表现在公众的言又同时表现在公众的行上。利用我的遐思去损害他村庄里哪怕最弱小的法则、观点或风俗，他就严重地伤害了自己，也严重地伤害了我。由于我并不保证我说过的东西非常可靠，但只说那是我脑子里闪过的思想，杂乱的、不确定的想法。我谈及什么都采取闲聊的方法，从来不以发表意见的方式做什么讲话，“我并不像他们那样，羞于承认我不知道我所不知的东西。”我不可能冒昧说我是否有权利被相信，我在回答抱怨我的谏言过分尖锐激烈的大人物的时候亦复如此。“我感觉您在思想上对一方面已经有所准备并且全神贯注，我用力所能及的关怀向您建议另外一方面，这是为了启发您的判断，而不是为了束缚它。上帝会把握您的感觉并为您提供选择的方法。”我并没有傲慢到盼望用我的见解去引导如此重要的事情，我的运气并没有对于我的见解加以训练，让其能得出这样强有力这样高超的结论。的确，我不仅有很多的性格特点，也有足够多的意见，如果我有个儿子的话，我这些的见解肯定会使他感到厌烦。怎么？由于最真实的建议不一定让人感到最舒服，更何况意见的提法不符合标准！

说得是否合适都没有关系，在意大利，有一句为人们熟知的谚语说，谁没有和跛女人睡过觉，就不熟悉维纳斯无懈可击的魅力。偶然间或者某个特别的事故在很久之前就把这句话放到百姓的话中了，这句话用来说男人也用来说女人。希腊神话当中，女战神们的王后回答邀请她做爱的斯基泰人道：“跛男人做这事做得最好。”在那个女人的共和国，为了避免男人的统治，她们在小时候就把男子的手臂、腿或是其他那些让他们优越于女人的部分砍掉，让他们成为残疾人。她们仅仅在这方面利用男人，并不超越我们使用她们的范围。我或许应该说，跛女人扭腰的动作可以给做爱带来某些全新的快感，并给第一次与她做爱的人一些甜蜜。但是我适才得知，就连古代哲学都对此起过决定性的作用；哲人说过，瘸女人因为小腿和大腿残缺而接受不了它们应该吸取的养料，在它们上方的生殖器官，就会更饱满、更充足、更有力。或者，残缺阻碍锻炼，有缺陷的人付出自己的体力比较少，就可以全力以赴干维纳斯的游戏。这同样也是希腊人诋毁织布女工的理由，他们说，她们要比别的女人做爱更加急迫：由于她们干的是坐着的行当，并没有大事锻炼身体。我们为何不加以对比，进行推理？有关纺织女，我在此也可以插上几句：她们坐着工作时的振动会带给她们刺激和撩拨，就像贵妇人刺激她们的阴道口，让它抖动。

以上例子岂不是吻合了我开始时所说的那些话：推理常常先于结果，推理的判决幅度是那样无限，它能够在虚无本身和不存在的基础之上进行并且做出判断。除去给各种各样的梦想随意编造论据，我们的想象力也很容易在肤浅的表面上获得错误的印象。以前，单凭古人和大众运用那句谚语的权威性，我曾经让人相信，一个女人因为身子长得不笔挺让我得到更加多的快乐，并且以此作为她贤惠的验方。

托尔卡托·塔索在比较法国和意大利时说他注意到这样一点：我们的腿要比意大利贵族的腿修长，他把原因归于我们常常进行骑马活动；苏埃托尼乌斯从这个因素恰恰得出完全反面的结论：他反过来说道，日耳曼尼库斯通过坚持进行同一项运动，使他的腿变得粗壮。没有什么东西要比我们的理解力更加不稳更加灵活了：那是特拉墨涅斯的鞋[①]，对于谁的脚都是合适的。他的鞋是两面的，并且两面截然不同，用的材质也是两面的，截然不同的。“给我一德拉克马吧，”一个犬儒主义的哲学家对着安提戈努斯说。“这并不是国王应该送的礼物。”安提戈努斯回答道。“那就给我文采。”“这不像是给一个犬儒主义者的礼物。”

或许炎热扩大了更加多的暗口和通道，
让汁液流进秋苗；
或者炎热让土壤变硬，
令它的筋脉收缩，
来避开细雨、烈日和北风刺骨的寒冷。

——维吉尔

“所有的奖章都有它的背面。”这说明古代克里托马楚为何说卡内阿德

① 指这位雅典修辞学家。要创造适用于各学派的理论。

斯毗了非凡的气力才征得人们同意他发表言论和大胆判断。在我看来，卡内阿德斯那非常旺盛的思考能力最早起源于一些以求知为生的人过分厚颜无耻过分傲慢。人们曾将伊索和另外两个奴隶放在一起出售。买主在熟悉第一个奴隶的时候，问他会干吗，这个人为了抬高身价，回答的时候说得天花乱坠，竟然声称自己无所不晓；第二个人也向主人回答了同样多或是更多的东西。轮到伊索的时候，买主也问他会干吗。“什么也不懂，”伊索回答说道，“由于那两位什么都抢先做了：他们什么都会做。”所以，在学校的哲学课上出现了类似情况：那些认为人类智力无所不能的人，其自负促进别的人出于愤怒和好胜心而觉得人的智慧一无所能。后者将无知推向极端，前者将学问推向极端。以便让我们无法否认，人并非在所有的问题上都是无节制的，只有必要性能够使其止步，或者止步缘于无力，走得更加远。

12 论相貌

我们所有的看法差不多都是从权威与名望方面来的。这没有什么不妥；在这个衰落的世纪，由我们自己选择情况只会更糟。苏格拉底的朋友给我们留下他的言论，我们只是因公众的赞誉而欣赏其权威性；这不是我们自己的认识；这些言论不是根据我们的生活而说的。如果今天有人说出类似的话，很少人会加以重视。

我们只看到显眼、胡闹和装腔作势的矫情。掩盖在天真纯朴之下的美，在我们这样俗人的眼里很容易一溜而过。这样的美精致隐蔽。必须以清纯的目光才能发现里面深藏的闪烁。在我们看来，天真不就是愚蠢的姐妹，应该受到指责的缺点吗?

苏格拉底的心灵活动是自然的、世俗的，就像一个农民的说话，一个女人的说话。他嘴里谈的只是马车夫、木匠、鞋匠和泥瓦工。这些话都是从人的最平凡、最熟知的劳动中得出的归纳与比喻，谁都能听得懂。在这么一篇俚俗的文章里，我们绝对挑不出他高尚思想中的大智大慧；我们认为教义中不收取的思想都是平庸低下的，只有高谈阔论才是丰富。我们的世界到处是招摇撞骗：人人吹足了气，一碰蹦蹦跳，像皮球。而苏格拉底绝不无谓地胡思乱想，他的目的是向我们提出真正贴近生活、服务生活的金玉良言：

……保持分寸，遵守界限，
顺应自然……

——卢卡努

他又总是始终如一，不是靠说话尖刻而是靠人格魄力提升到力量的顶端。或者说得更好的是他不提升什么，而是予以下压，让一切回到最原始的天然状态，经受力量、艰辛、困难的考验。因为，在小加图身上可以清楚看到他的气度远在一般人之上；从他一生的丰功伟绩和死亡来看，大家总觉得他高高在上、目中无人。而苏格拉底脚踏实地，行止从容不迫，谈论最有道理的话题，面对死亡和人生中可能会遇到的荆棘挫折，在行为举止上都保持平常的生活心态。

事情幸而是这样，最值得作为典范向世界介绍认识的人是我们了解最深的人[①]。历史上最有眼光的人[②]对他进行阐述，我们读到关于他的那些见证，内容翔实可靠，评说精彩动人。

把一个孩子的纯洁逸想说得有条有理，不用改动和添加，就表现出我们心灵中最美丽的活动，这很了不起。他不把心灵描写得多么崇高丰满，他只说这样的心灵才是健康的，但这当然是一种轻松明快的健康。通过平凡自然的助力，通过日常普遍的想法，不感伤不激动，他确立了不但是最规范，而且是最高尚有力的信仰、行为与道德，这都是前所未有的。他把在天上蹉跎岁月的人间智慧取回来还给了人，再为人艰苦工作，做出最有用最有效的贡献。

且看他在法官面前辩护；且看他用什么理由唤起自己的勇气，面对战争的危机；且看他用什么论据增强自己的毅力对抗诽谤、暴政和死亡，还有妻子虎着的脸。他不借助技巧与学问，最单纯的人也可从他那里学到他们需要的方法与力量。不可能往回走和往下走。指出人性本身可以做出什么，这是他对人性作出的大好事。

---

① 在此指苏格拉底。
② 在此指柏拉图与色诺芬。

我们各人都比自己想象的更富有；但是大家又催促我们向别人借贷与乞讨；被人摆弄着求人多于求己。于是人在任何事情上都不知道满足需要后适可而止，如欲念、财富、权力总是贪多务得；贪婪是无法控制的。我觉得在寻求知识上也是如此，他给自己确定的任务超过他的能力，超过他的需要，把知识用到穷尽为止。“我们在学问和其他一切方面都在受放纵之苦。”（塞涅卡）阿格里科拉的母亲限制儿子过分热衷于求学问，塔西陀表扬这位母亲是有道理的。学问是一件好事，若用正眼看它，它像人的其他好事有许多虚荣与固有的天然弱点，代价很高。

享用学问要比享用其他鱼肉风险大得多。因为其他东西买了以后，装在篮子里拿回家，有权利检验其质量，决定什么时候吃多少。但是学问，一拿到手没有别的篮子只有装到我们的脑子里，我们一买到就吞到肚子里，离开市场时不是已经腐败就是成了营养。有些学问不但不能营养我们，反而妨碍和阻挡我们，在治疗的名义下毒害我们。

我以前很高兴在某地看到有些人虔诚地许愿保持无知，就像许愿保持贞洁、贫困和进行补赎。这也是阉割我们凌乱的邪念，减轻我们在阅读时闪烁不止的欲望，不让学术观点引动心灵痒痒的沉湎逸乐。加上心灵的贫困才使贫困的许愿功德圆满。我们并不需要太多知识就能活得自在。苏格拉底告诉我们说知识就在我们身上，还有寻找与运用知识的方法也是如此。我们所有超过天然需要的知识，差不多都是无谓多余的。如果它给我们的负担与混乱不超过它给我们的好处，已经是上上大吉了。“培养一个健全的心灵只需要不多的学问。”（塞涅卡）

我们的头脑是混乱不安的工具，学问使它负荷过热。静心思考，就会在心里找到自然对抗死亡的真正论据，在需要时最适宜为你使用。这使一个农民、整个民族也像一位哲学家那样镇定自若地死去。

在阅读《图斯库伦辩论集》① 以前，我就不会死得那么轻松吗？我认为不会吧。当我回归本源时，我觉得自己的语言更丰富了，勇气并没有增加。还是大自然给我创造时那个样，也就是只适用于应付普通日常的冲突。书籍给我提供了许多教诲，但没那么多训练。不是么？如果说学问试图用新的防御方法来武装我们抵制天然祸害的话，也只是在我们心中营造它们强大与力量的假象，并没有说出道理与奥秘使我们不受害。应该说真

① 西塞罗的作品，共五集，第一集谈论生与死，灵魂不灭问题。

正的奥秘是它竟能够经常让我们抱着空想，翘首以待。

那些作者，即使较为严谨与聪敏的，也看到他们随同一个好论点，又会抛出多少肤浅、细看又是言之无物的坏主意。这只是些口说无凭的论据，在蒙骗我们。它们可能都另有用意，我也就不思深究。在本书内好几处提到这种情况，或是通过假借或是通过模仿。然而我们还得稍加提防，别把好意称为力量，尖锐称为扎实，花哨称为正确："有的东西沾一口味美，多喝了反胃。"（西塞罗）给人愉悦不一定给人教育。"这谈的是心灵，不是头脑。"（塞涅卡）

看到塞涅卡努力准备抗拒死亡，在刑架上流汗哼声，挺住身子挣扎了那么久，他若在最后时刻没有英勇不屈保住自己的名节，我对他的敬仰会动摇。他这人常常暴跳如雷，说明他是个血性汉子，脾气急躁。"大人物表达自己的思想从容平静。"（塞涅卡）"不会心灵是一种颜色，头脑是另一种颜色。"（塞涅卡）

正是要用他自己的话来劝说他。这也说明他被敌人步步进逼。

普鲁塔克的做法更傲慢更不在乎，从而认为更阳刚，更令人折服。我不难相信他的心灵活动更自信更能调节。一位更机警，刺激我们，令我们拍案而起，对思想冲击更大。另一位更沉着，不断地教育、开导和安慰我们，对心灵触动更多。前者逼着我们跟他一样想，后者赢得我跟他一样想。

我也同样阅读到其他更受人崇拜的著作，谈到与肉体痛苦的斗争中，那些人那么坚忍、强大和不可战胜，以致我们这些人中渣滓既欣赏这种闻所未闻的奇异诱惑力，也钦佩他们对疼痛的耐受力。

我们拼死拼活要去努力获取知识是为了做什么？且看遍布大地的苦人，辛劳干活后耷拉着脑袋，他们不识亚里士多德、加图，也不懂嘉言懿行。他们凭天性每日表现的坚贞隐忍，远比我们在学校里悉心研究的更纯真更严格。我平时看到他们中有多少人根本不知道什么叫贫困？多少人希望去死，死到临头时不大惊小怪？在园子里给我翻地的那个人，今天早晨埋葬了他的父亲或儿子。就是对疾病的名称也另有婉转的叫法，借以减弱疾病的严酷性。他们称肺痨为咳嗽，痢疾为胃肠道功能紊乱，胸膜炎为感冒；他们叫得温和，也温和地忍受。只有疾病打断他们平时的工作时才是真正的严重。他们只有等死才躺到床上。"这时候人人有份的朴实真理，才变成了深不可测的奥秘。"（塞涅卡）

我写下这些话的时候，正值一场酝酿了几个月的动乱全面爆发，而我首当其冲[①]。我一方面是大敌压境，另一方面是有人趁火打劫——更坏的敌人："他们战斗不用武器，而用罪恶。"（佚名）还要同时遭受一切军事损失。

敌人从左右两边对我威胁，
我心惊胆战，立即受灾难夹攻。

——奥维德

魔鬼的战争：其他战争都在城外施虐，而这场针对自己的战争用本身的毒计自我腐蚀瓦解。这场战争性质邪恶，到处破坏，疯狂般地打得你死我活，最后一同消亡。我们经常看到它带来的是自我瓦解，而不是由于必需品的缺乏和敌军的强大才这样。双方都毫不遵守军纪。为了制止到处纷纷出现的暴乱，严惩违抗命令，结果自己开了违抗命令的先例；军队用于保卫法律，却自己违反法律参加了叛乱。我们落到了什么地步？我们的药品里面都是毒物：

病没有治成，
反而中了毒。

——佚名

病愈治愈重。

——维吉尔

我们的怒火掺杂了无辜与罪恶，
使我们背离神的正义。

——卡图鲁斯

在这些流行病初起时，还可区分有病的人和健康的人；像我们这样的流行病蔓延的话，全体都遭殃，从头到脚，没有一部分可以幸免。因为

① 指1585年新教徒与天主教徒，在波尔多附近离蒙田城堡五里的吉耶纳激烈冲突。

"放纵"像空气，到处乱转，无孔不入，谁都要贪婪地呼吸。我们的军队都只是依靠外人的参与联结一起。那些法国人，就是没法把他们组织成一支常备的正规军。多大的耻辱！还要雇佣兵叫我们看到什么是纪律[①]。至于我们自己，爱怎么做就怎么做，不听指挥，各人我行我素。军内的麻烦比军外的还多。只有指挥官跟从、讨好、唯唯诺诺，只有他一人还服从命令，其余人自由自在，一盘散沙。

我高兴的是看到野心中包含多少怯懦与鄙吝，需要做多少奴颜婢膝的事才能达到目的。但是我不高兴看到的是天性温和、可以主持正义的人在应付和扭转这个混乱局面中天天在烂下去。长期受苦养成了习惯，习惯产生默认与模仿。我们以前也有不少生性邪恶的人，天性慷慨的人并未受到连累。但是如果这种情况继续下去，以后遇上命运要求我们振兴国家时，很难说把这个重任交给谁。

至少不要阻碍这位英雄
奔去拯救这摇摇欲坠的世纪。

——维吉尔

士兵看见长官比看见敌人还害怕，这句古谚语又怎么样了呢？还有那个神奇的故事呢？说一棵苹果树被圈进了罗马军队扎营的围墙内，军队第二天开拔，把那棵树归还给主人，树上美味的熟苹果一个都不少。

我还喜欢我们的年轻人，与其花时间去进行无用的旅行或不光彩的学习，还不如花一半时间去参观由罗得岛一位优秀舰长指挥的海战[②]，花另一半时间去观察土耳其军队的纪律，因为这里面大有区别，远远胜过我们。所以会这样，这是我们的士兵在出征中更加放纵，而他们更收敛、兢兢业业。对小百姓骚扰或偷窃，在和平时期是笞刑，在战争时期是砍头。拿一个鸡蛋不付钱，按军纪是打五十军棍。拿一切非食用的东西，不论多么微小，立即身插木桩处死或斩首。我阅读谢里姆一世的历史时很惊讶，他是有史以来最残酷的征服者，他占领了埃及，大马士革城周围那些花团锦簇的园林，尽管四面开放不设围墙，在他的士兵手里居然丝毫无损。

---

① 宗教战争中，有德国、意大利、西班牙雇佣军参加敌对双方的军队。

② 指1552年希腊的罗得岛被土耳其人占领的一次海战。

在政府中是不是存在一种恶疾，非得用内战这味致死的霸药才能把它根除？法沃尼乌斯说，一国内即使是暴君的王位也不可以篡夺。柏拉图同样不同意为了拯救一个国家，用暴力破坏国家的安定，不主张造成公民流血和倾家荡产的改良，一位好人在这个情况下所能做的是让一切顺其自然，仅仅祈祷神伸出巨掌来扭转乾坤。他对他的好朋友迪昂①好像还不满意，因为他用的是其他手段。

在这方面，我在知道世上有柏拉图以前已经是柏拉图派了。柏拉图由于心地诚挚，有资格得到神的恩宠，穿越他那个时代世人的愚昧，深明基督的教义。如果这位人物也应该干脆被排斥在基督教徒队伍之外，我还是不认为让一个异教徒来教育我们是合适的。不向上帝要求他本份内的援助，又不提供我们自己的合作，这是多么不虔诚。

我经常怀疑，在这么多参与其事的人中间，是否真有一个人理解力那么低下，竟让人说服他现在胡作非为真是在进行宗教改革；我们认为明目张胆作恶必下地狱的做法，对他竟是在走向永福；推翻政府、公众权力和上帝要他听从的法律，肢解母亲大地，抛给宿敌去啃啮她的肢体，使兄弟的心中充满骨肉相残的仇恨，召唤妖魔鬼怪来相助，他就能够贯彻《圣经》中神圣的仁慈与正义！

野心、吝啬、残酷和复仇，本身并不具备天然的暴烈，都要借用正义、虔诚这些光荣的字眼作为火苗，点燃它们。当恶意披上法律的外衣，趁法官无作为时举起道德的榔头，那时才露出事物最丑恶的面目。“以神的利益掩盖自己罪恶的这种迷信，最具有欺骗性。”（李维）根据柏拉图，把不公正作为公正，这是极端的不公正。

老百姓那时就在受大苦，不单是遭受目前的损失。

乡村四面八方，
一片混乱。

——维吉尔

以后还会如此。活着的人不得不受罪，还未生的人恐怕也是这样。老百姓遭到了抢劫，从而我也会被抢劫。他们准备过上好几年的东西都被人

① 迪昂（-407—353），叙拉古摄政，推翻狄奥尼修斯的暴政。

席卷而去，连个希望也不剩。

带不走的战利品一律毁掉，
这伙强人还把可怜的茅屋也付之一炬。

——奥维德

城墙挡不住，田野遭蹂躏。

——克洛迪安

除了这个冲击以外，我还遭到其他的冲击。在这类时代病中我讲究节制也会招来麻烦。我受众人的虐待，吉布林党说我是盖尔夫党，盖尔夫党说我是吉布林党[①]。我的一位诗人朋友说过这样的话，但是我不知道在哪里说的。我家的地位、我跟邻里的来往表现我的一个方面，我的生命与行动表现我的另一个方面。倒也没有正式的指责，因为到底也没有把柄。我从不违法乱纪。谁若要对我进行调查，会发现我比他还清白。这是无声的怀疑，私下悄悄流传，在这兵荒马乱的时代从不缺少嫉妒无能之辈会抓住表面做文章。

我从来采取回避的态度，不进行自我辩解、自我原谅和自我说明，认为为良心辩护会使良心受到连累，这种做法一般也助长了命运中出现对我不利的猜测。“因为事情讨论了才会明白。”（西塞罗）仿佛人人看我都像我看自己那么清楚，我不但对指责不退避，反而迎上去，把它说个起劲。还公开自嘲一番，说俏皮话；要不我就不理不睬不开口，只当这事不值得一提。

于是有人把这当作我过分傲慢自信地表示，对我的怨恨不见得亚于那些把我看作理亏软弱的人。尤其是那些大人物，对他们失敬就是大逆不道，粗暴对待一切公认的、不会低声下气、摇尾乞怜的正义。我经常撞上了这根大柱子。野心家碰上了我身受的种种事，会悬梁自尽，贪婪者也会如此。

我不操心去得到什么。

---

① 原是意大利境内，一个拥护历任教皇，一个拥护历任日耳曼皇帝的政党。在此泛指：蒙田自己在天主教眼里是新教，在神圣联盟眼里是保皇党。

我对自己的拥有很知足，带着它
度过神为我留下的有生之年。

——贺拉斯

盗窃或暴力，这些外界的侵害给我带来的损失，使我像个吝啬成性的病人那么心痛。这种伤害造成的痛苦远远超过损失本身。

各式各样的倒霉事先后接踵而至，如果它们同时簇拥过来，我可能忍受时还更开朗一些。我已经在考虑朋友中间，谁是我老来过苦日子时可以托付的人。我环顾四周，发现自己孑然一身。从那么高处垂直往下坠，必须有两条坚实有力的臂膀才能接住，还要有爱心和家境富裕。这样的人纵使有也很少。最后我认识到最可靠的方法还是让自己照顾自己，解决自己的需要。若受到命运的冷遇，更要依靠自己的眷注，与自己相依为命、悉心呵护。在一切事情上，人都要去依赖别人的帮助，而不寻求自己的帮助；谁善于自我防范，这才是唯一可靠强大的保护。尤其因为没有人想到走向自己，人人都前往别处投奔未来。我认定这些不得已的做法还是有用的。

首先，那些不肖门生，当理性说不通时就必须用鞭子抽，犹如用火和楔子把一块翘木头扳正过来。很久以前我劝诫自己要依靠自己，摆脱外界的事；然而我还是时时眼睛向旁边看，有人行礼、大人物一句美言、一张和颜悦色的脸都使我心动。上帝知道在这个时代这有多么珍贵，有多么重要的意义！我还不皱一下眉头听着人家劝诱我进入商界，而我那么有气无力地推托，看起来更愿意给人争取下海似的。对倔强的人应该用棍棒；对一艘龙骨松动散架的船，必须用大木槌狠狠敲打才不致瓦解，使它严丝合缝。

其次，这场不幸对我也是一场演习，以便应付更大的灾难，这是由于我从命运的眷顾与处世的原则来说，原本以为会居于人后，却没料到居于人前遭受了这场风暴，教育我早早调整我的生活，使之适应新情况。真正的自由是一切都靠自己力量。“最强的人是对自己能要强的人。”（塞涅卡）

在正常的太平时期，只是准备对付一般危害性有限的意外；但是处在我们已忍受了三十年的乱世，任何法国人个别地或是集体地，随时随刻都处在倾家荡产的边缘。从而我们必须用更坚强有力的思想来保持勇气。我们还要感谢命运，使我们生活在一个不是软绵绵、懒洋洋、无所事事的世纪。即使不以其他方法，也可以以其苦难深重而为后人铭记。

我在历史书上很少看到其他国家经历过这样的乱世，如今没法到现场去就近观察也不无遗憾。我的好奇心就是这样，乐意去亲眼目睹这场集体死亡的悲壮情景及其症状与形式。既然我不能推迟它，也就很满意接受命运去观察它和学习它。

因而我们怀着贪婪之心，设法在舞台的阴影和荒唐中去看清人类命运的悲剧性表演。

我们对听到的事并不是无动于衷的，而这些旷古少有的惨事我们倒乐意利用来引起我们的愤慨。动情才会令人伤怀。平淡的叙述犹如一潭死水和一片死海，优秀的历史学家避开不谈，而是回顾叛乱、战争，他们知道我们在那里召唤他们。

我怀疑我是否能够老老实实承认，由于我的大半辈子逢上了国家走向毁灭的年代，我一生中牺牲的安宁还是很少。对于不直接侵害到我的事件所表现的耐性根本不值一提；要自我怜悯的话，我更多看到的不是他们取走的东西，而是他们给我在里里外外留下的东西。

祸害时而再三地窥测着我们，最终都发生在我们周围而没有挨着，这多少也是个安慰。至于公众利益方面，随着我对人的同情愈广泛，这种同情也愈淡薄。这正应了这句话："公众的灾难波及到我们的个人利益，才会让我们感得如同身受。"（李维）我们天生的健康也可自动舒解我们不可避免的烦恼。这是真正的健康，但只是与健康后的生病比较而言的。

我们没从那么高处往下掉。抢劫与腐败堂而皇之成为规则，这是我觉得最不可容忍的。在公共场所抢你，比在树林里抢你更具侮辱性。国家犹如器官综合的躯体，器官一个个腐烂，大多数溃伤部分积病过久，既然治不了也不要求治了。

我在精神上忍受这一切不但平静，而且自豪，依靠精神的帮助，这场倾覆使我振作更多于把我压倒。所以，因为上帝从不降给世人纯粹的祸与纯粹的福，我在那时的健康反比平时好。正如没有健康我什么都做不了，有了健康我只有很少事不能做。它给我机会动员我的全部潜能，伸手拦住祸害不让它走得更远。我发觉凭我的毅力也可跟命运过上几招，把我撞下马来还得费一番工夫。

我说这话不是要触怒命运女神，给我发起更激烈的进攻。我是她的仆人，向她伸出手来，以上帝的名义让她满足吧！我感到她的冲击了吗？那当然。就像愁肠百结的人时而不意遇到有趣的事还是会莞尔一笑。我也能做到依靠自己保持心态平静，驱散眼前烦恼的景象。但是有时不经意间，还是会让这类愁思袭上心头，当我要武装起来驱赶或斗争时，已经把我咬上了。

随后还有一桩更大的灾难降落在我的身上。我家的屋里屋外，传染了瘟疫，比其他地方的瘟疫都要猖獗[①]。因为好身体易生重毛病，健康的人犯病也就不可小看。我这地方非常讲卫生，记忆中传染病即使发生在邻村，也未曾进过家门，现在满地瘴气，产生奇异的结果。

年老年少横尸在万人坑里，
没有一颗脑袋逃过无情的阴世皇后。

——贺拉斯

看到我的房子会不寒而栗，而我又不得不忍受这种荒唐的情境。那里的东西都没有了保护，听凭谁要都可以拿走。我一向好客，却很难为我的家庭找个栖身之地。投奔无门的家庭，令朋友与自己都害怕，在哪里住下都会让人恐惧，只要人群中有一人开始感到手指头发痛，就急忙要搬个地方。把什么病都当做瘟疫，也不思花工夫去辨别。还有意思的，根据医疗程序，谁接近了这个危险的病也有四十天潜伏期，这期间胡思乱想也能把你弄得忧心如焚。

如果我不用为其他人的苦难担忧，不用千辛万苦六个月给这支骆驼队当向导，那些事对我心头的冲击就会好得多。因为我心中有防治药，那就是决心与忍耐。处在这样的困境中最忌讳的就是恐惧，这倒不大困扰我。我若单身一人，最可能做的就是轻松自在，远走高飞。死得快，昏晕中没有痛苦，看到当前局势感到无憾，没有仪式，没有哀悼，没有人群参加葬礼，这样的死我觉得也不算最坏。至于邻近地区的民众，连百分之一也没有逃过灾难：

牧羊人的王国荒无人烟，
到处空张着猎人的罗网。

——维吉尔

① 据吕尔布《波尔多编年史》记载，1585年6月—12月，波尔多死于瘟疫人数达一万四千人。

我在这个地方的最大收益来自手工劳动，原先一百人给我干的活已经停顿长久了。

我们从这些人的纯朴中，看到了如何值得仿效的决心呢？一般来说，谁都不再关心生活。让本地的主要产品葡萄空挂在葡萄藤上，漠不关心地准备和等待今晚或明天死亡到来，面貌与声音都很少显出畏惧，使人觉得他们已跟现实妥协，认识到谁都劫数难逃。死亡总是如此。但是面对死亡的决心又多么会动摇？几小时的距离与差别，想到有谁陪伴，都会使我们的畏惧发生变化。

且看这些人：老少妇孺能在同一个月内死去，他们就不再惊慌，就不再哭泣。我见过有人只担忧留在最后处于可怕的孤独中，共同关心的是葬身之地。他们不高兴看到自己抛尸乡野，给满地的野狗吞食。（人的思想差异何其大。被亚历山大征服的尼奥利特人，把尸体抛至森林最深处喂野兽，他们认为这是唯一的幸福墓地。）有人健在时已开始挖自己的坟，有人活着时就往里面躺。我的一名长工快要死时四肢并用往身上扒土。这不是让自己关进里面躺得更舒服吗？说到这件事的高明，谁都不能与罗马士兵相比，在坎尼一战全军覆没后把头钻进自己双手挖空和填满的洞里，要把自己闷死。

总之一句话，整个民族此时实际上已卷进时代滚动的轮子，其僵硬态度不逊于经过深思熟虑后表现的决心。

大部分励志类教育都是花样多、力量少；表面文章多，实质内容少。自然指导我们顺利安全，但我们放弃了自然，却要去指导自然。可是在质朴无华的乡下人生活中还保存着自然教育的痕迹，以及受惠于无知而遗留的淡薄形象。学问不得不天天求之于乡野，以它作为坚定、无辜与沉静的楷模教育弟子。这就很有意思地看到那些博学之士必须模仿平易稚朴，必须学习基本德操；我们的智慧要向动物学习我们生活中最重要、最必要的实用课，如我们应该怎样生与死，管理我们的财富，爱护和扶养我们的孩子，维护正义——这对人类的疾病也是一个奇异的证明。还有这份理智对着我们指手画脚，总是反复好变，更把自然的最后痕迹抹得一点不留。

人对待自己的理性，犹如香料师配制香油。他们给理性掺进许多外来的论据与推理，弄得成分复杂，变来变去，各人一套，失去了它原来稳定普遍的面貌，让我们必须到动物身上去寻找证据，这个证据是不会屈服于恩赐、腐败和意见分歧的。

虽说动物并不总是切切实实走在自己的自然之路上，但是走偏也是微乎其微，始终可以把辙道辨别出来。也像牵在手里的马，虽又跳又蹦，总不超越缰绳的长度，还是跟着赶马人的步子走。也像鸟要飞，但冲不出樊笼。

“多多思考流放、酷刑、战争、疾病、海难事故……免得遇到了手足无措。”（塞涅卡）操心人在自然中的种种祸害，辛辛苦苦防范以后未必会触及我们的灾难，这样的好奇心对我们又有什么用呢？“可能发生的痛苦与痛苦本身，对于受过痛苦的人都一样痛苦。”（塞涅卡）棍棒会袭击人，风与屁也会袭击人。

就像头脑发烧的人——因为这确是发烧——由于迟早有一天可能逃不过这样的命运，现在就先让人鞭子抽上一顿？在仲夏圣约翰节穿上你的皮袍，就因为在圣诞节你也总得穿上？他们说：“投身去体验你会遭遇到的痛苦，甚至是最大的痛苦：体验与坚定信心。”

要不，最方便、最自然的方法就对这一切不思不想。它们来得不会那么早，它们痛得不会真正很久，我们在精神上应该看得淡，看得轻，事前把它们吸收，相处，不然它们不会理性地压在我们的感觉上。有一位哲人，他不是温和派，而是最严格派①，说：“痛苦来了会很沉重。那就善待你自己；相信你最喜欢的事。提前迎接和思考你的厄运，害怕未来而失去现在，以后会苦而现在先苦了起来，那对你又有什么好处呢？”这是他说的话。知识对我们大有裨益，能让我们明白痛苦到底有多大多小。

> 忧虑让人思想敏锐。
>
> ——维吉尔

如果我们感觉不到和认识不到痛苦的大小，那就倒霉了。

对于大多数人来说，准备死亡肯定比感受死亡更折磨。从前有一位非常有见识的作家确实说过这样的话：“想象比感受更影响我们的五官。”（昆体良）

死在眼前的这种感觉，有时使我们奋起，骤下决心不再躲避不可避免的事。古代有许多角斗士经过一场畏首畏尾的格斗后，却勇敢地接受死

---

① 指塞涅卡。

亡，向敌人伸出咽喉，请他用剑来刺。看着死亡来临，需要一种缓慢的也就是难得一见的坚定。

你若不知道死亡，不要担心；到时候大自然会教你怎么做，四平八稳；这件事该怎么做就会给你怎么做；不用你操劳。

人啊人，要知道死亡的时辰
与离去的道路，这都是徒劳！

——普罗佩提乌斯

突然遭受猝不及防的不幸，
没有长期胆战心惊那么难受。

——马克西米安

我们为死操心扰乱了生，又为生操心扰乱了死。前者使我们烦，后者又使我们怕。我们做准备不是为了对抗死，这是太短暂的一件事。一刻钟无危害、无后果的苦难，不值得为之讲什么大道理。说实在的，我们做准备是对抗死的准备。

哲学敦促我们眼里要看到死亡，在时间到来以前要有预见与考虑，要我们根据规则与预防措施做到自己不被这个预见与想法所伤害。这岂不是医生的这种做法，先把我们弄病了，然后在我们身上表演他们的医术与使用他们的药物。如果我们不曾知道如何生，却教我们如何死，歪曲这一切的结局，这有欠公义，如果我们以前知道稳定平静地生，我们也会知道以同样方式去死。

他们可以随自己的心意夸夸其谈。“哲学家的一生是对死亡的默想。”（西塞罗）可是我认为死亡是生命的终结，不是目的。这是它的结局，它的极点，不是它的目标。生命应该有其自身的志向、意图。研究的正题是自律、自修与自足。安身立命这个总课题之中还包含其他许多必修课，其中就有这个理解死亡；原本是属于轻松的话题，如果我们不自扰来使它沉重的话。

从实用与朴实真诚来说，提倡做人简单的学说并不比提倡做人博学的学说差，还正相反呢。人的情趣与力量各有不同；应该按照他们的实情，通过不同道路引导他们走向美好。

暴风雨不论把我抛到哪个岸边，
我像主人那样在上面走。

——贺拉斯

我从未见过我家邻近的农民，苦思苦想以怎样的态度和镇定度过他们最后的时刻。大自然教导他们到了临终时再想也不迟。在这件事上他们比亚里士多德更加潇洒；死亡对亚里士多德构成双重压力，一是死亡本身，二是他年纪轻轻想到死亡。而恺撒的意思是最不去想的死亡是最快乐与最无压力的死亡。“在必要痛苦以前就痛苦，实在是痛苦得超过了必要。”（塞涅卡）

想象力之所以厉害是来自我们的好奇心。我们要超越与调整自然规则，这样也妨碍了自己。只有那些书呆子身强力壮时想到死亡就胃口不佳，皱紧了眉头。普通人只有在死亡袭击时才需要治疗与安慰，感觉多少关心多少。我们不是说普通人鲁钝，不知害怕，使他们对当前的痛苦很有耐性，对今后不幸的意外压根儿就没想过吗？还说他们的心灵愚拙迟钝，不可理解，缺少反应吗？要是果真如此，上帝啊，让我们今后以愚笨为师。它循循诱导它的弟子去得到的，就是知识许诺给我们的人生至宝。

我们不缺乏优秀教师，他们是自然质朴的表述者。苏格拉底便是其中的一位。因为我记得，他对握有生杀大权的法官说的大致是这个意思：

“大人们，我若请求你们别让我死，只怕我会被原告的诬词缠住不放，说我对于天上地下的事略知一二，装得比别人都精通。我知道我既不接触死亡，也不认识死亡，也没有见过谁对死亡的实质有过经验要来教育我的。

“那些害怕死亡的人，其前提是认识死亡。至于我，既不知死亡是何物，也不知道另一个世界情况如何。死亡可能是件不痛不痒的事，也可能是件值得庆幸的事。（若只是转移到另一个地方，则应该相信，跟那么多过世的大人物一起生活，不再跟贪官污吏打交道，这还是好事。如果这是我们生存的消失，进入一个宁静的长夜，这也是好事。我们在生命中，还有什么比宁静、深沉、无梦的睡眠与安息感觉更甜蜜的呢。）

“我知道的那些坏事，譬如冒犯别人，不服从前辈，不论是神或人，我小心翼翼不会去做。我不知道是好是坏的那些事，我就不知道害怕……

“如果我去死了，而你们活了下来，只有诸神会看到你们还是我将来会活得更好。因而关于我，你们爱怎么决定就怎么决定。但是根据我劝人做事公道有益的原则，我要说的是，你们在我这个案件中没有比我看到更多的内情，为了你们的良心还是把我放了吧。根据我过去在公私两方面的行为，根据我的意图，根据那么多老老少少公民天天从我的会话中得到的教益，我给你们大家带来的好处等等因素来考虑，你们要对我的功德作出相应的判决，那就是由于我没有财产，雅典议院常务会应该用公帑把我养起来——经常我看到别人还没有这样充分的理由时你们就这样做了……

“我不会像常人一样向你们苦苦哀求讨饶，别把这个态度当做固执或轻蔑。我有朋友和亲戚（如荷马说的，我像别人一样不是从木石中生出来的），他们也会泪流满脸前来哀悼，我有三个孩子会哭得你们唏嘘可怜。我素有智慧的雅名，到了这个年纪竟成了阶下囚，如果我再低声下气、卑躬屈膝，会让我们的城市蒙受耻辱。人家对其他雅典人更会怎样说呢？

“我总是告诫那些听我说话的人，切切不可忍辱偷生。在我国战争时期，在安菲波利，在波提德，在德里姆，在其他我去过的地方，我在事实上已说明我绝不会干耻事保证自己的安全。此外，我会连累到你们的责任感，诱使你们做坏事；因为我不用祈求，而用入情入理的正义感来说服你们。

“你们曾向神宣誓要遵照法律办事，现在看来该是我要怀疑你们，指责你们不相信有神的存在。此刻我要作证控告自己，以前没有像我该做的那样信任他们，猜疑他们的引导，也就没有把我的事完全交到他们手里。现在我一切都信任，还确信他们会按照对你们、对我最适合的方法去做。好人不论生前与死后，都不用害怕天上的神。”①

① 这是蒙田用自己的语言概括《苏格拉底的辩护词》的意思。

以上不就是一篇简明扼要的诉状吗？平易通俗，却出众的高傲，真诚、坦白、论理恰到好处，是其他文章难以企及的！苏格拉底选用这一篇而舍弃另一篇是有道理的。另一篇是大演说家利希亚斯为他写的，满纸精彩的法律用词，但是不配用在这么一位高贵的犯人身上。

谁曾从苏格拉底嘴里听见一句哀求的话？这种崇高的品德在最需要表现的时候会销声匿迹吗？他天性丰富坚强，会用花言巧语为自己辩护吗？在他经受最大考验时，会放弃他特有的纯朴语言，而用别人演说辞中的陈词滥调来装饰自己吗？他做得非常聪明——这才像是他一不为了让自己衰弱的生命延长一年，去败坏生命中不可败坏的内容和人间那么一个神圣的形象，使这个光荣的结局不能在人们记忆中流芳百世。他的一生不是为自己，而是为人间树立楷模。他若毫无作为、默默无闻结束一生，岂不令世人抱憾？

对自己的死亡竟抱有那么随便豁达的想法，当然值得后世对他更加景仰。事实也是如此。命运为了成全他而做的事，就是法律也没有那么公正。对那些造成苏格拉底死亡的人，雅典人恨之入骨，见到他们像逐出教门的人那样躲避；他们接触过的东西都是污秽的；没有人愿意跟他们在同一个浴室洗澡；没有人跟他们打招呼和来往；以致最后他们实在无法忍受公众的憎恨，上吊自尽了。

如果有人认为要说明我的文章主题，苏格拉底有那么多的言论可以供我选择，而我却不恰当地选择了上述言论，如果他又评论说这句话超出了大众的看法，我是有意这样做的。我的评论与此不同，我坚持认为这些话在品位与质朴上要落后和低于大众的看法。它不事粉饰，天真大胆，幼稚自信，表现了天性率直和浑然无知。因为我们生来害怕痛苦，但不会因死亡而害怕死亡，这是可以相信的。死是存在的一部分，在本质上不亚于生。由于死亡对于万物的嬗变衍生是不可或缺的，它在这个宇宙大家庭中带来的诞生与繁殖要多于失去与毁灭，大自然又为了什么要我们憎恨和害怕死亡呢？

宇宙就是这样更新换代。

——卢克莱修

一个死亡激活千个生命。

——奥维德

一个生命的衰落是其他千万个生命的通途。大自然传给动物自我照料与保存的本能。它们甚至还会害怕情境恶化，冲撞和受伤，害怕我们捆绑和殴打——这些都是它们所能感觉与经验的事故。但是，它们不可能害怕我们宰杀，也没有这个天分去想象和思考死亡。有人还说什么，看到它们不但高高兴兴去死亡（大部分马在死亡时嘶鸣，而天鹅在死亡时唱歌），还出于自身需要而去找死，大象就有不少这样的例子①。

除此以外，苏格拉底在这里使用的辩论方式不是既简明又奋勇的表现吗？说实在的，说话与生活像亚里士多德和恺撒那样容易，像苏格拉底那样就难。这里面包含极致的完美与难度，人工决不能达到这一点。我们没有把天赋往这个方向训练。我们对此不试验也就没有认识。我们借用其他人的特长，却搁置了自己的潜能。

有人可能说我只是搜集了一大堆别人培育的花，自己只是提供一条绳子把它们捆在一起罢了。诚然，我迁就大众的意见，借用一些装饰物放在我的书里。但是我并不要这些装饰物把我自己也遮盖得看不见了。这与我的意图是相悖的，我只愿展现自己的东西，天性带来的东西。我若按照自己的本意去做，就很可能始终是在自说自话。由于时局的变迁和其他人的撺掇，我使用别人的话一天比一天多，超过了我的想法与最初格式。我也相信这不适合我，也没关系，可能对别人是有用的。

有人引用柏拉图和荷马，却从来没看过他们的著作。我也援引许多话并非从他们的原作而来。在我写作的这个地方，身边有上千卷书，不用费力也不用费心思，高兴的话现在就可从十来位这样的抄书匠借用原话来补缀这篇《论相貌》，但这些抄书匠的书我很少翻阅。其实只要某位德国人的卷首诗简，就可以在我的作品里填满引语。这样我们就可以蒙着这个愚蠢的世界沽名钓誉。

许多人就是罗列这些陈词滥调，炮制他们的论文，这也只能用于平庸的课题；对我们不起指导作用，只显出是知识结出的歪果子，苏格拉底以此对欧提德莫斯冷嘲热讽了一番。我还见过有人对自己从未研究或理解的

① 西方古代一般否认动物跟人一样有理性，然而罗马人相信在角斗场里大象有时甘愿去死。

东西写书，作者把课题拆散分发给他的各位学者朋友去研究，他本人自己只管策划，巧妙地把这捆货色编纂成册；至少油墨与纸张是他出的。这实在是买书或借书，而不是写书。这还在告诉人的是：不是你会写书——这点人家早已怀疑一而是你不会写书。

一位法院院长在我面前，夸口说他在一份法院判决书中堆砌了不下两百句引语。他逢人便说，我觉得这对他的名誉只会有减无增。这么一位人物，吹嘘这么一桩事，依我看来真是低俗荒唐，自鸣得意。在众多的引语中，我信手就可拈来一条，把它改头换面派上新的用场。这样难免有人说我没有弄懂引语的原意，经我巧手一处理，倒使它们不像是纯然外来的了。有些人把他们的赃物供人观看，落入自己账内，他们在法律上倒比我更有诚信度。我们这些自然学派认为原创的荣誉高得绝不是引用的荣誉所能比拟的。

如果我说话要旁征博引，我就会早说。我会在学习时代过后不久就说，那时更机智、更有记忆；我若愿意以写作为生，也会相信年富力壮时的活力。此外，命运使我有幸在完成的这部作品，也可以逢上创作力更旺盛的年代[①]我的两位熟人，都富有文才，在四十岁时就是不愿意写，偏要等到六十岁动笔，以我看来他们的才气已丧失了一半。壮年如同青春皆有其自身的缺陷，而且还更严重。老年也然，既不适合其他工作，也不适合写作。谁要从年老昏庸的头脑里去挤东西，又希望它发出的不是迷迷糊糊如同梦呓的衰气，他就是在做傻事。我们的才气随着年岁的增长艰涩和停滞。我说到无知时话很多很神气，说到知识时则可怜巴巴无言相对。说无知重点突出，说知识则鸡零狗碎，附带几句。我恰好是空谈以外还是空谈，不学无术以外还是不学无术。

我选择了这个时间，要描述的人生还一览无遗地展现在我面前，留下的岁月则更属于死亡。只是指我的死亡，要是我跟它照面时它像别的那样喋喋不休，我还是很乐意在搬家时给老百姓提出一些浅见。

苏格拉底在各种高贵品质方面都是完美的典范，但我很恼火他继承了一副那么难看的形体和相貌，就像人们说的，他的体态外貌同他的心灵美真是判若云泥，但是他对美又这样情有独钟。大自然对他太不公正。本来形神一致形神相溶是比其他的任何东西都更加具有可能性的。“处在怎样

① 1572年，蒙田近四十岁，才开始写这部《随笔集》。

一个身体里，对于心灵是非常重要的：身体的各种作用可让心灵敏感，其余的作用则让心灵迟钝。”西塞罗谈的是一反常态的丑陋和四脚的畸形，但是我们却把主要表达在脸上的乍一看不讨人欢喜的东西也叫作丑陋，它们大多位于脸上，并且常常只是出于一些小原因才招致我们嫌恶：譬如脸色、斑点、粗鄙举止还有在整齐完好的肢体上出现的某些难以解释清楚的因素。拉波埃提人丑而灵魂极美，他的丑陋就属于这一性质。这一表面的丑陋虽然十分严重，对于人的精神状态损伤却比较小，并且在人们的观点中并不发生确定的效果。另外一种丑陋，其更加确切的名称叫畸形，则是更加实质性的丑陋，这种丑陋常常对人的打击更加深重。显露脚形的并不是一切闪光的皮鞋，而是所有鞋形好的鞋子。

苏格拉底在谈到他形体和相貌上的丑陋时曾说，假如没有人为他纠正他的丑陋，他的丑陋一定会在他的心灵上准确显露出来。但是我认为，依据他的习惯，他说这句话是在开玩笑。美好的心灵从来不是天生的。

对于我如何推崇美这样一种美好而又强有力的品质，我怎么说也不够。坎特·库尔斯把美丽称作短期的霸道，柏拉图则称之为自然的特权。世界上没有什么东西的声望超过美的声望。美在人们的交往之中占据首要的位置；美先声夺人，美用极大的权威和它给别人的绝妙印象引诱我们并且影响我们的判断。弗里内假如不曾解开她的长裙，以她那光艳夺目的美腐蚀了那些法官，她的上诉就会在一个优秀的律师手中败诉。我觉得居鲁士、亚历山大和恺撒这三个世界的主宰在营造他们的伟大事业的时候也并没有忘记美。大西庇奥也是这样。在希腊语中，美和善包含在同一个单词里。圣灵常常把他觉得美的人叫作好人。一支由古代某个诗人谱写的柏拉图觉得家喻户晓的歌对于财产排列的次序是：健康，美丽，富裕；我自然支持这样的次序。亚里士多德说过，指挥权属于俊美的人，当某些人的俊美已经接近诸神的雕像时，他们也同样应该受到崇敬。有的人问他为何人们同俊美之人的交往更加频繁并且时间更加长时，他说道：“这个问题只应该由盲人提出来。”大多数哲人都最伟大的哲人都凭借他们的俊美、交学费得到智慧。

不仅在那些服侍我的人身上，在牲畜身上也一样，我觉得他们的美和善非常接近。所以我认为脸部的线条、表情以及轮廓有助于判断某些内在的气质和未来的命运，它们好像并不直接也不纯粹属于美和丑的主题，就像香味和清新空气不一定都可以保证人的健康，瘟疫流行的时令，空气的恶浊和臭味也不一定都像传染疾病一样。那些指责女人的品行和她们的美貌背道而驰的人并不一定都是有道理的，由于线条并不很端正的面庞能够有正直忠诚的神气，反之，我有的时候在美丽的眉目之间却看出让人害怕的狡诈并且危险的本性。有让人产生好感的外貌存在。在众多获胜的敌人中间，你很快就会在许多陌生人中，选出这一个而不是那一个，以交付自己的生命；但你做出如此选择并不一定仅仅考虑了对方的美丑。

外貌是一种不牢靠的保证，不过它仍然值得考虑。假如我有必要鞭打恶人，我鞭挞得最厉害的将是违背和背叛了自然显现在他们脸上的承诺的人：我惩罚外表温厚的狡诈者更加严厉。有的相貌好像是福相，另外一些相貌却表现出福薄。我觉得，需要有某种技巧才能区别仁厚相貌和蠢相，区别严肃相貌和粗犷相貌，区别狡诈和善良的狡黠，傲慢和阴郁还有诸如此类的相似的品质。有些美不仅傲气，而且尖刻，而另一些则温柔甚至寡淡。用相貌预见未来的命运，这是正待我解决的问题。

正如我在别处所说，在与我相关的部分，我简单而直接地采纳了这句古老的格言：我们不能够疏于跟随大自然，最灵敏的格言就是“顺应自然”。我没有像苏格拉底那样用理性的力量改变我的天生品质，也没人为他打乱我的爱好。我从来不和什么事物过不去。我出类拔萃的两部分（指身体与心灵）都生活得心满意足，和睦协调，但是，感谢上帝，我饮食中的牛奶质量还不错，水掺杂得不算多。

我是不是顺便说一下：有一种经院式道德观念，只是流传在我们之间，在希望与恐惧的压力下权作为格言使用，被我捧得过高了？我喜欢的不是由法律和宗教创造的，而是人性完善和认同的品德。任何天性正常的人身上都有这种普遍理性的种子，无需外界的帮助就会生根发芽，茁壮成长。

这个理性防止苏格拉底去做坏事，要他服从在他的城邦发号施令的人与神，英勇就义，并不是因为他的灵魂是不朽的，而因为他是个会死的凡人。劝人说宗教信仰不需要道德的帮助，自身足够去伸张神的正义，这种学说对于任何制度都是毁灭性的，易致伤害，而又不够巧妙严密。从人生实际上来看，虔诚与良心存在极大的差距。

我的容貌不论其本身和在别人看来都还产生好感，

我说了什么？我现在是！不，克莱梅斯，以前是！

——泰伦迪乌斯

可惜啊！身上只见骨头不见肉了。

——马克西米安

跟苏格拉底的外表完全相反。经常遇到这样的事，一些与我素不相识的人，仅仅跟我照过面和看到我的神气，不论在他们的事情还是在我的事情上就对我十分信任。在国外时也获得少见的礼遇。还有两件事或许也值得一说。

某人有意对我的家庭和我进行突然袭击，他的伎俩是只身来到我家门前，紧急要求进来。我听到过他的名字，对我也提供了一个时机把他看作是个邻居，也多少是个亲戚那么信任他。我像接待别人那样下令给他开了门。他在那里惊魂不定，他的马喘着大气，几乎脱了力。他给我编了一个故事：

“离我家半里地他遇上了一个敌人，那个人我也认识，也曾听说他们吵过架。这个敌人在他身后紧追不舍。狭路相逢使他十分慌张，人数上又居劣势，他就逃到我家门前求救。他为自己的人十分难过，他相信不是死了就是被抓了。”

我这人一片天真，试图安慰他，叫他放心，请他休息。片刻以后，他手下的四五个士兵也来了，同样惊慌失措，要求进来。接着又来了几个，都全身武装，竟有二十五到三十个，都装得敌人就在身后面紧迫似的。这样的怪事开始引起我的怀疑。我不是不知道在我生活的那个世纪，我家的房屋多少叫人看了眼红，我熟人中有好几人也都遭此厄运。

此时，看到自己既然已经欢迎光临，若半途而废不会有什么好结果，要摆脱他们不可能不玉石俱焚，我索性采取最自然简单的做法，像我一贯的那样，吩咐请他们进来。而且事实上，我这人天生不会怠慢和猜疑。我更愿意宽容和温情地考虑动机。我按一般的道理待人；若没有确凿无疑的证据使我无法回避，我不相信这些邪恶、丧尽天良的禀性，也不信恶魔与神迹。此外，我这人乐意由命运安排，不顾一切投入它的怀抱。

直到此刻为止，在这方面我有更多的机会自我庆幸，而不是自我怨叹。命运对待我的事比我自己还想得周到，还友善。我一生中有些事的处理可以说极为棘手，或者也可说极需谨慎。即使这些事也应该说三分之一靠的是我，三分之二全靠的是命运。我觉得，我们彷徨，是由于我们对天不够信任，又常常邀天之功据为己有。于是我们的计划经常走上歧途。人的智慧加强也就扩大了权利，这损害了天的权利，因而引起天的嫉妒；我们增加多少，天也要删除多少。

这些人骑马待在我的院子里，他们的头领和我在客厅里，他不愿把马牵到马厩里，说有了手下人的消息立即告辞。他看到自己已经控制了局面，只待下令动手。事后他常说——因为他也不怕提起这件事——是我满脸坦诚的神气使他不好意思干事不仗义。他重新上马，他手下人眼睛死死盯着他，看他作出什么信号，看见他出大门，放弃这块到手的肥肉大为惊异。

另有一次，我们的军队宣布了不知什么停火令，我信以为真，出门去旅行，经过一个特别敏感地区。风声传了出去，立即有三四支马队从不同地方来追我。其中一支队伍在第二天追上了我，约十五到二十个蒙面贵族向我冲来，后面还跟随一群弓箭手。我当了俘虏，投降，被他们拉进了邻近的树林深处，马也丢了，钱袋也掏了，箱子也搜查了，钱柜也被抢走，马和马具都分给了新主人。我们长时间在丛林里对我的赎金数目讨价还价，他们把我开价那么高，可见他们并不知道我是谁。他们还为我的生死问题激烈争论起来。说真的，有好几次使我处于岌岌可危的境地。

埃涅阿斯，你需要勇气，也需要冷静。

——维吉尔

我始终坚持我在停火令期间享受的权利，可以给他们留下他们已在我身上搜查到的财物，这数目已经很可观，不答应还付其他赎金。我们在那里待了两三小时后，他们要我骑上一匹绝不会脱逃的马，由十五到二十个火枪手专门押送我，把我的仆人则分散交给别人，命令各人带了俘虏走不同的大路，而我已被带到两三个射程以外的地方：

已经向波吕丢刻斯和卡斯托尔求救。

——卡图鲁斯

这时他们中间突然出现了意想不到的变化。我看到他们的头领回头向我走来，言语温和，还费心在队伍中寻找已经失散的财物. 能找回多少还给我多少，连那只钱柜也在。

他们给我最贵重的礼物当然是我的自由，其他一切我那时候都不在乎。没有明显的触动就回心转意，而且在那个时代这种经过深思熟虑的掠夺，也因屡见不鲜而成为正常的了（因为我一开始就向他们宣称自己属于对立哪一派，正在走的是条什么路），还有那种奇迹般的幡然悔悟我实在不知道这其中真正的原委。

最活跃的那个人还卸下了面目，向我报了名字，那时跟我说了好几遍，我获释全亏了我的相貌，谈吐自在坚决，说明我这人不该遭受这类暗算，向我保证不再会发生这样的事。可能的是神的慈悲，利用这个虚妄的工具来保存我。神的慈悲还保护我第二天逃过了那些人提醒过我的更凶险的埋伏。

后一个人至今还活着可以给这件事作证。前一个人不久以前已被杀害。

即使我的相貌不能为我担保，大家也可以从我的眼神和声音察觉我这人心田单纯，不然我口无遮拦，想到什么说什么，对事物的看法也冒冒失失，就不会那么久以来未跟人有过口角和仇隙。我那样做法很有理由在人看来不文明和不合礼仪，但是我还没看到有人认为是放肆和恶意，也没有谁从我嘴里听到这话而对我的随便感到恼火。

话经过一传，就变了调，变了意思。因而我不恨什么人，我没有胆量去冒犯人，从理智出发也不会这样去做。当我受邀有机会去给罪犯定罪时，我宁可不去出庭表态。“我愿意大家不犯错误，但是错误犯了我又没有勇气惩罚。”（李维）

据说有人责备亚里士多德对一个坏人过于讲慈悲。他说：“我确是对那人讲慈悲，但对坏事不讲慈悲。”一般的判决都因罪行的恶劣而义愤填膺要复仇。这事使我对判决不热心：对第一次谋杀的憎恶使我害怕发生第二次谋杀，对第一次残酷的痛恨使我痛恨对此事的如法炮制。

我只是一介平民，谈到斯巴达国王查理吕斯[①]的话也可用在我身上："他不会是好人，因为他对坏人不坏。"或许还可这样说，因为普鲁塔克对这句话，就像对其他事情，都有正反两种不同的说法："他一定是个好人，因为他对坏人也好。"由于我不喜欢用合法手段去办理那些已有悔意的人，所以，说真的，对于认罪的人，我也很少犹豫用非法手段去开脱。

13 论阅历

没有任何欲望比求知的欲望更顺理成章的了。我们试着应用一切可以获得知识的方法。当理智不够用时，我们还拥有经验。

> 丰富的实践积累了经验，
> 从而获得知识，例子引导真理。
>
> ——马尼利乌斯

经验是一条有缺陷而不值得重视的途径；但真理这样的大事，我们不能放弃任何可以指引我们通向真理的道路。理智的形式多种多样，让我们犹豫其间不知道如何取舍，可是经验的方式也不一定会少。想从相似的事物当中获得结论的把握不大，因为它们总是暴露出不同的那一面。若说事物的本质里还有什么共性的话，那就只有它们互不相同，各有千秋。

无论是希腊人、拉丁人还是我们在举例说明相似性的时候，都认为以鸡蛋的相似性为例是最完美的[②]。可是也有人，特别是那个德尔斐人[③]，居然分辨得出两颗鸡蛋的不同之处，而且绝不会将两颗鸡蛋认错。虽然他养了很多母鸡，可是还能知道哪枚蛋是哪只鸡生的。

---

① 据《七星文库·蒙田全集》注，普鲁塔克在《利库尔戈斯传》里，说这话的是斯巴达国王查理劳斯（Charilatüs），不是查理吕斯（Charillus）。

② 法国俗语"如两只鸡蛋那么像"。

③ 据《七星文库·蒙田全集》，应是西塞罗著作中提到的德洛斯人。

相异性自己会来干预我们的作品：任何艺术都不可能达到完全相似。扑克制造商贝罗泽曾经说过任何人都不可能把扑克牌的背面做得没有一点瑕疵，可以让赌徒们的眼睛在盯着发牌的时候辨别不出来。相似都不会完全一样，相异必然完全不同。大自然必定只能造出相异之物。

查士丁尼一世皇帝的某些看法我并不太认同，他的《国法大全》用大量的法律规则让法官们的工作简便易行，以便遏制法官的权力。可是他没有见到法官们依照自己的方式依然拥有同样的自主空间来解释法律。他们还嘲笑呢，挪用《圣经》上很明白的话来提醒人们，用来终止言论。特别是在我们的思想审视别人的思想和表达自己的观点的时候都显得同样宽广，好像曲解并没有谎言那样卑劣。

我们发觉这位立法者完全弄错了。事实上，法国的法律条例比世界其他国家的总和还要多，用来解决伊壁鸠鲁的原子世界都富余，“从前是丑闻，今日是法律，都是人间的祸害。”（塔西佗）我们听从法官的观点和决定，在这之前还从没出现过这么夸张的没有约束的自由。挑选十万件不同的案例，就要用十万条不同的法律条例，我们的立法官们，这样的做法又有什么结果呢？

这样的数据与人类无数丰富多彩的活动全然不成比例。我们的法律即使是成倍地增加也无法跟上不断变化的案情。就算我们把法律条例的数目再乘以一百，在以后所发生的案子中也不会碰到一件和我们今天筛选归档的千万案子完全吻合，它具备的特点和差别需要在判决时采取不同的方式方法。

我们的行为总是在变化，与固定而一成不变的法律有关联的行为甚少。最让人期待的法律还是那些条文最少、最简单、最笼统的法律；我觉得，像我们这儿这么繁多复杂的法律，还不如没有的好。

大自然为我们制定的法律远远比我们自定的法律自在。诗人将那些我们看到的没有其他法规约束的民族的生活状态描述为黄金时代，就是最好的证明。有的民族在审判案件时，是请第一个走进他们山岭的过路人当法官。还有就是在集市那天，选出一个赶集的人，当即把一切案子都审完。让最贤明的人根据情况和观察到的事实，而不必非遵循先例和制作案例，把所有案件都一次审完，这有什么不对吗？正可谓什么样的钥匙开什么样的锁。

曾经，西班牙斐迪南国王派移民去西印度时，做出一项明智的决定，不许带学法律的学生去，担心这个新世界从此有不停地诉讼，因为这门学科的本质就是争吵与分裂的根源。柏拉图说得没错，法学家和医生都是国家的祸害。

为什么我们的日常用语，在其他用法里顺畅自然，可一进入合同和遗嘱就变得晦涩难懂？一个人无论是口头还是书写都可以表达得非常明白，可为什么一旦法律上有什么说法就又会引起动摇与怀疑呢？或者是精于此道的律师字斟句酌，用词谨严，下笔圆滑，斟酌每个音节，严格挑选词汇的字面意义，仿佛话中有话，好像有所指又无所指，称不上任何语言的规则，叫人不知所云。“一切分裂成了尘土，也就难于分辨了。”（塞涅卡）

谁曾见过孩子想把一整块水银分成小块来计算数量的？他把水银挤得越厉害，越是想按照自己的愿望逼它就范，这种不爱被约束的金属就越是向往自由，缩小分散，躲开他的逼迫，变成一粒粒水银珠。同样，将难以捉摸的东西分得细而又细，等于是在教人增加怀疑；使大家混淆困难，增加纷争。将问题扩散又细分，这使得世界上的冲突接连不断，显得不安宁。就像泥土，翻得越深越细，庄家长的越好。“科学制造了纷乱。”（昆体良）我们曾经怀疑罗马法学家乌尔皮恩，现在又在怀疑巴尔道吕和巴尔杜斯。这些不胜枚举的意见分歧的痕迹应该一笔勾销，不要将它遗传给后世人。

我不知道该怎么说，但是我们可以根据经验认为，过多的解释分散了真实和情节。亚里士多德写文章的目的是让人理解，如果他都做不到这一点，那别人就更做不到了，因为他在讲述自己的想法，别人在看的时候怎么可能比他更了解呢。我们打开容器里的物质，稀释搅和并加以扩散；我们把一件事分解成一千件事，又添加又细分，掉进了伊壁鸠鲁的无限原子理论中。

两个人对同一事物的判断绝不可能一样，我们也不可能看到两种意见会一模一样，就算是同一个人在不同时间的结果也不会一样。一般的，评论家们都不屑评论的事我会对之怀疑。所以我更容易在平地上摔跤，就像有的马在康庄大道上也会失蹄。

谁不会说注疏者增加了不稳定和无知，既然不论哪部关于人和神的书，整个世界都忙着阐释，到头却依旧没提出解决难题的解释。当第一百位注释者把书交给下第一百零一位时，那是一本令人棘手的、积累了重重难点，又没有被第一位注疏者发现的书。什么时候我们才能一致认为这部书的注解已经足够了，再也用不着对她解释什么了呢？

这样的情况在打官司的过程里更加明显。我们将法律的权威委托给了无数饱学之士，做出无数裁决，也得到了无数的阐释。我们是不是就会找到最合适的答案而不再需要更多的阐释了呢？是不是有了些许进步就更接近太平时代了呢？是不是应该在繁多的法律还处在初级阶段的时候少动用一些律师和法官呢？相反，我们误解了其中的真意，我们放任它，不去考究它，只是听任了阻碍与障碍竖在眼前。

人们一味地东张西望，四处寻求却认识不到自己精神上的天然缺陷，不停地在原地打转，不断营造又不断陷入自身的劳作，就像我们作茧自缚，直至窒息而死。“老鼠掉进了松脂堆。”（拉丁谚语）还以为捡到了什么光明的迹象与虚无的理想真理；当他往前奔跑，遇到了重重困难，一路上阻碍新的追求，导致他迷路与迷茫。这和伊索的狗，别无他样。它们发现一个类似尸体的东西漂浮在海面上，却无法靠近它，于是企图喝干海水创造出一条道来，最终把自己都淹死了。无独有偶，某位克拉底评价赫拉克利特的著作：“读这样的作品要善于潜水，这样才不会被他那样有深度和广度的学说淹死。”

只有一个特殊的弱点使我们满足于别人或者说是我们自己在摄取知识的过程中发现的东西；更有能力的人是不会知足的。对于后来者总留下空白要填补，是的，就是对于我们自己，也可另寻出路。我们的追求永无止境，我们的目标实现于另一个世界。思想的满足预示着它的衰竭。心胸宽广的人绝不停顿，他总有新的追求，激流勇进，得到成就还再接再厉；他如果不前进、不紧迫、不碰撞，他是无法生存的。他的追求没有终结，震惊、猎取和模棱两可维持着他的状态。阿波罗就持这样的主张，他的神谕总是一语双关、模棱两可，让我们不得要领，但却很感兴趣，忙碌不停。这是一种无规则的行动，永不停歇，没有先例，毫无目标。一旦有所发现就会相互鼓舞，再接再厉。

君不见一条跃动的小溪，
水波泛泛没有边际，
沿着那永恒的航道，蜿蜒前行，
后浪挤前浪，前浪让后浪。
此水推那水，
那水又追此水，
总是水流入水，
总是相同的小溪，
总是不同的水。

——拉博埃西

诠释已有的注释比注释内容本身更为复杂，写书的书也总比写其他题材的书多出许多。我们只不过在相互说来说去。

每一本书都有密密麻麻的注释，创作者却寥寥无几。

数百年来最主要和最知名的知识难道不是学会对学者本人的理解？这不正是我们做学问的最终的目的吗？

我们的想法相互穿插。第一种想法为第二种想法提供继续的脉络，第二种又当作第三种想法的植株。我们这样一株又一株，以至于最高的一株获得了荣誉最高，其实它的功劳却不是最大的。它只不过比后面的一株高一节而已。

我往往，也许是多么愚蠢地把自己的书扩展开来让它去讨论自己的书啊。有些傻乎乎的，因为为了这个原因我要去回忆我对其他这样做的人说过些什么。“他们三番五次对自己的作品暗送秋波，这说明他们心里对自己的作品无比的喜欢，对它轻蔑地呵斥，其实只是出自母爱对自己子女的一种矫揉造作的方式”。亚里士多德说过，自我怜爱和自我嘲笑都源于相同的盛气凌人。在这方面，我应该得到宽慰，比别人拥有更多的空间，因为我刻意书写的是我自己，写的是关于自己的著作和自己的其他行为。我的课题也是对自己本身的颠覆，不知大家能否可以接受。

我在德国看到这样的情况：路德提出的观点引起的质疑，造成很多冲突和争执，已经超过他在《圣经》问题上挑起的轩然大波。

我们的争执只停留在口头词语上。我问自然、享乐、圈子和更替是什么。答案也是被口头解决的。一块石头就是一个物体。但如果谁再问："物体是什么?"——"物质。"——"那物质又是什么?"——就这样一个接一个继续问答下去，最后把手捧词典的答题者逼得走投无路。用一个词来解释另外一个词，通常更加陌生。我对人的认识，胜过我对动物的认识，无论是有寿命的还是有智慧的。为了解决一个问题，他们又给了我三个问题，就像七头蛇妖许德拉，砍掉了一个头又会长出一个。

苏格拉底问梅诺德操是什么。梅诺答道："有男人和女人的德操，有官员和平民的德操，有孩子与老年人的德操。"苏格拉底乐了："这个回答太棒了！我们一直在寻找一种德操，现在却冒出了一堆德操。"

我们提出一个疑问，别人却回应我们一大堆疑问。任何事件都不会与另一个事件雷同，任何形式都不会与另一个形式一样。神奇的天然融合。我们的面庞如果不相像，就区别不出人与动物了；我们的面庞又如若不是不相像，就认不出人和人了。

所有的事物都依赖相似性相互依存，每一件案例都难免有缺陷，而从经验中得到的联系总会有毛病，不完美；我们总是拿事物的某一面来做比较。法律就是这样处理纠纷的，用牵强和旁敲侧击的解释强加到每个案件上。

既然涉及个人特殊义务的道德法律很难制定，那么如我们所见，制定管理众多个人的法律就更难制定了。不妨设想这套管理我们的法律，那里面漏洞百出，矛盾层层，真是人性愚蠢的好范例。我们在审判中从宽处理或者从严对待，我不知道其中处决公正的能有多少。这本是病态和畸形的，但却恰恰是法律的本质。

曾经有几个农民匆忙跑来告诉我，他们刚刚把一个挨了一百大板而快死的人扔在了我的林子里，他受了很重的伤，挨了很多刀，但还有一口气，他请求他们给点水喝，扶他坐起来。他们说他们不敢靠近他，都跑了。害怕法院的人会因为这件事把他们牵扯进来。原来有过这样的事情，有几个人被看见，在一个被谋杀的人旁边，苦于找不到证据，又没有钱打官司证明自己的清白，他们没有能力也没有钱财保护自己的无辜。我还能和他们怎么说呢？肯定的是这样善意的援助会让他们陷入困境。

我们知道有多少无辜者受到惩罚？还有多少无辜受罚者是我们所不知道的？这件事就发生在我那个年代。有几个人因为杀人被判处死刑；虽然判决书还没有宣布，但至少做出了定论。这时，法官们看到下级法院的报告，说抓捕了几名罪犯，他们供认不讳干了那件凶杀案，此案毋庸置疑出现了转机。法官们商议是否应该中止并延期执行对那些人的判决决定。大家考虑这件案子如果重审，将会使判决拖延；既然罪名已经被法庭通过，法官也就毫无愧疚。这些可怜虫也就成为法律死板条例的牺牲品。

大概是腓力皇帝或者别的什么人用下面的方式补救了这个相同的情况。他经过一系列审判，罚一个人支付给另一个人一大笔赔款。但不久真相大白，他的判罚非常不公正。一方面与诉讼的理由相关，另一方面与司法程序相关。他只能将错就错维持原判，同时又拿出自己的钱补偿被错判者的损失，以使双方都得到满意的结果。然而他只是犯了一个可以弥补的错误；我说的那些人却被绞死了，无法挽回。我曾见了多少比罪恶还要罪恶的判决？

这使我想起一些古代言论：要做好整体就不得不放弃局部；要以小事上的不公正维护大事上的公正。人类的正义跟医药是一个道理，只要起了效果就是好药。斯多葛派认为，在许多大自然的创造物中，还是反对公正的。昔兰尼派的哲学家们认为一切事物自身皆无公正，公正由习俗和法律构成；狄奥多洛斯派的观点是圣贤觉得盗窃、亵渎、一切无理取闹对自己有利就是公正的。

无药可救。我好像在这一点上与亚西比得一样[①]，无论如何不能把自己交给一个可以决定我的命运的人，那时我的名誉与性命决定于我的法官的技巧与心情，而不是取决于我本人是否无辜。我冒险进入这样的司法机关，它既可以说我做了好事，也同样可以说我做了坏事；我面对这样的法庭既可以抱有希望也可以感到畏惧。仅仅用金钱赔偿一个人是不够的，最好的方法就是不要惹上官司。我们的法律只向我们伸出一只手，并且还是左手。无论是谁，走出法庭总是会有些损失。

中国的封建政府对我们的管理和艺术一无所知，而且从无交流，但是

---

① 据普鲁塔克《亚西彼得传》，他对人说，关系到他生命的事，他连母亲也不信任。

他们在许多方面出类拔萃，超出我们的先例；它的历史也向我们展示了世界的广阔和多姿多彩，无论是前人还是我们都无法看穿的。那里的官员受皇帝委任，作为钦差大臣巡察各省，体察民情，对渎职的官员进行惩罚，也重赏那些不但尽了本职工作并且有良好功绩的地方官员。巡察官员面对地方官吏不仅确保履行个人职责，也为了获得利益；官员们不单是为了获酬，也为了受尊重。

感谢上帝，还没有哪一位法官以法官身份向我谈及与我或者某个第三者相关的某个刑事或者民事诉讼案件。我哪怕是连散步都没去过任何一座监狱。即使从外表看到它也让人不舒服。我那么热爱自由，谁如果禁止我去西印度群岛的任意角落，我会活得很不舒服。只要认为哪里的天地宽广，我就会不甘心待在我必须生活的地方。

许多人被困在王国的某一个角落里，因为招惹了法律，没有自由，不能行走公共道路，我的天啊！这样的状况叫我怎么忍受！让我为法律服务，可是只要法律伸出指头威胁我，我就得立即离开去寻求其他法律，不论到哪里。我们正在处于内战时期，我处处小心谨慎，就是为了不要失去可以到处活动的自由。

现在的法律之所以能被信任所维持，并不是因为它公正，而是因为它就是法律。这是它拥有权威的神圣基础；没有其他的基础，这就够了。法律通常是愚蠢的人制订的，甚至常常是由仇视公平又缺乏公道的人制订的，而且又总是那些无能的、缺乏判断的笔杆子起草的。

没有什么能像法律那样犯下如此严重、如此广泛、如此常见的错误。有谁是因为法律的公正而去服从，那恰恰说明他不该服从时是不会去服从的。我们法国的法律因为缺乏一致性而难成系统，这助长了在宽恕与惩罚时的混乱与腐败。法律所赋予的权威如此混乱而不坚定，在法律解释、行政管理和司法执行等方面都存在违法乱纪。无论我们可以从经验中获得怎样的效果，只是我们不会合理利用自己的经验，从国外的范例中学到的经验不会对我们的制度有太大帮助：因为我们熟悉这些经验，它们足以开导我们做应该做的事。

我对自己的研究比研究其他课题多。这是我的哲学，我的物理学。

上帝用什么方式管理地球这个家；
月亮从哪里升起，又从哪里降落；
如何新月、半月，终成满月；
为什么风神欧洛斯从海面刮起风；
日夜形成云雾的水又从哪里来；
这个世界会不会有一天毁灭？

——普罗佩提乌斯

探索吧，你们这些被认识世界所困扰而揪心的人。

——卢卡努

在人海茫茫中，我浑浑噩噩任由世界的普遍规律摆布。但是我的认知不可能使它改弦易辙，规律也不会为我发生改变。抱有这样的愿望是愚蠢的，为此费心是更大的愚蠢。

地方官员的善良与能力可以让我们完全不用去为他的管理操心。

探索和哲学思辨只能培育我们的好奇心。哲学家非常有道理让我们回到自然的规律上，自然规律不用有很高深的学问；而哲学家却故弄玄虚，将大自然介绍得烦琐庞杂，迷惑人心。于是单纯统一的问题变得杂乱无章。大自然给予我们双脚让我们走路，它也赋予我们智慧，在生活中指导我们。理智，并不像哲学家们空想的理智那么巧妙、规规矩矩、夸张，但是相对来说比较简单使用，只要按照大自然的规律去做，每一个愿意稍加努力，规矩地，平常地去做的人，都可以做得很好。纯粹托付给自然，是一种最明智的托付。无知与没有好奇心是个多么柔软舒适的枕头，把脑袋放在上面好好休息吧！

我宁愿通过自己了解自己，而不是通过西塞罗了解自己。靠自己的经历，如果善于学习也能够让自己变得聪明。如果谁能回过头来看看过去自己暴跳如雷、气昏了头的样子，那可比阅读亚里士多德的文章更能了解这种情绪的丑恶，他因此能更正确地对其形成一种憎恨。如果谁能想起他经历的磨难，受到的威胁，让他情绪发生变化的那些小事情，那就可以在今后的变化中、自己处于困境的时候做出准备。

对我们而言，恺撒的一生对我们的教育意义并不见得多于我们自己的一生对自己的教育意义。皇帝也罢，平民也罢，每个人都有磕磕碰碰的一生。不妨打听一下，我们互相说的也不过是我们必须的东西。谁去想到自己做了多少次错误的判断，就从此不再信任自己的判断，这不像是个傻瓜吗？当我感觉自己被别人的错误言论说服，我不会过多考虑他告诉了我什么新的东西和自己对此的无知（这不过是个小收获），而是思考自己的软弱和理解力的失职；从而改善我的总体修养。

面对我的其他错误，我也同样这样做，觉得这是非常有用的生活规律。我不把某件事、某个人看成是自己的绊脚石，我主要考虑的是如何提升自己的步法，努力适应。知道自己说错了或者做了一件蠢事，不过如此而已，应该清楚我们人类不过是个傻瓜，这里面有很多学问。我的大脑屡屡犯错，哪怕最自以为是的时候也会错，但这些错也本非一无是处；至少它信誓旦旦让我相信它时，我会摇摇头。刚刚有人反对记忆力提出的证据，就让我感到模棱两可，不敢在重要事情上相信记忆，也不敢在别人的事上给记忆作保证。我只是记忆不好而做的事，有的人更是经常用心不良而去做，否则我总是会接受从别人嘴里而不是从我嘴里说出来的事实。

如果人人都能注意到控制他的激情产生的环境和结果，犹如我为成为这种激情的战利品所做的那样，就可知道它们是怎么产生的，对它们凶猛的攻势稍加阻挡。情欲也不是一来就掐住我们的喉咙；威胁都是慢慢靠近的。

风刚起形成白色浪花，
海水慢慢翻涌升高，
从海底掀起冲天的浪涛。

——维吉尔

判断力正在我身上占据主导地位，起码它是在努力去这样做。它放任我的各种欲望自行其是，还有厌恶和友谊，甚至我对自己的偏袒，但坚决不让自己受到影响和腐蚀。它如果不能遵照本意去改进其他感情，至少不让其他感情来腐败它。判断全都是自主进行的。

对每个人提出要自己认识自己的忠告起到很大的作用，既然代表知识与光亮之神的阿波罗把这句话刻在他的神殿的门楣上，就像囊括了他对我们的所有忠告。柏拉图也说过智慧不过是去实现的这条教导。

每门知识的难点和晦涩之处只有那些对每一种学问都有所了解的人才能发现。而且还需要有一定的聪明智慧，知道自己依然是无知的，只有推门才知道门对我们是关着的。于是就有了这句柏拉图的妙言：智者不用探索，因为他已知；不知者也不必探究，因为要探究，必须知道探究的是什么。然而在认识自己的这个问题上，每个人都那么自信和得意，每个人都自以为理解得足够透彻，这正说明没有人真正了解自己。苏格拉底在色诺芬的作品中就是这样劝告欧提德莫斯的。

我这个人并不宣扬什么，只觉得学问无比渊博又变化无穷，我只学到了一个收获，那就是体会到了学无止境。我会常常承认自己的弱点，我倾向于谦虚，倾向于遵从我自己规定的信仰，倾向于发表意见时一直冷静克制；让人讨厌的狂妄，觉得自己为什么都对——这才是学习和真理最大的敌人。看看他们是如何教育的，他们最开始想到的馊主意就是给艺术风格订立条例。“未经研究和探讨，就发挥自己的说法和肯定意见，是最为可鄙的事。”（西塞罗）

希腊天文学家阿里斯塔曾说，很久以前世界上只有七位贤人，今天却只有七位愚人了。到了我们这个时代，我们是不是有更多的理由说这句话？断定和顽固是愚蠢的象征。愚人每天都会摔个狗吃屎，又马上趾高气扬，跟原来一样坚持与自满；你可能会说，他摔过跤以后，会使他心灵焕然一新，聪明而更充满活力，就像那位大地之子安泰俄斯，倒在地上就立即可以恢复体力重新强壮：

> 当他碰触大地，
> 疲惫的肢体又获得新的力量。
>
> ——卢卡努

这个倔强的人一旦精神焕发就会再来吵上一架。

我凭自己的经验宣布，教人类无知，在我看来，乃是社会教育的最可靠的课程。有些人不愿意靠我的或他们自己的一些微不足道的例子得到这样的结论，那就让他们通过苏格拉底去认识吧。因为哲学家安提西尼向他的学生们说："好吧，你们和我去向苏格拉底学习吧；我在那里和你们一样是学生。"他宣扬他的斯多葛派教义，认为美好的道德足够使生命美满，不再需要别的东西，他又说："除非有苏格拉底那样的能力。"

对自己的长期关注的训练使我还能勉强评判别人。我能这样侃侃而谈的事情很少，而且还这么中听。经常观察和分析朋友情况使我对他们的了解比他们自己还确切。其中一位听我对他的事迹讲得头头是道很是惊奇，我还嘱咐他要多加注意。我从童年起就养成一个习惯，在别人的生活中观察自己的生活，并且在这方面养成了好学的个性。当我想起这样做时，周围所有有利于我达到这个目的的事：像举止、脾气、言谈，很少能逃过我的注意力。我探究所有应该避免的事和应该学习的事。

因此，我根据朋友们的外在表现向他们揭示他们内心的倾向；不是把不可洞察、那么相异和缺乏连贯的动作，归纳于一些类别里，再把我的分类有分别地归结到公认的等级和部分中去，究竟有多少种类，都是些什么名字？

> 但是任何数目都无法确定这些种类的多样性，说出它们的名称。
>
> ——维吉尔

专家学者将他们的思想分类，用更专业的名称命名，详尽而细致。我对待问题不会超越我平时的习惯，没有规则可以遵循，提出的看法也模糊不清，探索前行。比如这一点：我发表结论，前后的章节不是很连贯，好像不能一口气把整段事说出来。在我们这些平庸的心灵里不存在连贯或者一致。智慧是一座牢固而完整的建筑，每一部分都有它自己的位置和标志："只有智慧是彻底内敛不外露的。"（西塞罗）

我让那些有教养的艺术家们分组，细心地把那些变化多端的思想的方方面面整理出来，让他们将这些不停变化的表面归类，克服我们的没有头绪，把它整理得井井有条。我认为不但行动和行动之间难以衔接，即便是分别确定每一项活动的主要性质也不容易，因为那些行动都具有两面性，色彩驳杂。

马其顿国王佩尔修斯，他的思想不能固定在一个稳定的环境里，在生活的各个现象中游离，生活方式飘忽不定，连他自己都不理解他是什么样的一个怪人，然而我觉得其实每个人都是这样子。

何况，我见到过与他同等地位的其他人，相信这个结论更合适用在他的身上①。他从来不处在中间立场，总是从一个极端跳到另一极端，让人匪夷所思，无论怎么做都会遇到奇怪的阻碍与挫折，他的观点也从来不直截了当，如果有一天大家能最贴切地描述他这个人，最有可能的是他故意做得不可捉摸而让人去捉摸。

我们需要灵敏的耳朵，才能听到别人对自己的坦率评价；因为很少有人能够听了还不感觉像被咬了一口，谁大胆向我们提出是在对我们表达特殊的友谊；因为为了使对方获益而不惜说难听的话伤感情，这是健全的友情。我认为那些更多地评价别人的短处而不是长处的人非常不容易。柏拉图对于观察别人心灵的人提出三个要求：知识、善良和勇气。

有时候我会听到这样的问题，如果有人想在我上年纪的时候利用我，我认为自己有什么擅长：

我精力充沛，年轻力壮，
年龄还未在两鬓染上白霜。

——维吉尔

我说："没有什么擅长。"我还会婉转表达歉意：我绝不会做让我受制于别人的事。但是我一定对我的主人说实话，他如果接受并且规劝他的品行。而不是笼统地挪用教条，这个我也不会（我也没见过被教条约束的人

① 指法王亨利四世。

有过什么真正的上进)，而是不失时机地，一步一步观察他的行为，一件事一件事地亲临指教，简单明了，绝对和对他溜须拍马的人不同。让他看到自己在大家眼里是什么样的一个人。

我们当中有人不停地被一帮下流卑鄙的小人吹捧，那么他绝不会比帝王更优秀。不是么，像亚历山大这样伟大的国王和哲学家，也不能幸免！我须要足够的忠诚、判断力与自由才能达到这点。这是一种没名没分的效劳，否则就失去效果和不够光明磊落。这是一个不能不加区别就属于所有人的角色。哪怕真理都没有特权在一切事物上随处使用；使用真理无论出自多么崇高的目的，也有它的区域和界限。世界就是这样，经常在君王的耳边说真话，这不仅毫无结果，而且还会招致损失，甚至蒙冤。

别人也不会使我相信，一条好的谏言不会被使用到歧途上，实质的利益并不该向形式的利益屈服。我在这份工作上要安排一个安于天命的人。

这个人要做的就是他自己，
没有别的要求。

——马提雅尔

小康家庭出身，一方面，他不惧怕过分而深度地触犯主人的心，担心由此丧失他的升迁之途，另一方面因为是中产阶层，跟每个行业的人都更容易沟通。我还要让这个角色由一个人担当。因为把这个自由而无拘束的特权交给几个人会缺乏一种敬意，这是有害的。是的，我对他的要求，首先是必须对沉默忠诚。

朋友直言相劝最多也不过听了不舒服，有没有实际效果还是把握在听者手里；如果国王哪怕为了自身利益也不能改变，那么当他自吹自擂自己在坚定地等待会见敌人以便为自己增光，这样的国王是不可信的。从人的境遇来说，谁都无法比他们更需要真正与自由的谏言。他们活在众人眼前，要按照那么多旁观者的意愿严格要求自己。当公众习惯于对帝王走入歧途缄默无语时，帝王们已经不知不觉陷进了人民对他们的憎恶和仇恨当中，其实这种情况如果有人及时提醒完全是可以避免的，也一定不会影响他们骄奢淫逸的生活。

通常来说他们的宠臣关心自己要比关心自己的主人更多。这种做法对他们自己也有利，因为面对君主付出真实友情大都如履薄冰；这非但需要大量的善良、坦诚，还需要无比的勇气。

总而言之，我在这里杂七杂八大发议论，只是记录了我人生的经验，如果从反面来吸取教训对于健康的精神还是有规劝作用的。至于身体健康，谁都不能比我更能够提供有益的经验，我提出的经验是纯真的，绝对不弄虚作假，让它腐败变质。至于医学，那里没有理智的立足之地，我的经验完全是由自身的感受中来。

提比略说，无论是谁，活到20岁就该清楚是什么东西有害于健康，什么东西对健康有益，他应该学习如何不靠医药而生存。这可能是向苏格拉底学的。苏格拉底告诫他的弟子，要用心地把自己的身体健康作为一门课程来学习。他还说，一个明白事理十分注重锻炼身体和饮食起居的人，做到比医生更明白自己该做什么并不困难。医生不也是靠经验作为他行医的招牌么。

对此柏拉图说得非常有道理，要想成为一个真正的医生，他就必须得治过所有他想治愈的那些疾病，了解他当作诊断依据的种种情况与事件。医生如果要是会治梅毒，就必须自己先长梅毒，这话没错。这样的医生才是我真正信得过的。别人给我们导航，就像一个人坐在桌边给我们画大海、礁石和海港，把一只船模万无一失地移来移去。如果真把他放到海里，让他实干，那他就束手无策了。他们给我们详细的分析病情，就像城里的守卫吹着号子大喊着丢了一匹马或者一条狗：毛色如何，高度几何，耳朵怎么样；但如果把它牵到眼前，他就辨别不出来了。

但愿借助上帝，如果有朝一日医生给我来个药到病除，我就可以高声欢呼了：

我终于向实际的智慧举起双手！

——贺拉斯

科学技术都许诺让我们保持身心健康，但是却不能满足我们的愿望；并没有一种技艺就像医药和哲学那样许愿较多，还愿较少的。现在这个时代，以行医为职业的人在我们之中获得的成效都不及其他的人。说得好听些，他们是贩药的，不过要说他们是大夫，那就过奖了。

我有足够的生活经验，它可以让我把这个话题扯得很远。谁若要试一试，我能够像个侍酒随从那样供他品尝。下面是我记忆所及的几件事情。（我的每一种方法，无不伴随不同情况随时改变，不过我记录下那些最常用的，是到现在依然在做的。）我的生活，健康的时候与生病的时候都一样：睡同一张床，同样时间起居，吃同样的食物，甚至喝同样的饮料。我不增添什么别的，仅仅根据力量消耗和胃口加一点或者减一点。健康对于我来说就是保证习惯做法不变。

我见到疾病从我的身边走开；我如果信任大夫，他们就会让我偏向另外一边；或者是命中注定，或者是医生诊疗，都让我离开了我的生活轨迹。不过我多年习惯养成的处世方法一定不会伤害我，这一点我是非常肯定的。

习惯应该按照它的喜好规定我们的生活方式，它在这方面，什么都可以做到，这是女神做的药酒，完全随着她的意愿配制成分。有很多国家，还距离我们不远，觉得害怕夜晚的寒气非常可笑，夜寒对于我们的危害是非常明显的；但我们的船夫和农民也对此嗤之以鼻。让一位德国人躺在床上会生病。就好像意大利人躺在羽绒之上，法国人不拉床帏不生火也可能生病。西班牙人的胃无法忍受我们的吃法，我们的胃也不可以像瑞士人那样喝酒。

一个德国人在奥格斯堡利用我们平日攻击他们火炉的同样论据攻击我们的壁炉，提出的观点跟我们臭骂他们的炉子如出一辙。（由于事实上，这种闷在炉中的热量，炉身材料燃烧之后发出的气体，不习惯的人大多用了都会头昏，但我则不会。不过除此之外，热量均匀稳定地散发到全屋，看不到火焰，没有烟，没有我们的壁炉通风口带进来的风，他们的火炉的确可以跟我们的壁炉媲美。我们为何就不可以模仿罗马建筑呢？据说以前都是在屋外生火的，热气通过装在墙壁里的管道吹到各个房间，管道围绕着所有应该受热的地方。我不知道在塞涅卡的哪本书里能看到对它的详细的描写。）

那个德国人听到我赞美他的城市舒服美丽（的确值得赞美），开始对我就要离开而表示同情。他向我指出的首要麻烦是，在其他地方的壁炉会使我的头脑迟钝。他听说有人发过如此的牢骚，就往我们身上套，他自己在家中习惯了也就不这么觉得。所有来自火的热量都让我身子软弱沉重。尽管欧努斯说生活中最美妙的调料是火。我宁愿用其他的方法避寒取暖。

我们害怕见桶底的酒，在葡萄牙，桶底酒则被认为是精品，只配给王公贵族饮用。总而言之，每个民族都有一些风俗习惯，对于另外一个民族来说，不仅闻所未闻，甚至是野蛮，不可思议。

有的民族只重视印刷下来的证据，不信书上没有提及的人和年代不够久远的理论，我们又应该对他们做什么呢？傻话被我们做成了模型，就让人肃然起敬。对他说一句“我读过”，和说一句“我听说过”，分量就不一样。而我对人们说的和他们用手写的都不会产生怀疑，我还知道无论说的还是写的都可能有不谨慎之处，我对于这个世纪和对于以往任何一个世纪一样尊重。我引用奥吕斯·吉里乌斯或者马克罗比乌斯，一样乐意引用我的一位朋友；引用我读到的也引用他们写到的。就像他们主张美德并不因为更加长久而更加高尚，我同理主张真理并不因为更加古老而更加智慧。

我常说让我们追随外国的榜样和经院式的范例纯属愚蠢行为。现在这些范例和荷马及柏拉图时代一样丰富。不过我们更加引以为荣的岂不是到处引证，而不是阐释其中的真理？好像从瓦斯科桑或者勃朗廷书坊里去借论证，要比在我们的村庄里看到的真事更加重要。

是不是因为我们没有足够的智慧观察我们身边发生的事情，迅速判断，令他成为范例？由于，假若我们说我们缺少权威性，没法给我们的证据扬威，那就说得丝毫没有道理。尤其从我的观点来看，最普通、最常见、最熟悉的事情，假如我们能从中找到其精华，就能够成为最伟大的世间奇迹、最佳的典范，尤其对于人类活动这个大题目来说。

现在就我的主题而言，撇开我熟悉的书上的例子不谈，亚里士多德谈及阿尔戈斯人安德鲁斯，说他越过干旱的利比亚沙漠并不喝一口水这件事情。而说有一个贵族，曾经出色完成多个任务，在我的面前说他在盛夏的季节从马德里来到里斯本，没有喝水。他这把年纪身体可算是健康，生活中唯一和别人不同之处就是——他和我这样说道——两三个月甚至一年不喝水。他感觉到口渴，但是他任这样的感觉过去，说这种口渴的感觉很快会自动消失。他喝东西是出自高兴，而不是出自本能或者乐趣。

再说说另一个人的故事。不久之前我遇到法国一个家道殷实的大学者中的一个，他在一个挂满壁毯的客厅的角落中读书，周围的奴仆丝毫没有顾忌地大声吵嚷。他对我说道——塞涅卡也差不多说过类似的话——他在利用这些喧嚣吵闹，似乎在这种吵闹声中，他可以慢慢自省和内敛，更方便默想，声浪激起他的思潮在心中荡漾。

他在帕多瓦读过书，长期在那个敞开的环境里学习，伴随着车马喧嚣和广场的人声，他训练自己不仅不会受其影响，还运用噪声更好地读书。

亚西比得弄不明白，他奇怪苏格拉底怎么能忍受他妻子，跟他没完没了的吵闹，苏格拉底对他说道："就好像大家已经听习惯了打井水的咕噜声。"我刚好相反，我的思想敏锐，很容易入神；每当我冥思苦想的时候，轻微的苍蝇嗡嗡的叫声就会打扰我。

塞涅卡年轻时强烈攻击塞克斯蒂厄斯做出的榜样：绝不吃被杀牲口的肉，据说他开开心心地戒了一年的时间。后来之所以放弃是由于被人怀疑他是在遵循哪个新宗教传播的律条。与此同时他接受斯多葛派阿塔罗斯的一句格言，不要睡下陷的床垫，直到年老，他一直在睡能挺直身体的床垫。他那个年代让他觉得困苦的习惯，我们这个年代还认为温柔呢。

请看我的那些粗工和我的生活方式多么不同。就是斯基泰人和印度人也不见得距离我的强度和方法那么远。我带回来几个在乞讨的孩子为我干活，他们不久后就抛下我的供给和号衣离开了，只是为了想要过原来的生活。我还发现一个孩子离开我以后，正在沿街捡拾贝壳充当食物，我就是乞求他、威逼他都无法让他放弃贫苦生活的惬意舒服。

乞丐有他们自己的豪华和欢乐，听说，还有自己的自尊和政治等级。这是习惯的做法。习惯不仅可以把我们塑造成它喜爱的模样（但是贤人[①]说我们需要投入最好的模式，之后为自己带来便利），也要会适应变化与曲折，这是最为崇高、最为有用的学习。我身体里最优秀的素质是能屈能伸，很少固执，我的某些爱好要比别人更率性、平凡以及逍遥自在；不过

① 指毕达哥拉斯派。

我不用费力就可转身，轻易地采用相反的方法。年轻人应该会打破自己的生活规律以便发扬活力，避免懒散和懈怠。依靠规则和纪律约束的生活方式是最愚蠢、最脆弱的生活方式。

为了令人在达到第一块里程碑之前，
他要问书上说几点最好。眼睛碰到了
有点疼痛呢？先问相书！然后再上药。

——朱维纳利斯

如果年轻人听信了我的话，他往往要矫枉过正才行，不然稍稍有所放肆就会将其毁于一旦；和人交往的时候格格不入，难以和谐。正派人最要不得的品德就是娇气，在人前行为乖僻。不灵活圆滑就是怪异。因为无能而让别人做，抑或不敢做同伴正在做的事情，都是可耻的。这样的人还是守在自己家里好！到哪里都是不体面的。对于军人则是恶劣和无法容忍的，军人就像菲洛皮门说的，应当习惯于形形色色、变幻无常的生活。

尽管我已经养成自由自在的生活习惯，但是年纪大了以后，确实是出于懒散，我依旧比较注重某些形式的做法（我的年龄已经难于再教育，自此以后除了维持现状也没有其他的考虑了），习惯也没有知觉地在我身上打下烙印，有的事情如果要摆脱，在我也可以称作是走极端。这不需要试验；我白天不睡觉；两餐饭之间不吃小点心；不用早餐；隔了许久才上床，譬如晚饭之后要整整三小时；老是在睡觉之前繁衍后代，也不站立做爱；有了汗就要擦掉；不喝纯净水或者纯酒；不可以长时间不戴头巾；从不在午饭后剃头；不戴手套就好像不穿衬衣一样感觉不舒服；饭后起床之后要洗漱；床上的床帷与帐篷，都好像是生活必需品。

我吃午饭时可以不用桌布，不过不像德国人那样利用白餐巾就很不舒服，我又比他们以及意大利人更加容易弄脏；很少用调羹和刀叉①。我见到有人模仿王室的方法，吃一道菜更换一块餐巾，就好像更换盘子一样，

① 就餐使用叉子，于16世纪由意大利引入法国，在路易十三时代逐渐普遍。

只可惜我们没有跟得上。我们知道，有一位严酷的军人名叫马略，逐渐衰老以后，对喝饮料十分苛刻，只用自己专门的杯子。我也逐渐用一只特殊形状的玻璃杯；不愿意用普通的玻璃杯，也不愿意从一个普通人手中接过酒喝。和透明发亮的材质相比，我不喜欢所有的金属。我让眼睛也获得充分地享受。

我把许多相似的柔弱性格都归咎于习惯的形成。大自然也赠给我另外一些弱点：一天之中受不了吃两顿饱饭，否则就撑胃；也不可以少了一顿不吃饭，否则肚子就会胀气，嘴唇发干，胃口下降；待在夜露中间太久身体会不适。由于几年以来在军队里面服役，常常整夜忙乱：五六小时之后开始感觉胃里难受，头部剧烈疼痛，不呕吐就熬不到天亮。别人去吃早饭的时候我去睡觉，之后我又像平日里一样生龙活虎。

我常常听人说，露水是伴随着黑夜的降临蔓延开来的；不过过去的几年和一个贵族交往密切，他整个脑子都是这个想法，觉得日落之前一两小时阳光斜射的时候，露水最寒冷最伤身体；他小心躲闪此时的露水而不害怕夜里的露水。他和我交流的可以说只是感受，而不是什么观点。

怎么，疑惑和探索也会冲击我们的想象力，改变我们的态度？那些突然屈从这种倾向的人会给自身带来大灾大难。我怜惜很多乡绅，他们因为医生的碌碌无为，就算年纪轻轻、身体健康也把自己禁锢在家中。其实宁愿患感冒也不要缺席，从此抛弃很流行的大伙儿灯下闲谈。令人厌倦的学问诅咒了一天最温馨的时刻。我们应当用尽所有方法扩大我们的占有。人常常在坚持中坚强，增强自己的体质，就好像恺撒不断用蔑视和斗争来医治他的癫痫病。我们应当采纳最好的法则，不过不要被它们驱使，除了其中哪一条是必须要遵从的。

帝王哲人要大便，太太小姐们也一样。公众生活应当举行仪式；我个人的生活是隐私行为，享有自然豁免权利；军人和加斯科涅人在这两类品质中有失谨慎。所以我对于这个行为想要说的是：还是将它挪到夜间某一个特定的时间内，就像我原先所做的那样，竭力让自己养成习惯，而不是好像我老来强迫自己按它的习惯做，要有特定的方便地点和便桶提供服务，以防时间一长气亏不通畅。这毕竟是最为肮脏的生活服务，要求要小心做得干净利落，难不成不可原谅吗？“人天性是爱美爱洁净的动物。”

（塞涅卡）在人类所有的天然活动中，在与我相关的活动里，我最难以忍受的是大便被打断。我看到许多人在打仗的时候受不了拉肚子。我的肚子和我如果不遇上了急事和生病的麻烦，从来不耽搁，跳下床去及时报到。

像我曾经说过的一样，我没有考虑过病人怎样安安稳稳地保持他们受到培养教育的那种生活方式才能更安全。变化无论是怎样的，都令人惊慌受损。佩里高人或者卢加人吃栗子有害处，山里人喝牛奶无益，你信么。你对他们宣布的不仅是闻所未闻、还是恰好相反的生活方式！这种变化就连健康的人都无法忍受。命令一个布列塔尼七旬老年人仅仅喝水，把海员关进蒸汽浴室，不允许巴斯克仆人去逛街；这是夺去了他们的行为，就是剥夺了空气和阳光。

活着就是一切吗？

——佚名

不允许按自己的习惯生活，
活着也就是不活着……
无法得到阳光照耀和空气呼吸，
这样的人还能算是活人吗？

——马克西米安

医生就算不做别的事情，最起码也让病人早早地做好了死亡的思想准备，渐渐破坏和切除他们对于生命的享受。

无论我是健康还是生病，我还是很乐意满足那折磨我的食欲。我把权力授予我的欲念和爱好。我不喜爱以病治病，厌恶比疾病更加折磨人的药物。动不动拉肚子和动不动放弃吃牡蛎的乐趣，这两种痛苦事实上是同一种。疾病从一边刺伤我们，医道戒律从另一边损害我们。既然失算不失算都要碰碰运气，倒不如先快活后再去碰运气。这个世界的事情都是相悖的，要想到有利的东西没有不困难的；不难的事物又是不可信的。

所幸我对很多种食品的食欲都能自行调节，与我的胃口和健康相吻合。年轻的时候爱吃味浓性辣的食物；后来胃感觉不适，味觉也就跟着胃口走。葡萄酒对于病体不利，这也就是我的嘴巴厌弃的第一件食品，嫌弃之情不能够克服。我不愿意接受的东西于我都有害，而那些我渴求并愉快接受的东西则危害不到我。做我喜欢的事情从来不让我感到损失了什么。所以我对于医药的结论，非常大的程度上以自己的兴趣为转移。我年轻时——

丘比特在我的周围飞翔，
穿着红袍子光彩照人。

——卡图鲁斯

我和其他人一样，受到欲望支配，洒脱不羁。

我不无荣耀地战斗过。

——贺拉斯

是坚忍不拔，并不是猛攻猛打：

我极少记得多于六次。

——奥维德

说来既是不幸又是奇迹，我小小年纪已经第一次受到了它的征服。这是一次偶然，因为发生在远不知道选择的年龄之前。那么遥远的事情我已经记不清了。能够把我的命运和卡尔蒂亚相比，她对于自己的童贞没有一点记忆。

腋下长毛，嘴上长胡须，
母亲非常惊讶于我的早熟。

——马提雅尔

医生通常会让他的规定有益于病人的突如其来的欲望，而这种强烈的欲望充满怪异和不正常的想象，与人的气质格格不入。还有怎样又能满足我们的想象？在我看来这玩意儿压倒所有，最起码比其他所有重要。最痛苦和最常见的病痛都是想象造成的。西班牙人这句话在好几个意义上让我认为有趣："上帝不允许我理睬自己。"

在我生病的时候，没有任何欲望能让我有兴致去满足它。医药也没法令我改变。健康的时候我也一样，无法看到有什么可以期盼和期待的。欲望也疲惫不堪，是非常可怜。

医术不能保证我们无论做什么都没有自由权的地步。这件事依据气候和月亮，依据法奈尔①和埃斯卡拉②而改变。如果你的医生认为你睡觉、喝酒或者吃某种肉不好，别着急，我给你另外找一位和我意见不合的大夫。医生的意见和推断的分歧包括各种形式。我见到一个可怜的病人就为了治病渴得死去活来，之后遭到另外一位医生的嘲弄，说那个疗法就是有害的。他吃这个苦头有道理吗？不久前医学界有一个人死于肾结石，他为了治病，使用了极端禁食的办法；他的朋友说禁食反倒让他骨瘦如柴，将他肾脏中的结石熬得更加坚硬了。

我发觉。在受伤和生病的时候说话令我震撼，使我受到伤害，犹如我的生活遇到了混乱。由于我要用力气，喊得声音大，说话让我体力消耗非常大。以至于我有重大事件要凑到大人物的耳旁说的时候，常常会让他们别介意提醒我压低嗓门。

下面这个故事值得我开心地提一提。一所希腊学校中，有一个人说话声音和我一样很响；司仪派人告诉他说得轻些，他说道："让他为我定个调子我应该怎么说。"另外一位反驳他，他和谁说话就得以谁的耳朵定调子。

这话说得非常有道理，由于他的意思是："你说话的声调取决于你和听者之间谈论的主题。"假如这么说："说得他听得到你。"抑或："依据他来做调整。"这我就认为没有道理了。声音的语调和节奏也表达了我想说

---

① 亨利二世的御医。

② 意大利医学教授。

的意义；要由我来决定如何运用以便让人家理解我。有些声音是教育人的，有些声音是奉承人的，有些声音是训斥人的。我要让我的声音不仅让他听见，还要震动他，刺穿他。我训斥仆人的声音尖而刺耳，他最好走上前跟我说：“老爷能够说得轻微些，您的话我全都听得到。”

“一个声音适应一种情况，不是表现在高低，而是表现在质量。”（昆体良）说话的一半属于说话的人，另外一半属于听的人。听话人应该根据说话人采用的语调来决定如何去听话。就好像打网球，接球人应该根据打球人打出球的时候的步法和球路而采取策略。

经验还告诉我：失败往往出自操之过急。疾病自有它的寿命和极限及萎靡发作。

疾病的构造是以动物的构造作为模式的。疾病初起的时候其命运就是一定的，命运是可数的；谁想要在疾病发展过程当中激烈地强迫它缩短，这不仅不会缓和，反倒会延长、加重以及干扰病情。我完全同意《理想国》中克兰托尔的意见，不要轻率地、顽固地对抗疾病，也不要软弱屈从疾病，要根据疾病的状况和我们自身的条件让它顺其自然消逝。应当给疾病留出甬道，就让它们自然发生，这样留在身体的时间也短暂。有些被觉得顽固难治的疾病，我让它们沿着自己的规律趋于缓和，不需要干涉，不需要任何措施和违反规则。

我们让大自然做点它自己该做的事情吧：它对于自己的事情比我们更加明白——“某个人生这个病去世”——“你不死于这个病，也会死于另外一个病上。”多少人的后面跟随三位医生还是照死不误？先例是一面宽大的镜子，是从多角度解读一切的万能镜。这个药品服了舒服就服；这总是眼见为实的好事情。药吃了，味美，胃口就好，我就不管它叫什么名字什么颜色。乐趣属于最重要的利益。

我曾经让感冒、风湿肿痛、肚皮松弛、心跳、偏头疼在我身上衰老直至死亡，我做好准备，三心二意认命的时候它们却消失了。客气比冒失除病更加有效。人体的规律还是应当温顺地忍受。无论有什么样的医疗手段，命中注定我们要变老，变衰弱，要生病。这就是墨西哥人教导孩子的第一门课，出了娘胎就这样欢迎他们：“宝贝，你来到世界上是来忍受的；忍耐，吃苦，不要吭声。”

抱怨人人都可能碰到的事一定会落到某人身上是不公正的，“一条不公平的法律强加在你一个人身上，那个时候你再喊冤吧。”（塞涅卡）且看有一个老年人祈求上帝让他保证身心健全，也就是说恢复青春。

> 愚蠢啊，为何许这样幼稚的愿？
>
> ——奥维德

这岂不是在发疯？他的身体状况根本接受不了返老还童的事实。痛风、结石、消化不良都是得病多少年后的症状，就好像长途跋涉要历经冷热与风雨。柏拉图不信医神埃斯科拉庇俄斯会费神地利用饮食制度去让一个心力交瘁的性命延续下去，这样的人对于国家、对于职业已经毫无用处，无法生出健壮的下一代；他还不认为这合乎公义和天意，神需要万物各司其职。我的朋友，你已经尽职了。谁也没法让你重新站起来，最多给你打上石膏、钉上夹板，让你苟延残喘几个钟头。

> 为加固一幢倾斜的房子，
> 反向架起支撑物。
> 终会有一天屋架倒下，
> 墙壁和柱子一起塌陷。
>
> ——马克西米安

应该学会忍受难以避免的事。我们的生活就像世界的和谐，都是由相反的物体、不同的色彩组成的，温柔的和暴烈的，尖的和平的，柔弱的和严肃的。音乐家仅仅喜欢一种音色，怎可以表达出什么？他应该知道如何整体使用它们，整合它们，而我们也一样，善与恶在我们的生活之中是同生共存的。我们的存在不可以没有这样的融合。这个部分和另外一部分互相需要，都是一样必要的。试着跟自然需要闹别扭，这是重现的傻帽，他想要跟他的毛骡比赛，谁踢得过谁。

我感觉不适时很少求医，因为医生怜悯你的时候往往高高在上，他们将自己的预见直往你的耳朵里塞。逮住我，从前，生病之后体弱，就对我大加侮辱，满口教训；满脸霸气，蹙额皱眉头，一会儿威胁我，说我会剧痛难熬，一会儿威胁我已经临近死期。我没有心灰意冷，也没有坐卧不安，不过我感到被冒犯和惊奇，我的判断力并没有改变和混乱，心灵大受影响；毕竟心中会激动与斗争。

现在我总是尽量小心谨慎地对待我的想法，如有可能，我总是尽力让它摆脱烦恼和对峙。谁能够，就应当帮助它、拉拢它，有的时候还哄着它。我的意志适合做这件事情。做什么都不缺乏理由；它说服能力如果赶得上说教的能力，那我还好，就有救了。

你愿意听我举一个例子吗？我的头脑告诉我，我产生结石对于我还是有好处的，我这把年纪的身体构造自然要用肢体托架（这是它们开始松散时；这是普遍的规律，总不会为我一个人产生奇迹吧？我这也属于老年了，偿还债务，没办法再占便宜的）；这种陪伴我的疾病应该是对我的安慰，因为我得的是我这个年纪的人最常见的疾病（我四处遇见这种病人，还属于上流社会的，因为这种病最爱找上贵人；它的本性就是富贵病）；还说结石病病人中很少人像我如此顺利应对过去的，就是有也要遵循一种难受的饮食调理，每天服那些难以下咽的苦药，而我只靠好运气摆脱了疾病，因为我在几个夫人的好意劝告下，仅仅服了两三回普通的白头蓟汤和土耳其草药。我的病不重，她们却百般示好，将自己的药分了一半给我，我也就认为很好喝，但是疗效还是几乎没有。

那些贵人得向神医埃斯科拉庇俄斯不停地许愿，还得付上千百个埃居给医生，才让大量的结石顺利排出，而我常常受惠于自然。和人交往的时候举止并不因此而有失当之处，也和别人那样可以十个钟头不撒尿。

我的意志说，“过去你害怕这种疾病，因为你不认识它。有的人缺乏耐性又哭又失落，让病情加重，更让你感觉恐惧。这种病痛只生在四肢上，你也是这个部分最不方便的；你还是一个清醒的人。

仅仅不该生的病才让人叫屈。

——奥维德

“且看如此的惩罚，与别的疾病相比较，它来得缓慢，还伴随着父亲般的关照。且看它来得也很迟，仅仅占你一生中的一个时期。人生构造就是这样，先让你在青春的年代花天酒地玩个爽，到了迟暮这不长花花草草的季节为你带来一些不便。

“人们对这种疾病的恐惧以及他们对患病人所表现的怜悯反倒形成了你虚荣心的资本。这种光彩你可以满不在乎，在言辞中也不必提到，你的朋友还能够在你的眉宇中看出一二。这才叫坚定，这才叫耐力，听说人家这样说自己，还是非常高兴的。

“大家看到你努力忍受痛苦，汗流浃背的样子，脸色一阵白一阵红，浑身发抖，吐到出血，痉挛抽搐，奇怪的难受，有的时候大颗眼泪簌簌掉下来，尿液浑浊发黑，让人害怕，抑或被尿结石堵塞，痛得大喊，阴茎颈皮也被无情地擦破，可是你在此刻仍旧和在场的人谈话，保持着正常的举止，偶尔和客人插进几句玩笑，来保证说话不冷场，表露出疼痛的时候用话表示道歉，舒缓痛苦。

“你还记得往日那些自讨苦吃的人，他们渴求苦痛就是为了保持良好情操，为了锻炼这种情操吗？就这样说吧，是自然领路，把你送进了你自己绝对不会高兴进去的校园。假如你对我说这个病痛危险，有生命之忧，那么哪个疾病不是的呢？要是说不是直接走向死亡的病痛，就不在此列，那是医学的骗术。意外发生的伤痛死亡和必然产生并轻轻松松把我们引向死亡之路之间有何差别？

“不过你不是因为你生病而会死亡，你是因为你活着而会死亡。死亡不要疾病的帮助就可以杀掉你。而某些人因为生病反而远离了死神，因为他们以为自己会死，反而活得更为长久。何况有的病就像有的伤疤，像药物一样有利于健康。腹泻的生命力常常不亚于你；有的人从小就患腹泻一直活到了耄耋之年；如果他们没有跟它不辞而别，它会伴随他们很久。是你杀了它，于是它杀了你。每当它向你显示死亡距离这儿不远时，岂不是对于一个上了岁数的人提供优质的服务，督促他要思考后事了。

“最糟糕的是，你已经不必寻求该治愈的理由了。无论怎样，共同的命运自从第一天起就在向你呼唤。想想它怎样巧妙地、徐徐地让你讨厌生活，淡出人生，不是像暴君一样强迫你，好像发生在老年人身上的那些病痛，缠着不放手，得不到喘息机会渐渐衰弱和痛苦下去。而是隔一会儿给你发警告，告诫你如何做，还加上长时间的休息，似乎在舒舒服服地教你思考并复习它的功课，让你有机会清楚判断，痛下决心做一个勇敢的人。它将你的情况全部摆在你的面前，有好的有坏的，在同一天生活，有的时候轻松有的时候艰难。

“如果你还没有拥抱死神，至少你可以一个月一次触摸它的手心。与此同时你还可以期望它有朝一日不发出胁迫就把你逮住了，因为屡次三番被带到港口，你还会相信自己仍旧处在习惯的限度之内，一直到某天早晨你领着你的信念跨过了那条阴阳河还完全不知。和健康光明正大地共享时间的疾病，是没有必要埋怨的。”

我感谢命运女神，她往往频繁地用同一种武器攻击我，她在实际生活中磨砺我，训练我，将我磨砺得再也不以为然了。我也大概知道之后如何了结。天生的记忆力降低，我就用纸，病体再有新的症状我就记下来。我已经差不多经历过各种症状，如果有摸不清的事情威胁我，翻开这些活页小册子，就像预言家写了咒语的叶子。我还有办法从我以往的经验里找到某些有益的先兆以求自我安慰。久病成医也令我对未来有更高的盼望；由于这样的排泄习惯由来已久，能够相信自然不会再予以改变，此后也就不会发生比我现在更加糟糕的事情。还有这病情和我这个急性子也没有什么不合拍。排泄变得缓慢时，反倒令我害怕，因为这样拖延的时间很长。不过按自然状态，腹泻来势凶猛，顶多把我折腾上一两天。

我的肾在一个年龄段上没有受到损伤，但是到另一个阶段时，它们就起了很大变化。坏事和好事都有定时；或许这个人生小插曲也快要结束了。胃的热量因为年龄而减小，也引发消化不良，有的东西未经溶解就进入肾脏。为何到了一定的年龄阶段，我的双肾的能量就不一样减弱呢？这样肾脏就不能让黏液转化成结石，自然会找其他的排泄器官经过。年龄明显枯竭了我的感冒病症。为何不能够对这些产生结石的排泄物也起着同样作用呢？

经过激烈的痛苦之后，借助排泄结石，健康的美丽之光闪电般闪过，如此自由，如此充沛，在急性腹泻以后也有这样的感觉。在这种痛苦中，还有什么能够与突然痊愈的快乐相比呢？疾病治愈之后的健康在我看来分外鲜艳！健康和疾病如此贴近，我简直能够认出一个对峙着一个气势汹汹，大有不分出雌雄决不结束之势！

就像斯多葛派说的那样，邪恶被带进世间是有益的，这有助于抬高道德的价值，帮助道德的树立，我们更加有理由，也更加少猜测地这样说道，大自然令我们痛苦，是为珍惜行乐和没有病痛的时光。而当苏格拉底被人除去镣铐之后，认为铁器在两腿留下的皮肤痒痒的滋味好不快活。他非常高兴地意识到疼痛和快意之间的紧密联系，就好像它们实在有必要成双配对一样，以至于时而前后相伴，有时我中有你你中有我。他同时对好人伊索大声喊道，他应当从这个角度去构思，这开始于写出一篇美妙的寓言了。

在其他疾病里我所见到的最糟糕情况是当时看不出严重性，后遗症则非常痛苦。要整个儿一年的恢复时间，中间身体软弱，不停担心。病体恢复要通过那么多的冒险和步骤，简直没完没了似的。在他们令你先脱去头巾，然后又脱去帽子之前，在让你享受新鲜的空气、葡萄美酒、你的女人以及大甜瓜之前，你不惹上新的病痛已经非常大吉了。新的病有这样的特权，只要旧病还没有痊愈，留下一些隐患让身体虚弱，容易感染，新病发作起来干脆利落，这个时候旧病新病就会相携合作。

有一类疾病可以得到原谅，它们在我们身上占有一席之地就满足了，既不想着扩充地盘也不带着它们的同伴——后遗症；而还有一些病痛温文儒雅，通过我们身上，依然留下一些好作用。自从得了结石症，我认为摆脱了其他的疾病，身子也貌似比从前好，再也没有发烧。我的结论是：一方面，我常常犯的大量呕吐令我体内得到清涤；另一方面，我的胃口不好和极端禁食也解除了我身体里有害的体液，结石之中的有害物质也获得自然清洗。这样的治疗代价太过昂贵，这话不说罢了。由于那些难闻的药水、烧灼治疗、切除手术、冒汗、排脓、禁食，还有如此多的治疗方式，因为我们无法抗拒它们的凶猛势头和纠缠不休，带给我们的情况不正是这样吗？所以，每当我得了病，我就把它看成是一种医治；每当我治了病，我把它当作是一种长期完全的解脱。

疾病对我还有一种特别的恩惠，那就是病痛可以在一旁做它的事情，我能够在另外一边做我的事情，这仅仅取决于是否有勇气。有一次病痛发作得最厉害的时候，我在马背上骑了十个钟头。只是忍耐疼痛而已，你只要换换饮食方式；玩，进餐，做这个，做那个，只要你可以；你纵容自己，对于身体，利大于弊。对天花病人、痛风病人、疝气病人都能够这么说。

其他疾病的限制还要广泛，更为烦扰我们的活动，它们搅乱了我们的生活秩序，要求我们的生活状态考虑它们的存在。我的病仅仅受些皮肉之苦，智力和意志还是听从我的支配；舌头和四肢也是这样。它不让你昏昏欲睡，而让你清醒。心灵会受到高烧而冲昏，受癫痫而惊吓，受剧烈的偏头痛而混乱，总而言之伤及全身和主要的器官的疾病都触动灵魂。

我的灵魂没有受到打击，它如果情况不妙，完全是自取。是它背叛了自己，自暴自弃，不知所措。只有傻子才会轻信别人说的，在我们肾脏中间沉淀的硬结石会被药物化解；所以，当结石有所松动，只要给它一个通道，它就可以循行出来。

我还发现结石病的一个特别的优越性，这是一种不必去多加猜想的疾病。得了其他的病让我们对因素、条件、进展把握不好，又苦又烦，没有尽头，而我这个病完全没必要为此操心。我们不需要去求医诊断，直觉就告诉我们这是何病，病灶在哪儿。

我试图麻醉并且捉弄我的想象，在我的思维创伤上涂抹润滑剂，就好像西塞罗对待他的年老病。病情明天如果有恶化，明天我们再思考其他的脱身之计。

为了证实我刚刚说的是实话，以后出现的一些新情况就是这样，后来又发作了，小型的运动就令我的肾脏渗血。这又如何呢？我照旧和从前那样运动，怀着年轻莽撞的劲头追赶着我的狗群，狂奔。我发觉自己竟然战胜了那样的一桩横祸，所付出的代价只是感到这个部位的沉重和衰退而已。这是一块大石头在挤压与破坏我的肾脏，我的生命也在逐渐逸出体外，感到自然舒心，就好像在清除一种多余无用的排泄物。

我现在会不会感觉有什么东西面临崩溃？你不要等着看我起劲地去检查脉搏，检验尿液，做出令人心烦的预见。我会及时去面对病痛，但是不会害怕病而去延长病痛。谁害怕吃苦，已经为了害怕正在吃苦了。

除此之外，再加上负责解释大自然的深刻动力和内部进程，通过他们的医术对我们进行欺骗性诊断的那些人的多疑和无知，这些都应当让我们相信大自然的秘密是永远认识不清的。它给我们的盼望与威胁，都带着极大的不确定性、多义性和模糊不清性。老年是靠近死亡和其他所有意外的毋庸置疑的信号，除此之外，我还看到少数信号，我们能够用它们对此后做出预测。

我只根据自己的感受判断自己，而不是根据什么推理。既然我主张的是等待和耐心，又怎样呢？你是否要知道我这样做的后果如何？那么就看看那些不如此做的人，他们依赖各人提供的不同意见与看法，身体还健康，思想已经在疑神疑鬼了！而我非常安心，抛开这些危险的预见，我多少次都是甘愿把情况告诉医生。我对于他们做出的可怕论断安之若素，对于上帝的恩惠更加感谢，也对医学的真假更有认识。

除了该叮嘱年轻人提高积极性和警觉性以外，再没有其他什么东西需要嘱咐了。我们的生活在于运动。我活动困难，做所有都缓慢：站立、卧睡、吃饭；七点钟对于我是清晨，我有公职的时候午餐不在十一点钟之前，只有到晚上六点钟以后才用晚餐。以前我发烧生病都归因于睡眠时间过长，引发昏昏沉沉萎靡不振，老是后悔自己早晨再次入睡。

柏拉图更多地责备睡觉过头而不是饮酒过量的人。我喜欢睡在硬床上，不和妻子同床共枕，完全国王派头，还戴好睡帽。不用炉子暖被窝，不过进入老年之后，需要的时候让人用毛毯盖在脚上和胃部。有的人批评大西庇阿是懒虫，照我看，无非出自这样一个理由，实在是他这个人没有可以让人说的，惹怒了他们。要说我有什么奇特之处，那是表现在睡觉上而不是其他方面的。不过像在其他事情上一样，我一般会依据需要做出让步和妥协。

睡眠占据了我生活中的相当一部分时间，在我这个年龄还能一觉连续睡上八九个小时。我从实用出发，在抛弃这个懒惰的嗜好后，取得了明显效果，三天之内就感觉到变化。我从没见过谁需要的时候可以对生活的要求更加少，更持久地进行训练，对于劳役更少叫苦。我的身体能够经受有力的运动，但是不能忍受剧烈和猛烈的运动。我从今开始避免强烈的锻炼，四肢还没发热已然发酸。我能够整天站立不坐，也从不厌恶散步。不过从小时起，我就只喜欢骑马上街；因为要是步行，泥浆会一直溅到屁股；小人物没有做派，哪能在路途上不被人推推搡搡的。我总是喜欢休息，或坐着或卧下，两腿跷得和座位一样高，抑或还要高。

没有比在军队供职更令人愉快的了，从军是一项高尚的职业（由于最激昂慷慨的品德是勇敢），从事高尚的事业；没有什么贡献比保卫国家的安宁与伟大更加正确更加深入人心。让人兴奋的还有和那么多出身名门、思维活跃的年轻人相处在一起，你常常会看到悲壮的场面，毫无拘束的自由自在的交往，毫无客套的男子汉式的生活方式，各式各样的丰富活动，雄壮嘹亮的战歌听在耳中，热血沸腾，心情激荡，军功的这一光荣、艰辛和困难，柏拉图并不赞赏，在他的理想国中仅仅说这是妇女和儿童分内的事。作为一个志愿兵，参加哪个任务，甘冒怎样的风险，可以依据你对于它们的势态和重要性做出决定。你会看到生命在那里得到了合情合理的利用：

在战火之中死亡我想是美丽的。

——维吉尔

惧怕与广大民众密切相关的危险，不敢做各种人都敢做的事情，符合那些脆弱和卑鄙无耻的心灵。就算孩子，也是合群的时候才感到放心。假如别人在知识、风度、力量和财产上超过你，你能够责怪这是外界的各式各样的原因，假如性格上不及他们坚定，你只有责备你自己了。死于床榻比亡于战场更平庸、颓丧和难熬，发烧与重伤风及遭火枪射击同样痛苦致命。谁可以勇敢地忍受日常生活之中的各种意外，没有必要从军队中培养勇气。“亲爱的卢西里乌斯，生命就是战争。”（塞涅卡）

我不记得身上有过什么伤疤。但是挠痒痒的确是大自然最美妙的礼品，同时还唾手可得。不过它也附带着相似的惩罚，令人太难忍受了。我顶多是挠耳朵，到了季节就非常痒了。

我出生时的全部感官可以说都完好无损。我的胃口健康好使，以及脑袋，遇到我发烧，大多数时间都保持状况。还有，呼吸也不错。我不久之前度过了五十又六年；有些国家准确规定五十岁为人生终结年限，不准人们活过这个年限，不无道理。我虽然还可明确地延长生命，尽管是不稳定和短暂的，但是也谈不上有我青春年代的健康和无痛无病了。我更不想说什么精力充沛，心情活跃，没理由要它们超越期限还跟着我：

> 在门槛之上淋着雨等待，
> 已经不是我力所能及。
>
> ——贺拉斯

我的面容立即暴露了我的本性，眼神也是如此；我的所有变化都开始于此；还要比实际上更加触目惊心；常常让朋友动了恻隐之心，但我自己还不明白原因。镜子不可能引发我的惊觉，由于年轻的时候不止一次照到自己脸色黯沉，神态奇怪，预兆不佳，但是也没什么大事；就连医生也找不出符合这种外部变化的内在原因，而无端归咎于我的思想和折磨我的隐秘情欲。他们都是错的。假如身体像心灵一样听命于我，我们走在路上更加轻松。我那个时候不仅没有烦恼，而且还非常满足，这就是平常的状态，一半是出自本性，一半是得力于修养：

> 我的肉体不受心灵的骚扰。
>
> ——奥维德

我以为我平静矜持的思想曾多次支撑了我日渐衰弱的身体。身体常常受打击；心灵就算没有可喜的事情，最起码处于恬静安详的状况。我罹患四日疟长达四五个月份，人都畸形了；精神始终不仅平静，而且很乐观。但凡能摆脱痛苦，只是虚弱和疲惫不堪不会令我伤感。我见到许多肉体上的痛苦，只是说起来让人心惊肉跳，事实上生活中常见的千万种欲望与内心骚动，更让我担心。我不再为对我产生影响的自然衰退的身体而抱怨，也不抱怨无法躲避的自然衰退。

阿尔卑斯山上看到甲状腺肿病人谁会惊奇?[①]

——朱维纳利斯

我也不遗憾自己的生命没有橡树那样长寿强壮。

我不该对自己的想象力抱有怨言。我一生之中，很少有心事让我在半夜醒来后再也无法入睡，除去是幻念闹醒我也不会难过。我极少做梦；常常是开心的想法引起荒谬的怪事幻梦，好笑而不悲伤。我认为梦确实是我们本性嗜好的忠实诠释，不过把它们贯穿起来加以阐释，那就算是异术了。

醒时惦记的事，吃惊的事情，
做着的事情，在睡梦中又出现，
这没什么稀奇！

——阿克西乌斯

柏拉图还说，智慧的职责在于从梦中提炼出预见未来的教益。我看不行，除去是苏格拉底、色诺芬、亚里士多德提及的那些美好的故事，他们都是没法挑剔的权威人士。根据史书记载，阿特兰蒂斯人从来不做梦，他们也不吃死亡的生物，这里我要加上一句，能够说明他们为何不做梦的原因。由于毕达哥拉斯配制几个食谱，吃了会马上做梦。

我的梦很平静，身体没有动来动去，也不说梦话。我看见过我同代很多人在梦中的动作，真不可思议。哲学家提翁梦游？伯里克利的奴仆会在房屋瓦顶上走过来走过去。

我从不在饭桌上挑食，我总是吃第一道和离我最近的那道菜，不大为调换口味选来选去。盘子的数量、上菜快都让我不舒服，就好像别的多与快也是一样。我非常满意少数几个菜。我厌恶法沃利努斯的说法，他觉得在宴席上，应该拿掉令你垂涎欲滴的那道菜，总是在你面前上一道新鲜的

---

① 瑞士山区缺盐，导致居民易患甲状腺肿病。

菜替代它；假如不让客人吃够各种禽鸟的屁股，就是一个寒碜的晚餐；仅有莺鸟才值得吃完整个。

我常用盐味重的菜，可是我更喜欢无盐面包。我家的面包师在我的饭桌上从不放其他的面包，这和家乡的习惯不相同。我童年的时候，其他儿童平日爱吃的东西如糖果、果酱、点心，我都会拒绝，他们主要是改正我的这个方法。我讨厌娇嫩的肉食，我的家庭教师就认为这也是一种应该加以指责的挑剔行为。这样做事实上就是挑食。一个孩子就是对于麸皮面包、猪肉或者大蒜有特殊的爱好，谁剥夺他这些权利就像剥夺了他的糖果一样。有的人面对着美味山鹑的，却为着吃不到牛肉和火腿死去活来。他们很会享用：这是挑剔之中的挑剔。由于对平时常用的东西感觉无味，那是娇生惯养的人的口味，“奢侈经过那些事挑逗富人的厌倦。”（塞涅卡）对于人家的美味，视如草芥，自己却食不厌精，这是罪恶的本性所在：

> 假如你害怕吃瓦盆中盛的素菜。
>
> ——塞涅卡

如果真有如此的区别，宁愿压制你的欲念去顺应容易到手的东西；什么事非如此不可，就是罪恶。以前我说一位亲戚娇气，因为他在我们的双桅战船上，不习惯睡这里的床，也不习惯脱衣就寝。

我如果有儿子，我希望他们拥有我的运气。上帝给了我那个好爸爸（我没有什么能够报答他的，除去对他的慈爱，那个真情实意的感激），他从摇篮之中，就把我送到亲戚的一个穷村庄里，寄养在奶妈家时和后一阵子老是住在那里时，让我习惯了最为简陋最为普通的生活方式：“大部分的自由时间是在调节胃口。”（塞涅卡）绝对不要由着你自己，更不要由着你们的妻子，负责他们的教育问题。就让他们在民众与自然的规则下接受命运的抚养，就让他们随习俗，习惯于节俭和刻苦。宁愿让他们从艰苦中走出来，而不是朝着艰苦走进去。

我父亲的思想还有另外一个目的，让我和老百姓融合，熟悉需要我们帮忙的人的处境。认为我有责任关心向我伸出臂膀的人，而不是对我转过身去的人。这个原因也说明他在给我受洗礼时指定的教父教母为什么是最贫穷的人家，让我和他们有情感上的联系。

他的愿望没有完全落空，我愿意帮助小人物，抑或是这里面有光荣感，抑或我天生无限的怜悯之心。在我们的战役中，遭到我责备的一方如果能兴旺昌盛，还会受到我更加严厉的谴责。当我看到某一方遭受不幸而一蹶不振时，反而会让我采取某种方式与他们达成一致。我对于切洛妮的高贵性格由衷敬佩，她是斯巴达两代国王的女儿和妻室。每当她的丈夫克朗普图斯，趁着城邦大乱的时候占了她的父亲利奥尼达斯的上风；她做一个好女儿，跟随父亲一起流放，来反对胜利者。

时来运转的时候呢？她也和战争的命运一起改变了情感，勇敢地站在丈夫的一面，丈夫失魂落魄逃亡哪儿，她跟随到哪儿，就好像没有其他的选择，投身到最需要她存在、最能表现她仁爱之心的那一面。我按照天性更加倾向弗拉米尼的事例，他把更多的精力投向需要他的人，而不是能为他效力的人；我不会学习皮洛士，他在大人物之前点头哈腰，在小人物之前趾高气扬。

用餐时间过长令我不快并对我有害，也许因为我从孩提时就养成了习惯，那时我的举止欠佳，想吃多久就吃多久。但是在家里，尽管时间短，我还是按奥古斯都的方式稍后于其他人入席；不过他也先于别人离开，这点我不学习他了。反之，我却喜爱饭后多留下些时间，听人家聊天，但是我自己并不参与谈话，由于吃饱了肚子说话使我劳累，很伤身体。就好像我认为饭前空腹练几声嗓子，非常有益于健康，使身心愉悦。

古希腊和古罗马人有一种做法比我们明智，他们觉得饮食是人生中的一个主要活动，假如没有其他特殊大事情来打扰他们，他们会花费好几个小时、在晚上最好的时候饮酒进食，不像我们做什么都匆匆忙忙，他们从从容容地慢慢享受这个自然的乐趣，中间穿插着有趣的谈话，还处理各式各样的事务。

该关心我的那些人能够不费吹灰之力就让我避开了在他们看来对我有害的食物；由于这类东西我没有看见，就不会想要吃，也不会提及；不过对于端上来的东西，不让我去品尝那简直是白费时间。所以我要斋戒的时候，需要把我与其他用餐的人分开，为我端上一些数量仅够需要的点心就可以了。否则我一上桌就会忘掉决心。

当我命人改变某些肉类的烹调方法时，下人们便明白我的食欲在减退，不会去吃它的。有些很嫩的食物，我喜欢煮得夹生的；还有很多东西，还喜欢风藏很久，甚至有异味。一般说来，只有坚硬的东西让我没有办法（其他所有特性，就像我认识的人一样，马马虎虎没有关系），因此我和大众的口味不同，即便是在鱼类菜肴当中，有时也会感觉有太新鲜的和过硬的。这不是牙齿的错误，它们一直健全好使，就是到了现在开始受到年岁的威胁。我打小就学会早上、饭前、饭后用纸巾擦牙。

上帝施恩于一些人，不让一些琐碎小事纠缠他们，这是上了年纪的唯一好处。最终的死亡事实上并不完整，伤害并不大；仅仅杀害人的一半或者四分之一。我不久之前掉了一颗牙，不疼痛，也不费力，这是牙齿的自然寿命。我这人的这部分与其他的许多部分已然死亡，还有一半死亡的，这些部位曾经是最为活跃的，在我年富力强的时候是站在第一线的。我就是这样，渐渐销声匿迹。生命的陨落，已经有一段时间，我还要认为这次下跌才是完全的崩溃，如此的理解有多愚蠢！我不愿意如此。

事实上，在我想到死亡时，我得到的安慰是这样的死亡属于正常的自然死亡，从此以后再在这件事之上要求和希望命运的恩惠，都不合情合理。人都要自己相信，以前他们身材更魁梧，寿命更长久。不过梭伦就是这些过去的年代的人，充其量活到七十多岁。我无论在何时何地都珍爱这样一条古训，即“中庸至上”，也把折中方式当作最完美的方式，怎样妄想做个老而不死的怪胎呢？所有违背自然进程的事情都可能让人不快，所有顺着自然进程的事情老是顺顺当当的。“相符自然规律的所有都应该视为好事。”（西塞罗）所以柏拉图这样说道，凡因创伤和疾病引起的死亡都属于暴死，不过老年带领我们走向的忽然死亡，是最轻松也最美好的死亡。“年轻人失去生命是早逝，老年人失去生命是终寿。”（西塞罗）

死亡处处混杂在我们的生活当中，而衰退先于死亡到来，甚至穿插在我们成长的过程当中。我有自己二十五岁以及三十五岁的肖像画像，和我现在的人相比：这哪里还是我啊！我现今的模样距离那时的模样比距离死亡不知要远多少！我们对于大自然的要求真是太过分，一路上烦它，迫使大自然远离我们，让我们丧失行为能力，令我们的双眼、牙齿、四肢和其他一切，听任我们乞求来的外界帮忙的摆布；它懒得再跟随在我们后面，就随意我们在医生的手里忍气吞声吧。

除了甜瓜以外，我不是特别爱吃生菜和水果。父亲厌恶一切沙司，我却是沙司都喜欢。吃得过多让我烦恼，不过从食品性质来说，我又不非常清楚哪一种肉我吃了有害；就好像我既不注意月圆和月缺，也不重视春秋之分。我们身上某些部位的运动既不是永恒的，也不大为我们所知；例如说辣根菜，我最开始认为它好吃，后来又不觉得好吃，现在又觉得好吃了。

对于许多食物来说，我都感觉到我的胃和口味的不断变化，从白葡萄酒换成红葡萄酒，同时又从红葡萄酒换成白葡萄酒。我喜欢吃鱼，在小斋日吃喝玩乐，在大斋日同时又成为我的宴庆日；我相信有的人说的话，鱼要比肉更易消化。就像在食鱼日吃肉违反我的良心，将肉与鱼混做又违反我的口味；看来这其中的差别不能够以道里计。

在我年轻时用餐有时会被取消，只是为了刺激我的胃口为第二天进食做准备，由于伊壁鸠鲁禁食或者吃素是禁欲去养成箪食壶浆的习惯，但我相反是嗜欲，能够对着美味佳肴大快朵颐；我偶或禁食，也是为了保存体力以便为某些体力或脑力劳动服务，由于胃部充血残酷地令我做什么都懒洋洋的。我尤为讨厌这种愚钝的结合，一方面是动人活泼的小仙女，一方面是撑饱打嗝、满嘴酒气的小矮神。抑或是为了治好我的胃病，抑或是因为没有合适的伙伴，由于我又像这个伊壁鸠鲁说的，不应该太在意吃的是什么，而是和谁在一起吃。我欣赏七贤之一开伦的方法，他不了解跟谁同桌之前不愿意答应出席伯利安得的宴席。对于我来说，怎样好吃的菜，怎样开胃的沙司，都比不上跟人来往这样美妙。

我认为饮食清淡少量但是多餐才有益健康，可是我宁愿强调胃口和饥饿感，一天规定了三四顿苦饭，就像服药一样，这无法给予我一点乐趣。我早上胃口大开，谁能够向我保证吃晚餐的时候还是如此？我们要趁着胃口一来就吃，尤其是老年人。让年鉴作家和医生去写历代同日的大事记吧。

健康的最后结果是享受快乐，一有熟悉的快乐的事情出现就让我们紧抓不放。我在节食戒律上避开长期不变。谁若要一种习惯对他有利，就不要持续不断使用。我们就会墨守成规，机体也会僵化；半年之后，你会使自己的胃在禁食中上瘾，就会失掉进食自由，吃其他的都会引起不良的反应。

无论冬夏，我的保暖办法都是在腿部以下穿一双长丝袜。我保证头部及腹部的温暖，治疗感冒和缓解结石的痛苦。没过几天，病痛习惯了，就能够放弃平日的防御措施。我脱下帽子戴头巾，脱下软帽戴假帽。棉袄的衬里对我来说已经成了装饰，这没有关系，我仅仅加一张野兔皮或者秃鹫皮，头戴一顶无边圆帽就可以。你循序渐进做事情，你会风姿如旧。这种事我是不会做了，我如果有胆量，也很愿意否定我起初做的事情。那么你碰上什么新的麻烦呢？那么这样的改进就对你没有任何意义了，由于你已经习惯了；再另外找一个吧。那一些人就是这样毁灭自己，他们陷入强制性饮食的制度，盲目迷信而无法自拔。他们必须提出新的，新的之后再有新的，永远没完没了。

对我们的工作和娱乐最为便利的做法是像古人那样，不吃午饭，回家休息的时候再美餐一顿，不间断白天的时间。以前我就是如此做的。之后我从经验感觉对于健康来说，恰好相反，吃午饭还是好的，醒着的时候还是更容易消化。

无论处在健康还是病态时我都不大口渴，我经常感到口干，但是并不口渴；一般说来，仅仅在吃时才有喝的欲望，并且还会边吃边喝。作为一个普通人我喝得不能算少，夏天享有佳肴时，我不仅超过奥古斯都不多不少仅仅喝三杯的限量；还会自然地加量喝上五杯，这是为不违反德谟克利特的规则，他不允许喝了四杯叫停，由于四是个不吉利的数。

我偏爱小酒杯，而且喜欢一干而尽，这是别人避而不做且认为是不妥的事。我在酒中常常掺上一半水，有的时候三分之一。我在家的时候，他们在酒室中先掺上水，两三小时之后再端上桌子，这是按医生为我父亲和他自己制订的老习惯来做的。

人们说雅典国王克拉诺斯发明了这个水搀酒的习惯，无论有用抑或没用，我真见过为此进行争辩的。我觉得孩子过了十六、十八岁之后再喝为宜，对于健康有利。最常用和最常见的生活方式是最为美好的，我认为这里面避免了所有与众不同的做法，否则对于德国人在酒中掺杂水，法国人纯喝，都同样会不喜欢。这一种事都是用大众习惯说了算。

我害怕污浊的空气，把气味看作致命的东西（我跑回家第一桩要修饰的就是壁炉和小间，老房子都有这一让人难以忍受的弱点），在战争引发的诸多困难之中就有这些浓密的尘土，有一个夏季把人天天活埋在里面。我的呼吸向来畅通自如，感冒过去之后常常不影响肺部，也不引发咳嗽。

夏季的酷热比冬季的严寒更令我难以接受。由于炎热比寒冷更不容易抗御，除阳光晒得人容易中暑之外，我的双眼也受不了强光的刺激。现如今我无法坐着面对熊熊炉火进食。以前我更常常读书，在书籍之上盖一块玻璃减少白纸的反光，感到舒服多了。我到目前还不知道用眼镜，我看东西与以前一样远，和别人没什么两样。黄昏时刻，开始感觉看书有些模糊不清，那个时候，尤其是夜晚，阅读的确很伤眼力。

这是刚刚能够感受到的倒退的一步。我还会往后退步，从第二步再到第三步，从第三步再到第四步，悄悄地，必须变成了全盲才感觉视力的衰弱和老化。命运三女神专门搅乱我们的生命之线。我如果怀疑我的耳朵渐渐变得重听，但你们会看到，我的听力丧失一半以后，还在抱怨别人和我说话的声音过高。我们需要聚精会神才让心灵感觉它正在消逝。

我的步履快速而坚实，我不明白精神与身体，两者之中哪个更难以保持原状。布道师就是我的朋友，讲道的时间需要我集中思想。仪式举行的时候，每个人都神情肃穆，我看到那些女士都目不斜视，我却永远做不到阻止我身体的某些部位乱动；我虽然坐着，但是不闲着。就好像哲学家克里西波斯的仆人说她的主人仅仅有两条腿是醉的（由于他无论什么坐姿有抖腿的习惯，仆人说这话的时候是其他人都醉了，而她的主人却泰然自若），自从我童年起，有的人也说我有一双疯脚抑或水银脚，我无论把它们放在什么地方老是动个不停。

像我吃东西那样如饿鹰扑食，除了会有害健康还会有碍品赏美食的快乐。我常常咬到舌头，有时慌张的时候还咬到手指。第欧根尼碰到一个孩子有这样的吃相，被他的家庭教师扇了一记耳光。在罗马有人教授如何咀嚼，如何走路姿态优雅。我由此失去说话的兴趣，这事实上是餐桌上很开胃的作料，但是语言也要简短好玩。

在我们的乐趣当中有妒忌也有渴望，它们相互之间会冲撞和干扰。亚西比得自然是位美食家，他设宴的时候不安排音乐，因为音乐干扰闲适的谈话，他依据柏拉图提供的理由，觉得招乐师以及歌手来宴会助兴，这是庸人的习惯，他们语言无趣，缺乏愉快交流，然而风雅之士妙语连连，说得满座都开心。

瓦罗对宴会提出这样的要求：参加聚会的人要仪表堂堂，谈吐不凡，既不是一声不吭，亦不是口若悬河，饭菜与地点清新雅致，天气晴好。宴会办得好，是一个精心精良、灯红酒绿的盛宴，这些军界和哲学界大人物从来不会拒绝讨教这方面的学问。我的记忆中有过三次这样的盛宴，命运总让我回忆起风华正茂的各个阶段特别温馨的时刻。由于每位宾客都各自有风采，体魄与风度不同凡俗。凭借我目前的境遇再也无缘和它相遇了。

我始终脚踏实地，我憎恶那种不人道的聪慧，它使我们轻视并与体育对立。违心接受和纵情享乐天然乐趣，我觉得都是不恰当的。泽尔士是一个狂人，他享受人间欢乐，还赏赐征集有什么其他的享受。但是有人摒弃大自然为他找到的乐趣，这样的人更谈不上聪明。这些欢乐不应当沉湎，不应当逃避，但应当接受。我接受过更加放肆、也更加文雅的欢乐，更多的是随心所欲。我们不必要夸大这些事的无益性，它自身会让人感到这点，让自己显露如此。我们要感谢自己思想上的毛病，它令人扫兴，对享乐的憎恶和对自己的憎恶不相上下。我们的精神对待着自己接受的东西，无论过去与未来，都是一起的摇摆，不感觉知足，想到哪里就是哪里。

坛不干净，倒进啥东西都会变质。

——贺拉斯

我本人可以自吹的是能够精心博采生活之乐趣，然而当我悉心加以审视的时候，所见到的不过是一阵风。不是吗，我们在哪儿都是一阵风。谈到风，还比我们更加聪明，它喜爱发出响声，喜欢来回飘忽，自满于自己的功能，不想固定不动——固定不动，这并不是风的品质。

有人说，欢乐和悲伤纯粹是精神上的，而且也是最有分量的，就像克里托拉乌斯的天平表达的那样[1]。这并不奇怪，想象按个人喜好拼凑欢乐，大小能够随意剪裁。这一些明显、有的时候还令人神往的事例天天可见。我这个人性格复杂，个性粗放，不能只是死死咬住一个精神上的单一的目标不放，而不去好好享受现在的乐趣；这些趣味符合人的一般规律，欲望中含有精神，精神中间含有肉欲。昔兰尼派哲学家觉得肉体的欢乐就像肉体的痛苦，都更加强烈，就像加倍强烈，也像更加有道理。

亚里士多德说道，有人出自一种粗暴的愚蠢，竟然对肉体的欢乐表示憎恶。我认得一些人，这么做还挺神气。他们为什么不把呼吸也抛弃了呢？他们为何不因为阳光是免费提供，无须他们发明并花费力气而拒绝阳光呢？文艺之神维纳斯、谷之神刻瑞斯、酒之神巴克科斯都不必要，仅仅让战神玛斯、科学之神帕拉斯、商业之神墨丘利陪伴着他们试一下。他们不可能趴在自己老婆的身上做美梦吧！

我讨厌在我们的身体在饭桌前时还让我们的思想想入非非。我不寻求心思沉溺在这儿，死死受灾在这里，不过我求心思放在这儿，是坐着而不是躺着。亚里斯提卜保卫的仅仅是肉体，好像我们没有灵魂；芝诺只顾及灵魂，仿佛我们没有身体。这两个人都有缺陷。有人说道，毕达哥拉斯追求的是清修哲学，苏格拉底关心的是风俗和行为。柏拉图则在两种哲学之间找到了一个折中的办法。不过他们这样说完全是瞎说，真正的折中是在于苏格拉底的学说当中，柏拉图学说当中苏格拉底多于毕达哥拉斯，这对于他也更合适。

我跳舞的时候就跳舞，睡觉的时候就睡觉；在美丽的果园里面独自散步的时候，就算有一阵子会浮想连连，大部分的时间里，思想还是会回到散步、果园、这个时候独处的好处以及我自己。大自然如同母亲般观察到这条原则，赐予我们满足需要的活动也一样充满欢乐，不仅让我们从理性上也从肉体上去接受。破坏这一些规则是不公平的。

恺撒和亚历山大在他们的事业最繁忙的时候，仍旧享受天然的、因此是最必需和合法的乐趣；每当我看到他们这样，我不说这就是在松懈斗

---

① 据西塞罗《图斯库伦辩论集》，雅典逍遥派哲学家克里托拉乌斯在天平两端盘子上称精神财富与世俗财富，精神财富更重。

志，反倒会说这是在增强斗志，以巨大的魄力把铁马金戈、运筹帷幄的大事作为日常的生活来过。他们如果相信前者是他们的平常工作，后者才能是了不起的大业，这才是聪明的人。

我们是傻瓜。我们说道：

“他一辈子都在游手好闲。我今天无所作为。”

“为什么，你难道没有生活过吗？这恰好是你生活中最根本、也是最光辉的事情。”

“如果让我有机会做大事，我就可以展现自己会干什么。”

“你会思考并亲手管理自己的生活吗？如果能，你已经完成了最伟大的杰作。”

自然为了让人看清楚和利用它的资源，不要转弯抹角，它显示自己的每个层次，前后像没有帘子似的。我们的任务是建立我们的风俗习惯，不是编辑书本；赢得我们行为上的秩序和宁静，而不是争夺战争和地盘。我们最伟大和光辉的业绩，是生活的和谐。其他所有事情正如统治、积攒财富、修建房子，最多只算作是附属物与辅助品。

我很高兴看到一位将军在他即将攻打的一个城墙突破口下面，一心一意准备自由自在地与朋友们一起亲密地共进午餐。布鲁图斯在天地共同反对他和罗马的自由的时候，还在巡夜之后偷闲几小时，安然阅读和批注波里比阿的作品。仅仅有卑微的心灵才可能埋在事务堆里不能干净地脱出身来，事情都要拿得起放得下：

同甘苦、共患难的好的战友，
今天就让酒消除所有忧愁，
明天去大海之上遨游。

——贺拉斯

或出于玩笑，或认真看待，索邦神学院里举办的修士酒宴闻名遐迩。他们在学院中认真严谨地晨修，随后舒舒服服、开开心心吃顿午餐，我觉得这是有道理的。想着光阴没有虚度，也就是餐桌上应当有的美味调料。

先贤们就是这样生活的。大加图和小加图专心养性修身，让人钦佩没法模仿；但是其严峻得近乎苛求的态度遇到人的自然规律、爱神维纳斯以及酒神巴克科斯也都软了下来，曲意遵守学派的戒律，做一个十全十美的贤人，既要奉行人生职责，也要精于自然逸乐之道。“愿心智聪慧的人也具备绝佳的品位。”（西塞罗）

思想放松和柔和似乎给那些宽厚的伟人带来了崇高的荣誉，更适合他们的为人。伊巴密浓达和他的城邦中的年轻人一起跳舞、歌唱、演奏乐器，玩得身心投入，他不觉得这有损于他的彪炳战功和完美人格品德。大西庇阿①在大众眼中简直是位神人，这个值得让老天加以评说的人物的许多值得赞许的行为当中，让人最爱戴的是看到他童心依旧，悠悠然沿着沙滩捡贝壳，和列里乌斯玩跑步拾物比赛；碰上天气不佳，就兴致勃勃地把最粗鄙的民间轶事写成喜剧的形式。他满脑子都是在非洲和汉尼拔对阵的战争，在西西里访问学校，旁听哲学课，以便提高自己的辩才，对付那些怀有盲目野心的罗马敌人。苏格拉底最引人注目的事情，是晚年依然抽出时间请人教他舞蹈和演奏乐器，觉得时间用得值。

到希腊军队全部到场以后，他竟然还一天一夜站在那里出神，忽然想到了什么深沉的问题出了神。人家看着他在那么多战士中间第一个冲过去救护被敌人压着打的亚西比得，用身体掩护他，把他从大部分的兵器下拉了下来。每当三十支主命卫队押着忒拉米尼上刑场，雅典人和他都被这可恶的一幕激怒，苏格拉底一样感到愤怒，尽管当时他身旁总共只有两个随从，仅仅是在忒拉米尼本人予以责备之后才放弃这次大胆的行动。他钟情的美人找来，他还按情况保证严格的克制。在提洛岛战争中，他把掉下马背的色诺芬扶起来，救了他的命。

他不断奔赴疆场，赤脚履冰，冬夏都穿同一件袍子，抗疲劳的坚韧度在他的同伴中首屈一指，不管宴席和日常用餐都吃同样的食物。他二十七年就像一日一样坦然忍受饥寒、贫穷、孩子的逆反、妻子的恶意伤人；还有诽谤、暴虐、牢狱、镣铐和毒药。这一个人赴宴饮酒是出自于公民的礼

① 据《七星文库·蒙田全集》，这里指伊米利埃纳斯·西庇阿（小西庇阿）。

仪，履行军人的职责也表现不俗。他不拒绝和孩子们一起玩榛子游戏，骑在马背上和他们追逐，玩得很开心。由于哲学的论点是所有活动对贤人都是合理的，都是荣耀的。

我们应该不懈地介绍这位伟人各方面都达到尽善尽美的完美形象，对此我们具备充足的理由。丰满纯粹的人生本来就寥若晨星，再加上我们教育的弊端，每天向我们介绍这些孤陋寡闻的笨蛋和庸才，仅仅会拉我们往后退，成事不足败事有余。

其实从道路两头走要容易得多，由于一端的终点能够作为界线和指示，而其中的道路又宽泛又看不见尽头，有的人这样想就错了。按规则也比按自然方便，不过这也就没那么高贵，没那么值得称赞了。灵魂的伟大并不是要节节高攀，事事冲在前面。灵魂觉得合适就是伟大，喜爱中庸超过卓越显示出它的高超。最美丽最合理的事情莫过于正当作人，最深刻的学识是知道自然地过完这一生；最险峻的疾病是漠视自己的存在。

当身体患病，想使精神摆脱这种感染时，谁愿意把二者隔离的话，要做得及时和勇敢；其他的时间，则反其道而为之，就让心灵去推波助澜，与肉体一起沉醉于享乐，给肉体和精神的结合带来帮助，如果更为明智的话，能够稍加节制，防止稍不留神灵与肉都会陷入痛苦。

纵欲是享受的瘟疫，节欲不会给享受造成灾难，反倒令他有滋有味。欧多克修斯为肉欲确立了至高无上的地位，他的朋友们为其抬高身价，通过节欲更把这个乐趣提高到非常美妙，这在他们身上表现得非常突出与典型。

我命令我的精神用同样镇定的眼光看待痛苦和享乐，“心灵在快乐中张扬与在痛苦中颓废，同样应当谴责。”（西塞罗）以一样坚定的目光，不过一个开心地，一个严肃地；还是按照心灵的能力，一样花心思去减小痛苦，扩大享受。正确看待所得必然导致正确看待所失。痛苦缓慢初起的时候带有某种无法避免的东西，而享乐太多，结束时带有某种能够避免的东西。

柏拉图将二者结合，非说勇敢者的职责是既敢于和痛苦斗，又敢于与不加节制的诱人的享乐斗。这就是两口井，无论是谁在适当的时间从适当的那口吸取适当数量的水，对于城市、对人、对牲畜都是好运。第一口从医学需要出发，要给予精确计算，另外一口井从干渴出发，要在陶醉之前停止。痛苦、欢乐、爱情、憎恨是一个孩子的首要感觉；产生了理性，以理性为准绳，这就是美好的品德。

我有一本纯属个人的词典，天气不好令人讨厌时我“消耗”时间；天气晴朗的时候，我不愿意“消磨”，而是享受时间，依恋时间。坏时间要赶快打发，好时间要悠闲享受。“消遣”与“消耗时间”这一类普通词句，说明了这些聪明人的习惯行为，他们绝对不去想一想还可以更好利用自己的生命，只是令他流逝、消失、消耗、回避，只要他们还有时间，也是忽略与躲闪，好像这是什么讨厌粗鄙之物似的。

但是我所了解的生活却完全不同，它是有价值而且大为有益的，甚至在暮年还是十分执着于人生。自然把生命交到我们的手中，伴随各种各样的花絮装饰，充满机会，当生活令我们不堪重负，从我们身边荒废，我们只能抱怨自己。“丧失理智的人生是徒劳的，它庸碌无为，一心向往着将来。”（塞涅卡）

但是我仍旧我行我素，无怨无悔地加以虚度，那并不是因为生活艰难而难以承受，而是因为生活具备可流失的本质。因此，这样说来只有乐于生活的人才不害怕死亡。享受生活要技巧，我享受人生是别人的两倍，由于享受的程度取决于我们对于生活的关注的多与少。尤其是在意识到我的生命是多么短暂，想将生命延伸加以充实的时候。时间逝去得快，我出手抓得也要快；过得也最卖力气，抵消时日如梭的匆忙；占有人生的时间越短，我也越要活得更加深更充实。

别人享受满足和成功的甘甜，我和他们一样享受这些，但绝不任其如过眼烟云般一掠而过。应当细细品，慢慢尝，反复玩味，还对于恩赐我们的上帝表达应有的感激。他们享乐其他乐趣就好像享受睡眠的乐趣，并不领悟。为了让睡眠不至于这样懵懵懂懂离我而去，我发觉以前有人打扰它，让我隐约看到其中的情景是件好事。我有意默念高兴的事，不一晃而过。我探求它，敦促我那变得多愁善感的理性去接受它。我是否心态平静呢？有什么欲望令我心里痒痒的呢？我不允许它去欺骗感官。我在快乐中加上我的精神，不是为了让精神在此受到约束，而是为了使其同样感到快乐；并不是迷失在其中，而是寻找自己。我运用心灵是让它在这兴奋状态之中认识自己，掂量、估计和扩大幸福。心灵就会明白良心无愧与其他的牵肠挂肚的情欲趋于平静，身体正常和有分寸地享受甜美温情的功能，这要多么的感谢上帝。

上帝乐意通过这些功能补偿它处于必需的公道给我们造成的痛苦。心灵如此重视居于这样的地位；目光所到之处，四处的天空一片寂静。没有欲念、恐惧或者疑虑会改变心境，也没有困难——无论过去、现在或者未来——通过意愿而不烟消云散的。

这样思考问题汲取了我对自身条件和各种不同条件比较后的养分。我在千万张面孔之中挑选出那些被命运和自身错误之累而风雨飘摇的人，还有那些生活在我的身边对于自己的好运漫不经心、没精打采接受的人。这些人确实是那些在“消磨”时间的人；他们轻视现在与已有的东西，而去当希望的奴隶，追寻幻想摆在他们眼中的海市蜃楼：

就像死后飘荡的鬼魂，
抑或感官入睡产生的幻觉。

——维吉尔

这些幽灵和幻象在人们的追逐中，愈跑愈快，愈逃愈远。他们追逐的果实和目标就是追寻，就好像亚历山大说他工作的目标就是工作，

笃信只要有事情做，就是事情没有做过。

——卢卡努

至于我本人，上帝乐于赋予我什么样的生活，我就热爱什么样的生活。我不盼望生活中不去谈论吃喝的需要，如果希望生活中有加倍的需求，在我看来也情有可原。“贤人寻求自然财富非常贪婪。”（塞涅卡）我也不盼望我们只要在嘴中放些药片就可活着，埃比米尼德就是靠吃药败坏

胃口维持性命；或许也不希望靠那一指粗的东西来生产子女，恰好相反——恕我冒失——用手指和阳物还是能够做得快快活活，也不盼望身体没有欲念，没有冲动。

这都是些令人不快和不公正的抱怨。我高兴地感激地接受自然给我做的所有，我衷心称赞。拒绝这个伟大万能的施予者的礼品，否认它，歪曲它，这就是大错特错。他的一切所为，都尽善其美。“符合大自然的所有都值得尊敬。”（西塞罗）

大自然是一位谨慎的向导，但是它的谨慎比不过它的智慧和公正。“需要深入事物的自然状态，才确认它需要什么。”（西塞罗）我四处搜罗自然踪迹。我们把天然踪迹和人工做作混淆不清。逍遥派的哲学“按照自然状态生活”的至善学说，因为这个原因变得非常难以界定与阐释。斯多葛派的至善原则与之相近，也是赞同与大自然协调一致的。如此重视不如此绝对需要的行为就错了吗？他们永远不能够从我的头脑除去这个思想，就是乐趣和实用相结合是门当户对的婚事，一位古人曾说，诸神永远与必要性投缘。两心相悦、两情缱绻的好事情，我们非要拆散有什么好呢？反之，我们两方应当从中撮合。就让精神唤醒以及激活笨重的肉体，肉体又阻止精神轻率，保证精神稳定。“谁称赞精神为至善，谴责肉体为恶，他必然是在肉欲上珍惜精神，也凭借肉体的观点来避开肉欲，由于他还是用人的真理，而不是以神的理性来判断的。”（圣奥古斯丁）

在上帝给我们的馈赠里，没有任何一部分不值得我们关注，甚而一根毫发也应当重视。按照人的条件来指导人不是人能够敷衍了事的事情。这是明白的、老实去做得最基础任务，创造主把它交给我们的时候非常认真严肃。

因此，想要了解情况的话，你可以有一天让那些圣贤说说他的脑子里成天在想什么，他还因此不去享用美餐，埋怨将时间都用在吃的上面了；你会认为你桌子上哪道菜都没那个人心灵中的美丽对白那么乏味（大多数的时间，闷头睡觉要比照应着我们在照应着的事情更值得），你会认为他的言论以及意图还比不上你的炖肉。

连阿基米德都会欣喜若狂，他又能怎么样？我在这儿不谈论这问题，也不把可爱的心灵和我们这些芸芸众生，和我们消遣解闷的无聊乱想混为一谈。他们思想高贵，信仰虔诚，常年认真默想天上的事情。这些灵魂热烈期望提前尝到长久的食粮，这就算基督徒心灵中最终目标和最后的栖息地，永不腐朽的永恒欢乐；不屑于关心我们的平常需要，飘忽却又模糊，放任肉体去沉浸在声色犬马当中。这是有天赋之人的实践修炼。说句我们之间的悄悄话，天上的学问和地下的风俗，这两类事情在我看来有一种奇妙的巧合。

伊索这位伟人眼见他的老师边散步边小便，说道："这样看来，我们应当边跑边拉屎啦。"我们要珍惜时间。我们还是会有很多时间闲着和使用不正确。我们的精神老是爱这样去想，它仅仅需要更少的时间，如果不跟肉体分离，就不会有足够的时间去做它要做的事情。

哲人想置身于自身之外，并且避开人，这是妄想，他们不仅变不成天使，反而会变成牲畜。不仅不会升到天空，而会跌落地上。这一类要振翅高飞的想法让我害怕，就好像面对高不可攀的悬崖。在苏格拉底的一生当中，除了他的精神恍惚和魔鬼般的天才，我没有什么费解的东西，柏拉图被人们称为神性的一方面却又充满了人性。

在我们的知识当中，升华到最高度的东西往往是最平民化最通俗的。亚历山大一生当中，我觉得他对于自己长生不死的各种幻想是最平凡最通俗的。菲洛特斯在回答当中对他进行了尖酸的嘲弄。他带领了朱庇特·阿蒙的神谕跟他共享欢乐，神谕当中亚历山大和他同列诸神班子："和你在一起我感到十分自在，不过也对那人有一颗怜悯之心，他们必须跟一位不以人自居、高高在上的人一块生活，并且对他唯命是从。""当你服从诸神之时你便统治了全世界。"（贺拉斯）

为纪念庞培的入城礼节，雅典人奉献上一句亲切的铭文，他的意义跟我说的反倒也符合：

正是因为你成了神，
更加应该认清自己是人。

善于享受自己的生命如神般尽善尽美。我们寻找其他的处境，是由于不会利用自己的处境。我们要走出自身，是由于不明白自身的潜力。我们踩在高跷之上也是白搭，由于高跷也要靠我们的腿脚来走路的。爬到世界最高的宝座上去，我们还只能用臀部去坐。

在我看来，最美丽的人生是用平凡的人性作为榜样，有条不紊，不求奇迹，不思荒谬。现如今，老年需要更多的温存体贴。我们把老年托付给保护健康和智慧的神灵吧，但是这种智慧要充满欢乐，善于与人相处：

拉托那的孩子啊，请允许我享受
我的财产和机能健康的身子，
就让我老当益壮，
还有精力弹起我的里拉琴！

——贺拉斯